DER ROTE HÜGEL

DER ROTE HÜGEL

DAVID PENNY

Übersetzt von
ELISABETH MÜHLFELD

Drei Männer lagen übereinander geworfen auf der Ladefläche einer Kutsche, aber Thomas Berrington wusste, dass nur einer überleben würde. Er hatte heute schon Mal so viele gerettet und wusste, dass noch mehr auf sein Urteil warteten. Er hob den Kopf des ersten an und starrte in leere Augen. Weg. Der nächste... vielleicht. Der Letzte hatte eine Wunde an seinem Bauch und eine weitere an seiner Brust. Jedes Mal, wenn er ausatmete, schäumte Blut aus einem klaffenden Loch.

Die Augen des sterbenden Mannes durchkämmten den blassen Himmel, flackerten nach links, nach rechts, als ob sie nach etwas suchten, an das sie sich klammern konnten, und jeder angestrengte Atemzug war eine Qual. Schließlich erkannte der Mann die über ihn gelehnte Gestalt und Thomas beobachtete eine langsame Resignation, die seine Augen füllte.

Thomas beugte sich nah zu ihm hin. „Du hast tapfer gekämpft. Du bist ein Held." Er hatte keine Ahnung, ob er die Wahrheit sagte oder nicht und nichts in den Augen des Mannes gab ihm einen Hinweis. Stattdessen begann er zu zweifeln. Er könnte innerhalb von Minuten sterben oder diese Folter stundenlang herausziehen. Thomas hatte gesehen, wie sich Männer an der Hoffnung festhielten, lange nachdem sie sie hätten loslassen sollen.

Er beugte sich noch näher zu ihm hin, seine linke Hand schloss sich fest um den rechten Arm des Mannes - falls er versuchte sich zu wehren – und seine rechte Hand bewegte sich zum Waffengürtel. Er zog das Messer. Ohne hinsehen zu müssen, ohne zu zögern, schob Thomas es zwischen die Rippen des Mannes, um sein Herz zu durchbohren.

Für einen Moment weiteten sich die Augen des Soldaten, aber das Leben war am Entweichen - dann war es vorbei. Thomas schloss die Augen des Mannes und richtete sich auf, als er sah, wie der Kutscher ihn beobachtete, sein Gesicht war ausdruckslos.

„Da drüben ist ein Platz für die Toten." Thomas wandte sich dem letzten Mann zu, demjenigen, der vielleicht gerettet werden könnte. Er zog ihn heraus und fing den schmutzigen Körper auf, als er zu rollen begann.

Hinter ihm ragten die hellen Mauern der Stadt Gharnatah empor, das östliche Tor weit aufgerissen, um die zurückkehrenden Sieger zu begrüßen. Thomas war in einem Land tausend Meilen weiter nördlich geboren worden, betrachtete diese Stadt aber jetzt als seine Heimat und wollte keine andere haben.

Er trug den verletzten Mann an den Ort, an dem ein Krankenzelt dicht an einer Mauer aufgestellt worden war. Schreie und Gestank begrüßten ihn, als er näherkam. Die Hölle umhüllte ihn, als er hineinging - die Hölle in allen Aspekten bis auf einen. Viele dieser Männer würden nochmal zurückkehren, um erneut zu kämpfen.

Es gab keinen freien Tisch mehr, aber Thomas sah, dass einer von jemandem besetzt war, der ihn nicht mehr brauchte. Er schob den Körper weg und legte seinen Patienten hin.

„Du!" Thomas schrie einen der Jungen an, die zur Unterstützung da waren. „Zieh mir die Leiche aus dem Weg und leg sie zu den anderen. Und hol meine Instrumente."

Er lehnte sich vornüber und öffnete den Lederwams des Mannes. Seine Schulter war ein Zuhause für eine Musketenpatrone geworden. Thomas grub seine Finger hinein, um nach der Eisenkugel zu suchen, was dazu führte, dass der Mann stöhnte und zu sich kam.

„Fass mich nicht an!" Der Mann holte mit seinem unverletzten Arm zu einem Schlag aus, aber Thomas blockte ihn mühelos ab.

Die Musketenkugel saß zu tief, um sie ohne Aufschneiden zu erreichen. „Willst du leben, oder soll ich dich zu den anderen auf den Haufen werfen?"

„Ich will einen echten Chirurgen." Die Stimme des Mannes war undeutlich, der Verstand durcheinander vor Blutverlust und Schmerzen.

„Ich bin ein echter Chirurg."

„Du bist ein *Ajami*. Ich will einen maurischen Arzt."

„Du kannst wollen, was immer du willst, haben tust du mich."

Der Junge kam mit einer Kiste mit Instrumenten zurück. Die meisten schienen beinahe sauber zu sein. Thomas wählte aus, was er brauchte: eine Hakenklinge und eine kleine Pinzette.

„Hol mir Mohnschnaps."

„Ich brauche keinen…"

Thomas lächelte den verwundeten Soldaten an - und zwar nicht mit einem beruhigenden Ausdruck. „Du wirst mir danken, wenn ich anfange. Haben wir gewonnen?"

„Es war ein großartiger Sieg."

„Sind sie das nicht alle? Bleib jetzt liegen, ohne dich zu bewegen und halt die Klappe, während ich mit einem Kollegen rede." Thomas wandte sich ab. Hielt inne. „Und lauf nicht weg, sonst schleppe ich dich zurück und fange ohne den Mohnschnaps an."

Da'ud al-Baitar blickte auf, als Thomas näherkam.

„Hilf mir einen Moment hier." Ein Mann mit bleichem Gesicht lag auf dem Tisch, eine Schnittwunde an der Seite nur halb genäht. „Der hier hat keine Ahnung, wie nah er dem Tod ist."

Thomas legte seine Hände auf die Schultern des Mannes und hielt ihn fest, während al-Baitar schnell arbeitete. Die Naht war nicht schön, aber die Soldaten prahlten mit ihren Narben, die ein Beweis ihres Mutes - oder ihrer Dummheit - waren.

„Ich brauche deine Hilfe, wenn du hier fertig bist", sagte Thomas.

„Ein paar Minuten noch. Du kannst gehen, wenn du willst, ich kann mich allein um deinen Patienten kümmern. Du warst schon vor dem Morgengrauen hier. Geh zurück zu deiner hübschen Frau."

„Ich werde bleiben." Thomas wollte sich nicht seinen kaum verstandenen Gründen stellen, die er hatte, nicht nach Hause zurückkehren zu wollen. Die meisten Männer wären nur allzu bereit, zu Helena zurück zu eilen, und mehr als zufrieden damit, eine Konkubine aus dem Harem des Sultans geschenkt bekommen zu haben.

Stattdessen sah Thomas seinem Freund bei der Arbeit zu. Al-Baitars Bewegungen waren sicher, selbstbewusst - aber zu sanft für diesen Ort. Deshalb stand Thomas draußen und entschied, wer behandelt werden sollte, war derjenige, der jenen Trost spendet, die ohne seine Gnade qualvoll sterben würden. Er wusste, warum der Mann, der auf seinem eigenen Tisch lag, ihn nicht wollte. Nicht, weil er ein Ausländer war, ein *Ajami*, sondern wegen seines anderen Namens - *Qassab*. Sei's drum. Thomas hatte schon schlimmere Namen bekommen, und dieser Metzger rettet Leben und hat auch welche beendet.

Thomas spuckte, um den bitteren Geschmack aus seinem Mund loszuwerden, und zog sich das lange Ende seines Tagelmusts über sein Gesicht. Staub überzog seine Haut und sammelte sich in den Stoppeln seines Dreitagebarts auf seinen Wangen. Sein Wunsch nach einem ruhigen Leben wurde erneut durchkreuzt. Er hatte den Mann im Karren gerettet, aber fragte sich warum - in einem Monat würde er sicherlich wieder in den Krieg zurückkehren. Alles, was Thomas getan hatte, war das Herauszögern eines unvermeidlichen Schicksals.

Die Wagenräder wirbelten noch mehr Staub aus der ausgedörrten Erde auf. Ein Windstoß trug den Geruch und das Geräusch des Wassers des Hadarro, der in der Nähe vorbeifloss, mit. Der Fluss war hinter Bäumen versteckt und sein Wasser lief durch ein in die Stadtmauer eingelassenes Gitter. Die Sonne berührte die Spitzen der Elvira-Hügel, und bald würde Thomas den Fußspuren der zurückkehrenden Soldaten folgen und durch das westliche Tor in die Stadt gehen. Sobald seine Arbeit abgeschlossen war.

Er beobachtete die vorbeiziehenden Soldaten mit emotionslosen Augen. Diejenigen, die seinen Blick auffingen, schauten weg, die Kälte in seinen Augen war ihnen unangenehm. Thomas versuchte, nicht an die Zeit zu denken, in der er wie diese Männer gewesen war. Eine Zeit, die in seinem Kopf kräftig eingefärbt ist – und meist ist diese Farbe blutrot.

Er nahm seine Aufmerksamkeit von den Männern, als ein schwacher Jubel aufkam, gefolgt von dem schnellen Klappern eines Pferdes im vollen Galopp. Jemand erschien zügig an der sich langsam bewegenden Linie. Als dieser jemand vorbeizog, erhoben die Männer müde Arme und heisere Stimmen zu einer Person, die sie erkannten. Thomas kniff seine Augen zusammen und schüttelte den Kopf, als er sah, wer es war.

Yusuf, der jüngste Sohn des Sultans, bremste sein Pferd

abrupt und sprang auf den Boden, noch bevor es komplett zum Stehen gekommen war. Ein schlaffer Körper lag quer über das Tier geworfen, eingekeilt zwischen Sattel und Schulter. Blut strömte über die Flanke des Pferdes.

„Rette ihn, Thomas", sagte Yusuf. „Ich will, dass du ihn rettest. Er ist noch nicht tot, glaube ich. Du hast mich gerettet, du kannst ihn retten."

Thomas ging zu der Gestalt, griff nach einer Handvoll Haare und hob den Kopf. Er lehnte sich nah zu ihr hin. Der Junge atmete noch.

„Warum gerade der hier?"

„Weil du es kannst." Yusufs Stimme war streng und Thomas lächelte beinah.

Er drehte sich zum Pferd um und zerrte am Gürtel des bewusstlosen Jungen, fing ihn auf, als er fiel. Die Bewegung hat die Wunde verschlimmert. Die Augen des Jungen öffneten sich und er begann sich zu wehren.

„Ich kenne dich." Die Stimme des Jungen wurde kaum lauter als ein Flüstern.

„Schön für dich."

„Du bist das Haustier des Sultans." Der Ausdruck von Abneigung auf seinem jungen Gesicht spiegelte seine Gefühle wider.

Thomas war an ein solches Urteil gewöhnt. Er warf Yusuf einen Blick zu, um zu sehen, ob es irgendeine Reaktion auf die Erwähnung seines Vaters gab, aber der junge Prinz, der bereits Ahnung von Diplomatie hatte, gab kein Zeichen von sich, etwas gehört zu haben.

„Kannst du laufen oder muss ich dich tragen?" Der Junge schwankte, schien aber nach und nach stärker zu werden.

„Ich gehe nirgendwo hin."

„Dann kannst du da sterben, wo du stehst." Thomas wandte sich ab.

„Nein", sagte Yusuf. „Ich habe versprochen, dass du ihn retten wirst."

„Ich rette diejenigen, die gerettet werden wollen, keine Idioten."

„Ich befehle es!"

Diesmal lächelte Thomas und zog sich seinen Tagelmust ins Gesicht, um seinen Ausdruck zu verbergen.

„Oh, ich verstehe. In diesem Fall..." Thomas griff den Jungen am Arm, aber er zog ihn zurück, fing an zu schreien und rief die vorbeigehenden Soldaten auf, ihn vor dem Metzger zu retten.

Thomas packte ihn erneut, aber schon waren fünf Männer aus der Linie getreten und hatten eine Barriere zwischen ihm und dem Zelt gebildet.

Yusuf stellte sich zwischen Thomas und die Männer und glaubte, dass seine Position als Sohn des Sultans Schutz genug sei. „Lasst sie vorbei."

„Der Junge will nicht gehen", sagte einer.

„Lass ihn frei", sagte ein anderer.

Es gab hier keinen Anführer, sah Thomas, nur Soldaten, die einen aus ihren eigenen Reihen schützten. Alle fünf waren vernarbt, hatten steinerne Gesichter, ihre Waffen- röcke waren mit Blut und Schlimmerem beschmiert. Thomas hatte im Lauf der Jahre viele wie sie gesehen und war an ihrer Seite in einem fernen Land aufgewachsen, das er nicht mehr seine Heimat nannte. Er hatte keine Angst vor ihnen. Sie waren nur zu fünft. Er machte einen Schritt nach vorn, zog den Jungen mit sich.

Zwei der Soldaten versperrten ihm den Weg, drängten sich gegen ihn. Einer von ihnen versuchte, den Jungen aus seinem Griff zu befreien, aber es gelang ihm nicht. Thomas war stärker als er aussah, und hatte nicht vor, seine Beute freizugeben. Er wusste, wo Yusuf stand. Würde einer der Männer sein Schwert ziehen, würde er einen Schritt zurück machen und die Waffe des jungen Prinzen ziehen. Yusuf selbst wäre nicht zu gebrauchen - Thomas hatte seine Schulter ein Jahr vorher behandelt und wusste, dass sein rechter Arm noch schwach war. Der Prinz tat so, als könne er mit der Linken kämpfen, aber die war nur ein schlechter Ersatz. Es war ein Glück, dass er der jüngere Sohn war und nicht Regieren musste.

Thomas drückte sich gegen die Männer.

Hinter den beiden, die ihm den Weg versperrten, zog jemand ein Schwert.

Thomas ließ den Jungen los und trat zurück. Der Mann zu seiner Rechten grinste, sah nur Schwäche. Thomas machte noch einen Schritt zurück und seine Hand fand den Griff von Yusufs Schwert, zog es schnell, bevor der Prinz eine Ahnung hatte, was geschah.

Nun grinsten sie alle, als hätten sie heute noch nicht genug Kämpfe gesehen. Es waren abgebrühte Truppen - zu tötet war ihre Aufgabe, und die Chance, diesen Ausländer zu töten, war zu gut, um sie sich entgehen zu lassen.

„Hört sofort auf damit!" Yusuf trat zwischen sie. Thomas griff nach dem Gewand des Prinzen und schob ihn zur Seite. Der Junge, den er zu retten versucht hatte, geriet ins Schwanken und seine Beine ließen ihn im Stich. Er saß nun steif auf dem Boden, sein Kopf hing nach unten.

Thomas beschloss, mit dem Mann zu seiner Rechten zu beginnen. Ein schneller Stich in den Oberschenkel, dann eine Ausholbewegung, um den anderen auszuschalten, bevor er an ihnen vorbei zu den letzten drei geht. Er erwartete, dass sie weglaufen würden, aber manchmal war auch er überrascht. Er wollte niemanden töten, der keinen Grund zum Sterben hatte. Heute sollte er Leben retten.

Andere Soldaten hielten an, um sich das Spektakel anzusehen. Sie bildeten eine Art Barriere, um die einige herumliefen und an deren Rändern andere wie fließendes Blut am Schorf einer Wunde klebten.

Thomas entspannte sich, sein Geist beruhigte sich. Es war an der Zeit.

„Was zum Teufel ist hier los?"

Oder es war nicht an der Zeit. Nicht heute. Nicht hier. Aber er wusste, dass sich diese Männer an ihn erinnern würden.

Olaf Torvaldsson saß rittlings auf einem kleinen arabischen Pferd, das aufgrund seiner Größe wie ein Maultier aussah. Der General des Sultans trug einen Kettenpanzer, der ihn als jemand von Bedeutung kennzeichnete, aber im Gegensatz zu dem seines Herrn war seiner fachgerecht, unpoliert und hatte hier und da Kerben und Spuren aus hunderten Schlachten.

„Unser Freund will nicht mit dem *Qassab* gehen."

„Das ist Thomas Berrington. Er wird dem Jungen keinen Schaden zufügen."

„Ich weiß, wer er ist."

Olaf stieg ab und schob sich zwischen Thomas und die Soldaten.

„Und du weißt, wer ich bin."

Der Mann, der geredet hatte, nickte. Natürlich wusste er das.

„Ich befehle dir, sie durchzulassen."

„Er ist..."

„Lass. Sie. Durch." Olaf sagte jedes Wort langsam, akzentuiert und deutlich gegen seine Zunge gepresst.

Thomas streckte die Hand aus und reichte Yusuf sein Schwert. Das war jetzt nicht mehr nötig.

Mit seinen Gedanken war er bereits weg von den Soldaten und beim verletzten Jungen.

Als Thomas aus dem Krankenzelt zurückkehrte, wurde es schon dunkel, sowohl wegen der untergehenden Sonne als auch wegen der Wolken, die sich über der Sholayr sammelten. Dunkel und bedrohlich, mit gelegentlichen Blitzen, die aus ihren Tiefen hervorschossen, denen lange Zeit später sanfter Donner folgte. Der Sturm war weit weg, aber er kam. Später würde es regnen, um die Stimmung der zurückkehrenden Truppen zu dämpfen.

Die Linie der Soldaten bewegte sich nun langsamer, das letzte Keuchen der zurückkehrenden Sieger. Die Gruppe von Schaulustigen hatte sich aufgelöst, aber Olaf blieb zurück, sprach mit einer Gruppe gut gekleideter Männer. Thomas wusste, dass er den alten Soldaten nicht einfach ignorieren konnte. Sie hatten jetzt eine Blutverbindung.

„Wo ist dein Vater?", fragte Thomas Yusuf.

„Er kommt. Du weißt ja, dass er immer als Letzter durch das Tor gehen muss. Und es ist auch etwas Unterhaltung geplant."

„In diesem Fall gehe ich vielleicht lieber, bevor er kommt." Thomas konnte die Art der Unterhaltung erraten und wollte nichts damit zu tun haben. „Bleib bei Olaf, bis er kommt."

„Ich brauche keinen Schutz", sagte Yusuf mit seinen vierzehn Jahren voller Selbstbewusstsein.

„Natürlich nicht. Bleib bei ihm, um mir einen Gefallen zu tun." Thomas wusste, wie wichtig er für den jungen Prinzen war, auch wenn er sich wünschte, es wäre nicht so, aber er konnte nun mal nicht rückgängig machen, sein Leben gerettet zu haben.

„Du brennst darauf, zu deiner Frau zurückzukehren", sagte Yusuf, alt genug, um von solchen Dingen zu wissen, umso mehr als Mitglied des Königshauses, das die meiste Zeit seines Lebens im Harem gelebt hat.

„Nicht meine Frau...", Thomas begann zu protestieren und gab dann auf, wusste, dass es sinnlos war. Lass die Menschen glauben, was sie glauben wollen.

„Sie ist jetzt seit einem halben Jahr bei dir", sagte Yusuf. „Es ist an der Zeit, dass du sie zu deiner Frau machst."

„Ich brauche keine Frau."

„Dann wirf sie raus."

Thomas schüttelte den Kopf. Das konnte er nicht tun.

„Sie war wunderschön bevor sie angegriffen wurde", sagte Yusuf. „Außerdem kannst du noch nicht gehen. Vater sagt, er will dich sehen."

„Dann bin ich definitiv schon zu lange geblieben."

Eine neue Welle des Jubels erklang, teilweise beinahe enthusiastisch. Thomas hob seinen Blick, als Yusufs Vater sich näherte, umgeben vom üblichen Gefolge von Wachen und Mitläufern. Es war eine große Gruppe, die von mehreren Mitgliedern der Elite Gharnatahs angereichert war. Yusufs älterer Bruder Abu Abdullah ritt neben seinem Vater.

„Wie ich sehe, flickst du wieder die Toten, mein Freund." Abu al-Hasan Ali, Sultan von Gharnatah, Herrscher über die noch nicht von Kastilien eingenommenen Gebiete von Al-Andalus, brachte seinen Hengst zum Stehen und stieg ab.

„Malik." Thomas benutzte den Ehrentitel, als er sich von der Taille aus verbeugte, mit seinen Händen blumige Gesten machend. „Herzlichen Glückwunsch zu einem großartigen Sieg. Allah ist gütig gewesen."

„Steh gerade, Chirurg. Du brauchst dein Knie vor mir nicht zu beugen."

Thomas richtete sich auf, aber sein Blick blieb gesenkt.

Der Sultan klatschte Thomas auf die Schulter. Er war kleiner als Thomas, der sich ein wenig duckte, um den Mann vorteilhafter dastehen zu lassen. Abu al-Hasan Ali warf die Zügel beiseite, wusste, dass jemand da sein würde, um sein Pferd in die Stadt zu führen.

„Ich möchte mit dir reden, aber zuerst muss ich mich um eine Ehrensache kümmern."

Thomas hatte die beiden Männer, die Rücken an Rücken auf einem Pferd gefesselt waren, bemerkt, aber es interes-

sierte ihn nicht genug, um sich zu fragen, welches Verbrechen sie begangen hatten.

„Ich muss mich um die Verletzten kümmern, Malik."
Thomas hoffte, dass er vor der Durchführung der Strafe
gehen konnte.

Der Sultan legte eine Hand auf Thomas' Schulter. „Bleib
noch. Vielleicht brauchen wir deine Fähigkeiten hier." Er
drehte sich um und hob eine Hand. „Bindet sie los und bildet
einen Kreis."

Thomas wusste, dass es keine Fluchtmöglichkeit mehr
gab. Um ihn herum lachten und jubelten die Soldaten,
bildeten einen Kreis, um eine freie Fläche zu formen. Der
Sultan stand vor der Menge, als diese sich versammelte.
Zurückkehrende Männer wurden langsamer und blieben
stehen, die Menge wurde größer, der Lärm stieg an. Die
Männer begannen schon zu wetten, noch bevor sie sahen,
wer überhaupt kämpfte.

„Was haben sie getan?", fragte Thomas, wohl wissend,
dass nur wenig Logik hinter jeder Antwort stecken würde.

„Der Kleine hat den Größeren der Feigheit beschuldigt.
Der Große hat den Kleineren beschuldigt, Männer ohne
jegliche Notwendigkeit zu töten."

„Das scheint nichts Schwerwiegendes zu sein."

„Es reicht aus", sagte der Sultan.

Die Männer wurden in die Mitte des Kreises geschleppt
und die Seile, die sie fesselten, durchtrennt.

„Gebt jedem ein Schwert", sagte der Sultan, seine Stimme
befehlerisch, an alle Versammelten gerichtet.

Zwei Klingen wurden in den Ring geworfen. Der kleine
Mann hob seine auf. Der große Mann blieb, wo er war.

„Schau, ein Feigling", sagte der Sultan zu Thomas, dann
noch lauter: „Jemand soll ihm das Schwert geben."

Ein Soldat stürzte in den Kreis, hob die Waffe auf und
drückte sie dem großen Mann in die Hand. Der Sultan hob
den Arm, seine Stimme erhob sich mit ihm. „Diese Männer

beschuldigen sich gegenseitig auf dem Schlachtfeld. Lassen wir Allah mit einem Gerichtskampf über die Wahrheit entscheiden." Sein Arm sank nach unten. Die Menge toste, als der kleine Mann losstürmte, sein Schwert blitzte auf.

Der große Mann drehte sich im letzten Moment um, um den Schlag abzuwenden. Er machte einen Schritt zurück, unwillig zu kämpfen, tat nur das Nötigste, um sich zu schützen, als er erneut angegriffen wurde. Der Lärm schwoll an. Wetteinsätze wurden angeboten und akzeptiert. Die Menge drängelte nach vorne, diejenigen, die vorne standen, hatten Probleme, ihre Position zu halten.

„Ich muss mit dir über etwas reden", sagte der Sultan, seine Stimme gesprächig. „Komm später zu mir ins Badehaus."

Thomas fragte sich, was es diesmal sein würde, da er sich noch immer nicht über den Wert des Geschenks im Klaren war, das ihm der Sultan nach seiner letzten Bitte gemacht hatte. Er wünschte sich, dass ihm die Freundschaft dieses Mannes nie angeboten worden wäre, aber er wusste, dass man sie nicht ablehnen konnte.

Das Klirren der Schwerter schepperte in seinem Kopf und weckte Erinnerungen, die ihm nicht willkommen waren. Zumindest sah es so aus, als ob der Wettkampf bald vorbei wäre. Der große Mann bewegte sich rückwärts, kreiste auf dem Kampfplatz, benutzte sein Schwert nur, um die Schläge des anderen abzuwenden. Die Menge begann zu johlen und zu singen, der Lärm steigerte sich zu einem Crescendo, als sie unruhig wurden. Thomas schaute den Sultan an, fragte sich, ob er eingreifen würde, bevor einer der Zuschauer die Sache selbst in die Hand nimmt, aber die Augen des Mannes waren auf den Kampf gerichtet, ein angespanntes Lächeln auf dem Gesicht. Die letzten Strahlen der untergehenden Sonne färbten den Kampfplatz rot, als ob sie das unvermeidliche Geschenk von Blut ankündigen würden.

Es endete schnell, aber nicht wie erwartet.

Der kleine Mann kam schnell, wie ein Derwisch, sein Schwert ein purpurner Bogen. Der große Mann fiel nach hinten und ging plötzlich auf ein Knie.

Einen Vorteil spürend griff sein Protagonist an, hielt sein Schwert mit beiden Händen.

Der große Mann griff in seinen Stiefel und zog einen Dolch heraus. Als der Kleine über ihm auftauchte, schoss seine Hand heraus, das Messer grub sich ins Fleisch.

Die Menge wurde still.

Der kleine Mann schwankte, taumelte zurück, wir sich noch nicht bewusst, dass er bereits tot war. Thomas sah es vor allen anderen. Das Messer hatte seine Leber durchbohrt. Das Blut lief an seiner Seite hinunter und sammelte sich an seinen Füßen. Er schwankte wieder und ging dann in die Knie. Für einen Moment versuchte er, sein Schwert zu heben, dann kippte er zur Seite.

Die Stille hielt noch einen Moment an, dann begann ein Aufruhr. Die Soldaten stritten um ihre Wetten, verfluchten den Sieger, weil sie durch ihn Geld verloren hatten.

Der Sultan trat nach vorn und hob seinen Arm, darauf wartend, dass die Stille wieder einsetzte.

Er bewegte sich in die Mitte des Kreises, drehte sich um, um die Menge zu beobachten. Seine Augen fanden Thomas und zögerten, ein Lächeln erschien auf seinen Lippen, bevor er fortfuhr.

„Ich erkläre diesen Mann zum Sieger", sagte er, „aber er bleibt ein Feigling, der den Wettkampf mit unehrlichen Mitteln gewonnen hat. Enthauptet ihn." Abu al-Hasan Ali sah nicht einmal hin, als einer seiner Soldaten einen Krumm-säbel zog und nach vorne trat. Der Sultan ging um den Körper des Verlierers herum und kehrte an Thomas' Seite zurück, als Donner ertönte, nun näher.

„Heißt das, dass Allah mit dem Ergebnis zufrieden ist?", fragte er.

„Es ist ein Sturm, mehr nicht." Thomas unternahm keine

Anstrengungen, seinen fehlenden Glauben oder seine Abneigung gegen den Ausgang des Wettkampfs zu verbergen.

„Ich hasse Betrüger", sagte der Sultan, seine Stimme war sanft, vernünftig, als hätte er nicht absichtlich den Tod von zwei Männern verursacht. Und es war absichtlich gewesen.

Der Sultan klopfte Thomas auf die Schulter. „Vergiss nicht, zum Badehaus zu kommen. Komm und amüsiere dich, denn heute Abend feiern wir Allahs Sieg über die ungläubigen Spanier."

KAPITEL ZWEI

Als Thomas sich seinen Weg durch die Straßen von Gharnatah bahnte, fühlte er sich von der Atmosphäre des Feierns vollkommen abgetrennt. Er war erschöpft, die Füße wankten, der Kopf fühlte sich von zu vielen Stunden Dienst ganz verschwommen an, und es war noch eine Stunde übrig. Eine, der er nicht ausweichen konnte. Er wusste, dass der Sultan seine Einladung nicht vergessen würde, aber die Versuchung, nach Hause zurückzukehren, war fast zu stark, um ihr zu widerstehen. Ein Freund des mächtigsten Mannes in Al-Andalus zu sein, war nicht der Segen, als den viele ihn betrachteten.

Entlang des Flusses waren die Wege mit Steinen gepflastert, lagen höher als alles außer den schlimmsten Überschwemmungen, und die Häuser waren groß und wohlhabend. Auf jedem kleinen Platz - und es gab viele – waren Brunnen oder Becken mit Wasser zu finden, das in dieser Stadt ständig präsent war. Das war eine Sache, die Thomas sehr begrüßte. Im Gegensatz zu den Ländern jenseits der Grenzen von Al-Andalus, wo man stolz darauf war, dass es sogar an grundlegender Hygiene mangelte, hatte er das Baden, das ihm einst so fremd war, liebgewonnen. Für die Außenstehenden war Sauberkeit eine Affektiertheit, zu der sich nur die ungläubigen Mauren herabließen. Früher hatte Thomas diese Ansicht geteilt, aber jetzt nicht mehr.

Eine Gruppe von Anhängern lief beim Straßeneingang zu Aamirs Hammam-Bädern herum und Thomas ließ sich fast davon abhalten, einzutreten. Sein kleines, hübsches Haus lag in der Nähe, und der Aufstieg durch die Gassen des Albayzin würde sich als willkommene Ablenkung erweisen, ebenso wie die Anwesenheit von Helena, wenn er ankam. Er begann sich umzudrehen, als ihn eine junge Stimme rief.

„Thomas – ich habe gewartet, falls du dich verlaufen solltest. Komm rein, Vater wird dich belohnen wollen."

Thomas drängte sich durch die Menge, als sich Yusuf bei ihm einhakte. Im Inneren des Badehauses war die übliche Stille und Ruhe durch Lärm und Trubel ersetzt worden. Soldaten bewachten den Eingang zu den Hauptbädern, aber Yusuf wurde erkannt und in einen großen Raum mit Dampf, dem Duft von Öl, und Lärm gelassen. In normalen Zeiten hätten die Aromen vielleicht Thomas' Geist beruhigt, aber nicht heute Abend. Zu den üblichen Begleitern kamen noch viele andere hinzu. Junge Männer und Frauen, einige kaum bekleidet, schlenderten um das dampfende Becken oder standen neben der elitären Gruppe von Badenden. Ihre Anwesenheit schockierte Thomas nicht mehr so sehr wie früher, aber sie war einer der Gründe, warum er es vorgezogen hätte, dem Aufruf des Sultans auszuweichen.

„Ich sehe deinen Vater nirgendwo", sagte er zu Yusuf.

„Hier wird er nicht sein, aber jemand wird uns zeigen, wo er ist."

„Nicht uns. Er wird mich allein sehen wollen."

Yusuf ignorierte Thomas, als er den Weg am Rand des Hauptbeckens entlangging. Das eigentliche Waschen fand an den Mauern statt, wo heißes Wasser aus den Rohren floss.

Das Becken war für diejenigen, die sehen und gesehen werden wollten.

„Hey, Chirurg, komm her."

Faris al-Rashid, einer der Männer, denen Thomas zuvor außerhalb der Stadtmauern erfolgreich aus dem Weg gegangen war, lag am Rand des Beckens, umgeben von einem Dutzend Anhängern. Die meisten von ihnen waren Mitglieder adliger Familien, reiche Männer, die Minen oder Landwirtschaft besaßen oder Handel trieben - nur dass keiner von ihnen tatsächlich arbeitete. Dafür gab es Diener. Faris war für diese Männer ein symbolischer Führer, sein Reichtum soll sogar den des Sultans übertreffen. Einige hielten ihn auch für den mächtigeren Mann. Thomas kannte ihn, genau wie viele der anderen, die um ihn herumstanden, ihre Arme über die Schultern junger Frauen und Männer gelegt.

Nachdem Abu al-Hasan Ali ihn als seinen Chirurgen ausgewählt hatte, verlangten viele dieser Männer seine Dienste. Thomas stellte sicher, dass er eine halsabschneiderische Gebühr verlangte, wusste aber, dass seine Rechnung für solche Männer wenig bedeutete.

Sich dessen bewusst, dass er Faris nicht ignorieren konnte, änderte er die Richtung, Yusuf ihm folgend. Der Junge zog sich aus und schlüpfte ins warme Wasser, während Thomas am Beckenrand in die Hocke ging.

Faris war an den gekachelten Rand gelehnt, die Arme ausgestreckt, an beiden Seiten an zwei junge Frauen gedrückt, deren Körper nass und glitschig mit Seife waren.

„Hier Chirurg, komm ins Wasser und nimm dir eins dieser Mädchen. Sind sie nicht entzückend?"

Sie waren in der Tat wunderschön, beide im heiratsfähigen Alter, die Haut der einen tiefschwarz, die andere kam aus dem Norden, genauso hell wie ihre Begleiterin dunkel, ihr blondes Haar erinnerte Thomas daran, dass zuhause seine eigene Frau wartete.

„Ich bin zu müde, um auch nur einer von beiden gerecht zu werden, Herr."

Faris lachte. „Du musst nichts tun, sie werden alles tun, was nötig ist."

„Ich danke Ihnen, aber ich muss mich erst waschen."

„Wie du willst. Yusuf, nimm diese Nubierin, sie hat fast das passende Alter für dich."

„Ich suche den Sultan", sagte Thomas, als das Mädchen ihre Beine um Yusufs Taille schlang. Der Prinz mag zwar jung sein, aber er wusste genau, wie er mit ihr umzugehen hatte.

Faris winkte mit der Hand zum hinteren Teil des Badehauses, seine Aufmerksamkeit wurde von der Blondine abgelenkt. „Er ist irgendwo in dieser Richtung mit Abu Abdullah. Was willst du von ihm?"

„Er möchte mit mir über eine Angelegenheit sprechen." Thomas begann, wegzugehen, versuchte sich nicht von den Anblicken um ihn herum ablenken zu lassen. Er war nicht prüde, aber er zog es vor, sich auf eine weniger öffentliche Weise sexuell zu vergnügen.

„Über was für eine Angelegenheit?" Faris' Stimme klang beiläufig, als ob er nicht interessiert wäre.

„Das werde ich wissen, wenn ich ihn sehe."

Thomas schlenderte zur anderen Seite des Beckens, ignorierte diejenigen, die nach ihm riefen. Er hoffte, er könne sich davonmachen, sobald er mit dem Sultan gesprochen hatte, aber vor seiner Flucht musste er seinen Körper vom Gestank der Operationen befreien. Seine Knochen schmerzten mit einer tiefen Müdigkeit, von der er bezweifelte, dass selbst erfahrene Hände sie vertreiben könnten.

„Thomas!"

Das lärmende Badehaus lag hinter ihm, als er sich durch

enge Gänge schlängelte, von denen Privaträume abgetrennt waren. Er blieb stehen, wusste, dass es unmöglich war, so zu tun, als hätte er nichts gehört.

„Mein Prinz." Thomas verbeugte sich. Er nannte Yusuf bei seinem Vornamen, wusste aber, dass er nicht versuchen sollte, eine solche Vertrautheit mit Abu Abdullah herzustellen. Dieser hatte Ambitionen, eines Tages zu regieren, trotz der Gerüchte, dass sein Vater vielleicht anderes im Sinn hatte.

„Ich wollte dir für deine Arbeit heute danken." Abu Abdullah lag auf dem Bauch, als zwei Frauen die verspannten Muskeln seines Rückens kneteten. Der junge Mann war breit, kräftig, mit dunklem Haar und einem schmalen Bart. Thomas hatte ihn im Kampf erlebt und wusste, dass er eines Tages ein ebenso großer Krieger sein würde wie sein Vater. Die runzelige Haut einer Narbe verlief über seine Schulter. Thomas erinnerte sich daran, wie er ihn nach einer Schlacht bei Malaka behandelt hatte, als kastilische Galeeren vom Meer aus angriffen.

„Ich habe nur meine Pflicht getan, Prinz."

„Eine Pflicht, die kein anderer so gut erfüllen könnte. Unterschätze deine Fähigkeiten nicht."

„Meine Fähigkeiten stehen Ihrem Vater zu Diensten. Ihnen natürlich auch."

„Wir sollten uns bald unterhalten, Thomas. Du bist jemand, dem ich vertrauen kann, wie es auch mein Vater tut, und es gibt nur wenige wie dich in dieser Stadt. Wann wirst du den Palast das nächste Mal besuchen? Du kümmerst dich um Safya, wie ich gehört habe. Ist sie bald so weit?"

„Es dauert höchstens noch Wochen. Das Baby wird vor dem nächsten Vollmond kommen."

„Noch ein Sohn, hoffe ich."

„Es wird so sein, wie Allah es wünscht." Thomas konnte, wenn es sein musste, religiös reden und wusste, dass Abu Abdullah fromm war.

„Allah sei gepriesen. Aber ein Junge wäre gut. Kannst du das nicht erkennen, Thomas? Die Frauen des Harems sagen, sie sei auf der rechten Seite dicker, also muss es ein Junge sein. Stimmt es, dass man das an solchen Zeichen erkennen kann?“

Thomas lächelte. „Es gibt eine Million Möglichkeiten, wie Frauen solche Dinge bestimmen können, aber es ist alles Aberglaube. Niemand kann das Geschlecht eines Kindes bestimmen, bevor es aus dem Leib der Mutter schlüpft.“

Abu Abdullah rollte sich auf den Rücken und die Frauen begannen, seine Oberschenkel zu kneten. Thomas hatte seine angelsächsische Prüderie schon vor langer Zeit verloren, aber er zog es vor, nicht bei dem zuzuschauen, was als nächstes kommen könnte, obwohl er wusste, dass er solche Aufmerksamkeiten selbst begrüßt hatte, bevor Helena in sein Haus kam.

„Hat dir jemand ein Mädchen angeboten?“ Abu Abdullah streckte die Arme über seinen Kopf und wölbte seinen Rücken.

„Ich habe eine eigene Frau, Prinz.“

Abu Abdullah lachte. „Natürlich. Eine der Ausrangierten meines Vaters. So eine Schande - sie war einst eine große Schönheit. Hat Vater mit dir über die Angelegenheit gesprochen, die er besprechen wollte?“

„Er spricht mit mir über viele Dinge, auch darüber, wie stolz er auf seine Kinder ist.“

„Ja - das sagt er die ganze Zeit. Manchmal denke ich sogar, dass er es glaubt. Ich meinte diese andere Sache, die Morde.“

„Welche Morde?“

Abu Abdullah setzte sich auf und schob die Mädchen, die ihm dienten, zur Seite. „Er bittet um deine Hilfe, obwohl ich ihm gesagt habe, dass es besser wäre, den großen Nordmann zu fragen. Welchen Nutzen hat ein Chirurg in solchen Angelegenheiten?“

„Ohne mehr darüber zu wissen, Prinz, kann ich nichts sagen."

Abu Abdullah schüttelte den Kopf und lehnte sich zurück. Er winkte den Mädchen zu, damit sie ihre Arbeit fortzusetzen. „Er scheint Vertrauen in dich zu haben. Ich habe keine Ahnung, warum. Soweit ich das beurteilen kann, tust du deine Pflicht, wie wir alle."

Thomas stimmte zu, sagte aber nichts.

<hr>

Er fand Abu al-Hasan Ali in einem privaten Zimmer in einiger Entfernung vom Hauptbad. Hier vergnügte sich keine Frau mit ihm. Stattdessen arbeitete ein starker Berber an den drahtigen Muskeln entlang seines Rückens. Der Sultan schaute auf, als Thomas den Raum betrat, schielte ein wenig. Seine Sehkraft war nicht gut. Thomas hatte angeboten, den Grauen Star zu entfernen, der ihn plagte, wusste aber, dass der Mann erst dann zustimmen würde, wenn er die eigene Hand nicht mehr vor seinem Gesicht sehen konnte.

„Hattest du Schwierigkeiten, mich zu finden?" Es gab keine Spur von Vorwürfen, aber Thomas hörte sie trotzdem.

„Nur dabei, anderen aus dem Weg zu gehen." Thomas saß auf einer Steinbank, schöpfte heißes Wasser aus einem laufenden Kanal und schüttete es über seinen Kopf.

„Die Leute wissen, dass ich dir vertraue. Jeder will mich auf die eine oder andere Art beeinflussen. Du musst müde sein, soll ich jemanden rufen, der dich massiert?"

„Mein Tag war nichts im Vergleich zu Ihrem, Malik."

Der Sultan lächelte. „Ich kämpfe heutzutage wenig, ich bin nicht so dumm. Aber ja, es war ein langer Tag, und hart."

"Wenn Sie bereit sind, mir zu sagen, warum Sie mich sehen wollten, dann können wir beide unseren müden

Knochen Ruhe gönnen. Ihr Sohn hat etwas von Morden gesagt."

„Er war also einer dieser anderen, oder? Hat er noch etwas gesagt?"

„Ich habe nicht gefragt. Ich wusste, dass Sie direkt mit mir sprechen wollten. Obwohl ich mich wundere, warum Sie mich ausgewählt haben, um über solche Vorfälle zu sprechen. Abu Abdullah hat vorgeschlagen, dass Sie Olaf Torvaldsson konsultieren."

„Er war der erste, an den ich gedacht habe, aber er ist kein subtiler Mann, und ich glaube, dass dies subtile Angelegenheiten sind. Ich vertraue darauf, dass du jemand bist, der das, was er entdeckt, nicht in der ganzen Stadt verbreitet." Der Sultan verzog sein Gesicht, als der Berber seine Finger entlang der Wirbelsäule vergrub.

„Was ist passiert?"

„Es gab Angriffe innerhalb des Palastes. Auf Bedienstete im Harem. Es gibt zwei Tote, von denen ich weiß, aber andere sind angegriffen worden und haben überlebt. Eine von ihnen habe ich dir geschenkt."

„Und Sie haben gedacht, Sie könnten mich in dieser Angelegenheit um Hilfe bitten?"

„Du bist jemand, der den Tod versteht, nicht wahr?"

„Nicht diese Form des Todes."

„Ich habe dich auf dem Schlachtfeld gesehen, Thomas. Du hast die ganze Zeit mit dieser Art von Tod zu tun. Und ich bitte dich darum. Ich verlange es von dir."

So endete es jedes Mal. Eine höfliche Bitte, gefolgt von einem Befehl. Das waren die Wege der Macht. Thomas beugte den Kopf und akzeptierte, was auch immer die Aufgabe sein mochte, trotz einer tiefen Abneigung.

„Was genau soll ich für Sie tun?"

„Nachforschen natürlich. Finde heraus, wer der Mörder ist und bringe ihn zu mir, damit ich ihn köpfen kann."

Der Sultan lies gerne Köpfe rollen, wie Thomas weniger als eine Stunde zuvor gesehen hatte. Er starrte den Berber an, als er den Rücken und die Schultern des Sultans mit seinen Fäusten bearbeitete. Wenigstens wurde ihm ein Moment gegeben, um die Bitte zu überdenken, obwohl beide wussten, dass nur eine Antwort gegeben werden konnte.

Thomas nickte. „Wie Sie wünschen, Malik. Ich werde mit Leuten sprechen müssen, und einige werden daraufhin zweifellos beginnen zu reden. Es wird unmöglich sein, die Angelegenheit geheim zu halten."

„Die Fakten sind im Palast bekannt. Eine solche Barbarei kann nicht lange geheim bleiben."

„Ich habe ein paar Bedenken", sagte Thomas.

„Dann frag. Wir sind beide in diesem Moment nur einfache Männer."

Innerhalb einer Minute von einer Forderung zu einer angeblichen Freundschaft. Thomas lächelte. „Warum ich? Ich bin ein Arzt. Ich beschäftige mich mit der Heilung von Körpern und, wenn das nicht möglich ist, mit der Erleichterung ihrer Übergänge von dieser Welt in die nächste. Es gibt viele, die Sie sich vor mir aussuchen könnten."

Der Sultan setzte sich auf, scheuchte den Berber weg. Als sie allein waren, schwang er seine Beine über die Seite der Holzbank und schaute Thomas mit festem Blick an.

„Ich dachte natürlich zuerst an Olaf. Er ist ein guter Mann, aber kein intelligenter, und diese Angelegenheit braucht einen scharfen Verstand. Es gibt noch andere, die mir nahestehen und denen ich die Aufgabe hätte anvertrauen können, aber..." Der Sultan zögerte, ließ sich dann vom Tisch gleiten und setzte sich neben Thomas. „Ein Mann in meiner Position hat viele Feinde. Ein Mann in meiner Position ist sich nicht immer sicher, wem er vertrauen kann. Vielleicht gibt es nur einen, dem ich völlig vertrauen kann." Er klatschte mit seiner Hand leicht auf Thomas' Bein und ließ sie dort liegen, eine unangenehm vertraute Geste, zumal einer von ihnen nackt war.

„Und als Olaf sich geweigert hat, haben Sie an mich gedacht?“

Der Sultan legte den Kopf in den Nacken und lachte, klatschte Thomas wieder auf das Bein. „Deshalb liebe ich dich, Thomas Berrington. Niemand sonst wagt es, so mit mir zu reden wie du. Ich bin auf allen Seiten von Schmeichelei und Gier umgeben. Jeder will etwas von mir. Alle außer dir. Wirst du es für mich tun?“ Der Sultan starrte in Thomas‘ Augen, seine eigenen waren getrübt.

„Mit dem bisschen Können, das ich besitze. Aber das ist etwas, mit dem ich nicht vertraut bin. Sie müssen wissen, dass ich versagen könnte.“

„Das würde auch niemand vor mir zugeben. Tu, was du kannst.“

„Wer ist getötet worden?“

„Dienerinnen. Niemand von Bedeutung, aber das macht nichts. Ich lasse keinen Mord in meinem Palast zu.“

Er hat keine Ahnung, was er sagt, dachte Thomas, und warum sollte er auch? Dieser Mann führt ein Leben, das für den Rest von uns nicht wiederzuerkennen ist.

„Wann?“

„Die zweite vor einer Woche. Die erste zwei Monate davor.“

„Glauben Sie, dass die Ereignisse zusammenhängen?“

„Zwei Dienerinnen am selben Ort getötet? Wie könnten sie es nicht tun?“

„Der gleiche Ort? Wo?“

„In einem Badegemach. Und nein, nicht der gleiche Ort, sondern die gleiche Art von Ort. Verschiedene Räume. Beide wurden auf die gleiche Art getötet, mit einem Schwert. Ein mächtiger Hieb, ausgeführt von jemandem, der wusste, was er tat.“

„Sie haben die Leichen gesehen?“

Der Sultan wandte sich an Thomas. „Natürlich nicht, aber

ich habe mit denen gesprochen, die sie gesehen haben. Ich bin zuerst zu Tahir al-Ifriqi gegangen. Als er nichts entdeckt hat, habe ich noch einmal daran gedacht, Olaf zu fragen, aber auch wenn er ein großartiger General ist, ihm fehlt es an Vorstellungskraft."

„Und mir nicht?"

„Nein, dir nicht. Wirst du tun, was ich verlange, und mich noch tiefer in deine Schuld stellen?"

„Ein Sultan ist einem Mann wie mir, Malik, nichts schuldig."

Der Sultan lächelte. „Sag das meinem Schatzmeister, er wird anderer Meinung sein. Und du weißt, dass ich dir etwas schulde, was niemand jemals zurückzahlen kann."

„Ich habe meine Pflicht getan."

„Du hast Yusuf gerettet. Du hast wahrscheinlich auch Abu Abdullah gerettet. Kein anderer Mann hätte das tun können, was du getan hast."

„Jeder kompetente Chirurg hätte sie gerettet."

„Andere haben mir etwas anderes erzählt. Du bist sowohl intelligent als auch einfallsreich. Zu intelligent, um dich selbst zu unterschätzen. Wir wissen beide, dass Yusuf ohne deine Anwesenheit an diesem Tag auf dem Schlachtfeld gestorben wäre. Aber du lenkst mich von der Antwort ab, die ich brauche. Wirst du es tun, Thomas?"

Habe ich eine Wahl?

„Ich kann reden, mit wem ich will?"

„Einverstanden."

„Mit Mitgliedern Ihrer Familie, Menschen innerhalb der Palastmauern? Sogar innerhalb des Harems?"

„Du bist kein Fremder im Palast, also ja, mit jedem, mit dem du möchtest. Wann besuchst du Safya? Sie ist fast so weit, nicht wahr?"

„Ich komme in einer Woche. Sie steht noch nicht so kurz davor."

„Komm morgen. Diese Angelegenheit kann nicht eine

Woche warten. Tu, was du tun musst, um diesen Mann zu finden, bevor andere getötet werden. Bevor er sein Augenmerk auf Menschen richtet, die wichtiger sind ist als Dienerinnen."

KAPITEL DREI

Thomas hoffte, dass Helena schlief, als er in sein Haus in den steilen, gewundenen Gassen des Albayzin zurückkehrte. Als er hinaufstieg, ebbte der Klang der Nachtschwärmer ab. Die Nacht wurde wärmer, und gelegentlich ertönte Donner, der jetzt näher war als damals, als er mit dem Sultan jenseits der Stadtmauer gestanden hatte.

Es hatte ein halbes Jahr gedauert, in dem Helena unter seinem Dach gelebt und sein Bett geteilt hatte, bis sich Thomas in ihrer Anwesenheit dort allmählich wohlfühlte. Er war zu lange allein gewesen, hatte sich zu sehr an seine eigene Gesellschaft gewöhnt, um es leicht zu finden. Nur langsam gewöhnte er sich daran, sein Leben mit jemand anderem zu teilen. Es waren auch Schuldgefühle im Spiel, als es darum ging, das Geschenk anzunehmen, als ob sie eine Art Sklavin wäre, obwohl er versuchte, sie nie als solche zu behandeln. Und dann war da noch die Leichtigkeit, mit der er sie in seinem Bett angenommen hatte, und wie schnell das passiert war.

Er hatte das Geschenk nicht gewollt, obwohl es unmöglich war, es abzulehnen. Helena war im Alter von fünfzehn Jahren als Konkubine in den Harem des Sultans eingetreten und hat ihn nach sieben verwöhnten Jahren, als sie angegriffen und entstellt wurde, verlassen. Der Harem war kein Ort für eine vernarbte Konkubine. Thomas wusste, dass ihre neuen häuslichen Vereinbarungen für sie schwieriger sein mussten als für ihn. Als seine Füße ihn geistlos nach Hause trugen, dachte er über die Behauptung des Sultans nach, dass Helenas Entstellung durch den Mann, den er jetzt suchte, verursacht worden sein könnte. Er fragte sich, ob sie das wusste? Er vermutete es nicht, aber es könnte die Frage wert sein.

Das Haus war ruhig, als er eintrat, eine einzelne Lampe brannte im Flur, wie immer. Thomas hängte seinen Umhang an einen Haken, entwirrte die langen Falten seines Tagelmust und legte ihn neben den Umhang, wo er in Falten auf den Boden fiel. Er ging die Treppe so leise wie möglich hinauf und zog seine Kleidung so geräuschlos wie möglich aus.

Das Schlafgemach war klein, halbdunkel, eine schwache Beleuchtung kam von hinter der Tür. Helenas Geruch erfüllte die Luft, ihr Körper war auf ihrer Seite des Bettes von ihm weggerollt.

Jeder hat jetzt seine eigene Bettseite, dachte Thomas lächelnd. *Wie ein Ehepaar sind wir geworden.* Und dann, weil er nicht an Heirat denken wollte, schob er den Gedanken beiseite. Er schlüpfte unter das Baumwolllaken und legte sich auf den Rücken, starrte an die raue Decke, als Helena sich umdrehte, tatsächlich gar nicht schlafend.

„Du bist spät. Und du riechst gut." Ihre Hand streckte sich aus, um sich auf sein Gesicht zu legen. „Und dein Kinn ist glatt." Sie küsste ihn. „Du weißt, ich mag es, wenn dein Gesicht nicht rau ist." Sie fuhr mit der Fingerspitze über seine Gesichtszüge, von der Stirn zum Mund, strich sein Haar zur Seite, wo es über sein Gesicht fiel. Sie zeichnete dunkle Augenbrauen, die Knochen seiner Wangen und seines

Kinns, die Fülle seiner Lippen und die Breite seines Mundes nach.

„Ich konnte kaum direkt vom Schlachtfeld kommen. Ich war in Aamirs Badehaus." Thomas schloss die Augen, genoss Helenas Berührung. Er sprach um des Sprechens willen, seine Worte ohne Bedeutung. „Der Sultan wollte seinen Sieg feiern."

„Es war also ein Sieg?" Ihre Finger bewegten sich zu seiner Brust und zeichneten alte Narben nach, die seine Haut durchzogen. Sie schien von ihnen fasziniert zu sein, vielleicht sah sie ihre eigene Verstümmelung dort widergespiegelt. Trotz der nur schwachen Beleuchtung aus dem Flur hatte sie ihren Kopf zur Seite geneigt, so dass ihr Gesicht im Schatten lag.

„Eine Art von Sieg, aber ein kleiner. Zu viele Tote, noch mehr Verletzte."

„Du hast deine Pflicht getan, da bin ich sicher." Ihre Finger bewegten sich von seiner Brust weg, suchten nach etwas interessanterem. Thomas hasste die Art und Weise, wie sein Körper auf sie reagierte, als wäre er ein junger Mann und nicht ein Mann von fast vierzig Jahren, aber er wusste, dass er ihr nicht widerstehen konnte. „So wie ich meine tun möchte." Sie beugte sich über ihn, ihr Mund küsste seinen, dann seinen Hals. „Deine Haut ist weich und du riechst gut."

„Aamir hat mich massiert."

Ihre Brüste drückten gegen seinen Bauch, ihr Körper lag geschmeidig auf seinem. Sie küsste die Narben auf seiner Brust, bewegte sich weiter nach unten. Thomas stöhnte, wissend, was kommen würde, war nicht mehr schockiert über ihre Lüsternheit.

Danach - und es hatte nicht lang gedauert - lag sie dicht bei ihm, ihre Finger zeichneten noch einmal die erhabenen Spuren auf seinem Körper nach und sagte: „Hast du noch einmal über meine Frage nachgedacht?"

„Du fragst vieles. Über was hätte ich nachdenken sollen?“

„Du weißt über was. Lubna. Hast du eine Entscheidung getroffen?“

„Ich sehe nicht, wie im Haus noch Platz für eine andere Frau sein soll.“

„Könntest du nicht Platz machen? Wenn du nein sagst, mache ich mir Sorgen, was aus ihr wird. Sie ist meine Schwester, Thomas, und ich liebe sie, auch wenn wir nicht dieselbe Mutter haben.“ Es war so typisch für Helena, ihre Worte zu relativieren. „Und sie wird mir nützlich sein.“ Nun kamen sie der Wahrheit näher.

„Ich brauche mehr Zeit“, sagte Thomas.

Helena küsste sein Ohrläppchen, die Seite seines Mundes, ihr Atem süß an sein Gesicht, als sich ihre Hand wieder unter die Decke bewegte.

„Lass dir nicht zu viel Zeit, sonst wird sie an einen schrecklichen Ort geschickt.“ Ihre Finger fanden ihr Ziel.

„Ich bin müde“, sagte Thomas.

„Und ich bin noch nicht fertig.“

„Ich kann nicht so schnell wieder hart werden.“

Helena lachte. „Du unterschätzt mich, Thomas Berrington.“

Und so war es.

***

Thomas wachte vom Geräusch des Regens auf, verwirrt, unsicher, wo er war. Heftig und beharrlich war der Sturm von jenseits der Berge angekommen. Er saß auf der Bettkante, als der Donner die Ziegeln über seinem Kopf klappern ließ. Neben ihm bewegte sich Helena, murmelte und fiel wieder zurück in den Schlaf. Trotz seiner Erschöpfung wusste er, dass ihm weiterer Schlaf versagt bleiben würde, bis der Sturm vorüber war. Er stand auf und zog ein Gewand an, ging die Treppe hinunter und öffnete die Tür zum Hof.

Der Regen prasselte unerbittlich. Er prallte von den Pflastersteinen ab und warf einen schimmernden Dunst über die schmale Rinne, die über die Breite der Steinplatten verlief. Thomas trat hinter die Tür, um unter einem Balkon Schutz zu suchen, der von der Küche zu seinem Arbeitsraum führte. Der Regen floss vom Dach ab und fiel senkrecht auf die Platten. Es war, als ob Thomas hinter einem Wasserfall gefangen wäre. Eine Holzbank stand eng an der Wand, und er setzte sich, seine nackten Füße wurden von Wasserspritzern besprenkelt.

Er hatte Hunger, aber für den Moment blieb er damit zufrieden, zu sitzen und dem Regen zuzusehen, während er gedanklich noch einmal die Ereignisse des Tages durchkaute. Er verstand nicht, warum der Sultan ihn gebeten hatte, die Morde zu untersuchen. Es machte keinen Sinn. Trotz seiner Zweifel wusste Thomas, dass er mehr helfen konnte, als der Sultan vermutete. Er besaß Fähigkeiten, die nützlich sein würden, Fähigkeiten, von denen der Sultan nichts wusste. Fähigkeiten, die Thomas vor allen anderen geheim hielt - manchmal sogar vor sich selbst. Sein Leben, bevor er Chirurg wurde, war ein Leben, das er lieber vergessen würde. Sein wirkliches Leben hatte erst begonnen, als er fast gestorben war, und nun wurde er gebeten, das wiederzubeleben, für dessen Unterdrückung er so lange gekämpft hatte.

Das Geräusch einer Tür, die gegen einen Stein schlug, ließ Thomas seinen Blick vom hypnotisierenden Wasserfall erheben und er sah Helena unter dem Balkon stehen. Sie hatte sich ein weißes Leinengewand angezogen, um ihren nackten Körper zu bedecken, aber es half kaum, ihre Figur darunter zu verbergen.

„Da bist du ja." Ihr Akzent war eingefärbt wie seiner, aber die Färbung war anders. „Ich bin aufgewacht und du warst weg."

„Ich konnte nicht schlafen. Ich wollte dich nicht wecken."

„Ich hätte nichts dagegen gehabt. Jetzt bin ich sowieso

wach. Ich merke, wenn du nicht neben mir bist." Sie neigte ihren Kopf, helle Haare fielen über die vernarbte Seite ihres Gesichts.

Thomas wünschte sich, sie würde das nicht tun. Die Narbe machte ihm nichts aus. Er fand sie trotzdem schön. „Bist du nicht müde?"

Helena lächelte, die Bewegung war verzerrt, ihr Mund hob sich links mehr an, und sie streifte sich erneut durch die Haare, um ihr Gesicht zu bedecken.

Thomas begann zu sprechen, hielt inne.

Helena wandte sich vom Regen ab und sah ihn an. „Was hast du gesagt?"

„Nichts."

Sie starrte ihn weiterhin an, ihr Blick war nicht zu brechen. „Sag es, Thomas." Sie richtete ihre Schultern auf, als ob sie ihm und sich selbst die Stirn bieten wollte. Sie warf den Kopf zurück, um die volle Schönheit und den Schrecken ihres Gesichtes zu enthüllen.

„Du brauchst dich nicht vor mir zu verstecken, nicht hier", sagte er. „Du weißt, dass ich dich schön finde. Das habe ich schon immer."

„Auch das?" Sie hob eine Hand und verfolgte mit dem Finger die Linie der roten, gerunzelten Haut.

„Auch das. Das ist nicht wichtig für mich."

„Nein. Aber für mich... für mich bedeutet das alles. Ich bin dir dankbar, Thomas, aber tu nicht so, als wäre das nichts."

Thomas seufzte. „Es tut mir leid, wenn das Leben hier eine Enttäuschung für dich ist."

Helena schaute weg, schüttelte den Kopf. „Das ist jetzt mein Leben. Es ist das Leben, das ich führe, und ich freue mich, hier zu sein. Du weißt, dass ich die Wahrheit sage, Thomas. Ich bin glücklich, dass du mir erlaubst, dein Bett zu teilen, mit dir zu sein, aber ich kann nie vergessen, was ich verloren habe."

Thomas wollte ihr sagen, dass sie eine Lüge gelebt,

gefeiert und beschützt hatte, aber er wusste, dass seine Worte auf Ohren stoßen würden, die sich weigerten, sie zu hören. Helenas ganzes Leben war von schamlosem Luxus und Genuss geprägt.

Er erinnerte sich an das erste Mal, als er sie sah, das Gesicht von einem Verrückten zerfetzt - höchstwahrscheinlich vom gleichen Verrückten, den er zu finden beauftragt worden war. Thomas war mitten in der Nacht gerufen worden, eine dieser Aufforderungen, die er nicht ablehnen konnte, so wie er auch diese nicht ablehnen konnte. Und dann, nachdem er ihr Gesicht so gut wie möglich zusammengenäht hatte, kam es zu einem Gespräch mit dem Sultan. Er bat sie ihm an. Als ob Helena nichts weiter als ein wertloses Schmuckstück wäre, das man weitergeben könnte, da ihre Schönheit nun getrübt war. Thomas wusste, dass er hätte ablehnen sollen. Er hatte Angst, was dann aus ihr werden könnte. Also hatte er ja gesagt.

Jetzt schaute er sie an, wusste, was sie dachte.

„Die Narbe ist ziemlich frisch", sagte er. „Sie wird heilen. Sie ist schon besser, als sie am Anfang war."

„Aber sie wird nie ganz heilen, oder?"

„Nein, nicht vollständig." Thomas konnte nicht lügen. Manchmal hielt er es für eine Schwäche in seinem gewählten Beruf. Es gab Situationen, in denen ein Mann mit der Aussage, dass er sterben würde, vielleicht besser umgehen könnte als mit der Wahrheit, aber solche Täuschungen überließ er anderen. „Eines Tages, nicht allzu weit in der Zukunft, wirst du sie kaum noch bemerken." Auch das war die Wahrheit.

„Ich werde sie immer bemerken."

„Wir werden sehen. Ich werde dich in einem Jahr an deine Worte erinnern."

„Ein Jahr? Nach einem ganzen Jahr?"

Thomas lächelte. „Vielleicht früher."

„Im Sommer?"

„Vielleicht im Sommer, ja. Ich habe eine Formel für eine Salbe, die mir al-Baitar gegeben hat. Er behauptet, sie hat eine große Heilkraft. Ich werde etwas davon für dich herstellen." Er warf einen Blick auf den herabstürzenden Regenguss. Das Geräusch erfüllte den Hof, aber Thomas wusste, dass der Regen nicht lange anhalten würde. In diesem Land tat er das nie.

Er wusste, dass er eine Entscheidung getroffen hatte, aber er wusste nicht, wie, warum oder wann. Irgendwann, als sie sich unterhalten hatten, war alles, was er wusste.

„Ich muss morgen früh in den Palast."

„Morgen? Darf ich mitkommen?"

„Wenn du willst, natürlich. Wirst du dort willkommen sein?" Er konnte sich nicht daran erinnern, wann Helena ihn das letzte Mal auf den Hügel begleitet hatte, und fragte sich, warum sie das jetzt tun wollte, aber der Gedanke begleitete ihn nicht lange, nachdem sie zurück ins Bett gegangen war. Thomas saß da und beobachtete den Regen, während seine Gedanken nach dem Grund suchten, warum der Sultan ihn gebeten hatte, die Todesfälle zu untersuchen - und er konnte keinen finden. Morgen, vielleicht, würde alles Sinn ergeben.

KAPITEL VIER

Als sie zum Palast hinaufstiegen, wurde Helena langsamer wo die Bäume dünner wurden, um durchzuatmen. Der nächtliche Regen hatte die Luft gereinigt und der Blick über die fruchtbare Ebene bis hin zu den fernen Hügeln glitzerte in einer seltenen Klarheit.

„Lubna wird keine Probleme machen, Thomas."

Er ging weiter, wissend, dass Helena das Thema erneut zur Sprache bringen würde, und zwar so lange, bis sie ihren Willen bekam. Er wusste, dass sie so ihre Ziele erreichte. Nur in diesem Fall widerstrebte es ihm, der Bitte nachzukommen. Es gab wirklich keinen Platz. Er hatte sich erst jetzt an die Anwesenheit einer Frau im Haus gewöhnt und mochte die Idee einer zweiten Frau nicht.

„Sie ist klein", sagte Helena, als sie ihn einholte, „und es gibt diesen Platz über deinem Arbeitsraum. Niemand braucht ein so hohes Dach wie du da drinnen hast. Du könntest eine Art Plattform bauen, einen Platz für sie zum Schlafen. Und sie wird mir beim Putzen und Kochen helfen. Sie ist ruhig. Sehr ruhig."

Thomas trottete weiter. Sie hatten zwei Drittel des Hangs

erklommen, und trotzdem schien der Albayzin auf dem gegenüberliegenden Hang fast zum Greifen nah.

„Ich habe keine Zeit, eine Plattform zu bauen."

„Ich meinte auch nicht, dass du das tust." Ein entsetzter Blick huschte über Helenas Gesicht. „Es gibt auch andere Leute. Seit ich hier bin, hast du sie schon andere Arbeiten im Haus verrichten lassen."

„Deine Schwester nennt sich Lubna. Warum ein maurischer Name?"

„Sie will eine Maurin sein wie ihre Mutter." Als Helena den Kopf über so eine seltsame Idee schüttelte, schien das Sonnenlicht auf goldblonde Haarsträhnen, die sich von ihrem Kopftuch lösten. „Sie glaubt, dass sie in dieses Land gehört."

„Und du tust das nicht? Dieses Land war gut zu deinem Vater, gut zu dir."

„Dieses Land hat mir das gegeben." Helena zog das Tuch zur Seite, um die Narbe zu enthüllen. „Das heißt gut zu mir zu sein?"

„Das hat dir ein Verrückter angetan. Und vorher hast du ein wunderbares Leben genossen. Behandle ich dich so schlecht?"

„Natürlich nicht. Ich bin dankbar für alles, was du getan hast. Ohne dich hätte ich Angst davor, was aus mir geworden wäre."

„Der Sultan hätte dich nicht mittellos sein lassen."

„Deshalb hat er mich dir angeboten."

Etwas in Helenas Tonfall ließ Thomas langsamer werden. Er wusste, dass das Leben, das sie jetzt führte, nichts im Vergleich zu dem Leben war, das sie davor hatte, aber eine vernarbte Konkubine hatte keinen Platz im Harem. Thomas mag mit dieser Ansicht nicht einverstanden sein, aber er verstand sie. Er bemerkte ihre Narbe kaum noch.

„Ich werde ihm immer dankbar dafür sein, dass er dich zu

mir geschickt hat." Thomas wollte einen Themenwechsel. „Hast du vor, jemand Bestimmtes zu besuchen?"

„Niemand Bestimmtes."

„Ich bin sicher, du könntest auch ohne mich kommen, wenn du es möchtest."

„Vielleicht. Auch wenn der Harem vielleicht nicht daran erinnert werden will, wie flüchtig seine Annehmlichkeiten sind. Außerdem habe ich mit dir eine Ausrede. Jeder respektiert Thomas Berrington."

„Die Soldaten hassen mich. Du weißt, wie sie mich nennen."

„Glaube, was du willst." Helena erhob eine Hand zur Begrüßung eines dunkelhäutigen Berbers, der einen wenig benutzten Eingang des Palastes bewachte. Ein schmaler Durchgang war tief in die dicke Mauer an der Seite des Hügels eingelassen. Im Inneren gab es noch weitere Stufen zu erklimmen, aber der Aufstieg war fast geschafft. Helena lief voran, wie immer nicht in der Lage, den Benimmregeln zu folgen. Thomas folgte ihr in einen schattigen Hof. Das Wasser lief lautlos in einer Rinne von einer Seite zur anderen. Blühende Bäume und Palmen warfen Schatten auf die Steinplatten. Die Schwalben schrien, als sie Insekten ins und aus dem Sonnenlicht jagten.

Als sie weiter hineingingen, kamen sie an mehr Wächtern, Dienern und Personen vorbei, die ständig innerhalb der Mauern lebten. Keiner zeigte das geringste Interesse an den Neuankömmlingen. Thomas war bekannt, und wer ihn begleitete, war immer willkommen. Der Harem befand sich am äußersten Ende des Palastes, und Helena schritt voran, in Vorfreude darauf, alte Freunde zu sehen.

Thomas wusste, dass sie dieses Leben vermisste, das sie es immer noch genießen würde, wenn ihr nicht ein halbes Jahr vorher jemand eine Klinge ins Gesicht gedrückt hätte. Mit den Monaten hat sich die äußere Narbe gebessert, aber andere geheime Narben haben ihre Seele verdunkelt,

Narben, die über seine Heilungskunst hinausgingen. Er wusste, dass er sie über die Nacht, in der sie angegriffen wurde, hätte befragen sollen, aber er hatte nicht den Mut, es zu tun, noch nicht. Bald, so wusste er, würde er es tun müssen.

Thomas fand Jorge im Löwenhof sitzend vor, so still wie die Statuen, die das Gelände bewachten. Helena war gegangen, um diejenigen zu finden, die sie so gerne besuchen wollte, und Thomas trat langsam ein, wie immer verzaubert von der Schönheit und Opulenz des Palasts des Sultans. Hohe Bäume in großen Tontöpfen, die mit Passagen aus dem Koran dekoriert waren, boten Schatten und Zuflucht für kleine Vögel.

Jorge saß in einem Sonnenstrahl, sein kahler Kopf war unbedeckt, die Augen geschlossen, sein Gesicht der Wärme zugewandt. Alle liebten Jorge, besonders die Frauen, aber Thomas war sich nie sicher, ob das daran lag, dass sie ihn für ungefährlich hielten oder ob er einfach zu gut aussah. Jorge war anders als alle, die er je gekannt hatte, und er wünschte sich, dass sie engere Freunde sein könnten. Vielleicht würde diese Aufgabe genau dazu führen - oder die geringe schon vorhandene gegenseitige Zuneigung zwischen ihnen zerstören. Thomas stand am Eingang zum Hof und wollte den Mann nicht stören, den er als Junge kennengelernt hatte und den er in dann das verwandelt hatte, was er jetzt war - ein Palasteunuch.

Erst als er neben ihm saß, öffnete Jorge seine Augen.

„Geht es Safya gut?", fragte Thomas.

Jorge hob eine Schulter an. „Sie erwartet ein Baby. Woran soll ich das erkennen können? Das ist deine Aufgabe."

Thomas begann sich zu erheben. „Ist sie bereit für mich?"

Jorge legte eine Hand auf Thomas' Handgelenk und zog ihn auf die Steinbank zurück. „Noch nicht. Es dauert noch ein bisschen. Die Frau eines Sultans darf nicht gehetzt werden." Er lächelte. Ein wissendes Lächeln. „Ich glaube, sie will für dich so schön wie möglich sein."

„Eines Tages wirst du zu weit gehen, und man wird mich bitten, meine Arbeit zu Ende zu bringen und dir zusätzlich zu deinen Eiern deinen Schwanz zu entfernen."

Jorge seufzte. „Ein Mann muss sich ein bisschen amüsieren, sonst wird das Leben viel zu langweilig."

„Ich glaube, dass du dich sehr gut amüsierst. Und zwar mehr, als es den Anschein hat."

„Der Sultan liebt mich, so wie er dich liebt. Sind wir nicht unter den Gesegneten dieser Stadt?"

In Jorges Worten steckte immer Zynismus, und oft wusste Thomas nicht, wie ernst er sie nehmen sollte. Oft verdeckte der Zynismus eine tiefere Wahrheit.

Jorge war in ein loses Gewand aus feiner Seide gekleidet, hatte zarte Schlappen an den Füßen, und sein Kopf war bis auf die Haut rasiert. Es war entweder eine Affektiertheit oder eine Anforderung seines Berufes, denn Thomas wusste, dass dem Mann ein Kopf mit vollem Haar und Bart wachsen konnte, wenn er wollte.

„Ja, wir sind wohl gesegnet", sagte Thomas.

„Wie geht es deiner neuen Frau? Benimmt sie sich?"

„Ich habe sie nicht zur Frau genommen..." Thomas ließ das Ende des Satzes in der Luft hängen, weil er wusste, dass es Jorge unmöglich sein würde, nicht darauf zu reagieren.

„Noch nicht - aber du wirst es tun."

„Ich bin mir nicht sicher, ob es mir gefällt, mein Haus mit jemand anderem zu teilen. Und jetzt fragt sie, ob ihre Schwester einziehen kann."

Jorge lachte, das Geräusch war sanft, als ob Rauheit in diesem Hof fehl am Platz wäre. Hinter einem Durchgang, der mit einem Vorhang bedeckt war, hörte Thomas das Lachen der Frau, das dem des Eunuchen entsprach, aber auf eine andere, geheime Belustigung reagierte.

„Du teilst doch dein Bett mit ihr, oder nicht? Du musst... Dafür ist sie gemacht."

„Was wir in der Privatsphäre meines Hauses tun, geht dich nichts an."

„Manchmal kannst du ein wundervoller Bastard sein. Sie wurde geboren, um andere zu beglücken. So wie ich geboren wurde, um zu dienen, und du, um zu heilen. Helena wurde geschaffen, um andere zu beglücken. Ich will sie nicht abwerten. Wir sind die Menschen, die wir sein sollen."

„Dann wurde sie vielleicht genauso zu dem gemacht, was sie ist, so wie du auch." Wie immer spürte Thomas ein Bedürfnis, sie zu schützen. Er wusste, dass Jorge absichtlich stichelte und die Reaktion auf seine Worte genoss.

Jorge schüttelte den Kopf und lächelte. „Sie hat sich mit Leib und Seele in das Leben des Harems gestürzt. Helena war eine begeisterte Konkubine. Man kann jemanden nicht dazu bringen, seine Arbeit so sehr zu lieben wie sie. Das muss von hier drinnen kommen." Jorge klopfte sich auf die Brust. „Aber vielleicht ändern sich die Menschen."

„So wie du?"

Jorge lachte, der Ton immer noch kaum hörbar, jahrelanges Training hinter jeder seiner Angewohnheiten, jedem seiner Geräusche. „Hättest du mir nicht meine Eier genommen, wäre ich jetzt tot oder würde in irgendeiner Seitenstraße von Qurtuba leben und stehlen oder meinen Körper für meine nächste Mahlzeit verkaufen."

„Du hättest sterben können, als ich dich operiert habe."

„Oh, natürlich, erinnere mich daran, wie viel ich dem großen Thomas Berrington schulde."

„So habe ich es nicht gemeint." Was die Wahrheit war, aber Thomas verstand Jorges Reaktion. Er war eine von Thomas' ersten Operationen gewesen, und er hat das, was er gesagt hat, so gemeint, dass Jorge wahrscheinlich gestorben wäre, wenn jemand anders die Operation durchgeführt hätte. Die Erschaffung von Eunuchen war keine subtile

Kunst, nicht damals, mit viel Blut, heißen Kohlen und brennenden Qualen. Vor Thomas' Zeit überlebte weniger als jeder neunte Eunuch. Seitdem hatte er nur wenige durch sein neues Verfahren verloren, bei dem er jeden Jungen, der zu ihm geschickt wurde, mit sanfteren Techniken entmannt hat. Darauf war er nicht gerade stolz. Er hätte es vorgezogen, die Prozedur überhaupt nicht durchzuführen, wusste aber, dass die Alternative schlimmer war. Viel schlimmer.

„Du hast es vielleicht nicht so gemeint", sagte Jorge, „aber so habe ich es verstanden."

„Dann hör besser zu." Thomas ließ zu, dass sein Ärger sichtbar war, auf seine eigene Art genauso kontrolliert wie Jorge, aber seine Verärgerung galt nicht ihm. „Ich suche keinen Dank, aber ich brauche deine Hilfe."

„Jetzt gibt es eine Premiere. Wie kann eine bescheidene Kreatur wie ich einem erhabenen Diener des Sultans Hilfe leisten?"

„Sarkasmus steht dir nicht."

Jorge lächelte und wartete ab.

„Ich muss zu Safya, und dann möchte ich, dass du mich zu einigen Leuten bringst." Thomas stand auf und ging zum Rand der kleinen Rinne. Das Wasser stand fast vollkommen still und bewegte sich nur langsam, um die Schönheit des Himmels noch besser widerzuspiegeln.

„Zu bestimmten Menschen oder ist es egal zu wem?"

„Hast du etwas von Todesfällen im Palast gehört?"

Jorge zuckte die Achseln. „Hier leben viele Menschen. Sie kommen und gehen. Ständig sterben Menschen. Weil sie alt sind, weil sie krank sind."

„Das waren keine natürlichen Todesfälle."

„Du meinst die Mädchen in den Badegemächern, nehme ich an?"

„Also weißt du es doch."

„Jeder weiß es."

„Haben sie Angst?"

„Ein bisschen, aber ich glaube es ist mehr Verwirrung als Angst. Sie verstehen nicht, warum diese beiden ausgewählt wurden."

„Wenn ich zurückkomme, möchte ich, dass du mich zu jemandem bringst, der aus erster Hand Wissen über..." Thomas brach ab, als eine schlanke Frau durch einen Torbogen eintrat, aber sie war nicht wegen ihm gekommen. Sie lief über den Hof, ihre Schritte elegant und langsam. Sie nickte Jorge und Thomas zu, lächelte und ging weiter. Einen Augenblick später wehte ihr Duft mit einer Brise zu ihnen herüber und Thomas atmete ihn ein.

Jorge schloss kurz die Augen. „Warum solltest du so etwas tun wollen? Du bist Arzt, kein Gesetzeshüter."

„Ich will es nicht tun - ich wurde vom Sultan dazu aufgefordert."

Jorges Gesicht spiegelte seine Verwirrung wider, aber bevor er sich weiter damit befassen konnte, tauchten hinter einem Seidenvorhang drei junge Frauen auf, und diesmal waren sie wegen Thomas gekommen.

„Sie ist bereit für Sie, Herr Doktor", sagte eine, während eine zweite in ihre Hand kicherte.

Thomas nickte und ging auf die Tür zu. „Ich komme und hole dich ab, wenn ich fertig bin."

Jorge nickte, sein Blick abwesend, als würde er in einer Erinnerung schwelgen.

KAPITEL FÜNF

Safya wartete in einer Ecke am hinteren Ende des Harems auf Thomas, so dass er den gesamten Raum durchqueren musste. Er glaubte, dass sie sich absichtlich so positioniert hatte, damit er sich unwohl fühlte - in diesem Fall hatte sie versagt. Die Ehefrauen und Konkubinen des Sultans neckten die wenigen Männer, denen der Zugang zu ihren Gemächern gestattet war, immer gern, und er war inzwischen sehr wohl daran gewöhnt. Jorge lebte ständig hier und erzählte oft Geschichten, von denen er hoffte, sie würden ihn schockieren, aber Thomas hatte seine eigenen Geschichten, und zwar solche, die er nie erzählte. Das Leben dieser Frauen war luxuriös. Sie waren mehr als nur Spielzeug für den mächtigsten Mann in Al-Andalus. Sie lasen viel, sprachen über Politik, Geschichte und Kultur, hörten und machten Musik, schufen Kunstwerke mit Weben und Näharbeiten und noch größere Kunstwerke durch die Aufmerksamkeit für ihre Körper.

„Wie geht es Ihnen, Hoheit? Haben Sie irgendwelche Beschwerden?"

„Nenne mich bei meinem Namen, Thomas, denn du hast

mich gesehen wie nur ein anderer Mann. Und natürlich habe ich Beschwerden."

„Wenn Sie sich entspannen und mir erlauben würden, Sie zu untersuchen, Hoheit?" Thomas trat zurück und wartete auf Safya. Sie schaute ihn an, ein neckender Blick, der umsonst war. Schließlich erkennend, dass ihr Körper nicht mehr als eine weitere Aufgabe für den Chirurgen war, ließ sie ihr Obergewand fallen, wobei ihre Schamgegend von einem einfachen Seidenstoff bedeckt war. Thomas deutete auf die Liege und sie setzte sich hin, lehnte sich langsam zurück.

Thomas berührte Safyas Hals. Ihr Puls war ein bisschen schnell, aber er führte das auf ihre Nervosität zurück. Trotz ihrer lockeren Art wusste Thomas, dass dies für sie schwierig war. Sitte und Gesellschaft gaben vor, dass kein Mann, der nicht zur Familie gehörte, ohne die Anwesenheit des Sultans ein Mitglied des Harems anschauen durfte. Und eine fast nackte Ehefrau, die auf einer Couch lag, war sicherlich weit jenseits aller Konventionen.

„Ich werde abhören, wenn ich darf?"

Safya willigte mit geneigtem Kopf ein, legte sich zurück und schloss die Augen.

Thomas holte einen Papierkegel aus seinem Lederbeutel. Er setzte das breite Ende auf ihren Bauch, legte sein Ohr auf das andere, bis er das leise Rauschen eines fötalen Herzschlags hörte, das fast zu schwach war, um es wahrzunehmen. Thomas wusste, dass viele Ärzte dieses Lebenszeichen nicht finden würden, aber er hatte schon immer ein feines Gehör besessen. Manchmal schien es, als seien es nicht seine Ohren, die hören würden, sondern etwas anderes, das die Anwesenheit eines zweiten Lebens, das in das erste eingenistet war, spürte. Er nahm die Weichheit der Seide auf Safyas Haut, den Geruch ihres Körpers, das Heben und Senken ihres Bauches unter seiner Berührung wahr, aber das alles war nicht mehr als eine Ablenkung von dem, was er tatsächlich suchte.

Er hob seinen Kopf und legte eine Handfläche auf ihren Bauch. Seine Finger bewegten sich, drückten, zeichneten die Form des Kindes nach und bildeten seine Konturen in seinem Geist nach. Als ob es seine Anwesenheit spürte, bewegte sich das Kind, rollte sich, und er spürte ein Bein, einen Fuß.

Safya lachte. „Ich glaube, er will spielen."

Thomas tastete mit den Fingern an ihren Beinen entlang und überprüfte ihre Knöchel, wobei er sich freute, dass er keine Schwellung feststellte.

„Ich muss Sie jetzt etwas intimer untersuchen, Hoheit."

„Dann *musst* du mich Safya nennen, nicht wahr?"

Thomas nahm eine Flasche Öl aus seiner Tasche und goss ein wenig auf seine Hände. Als er sie untersuchte, fühlte er nichts anderes als eine Bestätigung der Gesundheit von Mutter und Kind. Als er fertig war, stand er auf und drehte sich zum Fenster, wobei er seine Hände an einem Leinentuch abwischte.

„Ich bin fertig, Hoheit, Sie können sich jetzt anziehen."

Er hörte Safya seufzen. Sie hatte es mit ihm aufgegeben.

Thomas ging zum Fenster, um ihr Privatsphäre zu gewähren. Er schaute auf den Weg hinunter, der vom Hauptpalast zu den Gemächern des Sultans führte. Eine tiefe Schlucht trennte die beiden, und eine schmale Seilbrücke war konstruiert worden, so dass der Weg zwischen ihnen keinen langen Ab- und Aufstieg erforderte.

Eine Frauengestalt tauchte aus einer Tür auf der anderen Seite auf und bewegte sich auf die Brücke zu, bevor sie stehen blieb. Sie drehte sich um, als sie von einer zweiten Figur gerufen wurde.

„Wie geht es meinem Sohn, Thomas?" Safya kam zu ihm ans Fenster. „Ist das Helena?"

„Ich glaube das ist sie. Ihrem Kind geht es gut, Hoheit."

Thomas konnte nicht klar erkennen, mit wem Helena sprach, weil die andere Person im Schatten der Tür stand. Ein Mann, groß, mit breiten Schultern. Möglicherweise ein Wächter. Ihr Gespräch endete und Helena ging wieder über die Brücke hinaus.

„Hat sie Freunde im Palast besucht?", fragte Safya. „Helena wird auf dem Hügel immer noch vermisst. Du hast Glück, Thomas. Wann wird mein Sohn geboren?"

„Ich weiß, dass ich Glück habe. Innerhalb eines Monats, Hoheit, wahrscheinlich schon früher."

„Allah sei gepriesen. Wird es schmerzhaft werden?"

„Etwas. Das Geschenk des Lebens kommt nicht ohne einen Preis, aber ich kann die Schmerzen lindern, wenn Sie es wünschen."

„Wirst du kommen, wenn man dich ruft?"

„Natürlich."

„Mir wäre es lieber, wenn du näher da wärst. Ich weiß, dass mein Mann dir ein Haus in der Alkazaba angeboten hat. Du solltest es annehmen."

„Er ist sehr großzügig, aber mein Platz ist auf der anderen Seite des Flusses bei meinen Leuten."

Safya lachte. „Deine Leute? Deine Leute sind viele Kilometer von hier entfernt, oder etwa nicht?"

„Nicht mehr. Meine Leute sind überall um mich herum."

Thomas wünschte sich, Safya würde zum Baden gehen. Sie löste mit ihrer vorgeheuchelten Gleichberechtigung ein unbehagliches Gefühl in ihm aus. Jetzt, wo er sie nicht mehr als Patientin ansah, beunruhigte ihn ihre Anwesenheit. Er wusste nicht, wie Jorge es schaffte, unter diesen Frauen zu leben und geistig gesund zu bleiben. Thomas wusste, dass er nicht weggehen konnte, bis Safya es tat, also wartete er und starrte über das Tal des Hadarro zu den durchmischten weißen und terracottafarbenen Häusern hinüber, die den fernen Hang säumten. Er versuchte, sein eigenes Haus zu erkennen, da er wusste, dass er den Palast von seinem Hof aus sehen konnte, aber aus dieser Richtung schien alles anders zu sein.

„Vielleicht lässt du dich für mich erweichen, wenn die Geburt kurz bevorsteht, und wirst näher hierherziehen?"

„Ich werde Ihre Bitte überdenken, Hoheit."

Thomas' Antwort schien zu reichen, denn Safya ging weg. Als er allein war, drehte er sich um, um seine Tasche zu holen.

„Bist du fertig hier?" Jorges Stimme war nah, und Thomas schaute von der Stelle, an der er auf dem Boden kniete, auf. Er hatte ihn nicht kommen hören. Für einen so großen Mann konnte sich Jorge mit überraschender Lautlosigkeit bewegen. „Ich habe jemanden gefunden, mit dem du sprechen kannst."

„Ja, ich bin fertig." Thomas erhob sich und passte sich Jorges Schritt an.

„Safya ist gesund? Das Baby auch?"

„Beiden geht es gut, obwohl sie davon überzeugt ist, dass es ein Junge wird. Was wird sie tun, wenn sich herausstellt, dass es ein Mädchen ist?"

Jorge lachte. „Sie wird es natürlich wieder versuchen. Und Mädchen werden auch geliebt. Es gibt viele Mädchen hier. Ich persönlich ziehe sie den Jungen vor."

„Das liegt daran, dass – trotz deiner Proteste - dein Herz so weich wie dein Kopf hart ist. Wo bringst du mich hin?"

„Zu jemandem, mit dem du sprechen kannst, der wirklich weiß, was in diesen Mauern vor sich geht."

KAPITEL SECHS

Thomas erinnerte sich an seine Überraschung vor fast zwanzig Jahren, als er die Al-Hamra zum ersten Mal besuchte. Er hatte erwartet, dass sie ähnlich wie die großen Häuser sein würde, die er in England, Frankreich und anderen Teilen Spaniens gekannt hatte. An diesen Orten wurden die Diener auf Distanz gehalten und im Allgemeinen ignoriert, solange sie an ihrem Platz blieben. In Al-Andalus - zumindest in dem Teil, in dem Thomas lebte - gab es weniger Abgrenzung. Der Palast war wie nichts, was er zuvor gekannt hatte. Nicht nur der Sultan, der seine Zeit lieber in den umliegenden Hügeln verbrachte und wie das Nomadenvolk lebte, das seine Vorfahren Jahrhunderte zuvor zurückgelassen hatten, lebte dort. Der Hauptzweck des Palastes war es, den Harem zu beherbergen und mit seiner Schönheit und Größe zu beeindrucken.

Um die Festungsmauern herum befand sich die Alkazaba, eine weitere Siedlung, die fast so groß war wie die Stadt Gharnatah selbst, und hier lebten und arbeiteten die meisten Bediensteten. Jorge führte sie zu einem Teil dieser Siedlung in der Nähe der hinteren Palastmauern.

Er wurde auf eine Weise begrüßt, wie es Thomas noch

nie zuvor erlebt hatte. Innerhalb des Harems wurde Jorge mit Respekt, ja sogar mit ein wenig Ehrerbietung behandelt, als ob er und nicht die Frauen des Sultans die wahre Macht besäßen. Als sie nun eine große Küche betraten, in der es nach Gebackenem, gekochtem Fleisch und einem Hauch von Orangen und Limetten roch, blieben die meist jungen Arbeiterinnen stehen, um ihn zu begrüßen. Umarmungen wurden ausgetauscht, mit Küsschen auf beide Wangen. Jorge stellte Thomas vor, gab aber keine Erklärung ab, wer er war und warum er bei ihm war.

Er führte ihn durch die Küche, stahl ein frisches Brötchen, warf ein weiteres zu Thomas herüber und ging dann in einen breiten Gang. Weitere Bedienstete liefen hier umher, trugen Dinge, unterhielten sich, eine konstante Bewegung - alles mit einem Zweck, den Thomas nicht zu erkennen vermochte.

Etwas weiter den Gang entlang stand eine breitere Tür offen, und hier war auch Jorges Ziel. Eine große Frau saß hinter einem passend großen Tisch, der mit Papieren und Schriftrollen bedeckt war, kleine Teller mit Essen standen auf einigen davon, geschnitzte Kisten aus Zedern- und Kiefernholz verbargen das, was sich in ihnen befand. Thomas war überrascht, als er die Wände mit Regalen voller Bücher sah. Er wollte sich das gern genauer ansehen, wusste aber, dass jetzt nicht der richtige Moment dafür war.

„Jorge! Du unverbesserlicher Schelm." Die Stimme war genauso füllig wie die Erscheinung der Frau, voller Lachen. „Bist du gekommen, um mir zu dienen, wie du es als Jugendlicher getan hast?"

„Ich fürchte, ich würde dich jetzt nur enttäuschen, meine Süße. Du bist viel mehr Frau als je zuvor."

„Nennst du mich fett?"

„Natürlich nicht." Jorge ging um den Tisch herum als sie sich erhob, und sie umarmten sich. Jorge hielt ihr Gesicht in seinen großen Händen, starrte ihr in die Augen - was an

Liebe erinnerte - und dann küsste er sie auf den Mund. „Du bist so schön wie eh und je, Bazzu. Sogar noch schöner."

„Natürlich bin ich das." Sie warf einen Blick auf Thomas. „Wer ist dieser gut aussehende Mann? Kein Maure, aber auch kein Spanier."

„Das ist Thomas Berrington. Thomas, das ist Bazzu. Was sie nicht weiß, ist nicht wissenswert."

„Endlich – jetzt treffe ich den berühmten Chirurgen, den der Sultan am liebsten hat." Bazzu kam um den Tisch herum und bewegte sich für eine so große Frau sehr grazil. Sie nahm Thomas' Hände in ihre und starrte ihm in die Augen. „Ich habe schon angefangen zu glauben, dass du nicht existierst. Ich bin erleichtert, dich hier vor mir stehen zu haben."

„Geht es Ihnen nicht gut?"

Sie lachte, der Klang war voll und lüstern. „Ich war noch nie in meinem Leben krank. Ich wollte Sie kennen lernen, weil Sie mich faszinieren. Ich höre im Palast viel über Sie. Sie sind doch der Engländer, oder?"

„Das bin ich."

„So weit weg von Ihrer Heimat. Vermissen Sie sie nicht?"

Thomas lächelte, begeistert von der Frau. „Es gibt nichts, was man vermissen könnte. England ist kalt und nass und grau. Ich gehöre hierher, wo die Sonne scheint und ein Mann süße Orangen von den Bäumen pflücken kann."

Bazzu schaute Jorge an und zwinkerte ihm zu. „Und welch süße Zunge er hat. Kein Wunder, dass der alte Abu al-Hasan Ali diesem Mann sein Vertrauen schenkt. Sind Sie deshalb hier, um mich zu sehen?"

„Warum überrascht es mich nicht, dass du bereits weißt, wonach wir suchen?", sagte Jorge.

„Ich bin die Spinne in der Mitte dieses Netzes, das sie den Palast nennen. Ich weiß alles." Bazzu seufzte und kehrte auf ihren Platz zurück. „Wenn ihr also nicht hier seid, um mich zu beglücken, was kann ich dann für euch tun, bis dieser Moment kommt?" Sie stützte ihre Ellbogen auf den Tisch, legte ihr Kinn in ihre Hände und starrte sie an, die dunklen Augen funkelten.

Es gab keine weiteren Stühle im Raum, also standen sie.

Sie blickte von einem zum anderen. Thomas bemerkte, dass sich die Stille unangenehm ausdehnte, und trat nach vorn, als er sah, dass Jorge nicht reden würde.

„Wenn Sie die Spinne sind, wie Sie behaupten, dann wissen Sie von den Mädchen, die getötet wurden."

„Natürlich. Aber sie waren Dienerinnen. Warum stellen wichtige Männer wie Sie mir solche Fragen?"

„Weil ich darum gebeten wurde. Und weil ich mir Sorgen mache." Thomas warf einen Blick auf Jorge, der einige Papiere bewegt hatte, so dass er sich auf die Tischkante setzen und das warme Brötchen, das er gestohlen hatte, essen konnte, wobei er kleine Stückchen abriss und sich zwischen die Lippen schob. „Ich möchte mit jedem sprechen, der sie kannte, mit jedem, mit dem sie zusammenarbeiteten, und insbesondere mit jedem, der in der Nähe war, als sie getötet wurden."

Bazzu setzte sich aufrecht hin und blies die Wangen auf. „Das sind eine Menge Leute. Praktisch der ganze Palast. Können Sie nicht eine kürzere Liste aufstellen?"

„Wir können mit denjenigen beginnen, die in der Nähe waren, als die ersten beiden starben."

Bazzu strich sich mit einer Hand über ihren Bauch, eine langsame, sinnliche Bewegung, der sie sich scheinbar völlig unbewusst war.

„Das würde sich sicherlich als einfacher erweisen."

„Ich habe die Tage notiert, als sie..."

Sie schüttelte den Kopf. „Ich erinnere mich an jeden Tag, als wäre es gestern gewesen. Das waren meine Mädchen, Doktor - dachten Sie, ich würde mich nicht erinnern?"

„Sie mochten sie", sagte Thomas.

„Ich mag jeden hier, aber ja, diese beiden vielleicht ein

wenig mehr als einige andere." Bazzu gab keine weitere Erklärung.

Thomas wünschte sich, er könnte von vorne beginnen. „Sagen Sie mir, wo die Angriffe stattfanden."

„Das wissen Sie nicht?" Bazzu schien überrascht und ein wenig enttäuscht von ihm. „Beide wurden in Badegemächern getötet."

„Fanden Sie es nicht seltsam, dass ihre Todesfälle damals nicht untersucht wurde?"

„Aber das wurden sie. Jorge hat es Ihnen doch sicher erzählt?" Sie warf dem Eunuchen einen Blick zu, der mit den Achseln zuckte. „Manchmal ist er weniger nützlich, als er aussieht. Die Männer des Wesirs untersuchten die Todesfälle. Sogar ziemlich gründlich, glaube ich. Nicht wahr, Jorge?"

„Soweit ich weiß, ja."

„Und diese Ermittler", sagte Thomas, „sind sie zu einem Ergebnis gekommen?"

„Meinesgleichen würden nichts davon wissen."

Thomas lächelte und wartete.

„Ich glaube - und ich verstehe, dass dies nur ein Gerücht ist und vielleicht kein Körnchen Wahrheit enthält -, dass man beschlossen hat, dass ihre Tode auf Eifersucht zurückzuführen sind."

„Eifersucht?" Thomas konnte sein Erstaunen nicht verbergen.

„Ihre Plätze waren sehr begehrt. Die Frauen in den Badegemächern sind dem Harem näher als andere. Näher an den Frauen des Sultans, und damit näher an Macht und Einfluss."

„Und darum wird gekämpft? Bis zum Tod?"

„Fragen Sie Ihren Freund." Bazzu nickte Jorge zu, der dem Austausch schweigend und scheinbar uninteressiert zugehört hatte.

„Oh, ich muss ihn noch einige Dinge fragen."

Jorge blickte unbekümmert auf. „Wir sollten mit denjenigen sprechen, die diese Untersuchungen durchgeführt haben, und herausfinden, was sie bereits wissen."

„Wissen Sie, wer sie sind?"

„Natürlich. Sie haben auch mit mir gesprochen, aber ich war ihnen keine Hilfe. Ich wusste nichts. Es waren Männer von Tahir al-Ifriqi. Fast alles Schreiber, aber klug Männer, und methodisch."

Ein schmächtiges Mädchen kam an die Tür. „Sie brauchen dich, um das Menü für das Abendessen zu bestimmen, Bazzu."

Sie erhob sich von ihrem Schreibtisch und strich mit ihrer Hand über Jorges Schultern, als sie vorbeiging. „Sie müssen mich entschuldigen, ich muss meinen Pflichten nachkommen."

„Einen Moment", sagte Thomas, und Bazzu blieb in der Tür stehen. „Wenn Ihnen noch jemand einfällt, mit dem wir reden sollten, jemand, der den beiden Mädchen nahestand, lassen Sie es mich wissen? Jeder, der vielleicht etwas Licht in die Sache bringt."

Bazzu blickte auf das verwahrloste Kind an ihrer Seite. „Geh schon vor, Prea, sag ihnen, ich komme gleich." Sie wandte sich an Thomas. „Ich dachte, diese Angelegenheit sei erledigt. Warum wird sie jetzt wieder ausgegraben?"

Warum eigentlich, dachte Thomas, aber als er keine Antwort gab, schüttelte Bazzu den Kopf und ging.

KAPITEL SIEBEN

„Wann hast du gedacht mir sagen, dass du schon alles weißt?"
Thomas schlenderte den Korridor neben Jorge entlang.

„Nicht alles, und ich hätte es dir gesagt, wenn ich eine Gelegenheit gefunden hätte. Aber du bist vor weniger als einer Stunde zu mir gekommen, und die meiste Zeit davon hast du mit Safya verbracht. Wann hatte ich die Gelegenheit dazu?" Jorge ging weiter, bog wieder und wieder ab. Thomas dachte, er kannte sich im Palast aus, aber Jorge verwirrte ihn.

„Dann sag es mir jetzt."

„Wir sind fast bei den Badekammern. Dort werden Frauen sein, die die toten Mädchen kannten. Wir können später reden, wenn wir mehr Zeit haben."

„Wir müssen auch mit den Schreibern sprechen", sagte Thomas. „Sie werden alle Informationen, die sie gefunden haben, aufgeschrieben haben. Das ist ein guter Anfang."

„Sie wurden geschickt, um Dinge zu vertuschen."

„Das weißt du?"

„Das war von Anfang an offensichtlich. Sie haben die falschen Fragen gestellt. Niemand wollte, dass die Geschichte herauskommt. Morde innerhalb der Palastmauern? Die Leute würden anfangen zu fragen, warum - wenn der Sultan seinen eigenen Palast nicht kontrollieren kann, wie kann er dann eine Stadt kontrollieren? Die Männer waren vom Wesir und er möchte, dass Palastgeheimnisse dort bleiben, wo sie hingehören."

Thomas schüttelte den Kopf. Die Luft im Korridor hatte sich verändert, sie wurde wärmer, feuchter und duftete. „Warum hat der Sultan mich also gebeten, der Sache noch einmal nachzugehen? Was hat er davon?"

„Das verwirrt mich auch. Hier –" Jorge zeigte auf das Ende des Korridors, wo eine schlanke Gestalt in einem dünnen Kleid von einer Seite zur anderen ging und eine Art Kanne trug. „Das ist Alisha, sie kannte beide Mädchen." Er erhob seine Stimme. „Hey, Alisha, ich brauche dich."

Zuerst dachte Thomas, das Mädchen hätte es nicht gehört, aber nach einem Moment tauchte sie aus der Ecke wieder auf.

„Ich gehe zu Safya", sagte das Mädchen, als sie sich näherten.

„Wie lange dauert das?"

„Solange ich gebraucht werde. Sie ist bereit zu baden und schimpft mit mir, wenn ich zu spät komme."

„Ich muss dir ein paar Fragen stellen."

„Dann komm später wieder. Viel später." Das Mädchen hastete davon.

„Können wir jetzt mit Tahir al-Ifriqi sprechen?", fragte Thomas.

„Es wird noch jemand da sein, es muss noch jemand da sein." Jorge bog nach links in die Richtung ab, aus der Alisha gekommen war.

„Es werden noch andere Frauen baden, Jorge, wir sollten nicht hier sein."

„Ich bin unsichtbar für sie. Und du bist der berühmte Arzt Thomas Berrington. Wir können gehen, wohin wir wollen."

„Überall hin, außer in die Badekammer einer Dame."

„Ich habe nicht vor, jemanden auszuspionieren, aber hier arbeiten die Mädchen. Es wird noch jemand anderes da sein. Wir können morgen mit den Eisklötzen von Tahir reden."

Als der Schrei kam, schnitt er durch die warme Luft wie ein Eiswasserstrahl. Das Grauen in der Stimme ließ Jorge sich abrupt umdrehen und losrennen. Thomas folgte ihm, wobei ihm bei jedem Schritt die Ledertasche gegen die Hüfte schlug.

Vor ihm rutschte Jorge aus und schlitterte gegen eine Wand, stieß einen Fluch aus, als seine Füße unter ihm wegrutschten und er plump auf dem Boden landete. Thomas sprang über ihn und eilte weiter.

Er erreichte eine Kreuzung und zögerte, unsicher, welche Richtung er einschlagen sollte, dann kam ein weiterer Schrei, diesmal ein Schluchzen. „Helft uns, bitte helft uns, sie ist tot!"

Er bog nach rechts ab und rannte weiter, wobei er im Vorbeieilen in jede der Kammern schaute. Der Anblick von Blut brachte ihn zu einem abrupten Halt und er griff nach der Türöffnung, als er eine Badekammer betrat.

Die Szene, die ihn begrüßte, war wie ein verzerrtes Schlachtfeld. Ein Mädchen kniete neben Safya auf dem Boden, während ein anderes mit um den Kopf geschlungenen Armen an der Wand kauerte. Ein drittes lag mit dem Gesicht nach unten in der Badewanne, ihr Blut färbte das Wasser ein. Safya lag auf der anderen Seite, halb aus dem Wasser heraus. Mit der linken Seite ihres Körpers stimmte etwas nicht.

Jorge kam in die Kammer und lief an Thomas vorbei. Er griff in das Becken, um das blutende Mädchen zu einer Seite zu ziehen. Er hob sie mit einer kräftigen Bewegung aus dem Wasser und drehte sie auf ihren Rücken. Er schaute zu Thomas. „Ich glaube, sie ist tot."

Thomas war wieder auf den Beinen und bewegte sich. Sie kamen zusammen bei Safya an.

Thomas kniete sich hin und suchte, wie er es noch vor kurzem getan hatte, nach einem Lebenszeichen an ihrem Hals. Diesmal fand er nichts. Er bewegte seine Hand. War da etwas? Ein schwacher Puls? Vielleicht, aber mit einem Blick auf ihre Wunden bezweifelt er das.

Er lenkte seine Aufmerksamkeit auf ihre Verletzungen. Ihr linker Arm war an der Schulter fast abgetrennt. Das Blut war aus der anfänglichen Wunde mit hohem Druck herausgeschossen und hatte auf Wände und Boden gespritzt, aber jetzt pulsierte es nur noch langsam. Ihr linkes Bein war ebenfalls verletzt. Es sah aus, als hätte jemand versucht, durch das Bein zu hacken, was ihm aber nicht gelungen war. Die Wunden waren sauber und präzise. Um sie zuzufügen war eine enorme Kraft nötig.

Thomas saß in der Hocke, ohne zu wissen, dass sein Gewand im Blut hing.

„Ist sie tot?", fragte Jorge.

„Sie liegt im Sterben."

„Rette sie."

„Ich kann nicht."

„Du bist ein Chirurg. Rette sie!" Jorge hämmerte auf Thomas' Schulter, schlug ihm ins Gesicht.

„Sie kann nicht mehr gerettet werden." Thomas spürte die Schläge kaum, als er zusah, wie Jorge Tränen in die Augen flossen und sich über seine Wangen ergossen. „Du hast sie geliebt, nicht wahr?"

„Ich liebe sie alle."

Thomas schaute nach unten, griff noch einmal nach dem Puls und hielt inne. Die gedehnte Haut an Safyas Bauch bewegte sich, als sich das Kind im Inneren drehte, die Bewegung war schnell, als ob der Fötus in Not wäre.

„Meine Tasche! Hol meine Tasche."

Jorge krabbelte weg und rannte zum Eingang, wo Thomas seine Umhängetasche fallen gelassen hatte.

Thomas kippte den Inhalt heraus, wollte sich nicht die Zeit nehmen, in ihr zu durchsuchen. Er fand, was er suchte, eine scharfe Klinge, aber jede Klinge würde ausreichen.

„Ich empfehle dir, wegzuschauen", sagte er, während er anfing zu schneiden, sein Kopf jetzt kalt, analytisch. Er spürte einen harten Schlag zwischen seinen Schulterblättern, als Jorge ihn schlug. „Ich rette ihr Baby! Jetzt dreh dich weg oder schau zu, was immer du willst, aber gib mir nicht die Schuld für das, was du gleich sehen wirst."

Es war keine Zeit für Feinsinn - und außerdem war sie eine Patientin, die er danach nicht wieder zusammenflicken musste. Er schnitt an der Unterseite ihres Bauches entlang und Blut sammelte sich an. Nicht so viel, wie es gewesen wäre, wenn das meiste davon nicht schon vorher aus ihrem Körper geleert worden wären, aber genug. Ein Stückchen Darm rutschte heraus, kupferner Schlachtgeruch erfüllte den Raum. Von irgendwo in der Ferne kam das Geräusch von mehr Füßen auf harten Fliesen näher, von Stimmen, die schrien und jammerten.

Thomas vergrößerte den Einschnitt und schnitt nach oben. Er klappte einen Hautlappen und Muskeln auf, schob seine Hand hinein und begann blind zu suchen. Er zog seine Hand heraus, traf eine Entscheidung, schob dann die Klinge in das aufgeklappte Loch und schnitt nochmal, warf die Klinge zur Seite und benutzte seine Hand erneut. Er schloss die Augen und konzentrierte sich. Er stellte sich vor, wie sich seine Finger durch die Schichten eines Körpers bewegten, den er so gut kannte.

Er fand ein winziges Bein, das er nach oben verfolgte.

Der Aufruhr wurde immer lauter, und Thomas öffnete die Augen, als er das Kind, das in Safya gekrümmt lag, ergriff. Er zog es heraus, blickte über die Schulter nach hinten und sah Jorge zwischen ihm und drei Wachen, die jeweils mit gezogenen Schwertern standen.

„Geh zur Seite, Eunuch!"

„Er rettet sie."

Ein Wächter näherte sich, sein Schwert in der Luft. „Er hat seine Hand in ihrem Bauch. Wenn das ihre Rettung ist, dann werde ich dich auch retten. Geh zur Seite."

„Was ist los? Safya, nein!" Der Sultan war eingetroffen. Das kleine Badegemach wurde immer voller.

Thomas befreite die winzige Gestalt, machte einen Knoten in die Nabelschnur und schnitt sie durch. Er rutschte nach hinten, sein Schlittern wurde vom Blut, das auf den Boden tropfte, erleichtert, und er tauchte das Kind in die Badewanne. Er hielt den Säugling ins Wasser, um ihn sauber zu waschen. Es müsste noch einmal in saubererem Wasser wiederholt werden, aber für den Moment war es ausreichend.

„Thomas, was hast du getan?" Der Sultan zitterte vor Wut. „Wachen, verhaftet diesen Mann!"

„Malik." Thomas hob das Baby hoch, das in diesem Moment beschloss, seinen ersten Schrei auszustoßen, um dagegen zu protestieren, wie es auf die Welt kam. „Sie haben einen neuen Sohn."

KAPITEL ACHT

Der Sultan schaute das quengelnde Kleinkind kaum an.

„Bringt sie weg." Er streckte einen Arm aus, um jeden im Raum miteinzuschließen. An jede von Thomas' Seiten stellte sich ein Wächter. Eine der jungen Frauen nahm das Baby. Eine dritte Wache ging zu Jorge.

„Meine Tasche", sagte Thomas, als man ihn aus dem Raum führte. „Jemand soll meine Tasche holen."

Eine der Wachen, die ihn festhielten, blieb stehen und schaute zurück, ein Ausdruck der Abneigung auf seinem Gesicht, als hätte Thomas um Folterinstrumente gebeten. *Vielleicht werde ich genau so gesehen,* dachte Thomas, *denn wenn ich vor solchen Männern erscheine, bringe ich immer Schmerzen mit.*

Weitere Frauen kamen und eine von ihnen nahm dem Mädchen das neugeborene Kind aus der Hand. Der winzige Kopf drehte sich, sein Mund suchte nach einer Brust.

Die Männer waren gröber als nötig, als sie die kleine Gruppe durch die Gänge und über die Plätze des Palastes schoben. Thomas, Jorge und die beiden Mädchen wurden in einen kleinen Raum gebracht und die Tür hinter ihnen verschlossen. Ein Fenster gab den Blick auf den Hadarro, der Hunderte von Metern unter ihnen lag, frei.

Die Mädchen klammerten sich aneinander, ihre dünnen Hemden waren nass. Sie zitterten, aber mehr aus Angst als vor Kälte. Jorge wickelte sein äußeres Gewand ab und reichte es einem der Mädchen. Kurz darauf tat Thomas dasselbe für das andere. Das Mädchen griff nach dem Gewand und zögerte. Das graue Leinen war mit Blut befleckt, aber schließlich nahm sie es und beurteilte ihre Beinahe-Nacktheit als noch schlimmer.

Thomas griff nach den Schultern des älteren Mädchens, obwohl keines von beiden älter als sechzehn gewesen sein konnte. „Sag mir, was passiert ist."

Das Mädchen schüttelte den Kopf.

Es war die andere, die sagte: „Ein Djinn ist im Raum erschienen und hat Safya getötet."

Thomas wandte sich an sie. „Wer immer das getan hat, es war kein Djinn."

Das Mädchen schüttelte den Kopf. „Es war schwarz, ganz schwarz, aber es brannte, sein Kopf, sein Körper. Es hatte keine Beine. Nur einen langen Schwanz, auf dem es saß. Es trug ein Schwert, ein riesiges Schwert, und es -" Sie hörte abrupt auf, die Erinnerung überwältigte sie.

Jorge streckte die Hand aus und zog das schweigende Mädchen an sich, nahm es in seine Arme. „Und du? Kannst du mir sagen, was du gesehen hast?"

Sie schüttelte den Kopf und vergrub ihr hübsches Gesicht in den Falten von fleckigem Stoff.

„Das ist nicht das Werk eines Wüstengeistes", sagte Jorge. „Es ist das Werk eines Mannes."

„Kein Mann kann den Harem betreten", murmelte das Mädchen in den um sie gehüllten Stoff.

„Thomas war da", sagte Jorge, als er durch den Saal blickte. „Und ich lebe in seinen Mauern."

„Du bist kein Mann." Es lag kein Urteil in ihrer Stimme,

nur eine Darstellung der Tatsachen. „Und Thomas ist anders. Er ist ein Arzt, er darf.“

„Glaubst du, dass sie uns befragen, oder werden sie uns einfach nur enthaupten?“, fragte Thomas und bemerkte sofort seinen Fehler, als das Mädchen, das in Jorges Armen zitterte, ein Wimmern ausstieß.

„Niemand wird uns etwas antun“, sagte Jorge. „Wir sind unschuldig. Diese Mädchen haben alles gesehen.“ Er kam, um sich vor Thomas zu stellen. Das Mädchen, das er getröstet hatte, umarmte sofort ihre Begleiterin.

„Du hast das Gesicht des Sultans gesehen.“

„Was erwartest du, wenn man da reinkommt? Er wird sich beruhigen und erkennen, dass Safyas Tod nicht unser Werk war.“ Jorge nahm Thomas‘ Arm und zog ihn zum Fenster. „Hör auf, so zu reden. Die Mädchen haben schon genug Angst.“

Thomas zog seinen Arm weg. „Jetzt ist die richtige Zeit, sie zu befragen, solange die Ereignisse in ihren Köpfen noch klar sind.“

„Nein, Thomas.“

Er ignorierte Jorge und ging quer durch den Raum zu der Stelle, an der die Mädchen zusammengekauert waren, um sich zu trösten.

Er ging vor ihnen in die Hocke. „Erzähl es mir noch einmal - und denk gut nach, ich muss genau wissen, was passiert ist.“

Das ältere Mädchen verbarg ihr Gesicht, aber das jüngere wurde wütend. „Haben wir dir nicht schon genug gesagt? Es war der Djinn, der die Sultana getötet hat!“

Thomas wischte sich mit einer Hand über das Gesicht. Es waren nicht nur die Mädchen, die sich fürchteten. „Angenommen, es war ein Djinn, dann sag mir, wie er erschienen ist. Wo kam er her?“

Das Mädchen warf ihm einen vernichtenden Blick zu. „Djinns erscheinen, wo immer sie wollen. Wie sollte er sonst dorthin gelangen? Wie sonst könnte er von dort kommen, von wo er gekommen ist?"

„Erkläre es mir."

„Es kam aus dem Nichts, aus der Nische über dem Bad. Dort gibt es keinen Eingang, keinen Weg hinein. Nur ein Wesen der Geisterwelt kann so erscheinen."

„Bist du dir sicher?"

Das Mädchen nickte. „Natürlich bin ich mir sicher. Alisha kam mit einer Kanne Öl herein und sah ihn zuerst. Wir hatten die Rücken zugewandt und halfen der Sultana ins Wasser. Alisha ließ die Kanne fallen, der Djinn schlug zuerst sie, dann die Sultana nieder. Ich habe noch nie -" Ihre Stimme brach ab.

„Es ist noch zu früh." Jorge setzte sich neben das Mädchen und zog es an ihn, wobei er ihr so viel Trost wie möglich spendete.

„Jetzt ist der Zeitpunkt, an dem sie sich am besten erinnern werden."

„Jetzt ist der Zeitpunkt, an dem die Narben frisch sind. Morgen, nachdem sie geschlafen haben, werden sie Zeit haben, ihre Erinnerungen rationaler zu betrachten."

Thomas stand auf. „Morgen ist nutzlos. Mädchen, steh auf, komm her."

Sie warf ihm einen Blick zu, dann Jorge, der sie enger an seine Seite zog.

„Du tust ihr keinen Gefallen." Wut gemischt mit Angst machte Thomas' Stimme schroff.

„Und du auch nicht. Lass sie in Ruhe."

„Sie wird es vergessen."

„Dann lass sie es vergessen!"

Thomas schüttelte den Kopf und ging zum Fenster. Konnte Jorge das nicht sehen? Wenn der Mann wirklich so stur war, dann würde Thomas langsam glauben, dass er besser war, allein zu arbeiten.

Jorge sprach leise zu den Mädchen, zu leise, als dass

Thomas seine Worte verstehen könnte. Er versuchte, sich zu beruhigen.

„Sag mir, wie er aussah."

Jorge sah ihn mürrisch an, aber das Mädchen erwachte aus ihrem Schockzustand und Thomas wusste, dass ihre Interpretation der Ereignisse falsch war. Er wollte Antworten, aber ihm fehlte das Mitgefühl, das erforderlich war, um Informationen aus ihr herauszubekommen. Jorge quoll über vor Mitgefühl, hatte aber kein Gespür für die Dringlichkeit der Situation.

„War er groß?" Diesmal war es Jorge, der die Frage stellte, und Thomas fragte sich, ob er ihn zu früh verurteilt hatte.

„Er war..." Ihre Augen wandten sich nach innen und suchten nach einer Erinnerung. Sie schüttelte den Kopf. „Ich kann es nicht sagen. Er war eine Säule aus schwarzem Feuer. Er war vielleicht drei Meter groß. Ich kann mich nicht erinnern."

Ungeduldig übernahm Thomas die Befragung. „Als er Safya niederschlug - wie viel größer war er als sie? Wie hoch hob er sein Schwert?" Der Schmerz, den seine Worte verursachten, zeigte sich deutlich auf dem Gesicht des Mädchens, aber Thomas hatte nicht die Absicht, nachzugeben.

„Er war größer."

„Wie viel größer?"

Das Mädchen schüttelte den Kopf. Es war ihre Begleiterin, die bis jetzt geschwiegen hatte, die die Antwort gab.

„Ich war weiter weg. Ich rannte, als er Alisha tötete. Er war... er war nicht viel größer als die Sultana, aber sie ist groß für eine Frau."

Thomas nickte. „Das ist sie. Sein Schwert - in welcher Hand hielt er es?"

Das Mädchen runzelte die Stirn, schloss die Augen. Thomas beobachtete, wie sich ihre Hände hoben und sich bewegten, während sie die Ereignisse nachspielte.

„Seine rechte Hand. Er hielt sein Schwert in seiner rechten Hand."

„Und seine linke - war da etwas in seiner linken Hand?"

Das Mädchen dachte einen Moment nach, schüttelte den Kopf. „Nichts."

„Er wusste, dass er nichts anderes brauchen würde, nicht gegen eine Frau", sagte Jorge mit einem Ausdruck von Abscheu auf seinem Gesicht.

Thomas kehrte zurück und kniete sich noch einmal vor die Mädchen. Er griff nach der Hand der Ältesten, die ihren Mut gefunden hatte, aber sie zog sie zurück. „Hast du gesehen, wie er in das Gemach gekommen ist?"

„Ich habe dir gesagt - es war ein Djinn, es gibt keinen Eingang, aus dem er kam."

„Könnte er nicht hineingeschlichen sein, während ihr Safya geholfen habt?"

„Wir standen mit dem Gesicht zur Tür. Niemand hätte eintreten können, ohne dass wir etwas gesehen hätten. Außerdem wäre er von den Wachen gesehen worden, als näherkam."

„Und beim Gehen? Als er geflohen ist, in welche Richtung ist er da gegangen?" Thomas streckte seine Hand aus und nahm ihre, und diesmal ließ sie es zu. Sie lag da wie ein kleiner Vogel, zitternd in seiner.

Noch einmal schloss sie die Augen, und Thomas war von ihrem Mut ergriffen. Aber als sie sie öffnete, schüttelte sie den Kopf. „Ich erinnere mich nicht mehr. Ich habe geweint, auf meinen Knien. Er stand über mir und hat gesagt, er sei das Letzte, was ich jemals sehen würde. Ich wollte nicht hinsehen."

„Er hat gesprochen?"

„Das habe ich doch gesagt."

„Was waren seine Worte? Seine genauen Worte?"

Sie nahm ihre Hand aus seiner und drehte sich weg. „Ich will mich nicht an sie erinnern."

Er griff wieder nach ihr, ließ nicht nach, als sie ihre Hand wegziehen wollte, und packte sie fester. „Sag es mir. War er ein Maure? Sein Akzent, wie klang er?“

„Ich habe nicht darauf geachtet.“

„Klang er wie der Sultan? Wie Jorge? Wie ich?“

„Er klang wie keiner von euch.“

„Wie klang er dann? Er hat zu dir gesprochen, du musst dich erinnern.“

„Ich *will* mich nicht erinnern!“ Sie versuchte, ihre Hand weg zu ziehen, aber Thomas hielt sie fest. Er wusste, dass er ihr wehtat, aber er ließ nicht los. Es war zu wichtig.

„Du musst.“ Seine Stimme war sanft, aber es lag nichts Beruhigendes in ihr. Er blickte Jorge an, der mit einem Ausdruck von Abscheu zurückstarrte.

Das Mädchen ließ mit einem langen Ausatmen ihren Atem los, und Thomas fühlte, wie sich ihre Hand in seinem Griff entspannte. Er lockerte seinen Griff, blickte ihr fest in die Augen und versuchte, Mitgefühl in seinen zu zeigen, wusste aber, dass er ihr wahrscheinlich nur noch mehr Angst machte.

„Er war kein Maure“, sagte sie. „Auch kein Spanier. Und überhaupt nicht wie du.“ Sie deutete ein halbes Lächeln an und ihr Blick traf den von Thomas, bevor er davonhuschte. „Ich habe schon mal gehört, wie er klang, aber...“

Sie zuckten alle zusammen, als die Tür aufgerissen wurde. Thomas drehte sich um, ein Beschützerinstinkt, der ihn überkam. Zwei Wachen standen im Eingang.

„Kommt mit uns“, sagte einer.

Thomas begann sich vorwärts zu bewegen.

„Nicht du. Sie.“ Er zeigte auf die Mädchen, die sich noch enger aneinanderdrängten.

„Der Sultan wird mit mir sprechen wollen“, sagte Thomas. „Ich sollte mit ihnen kommen.“

„Nach dir ist nicht gefragt worden. Du bleibst hier. Die Mädchen kommen mit.“ Er machte einen Schritt nach vorn.

Thomas blockierte den Weg. Er spürte, dass Jorge neben ihm stand.

Die Wache blieb stehen, ein Grinsen im Gesicht. „Willst du jetzt sterben? Ich schicke dich gern ins Jenseits, wenn du das willst." Er schob Thomas zur Seite und griff nach den Mädchen.

Jorge bewegte sich und Thomas packte ihn, zog ihn zur Seite. „Nein."

Die Mädchen schrien, wehrten sich, aber sie waren klein und die Wachen groß. Thomas und Jorge sahen zu, wie sie aus dem Raum gezerrt und die Tür zugeschlagen wurde.

<hr>

Thomas sah, wie Jorges Schultern zusammensackten und spürte, wie die Kraft seinen eigenen Körper verließ. Er wusste, dass sie beide eine Fassade für die Mädchen aufgebaut hatten.

„Ich frage mich, ob Helena weiß, wo ich bin?"

„Zweifellos wird es jemandem Freude bereiten, es ihr zu sagen."

„Ich wünschte, diese Wachen wären etwas später gekommen. Das Mädchen hat angefangen an, sich zu erinnern."

„Kitma", sagte Jorge. „Ihr Name ist Kitma. Und ihre Begleiterin ist Mahja. Es sind gute Mädchen, alle beide. Sie hätten nie sehen sollen, was sie gesehen haben."

„Aber sie haben es, und das macht sie zu unseren einzigen Zeugen."

„Dann können wir wieder mit ihnen reden." Jorge setzte sich hin, lehnte sich an die Wand und zog seine Knie an seine Brust.

„Wenn man uns eine Chance gibt. Ist dir aufgefallen, dass sie sich auf ihren Djinn nicht mehr mit *es* bezogen haben, sondern angefangen haben, *er* zu sagen?" Eine nervöse Energie schoss durch Thomas' Körper. Er konnte sich kaum vorstellen, dass sie in Gefahr sein könnten, aber er wusste, dass der Sultan irrationale Entscheidungen traf - er hatte Beweise dafür erst am Tag zuvor gesehen. Jorge hatte damit Recht gehabt, ihn davon abzuhalten, vor den Mädchen über ihr Schicksal zu sprechen. "Jetzt, da sie weg sind, können wir vielleicht darüber reden, was mit uns geschehen wird."

„Das liegt in Abu al-Hasan Alis Händen."

„Er muss wissen, dass wir versucht haben, zu helfen." Thomas' Worte klangen sogar in seinen eigenen Ohren leer.

„Er hat dich mit deinen Händen im Bauch seiner Frau gesehen. Wie würdest du so einen Anblick interpretieren?"

Thomas starrte ins Leere. „Warum sollte ich gebeten werden, die Todesfälle zu untersuchen, und dann desselben Verbrechens beschuldigt werden?"

„Heute Morgen wurden drei Männer enthauptet, wusstest du das?"

„Und zwei weitere wurden gestern Abend vor der Stadtmauer getötet. Warum wurden sie hingerichtet?"

„Feigheit im Kampf. Abu al-Hasan glaubt, dass das die anderen ermutigt."

„Die meisten Männer brauchen keine Ermutigung."

„Ich verstehe, warum."

„Warum hast du mir das erzählt? Versuchst du, mir Angst zu machen?"

„Ich habe es dir erzählt, weil in dieser Stadt Männer aus einer Laune heraus hingerichtet werden. Wir beide wissen das. Wir können nur beten, dass der Sultan zur Vernunft kommt, bevor der Zorn ihn überwältigt."

Thomas ging zur Tür, drückte sich gegen sie, zog an ihr. Er hämmerte mit der Faust auf das massive Holz.

„Verschwende nicht deine Energie", sagte Jorge.

Thomas entfernte sich von der Tür und ging zu dem kleinen unverglasten Fenster. „Es ist meine, ich darf sie verschwenden. Wie kannst du so ruhig bleiben?"

„Weil ich keine Wahl habe."

Thomas‘ Wut brauste auf. „Du wähnst dich in Sicherheit, oder?“

Jorge schüttelte den Kopf. „Warum sollte ich ein Verdächtiger sein? Es war kein Blut an meinen Händen. Und der Sultan kennt mich, seit ich den Harem betreten habe.“

„Er behauptet, dass er mir vertraut. Er sagt es oft genug.“

Jorge lächelte. „Vertrauen ist ein recht unbeständiges Gut, um dein Leben darauf zu setzen.“

Thomas ging durch den Raum und griff nach Jorges Hemd, versuchte, ihn auf seine Füße zu ziehen. Er wollte jemanden schlagen, irgendjemanden, aber es gab nur eine Person, an der er seine Angst auslassen konnte, und Jorge blieb, wo er war, ein festes Gewicht auf dem Boden. Die Seide seines Hemdes riss und glitt Thomas durch die Finger.

„Zeig ein bisschen Emotionen, verdammt. Wir könnten bei Einbruch der Dunkelheit tot sein.“

„Wird uns Panik irgendwas helfen?“, fragte Jorge. „Wenn du denkst, dass das so ist, dann werde ich gerne mit dir fluchen und jammern, aber ich habe das noch nie sehr hilfreich gefunden.“

Thomas schlug gegen die Wand. Das einzige, was er erreichte, war seine Hand zu verletzen, aber er wusste, dass es besser war, als Jorge zu schlagen. Er ging mit großen Schritten weg und wollte Abstand zwischen sie bringen. „Wir sind unschuldig.“

Jorge brach in schallendes Gelächter aus und schnitt es fast sofort wieder ab. „Die Friedhöfe sind voll von Unschuldigen. Der Sultan ist wütend. Wir können nur hoffen, dass sein Zorn mit dem Tageslicht nachlässt.“

Thomas stand am Fenster und hielt sich am Sims fest. Er atmete tief ein, behielt die Luft so lange wie möglich in der Lunge und atmete aus. Er wiederholte die Übung. Es half, aber nur ein wenig.

„Warum Safya töten? Wem hat sie missfallen? Dem Sultan? Dem Wesir? Einer anderen Frau?“

„Der Sultan war begeistert, einen neuen Sohn zu bekommen." Jetzt, da ein drohender Angriff vorbei zu sein schien, stand Jorge auf.

„Es hätte genauso gut eine Tochter sein können."

Jorge schlenderte durch den Raum in Thomas' Richtung. „Aber das war es nicht. Dank dir hat er einen neuen Sohn. Ich nehme an, er wird die Dummheit, uns einzusperren, schon bald erkennen. Er weiß, dass du Safya nicht töten und den Sohn retten würdest."

Thomas rieb seinen Nagel in den Kalkmörtel zwischen dem Stein, aus dem eine Seite des Fensters bestand. Er löste sich und bröselte auf die Fensterbank. Er glaubte, wenn er lange genug daran arbeitete, könnte er den Stein lösen und einen Spalt schaffen, der groß genug wäre, um hindurchzukriechen. Er sah auf den Abhang draußen hinunter und hörte auf zu reiben.

„Wer würde das tun?" Thomas kehrte zum einzigen erwägenswerten Punkt zurück und versuchte, sich in Fragen zu verlieren. Die Gefahr, in der sie sich befanden, schwebte am Rande seines Bewusstseins, aber hatte Gefahr zuvor schon mal ignorieren können und war lediglich aus der Übung.

„Wer will dem Sultan schaden?", fragte Jorge.

„Tausend Menschen."

„Genau. Wirst du die ganze Stadt verhören? Wir wissen beide, dass er kein beliebter Mann ist. Er ist zu harsch und die Menschen in Gharnatah sind verwöhnt und weich geworden. Die Berge schützen uns vor Kastilien, aber wie lange noch?"

Thomas blickte missmutig auf den Anflug von Empörung in Jorges Stimme. „Die Spanier sind dein Volk."

„Nicht mehr. Mein Leben ist hier. Ich habe einen Platz in der Gesellschaft und Frauen zu lieben."

„Die Mauren haben dir deine Männlichkeit genommen."

Jorge schaute Thomas an. „Nein - *du* hast mir meine Männlichkeit genommen. Zumindest einen Teil davon. Oder hat ein vielbeschäftigter Mann wie du vergessen, was er mir angetan hat?"

„Ich habe es nicht vergessen." Obwohl Thomas sich bei der Erinnerung unwohl fühlte. „Was ich meinte, war, dass die Mauren dich gefangen genommen haben, dich zu dem Leben gezwungen haben, das du jetzt hast. Ich habe dir nur geholfen, den Großteil des Schmerzes und einen wahrscheinlichen Tod zu vermeiden."

Jorge stieß mit seiner gegen Thomas' Schulter. „Wenn so Schmerzvermeidung aussieht, kein Wunder, dass dich die Soldaten Metzger nennen."

„Wäre es dir lieber, wenn jemand anders den Eingriff vorgenommen hätte?"

Thomas dachte sechzehn Jahre zurück an den dünnen, zitternden Jungen, der kein Arabisch sprach. Sein einziges Verbrechen war es, groß, hübsch und gefangen zu sein. Der Junge war der erste, den Thomas operiert hatte, um zu einem Eunuchen zu werden. Er war selbst erst fünfundzwanzig Jahre alt und neu in Gharnatah angekommen. Seine blasse Haut und sein seltsamer Akzent hatten den Sultan aus irgendeinem Grund amüsiert. Thomas würde seinen ältesten Sohn Abu Abdullah und später auch Yusuf zur Welt bringen. Außerdem fast alle Kinder dazwischen und seitdem. Aber es war die Art und Weise, wie er die Männer in der Schlacht behandelte, die ihn ausmachten. Er war furchtlos gewesen, hatte keine Angst vor klirrenden Schwertern und bellenden Kanonen und warf sich in das Herz des Chaos, als ob es ihm egal wäre, ob er lebt oder stirbt. Nur wenige Jahre zuvor war er wie die Männer um ihn herum gewesen. Schlimmer als sie, denn er hatte für keine andere Sache gekämpft als für Gier und Lust und die Wut der Jugend.

„Woran denkst du?", fragte Jorge.

„Warum fragst du?"

„Ich kann es an deinem Gesichtsausdruck erkennen. Du warst woanders."

„Wenn das nur stimmen würde." Er warf einen Blick auf Jorge. Der Mann hatte sich von einem hübschen Jungen in einen gutaussehenden Mann verwandelt, und Thomas betrachtete ihn als einen Freund, sogar als etwas Näheres als einen Freund. Obwohl er wusste, dass ihre Beziehung von Jorges Seite aus weniger einfach sein könnte. „Ich habe über das, was du gesagt hast, nachgedacht. Wie du zu dem wurdest, was du bist."

„Erwarte nicht meinen Dank."

„Ich habe mir keinen erhofft. Kannst du immer noch deine Sprache sprechen?" Thomas fühlte sich mit den Erinnerungen, die ihr Gespräch hervorrief, nicht wohl.

„Vielleicht. Kannst du deine noch sprechen?"

Thomas fragte sich, welche Sprache er noch seine eigene nennen konnte. Seine Tage, an denen er sich auf Englisch unterhielt, waren lange vorbei, und zwischendurch hatte er etwas Französisch, Okzitanisch und Spanisch gelernt und vergessen. Jetzt sprach er nur noch Arabisch, wie ein Einheimischer, der hier geboren wurde, genauso wie Jorge.

„Wenn ich es versuchen würde, vermute ich, dass ich es könnte, aber warum sollte ich es wollen?"

„Vermisst du es nicht?"

„England?"

„So heißt es also?"

„Mercia ist mein Geburtsort, am westlichen Rande Englands."

„Ich wurde in Qurtuba geboren." Jorge benutzte den maurischen Namen und verachtete alle anderen, die er je gekannt haben könnte. „Aber ich wurde arm geboren und je länger ich gelebt habe, desto ärmer wurde ich. Wäre ich nicht gefangen genommen und in das verwandelt worden, was ich bin, wäre ich schon lange tot. Ich schulde den Spaniern nichts. Überhaupt nichts."

Thomas hörte den Nachdruck in Jorges Stimme.

„Es könnte sich lohnen, dich an ein bisschen deiner alten

Sprache zu erinnern", sagte Thomas. „Dieses Land wird nicht mehr lange in maurischen Händen bleiben."

„Sie haben es noch nicht geschafft und werden es auch nicht schaffen. Abu al-Hasan Ali ist stark, er ist wütend, und das Land ist auf unserer Seite. Dies ist unser Land, nicht ihres. Sie haben es vor sieben Jahrhunderten aufgegeben, und es sind die Mauren, die es groß gemacht haben. Sie könnten es noch größer machen."

Thomas lächelte. Jorge hatte ihn von der schlimmsten seiner Ängste abgelenkt. Er klopfte seinem Freund auf die Schulter, der nach unten schaute, als ob Thomas' Berührung besudelt wäre.

„Ich frage mich, was diese Mädchen wirklich gesehen haben", sagte Thomas.

KAPITEL NEUN

Es dauerte eine Stunde, bis die Wachen zurückkamen. Diesmal waren es vier, an jeder Seite von Thomas und Jorge je einer, als sie durch die Gänge geführt wurden. Thomas sah es als eine Art Kompliment an, dass sie für so gefährlich gehalten wurden.

Aber nicht so gefährlich, wie er vermutete, denn als sie ihr endgültiges Ziel erreichten, wurden die Wachen weggeschickt. Von den beiden jungen Frauen gab es keine Spur.

Der Sultan saß auf einem verzierten Stuhl. Zu seiner Rechten stand Tahir al-Ifriqi, der zweitmächtigste Mann in Al-Andalus. Zur Linken des Sultans stand Abd al-Wahid al-Mursi, der führende Kleriker der Stadt, ein großer, unangenehm dünner Mann mit dem Gesicht eines Asketen. Thomas kannte seinen Ruf als Mann mit einem festen Glauben. Er hatte gehört, dass Abd al-Wahid al-Mursi glaubte, alle Übel von Al-Andalus könnten darauf zurückgeführt werden, dass die Bevölkerung die strenge Religionsausübung meidet. Es schien, als wären er und Jorge nicht die einzigen Ungläubigen in der Stadt.

Neben ihm bewegte sich Jorge unruhig von einem Fuß auf den anderen, sein Blick war nach unten gerichtet.

Thomas wartete und wusste, dass er trotz der tausend Fragen, die ihm durch den Kopf schossen, nicht als erster sprechen konnte. Seit dem Mord waren mehrere Stunden vergangen. Die Wut und die Trauer, die diesen Raum erfüllt haben mussten, hatten sich in einen kalten Zorn verwandelt, der auf zwei der Gesichter deutlich zu sehen war.

Der Sultan würde jemanden für das Geschehene bestrafen wollen. Thomas hoffte nur, dass sich sein Zorn auf die Schuldigen richten würde.

„Wer hat das getan?"

„Ich weiß es nicht, Malik."

„Wer weiß es dann? Diese dummen Mädchen behaupten, es sei ein Wüstengeist gewesen. Was sagst du dazu?"

„Sie irren sich."

„Es gibt mehr im Himmel und auf der Erde, als Sie wissen, Herr Doktor." Abd al-Wahids Stimme war so kalt und emotionslos wie seine Augen.

„In der Tat, Imam. Aber es war kein Djinn, der das getan hat."

„Sie glauben nicht an die Geisterwelt?"

„Ich glaube an das, was ich sehen und anfassen kann."

„Ich habe gehört, dass Sie nicht dem wahren Glauben folgen, Thomas Berrington."

Der Sultan unterbrach sie, bevor Thomas antworten konnte oder der Streit eskalierte. „Glaube oder kein Glaube, ich glaube auch nicht, dass ein Djinn Safya getötet hat. Und wenn es kein Geist war, muss es ein Mensch gewesen sein." Er starrte Thomas streng an. „Du und Jorge waren die ersten dort. Sag mir, war es ein Mann, der das getan hat? Oder könnte es eine andere Frau gewesen sein?"

Thomas schüttelte den Kopf. „Eine Frau wäre nicht fähig, solche Wunden zu verursachen."

„Nicht einmal mit einer scharfen Klinge?" Es war das erste Mal, dass Tahir al-Ifriqi etwas gesagt hat. Er war sowohl in Bezug auf seinen Körper als auch auf seine Stimme ein harter Mann, seine Augen kalt und berechnend. Thomas kannte ihn als einen strengen Stadtverwalter, der die oft irrationalen Entscheidungen des Sultans unterstützte.

„Für Subtilität war keine Zeit, Euer Ehren. Dies ist schnell und mit großer Kraft geschehen."

„Könnte es mehr als ein Mann gewesen sein?"

Der Sultan winkte mit ungeduldiger Hand ab. „Ich bin der Diskussion müde. Jetzt ist die Zeit für Taten, nicht für Worte. Thomas, ich möchte mit dir allein sprechen."

„Sultan." Tahir al-Ifriqi streckte die Hand aus und legte sie fast auf den Arm des Sultans, bevor er seinen Fehler erkannte und sie zurückzog. „Wir haben noch nicht entschieden, ob sich einer dieser Männer eines Verbrechens schuldig gemacht hat."

Der Sultan lachte, ein schroffer Laut. „Thomas ist kein Mörder." Es schien nicht notwendig zu sein, Jorge einzubeziehen.

„Er hat die Fähigkeit dazu."

„Er ist kein Mörder", wiederholte der Sultan. „Er hat meinen Sohn auf dem Schlachtfeld gerettet. Er hat viele Männer gerettet. Und er hat heute meinen neugeborenen Sohn gerettet. Ich würde ihm mein Leben anvertrauen. Ich würde ihm mehr als allen anderen vertrauen." Der Sultan erhob sich, sah alt und müde aus, als er sich zur Seite wandte.

Thomas zögerte und blickte in die Gesichter des Wesirs und des Imams. Dort fand er keinen Beistand, also folgte er dem Sultan in einen schattigen Hof, wo Wasser in einem breiten Becken in der Mitte des Platzes schimmerte und die Vögel in den Wipfeln der Palmen sangen.

Der Sultan nahm auf einer Marmorbank Platz, wo ein Baum Schatten spendete. Das Sonnenlicht des späten Nachmittags fiel auf die andere Seite des Hofes und zog eine schräge Linie über das Wasser, um tanzende Spiegelungen auf die gefliesten Wände zu werfen.

Der Sultan klopfte auf die Bank neben ihm. „Wir haben

viel Zeit verloren. Ich entschuldige mich, ich hätte dich nicht einsperren dürfen."

Thomas saß in respektvollem Abstand, aber der Sultan rückte zu ihm herüber, so dass sich ihre Schultern fast aneinanderdrückten. Es herrschte eine lange Stille, während sie auf das Wasser, die Bäume und die Büsche starrten. Thomas fragte sich, ob der Sultan an den Verlust seiner Frau dachte. Haben Männer wie er jemals auf diese Weise gedacht? Der Mann hatte ein Dutzend Ehefrauen, zwei Dutzend Konkubinen; sicher muss er für jede von ihnen etwas empfinden? Aber wenn er sprach, war es, als ob er sich mehr um Thomas sorgte.

„Wo ist dein Gewand? Soll ich dir etwas zum Anziehen holen lassen?"

„Mir geht es gut, Malik. Ich habe es einem der Mädchen gegeben." Er zögerte. Die Fragen, die in ihm brodelten, konnten nicht mehr verdrängt werden. Der Sultan hatte Recht: Es war zu viel Zeit vergeudet worden. „Sie haben mit ihnen gesprochen - wo sind sie jetzt?"

Der Sultan schüttelte den Kopf. „Dumme Mädchen. Ich habe sie zurück zum Arbeiten geschickt. Zu hübsch, um klug zu sein, klug genug, um zu wissen, dass man nicht lügen darf. Sie wissen nichts anderes als das, was sie sich eingebildet haben. Das war kein Djinn."

„Da stimme ich zu. Es war ein Mann. Das muss mit der Aufgabe zusammenhängen, die Sie mir gegeben haben. Ich verstehe es, wenn Sie jetzt jemand anderen beauftragen wollen. Jemanden, der besser geeignet ist."

„Weigerst du dich, zu helfen?"

„Ich sage, dass es Menschen gibt, die besser qualifiziert sind."

„Aber keinem kann ich so sehr vertrauen wie dir. Ich will dich für diese Aufgabe, Thomas, nicht irgendeinen Schmeichler, der mir das sagt, was ich seiner Meinung nach wissen will."

„Sie wollen die Wahrheit, genau wie ich, aber es gibt Männer, die fähiger sind als ich."

Der Sultan warf ihm einen Blick zu. „Ich will keine anderen Männer. Ich will jemanden, der mit einem ehrlichen Herzen spricht. Du hast mich nie wie einen Herrn behandelt. Manchmal hat mich das verärgert, aber in diesem Moment ist es genau das, was ich brauche."

„Ich werde Safya untersuchen müssen", sagte Thomas.

Der Sultan erhob sich abrupt und ging bis zum Rand der Rinne. Er starrte in das stille Wasser hinunter. „Sie wurde bereits vorbereitet. Sie wird vor Sonnenuntergang bestattet werden."

Thomas schaute in den Himmel. „Es ist wichtig, dass ich sie mir ansehe, Malik. Ich würde sonst nicht fragen."

Der Sultan drehte sich mit grimmigem Gesicht um. „Ich verbiete es."

Thomas erhob sich von der Bank, kam aber nicht näher. „Dann würde ich ihr die letzte Ehre erweisen."

„Komm zur Beerdigung."

„Ich habe nicht denselben Glauben wie Sie."

„Dann komm nicht. Was immer du willst. Wir werden nicht mehr darüber reden. Finde den Mörder, bevor er sich noch eine meiner Frauen zum Schlachten aussucht."

Thomas war sich nicht sicher, wie viel Druck ausüben konnte, aber er sagte: „Gab es außer den Mädchen, von denen Sie mir erzählt haben, und jetzt Safya, noch andere Angriffe?"

„Ein weiteres Mädchen ist verschwunden. Einige sagen, sie sei weggelaufen, andere, sie sei ein weiteres Opfer."

„Warum wurde nicht schon früher etwas getan?" Thomas wusste, dass ein Bürgerlicher nicht auf diese Weise mit einem Sultan sprechen sollte, aber auch er trauerte.

„Natürlich haben wir gehandelt. Die Männer dort drinnen haben zusammen mit mir entschieden, dass die Angelegenheit am besten innerhalb dieser Mauern bleiben sollte. Tahir wurde gebeten, seine Männer mit der Aufgabe zu betrauen. Aber was wissen Schreiber über Leben und Tod? Ich wollte Olaf Torvaldsson fragen, wurde aber überzeugt, das nicht zu tun."

„Er ist ein Soldat. Er weiß, wie man mit dem Tod umgeht, aber diese Angelegenheit erfordert mehr Feingefühl."

„Wir wollten, dass die Angelegenheit geheim bleibt. Olaf ist sehr loyal, aber ich habe ihn nicht gefragt. Ich hätte gleich zu dir kommen sollen, Thomas."

„Ich habe Ihnen gestern Abend gesagt, dass ich nichts von Ermittlungen in solchen Angelegenheiten verstehe, Malik."

Der Sultan warf Thomas einen kalten Blick zu. „Du bist der klügste Mann, den ich kenne. Und du bist ein Überlebenskünstler. Du passt dich an. Aber vor allem bist du ehrlich, und es gibt nur wenige ehrliche Männer in dieser Stadt."

„Es muss noch andere geben, denen Sie vertrauen." Thomas spürte einen unbehaglichen Schauer bei dem Gedanken, dass er der Einzige sein könnte.

„Vertrauen? Wem kann ein Sultan schon vertrauen? Mein eigener Sohn will meine Krone, Tahir ist besorgt, dass ich zu viel Gold für diesen Krieg ausgebe, und was diesen zimperlichen Imam betrifft, so hält er mich für gottlos."

„Er hält jeden für gottlos."

Abu al-Hasan Ali stieß ein Geräusch durch seine Nase aus. „Das ist wahr. Du wirst diesen Mann für mich fangen, Thomas?"

„Weil ich der einzige Mann in Al-Andalus bin, dem Sie vertrauen?"

Der Sultan schaute ihn an. „Und ich bin mir nicht ganz sicher, ob ich dir, einem *Ajami*, trauen sollte." Er schwächte seine Worte mit einem kurzen Lächeln ab.

„Dann fragen Sie Olaf Torvaldsson, wie Sie es vorhatten. Er hat Fähigkeiten, die ich nicht besitze."

„Er ist auch ein *Ajami*."

„Er ist Ihr Mann."

„Und du bist das nicht?"

„Sie kennen die Antwort darauf, Malik."

Der Sultan machte einen Schritt über die Rinne und ging auf die andere Seite des Hofes, pflückte eine Feige von dem dort wachsenden Baum, roch an ihr und warf sie dann weg, als sei sie nicht reif. Er griff in sein Gewand und holte etwas heraus, was er in seiner geschlossenen Faust hielt.

„Komm her." Er streckte seine Hand aus, irgendetwas lag darin verborgen.

Thomas ging auf ihn zu. Er wusste, dass er sich nicht weigern konnte.

„Tu, was du tun musst. Du handelst in meinem Namen. Geh, wohin du willst." Als Thomas seine Hand ausstreckte, ließ der Sultan etwas Kleines und Schweres hineinfallen. Thomas schaute das Objekt an. Ein Siegel. „Nimm es", sagte der Sultan. „Es gibt nur drei solcher Siegel. Es wird dir Zugang zu allen Orten gewähren, an die du gehen möchtest. Lass mich nicht im Stich - was immer du tust, lass mich nicht im Stich."

Thomas schloss seine Faust um das Siegel und nickte.

Der Sultan drehte sich um und ließ Thomas allein, um sich über die implizierte Drohung in den Worten des Mannes Gedanken zu machen.

„Man hat mir gesagt, dass ich mit dir arbeiten soll", sagte Jorge. „Nicht für dich - *mit* dir." Jorge saß auf dem Stuhl, den der Sultan benutzt hatte, seine langen Beine ausgestreckt.

„Du genießt es, nahe am Abgrund zu leben, nicht wahr? Wurde dir das wirklich gesagt?"

„Vielleicht nicht, aber es ist das, was ich hören wollte." Jorge erhob sich, als Thomas sich abwandte.

„Du musst mir nicht helfen. Ich könnte die Sache nur

noch schlimmer machen, nicht besser. Es wäre klüger, wenn du dich mir nicht anschließen würdest."

Jorge begann neben Thomas zu laufen, als sie den Korridor betraten.

„Dann ist es ein Glück, dass ich eher für meine Schönheit als für meine Weisheit bekannt bin."

„Wo bewahren sie die Toten vor dem Begräbnis auf?"

„Safya?"

Thomas lächelte, ein einfaches Verschmälern seiner Lippen. Und Jorge behauptete, es fehle ihm an Weisheit? „Ich muss sie untersuchen, solange ich noch kann. Vorher war keine Zeit."

„Du hast den Sultan gefragt?"

„Ich habe es versucht. Er darf nichts von dem wissen, was ich vorhabe."

„Ich weiß nicht, wo Safya ist, aber Bazzu wird es wissen."

„Dann gehen wir Bazzu suchen."

KAPITEL ZEHN

Der Raum war kalt und halbdunkel, nur von Kerzen beleuchtet. Thomas schickte die Frauen weg, die sich um Safya kümmerten, und sagte ihnen, sie sollten Lampen holen. Er wusste, dass sie nicht glücklich darüber waren, aber die Anwesenheit von Bazzu verlieh seinen Worten noch mehr Gewicht. Die Frauen würden zweifellos jemandem von seiner Anwesenheit erzählen, was bedeutete, dass Schnelligkeit von entscheidender Bedeutung war.

Jorge stand an der Wand, als wollte er sich durch sie hindurchdrücken, die Augen auf die Frau gerichtet, die nun in ein weißes Leinentuch gewickelt war, ihr Körper und ihr Gesicht waren nicht zu erkennen. Das Tuch war noch nicht mit einem Seil zusammengebunden, was Thomas' Aufgabe erleichterte. Eine zweite, schmächtigere Gestalt lag auf einer weiteren Steinbank. Thomas konnte sich nicht mehr an den Namen des Mädchens erinnern.

„Du brauchst nicht zu bleiben", sagte er und bewegte sich um den Körper herum. Er hatte nicht die Absicht, mit jemand anderem im Raum zu beginnen.

„Sie sieht nicht mehr wie Safya aus", sagte Jorge.

„Du kannst sie nicht sehen, natürlich sieht sie nicht aus wie sie."

„Sie war immer so voller Leben, so voller Spaß. Sie hat mich immer geneckt." Jorges Stimme brach ab.

„Ja, sie hat gern geneckt. Ich möchte, dass du mit Bazzu in die Küche zurückkehrst."

„Ich werde bleiben."

„Nein, du wirst gehen. Safya vorhin zu sehen, war schon schlimm genug. Dies wird noch schlimmer werden."

„Hast du keine Menschlichkeit in dir?" Thomas wusste, dass Jorge sich auf das bezog, was er vorhatte.

„Ein Chirurg lernt, das zu ignorieren, was nicht verändert werden kann, über das hinauszusehen, was vor ihm liegt. Man kann nicht heilen ohne Leid und Grauen zu sehen."

„Das ist jenseits von Grauen", sagte Jorge, als die Frauen mit zwei Lampen zurückkehrten. Hinter ihnen blieb eine schlanke Gestalt draußen im Korridor zurück.

Die Frauen stellten die Lampen auf Nischen in den Wänden auf und zogen sich mit Bazzu, die ihnen folgte, zurück. Thomas starrte Jorge an und wartete. Jorge erwiderte den Blick, aber schließlich wandte sich sein Blick zur Seite. Er holte schaudernd Luft, stieß sich von der Wand ab und folgte Bazzu nach draußen. Thomas schloss die Tür, bevor er zu Safya zurückkehrte. Er begann, die Umhüllungen abzuwickeln.

Jemand hatte sich bemüht, ihren Körper ordentlich sauber zu machen. Eine saubere Naht verschloss die zerfetzte Wunde am Bauch, aus der das Baby herausgerissen worden war. Weitere Nähte verschlossen die Schnitte an ihrem Arm und Bein. Es dauerte lange Minuten, bis sie enthüllt vor ihm lag. Thomas trat zurück, ein Moment der Trauer stieg plötzlich und scharf in ihm auf. Nur wenige Stunden zuvor hatte diese Frau ihn verspottet, kokett und sinnlich, voller mehr Leben als jeder andere Mensch, den er kannte. Nun lag sie auf einer kalten Steinplatte, ihre ganze

Lebendigkeit war ausgelöscht. Von Safya war nichts mehr übrig. Er wischte sich wütend mit einem Arm übers Gesicht und machte sich an die Arbeit, verlor sich in der Routine seines Berufes.

Es dauerte fast eine Stunde, und die ganze Zeit lauschte er auf sich nähernde Schritte, in der Erwartung, dass er erwischt werden würde, aber keiner kam. Er vermutete, dass Bazzu die Frauen beiseite genommen hatte und mit Nachdruck betont hatte, wie wichtig die Geheimhaltung war. Was auch immer der Grund war – Thomas war dankbar. Diese Frau, die einst so lebhaft war, war nun nicht mehr als ein Hinweis in dem Rätsel, das vor ihm lag.

Eine Stunde verging, bevor er sich aufrichtete und sich von einer Seite zur anderen drehte. Sein Körper schmerzte, er war müde von der Behandlung der Soldaten, die von der Schlacht zurückkehrten, müde von den Ereignissen des Tages. Er wickelte die Laken wieder um Safya. Als Zeichen des Respekts band er die Umhüllungen mit einem Seil zusammen. Er mag ihre Religion nicht teilen, aber er kannte ihre Rituale. Erst als er fertig war, wandte er seine Aufmerksamkeit dem toten Mädchen aus der Badekammer zu. Er schüttelte den Kopf, konnte sich immer noch nicht an ihren Namen erinnern. Immer wieder kam ihm Alice in den Sinn, aber er wusste, dass das falsch war. Dieses Mädchen würde einen maurischen Namen haben, keinen englischen. Und warum dachte er überhaupt an englische Namen? England war nicht mehr als eine schwache Erinnerung. War es der Gedanke an eine bevorstehende Niederlage - eine Niederlage, die nicht länger geleugnet werden konnte? Thomas runzelte die Stirn und schüttelte den Kopf. Er dachte nicht an eine Rückkehr, nicht nach all den Jahren, oder? Dieser Ort war jetzt sein Zuhause, nicht irgendein kaltes, weit entferntes Land.

Während er arbeitete, spürte er eine Veränderung in seinem Inneren. Sich selbst im Ritual zu verlieren beruhigte seinen Geist, und mit der Stille kam Gewissheit. Er hatte sich bereit erklärt, dem Sultan zu helfen, weil ein Nein nicht in Frage kam. In diesem kalten Raum wusste Thomas, dass er den Mörder nicht für den Sultan, sondern für diese beiden Frauen und die anderen vor ihnen verfolgen würde. Um zu verhindern, dass noch mehr Menschen das gleiche Schicksal erleiden. Er war sich sicher, wenn der Mann nicht aufgehalten würde, würde es noch mehr geben. Würde Abu Abdullahs Mutter Aixa die Nächste sein? Oder Zoraya, die neue Frau des Sultans?

Mit einem Seufzer, der die Luft aus seinem Körper entweichen ließ, wandte er sich der zweiten Gestalt zu und begann, die Hüllen neu zu wickeln, damit auch sie in ihren Himmel aufsteigen konnte.

Die Badekammer war bereits gereinigt worden. Aus dem frischen Wasser, das nun das eingelassene Becken füllte, stieg Dampf auf. Wasser tropfte aus geschlossenen Hähnen.

„Wann ist das passiert?", fragte Thomas.

„Sie haben den Raum sofort gereinigt", sagte Jorge. „Es ziemt sich nicht, den Raum verschmutzt zu verlassen."

„Dann haben sie jede Chance zunichte gemacht, dass wir jegliche Spuren, die er hinterlassen haben könnte, finden, wissen sie das nicht?"

„So werden die Dinge im Palast gemacht. Nein, sie wussten es nicht."

„Jemand hätte es wissen sollen. Der Sultan oder der Wesir. Haben sie nicht nachgedacht?"

Jorge schaute ihn an. Er war in gedämpfter Stimmung gewesen, als Thomas ihn in Bazzus Zimmer fand, und war seitdem die ganze Zeit so geblieben.

„Eine Frau, die sie geliebt haben, wurde hier ermordet. Sie wollten keine Erinnerung daran haben."

Als sie von der Küche zu den Badekammern gelaufen waren, versuchte Thomas, ihm von seiner Entdeckung zu erzählen, aber Jorge schob ihn nur beiseite und ging schneller. „Zu früh", hatte Jorge gesagt, und der Blick, den er Thomas zuwarf, zeigte all den Schmerz und die Wut, die er fühlte.

Nun musterte Thomas den Raum und machte bereits weiter. Er ging zu den flachen Stufen, die ins Wasser führten.

„Wie funktioniert das? Du gehörst an diesen Ort. Wo würde Safya sein, wo die Mädchen?"

Jorge hatte sich ein wenig beruhigt, aber seine Stimme blieb emotionslos. „Ich mag viele Privilegien haben, aber eine Sultana beim Baden zu sehen, gehört nicht dazu."

„Aber du weißt es, nicht wahr?"

Jorge stellte sich neben Thomas und schob ihn zur Seite.

„Safya hätte hier gestanden, ein Mädchen auf jeder Seite, um ihr ins Wasser zu helfen, falls sie ausrutschen sollte. Wie wir wissen, kam Alisha mit einer Kanne Öl herein."

Natürlich - nicht Alice, sondern Alisha. Thomas sah sich um. „Aus diesem Durchgang?"

Jorge nickte.

„Ist das der einzige Eingang in die Kammer?"

Jorge nickte erneut.

„Und die Mädchen..."

„Kitma und Mahja."

„Ich kenne ihre Namen." Thomas tat es nicht, aber seine Stimme war schroff. „Sie haben gesagt, der Mann kam von hinten auf sie zu." Thomas ging an das geschlossene Kopfende der Kammer. „Von hier aus?" Er drehte sich um und sah, dass Jorge ihn anstarrte, mit einer schmerzverzerrten Grimasse im Gesicht. „Ich weiß, es ist hart, aber wenn wir den Mörder schnappen wollen, müssen wir unsere eigenen Gefühle beiseitelassen."

„Du kannst das leicht sagen. Ich glaube nicht, dass du welche hast."

Thomas bemühte sich nicht um eine Antwort. Er drehte sich zur Wand. Eine kleine Nische verdeckte die hinterste Ecke des Raumes. Er ging dorthin und blieb an den Stein gepresst stehen.

„Kannst du mich von dort aus sehen?"

„Ich kann deinen Umhang sehen", sagte Jorge.

„Aber wenn du den Raum betrittst, ohne zu erwarten, dass sich hier jemand versteckt, würdest du nach ihm suchen?"

„Warum sollte ich das tun? Außerdem ist es nicht möglich, sich dort zu verstecken. Bevor Safya den Raum betrat, hätte eine Wache den Raum durchsucht. Das tun sie immer."

„Gründlich?" Thomas tauchte auf, so dass man in vollständig sehen konnte. „Die Frauen des Harems baden mindestens einmal am Tag, manchmal öfter. Die Wachen werden nachlässig. Hier könnte sich ein Mann versteckt haben und dann herausgekommen sein, um anzugreifen."

„Dazu müsste der Mörder hierher gelangen, er müsste durch den gesamten Palast gehen. Er wäre gesehen und aufgehalten worden."

„Es sei denn, er war eine vertraute Person."

Jorge ging zu Thomas in das Kopfende der Kammer. „Wie zum Beispiel?"

„Wer hat Zugang zum Palast? Wachen und Eunuchen. Mir fällt sonst niemand ein. Das würde erklären, warum die Wache, die die Kammer durchsuchen sollte, niemanden gefunden hat."

„Sultane und Prinzen", sagte Jorge. „Und Ärzte."

„Du verdächtigst ein Mitglied der Königsfamilie?"

„Ich verdächtige niemanden, ich nenne nur die Optionen. Also ein Wächter, meinst du?"

„Was ist mit den anderen Eunuchen? Könnte es einer von ihnen getan haben?"

Jorge schüttelte den Kopf. „Zwei sind zu alt, einer zu jung, der Letzte zu zart.“

„Was wäre, wenn der Wächter, der den Raum durchsuchen sollte, in der Nische versteckt zurückgeblieben wäre? Gibt es eine Möglichkeit, herauszufinden, wer das gewesen wäre?“

„Es gibt einen Dienstplan. Einer von Olafs Männern wird ihn haben, aber Bazzu auch.“

„Gibt es irgendetwas, das diese Frau nicht weiß?“

„Nicht viel, nein“, sagte Jorge. „Sind wir hier fertig?“

„Noch nicht. Hilf mir, die Wände zu untersuchen.“

„Was erwartest du, einen geheimen Eingang?“

Thomas warf Jorge einen Blick zu. „Du wirst ein wertvoller Assistent sein, wenn du weiter so denkst.“

Jorge machte einen mürrischen Gesichtsausdruck und schien im Begriff zu sein, etwas zu sagen, schüttelte dann den Kopf und beugte sich der Aufgabe. Sie drückten an und traten gegen jeden Stein in der Nische, aber nichts klang anders, nichts bewegte sich.

Thomas richtete sich auf, sein Rücken schmerzte, aber er fühlte, dass Fortschritte gemacht worden waren, verspürte eine leichte Aufregung in seinem Inneren.

„Also eine Wache?“, sagte er. „Vielleicht sogar der Wächter, der Safya beschützen sollte. Wir müssen Bazzu finden und sie fragen.“

„Sie wird denken, dass ich sie verfolge.“

Thomas erlaubte sich ein Lächeln. „Wird ihr der Gedanke missfallen? Ich glaube nicht.“

Aber als sie die Küchen erreichten, war Bazzu nicht da. Das Mädchen Prea sagte ihnen, sie sei zu Safyas Beerdigung gegangen.

KAPITEL ELF

Thomas und Jorge stiegen einen von der untergehenden Sonne blutrot gefärbten Hang hinab. Von oben schallte der Klang der im Gebet erhobenen Stimmen, die tiefen Töne des Imams, die sich über die anderen erhoben. Mehrmals wurde Jorge langsamer, und Thomas begann fast zu reden, wollte immer noch das ansprechen, was er bei der Untersuchung entdeckt hatte. Es hatte nichts mit Safya zu tun. Ihr Körper bot trotz seiner Verletzungen nur wenige Informationen, die er nicht bereits kannte. Es war die Dienerin Alisha, über die er sprechen wollte. Er glaubte nicht, dass er ihren Namen je wieder vergessen würde.

Als er Jorges Gesicht sah, war es grimmig, sein Mund eine zusammengepresste Linie, zusammengezogene Brauen, und Thomas wusste, dass er die Angelegenheit noch nicht ansprechen konnte.

„Sie wird nicht gelitten haben", sagte er und glaubte, er könne die Gedanken im Kopf des Mannes lesen.

Jorge blieb stehen und schaute wieder den Hügel hinauf. Der Rauch von brennenden Feuern stieg in trägen Spiralen auf, ihre unteren Teile lagen grau im Schatten des Palastes und die oberen Teile fingen in den sterbenden Sonnenstrahlen eine neue Flamme ein.

„Ich glaube dir nicht", sagte Jorge. „Ich habe ihre Wunden gesehen."

„Es ging schnell. Männer erleiden im Kampf schreckliche Verletzungen und erst später kommt der Schmerz."

Jorge schüttelte seinen Kopf. „Safya war kein Soldat. Ihr Leben war ein Leben voller Leichtigkeit und Luxus."

Thomas legte seine Hand auf Jorges Schulter. „Sie ist jetzt jenseits allen Leidens."

Jorge schüttelte seine Hand ab und setzte seinen Abstieg fort. Als sie sich dem Punkt näherten, an dem Helena an diesem Morgen beim Aufstieg stehen geblieben war, wurde Jorge langsamer und kam erneut zum Stehen. Die Stadt lag unter ihnen. Jenseits ihrer Mauern erstreckte sich kultiviertes Land bis zu fernen Hügeln. Die Luft war vom Nebel wieder schwer geworden, die Auswirkungen der nächtlichen Regenfälle waren bereits durch die Hitze des Tages besiegt worden. Auf der anderen Seite der Ebene fing das Wasser aus den Bewässerungskanälen die untergehende Sonne ein, spiegelte und glitzerte. Staub stieg von Wagenrädern und Pferdehufen auf.

„Ob sie gelitten hat oder nicht, sie ist tot." Jorge hatte sich offensichtlich über die Antwort von Thomas lustig gemacht. „Und wofür? Ich hätte bei ihr sein sollen, nicht bei einer dummen Nachforschung mit dir." Er ging bis zum Rand des Abhangs, wo das Land unter den Bäumen abfiel. Er trat gegen einen Stein, der durch das Gestrüpp davonklapperte. Vögel flogen auf und krächzten, aufgeschreckt von dem Geräusch.

„Es ist keine alberne Aufgabe und das weißt du auch." Thomas starrte auf Jorges Rücken, wo die Anspannung seine Schultern zusammenzog. „Jetzt gibt es zwei weitere, die gerächt werden sollten. Den Mörder zu finden ist der beste Weg, um Safyas Gedenken zu ehren."

Jorge streckte die Hand aus und umschlang den Zweig einer wilden Olive. Seine Knöchel wurden weiß, sein Arm zitterte. „Nein, du hast Recht, es ist keine dumme Aufgabe. Wenn wir diesen Mann finden, werde ich ihn mit meinen eigenen Händen töten."

„Er wird ein Soldat sein."

„Dann wirst du mir helfen müssen." Jorge schaute Thomas nicht an.

„Ja, ich werde dir helfen. Aber du weißt, dass die Sache mit einem Mann nicht getan ist."

Jorge schüttelte den Kopf. „Die Theorien überlasse ich dir."

Thomas schaute finster drein. „Du lebst im Inneren des Palastes. Die Antwort liegt dort, nicht bei mir. Warum bist du nur so blöd?"

Jorge löste seinen Griff von der Olive und wandte sich schließlich an Thomas. „Weil über das Warum nachzudenken, zu viel Kummer bringt." Er stieß gegen Thomas' Brust, der nach hinten taumelte. Jorge folgte ihm. „Weil alles, was ich liebe, dort bleibt." Er stieß nochmal dagegen. Diesmal war Thomas vorbereitet und fing den Schlag auf. „Denn zu wissen, wer dahintersteckt, wird nur noch mehr Schmerz und Tod bringen - höchstwahrscheinlich unseren eigenen. Ist es das, was du willst?"

„Ich will, dass es aufhört."

Jorge ließ seinen Kopf sinken. Seine Schultern zitterten. „Und du glaubst, ich tue das nicht? Selbst wenn es heute Nacht endet, sind schon zu viele Menschen, die ich liebe, tot." Tränen flossen ihm über die Wangen.

Thomas zögerte, machte dann einen Schritt nach vorne und legte seine Arme um Jorge. Der Mann war zwei Zentimeter größer, aber er drückte sich wie ein Kind an Thomas, während Schluchzer seinen Körper erbeben ließen. Die Sonne war hinter den fernen Elvira-Hügeln versunken, bevor Jorge sich erholte und Thomas seine Umarmung lockerte.

Einen Moment lang standen sie von Angesicht zu Angesicht, dann nickte Jorge und drehte sich weg. „Ich bin jetzt bereit."

„Dann lass uns gehen. Ich will diesen Mann finden, bevor er noch jemanden tötet."

***

Helena lachte, als sie das Siegel des Sultans sah.

„Was ist das für eine Dummheit? In welcher Seitengasse hast du so ein billiges Schmuckstück gefunden?"

Thomas hatte nicht die Absicht, sich etwas daraus zu machen. Tatsächlich wäre es ihm lieber gewesen, sie hätte nicht einmal gewusst, dass es in seinem Besitz war - dass niemand davon wusste. Aber als er und Jorge das Haus betraten, war er über einen Haufen Wäsche gestolpert, der in der Türöffnung zurückgelassen worden war, und sein Stolpern ließ das Siegel aus seiner Tasche auf den Boden fallen. Einen Moment lang befürchtete er, es würde zerbrechen, dann erinnerte er sich, dass es aus Metall geschmiedet war. Trotzdem, sogar Metall konnte zerbrechen.

Als er sich bückte, um es wieder einzustecken, war Helena schneller und machte ihren Kommentar. Sie sah das Siegel an und schenkte ihm wenig Aufmerksamkeit, bevor sie zu Jorge blickte, der in der Tür stand. Thomas sah, dass sich etwas in ihrem Gesicht veränderte. *Natürlich, sie kennt ihn.*

„Jorge und ich haben etwas zu besprechen." Thomas wandte sich an Jorge. „Du kannst durch den Hof zu meinem Arbeitsraum gehen."

„Wenn du hineinkommen kannst", sagte Helena.

Thomas zögerte einen Moment, dann streckte er die Hand nach dem Siegel aus und wartete.

Helena schaute es noch einmal genauer und drehte es in ihren Händen. Ihre Augen wurden schmaler, und er nahm den Moment wahr, in dem sie die Echtheit des Siegels erkannte.

Sie wickelte ihre schlanken Finger darum. „Das ist echt, nicht wahr?“

„Nicht nach deiner Meinung.“

Sie öffnete ihre Handfläche und starrte das Siegel noch einmal an. „Es ist echt. Was machst du damit? Hast du es gestohlen?“

„Der Sultan hat es mir gegeben. Er will, dass ich...“ Thomas zögerte, da er sich nicht sicher war, ob Helena von den Ereignissen im Palast wusste. „Hast du gehört, was heute passiert ist?“

„Jeder hat es gehört.“ Diese respektlose Note von Verachtung wieder, und Thomas versuchte sich zu erinnern, wie lange es her war, dass er sie zum ersten Mal gehört hatte, oder ob sie schon immer da gewesen war. „Das sagt mir immer noch nicht, warum du das in deinem Besitz hast.“ Helenas Daumen strich über den runden Kopf des Siegels, eine langsame, sinnliche Bewegung.

„Ein vergiftetes Geschenk. Der Sultan hat mich gebeten, die Morde zu untersuchen.“

„Du? Warum du? Er hat... andere Leute, oder? Er hätte meinen Vater fragen sollen.“

Thomas bemerkte das Zögern, wusste, dass Helena im Begriff gewesen war, *bessere Leute* zu sagen. Er stimmte ihr zu.

„Ich glaube, er traut niemandem im Palast. Nicht jetzt. Wenn jemand den Weg in die Badekammer einer Sultana findet, ist es nirgendwo sicher.“

„Es sei denn, es war kein Mann, der Safya getötet hat“, sagte Helena. „Ich habe gehört, es war ein Djinn.“

Thomas begann zu lachen, bevor er den Ausdruck auf

ihrem Gesicht sah und wusste, dass sie die Geschichte mehr als nur halb glaubte.

Ein Anflug von Wut darüber, dass sie ertappt wurde, ließ ihre Lippen schmal werden, zog die Narbe in ihrem Gesicht straff und verzerrte ihre Gesichtszüge.

„Es war kein Geist, der das getan hat. Es war ein Mann - ein starker Mann. Jemand, der sich im Palast auskennt."

„Glaub, was du willst." Helena warf das Siegel in die Luft und Thomas schnappte es, bevor es wieder auf den Steinboden fallen konnte. „Bedeutet das, dass du die ganze Zeit ein und aus gehst? Was sage ich den Leuten, wenn sie kommen und um eine Behandlung bitten?"

„Lass dir einen Namen geben und sag ihnen, dass ich sie aufsuchen werde, wenn ich kann. Wenn es dringend ist, schick sie zu al-Baitar."

„Und wenn ihnen ein Arm herunterhängt?"

„Dann werden sie ohne Zweifel mit oder ohne meine Hilfe sterben."

Thomas wusste, dass al-Baitar nicht so geschickt als Chirurg war, aber er war gut genug, und besser mit Tränken und Salben. Thomas verwendete die Salben seines Freundes lieber als seine eigenen, und al-Baitar schickte seinerseits die, denen er nicht helfen konnte, zu Thomas. Keiner der beiden Männer wurde reich.

„Bleibt der Eunuch zum Abendessen? Ich bin mir nicht sicher, ob wir genug zu essen haben."

„Gib ihm meinen Anteil. Er und ich müssen reden."

Helena stürmte an Thomas vorbei und ging in den Hof.

Thomas folgte ihr, stand einen Moment hinter ihr, ihr Duft umhüllte ihn. In seinem Körper herrschte eine Spannung, die durch die Ereignisse des Tages hervorgerufen wurde, Wut über ihre Haltung, Lust auf ihren Körper. Nach einem halben Jahr hatte er sich an ihre leichte Verfügbarkeit gewöhnt, an ihre seidige Haut unter seiner Berührung. Das hätte ausreichen sollen, aber Helena war schwer zu mögen und noch schwerer zu lieben.

Jorge war nicht in den Arbeitsraum gegangen. Stattdessen saß er auf einer Steinbank, den Kopf an die Mauer gelehnt, die Augen geschlossen. Über der Mauer stürzten sich die Vögel auf der Jagd auf die Insekten der Dämmerung, ihre Schreie erfüllten die Luft.

Als Helena Jorge erblickte, blieb sie plötzlich stehen und drehte sich um, nur um auf Thomas zu stoßen, der ihr den Weg versperrte. Sie schüttelte den Kopf, legte ihre Arme auf seinen und schob ihn zur Seite. Thomas blickte auf, um nach Jorge zu sehen, seine Augen waren jetzt offen und er sah sie ausdruckslos an. Thomas blickte finster drein und lief schnell durch den Hof zum Arbeitsraum, ohne darauf zu warten, dass Jorge ihm folgte. Er schob einen schweren Tisch zur Seite, zog zwei Stühle hervor, setzte sich auf einen und wartete. Jorge brauchte nur einen Moment, um aufzutauchen. Er sah sich neugierig um, und Thomas musterte wiederum ihn.

Jorge war ein gutaussehender Mann. Selbst in der Seide und Pracht, die ein Eunuch tragen sollte, besaß er eine Aura von solider Männlichkeit. Hätte Thomas ihn nicht zu dem gemacht, was er jetzt war, hätte er nicht gewusst, dass Jorge nicht in jeder Hinsicht ein Mann war.

Jorge zog einen Stuhl zu sich und setzte sich so hin, dass sich ihre Knie fast berührten. Ein Duft durchzog den Raum zwischen ihnen, ein Rest von Parfüm aus dem Harem.

„Jetzt lebst du also mit einer der schönsten Frauen in ganz Gharnatah, was? Manche Männer haben mehr Glück, als sie verdienen."

Thomas blieb nach seinem Gespräch mit Helena verunsichert. „Und was würdest du mit einer so schönen Frau machen?"

Jorge beschloss, sich nicht von der Schärfe in Thomas'

Stimme beleidigen zu lassen. „Was glaubst du, was ich tun würde?“

Thomas schnaubte ein scharfes Lachen aus. „Natürlich, ich vergaß, Eunuchen sind ja alle gleich.“

Jorge hob eine Schulter an, ließ sich in seinem Stuhl zurückfallen und schlug ein Bein über das andere. „Vielleicht habe ich keine Eier, aber dank dir habe ich immer noch meinen Schwanz. Jeder andere hätte ihn auch abgenommen. Glaub nicht alles, was du hörst. Ich kann so hart werden wie jeder andere Mann. Nun, vielleicht nicht so hart wie du, das gebe ich zu, andererseits teile ich mein Bett auch nicht mit jemandem, der so vorzüglich ist wie Helena.“

„Du teilst dir einen Palast mit über hundert Frauen. Die meisten von ihnen sind so schön, dass sie die Götter hart werden lassen würden.“ Jorge hatte seine gewohnte unerschütterlich gute Laune wiedergefunden, aber wenn überhaupt, dann diente sie nur dazu, Thomas‘ Unbehagen zu schüren.

„Ah, natürlich, wie nachlässig von mir, das zu vergessen.“ Jorge lächelte, und Thomas wusste, dass dieser Mann - ja, er gab es zu, ein Mann in allen Qualitäten außer einer - für mehr als nur zum Holen und Tragen und Putzen benutzt wurde. „Was? Glaubst du, dass ich ein zölibatäres Leben führe? Dank dir verfüge ich über die meisten Ausrüstungsgegenstände, die nötig sind, um einer Frau Freude zu bereiten. Tatsächlich habe ich, auch dank dir, die perfekte Ausrüstung für meine Station im Leben. Ich habe das hier.“ Jorge formte eine hohle Hand über seiner Leistengegend, sein Lächeln verwandelte sich in ein Grinsen. „Aber mir fehlen diese beiden Dinge, die sich für einen Mann in meiner Position als gefährlich erweisen würden. Keine überraschenden Schwangerschaften. Keine Verdächtigungen.“

Thomas‘ Stirnrunzeln wurde intensiver. „Wenn der Sultan wüsste, dass du...“

Jorge lachte. „Glaubst du, dass ein Sultan - vor allem ein

so alter wie Abu al-Hasan Ali - all diesen jungen und anziehenden Frauen selbst dienen kann? Er ist kein dummer Mann. Solange es Diskretion gibt - und ich bin sehr diskret - kann ich alle Aufgaben erfüllen, die von mir erwartet werden." Jorge seufzte. „Alle Pflichten. Ich weiß, dass das Leben mich vor eine große Herausforderung stellt, aber ich versuche, mich der Situation gewachsen zu zeigen."

Thomas starrte ihn an, dann spürte er ein Lächeln, das seinen Mund in Falten warf, ein Lächeln, das sich in ein Lachen verwandelte.

„Wie in aller Welt wird der Harem ohne dich auskommen? Vielleicht sollte ich dich aus dem Dienst entlassen, damit du wieder deine mühsame Arbeit aufnehmen kannst."

Die Belustigung verließ Jorges Gesicht, floss wie Wasser aus einem zerbrochenen Topf. „Wir wissen beide, dass diese Aufgabe die schwierigste, vielleicht sogar die gefährlichste unseres Lebens ist."

Thomas nickte, lehnte sich zurück, die Müdigkeit zog an seinen Gliedern; eine Müdigkeit, die warten musste. Er würde nie einen Mann operieren, ohne zu wissen, welches Ergebnis zu erwarten ist. Diese Aufgabe erforderte die gleichen Fähigkeiten. Sie brauchten einen Plan. Eine Strategie.

Jorge lehnte sich nach vorne, sein Gesicht war ausdruckslos. „Hast du mit Helena über den Moment gesprochen, als sie angegriffen wurde?" Er hatte offensichtlich Ähnliches gedacht, aber seine Gedanken waren in eine andere Richtung gegangen.

Thomas schüttelte den Kopf. „Über ihre Verletzung, sonst nichts." Er starrte in Jorges Gesicht, das nun ernst war, und sah darin die Trauer des Mannes, die streng unter Kontrolle gehalten wurde. Jorge hatte Safya geliebt, liebte sie vielleicht mehr als jeder andere Mann, sogar als ihr Ehemann. Das war schwierig für ihn.

„Ich denke, ein Gespräch würde sich lohnen."

„Glaubst du, dass die Ereignisse zusammenhängen?"

Jorge streckte die Hand aus und klopfte Thomas mit den Knöcheln auf die Stirn. „Komm schon, benutze das Gehirn, das du haben solltest. Sie wurde erst vor sechs Monaten innerhalb der Mauern des Palastes angegriffen. Die erste Dienerin starb drei Monate später."

„Drei Monate sind eine lange Zeit zwischen den Angriffen. Und Helena lebt."

„Und vor Helena, wann hast du das letzte Mal von einem Angriff auf jemanden im Palast gehört?"

Thomas nickte. „Niemals."

„Richtig. Niemals. Ich höre den ganzen Klatsch und Tratsch, und es hat noch nie einen Angriff auf ein Mitglied des Harems gegeben, von dem ich gehört habe. Glaubst du immer noch, dass die beiden Ereignisse nicht zusammenhängen?"

„Wir müssen mit ihr reden", sagte Thomas.

„Ja, das müssen wir. Aber vorsichtig. Hast du so etwas wie Wein im Haus?"

„Wein? Wo kommt ein Eunuch auf den Geschmack von solch verbotenen Früchten?"

„Der Mensch braucht mehr Vergnügen als nur die des Fleisches. Hast du welchen?"

„Ja, ich habe Wein."

Jorge lächelte. „Auch wenn sein Verzehr verpönt ist?"

„Ich bin *Ajami*, vergiss das nicht. Niemand erwartet, dass ich mich an die Regeln halte. Außerdem bewahre ich ihn für meine Patienten auf."

Jorges Lächeln wurde breiter. Thomas erhob sich und füllte einen Krug aus einem kleinen Fass, das auf einer Seitenbank stand.

Der Wein war genießbar, gerade noch. Thomas trank selten, aber das kleine Fass war immer da. Manchmal half es, einen Patienten zu beruhigen. Zu anderen Zeiten war viel nötig, um als Anästhetikum zu wirken, obwohl er, wenn die

Schmerzen wahrscheinlich stark sein würden, Mohnextrakt bevorzugte.

Jorge nahm einen großen Schluck und verzog kaum das Gesicht.

„Wo hast du Gefallen an Alkohol gefunden?", fragte Thomas.

„Das Leben eines Eunuchen besteht nicht nur aus duftendem Vergnügen und dem Dienen unserer Damen. Manchmal wird uns ein wenig Freizeit zugestanden und Gharnatah ist überfüllt mit Tavernen."

„Mehr denn je", stimmte Thomas zu. Der zweite Schluck Wein schmeckte besser als der erste, und er war sich sicher, dass der dritte noch einmal besser werden würde. Er versuchte, sich an das letzte Mal zu erinnern, als er Wein getrunken hatte, und es gelang ihm nicht. Es war sicher, bevor Helena zu ihm gekommen war, um mit ihm zu leben - und in der Gesellschaft anderer. Er hätte niemals allein getrunken. Jorge leerte seinen Becher und stellte ihn auf den Tisch, wobei er Thomas einen vielsagenden Blick zuwarf, der ihm sagte: „Hilf dir selbst."

Jorge brauchte keine weitere Ermunterung. Thomas stellte seinen eigenen Becher auf den Tisch, der immer noch halb voll war.

„Dein Freund, der Kleriker, wäre nicht sehr glücklich zu sehen, was du da machst", sagte Thomas, während Jorge langsamer aus seinem wieder aufgefüllten Becher trank.

„Mein Freund, der Kleriker, ist mit niemandem befreundet, und ich bezweifle, dass er es gutheißen würde, wenn sich irgendjemand amüsiert. Er hat keine Ahnung von Vergnügen."

„Alle Menschen wissen etwas von Vergnügen, was ist sonst der Sinn des Lebens?"

„Er kennt die Worte Allahs. Sie sind sein Vergnügen. Ansonsten beschäftigt ihn fast nichts."

„Ist er ein guter Mensch?" Thomas wusste wenig von Abd

al-Wahid al-Mursi, außer dass er der führende Kleriker des Sultans war.

„Er ist wie alle Männer, die große Macht erlangen. Er hat aus den Augen verloren, wofür er Macht wollte, und sieht jetzt nur noch die Macht selbst."

„Er ist genügsam."

„Ich bin mir nicht sicher, ob das bei einem Kleriker eine gute Sache ist. Manchmal sind die dicken, zufriedenen Menschen leichter zu ertragen. Die harten Männer haben wenig Sympathie für die, die anders sind als sie selbst."

„Hatten er oder der Wesir eine Ahnung, wer hinter den Angriffen stecken könnte?"

Jorge leerte sein Glas, füllte es aber nicht wieder auf. Thomas nippte an seinem eigenen, sein Kopf war vom Alkohol bereits ganz schwammig. Der Geschmack füllte seinen Mund, säuerlich mit einem Hauch von Zedernholz.

„Sie haben mir deutlich gemacht, dass es unsere Aufgabe ist, den Mörder zu finden", sagte Jorge. „Hat der Sultan noch mehr zu dir gesagt?"

„Er sieht überall Bedrohungen und ist unfähig, Wahres von Falschem zu unterscheiden. Er ist besorgt, dass die Adligen ihn als schwach ansehen werden, wenn er das Geschehen nicht aufhalten kann."

„Du und ich wissen, dass es in dieser Stadt Männer gibt, die nichts lieber tun, als sich gegen den Sultan zu verschwören. Vielleicht hat er in diesem Fall Recht, sich Sorgen zu machen."

„Warum sollte jemand aus einer wohlhabenden Familie Frauen aus dem Harem töten wollen? Den Sultan, ja, sogar seine Söhne. Aber seine Frauen? Ich sehe darin keinen Vorteil und zu viel, was es zu verlieren gibt. Und warum die Mädchen?"

Jorge erhob sich und füllte seinen Becher wieder auf. „Wir wissen beide, dass die Welt nicht fair ist. Die Leben von Dienerinnen haben nicht den gleichen Wert wie das der Frau eines Sultans. Wenn ein Mann bereit ist, zu töten und seine Fähigkeiten zu üben, wie könnte man besser anfangen?" Seine Stimme war so bitter wie der Wein.

„Und Helena?", sagte Thomas. „Du hast Recht, der Angriff auf sie könnte der Anfang von allem gewesen sein."

„Aber sie wurde nicht getötet."

„Nein. War das, weil sie seine erste war - dass er sie töten wollte und versagt hat?"

Jorge stieß ein scharfes Lachen aus, ohne jede Spur von Humor. „Ich vermute, wer immer dieser Mann ist, es wird nicht das erste Mal sein, dass er jemanden getötet hat."

„Ich stimme dir zu. Er muss ein Soldat sein. Die Verletzungen, die Safya und Alisha zugefügt wurden, können nur von jemandem verursacht worden sein, der mit den Manieren des Todes vertraut ist. Aber ein Soldat wäre mit den Manieren des Harems nicht vertraut." Thomas beobachtete Jorge. Er war entspannter, der Wein glättete die Falten aus seinem Gesicht, als er den Schmerz in seinem Herzen linderte.

„Du hast gesagt, du hättest bei der Untersuchung von Safya etwas entdeckt", sagte Jorge.

„Bist du jetzt bereit, mir zuzuhören?"

„Wenn ich muss."

„Wenn du beabsichtigst, mit mir zusammenzuarbeiten, dann ja, dann musst du. Es gibt Dinge, die du vielleicht nicht hören willst, aber hören musst. Dies ist eines davon."

Jorge schüttelte den Kopf. „Ich verstehe immer noch nicht, wie du so etwas tun konntest."

„Ich habe sie untersucht, das ist alles. Es musste getan werden."

„Hättest du ihnen nicht einfach die Würde des Todes gestatten können?"

„Nicht unter diesen Umständen."

„Du bist zu vertraut mit dem Tod. Das hat dich herzlos gemacht."

„Vielleicht ist das so. Vielleicht hat mich der Sultan deshalb um Hilfe gebeten. Er erkennt etwas in mir wieder." Thomas schaute Jorge einen Moment länger an, bevor er eine Entscheidung traf. „Ich habe nichts von Safya gelernt, was wir nicht schon wussten. Die Schnitte waren sauber, tief, mit einer scharfen Klinge ausgeführt, aber es hätte jede beliebige Klinge sein können. Es gab nichts Besonderes, das ich sehen konnte."

Jorges Gesicht verzerrte sich, aber Thomas konnte jetzt nicht aufhören.

„Alisha war anders. Ihre Wunden waren auch sauber, dieselbe Klinge, aber da war noch etwas anderes. Der Angreifer muss ihre Schulter gepackt haben." Thomas erhob sich und ging hinter Jorge. Er legte seine linke Hand auf Jorges Schulter. „Etwa so." Er hat seine Finger für einen Moment hineingegraben, nicht hart, aber hart genug. „Und er hat sie festgehalten. Viel fester, als ich dich halte. Er hat ein Zeichen hinterlassen. Sein Zeichen."

Jorge starrte weiter geradeaus. Thomas konnte die Spannung im Körper des Mannes spüren. Er wartete und wusste, dass es wichtig war, dass Jorge fragte. Das zu fragen würde ihn enger an ihre Aufgabe binden.

Eine Minute verging. Zwei. Drei. Thomas blieb mit seiner Hand auf Jorges Schulter. Geduldig. Er fühlte, wie sich die Muskeln unter seinen Fingern anspannten.

„Was für ein Zeichen?", fragte Jorge.

„Ihm fehlen zwei Finger." Thomas ließ seinen Griff los, kehrte zu seinem Stuhl zurück und hielt seine linke Hand ausgestreckt, die beiden äußeren Finger über seine Handfläche eingeklappt. „Diese Finger."

Jorge schüttelte den Kopf, leerte seinen Becher. „Der Hälfte der Soldaten in der Armee des Sultans fehlt das eine oder andere, einigen von ihnen fast die Hälfte ihrer Körper. Das soll uns helfen?"

„Bei wie vielen Palastwachen fehlen diese beiden Finger der linken Hand?“

Jorge schlug die Hände über dem Kopf zusammen. „Woher soll ich das wissen? Glaubst du, ich verbringe meine Zeit damit, die Wachen auf fehlende Finger zu überprüfen?“

„Ich dachte, es könnte die Art von Dingen sein, die dir auffallen würden“, sagte Thomas.

„Nun, das ist es nicht. Es tut mir leid, dich zu enttäuschen. Gibt es noch mehr Wein?“

„Du kannst mehr Wein zum Abendessen trinken.“

„Also ist es Zeit fürs Abendessen?“

KAPITEL ZWÖLF

Sie aßen im Innenhof, während sich am Himmel im Westen eine blasse violette Linie abzeichnete. In die Wand eingelassene Lampen warfen einen Schimmer über die Fliesen und zogen Insekten an, die gegen ihre Glasschirme schmetterten. Der Mond ging hinter den Mauern der Al-Hamra auf, die sich über ihnen aufzutürmen schienen.

Helena schien ihren Ärger über Jorges Anwesenheit vergessen zu haben, brachte sogar eine Flasche Wein mit, als er danach fragte, und plauderte dann über alte Zeiten. Es war ein bedeutungsloses Gespräch, und Thomas ignorierte es, als er in seinen eigenen Gedanken versank und sich fragte, wie er sie auf das Thema des Angriffs ansprechen sollte. Er wusste aus Erfahrung, wie ungern sie die Nacht, in der ihre Schönheit gestohlen worden war, in ihrer Erinnerung noch einmal aufleben ließ.

Als er sie jetzt musterte, sah er, wie sie sicherging, dass ihr Haar eine Seite ihres Gesichts bedeckte. Die Narbe heilte gut, aber sie würde die makellose Schönheit, die sie einst besessen hatte, nie wieder vollständig zurückgewinnen. Für Thomas machte der Makel sie sogar noch schöner, aber er wusste, dass er nicht wie die meisten Männer war. Er fragte sich, ob sie wirklich dankbar für das war, was er hatte reparieren können, aber er bezweifelte es. Alles, was Helena sah, war das, was verloren gegangen war, nicht das, was gerettet worden war. Zweifellos warf sie ihm vor, dass er kein besserer Chirurg war.

Thomas kämpfte gegen seine Ungeduld, den Druck, etwas zu tun. Er wusste, dass jetzt, unmittelbar nach dem Angriff auf Safya, die Zeit gekommen war, den Mörder zu verfolgen. Stattdessen saßen sie in der warmen Abendluft und aßen eine Mahlzeit aus Ziegeneintopf, Feigen und Aprikosen, während irgendwo in Gharnatah ein Mörder frei herumlief, um sein nächstes Opfer auszusuchen.

„Hast du über das, was ich gesagt habe, noch einmal nachgedacht?", fragte Helena, und Thomas runzelte die Stirn, versuchte sich zu erinnern, was sie meinte. Sie bemerkte den Ausdruck in seinem Gesicht und sagte ein Wort: „Lubna."

„Ich brauche nicht noch eine Frau im Haus." Helena hatte sich über eine Woche auf dieses Thema konzentriert und war anscheinend nicht bereit, seine Antwort zu akzeptieren. Dass sie das Thema an diesem Morgen auf dem Weg zum Palast erneut aufgegriffen hatte, schien eine Ewigkeit her zu sein.

„Willst du nicht als großer Mann angesehen werden?", fragte Helena.

„Warum sollte ich das wollen?" Thomas sah einen Ausdruck von Belustigung auf Jorges Gesicht, als er ihre Unterhaltung beobachtete.

„Große Männer haben viele Ehefrauen. Die Leute werden glauben, dass du deinen eigenen Harem hast, wenn Lubna kommt, auch wenn sie keine große Schönheit ist. Du solltest an deinen Status in der Stadt denken."

„Solche Dinge sind unwichtig. Ich dachte, du kennst mich besser."

„Vielleicht tue ich das. Hast du daran gedacht, dass ich das vielleicht für dich tue, nicht für mich selbst? Es ist dir nicht wichtig genug, was die Leute von dir denken. Jemandem muss es das sein, wenn es dir das nicht ist."

Thomas versuchte, sich an das zu erinnern, was er von Helenas Schwester wusste. Er erinnerte sich an ein schmächtiges Mädchen, das sich auf der Schwelle zwischen Jugend und Erwachsensein befand. Trotz Helenas Worten hatte Thomas sie schüchtern und hübsch in Erinnerung. Nicht so schön wie ihre Schwestern, aber ihre Schönheit war zu perfekt für ihn. Sieben Jahre jünger als Helena mit ihren 25 Jahren war Lubna die jüngste von Olaf Torvaldssons fünf Töchtern und das einzige Kind, das von der neuen Frau geboren wurde, die er nach dem Tod von Helenas Mutter bei einer Geburt – Helenas Geburt – gefunden hatte.

Olafs Samen war geschickter für die Zeugung von Frauen als von Männern, eine Angelegenheit, zu der er Thomas einmal konsultiert hatte, aber nur dieses eine Mal, nachdem er darüber informiert worden war, dass man nichts tun konnte, um das Geschlecht eines Kindes zu ändern oder gar vorherzusagen, ungeachtet dessen, was andere sagen.

„Ich habe wenig Zeit, um an etwas anderes als an Arbeit zu denken", sagte Thomas. „Das und diese neue Aufgabe, die mir gegeben wurde." Er wusste, dass ihn sowohl Helena als auch Jorge anstarrten.

„Sie wartet auf eine Antwort", sagte Helena. „Ich habe ihr gesagt, du würdest meinen Vorschlag in Erwägung ziehen."

„Dazu hattest du kein Recht. Ich werde über die Sache nachdenken, wenn ich Zeit habe."

„Sie kann nicht für immer bei meinem Vater bleiben. Er wird sie nicht mehr lange unter seinem Dach behalten, und ich habe Angst davor, was dann aus ihr wird."

„Wenn ich kann." Seine Stimme wurde schroff. „Es gab eine Schlacht, und jetzt dieser Mord. Wie kann ich im Moment noch über andere Dinge nachdenken?"

„Sie würde sich nützlich machen." Helena fuhr fort, als ob Thomas nichts gesagt hätte.

Thomas nahm seinen Löffel und sägte damit an einem Stück Fleisch, kaute den Bissen, den er ablösen konnte. Das gab ihm einen Vorwand, das Gespräch zu beenden. Er erwischte Jorge dabei, wie er zuschaute. War das ein Funke von Belustigung in den Augen des Mannes? Ein angehobener Mundwinkel? Jorge würde Olaf natürlich kennen, und Thomas fragte sich, was er von ihm hielt. Es gab vermutlich keine zwei Männer in der ganzen Stadt, die verschiedener waren.

Olaf war ein Mann des kalten, weit entfernten Nordens, noch weiter entfernt als Thomas' Heimat, der zusammen mit vielen seiner Landsleute an diesen Ort gebracht wurde, um für den Sultan und seine Vorgänger zu kämpfen. Olaf war kein Neuankömmling, aber er sprach sein Arabisch mit einem so starken Akzent, dass er oft Schwierigkeiten hatte.

Thomas wusste, dass Helenas ältere Schwester weiterhin als Kurtisane im Harem wohnte. Die anderen hatten Plätze in den Häusern der Adligen oder der Reichen von Gharnatah gefunden. Alle außer Lubna, und was der Grund dafür sein könnte, konnte Thomas nicht erraten. Sie war die Jüngste, natürlich, und vielleicht waren ihrem Vater die Gefälligkeiten ausgegangen. Es stimmte, dass sie nicht so schön wie ihre Schwestern war, abgesehen von ihren Augen. Vielleicht lag es daran, dass sie halb maurisch war - ihre Mutter war eine dunkelhäutige Berberin -, so dass sie in diesem trockenen Land, in dem jede zweite Berberblut in ihren Adern trug, nicht als exotisch genug angesehen wurde.

Bei den wenigen Gelegenheiten, bei denen Thomas mit Lubna gesprochen hatte, zeigte sie einen scharfen Verstand und eine Neugierde bezüglich seiner Arbeit, die ihn überraschte.

„Wir müssen reden", sagte Jorge.

Thomas blickte von seinem Essen auf und wusste, dass ein Gespräch ohne ihn stattgefunden hatte.

„Später." Thomas wusste, dass er ein Feigling war, weil er einem schwierigen Thema auswich.

„Jorge hat mich gefragt, ob ich eine Ahnung hätte, wer so etwas Furchtbares getan haben könnte", sagte Helena.

Thomas schaute sie an und war glücklich darüber, dass Jorge die Initiative ergriffen und die Frage gestellt hatte. „Und, hast du?"

Helena lächelte, und wie immer, wenn sie ihn mit Mitgefühl ansah, berührte sie sein Herz, und er wusste, dass er trotz ihrer oft schwierigen Art dankbar war, dass sie in sein Leben gekommen war. „Es wäre vielleicht einfacher jemanden vorzuschlagen, der das nicht tun würde."

Thomas runzelte die Stirn. „Das verstehe ich nicht."

„Der Palast ist immer voll von Gerüchten, wobei jeder versucht, sich in eine vorteilhafte Position zu bringen."

„Mord ist ein bisschen mehr als sich in eine vorteilhafte Position zu bringen."

„Du kennst den Harem so gut wie jeder andere Mann außer Jorge. Er ist nicht der Ort der sinnlichen Leichtigkeit, für den die Menschen ihn halten. Safya war eine wohlbedachte Ehefrau, aber die Ankunft des Kindes hat ihre Position verändert. Das ist immer so. Wenn sie einen Jungen bekommen würde, dann würde sich das Machtverhältnis zu ihren Gunsten verschieben."

„Außer", warf Thomas ein, „dass der Sultan bereits zwei ältere Söhne hat. Und es hätte ein Mädchen sein können."

„War es aber nicht."

Thomas warf einen Blick auf Jorge. Er wusste, dass Helena das Geschlecht des Kindes auf tausend Arten hätte herausfinden können, nicht dass es darauf ankäme, ob sie es wusste oder nicht. Bald würde die ganze Stadt von einem neuen Prinzen wissen. Sie würde auch von dem Mord wissen - auch wenn die Verbreitung dieser Nachricht vielleicht nicht mit ganz so viel Begeisterung geschehen würde.

„Ein Sohn, der so weit hinten in der Thronfolge steht, ist kaum eine Bedrohung."

„Nicht nur das Kind", sagte Helena. „Safyas Statuswechsel. Ein Sultan kann tausend Kinder zeugen, aber ich habe gehört, dass dieser mit seiner Senilität alt und weich wird, obwohl ich das nur schwer glauben kann."

Thomas lachte. „Von Senilität kann keine Rede sein. Er ist erst gestern aus der Schlacht zurückgekehrt. Er ist immer noch stark, immer noch respektiert."

„Er ist älter als zuvor und niemand lebt ewig. Diejenigen, die ihn ersetzen wollen, müssen früh anfangen, sich in Position zu bringen, denn wenn sie es nicht tun, gibt es andere, die es tun. So werden Länder regiert. Das weißt du, Thomas. Du, Jorge, weißt das besser als Thomas, der die Welt nicht so versteht wie du."

Da war es wieder. Das sanfte Lächeln, die Berührung seines Herzens, der abweisende Satz.

„Es könnte also fast jeder sein." Thomas war enttäuscht. Einen Moment lang hatte er auf nützliche Informationen gehofft.

Helena schob ihren Stuhl zurück. „Ich sehe, dass ich hier nicht nützlich bin. Ich überlasse es euch Männern, solch gewichtige Angelegenheiten zu besprechen."

„Ich möchte, dass du noch einen Moment bleibst." Thomas wurde von einer ungewohnten Nervosität befallen. „Es gibt Fragen, die ich stellen muss."

„Fragen? An mich? Ich weiß nichts davon, was diese Tage auf dem Hügel passiert."

„Meine Fragen betreffen nicht die jüngsten Ereignisse. Ich möchte Fragen über die Nacht stellen, in der du angegriffen wurdest."

Helena erhob sich plötzlich und begann, geräuschvoll Teller zu stapeln. Thomas beobachtete sie und sagte dann: „Setz dich."

Etwas in seiner Stimme, die Knappheit, der Befehl, hielt

sie auf. Sie legte die Teller auf den Tisch zurück und starrte ihn an.

„Bitte", sagte er.

Einen Moment lang war er sicher, dass sie sich abwenden würde. Die Anspannung in ihrem Körper wo ihre Hände gegen den Tisch drückten, ließ die Haare, die ihr ins Gesicht hingen, zittern. Dann ließ die Anspannung nach und sie setzte sich wieder hin.

„Was willst du wissen? Es ist schon lange her."

„Aber du hast es nicht vergessen, oder?" Jorges Stimme war sanft.

„Glaubst du, ich könnte das jemals?"

„Alles, woran du dich erinnerst, wird helfen", sagte Jorge.

Thomas lehnte sich näher heran und wollte nach Helenas Hand greifen, aber etwas hielt ihn zurück. „Hast du den Mann gesehen, der dich angegriffen hat?"

„Ich habe nichts gesehen, was euch helfen könnte. Alles ging so schnell, und es gab viel Schmerz, schrecklichen Schmerz und das Blut. Alles, was ich gesehen habe, nachdem er mich aufgeschlitzt hatte, war das Blut."

„Erzähl uns alles, woran du dich erinnern kannst. Wo warst du, als er dich angegriffen hat?"

„Im Löwenhof."

„Allein?"

„Mit Yasmina." Thomas kannte sie. Eine weitere Konkubine, die ebenfalls nicht mehr in der Gunst des Sultans stand.

„Zu welcher Tageszeit?" Thomas war sich dessen bewusst, dass er die Antwort hätte wissen müssen, aber er hatte nie nachgefragt. Er war mitten in der Nacht herbeigerufen worden, so dass Helenas Antwort ihn nicht überraschte.

„Abends. Es war dunkel, es muss also spät gewesen sein."

„Was hast du zu dieser Uhrzeit im Hof gemacht?"

„Ich konnte nicht schlafen. Yasmina war schon da, hörte dem Wasser zu und beobachtete die Sterne."

„Gab es keine Wachen?“

„Nicht so nah am Harem. Auch keine Eunuchen.“ Sie warf einen Blick auf Jorge, als ob der Angriff seine Schuld war, weil er sie nicht beschützt hat.

„Was habt ihr gemacht, als du mit Yasmina dort gesessen hast?“

„Gemacht? Wir haben nichts gemacht.“

„Ich werfe euch nichts vor. Habt ihr geredet? Seid ihr gelaufen? Ihr müsst irgendwas gemacht haben.“

„Wir haben uns unterhalten, nehme ich an.“

„Und Yasmina war noch da, als du angegriffen wurdest?“

Helena nickte und starrte auf ihre Hände.

„Erzähl mir alles, woran du dich erinnerst, egal wie unwichtig.“

„Wir haben geredet, unsere Köpfe zusammengesteckt und geflüstert, damit wir niemanden wecken. Ich glaube, Yasmina hat ihn zuerst gesehen, hat möglicherweise mehr als ich gesehen. In einem Moment haben wir noch über irgendeine dumme Angelegenheit gekichert, im nächsten kam eine Gestalt auf uns zugerannt. Er war schwarz, alles an ihm war schwarz, und er bewegte sich seltsam, als ob... Ich weiß nicht...“ Helena schloss ihre Augen, um ihre Erinnerung zu sammeln. „Als ob er hüpfen würde.“ Ihre Augen schnellten auf, um Thomas anzustarren. „Als ob er keine Beine hätte.“ Ihre Augen weiteten sich. „Er war der Djinn! Ich habe es nicht realisiert, damals nicht und auch heute nicht, als ich gehört habe, was passiert ist. Er war der Djinn, nicht wahr? Derselbe!“

Diesmal streckte sich Thomas über den Tisch und nahm ihre Hände zwischen seine Handflächen, ihre Finger fühlten sich kalt an.

„Bitte“, sagte Jorge. „Versuche, dir genau vorzustellen, was an diesem Abend passiert ist. Alles.“

„Ich will nicht.“ Helena schüttelte den Kopf, die Haare verdeckten nun vollständig ihr Gesicht.

„Warst du diejenige, die er angegriffen hat?“, fragte Thomas, seine Stimme weich. „Bist du sicher, dass du es warst, oder könnte es Yasmina gewesen sein?“

„Warum sie?“

„Warum du?“

„Könnte er dich mit jemandem verwechselt haben?“, sagte Jorge.

„Zum Beispiel mit?“

„Safya vielleicht?“

„Ich sehe Safya überhaupt nicht ähnlich. Wie könnte jemand meine Haare mit ihren verwechseln?“

„In der Dunkelheit?“

„Der Hof wurde von Fackeln beleuchtet, so wie hier bei uns. Er hätte das erkennen können.“

„Und Yasmina? Sie ist dunkelhaarig, dunkelhäutig. Hat er statt Safya versehentlich Yasmina angegriffen?“

„Warum? Wegen des Babys?“

„Niemand wusste von dem Baby, damals noch nicht“, sagte Thomas.

Helena zog die Hände aus denen von Thomas, legte sich die Haare über die Schultern und schaute ihn an. „Du vielleicht nicht, aber im Harem sind die Frauen immer die ersten, die etwas erfahren. Ihre Blutung war seit zwei Monaten nicht mehr gekommen, und es gab Gerüchte über einen neuen Sohn für den Sultan. Einen maurischen Sohn.“

„Erzähl es mir noch mal. Alles, woran du dich erinnerst.“

Helena atmete tief durch, ihre Schultern angespannt. So sehr sie sich auch bemühten, sanft zu sein, es war offensichtlich, dass ihr die Fragen, die Erinnerungen, schwerfielen. „In einem Moment waren wir allein, im nächsten war er da, ein wirbelnder Geist, schwarz eingehüllt...“

„Eingehüllt?“, sagte Jorge. „Er trug einen Umhang?“

Helena schüttelte den Kopf. „Nein. Vielleicht. Ich kann mich nicht erinnern. Es ist so lange her, und der Schmerz war schrecklich. Wenn ich dir sagen würde, dass ich ihn deutlich gesehen habe, wäre das eine Lüge.“

„Was wäre das nicht?“, sagte Jorge. „Erzähl uns, woran du dich erinnerst. Von wo ist er gekommen?“

„Das habe ich euch schon gesagt - ich habe es nicht gesehen!“

„Was Jorge meint, ist, aus welcher Richtung er gekommen ist.“

Jorge warf Thomas einen Blick zu, als wollte er sagen, *das ist nicht das, was ich gemeint habe*, aber Thomas entschied sich, das zu ignorieren.

Helena schaute an Thomas‘ Schulter vorbei und er sah, wie sich ihre Augen bewegten, als sie ihre Erinnerung durchsuchte. „Er kam aus dem Gang. Er war zu unserer Rechten, als wir saßen, und er kam von dort. So schnell. Ich erinnere mich, dass er sich ohne zu zögern bewegte. Er...“ Helena saß aufrecht, ihr Blick kehrte zu Thomas zurück, huschte kurz zu Jorge und dann zurück. „Er hat mich nicht einmal angeschaut. Er ging direkt auf Yasmina zu. Für wen auch immer er sie hielt, ob er sich nun irrte oder nicht, sie war es, die er töten wollte. Nicht mich. Sie.“

„Aber du warst es, die er verletzt hat“, sagte Thomas.

„Yasmina schrie und fiel über die Bank nach hinten.“ Helenas Augen huschten von links nach rechts und sahen nicht mehr diesen Hof, sondern einen anderen. „Sein Schwert hob sich. Er ließ es nach unten rauschen, aber sie war nicht mehr da, und er erwischte mein Gesicht, als es herumschleuderte.“

„Wohin ist er geflohen?“

Bevor Helena antworten konnte, fügte Jorge hinzu: „Nein - *warum* ist er geflohen? Er schlug nur das eine Mal zu, richtig?“

„Ich glaube schon. Er...“ Helena schaute wieder über Thomas‘ Schulter. „Er hatte ein Schwert. Einen Krummsäbel-“

Jorge unterbrach sie. „Bist du sicher, dass es ein Krummsäbel war?"

„Die Klinge war gebogen. Ich kann sie jetzt sehen, wie er
sie in die Luft hob, wie er sie nach unten schnellen ließ. Er
wollte sie töten. Ich habe es in seinen Augen gesehen. Er-"

„Du hast es in seinen Augen gesehen?", sagte Jorge mit
scharfer Stimme.

„Ja. Er wollte Yasmina töten."

„Du hast seine Augen gesehen?"

Helena stieß wütend einen Seufzer aus. „Hat dir Thomas
sowohl die Ohren als auch die Eier abgeschnitten?"

„Wenn du seine Augen gesehen hast, dann musst du auch
sein Gesicht gesehen haben", sagte Thomas. Helena griff
nach ihrem Wein und leerte ihn. Jorge lehnte sich herüber
und füllte den Becher wieder auf.

Helena nippte an dem frischen Wein, ihr Blick wandte
sich nach innen.

„Nein... er hat eine Kapuze getragen. Eine tiefe Kapuze.
Seine Augen glühten wie Kohlen, aber sein Gesicht lag im
Schatten."

„Danach", sagte Jorge, und kehrte zu seiner früheren
Frage zurück, „in welche Richtung ist er geflohen?"

Helena schüttelte den Kopf. „Ich habe keine Ahnung. Da
war mein Gesicht schon aufgeschlitzt. Ich hatte Todesqualen.
Yasmina schrie und dann kamen andere, Ehefrauen und
Konkubinen, Eunuchen, die aus Träumen - von was auch
immer Eunuchen träumen - geweckt wurden, und schließlich die Wachen."

„Woher kamen die Wachen?", fragte Jorge unnachgiebig
und ignorierte dabei Helenas spitze Bemerkungen.

„Ich nehme an, von wo sie immer herkommen. Aus dem
Wachhaus natürlich."

„Das sich wo befindet?"

Helena warf ihm einen vernichtenden Blick zu. „Du lebst
im selben Palast wie ich damals, nicht wahr? Du weißt,

woher sie gekommen sind. Hör auf, dumme Fragen zu stellen und finde diesen Djinn, bevor er wieder tötet." Sie stand so schnell vom Tisch auf, dass ihr Stuhl nach hinten kippte. „Ich gehe ins Bett. Thomas, bleib nicht die ganze Nacht hier draußen mit diesem..." Sie zögerte. „Diesem Mann."

<hr>

Thomas beobachtete wie sie davonging, den Schwung ihres Körpers, das Schimmern der hellen Haare und er wollte ihr folgen. Stattdessen griff er nach dem Krug und schenkte sich mehr Wein ein. Sein Kopf war verschwommen und er musste nachdenken, aber er wusste, dass er bereits zu viel getrunken hatte, um aufzuhören.

Jorge hielt seinen Becher hoch und Thomas füllte ihn bis zum Rand, eine Entscheidung wurde getroffen. Er hatte für heute genug nachgedacht. Das Vergessen winkte mit seinem Charme, während Helenas Charme ihn oben erwartete.

„Gehst du heute Nacht zurück in den Palast, oder soll ich dir hier einen Platz zum Schlafen suchen?"

„Ich werde nicht zurückkehren, bis das hier vorbei ist", sagte Jorge.

„Warum nicht? Augen und Ohren innerhalb des Palastes wären nützlich."

Jorge hielt eine Hand hoch und begann an seinen Fingern abzuzählen. „Erstens: Ich bin mit dir und dieser Aufgabe verbunden, meine Gefährten und meine Schützlinge vertrauen mir nicht mehr. Sie werden mir nichts mehr erzählen, jetzt, wo ich befleckt bin." Jorge streckte einen weiteren Finger aus. „Zweitens: Wenn dieser Mörder eine Badekammer betreten kann, ohne gesehen zu werden, bin ich innerhalb der Palastmauern nicht mehr sicher." Er hielt einen dritten Finger hoch, sagte aber nichts.

Thomas wartete und sah den Emotionen in Jorges

normalerweise ruhigem Gesicht beim Spielen zu. Er kannte diesen Mann seit über fünfzehn Jahren, hatte sich ihm aber nie näher gefühlt als in diesem Moment.

„Du hast sie geliebt, nicht wahr", sagte er, da er wusste, dass Jorge nicht wollte, dass die Opulenz des Palastes ihn an die Frau erinnert, die getötet worden war.

„Natürlich habe ich sie geliebt." Jorges Stimme stockte. „Ich liebe sie alle."

Es war nicht das erste Mal, dass er das sagte, aber Jorges Antwort ging über Thomas' Verständnis hinaus. Er war unfähig, die eine Frau zu lieben, mit der er zusammenlebte, so sehr er sich auch bemühte. Er hatte sich vor langer Zeit aller Liebe, die er in sich hatte, entledigt, die Erinnerung daran war weit weg, etwas, das einem anderen Mann passiert war.

„Wie kannst du sie alle lieben? Liebst du sie alle gleich?"

Jorge schaute Thomas an, sein Gesicht mit Mustern der flackernden Schatten der Lampen bemalt. „Manchmal ja, manchmal nein."

„Das verstehe ich nicht."

„Ich weiß, dass du das nicht tust. Und deshalb liebe ich dich auch."

„Du machst es schon wieder."

„Ich mache was?"

„Ich versuche, ein Gespräch zu führen, und du redest alles, was ich sage, klein. Es ist, als ob dich nichts berührt."

„Du irrst dich." Jorges Hand schlang sich um seinen Becher. „Es ist, weil mich *alles* berührt."

„Ich verstehe es immer noch nicht."

„Es scheint, als ob du überhaupt nichts verstehst."

„Vielleicht hast du Recht, aber erkläre mir, wie du alle lieben kannst."

„Nicht alle."

„Tu es nicht." Thomas hielt seine Hand hoch.

Jorge sah ihn lange an und nickte schließlich.

„In Ordnung. Ich werde versuchen, es zu erklären, unter einer Bedingung.“

„Die da wäre?“

„Du versuchst es zu verstehen.“

„Ich werde es versuchen, aber ich kann nichts versprechen.“

Jorge stand auf und ging zur Wand. Er lehnte sich dagegen und starrte auf die Pracht der Al-Hamra, bevor er anfing zu sprechen.

„Für mich - und ich glaube für alle, wenn sie es nur zulassen - ist die Liebe grenzenlos. Die Liebe ist der Ozean. Nimm einen Fingerhut voll davon und es bleibt unendlich viel übrig. Auch wenn alle Menschen auf der Welt zusammen daran arbeiten würden, könnten sie den Ozean nicht leeren.“ Jorge wandte sich an Thomas. „Aber das verstehst du schon. Du hast auch mal geliebt, nicht wahr?“

Thomas wandte sich ab, die Frage erinnerte ihn an einen Schmerz, den er fest verschnürt in sich trug und dort tief verborgen hatte.

„Ja, das hast du“, sagte Jorge, eine neckische Belustigung in seiner Stimme.

„Es ist lange her und ist schlecht ausgegangen.“

„Wie?“

„Ich denke nicht mehr daran.“

„Wie ist es zu Ende gegangen?“

„Sie...“ Thomas seufzte. Er hatte Eleanor in den Jahren danach nie wieder jemandem gegenüber erwähnt, hatte keine Ahnung, warum er jetzt von ihr sprach. „Sie hat einen anderen geheiratet.“

„Das kommt vor. Hat es dazu geführt, dass du sie weniger liebst?“

„Nein.“

„Und?“

„Ich habe nicht aufgehört, sie zu lieben, aber sie hat einem anderen gehört.“

Jorge lächelte. „Niemand gehört irgendwem."

„Sie hat es getan."

„Nein", sagte Jorge erneut. „Du hast geglaubt, dass sie es getan hat."

„Wie ich schon sagte, das ist lange her."

„Aber es tut immer noch weh."

Thomas starrte ihn an.

„Es tut immer noch weh, nicht wahr?", sagte Jorge.

Thomas drehte sich weg, flüsterte aber eine Antwort. „Ja, es tut immer noch weh."

———

Nachdem Jorge widerwillig die Liege im Arbeitsraum akzeptiert hatte, ließ Thomas ihn mit den Resten des Weinfasses zurück und kehrte in den Hof zurück. Die Teller ihres Essens blieben ungewaschen zurück, aber er ließ sie stehen und setzte sich auf die Bank unter dem Balkon. Unerwünschte Erinnerungen überfluteten ihn, zu stark, um sich zu widersetzen. Er hatte mehr als zwanzig Jahre damit verbracht, sie zu vergraben, aber er war gescheitert. Ein kurzes Gespräch, und da waren sie, die Wunden so frisch, als wären sie erst vor einer Stunde entstanden.

Ihr Name war Eleanor gewesen. Er hoffte, es war immer noch so und dass sie noch am Leben war - auch sein Kind. Mittlerweile kein Kind mehr. Es wäre jetzt ein erwachsener Mensch von fünfundzwanzig Jahren. War es ein Junge oder ein Mädchen gewesen? Das konnte er nicht wissen. Es würde jetzt ziemlich sicher verheiratet sein. Oder tot. Nichts von seinem wahren Vater wissend.

Es war das Beste so. Thomas war damals jemand anderes gewesen, jemand, vor dem er sich seitdem versteckt hatte.

In seiner Erinnerung besaß Eleanor eine unglaubliche Schönheit und Anmut. Sie war ein Juwel, das im Kästchen seiner Gedanken gefangen war, etwas, das ihm niemals gestohlen werden konnte. Jedes Mal, wenn er das Kästchen öffnete, wurde sie vollkommener, engelsgleicher. Nur war sie weit von einem solchen Zustand der Anmut entfernt gewesen. Sie war ungezähmt und wild gewesen, genau wie er. Das war es, was sie zusammenführte. Aber ihre Schönheit - bei ihrer Schönheit hatte er nicht übertrieben. Das war natürlich der Grund, warum er sie verloren hatte. Das Baby, das in ihrem Bauch wuchs, war für beide eine Überraschung, obwohl es das nicht hätte sein sollen. Zweifellos war es auch eine Überraschung für den Adligen, der sie ihm wegnahm.

Ziellos durch die südlichen Länder Frankreichs treibend, verloren und allein nach dem Tod seines Vaters, hatte er Eleanor durch Zufall getroffen. Thomas' Vater war auf einem Schlachtfeld gestorben, natürlich. Vielleicht hatte er deshalb das Bedürfnis, solche Orte wieder aufzusuchen, um den Verwundeten zu helfen, um den Schmerz der Sterbenden zu lindern. Genauso wie er den Schmerz seines Vaters gelindert hatte, als er endlich akzeptierte, dass es ein Gefallen war, sein Leiden zu beenden. Es war nicht das erste Mal, dass er eine solche Gnade gezeigt hatte. Es hatte noch mehr auf dem verbrannten Feld von Castillon gegeben, aber sein Vater war der letzte an diesem Tag gewesen - und für eine lange Zeit danach.

Thomas schloss seine Augen und lehnte sich an die Wand. Eine Restwärme sickerte in die angespannten Muskeln seines Rückens, als er versuchte, sich an das Jahr der Schlacht zu erinnern. Er wusste, wie lange es her war, er kannte sein Alter zu der Zeit, aber sein Kopf dachte nicht mehr in der gleichen Maßeinheit von Jahren wie früher. In Al-Andalus war das Jahr 885. Das war das ihm vertraute Jahr. Er wusste, wie die Umrechnung funktionierte, aber sein Geist war müde und der Wein sang in seinem Blut. Er sollte es dabei belassen und schlafen, aber aus irgendeinem Grund fühlte es sich wichtig an, sich zu erinnern. Es war der Tag, an dem er als Waise zurückgelassen wurde, in einem fremden Land auf die Straße gesetzt. Natürlich war das so gewesen. Er war dreizehn Jahre alt - geboren im Jahr des Herrn 1440 außerhalb der Stadt Lemster, die im englischen Marches lag - Sohn von John Berrington, der Knappe des Grafen von Shrewsbury war. Thomas war seit dem Jahr 1453 allein, in der Nähe der Stadt Castillon in Frankreich von Mensch und Gott verlassen.

Dreizehn Jahre war zu jung, um in die Schlacht zu ziehen, aber es gab keine andere Wahl. Die große Pest hatte seine Mutter und seinen Bruder - der in den Krieg ziehen sollte und der in den Krieg ziehen wollte - genommen und die drei zurückgelassen. An seine Schwester hatte er lange Jahre nicht mehr gedacht, und es dauerte einen Moment, bis ihm ihr Name einfiel. Angnes. Ihr Name war Angnes gewesen, aber so sehr er auch versuchte, sich daran zu erinnern, so sehr weigerte sich ihr Gesicht zurückzukommen, da es von den Jahren ausgelöscht worden war. Er fragte sich, ob sie noch lebte. Wenn er an einen Gott glaubte, würde er beten, dass sie noch lebte.

Er wusste, dass Eleanor ihn für tot hielt. So wurde er zurückgelassen und am Straßenrand zwischen Ancizen und Guchen abgelegt, während die Männer des Grafen d'Arreau ihm die Frau, die er liebte, stahlen. Könnte die Liebe wirklich unendlich sein, wie Jorge behauptete? Für Thomas war sie immer etwas gewesen, das ein Mann nah bei sich hielt, falls sie wie trockener Sand aus einer geschlossenen Faust rieseln würde. Was, wenn Jorge Recht hatte? All die Jahre, die er verschwendet hatte, während er den Schmerz in sich trug und andere mied.

Thomas erhob sich, die Bewegung war plötzlich und eckig. Er schüttelte den Kopf, verstreute sinnlose Erinnerungen in die Nacht. Kein Wein mehr, keine Gespräche mehr über die Liebe. Es gab Arbeit zu tun. Harte Arbeit. Gefährliche Arbeit.

Helena schlief, als er ihr Schlafgemach betrat, und er blieb einen Moment lang stehen und beobachtete sie beim Atmen. Das Leinentuch war zur Seite geschoben, ihr Körper badete im Mondlicht liegend, ihre Perfektion war fast beängstigend. Sie war viel schöner als Eleanor, aber als Thomas am Fußende des Bettes stand, fühlte er nichts. Überhaupt nichts.

122

KAPITEL DREIZEHN

„Ich verstehe nicht, warum ich nicht einfach bei dir im Haus bleiben kann“, sagte Jorge am nächsten Morgen, als sie einer engen Gasse folgten, die sich den steilen Hang hinunter in die Stadt schlängelte.

„Bist du sicher, dass du nicht zum Palast zurückgehen kannst?“

„Die Frauen werden Forderungen an mich stellen. Sie werden nicht verstehen, dass es andere Anforderungen an meine Zeit gibt. Aber du kannst ein anderes Bett hineinstellen. Die Liege in deinem Arbeitsraum ist nicht groß genug für jemanden mit meiner Größe. Und es riecht seltsam da drin.“

„Kräuter, das ist alles. Du hast doch nichts angefasst, oder?“

Jorge warf ihm einen Blick zu.

„Das Gasthaus wird dir besser gefallen“, sagte Thomas.

„Ich habe kein Geld.“

„Geld ist kein Problem. Du wirst außerdem etwas Besseres zum Anziehen brauchen.“

Bislang hatten sie nur eine weitere Person gesehen, und

dieser Mann war zu höflich gewesen, um Jorge lange anzustarren, aber einmal in der Stadt, wusste Thomas, wie es sein würde. Jorge fiel auf. Was ihm zweifellos gefiel.

„Ich habe andere Kleidung. Ich trage sie, wenn ich zum Trinken komme und Unterhaltungen mit Männern genieße."

Sie erreichten eine Reihe von Stufen, steil und kurvenreich, und Thomas führte den Weg nach unten an.

„Sie sind im Palast, nehme ich an?"

„Das sind sie."

Die Stufen führten sie auf eine Straße entlang des Hadarro und Thomas bog nach rechts ab. Der Tag war noch jung, und zum Glück für sie waren nicht viele von Gharnatahs Bürgern unterwegs. Als sie den Platz betraten, sah das schon ganz anders aus. Sie kamen an Ständen vorbei, die mit Mandeln, Obst, Gemüse, Gefäßen, hiesigen Seidenwaren und importierten Stoffen vollgestopft waren. Die Gerüche von dutzenden Ländern wehten durch die Luft und man hörte den Klang einer Vielzahl von Sprachen brabbeln.

„Bin ich so seltsam gekleidet?" Jorge machte selbst unter den leuchtend gekleideten Leuten der Stände auf sich aufmerksam.

„Nicht für den Harem, nehme ich an, aber hier? Ja. Du weißt doch, dass du seltsam gekleidet bist, oder? Aber das Gasthaus ist auf der anderen Seite des Platzes. Wir suchen dir ein Zimmer und dann finden wir etwas für dich zum Anziehen."

„Nichts zu unedles", sagte Jorge, und Thomas lächelte.

Der Gastwirt Khadar nahm Thomas' Geld sehr gerne an. Das Zimmer, das er ihnen zeigte, war angemessen, mit einem kleinen verglasten Fenster, das einen Blick über den Platz bot. Sie blieben nicht lange, bevor sie sich ihren Weg zuerst durch gewundene, und dann durch ruhigere, breitere Straßen bahnten, bis zu dem Ort, an dem sich der Arbeitsraum von Carlos Rodriquez drei Türen unterhalb des Hauses befand, in dem er mit seiner Familie lebte.

Carlos war ein Bekannter von Thomas, den er gelegentlich in Mancala besiegte, während sie in Khadars Gasthaus süßen Kaffee oder Tee tranken. Er war nicht im Arbeitsraum, aber die Tür wurde von einer breiten spanischen Frau geöffnet, die Bescheid sagte, und innerhalb kurzer Zeit trat Carlos durch eine Hintertür ein und versuchte, ein lockeres Auftreten zu haben.

„Thomas - bist du endlich gekommen, damit ich dich angemessener kleiden kann?“

„Ich bin nicht wegen mir selbst hier. Ich brauche Kleidung für meinen Freund.“

Auf Carlos‘ Gesicht zeigte sich Abneigung, aber sowohl Thomas als auch Jorge entschieden sich, das zu ignorieren.

„Bist du sicher, dass ich dich nicht mit etwas verführen kann, das mehr zu deinem Status passt, Thomas?“

„Er sieht wirklich wie ein Wüstenbeduine aus, nicht wahr?“, sagte Jorge, und Thomas blickte ihn finster an.

„Ich bin überrascht, dass ihn jemand als Arzt erkennt.“ Carlos wurde mit dem Thema warm. Es war ein altes und müdes Thema für Thomas, eines, von dem er sich nicht beirren lassen wollte, auch wenn Helena sich jetzt dem Chor derer angeschlossen hatte, die ihn wie einen verhätschelten Papagei kleiden wollten.

„Kannst du etwas für ihn tun, oder müssen wir woanders suchen? Wir wollen nichts Ausgefallenes, er muss nur als gewöhnlicher Mann durchgehen.“

„Ich würde es vorziehen, wenn das Material weniger grob wäre als das, was Sie tragen“, sagte Jorge.

„Ich denke, das kann ich Ihnen versprechen“, sagte Carlos. Er näherte sich Jorge, bewegte sich um ihn herum und maß mit seinen Augen. „Ich könnte bis morgen Abend etwas Passendes fertig haben.“

„Wir brauchen jetzt etwas“, sagte Thomas.

„Ich…“ Carlos schaute erneut Jorge an, der nun durch die Regale wanderte, in denen sich Rollen mit Material aus ganz Spanien stapelten und anderen, die aus Afrika, Italien und weiter weg importiert waren. „Er ist groß, nicht wahr?“

„Das ist er“, stimmte Thomas zu.

„Und er hat breite Schultern.“

„Und einen Bauch, ein bisschen.“

„Ich bin nicht fett“, sagte Jorge und ließ etwas Stoff zwischen seinen Fingern gleiten.

„Ich habe nicht gesagt, dass du das bist. Gut genährt, würde ich sagen, nicht mehr als das.“

„Ich habe vielleicht etwas, das ihm passt, aber es wird nicht modisch oder aus feinem Material sein. Wenn du mir etwas mehr Zeit geben könntest...“

„Ein Outfit reicht für heute, und vielleicht kannst du ihm zwei weitere für morgen machen. Du hast morgen Abend gesagt, oder?“

„Zwei Outfits?“

„Mir gefällt dieses Material“, sagte Jorge und hob eine Rolle mit schwarzer Seide hoch, die mit feinem Goldfaden durchzogen war. „Das würde eine wunderbare Hose geben.“

„Das ist eine Sonderbestellung, nicht zum Verkauf“, sagte Carlos. „Außerdem ist es zu gut für Hosen - und Sie würden die Kosten nicht bezahlen wollen, wenn ich es benutzen würde.“

„Etwas Ähnliches vielleicht?“

„Ich werde sehen, was ich tun kann.“ Carlos wandte sich an die Frau. „Teresa, misst du ihn bitte, während ich nachschaue, ob ich etwas finde, das er jetzt tragen kann?“

Thomas lehnte sich an die Kante eines großen Tisches, auf dem Stoff zum Zusammenbinden bereit lag, und beobachtete, wie die Frau Jorge gekonnt anstupste und schob, so dass er mit erhobenem Haupt dastand, während sie seine Brust, Schultern, Taille und Beinlänge maß und alles auf einen Zettel schrieb. Als Carlos zurückkam, war Jorge wieder dabei, die Stoffrollen anzufassen.

„Ich habe mich entschieden", sagte Jorge, „dass ich Seide lieber mag als Baumwolle oder Leinen."

„Es ist die Seide, die dich auffallen lässt", sagte Thomas. „Carlos, Baumwolle ist das, was ich mir für ihn wünsche."

„Dann habe ich das richtige Outfit mitgebracht. Das wird ihm passen, glaube ich." Er legte Hose, Hemd, Umhang und Schal auf den Tisch. Jorge warf den Kleidungsstücken einen so verächtlichen Blick zu, wie sie es verdienten.

„Die sind perfekt", sagte Thomas.

„Wenn ich die trage, weiß niemand, dass ich es bin."

„Genau."

„Wir werden Sie in Ruhe lassen, damit Sie sich umziehen können", sagte Carlos. „Komm, Teresa, wir gehen in den anderen Raum, um uns seine Maße anzusehen und zu entscheiden, was wir tun können."

„Ich werde sie nicht anziehen", sagte Jorge, als sie allein waren.

„Du kannst nicht tragen, was du jetzt anhast."

„Ich habe doch gesagt, dass ich Kleidung im Palast habe."

„Womit du zweifellos immer noch wie ein Eunuch aussiehst."

„Ich bin ein Eunuch!"

„Aber du willst, dass niemand weiß, dass du es bist, nicht für unsere Aufgabe."

„Warum nicht?" Jorge nahm das weiße Hemd aus hochwertigem, fein gewebtem Leinen und wog es in seiner Hand.

„Es ist ein gutes Hemd", sagte Thomas. „Probier die Kleidung wenigstens an und schau, wie sie sich anfühlt. Es ist wahrscheinlich nur für ein paar Tage. Carlos wird dir morgen etwas Besseres machen."

„Das hoffe ich. Warum kann ich nicht etwas von der exquisiten Seide dort drüben haben?"

„Keine Seide. Und du musst deinen Kopf bedecken."

„Aber er ist mein zweitbestes Merkmal."

„Nur so lange, bis deine Haare nachwachsen. Ein Bart wäre auch nützlich, wenn du einen hinkriegen kannst."

Jorge seufzte und schüttelte den Kopf. „Zu was willst du mich machen?" Er begann, die feine Seide, die seinen Körper einhüllte, zu lockern.

Thomas wandte sich zur Seite, nicht aus Schuld oder Scham, nur um ihm etwas Ermutigung zu geben und ihn anzutreiben, obwohl er vermutete, dass ihm Publikum willkommen sein würde. Selbst wenn es notwendig war, war das Kaufen von Kleidung für Jorge Zeitverschwendung.

Zum zweiten Mal ertappte sich Thomas dabei, wie er den steilen Weg vom Hadarro zum Palast verfluchte. Es erschien ihm irrational, dass er von denen, über die er herrschte, durch eine steile Schlucht und einen Fluss getrennt werden sollte. Oder vielleicht auch nicht. Als er sich nach oben schleppte – mit Jorge, der voranschritt und kaum Luft holte - kam ihm die Trennung von Regierendem und Regierten als eine weise Entscheidung in den Sinn, da sie oft schlechte Nachbarn waren.

„Die Schreiber zuerst?", fragte Jorge und griff damit ihren ursprünglichen Plan auf, bevor Safya ermordet wurde.

„Ich glaube schon. Und ich würde gerne noch einmal mit diesen beiden Mädchen sprechen - vielleicht haben sie sich über Nacht an mehr erinnert."

Sie näherten sich der Tür, in die er am Vortag eingetreten war, und dieselbe Wache stand daneben.

„Wir haben dringende Angelegenheiten im Palast", befahl Thomas.

„Ich habe gehört, dass deine dringende Angelegenheit von gestern tot ist. Was führt dich sonst noch hierher, *Qassab*?“ Der Wächter zog das Wort in die Länge und machte deutlich, was er von der Praxis der Medizin hielt.

Thomas steckte die Hand in die Tasche seines Gewandes und zog das Siegel des Sultans heraus. „Das bringt mich hierher. Nun lass uns vorbei.“

„Stopp, das könnte alles sein.“ Der Wächter legte seinen Speer über den Eingang, um den Weg zu versperren. Er warf einen kurzen Blick auf Jorge, schien ihn aber mit bedecktem Kopf und so gekleidet, wie er war, nicht zu erkennen.

„Es könnte alles Mögliche sein, sicher, aber das ist es nicht.“ Thomas hob das Siegel hoch und ließ die Wache einen Schritt zurückzutreten. „Willst du Sultan Abu al-Hasan Ali oder seinem Wesir erklären, dass du Männer, die in ihrem Auftrag hier waren, abgewiesen hast?“

Der Wächter schaute das Siegel an, aber er sah es nicht mehr. Die Sicherheit in Thomas‘ Stimme reichte aus, obwohl sein Gesicht noch gewahrt werden musste.

„Und wie erkläre ich, dass ich zwei Fremde an mir vorbeigehen lasse, während ein Mörder auf freiem Fuß ist? Soweit ich weiß, könnte es auch einer von euch sein.“

„Törichter Mann“, sagte Jorge. „Erkennst du mich nicht? Ich gehöre hierher. Und Thomas ist kein Fremder. Wir sind schon länger durch die Hallen des Palasts gegangen, als du am Leben bist. Jetzt geh zur Seite und lass uns vorbei.“

Der Wächter war nicht klug, aber klug genug, um zu erkennen, dass er seine Autorität so weit wie möglich ausgenutzt hatte. Vielleicht hatte ihn die Langeweile überwältigt. Er zog seinen Speer zurück und trat zur Seite. Thomas ging in das Halbdunkel des Gangs. Vor ihnen führten Stufen nach oben, aber Jorge drängte sich absichtlich im Vorbeigehen an den Wachmann und zischte ihm leise Worte ins Ohr.

„Wir müssen einen kühlen Kopf bewahren“, sagte

Thomas, als Jorge ihn einholte. „Lass dich nicht von seiner Dummheit verärgern.“

„Ich werde versuchen, mich an deine weisen Worte zu erinnern.“ Der Sarkasmus in Jorges Stimme war deutlich. „Wenn ich mir Dummheit zu nah gehen lassen würde, wäre ich schon vor Jahren wahnsinnig geworden. Es gibt viel zu viel davon in den Mauern dieses Ortes.“

Thomas ging den Weg entlang der gleichen Route wie am Vortag voraus, nur dass Safya gestern noch am Leben und die Welt ein anderer Ort gewesen war.

Sie gingen durch den Palast und über die schmale Brücke zu den Dienstzimmern des Wesirs. Man erwartete sie nicht, aber das Siegel verschaffte ihnen erneut Zugang, und sie wurden in einen Raum geführt, in dem vier Männer an hohen Schreibtischen standen. Ein fünfter, größerer Tisch stand in der Mitte des Raumes, auf ihm Schriftrollen, Papiere und Bücher ausgebreitet. Es lag ein muffiger Geruch in der Luft, vermischt mit dem bitteren hölzernen Duft von Eisengallustinte. Wenn die Gemächer des Sultans das Herz des Palastes waren, der Harem sein Geschlecht, dann war dies der Kopf, der alles kontrollierte, was vor sich ging.

Der Angestellte, der der Tür am nächsten war, wandte sich an sie.

„Kann ich Ihnen helfen? Wir hören uns Petitionen erst später am Tag an.“

„Wir sind nicht hier, um eine Petition einzureichen.“ Thomas tastete wieder in seiner Tasche und suchte erneut nach dem Siegel. „Wir kommen im Auftrag des Sultans, mit Fragen.“

„Ah, Sie sind der Arzt. Mein Herr hat mir gesagt, dass wir Sie erwarten sollten.“ Er schaute Thomas von oben nach unten an. „Sie sehen nicht gerade wie ein Arzt aus.“ Er wandte seine Aufmerksamkeit auf Jorge. „Und Sie auch nicht wie ein Eunuch.“

„Was sein muss…“, sagte Jorge.

„Wen würden Sie befragen?“

„Ich nehme an, Sie wissen, was mit der Sultana, Safya, passiert ist?“, fragte Thomas, und als der Mann nickte. „Und von den früheren Angriffen?“ Ein weiteres Nicken. „Ich würde gern mit demjenigen sprechen, der die Aufgabe hatte, diese zu untersuchen. Waren Sie das?“

Der Mann schüttelte den Kopf. „Ich wurde nicht gefragt.“ Er drehte sich um, um seinen Blick über die anderen schweifen zu lassen, und schüttelte langsam den Kopf, als ob seine Erinnerung nicht verlässlich wäre. „Habib, du warst an der Befragung beteiligt, nicht wahr?“

Ein kleiner Mann wandte sich von seiner Arbeit ab. Die anderen fuhren fort und schrieben Informationen auf Papier, jeder von ihnen mit von dunkler Tinte eingefärbten Fingern.

„Ich wurde gebeten, einen Teil des Gesprächs aufzuzeichnen, aber Bilal Abd al-Rahman war dafür zuständig.“

„Können wir dann mit diesem Bilal sprechen?“, fragte Thomas.

„Er arbeitet nicht mehr auf dem Hügel“, sagte der erste Schreiber, als Habib gleichgültig zu seiner Arbeit zurückkehrte.

„Wo arbeitet er denn?“

„Irgendwo in der Stadt, aber nicht hier. Wenn das alles ist…?“

„Ich würde zuerst mit Habib sprechen.“

„Er hat gesagt, er habe nur einige Fakten aufgeschrieben, mehr nicht.“

„Ich würde trotzdem gern mit ihm sprechen. Ich nehme an, Sie beabsichtigen nicht, meine Bitte abzulehnen?“ Thomas‘ Finger schlossen sich um das Siegel.

„Natürlich werde ich Sie nicht abweisen. Habib, geh mit diesen Männern in den Hof und sag ihnen, was du weißt.“

„Ich muss bis zum Mittag ein Dokument fertigstellen.“

„Wir werden nicht lange brauchen", sagte Thomas, ohne zu wissen, ob er die Wahrheit sagte oder nicht.

„Ich werde es erklären, wenn du länger brauchst", sagte der Vorgesetzte des Mannes.

Habib nickte, legte seinen Stift auf den Schreibtisch und ging durch einen Bogengang in einen kleinen Hof voraus. Die Umgebung war nicht so üppig wie die des Hauptpalastes, aber es gab Wasser, Bäume als Schattenspender und zwei Steinbänke in der hinteren Ecke. Dies war zweifellos ein Ort, an den die Schreiber kamen, wenn sie eine Pause von ihrer Arbeit machten. Zu genau diesen Bänken wurden sie von Habib geführt. Er setzte sich in die Mitte einer dieser Bänke. Thomas und Jorge ließen sich gegenüber nieder.

„Was möchten Sie wissen?" Offensichtlich wollte er die Angelegenheit hinter sich bringen, damit er zurück an seine Arbeit konnte.

„Sie haben die Ergebnisse dieses anderen Mannes, dieses Bilal, aufgezeichnet?"

„Einige. Er hat einen Großteil der Arbeit selbst erledigt, aber manchmal habe ich ihn begleitet, um die Worte der Leute aufzuzeichnen, wenn er welche befragt hat."

„Und wen hat er befragt?"

„Diese Ereignisse sind schon einige Zeit her, und ich bin mir nicht sicher, ob ich mich an ihre Namen erinnere."

„Und was für eine Art von Menschen dann?"

„Oh, Dienerinnen. Diejenigen, die die Mädchen, die angegriffen wurden, gekannt haben und diejenigen, die in der Nähe waren, als die Angriffe stattgefunden haben."

„Und Sie haben diese Aussagen aufgezeichnet?"

„Einiges davon. Wie ich schon gesagt habe, hat Bilal viel davon selbst gemacht."

„Wo sind diese Dokumente jetzt?"

„Ich habe alles, woran ich gearbeitet habe, an Bilal weitergegeben. Was er damit gemacht hat, weiß ich nicht."

„Erinnern Sie sich, was in Ihrer Gegenwart gesagt wurde?“

Habib schüttelte den Kopf. „Ich schreibe - ich nehme die Worte, die ich aufschreibe, normalerweise nicht wirklich wahr. Manchmal ist es sicherer, nichts zu wissen.“

„Waren Sie nicht neugierig?“, fragte Jorge, bevor Thomas eine weitere Frage stellen konnte.

„Neugierig?“ Das schien für Habib ein fremdes Konzept zu sein. „Warum sollte ich neugierig sein?“

„Zwei Mädchen wurden innerhalb der Palastmauern getötet. Ich habe eine Menge Gerüchte und Klatsch gehört, viele haben davon gesprochen.“

„Dies hier ist nicht der Harem“, sagte Habib.

„Erinnern Sie sich überhaupt an etwas?“

„Es tut mir leid.“ Habib schüttelte den Kopf. „Ich versuche nicht, undurchsichtig zu sein, aber ich verbringe meine Tage damit, abzuschreiben und zu protokollieren. Es wäre unmöglich, alles, was ich aufschreibe, wirklich zur Kenntnis zu nehmen. Wenn ich mich an etwas erinnern könnte, würde ich es Ihnen sagen, aber das ist schon vor Monaten passiert. Und Bilal hat, soweit ich weiß, nichts entdeckt.“

„Warum haben Sie dann aufgehört?“

„Bilal hat alles, was er entdeckt hat, dem Wesir gemeldet. Kurz darauf hat er seine Anstellung hier aufgegeben.“

„Er hat sie aufgegeben“, sagte Thomas, „oder wurde er aufgefordert, sie aufzugeben?“

„Ich weiß nur, dass er gegangen ist.“

„Wissen Sie, wo er jetzt arbeitet?“

„Für den Juden, Hasdai ibn Shaprut. Sie arbeiten von einem Haus im Albayzin aus, schreiben Testamente und Verträge und Grundstücksverträge.“

„War sein Wechsel freiwillig?“ Thomas kam auf die Frage zurück, die Habib nicht beantwortet hatte.

Der Schreiber schaute zur Seite. Er schien nachzudenken, seine Antwort abzuwägen und sich vielleicht zu fragen, ob

Thomas mehr Macht hatte als sein Vorgesetzter. „Ich glaube, er wurde aufgefordert zu gehen.“

„Denken Sie aufgrund seiner Erkenntnisse, die ins Leere geführt haben, oder aus einem anderen Grund?“

„Wie ich Ihnen bereits gesagt habe, ich denke gar nichts. Aber in diesem Fall mag an dem, was Sie sagen, etwas Wahres dran sein.“

„Wegen dem, was er entdeckt hat?“, sagte Jorge.

„Ich weiß es nicht.“ Habib erhob sich von der Bank. „Jetzt muss ich zurück an meine Arbeit.“

„Sollten Sie sich an irgendetwas in dieser Angelegenheit erinnern, bitte ich Sie, sich entweder mit mir oder mit Jorge in Verbindung zu setzen“, sagte Thomas.

Habib nickte kurz. „Das werde ich, aber erwarten Sie keine Offenbarungen.“

Er kehrte in den Raum zurück, ohne einen Blick auf Jorge zu werfen, der sagte: „Glaubst du, dass er mich nicht mag?“

Thomas sah ihn an. Sogar in seinen neuen Kleidern fiel Jorge auf, sein ganzer Körper vermittelte eine instinktive Sinnlichkeit. „Du bist vielleicht etwas für Kenner.“

„Alle guten Dinge sind das. Hat er die Wahrheit gesagt?“

„Was denkst du? Ich habe gesehen, wie du ihn beobachtet hast.“

„Ich glaube, das hat er. Er ist kein einfallsreicher Mann, und seine Arbeit verlangt, dass er jede Spur von Neugier unterdrückt, die er vielleicht besitzt. Also ja, er war ehrlich, wenn auch nicht hilfreich.“

„Wir müssen mit diesem Bilal sprechen. Ich kenne Hasdai Ibn Shaprut, ich habe seine Dienste schon einige Male in Anspruch genommen.“

„Gehen wir direkt dorthin?“, fragte Jorge.

„Wir sollten zuerst unsere Arbeit auf dem Hügel beenden. Es hat wenig Sinn, den ganzen Weg nach unten zu laufen, nur um dann wieder zurück nach oben zu gehen. Und ich möchte Habibs Meister nach den Dokumenten fragen, die Bilal angelegt hat, danach, was aus ihnen geworden ist."

„Sie werden weg sein", sagte Jorge.

„Wie kommst du darauf? Dokumente sind das Lebenselixier von Menschen wie diesen. Sie zerstören nichts."

Jorge lächelte nur, und als Thomas wieder hineinging, musste er feststellen, dass es tatsächlich keine Dokumente gab.

„Warum nicht?" Thomas bewegte sich, um noch näher beim vorgesetzten Schreiber zu stehen. „Was ist mit ihnen passiert?"

„Sie werden an den Wesir und den Sultan übergeben worden sein."

„Sie haben sie also?"

„Nein." Der Mann sah unzufrieden aus. „Alle Palastdokumente werden hier aufbewahrt. Wenn sie existieren würden, hätten wir sie."

„Würden Sie mal nachsehen?"

„Ich kenne alles, was wir aufbewahren, und sie sind nicht hier."

„Ich möchte trotzdem, dass Sie sich umsehen und mir so oder so Bescheid geben. Wenn Sie etwas finden, bewahren Sie es sicher auf, ich möchte lesen, was dort geschrieben steht."

„Und, mit wem sprechen wir als Nächstes?", sagte Jorge, als sie vor der Dienststelle des Schreibers standen.

„Das macht dir Spaß, nicht wahr?"

Jorge hob eine Schulter an. „Manchmal werden Luxus und die Gesellschaft schöner Frauen langweilig."

„Ich möchte mit Zoraya sprechen, solange wir auf dieser Seite des Hügels sind. Ich habe Helena über die Brücke gehen sehen, als ich das letzte Mal hier war, und habe mich gefragt, ob sie dort gewesen ist. Zoraya hat hier doch Gemächer, oder?"

„Der Sultan hält sie aus gutem Grund vom Harem fern."

„Sie ist unbeliebt?"

„Das ist sie in der Tat."

„Weil sie Griechin ist oder gibt es andere Gründe?"

„Für wie viele hast du Zeit?", sagte Jorge.

KAPITEL VIERZEHN

Zorayas Gemächer befanden sich im Nordflügel des kleineren Palastes und standen dem Harem, in dem die anderen Frauen des Sultans untergebracht waren, in nichts nach. Dieser Ort war nach dem Vorbild der Häuser des spanischen Königshauses gestaltet worden. In allen Räumen standen Tische und Stühle, Teppiche bedeckten den Fliesenboden, und Wandteppiche verbargen die religiösen Botschaften an den Wänden. Die Wandbehänge zeigten Jagdszenen und Hofversammlungen. Es waren viele Gesichter und Figuren dargestellt, ganz anders als in der maurischen Dekoration, in der die Darstellung von menschlichen Figuren gemieden und stattdessen Schriften gezeigt wurden, die die überwältigende Macht Allahs feierten.

Zoraya hatte ihre eigenen Wachen, ihre eigenen Beamten und Betreuer. Thomas und Jorge mussten in einem Zimmer außerhalb warten, während jemand geschickt wurde, um sich zu erkundigen, ob man sie einlassen dürfe. Zwei andere blieben, um sicherzustellen, dass sie keinen Versuch unternahmen, herumzulaufen.

Jorge ging zum nächstbesten Mann. „Sie wissen, dass wir im Auftrag des Sultans hier sind, nicht wahr?"

„Ihr Begleiter hat uns sein Siegel gezeigt", sagte der Wächter unbeeindruckt.

„Warum lässt man uns dann warten?"

„Es ist nicht seine Schuld, Jorge", sagte Thomas. „Wir werden sicher nicht lange hier sein."

Jorge drehte sich um und warf Thomas einen Blick zu, der seine Zweifel ausdrückte, bevor er den Raum zu einem kleinen Fenster, das einen Blick über die Ebene bot, durchquerte. Aus den Räumen im Inneren drangen Geräusche von Gesprächen, gelegentliches Lachen, das Klappern von Pfannen und Tellern, der Geruch von gebratenem Fleisch. Thomas merkte, dass es fast Mittag war, aber hier würde es keine Unterbrechung für Gebete geben.

Minuten vergingen, und dann noch einige mehr.

Jorge entfernte sich vom Fenster und setzte sich auf einen Stuhl, testete ihn mit seinem Gewicht und schaukelte von einer Seite zur anderen.

„Ich könnte mich daran gewöhnen, so zu sitzen", sagte er. „Ich habe gesehen, dass du solche Möbel in deinem Haus hast."

„Ich bin *Ajami*, vergiss das nicht. Und je älter ich werde, desto lauter protestieren meine Knochen gegen das Sitzen auf dem Boden, egal wie viele Kissen ich unter mir habe."

„Der Sultan ist fast doppelt so alt wie du, aber er hält die Tradition aufrecht."

„Der Sultan ist ein stärkerer Mann als ich." Thomas sprach leiser. „Glaubst du, sie wird uns wegschicken?"

„Vielleicht. Zoraya kennt ihre eigene Macht und glaubt, dass sie noch mehr besitzt, als sie tatsächlich tut. Wir werden sehen. Setz dich, Thomas, ruh deine alten Knochen aus."

„Ich würde es vorziehen -" Er brach ab, als das Geräusch von Schritten aus dem Korridor näherkam, von Füßen in Stiefeln, passend zum Stil dieses Ortes. Der dritte Mann kehrte zurück, schüttelte seinen Kopf, aber eher aus Verwirrung als verneinend.

„Meine Herrin wird gleich ihr Mittagessen einnehmen, aber sie sagt, Sie sind herzlich eingeladen, sich zu ihr und den Kindern zu gesellen.“

Jorge hob überrascht eine Augenbraue und Thomas lächelte ihm zu.

„Sie will mich wohl treffen“, flüsterte Jorge, während sie dem Mann durch einen breiten, von weiteren Wandbehängen gesäumten Korridor folgten. In den Zimmern rechts und links waren prächtige Einrichtungsgegenstände zu sehen. „Ich nehme an, sie hat von meinem Ruf gehört.“

„Sie weiß, dass sie uns nicht abweisen kann“, flüsterte Thomas zurück.

„Glaub, was du willst. Ich bin mir nicht sicher, ob mir die Vorstellung gefällt, dass ihre Kinder bei ihr sind.“

„Du konzentrierst dich auf sie, während ich mit Zoraya spreche. Denk daran, dass sie die spanische Anrede bevorzugt, also benutze sie, wenn du dich noch daran erinnern kannst.“

„Ich glaube nicht, dass ich je viel mit spanischen Mitgliedern des Königshauses zu tun hatte, aber ich werde es versuchen.“

Ihr Ziel war ein hoher Raum mit vielen Fenstern. Er bot einen Blick nach Osten auf die Sholayr-Berge, deren Gipfel nun fast schneefrei waren, und nach Westen über die Ebene.

Zoraya saß an der Spitze eines langen Tisches, der mit feinen Tellern, Kristallgläsern und Silberbesteck gedeckt war. Sie erhob sich nicht, als sie eintraten, ebenso wenig wie ihre Kinder, zwei Jungen und ein Mädchen, der älteste Junge im Alter von Abu Abdullah, der achtzehn Jahre alt war, der andere etwas jünger als Yusuf, das Mädchen irgendwo zwischen den beiden. Alle am Tisch waren so gekleidet, als ob sie in Qurtuba am Hof sitzen würden und nicht in einem maurischen Palast.

„Ich werde Sie nicht bitten, sich zu setzen, das würde sich nicht ziemen, aber ich begrüße Sie, Thomas Berrington, und Sie auch, Jorge Al-Andalus." Sie sprach fließend Spanisch und Thomas musste sich schnell umstellen, um ihre Worte zu verstehen.

„Wir danken Ihnen, dass Sie uns empfangen, meine Herrin. Sie sind sehr liebenswürdig." Thomas wechselte in die fremde Sprache und war sich dessen bewusst, dass seine Worte holprig klangen.

„Sie haben nichts dagegen, wenn wir essen? Gutes Essen darf nicht kalt werden. Kennen Sie meine Kinder?"

„Nur vom Namen und Ruf, meine Herrin. Es sind wirklich ausgezeichnete Kinder."

„Und gesund. Sie brauchen die Dienste eines Menschen wie Ihnen nicht."

„Das kann ich sehen. Sie sind tatsächlich gesund. Können wir in ihrer Gesellschaft reden?" Thomas bemerkte, dass sich Jorge neben das Mädchens gestellt hatte, das ihren Brüdern gegenübersaß. Er beugte sich hinunter und sprach mit ihr, seine Stimme war zu leise, als dass Thomas ihn verstehen konnte, aber ihre Brüder hörten ihn, sie lehnten sich vor, um zuzuhören.

„Über was reden, Chirurg?"

Obwohl die Kinder aßen, hatten sie begonnen, sich mit Jorge zu unterhalten, als wäre er ein alter und geschätzter Freund, und Thomas beneidete ihn um seine Leichtigkeit im Umgang mit Menschen. Zoraya ließ ihr Besteck unberührt, das Fleisch auf ihrem Teller kühlte ab. Stattdessen hob sie einen Kristallkelch mit etwas, das wie Wein aussah, und nahm einen langen Schluck.

„Haben Sie von der Aufgabe gehört, die uns aufgetragen wurde, meine Herrin?"

„Wir sind auf dieser Seite des Hügels isoliert, aber ja, ich habe etwas gehört, und ich wünsche Ihnen alles Gute für Ihre Bemühungen. Safya ist eine gute Freundin von mir geworden. Ich kann kaum glauben, dass sie gegangen ist. Sie müssen mir verzeihen, wenn ich Ihnen gegenüber barsch erscheine, während wir reden, aber ich trauere immer noch um sie."

„Ich verstehe." Thomas hatte das Gefühl, auf heißen Kohlen zu gehen, der nächste Schritt würde wahrscheinlich in einer Katastrophe enden. Ihm war nicht bewusst gewesen, dass Zoraya und Safya sich nahestanden, und er fragte sich, ob das auch diese Frau in Gefahr brachte. „Ich wurde gebeten, die Todesfälle im Palast zu untersuchen und jetzt hat die Sache eine ernstere Wendung genommen."

„Das hat sie in der Tat." Zoraya sprach nun leiser, als sie ihre Kinder ansah. „Vielleicht wäre es klug, darüber nicht am Tisch zu sprechen. Ihr Begleiter scheint meine Kleinen sehr gut zu unterhalten. Sollen wir sie allein lassen?"

Thomas nickte und wartete, als Zoraya aufstand, ein langsames, komplexes Unterfangen, das viel Justieren der Seidenröcke erforderte. Als sie schließlich zufrieden war, ging sie voraus in Richtung Fenster. Thomas hatte erwartet, dass sie sich in ein anderes Zimmer begeben würden, aber Zoraya dachte offensichtlich, dass dieser kleine Abstand ausreichend sei.

„Was wollen Sie von mir?" Ein koketter Blick erschien in ihren Augen, was Thomas unangenehm war. Es passte nicht wirklich zu ihrer Behauptung, dass sie erschüttert sei. Vielleicht hätten er und Jorge die Rollen tauschen sollen.

„Ein paar Fragen, mehr nicht."

„Dann fragen Sie, damit ich zu meinem Essen zurückkehren kann." Sie warf einen Blick zum Tisch. „Obwohl ich davon ausgehe, dass es inzwischen kalt sein wird."

„Sie kennen bereits die Mission, auf der Jorge und ich sind. Ich muss jeden befragen, der Informationen hat, die Licht in die Todesfälle bringen könnten."

„Weiß der Sultan, dass Sie mich verdächtigen?"

„Sie werden nicht verdächtigt, meine Herrin. Ich frage nur, ob Sie ein Gerücht gehört haben, das uns helfen könnte, das erklären könnte, warum Safya angegriffen wurde. Als ihre Freundin könnte sie Ihnen gegenüber etwas erwähnt haben, dessen Bedeutung zu diesem Zeitpunkt nicht offensichtlich war. Der Palast ist immer voller Geheimnisse."

„Ich bleibe auf meinem Platz auf dieser Seite des Hügels, mein Herr, und außer mit Safya und Helena verbringe ich selten Zeit mit den anderen Ehefrauen oder Konkubinen."

„Ich habe gehört, dass das nicht immer so war, dass Sie mehrere Jahre im Harem gelebt haben. Sie haben dort bestimmt noch andere Freunde gefunden?"

„Ein paar vielleicht." Zoraya starrte durch das Fenster. „Aber jetzt bleiben sie unter sich. Es ist für sie genauso schwierig, die Brücke zu überqueren, wie für mich, in die andere Richtung zu gehen."

„Das muss zu einem einsamen Leben führen", sagte Thomas.

Sie wandte sich von der Aussicht ab und ihre Augen durchforschten sein Gesicht. „Ich habe meine Kinder. Und ich bin keine völlige Einsiedlerin. Hin und wieder besuchen mich Freunde."

„Aber keine aus dem Harem."

Die Faszination für sein Gesicht hörte bald auf und sie wandte sich ab. „Ich dachte, ich hätte mich bereits klar ausgedrückt."

„In welchem Fall Sie einen eigenen Verdacht haben? Irgendeinen Hauch einer Idee, warum jemand Frauen aus dem Harem töten will? Eine Sultana töten will?"

„Es gibt immer Verschwörungen. Oder leben Sie nicht genug in dieser Welt, um von solchen Dingen zu wissen? Ich habe gehört, dass Sie oft von den alltäglichen Dingen im Leben abgelenkt werden." Zorayas Stimme war kalt, ihr Blick richtete sich nun auf eine entfernte Rauchspirale, die von einem Feld aufstieg.

„Ich lerne, in der realen Welt zu leben, meine Herrin. Sie haben also keine Theorien darüber, warum sie gestorben sind?"

„Über die Mädchen sicher nicht. Safya? Sie war eine Sultana, und Frauen mit Macht ziehen immer Feinde an. An Ihrer Stelle würde ich mich mit meinen Fragen auf den Harem konzentrieren. Dort liegt die eigentliche Intrige. Fragen Sie Ihren Freund, denn er müsste das besser als jeder andere wissen. Sind Sie mit mir fertig?“

„Nicht ganz.“ Er sah Ärger über ihr Gesicht huschen. „Noch eine Frage. Helena sagt, dass Yasmina jetzt für Sie arbeitet. Würden Sie mir erlauben, mit ihr zu sprechen?“

„Warum?“

„Sie war bei Helena, als sie angegriffen wurde, und ich glaube, es war derselbe Mann, der Safya getötet hat.“

Zoraya stieß einen verächtlichen Laut mit ihren Zähnen aus. „Yasmina steht nicht mehr in meinem Dienst. Sie war... ungeeignet.“

„Wissen Sie, wo sie jetzt ist?“

Zoraya winkte mit einer Hand ab. „Woanders hingegangen. Malaka, glaube ich. Ja, ich bin sicher, sie wurde nach Malaka geschickt.“

Thomas beschloss, sie vorerst nicht weiter unter Druck zu setzen. Er könnte jederzeit zurückkommen, wenn es nötig wäre. Irgendetwas an der Frau passte nicht richtig zusammen, ihr Umschwenken von Koketterie zur Ungeduld war zu gekünstelt, ihre Antworten zu vage.

Er sah zu, wie sie an den Tisch zurückging. Es war offensichtlich, dass sie ihn bereits aus ihren Gedanken gestrichen hatte. Sie war, wie er zugeben musste, eine bemerkenswerte Frau. Ihr Haar war fein geschnitten und geflochten, dunkler als das von Helena, aber heller als das der meisten Frauen in Al-Andalus. An der Art, wie sie sich bewegte, war klar zu erkennen, dass unter den voluminösen Röcken ein sinnlicher Körper lag. Ihre Gesichtszüge waren fein geformt, ihre Haut rein, aber in ihren Augen lag etwas Kaltes, das die Wirkung ihrer Schönheit schmälerte. Sie erinnerte ihn an Helena.

Jorge erhob sich von seinem Gespräch mit dem älteren

Jungen und Thomas gesellte sich zu ihm, als sie sich auf den Weg zur Tür machten. Er blickte zurück, als Zoraya in die Hände klatschte und sah, wie ein Diener zum Tisch eilte, um ihren Teller wegzuräumen; mittlerweile kalt, wie sie gesagt hatte. Sie blickte auf und warf ihm einen Blick von solcher Bosheit zu, dass er fast gestolpert wäre. Es lag blanker Hass darin und er fragte sich, was diese Gehässigkeit ausgelöst hatte. Sicherlich nicht seine Fragen, aber wenn nicht sie, was dann?

„Also", sagte Jorge, als sie das Gebäude verließen und über die schmale Brücke gingen, „hat sie zugegeben, dass sie eine Verschwörung geplant hat, um ihre Rivalinnen zu töten?"

Thomas musste ihn anschauen, um sicher zu sein, dass er scherzte.

„Hast du bei den Kindern irgendetwas entdeckt?"

„Abgesehen davon, dass sie verwöhnt sind und Ambitionen haben, spanischer Adel zu sein, vielleicht ein oder zwei Dinge. Das Mädchen hat einzig und allein im Kopf, welchen spanischen Prinzen sie heiraten sollte. Der jüngere Junge jagt gerne, aber nicht mit einem Vogel, und der ältere beginnt, glaube ich, auch seine Heiratsoptionen abzuwägen. Er ist sogar so mutig geworden, mir Fragen zum Schlafgemach zu stellen."

„Du hast ihm natürlich gesagt, dass du von solchen Dingen kaum etwas wissen kannst."

„Nicht ganz. Ich habe ein paar Steinchen in das stille Becken seines Geistes fallen lassen, um das Wasser zu stören. Ich glaube, er will vielleicht noch einmal mit mir reden."

„Es hat keinen Sinn, die Kinder zu befragen."

„Ist das so? Manchmal kommt Wissen von den seltsamsten Orten. Gerade du solltest das wissen. Wenn Zoraya dir also nicht auf Knien gebeichtet hat, hast du dann überhaupt etwas entdeckt?"

Sie erreichten die andere Seite der Brücke und betraten den Palast.

„Nur, dass ich glaube, dass sie etwas verbirgt, aber was genau, das weiß ich nicht."

Jorge seufzte. „Ich sollte dir wohl besser von den wenigen Dingen erzählen, die ich damals herausfinden konnte. Sie könnten helfen, Zorayas Einstellung zu erklären."

„Was hast du herausgefunden?" Thomas fühlte, wie Ärger in ihm aufstieg. Diese Aufgabe war schon schwierig genug, ohne dass Jorge Informationen zurückhielt.

„Es hat nichts mit der aktuellen Sache zu tun."

„Sag es mir trotzdem. Du hältst es offensichtlich für wichtig genug, um mich damit zu ärgern."

„Ich habe gehört, wie du Zoraya gefragt hast, ob sie sich immer noch mit Leuten aus dem Harem traf."

„Du konntest uns von der anderen Seite des Raumes hören? Die Jungen auch?"

„Sie waren nicht interessiert."

„Während du es warst."

„Wäre es dir lieber, wenn ich uninteressiert wäre?"

Thomas schüttelte den Kopf. „Es tut mir Leid. Ich bin nicht an Intrigen gewöhnt, und du hattest Recht damit, zuzuhören. Vielleicht hast du etwas gehört, was mir entgangen ist."

„Nein, ich habe dasselbe gehört wie du. Sie hat etwas verheimlicht, aber das hat nichts mit unserer Aufgabe zu tun. Ich glaube, Helena hat dich gestern zum Palast begleitet."

Thomas hörte auf zu laufen und drehte sich zu Jorge um. „Das hat sie. War das erst gestern? Es fühlt sich an wie vor einem Monat."

„Zoraya hat die Wahrheit gesagt, als sie sagte, dass sie niemanden aus dem Harem sieht. Was sie nicht gesagt hat, ist, dass sie weiterhin eine Freundschaft mit jemandem hat, der früher zum Harem gehört hat."

„Es war Helena, die zu Besuch gekommen ist, nicht wahr? Sie hat erwähnt, dass sie sich weiterhin nahestehen."

„Ich glaube ihr Ältester, Nasir, ist mehr als nur ein wenig

besessen. Und wer kann es ihm verdenken? Er hat ihren Namen zweimal erwähnt. Und dann, etwas später, hat er mich gefragt, welche Tipps ich haben könnte, um einen Mann im Bett zum Hengst zu machen."

„Ich hoffe, du hast ihm gesagt, dass er sich zuerst die Eier eines Hengstes wachsen lassen muss."

Jorge lächelte nur und begann den Korridor entlangzugehen, wobei er den Kopf schüttelte. „Wie oft muss ich dir noch sagen, Doktor, dass die Eier eines Mannes nicht immer so wichtig sind, wie die meisten glauben."

„Das hast du Nasir gesagt?"

„Natürlich nicht. Ich habe ihm gar nichts gesagt. Es war kaum angebracht, dass ich einem jungen Prinzen einen solchen Ratschlag gebe. Aber ich habe noch eine andere Entdeckung gemacht, die dich interessieren könnte."

Thomas wartete, weigerte sich nachzufragen.

Jorge hielt sein Schweigen aufrecht.

„Was?", sagte Thomas, als er es nicht mehr aushalten konnte.

„Helena ist nicht das einzige Mitglied ihrer Familie, das sie besucht. Olaf bringt den Jungen den Umgang mit dem Schwert bei. Es war offensichtlich, dass sie ihn nicht mögen, aber er ist kein Mann, den man ablehnen kann."

„Wessen Idee war das wohl?"

„Alle Prinzen müssen wissen, wie man kämpft. Zoraya hat wahrscheinlich gefragt, oder eher der Sultan. Die ganze Welt weiß, dass er sie und die Kinder bevorzugt."

„Aber hat das etwas zu bedeuten? Ich wüsste nicht wie, es sei denn, Olaf ist ihr Geliebter und das Training ist nur ein Vorwand."

Jorge hob eine Schulter. „Werden wir jetzt mit Aixa sprechen?"

„Glaubst du, das sollten wir, so früh schon?"

„Wir haben mit der aktuellen Lieblingsfrau des Sultans gesprochen. Es wäre unhöflich, nicht mit der Mutter seiner

Kinder zu sprechen. Schließlich könnte sie selbst in Gefahr sein.“

Thomas ging eine Weile neben Jorge her. Sein Verstand zog an den verworrenen Fäden der Informationen, die er an diesem Tag bekommen hatte, aber alles, was er tat, war, sie noch weiter zu verheddern. Schließlich sagte er: „Ich bin mir nicht sicher, ob ich mit noch einer gefeierten Sultana des Harems sprechen will. Ich sollte zu Olaf Torvaldsson gehen und ihn befragen. Würdest du für mich mit Aixa sprechen?“

Jorge blieb stehen und drehte sich zu Thomas um. „Wenn du glaubst, dass sie mit mir sprechen wird, täuschst du dich.“

„Warum nicht? Sie muss dich doch gut genug kennen, oder?“

„Als Eunuch. Nicht als Mann, der ihr Fragen stellen darf. Wir müssen zusammen gehen. Sie wird sie eher von dir akzeptieren. Du kannst später mit Olaf sprechen, während ich mit den Dienstmädchen rede – sie mögen mich alle.“

KAPITEL FÜNFZEHN

„Diese Befragung war eine komplette Zeitverschwendung", sagte Jorge, als sie sich von Aixas Gemächern entfernten. Thomas bezweifelte, dass Befragung das richtige Wort für das war, was geschehen war. Er begann zu hassen, was man von ihm verlangt hatte. Er hatte vorher mit diesen Frauen als ihr Arzt zu tun gehabt. Als Vernehmer hatte sich ihre Haltung ihm gegenüber völlig verändert, ihre Feindseligkeit offensichtlich, und er fragte sich, ob es möglich war, jemals zu dem Verhältnis zurückzukehren, das er einst mit ihnen genossen hatte. Trotzdem dachte er, dass Jorge falsch lag.

„Keine komplette Zeitverschwendung. Sie mochte es nicht, dass wir sie befragt haben, und sie hat offensichtlich Angst, dass sie das nächste Opfer sein könnte, was uns sagt, dass sie nichts mit den Todesfällen zu tun hat. Ich glaube, dass sie zumindest ehrlich zu uns war."

„Gibt es irgendjemanden, den du nicht verdächtigst?"

Thomas lächelte. „Sollte es das? Abgesehen von dir, mir und dem Sultan?"

Jorge nickte. „Natürlich. Und bei mir bist du dir nicht sicher, oder?"

„Wirst du jetzt mit ein paar der Mädchen sprechen?"

„Wenn du mit Olaf allein klarkommst."

„Ich habe vor, ihn nach Zorayas Söhnen zu fragen. Er ist kein subtiler Mann und lässt vielleicht etwas durchsickern, wenn hinter seiner Beziehung mit ihr mehr steckt, als sie behauptet. Danach muss ich dem Sultan Bericht erstatten - obwohl ich berichten muss, was ich nicht weiß."

Sie hatten einen Korridor erreicht, der zu der Badekammer führte, in der Safya gestorben war, und wollten sich gerade trennen, als eine Gestalt aus einer Seitentür trat und ihnen den Weg versperrte. Kein Soldat. Schlimmer als ein Soldat. Thomas erkannte sein Gesicht, aber nicht seinen Namen. Der Mann war bei Faris al-Rashids Gruppe auf ihrem Rückweg nach Gharnatah dabei gewesen und war zweifellos einer der Mitläufer, die nach Macht strebten.

„Wir wollen mit Ihnen sprechen, Chirurg." Thomas bemerkte, dass er *wir* benutzt hatte, obwohl er allein war.

„Und wir sind im Auftrag des Sultans unterwegs." Thomas schloss seine Hand um das Siegel in seiner Tasche, ließ es aber versteckt, weil er wusste, dass es wenig Macht über diesen Mann haben würde.

„Darüber möchten wir sprechen. Kommen Sie, folgen Sie uns." Der Mann ging in ein Seitenzimmer, daran gewöhnt, Befehle zu geben, und sicher, dass sie befolgt werden würden.

Es waren vier Männer und zwei Frauen im Raum. Die Frauen - Dienerinnen - standen seitlich, unsichtbar, mit nach unten gerichtetem Blick. Die Männer waren auf Sofas und Kissen zurückgelehnt. Der Luft lag der Duft von starkem Kaffee, der noch nicht eingeschenkt war.

Der Mann, der sie hereingebeten hatte, setzte sich, aber es war ein anderer am Kopfende des Tisches, der sprach. „Wir werden bald aufbrechen, um mit dem Sultan zu jagen, aber ich dachte, wir sollten vorher mit Ihnen sprechen, Thomas Berrington. Ich nehme an, Sie kennen alle, oder soll ich euch vorstellen?"

Das letzte Mal, dass Thomas Faris al-Rashid gesehen hatte, war außerhalb der Stadtmauern in Begleitung des Sultans gewesen. Thomas schaute sich die kleine Gruppe an. Auch Valentin al-Kamul war dabei, ein langjähriger Gefährte von Faris - halb Spanier, halb Maure -, ein Mann, dessen Loyalität nie vollständig eingeordnet werden konnte. Der Mann, der sich ihnen auf dem Korridor in den Weg gestellt hatte, war ein Fremder. Der vierte war für Thomas eine Überraschung. Für ihn war Don Domingo Alkhabaz eher ein Freund als ein Bekannter, und seine Anwesenheit war ihm rätselhaft.

Thomas warf einen Blick auf Jorge, der an der Seite stand, als wäre er in der Gegenwart dieser Männer wieder zu einem Diener geworden. Nur waren dies keine Männer dieser Stadt, sonst hätte Thomas sie alle gekannt. Er wusste, dass zwei von ihnen außerhalb der Mauern lebten, und er fragte sich, was sie alle hier im Palast taten. Hatte man sie wirklich zur Jagd mit Abu al-Hasan Ali eingeladen? Wenn ja, dann waren sie hoch geehrt worden. Thomas fragte sich auch, warum sie sich für ihn interessierten. Er wäre ihm lieber, von Männern wie diesen ignoriert zu werden.

„Setzen Sie sich, Doktor." Faris' Stimme strotze vor Befehl. Er lehnte sich auf einen Stapel Kissen, von wo aus er in die Hände klatschte. Die Dienerinnen begannen, fünf feine, in Silber gefasste Gläser auf dem niedrigen Tisch anzurichten, bevor sie dunklen Kaffee einschenkten.

Jorge wurde nicht eingeladen. Da er seinen Platz unter diesen Männern kannte, ging er so weit weg, bis er mit dem Rücken an der Wand stand. Thomas bemerkte, dass Jorge im Gegensatz zu den Frauen nicht nach unten blickte, sondern dass er jeden der Männer nacheinander anschaute.

Faris war zwar das einzige Mitglied der Gruppe rein

maurischer Herkunft, das seine Abstammungslinie über Jahrhunderte zurückverfolgen konnte, aber es war nicht ungewöhnlich, dass diejenigen spanischer Abstammung - falls es sie nach 700 Jahren maurischer Herrschaft noch gab - in Al-Andalus ein hohes Amt bekleideten. Der Sultan und, was vielleicht noch wichtiger ist, diejenigen, die seine Wünsche verwirklichten, ernannten die politisch nützlichste Person. Häufig war dabei Geld im Spiel, oder wenn es nicht Geld war, dann waren es Gefälligkeiten der einen oder anderen Art.

Thomas nickte jedem der Männer zu, als er ein Kissen nahm, dann griff er nach seinem Kaffee. Er war zu heiß, um ihn zu trinken, aber er ließ den Duft in sein Gesicht aufsteigen und atmete ihn ein.

„Ich kenne diesen Mann nicht", sagte Thomas und deutete auf die gut gekleidete Person, die sie hereingebeten hatte und nun zwischen Valentin al-Kamul und Faris saß.

„Don Antonio Galbretti", sagte Faris. „Er hat während des Konflikts zwischen unseren Nationen sehr gelitten. Seine Ländereien, wenn auch weitläufig, erstrecken sich über die Grenze zwischen unserem eigenen Land und dem des kasti- lischen Königs und der Königin."

„Und wem gilt seine Loyalität?" Thomas war nicht bereit, besonders freundlich zu sein, war sich bewusst, dass in jedem Wort und jeder Formulierung, die hier geäußert wurden, eine Bedeutung steckte. Er hoffte, dass Jorge aufmerksam war und nicht wirklich die dienenden Mädchen beobachtete, wie es den Anschein hatte.

„Die Loyalität eines Mannes liegt natürlich bei seinem Herrn", sagte Don Antonio.

„Zu jedem bestimmten Zeitpunkt?"

Don Antonio nickte langsam. „Das ist natürlich eine Selbstverständlichkeit."

„Ihr Nachname, er klingt eher neapolitanisch oder sizilia- nisch als spanisch."

„Meine Vorfahren können zu den meisten Adelsfamilien Europas zurückverfolgt werden. Neapel konnte sicherlich zu einer Zeit, vor einem Jahrhundert, als Heimat bezeichnet werden.“

Faris unterbrach ihn, eine Anspannung in seiner Stimme deutete auf Ungeduld hin. „Ich bin sicher, dass Don Antonio nichts lieber täte, als den ganzen Tag über seine Abstammungslinie zu reden, aber es gibt noch andere Dinge zu besprechen. Sie kennen Valentin und Don Domingo - selbstverständlich.“ Faris deutete auf den vierten Begleiter, der am Ende des Tisches saß.

„Normalerweise mischst du dich nicht in solch gehobene Kreise, Don Domingo“, sagte Thomas.

„Dies sind beunruhigende Zeiten. Ein Mann tut, was er tun muss, um zu überleben.“ Don Domingos Augen vermieden es, Faris‘ Blick zu treffen, und Thomas fragte sich, ob seine Position am hinteren Ende des Tisches wohl bewusst gewählt war, ein Versuch, sich zumindest ein wenig von den anderen abzugrenzen. Nur dass seine bloße Anwesenheit in diesem Raum schon bedeutete, dass er involviert war.

„Haben Sie schon mit Ihren Ermittlungen begonnen, Thomas Berrington?“ Faris‘ Frage wurde mit einer unbekümmerten Art gestellt, als ob die Antwort, wie auch immer sie ausfiel, keinerlei Bedeutung für ihn hätte.

„Kaum. Wir sind jetzt auf dem Weg, noch mehr Leute zu befragen, und hätten ohne Ihre freundliche Einladung bereits begonnen.“ Es bestand keine Chance, dass Thomas vorhatte, etwas zu erwähnen, was er bereits wusste.

„Sie sollten wissen, dass wir Sie in dieser Sache voll und ganz unterstützen.“

„Und der Sultan auch, da bin ich mir sicher.“

„Natürlich. Außer...“ Faris zögerte, nahm sich einen Moment Zeit, um an seinem Kaffee zu nippen. Thomas tat es ihm gleich, der dunkle, süße Geschmack überzog seine

Mundhöhle. „Es würde wenig Sinn machen, den Sultan mit jeder Kleinigkeit zu belästigen, die Sie entdecken könnten."

„Das ist natürlich seine Entscheidung."

„Ich glaube, Sie sind ein intelligenter Mann." Die anderen nickten und stimmten ihrem Herrn zu, sogar Don Antonio, das neue Mitglied der Gruppe. „Ich bin sicher, dass Sie wissen, was in dieser Angelegenheit relevant ist und was nicht. Deshalb habe ich Sie hierher eingeladen, um Ihnen jede erdenkliche Hilfe anzubieten."

„Haben Sie Männer, an die ich mich wenden kann?"

Faris lächelte. „Ich glaube, wir alle haben Männer, aber wie Sie wissen, werden sie weit weg von der Stadt auf unseren Ländereien sein. Nein, ich dachte, fünf Köpfe wären besser als einer, um dieses Rätsel zu entschlüsseln. Ich habe für die nächste Zeit nicht vor, zu meinen Ländereien zurückzukehren. Ich bin nicht sicher, ob ich für meine Gefährten spreche, aber glauben Sie mir, wenn ich sage, dass ich Ihnen zur Verfügung stehe."

„Sie erweisen mir eine große Ehre, dass Sie mir Ihre Zeit schenken." Thomas schaute sich um. „Sie alle. Aber -"

„Ich würde vorschlagen, dass wir uns hier am Ende jedes Tages, gleich nach dem Abendgebet, treffen und Sie uns über Ihre Fortschritte informieren können."

„Das wird nicht möglich sein", sagte Thomas. „Es gibt Zeiten, in denen ich nicht hier oben in der Stadt bin, und ein regelmäßiges Treffen, bei dem ich jeden Abend den ganzen Weg in den Palast komme, ist umständlich." Er erwähnte nicht, dass der Sultan ihn um genau dasselbe gebeten hatte.

„Dann irgendwo anders. In der Siedlung unten, wenn Sie es wünschen. Don Antonio hat ein schönes Haus am Ufer des Hadarro. Ich bin sicher, er würde es uns zur Verfügung stellen."

„Natürlich", sagte Don Antonio.

„Ich danke Ihnen", sagte Thomas, „aber ich bedaure, dass ich Ihre Einladung nicht annehmen kann. Wer weiß, was passieren oder wo ich sein könnte? Und meine Zeit ist besser für Nachforschungen als für Diskussionen verwendet."

„Ich möchte über alle Ergebnisse informiert werden", sagte Faris, wobei seine Stimme stählern wurde, obwohl er sich bemühte, entspannt zu erscheinen.

„Nachdem ich den Sultan informiert habe, vielleicht, und mit seiner Erlaubnis."

„Wenn das Ihr Wunsch ist", sagte Faris. „Aber der Sultan braucht sich über unsere Abmachungen keine Sorgen zu machen. Er hat Angelegenheiten von größerer Wichtigkeit zu berücksichtigen."

„Ich werde nicht hinter seinem Rücken handeln", sagte Thomas.

„Ich auch nicht." Jorge sagte zum ersten Mal etwas.

Faris schaute auf, Abneigung lag in seinem Gesichtsausdruck. „Wir haben nicht mit dir gesprochen, Eunuch."

„Diese Aufgabe wurde mir an der Seite von Thomas aufgetragen", sagte Jorge. „Ich nehme diese Befehle ernst. Ich würde den Sultan niemals verärgern."

„Niemand hat etwas -" Valentin al-Kamul sagte zum ersten Mal etwas, sein Ausbruch wurde abgebrochen, als Faris die Hand hob, der Herr in diesem kleinen Reich.

„Wie ich sehe, haben Sie in dieser Angelegenheit eine Entscheidung getroffen, Sie beide. Sehr gut - aber denken Sie an mein Angebot - Hilfe steht Ihnen zur Verfügung, sollten Sie sie brauchen. Sie müssen nur fragen. Es gibt hier keine Geheimnisse, nur ehrliche Männer, die ehrlichen Rat und Hilfe anbieten."

„Ich werde Ihre Worte nicht vergessen", sagte Thomas und begann sich zu erheben.

„Wir werden wahrscheinlich noch eine Weile in diesem Saal bleiben", sagte Faris. „Sollten Sie zurückkommen wollen, werden Sie herzlich willkommen sein." Seine Augen schlossen Jorge nicht mit ein.

„Doktor." Don Antonio begann zu reden und hielt

Thomas auf, als er sich abwenden wollte. „Glauben Sie nicht, dass Sie in dieser Angelegenheit unabhängig handeln können. Faris hat Ihnen ein großzügiges Angebot gemacht, aber wir können genauso gute Feinde wie Freunde sein."

Thomas streckte die Hand aus, um Jorge daran zu hindern, nach vorne zu gehen. „Es gibt keinen Grund für uns, Feinde zu sein. Wir wollen nur die Befehle des Sultans befolgen."

„Ein alter Mann", sagte Don Antonio. „Wer weiß, wie viele Jahre ihm noch bleiben? Sie wären klug, auf die nächste Generation zu setzen."

„Der Sultan ist erst gestern von einem großen Sieg zurück-"

„Einem großen *Scharmützel*", unterbrach Faris. „Sie vergessen, dass ich an seiner Seite war."

„Ich habe wenig Blut auf Ihrer Kleidung gesehen", sagte Thomas.

Jorge zog weiter an Thomas' Hand, die ihn noch immer an seiner Schulter festhielt.

Faris lächelte. „Einige von uns kämpfen eleganter als andere."

„Und weiter weg vom Chaos." Jorge konnte seinen Ärger nicht mehr im Zaum halten. Faris schaute nicht einmal in seine Richtung.

„Lassen Sie sich nicht verwirren, wo die wahre Macht in diesem Land liegt, Doktor. Abu al-Hasan Ali ist eine Galionsfigur, mehr nicht. Hier zählen Land und Gold, wie in der gesamten zivilisierten Welt."

„Nicht für jeden", sagte Thomas.

„Ich habe gehört, dass Sie nicht wie andere Männer sind. Wenn das wahr ist, dann sind Sie ein noch größerer Narr, als man mich bereits glauben gemacht hat."

„Genießen Sie das wenige, was Sie an Macht haben, solange es anhält", sagte Thomas, „denn die Spanier kommen, so sicher wie der Winterschnee auf die Sholayr."

Faris lächelte. „Die Spanier sind genauso wie alle anderen. Sie lieben Gold so sehr wie jeder andere."

„Erwarten Sie nicht, einen von uns wiederzusehen." Thomas wandte sich von diesen Männern, die er verachtete, ab.

Don Antonio stand auf und bewegte sich schnell. Seine Hand griff nach einem Dolch, der in seinen Gürtel gesteckt war, aber er zog ihn nicht heraus.

„Erwarten Sie, mich wiederzusehen, Thomas Berrington. Erwarten Sie, mich zu sehen, wenn -" Er hielt abrupt inne, als sich die Tür öffnete, um einen Riesen von einem Mann einzulassen.

Olaf Torvaldsson, der General des Sultans, schaute Thomas und Jorge an, dann die anderen, ein Runzeln berührte seine Braue. Er war noch jemand, den Thomas seit dem Tag der Rückkehr der Soldaten nicht mehr gesehen hatte - aber er war froh, dies nun zu tun.

„Thomas, ich habe dich überall gesucht. Der Sultan will dich sehen, bevor er zur Jagd geht. Du sollst jetzt mit mir kommen."

Thomas sah, wie Don Antonios Hand den Griff des Dolches losließ.

„Wir wollten gerade gehen." Er verbeugte sich, als ob diese Männer ihm etwas bedeuteten. „Es war mir ein Vergnügen, das ich in nächster Zeit nicht wiederholen möchte. Guten Tag, meine Herren."

KAPITEL SECHZEHN

Der Sultan wartete im Thronsaal, ein schmuckloser Ort, der eher beeindrucken als Komfort bieten sollte. Ungewöhnlich für maurische Räumlichkeiten stand dort ein tatsächlicher Thron, ein verziertes Objekt, das aus dunklem, aus Afrika importiertem Holz geschnitzt war. Er war in einer Nische platziert, in die von hinten Licht fiel, so dass derjenige, der dort saß, in Licht getaucht war, aber sein Gesicht verdeckt blieb. Im Moment war der Thron leer. Stattdessen lag der Sultan auf Kissen an einer Wand, ein Krug mit süßem Tee verbreitete seinen Duft in der Luft. Er sah entspannt aus, als ob er keine Sorgen hätte, und Thomas wunderte sich über die Erholungskraft des Mannes. Der Sultan war näher an seinem sechzigsten als an seinem fünfzigsten Lebensjahr, sein Augenlicht wurde schwächer, aber er schien die Ereignisse der vergangenen Woche – eine Schlacht, Mord, Verschwörungen - mit einem Achselzucken abzuschütteln, als ob solche Dinge jeden Tag geschahen. Vielleicht war das für jemanden wie ihn tatsächlich so.

„Was hast du herausgefunden?", fragte er mit knapper Stimme. Das war seine Art. Der Mann traf jeden Tag eine

Reihe von Entscheidungen und hatte keine Zeit für die Feinheiten eines Gesprächs.

Thomas stand in respektvollem Abstand. „Wir haben ein paar kleine Fortschritte gemacht, Malik. Ich habe mit Aixa, einigen Bediensteten und Zoraya gesprochen. Morgen werden wir...“

„Du hast mit Zoraya gesprochen?“

„Ja, Malik.“

„Wer hat dir die Erlaubnis dazu gegeben?“

„Ich habe Ihnen gesagt, dass ich mit allen sprechen muss, Malik, und Sie haben gesagt, ich könnte das tun. Ich wusste nicht, dass ich eine Liste zur Genehmigung vorlegen musste. Ich kann nicht beurteilen, wer Informationen besitzt oder nicht, bevor ich nicht mit so vielen Menschen wie möglich gesprochen habe.“

Der Sultan gab ein Geräusch von sich. „Ich nehme an, sie war nicht erfreut.“

Thomas versuchte, nicht zu lächeln, versuchte, die Stimmung des Sultans einzuschätzen. „Sie haben Recht, Malik.“

„Wirst du sie erneut besuchen?“

„Ich weiß es nicht.“ Es war keine vollständige Lüge. Thomas wollte seinen Verdacht gegenüber Zoraya noch nicht äußern, nicht gegenüber dem Mann, von dem behauptet wurde, dass er sie mehr als alle anderen Ehefrauen liebte. Später, wenn es sein muss. „Wir haben eine neue Linie, die wir verfolgen.“

„Erzähl es mir.“ Der Sultan schnippte mit den Fingern, und das Mädchen, das an einer Wand stand, tappte herüber und goss Tee in ein versilbertes Glas, bevor es seine Position wieder einnahm. Keiner anderen Person wurde etwas angeboten.

„Am Morgen gehen wir zum Schreiber, der die erste Untersuchung durchgeführt hat.“

Der Sultan machte wieder ein Geräusch, und Thomas erkannte dessen abfällige Natur, fragte sich, ob der Mann auf diese Weise all seine Geschäfte abwickelte, durch Andeutungen und subtile Körpersignale. Dies war eine neue Seite des Mannes, und Thomas erkannte, dass er eine unsichtbare Grenze überschritten hatte. Vorher war er der angesehene Arzt gewesen, der Mann, der den Sohn des Sultans gerettet hatte, der seine Kinder zur Welt gebracht hatte. Nun war er ein weiteres Instrument, das es zu lenken und zu nutzen galt.

„Ich erinnere mich an die Untersuchung. Er hat nichts entdeckt. Ich habe ihn aufhören und zu einer fruchtbareren Arbeit zurückkehren lassen.“

„Ich glaube immer noch, dass ein Gespräch mit ihm von Nutzen sein wird, wenn auch nur, um bestimmte Ermittlungsrichtungen auszuschließen.“

Abu al-Hasan Ali nickte und nippte an seinem Tee. „Dann komm morgen nach dem Abendgebet zurück. Wenn ich nicht hier bin, sprich mit niemandem sonst.“

„Erwarten Sie, dass Sie nicht hier sind, Malik?“

Der Sultan winkte mit der Hand ab. „Es gibt Berichte, dass sich die Spanier an unserer Nordgrenze versammeln. Es scheint, als ob mein Sieg in Tajar ein Hornissennest aufgestochen hat. Ich muss vielleicht ohne Vorwarnung gehen. Wenn ich das tue, sollst du deine Arbeit fortsetzen und, denk daran - nur mir Bericht erstatten.“

Thomas beschloss, sein Treffen mit Faris al-Rashid vorerst für sich zu behalten.

„Was ist mit Ihrem Sohn, Malik?“

„Mit welchem? Ich habe im Moment einen Überfluss an Söhnen, sogar noch einen mehr dank dir.“

„Ich meinte Abu Abdullah“, sagte Thomas. „Sollte ich in Ihrer Abwesenheit nicht mit ihm sprechen?“

„Nein. Vor allem nicht mit diesem Sohn. Ich werde höchstwahrscheinlich morgen ohnehin hier sein, und du kannst mir direkt Bericht erstatten. Aber wenn nicht, dann rede mit niemandem, verstanden?“

Thomas nickte. „Wie Sie wollen, Malik.“

Das knappe Nicken des Sultans war eine Verabschiedung und Thomas ging rückwärts aus dem Raum, den Kopf gesenkt. Vorher hätte er sich umgedreht und wäre hinausgegangen, aber jetzt hatte sich etwas in ihrer Beziehung geändert, und er spürte, wie ihm seine alte Position aus den Händen glitt.

Olaf und Jorge standen vor dem Thronsaal, wo Thomas sie verlassen hatte. „Wir müssen mit den beiden Mädchen reden, um zu sehen, ob sie sich noch an etwas anderes erinnert haben."

„Also wieder zu Bazzu", sagte Jorge.

„Olaf, ich würde später mit dir sprechen, wenn ich kann?"

„Du weißt, wo du mich findest." Der große Nordmann wandte sich in Richtung der Kaserne ab.

„Steht er unter Verdacht?", fragte Jorge, als er den Weg durch den Löwenhof voranging.

„Im Moment steht jeder und niemand unter Verdacht. Aber ja, nach dem, was Zorayas Kinder dir erzählt haben, steht er unter Verdacht. Und vergiss nicht, dass Olaf seine Dienste vor vielen Jahren an den Sultan verkauft hat. Ein Mann, der bereit ist, dies zu tun, könnte sich wieder an einen höheren Bieter verkaufen. Er sieht, wie dieser Krieg verläuft - wer würde es ihm verübeln, dass er sich schützen will?"

„Dann sei vorsichtig, wenn du dich mit ihm triffst. Olaf denkt sich nichts dabei, Männer zu töten, nicht einmal dich."

Der Geruch von Gewürzen und nach Essenszubereitung wurde immer stärker, je tiefer sie in die Arbeitsräume rund um den Palast vordrangen. Schließlich betraten sie eine große, geschäftige Küche. Als sie durch die Küche gingen, stahl Jorge frisches Brot von einem Mädchen, das ihn schlug und lachte, als er zurückschlug. Dies war seine Welt, wusste Thomas, eine, in der Jorge sich wohl fühlte. Im Gegensatz zu ihm selbst, der im Palast arbeiten konnte, aber froh war, auf der anderen Seite des Flusses zu leben.

In Bazzus Zimmer stand der gleiche breite Tisch, auf dem Schriftrollen und Papiere verstreut waren, die genauso wie die des Vortages aussahen.

„Kitma und Mahja", sagte Thomas und sprach damit das Thema der beiden Dienerinnen an, die Zeuge von Safyas Mord gewesen waren, zu ungeduldig, um jegliche Feinheiten zu respektieren. „Ich möchte mit ihnen sprechen." Die Mädchen waren am Tag zuvor wenig nützlich gewesen, aber vielleicht würden sie sich jetzt, mit etwas Abstand von ihrer Angst, an mehr erinnern.

Bazzu schaute von dem Dokument, das sie gerade las, auf. „Hat Alisha gelitten? Ihre Wunden waren furchtbar, als ich geholfen hatte, sie vorzubereiten." Sie hatte offensichtlich über den Angriff auf das Mädchen nachgedacht.

„Sie wusste erst, dass sie niedergeschlagen wurde, als ihr Herz stehen blieb. Es ging schnell."

„Das ist gut, nehme ich an. Aber ich habe schlechte Nachrichten für euch. Die beiden anderen sind nicht mehr da."

„Wir waren gestern bei ihnen", sagte Jorge.

„Das weiß ich, mein Süßer. Und ich habe danach mit ihnen gesprochen und sie hatten nur freundliche Worte für euch beide übrig. Aber sie wurden aus der Stadt geschickt."

„Wohin? Von wem?"

„Tahir hat sie heute früh weggeschickt, noch vor der Morgendämmerung. Eine Karawane ist mit Seide und Pökelfleisch nach Süden nach Malaka gereist. Scheinbar kam vor einigen Tagen eine Nachricht, in der angefragt wurde, zusätzliche Diener in den Süden zu schicken. Tahir ist gekommen und hat mich selbst gefragt, ob er die beiden schicken könne."

Wieder Malaka, dachte Thomas. Wie passend. „Warum diese beiden?"

„Normalerweise stelle ich die Befehle des Wesirs nicht in

Frage, aber dieses Mal habe ich es getan. Es schien seltsam, nach dem, was passiert war. Er sagte, er mache sich Sorgen um sie, dass der Aufenthalt im Harem sie an das Geschehene erinnern würde, und wenn der Mörder zurückkäme, wären sie in Gefahr. Das machte Sinn, also stimmte ich zu. Haben sie wirklich gesehen, wer er war?"

„Hast du die Gerüchte gehört?", fragte Jorge

Bazzu schnaubte. „Ein Djinn? Natürlich war es ein Djinn. Ein weitaus ernsthafterer Verdächtiger als jeder andere, da bin ich mir sicher."

„Hast du dem Wesir geglaubt?", fragte Thomas.

„Welchen Grund hätte ich, ihm zu misstrauen? Er schien um ihr Wohlergehen besorgt zu sein. Es tut mir leid - hätte ich gewusst, dass ihr sie erneut befragen wollt, hätte ich sie hier behalten. Ich nehme an, dass ihr sie jederzeit einholen könntet. Eine Karawane bewegt sich langsam, und zwei Männer auf schnellen Pferden würden sie vor dem Morgen erreichen."

„Ich bin kein Reiter", sagte Thomas. Seine Tage des schnellen Reitens waren schon lange vorbei.

„Ich auch nicht", sagte Jorge. „Außerdem bezweifle ich, dass sie eine größere Hilfe wären, als sie es gestern waren."

„Wenn sie weg sind, dann sei es so", sagte Thomas. „Wir wollten auch mit Yasmina sprechen, aber es scheint, dass auch sie in Malaka ist."

„Yasmina?"

„Sie war bei Helena in der Nacht, in der sie angegriffen wurde. Damals wurde sich nichts daraus gemacht, aber ich glaube, die beiden Ereignisse hängen zusammen."

„Du vermutest, dass es derselbe Mann ist? Nach all dieser Zeit?"

„Das will ich herausfinden. Es ist jetzt schon einige Zeit her, aber Yasmina könnte sich an etwas erinnert haben, das sie im Schock der Ereignisse übersehen hatte."

„Ich dachte, dass sie immer noch im Dienst von Zoraya steht.“

„Nicht mehr“, sagte Thomas. „Wir haben mit Zoraya gesprochen und ich bezweifle, dass wir so bald wieder willkommen wären.“

Bazzu erhob sich, die Unterhaltung endete. Sie kam um den Tisch herum und umarmte Jorge, ließ ihn los und drehte sich zu Thomas um. Sie umarmte auch ihn. Ihr saftiger Körper drückte sich auf eine Art und Weise gegen seinen, die ihn unruhig machte, und als sie ihn schließlich losließ, lachte sie sinnlich. „Ah, meine beiden schönen Männer. Solche Erinnerungen, solche Glückseligkeit. Passt auf euch selbst und aufeinander auf. Fangt diesen Mörder, und vielleicht werde ich euch auf eine Weise belohnen, wie ihr noch nie zuvor belohnt worden seid.“

„Ich freue mich auf den Moment“, sagte Jorge und küsste sie noch einmal.

Sie hatten die Tür erreicht, als Bazzu ihnen nachrief.

„Thomas - wie geht es Helena jetzt? Ich war traurig, als ich gesehen habe, dass sie den Palast verlässt. Sie war eine große Bereicherung für den Harem. Solch eine Enthusiastin.“ Thomas drehte sich um und Bazzu starrte ihm in die Augen, Wissen lag in ihren eigenen.

„Es geht ihr gut. Ich werde ihr sagen, dass du nach ihr gefragt hast.“

„Sie ist eine annehmbare Gesellschaft für dich?“

Thomas versuchte, das Lächeln auf Bazzus Lippen als etwas anderes als Wissen zu interpretieren und scheiterte.

„Ich bin nicht sicher, ob sie glücklich ist, aber ich glaube nicht, dass sie unglücklich ist.“ Das war nicht die Frage, die Bazzu gestellt hatte, aber es war die einzige Antwort, die Thomas zu geben bereit war.

„Ich bin neugierig – genießt du das Zusammenleben mit ihr? Sie ist in vielerlei Hinsicht eine geschickte Frau. Ich hoffe, sie zeigt dir diese Fähigkeiten.“

Thomas spürte, dass sein Gesicht warm wurde. „Ich ziehe es vor, diese Seite meines Lebens privat zu halten. Es tut mir leid, wenn ich dich kränke.“

„Mich kränken?“ Bazzu schaute Jorge an, während sie lachte. „Sag ihm, mein schöner Mann, ist es möglich, mich zu kränken?“

„Sie kann nicht gekränkt werden, Thomas. Gott weiß, ich habe es oft genug versucht.“

KAPITEL SIEBZEHN

„An jeder Ecke ist uns der Weg versperrt", sagte Jorge, als sie durch die Küche zurückgingen. Es waren nur wenige Angestellte übrig, und Thomas wurde klar, dass es fast Zeit für das *Asr*, das Nachmittagsgebet, war.

„Wäre ich ein misstrauischer Mensch, würde ich mich fragen, was hier los ist."

„Du bist ein misstrauischer Mensch."

„Früher war ich das nicht, aber ich lerne."

„Fragst du dich, was für Manöver sich hinter diesen Ereignissen verbergen?", fragte Jorge.

„Oder ist das nichts weiter als Zufall?"

„Sicherlich sollte man nie die Subtilität des Zufalls unterschätzen. Trotzdem wäre es gut gewesen, wieder mit den Mädchen zu sprechen. Sie werden seit dem Angriff geschlafen und sich vielleicht an etwas Neues erinnert haben."

„Yasmina hätte auch etwas wissen können, wenn wir mit ihr hätten sprechen können."

„Wenn", sagte Jorge, als sie eine Abzweigung erreichten. „Der Angriff auf sie und Helena ist ein halbes Jahr her. Sie hätte inzwischen viel vergessen."

Von den Küchen kommend hätten sie zurück Richtung Palast oder durch die Alkazaba hinausgehen können. Die kleine Siedlung östlich der Al-Hamra beherbergte Angestellte und Geschäfte, die den Palast mit Waren, Möbeln, Obst und Gemüse sowie Vieh versorgten. Es war eine vollständige Siedlung über einer Siedlung, eine, die sowohl physisch als auch, wenn man den Bewohnern glauben sollte, sozial und spirituell höher lag. Hier hatte der Sultan Thomas gebeten, zu wohnen, als er ihm Helena als Geschenk gab. Irgendwo dort lag ein Haus, das er zwar geschenkt bekommen, aber nie gesehen hatte.

„Ich glaube, wir haben heute niemanden mehr, den wir befragen können", sagte Jorge. „Vielleicht sollten wir in die Stadt zurückkehren und schauen, ob meine neuen Kleider fertig sind."

„Ich habe noch weitere Fragen."

„An wen?"

„Ich möchte mit Olaf Torvaldsson sprechen. Wenn er Zorayas Kinder trainiert hat, hat er vielleicht etwas gesehen oder gehört."

„Du kannst doch nicht glauben, dass sie hinter diesen Todesfällen steckt, oder?" Jorge wurde langsamer, hielt an.

„Ich weiß nicht, was ich glaube, außer dass ich mehr Informationen brauche, und Olaf könnte sie mir geben. Soweit ich weiß, ist er es, der hinter allem steckt, oder die beiden zusammen. Zoraya ist eine schöne Frau - genug, um jeden Mann in Versuchung zu führen."

„Selbst wenn sie ein Liebespaar wären, warum sollte er Safya töten wollen? Oder irgendjemand anderen innerhalb des Palastes?"

Jorge bog in Richtung Kaserne ab, die jenseits der Siedlung lag, und Thomas lief neben ihm, die Gedanken überschlugen sich in seinem Kopf, jeder verlangte nach Aufmerksamkeit. „Weil es ihm aufgetragen wurde?", sagte er.

„Von Zoraya?"

„Männer haben für Frauennschon Schlimmeres getan als zu töten. Olaf ist ein Soldat - das Töten bedeutet ihm weniger als anderen Männern."

„Selbst das Töten einer Sultana?", sagte Jorge.

„Ich glaube, Olaf betrachtet seine Wahlheimat jetzt als Heimat, aber kann man sich sicher sein?" Thomas ging Ideen durch, während ihn seine Füße den Hang hinuntertrugen, Gedanken, die in einer Geschwindigkeit zu ihm kamen, so dass er sie kaum filtrierte. „Der Krieg läuft schlecht. Was ist, wenn er glaubt, er könne seinen Kurs ändern?"

„Sich zum Sultan machen?"

Thomas schüttelte den Kopf. „Nicht zum Sultan, er weiß, er würde nicht akzeptiert werden, aber vielleicht zum König?"

„König Olaf?" Jorge unterdrückte gerade noch ein Lachen.

„Er weiß, dass der Sultan Fehler macht. Er sieht es jedes Mal, wenn es zu einem Kampf kommt. Abu al-Hasan ist nicht mehr der Mann, der er war. Alle sehen es, nicht nur Olaf. Zoraya will ihre Kinder beschützen, ihnen eine Zukunft in einem geeinten Spanien geben. Ein langer Krieg bringt diesen Ausgang in Gefahr."

„Du hast gerade gesagt, Olaf glaubt, dass er den Krieg gewinnen kann."

„Er ist klüger als das. Es ist nicht der Krieg, der gewonnen werden muss, sondern der Frieden. Ein ehrenvoller Frieden."

„Abu al-Hasan Ali glaubt nicht, dass wir irgendeine Art von Frieden erreichen können, weder ehrenhaft noch sonst wie", sagte Jorge.

„Ganz genau."

Sie gingen zur Seite, als ein von zwei Maultieren gezogener Karren den unbefestigten Weg hinunterrollte. Hinten hüpften leere Fässer und stießen gegeneinander, das

Geräusch eine klappernde Katzenmusik, Staub stieg von den Rädern auf.

Jorge blinzelte gegen die Sonne und rieb sich seinen Kopf, wo sich die Stoppeln zu zeigen begannen. „Kanntest du Olafs erste Frau?" Er schien der Intrigen ebenso müde zu sein wie Thomas und bemühte sich um ein wenig Klatsch und Tratsch, um ihre Stimmung zu verbessern.

„Kaum. Ich war fünfzehn Jahre alt, als sie starb, und weit weg von Gharnatah. Ich hatte genug eigene Probleme, mit denen ich fertig werden musste."

Sie erreichten den Rand der Siedlung und hielten an. Eine Straße führte durch Bäume hinunter zu der Kaserne, in der fast tausend Soldaten untergebracht waren.

„Hättest du sie retten können, wenn du hier gewesen wärst?", sagte Jorge.

„Nicht mit fünfzehn Jahren. Ich weiß nicht einmal, wie sie gestorben ist, aber die Geburt ist eine gefährliche Angelegenheit."

„Und wenn es jetzt wäre? Du hast schon andere gerettet, das weiß ich."

„Und andere sterben lassen."

„Es heißt, wenn eine Geburt schwierig ist, ist Thomas Berrington der Mann, den man rufen muss."

„Glaub nicht alles, was du hörst. Ich bin ein Mensch, wie jeder andere Arzt auch."

„Aber besser als die meisten."

Thomas zog es vor, dass seine Arbeit geschätzt anstatt als pures Statussymbol anerkannt wird. „Es ist sowieso eine alte Geschichte. Wir sollten über Zoraya sprechen - sie hat helles Haar und feine Gesichtszüge -"

„Auch einen schönen Körper", unterbrach ihn Jorge.

„Das würde dir eher auffallen als mir."

Jorge lächelt nur.

„Sie ähnelt den Frauen des Nordens", sagte Thomas, „und

wir wissen, dass Olaf seine erste Frau immer noch vermisst. Ich werde ihn im Auge behalten, aber ich will auch mit seinen Männern sprechen. Einer von ihnen könnte etwas gesehen, gehört oder geahnt haben. Du musst zurückgehen und mit allen Dienstmädchen sprechen, die du finden kannst. Soldaten und Dienerinnen, das sind die Augen und Ohren des Palastes, auch wenn sie nicht über das sprechen, was sie sehen. Wir treffen uns am Osteingang, wenn sie zum *Maghrib* rufen."

„Weißt du, ich habe die Tatsache, dass ich für diese Aufgabe ausgewählt wurde, als eine Art grausamen Witz betrachtet", sagte Jorge. „Was kann ich beitragen, habe ich mich gefragt. Und dann, als ich letzte Nacht nicht schlafen konnte, habe ich eine Entscheidung getroffen. Vielleicht ist meine Wahl bewusst und soll uns zum Scheitern bringen. Aber wenn dem so ist, haben sie diesen Eunuchen unterschätzt. Ich bin mehr Mann als alle anderen zusammengenommen. Ich werde diesen Mörder fassen, mit deiner Hilfe, und wenn wir das tun, erwürge ich ihn vielleicht mit meinen bloßen Händen."

Thomas nickte und klopfte Jorge auf die Schulter. Er ließ seine Hand einen Moment lang dort liegen und spürte die Muskeln unter seiner Handfläche spielen. Bevor dies zu Ende war, könnten sie diese Kraft brauchen.

Thomas fand Olaf in seinen an die Kaserne und den Übungsplatz angrenzenden Räumen. Die Unterbringung war spartanisch, ohne Dekoration und Pracht. Hinter Olafs Arbeitszimmer hörte man weibliche Stimmen, zu leise, um das Gesagte zu verstehen.

Olaf erhob sich und umarmte Thomas, drückte ihm fast die Luft ab. Thomas kannte den General seit langem - hatte in der Schlacht an seiner Seite gestanden und wurde Zeuge der Grausamkeit des Mannes -, aber dies war das erste Mal, dass er sich in seiner Gegenwart unruhig fühlte.

Glücklicherweise schien Olaf Thomas' Unbehagen nicht zu bemerken.

„Also, was willst du von mir - bin ich auch ein Verdächtiger?"

Thomas schaute den großen Mann an, aber Olafs Gesicht war undurchdringlich.

„Warum wurdest du nach den ersten Morden nicht gebeten, diese Angelegenheit zu untersuchen?"

„Ich verstehe die Gründe. Ich bin kein subtiler Mensch. Gib mir ein Schwert und einen Kampf, und ich bin zufrieden, aber erwarte nicht, dass ich nachdenke."

„Dir entgeht allerdings wenig. Was hast du gesehen oder gehört? Wo sollte ich suchen?" Vielleicht würde eine direkte Frage einige Antworten liefern.

Olaf nahm auf einem Stuhl mit gerader Lehne, den er zwergenhaft erscheinen ließ, Platz. Auch er schien lieber Holz als Kissen zu mögen. „Hast du heute schon gegessen?"

„Ich habe heute Morgen mit Jorge etwas im Gasthaus gegessen."

Olaf nickte bei der Erwähnung des Namens. „Er hätte ein guter Soldat werden können, wenn sie ihn nicht weich gemacht hätten. Habt ihr beide irgendwelche Fortschritte gemacht?"

„Wir stellen eine Menge Fragen, aber ich bin mir nicht sicher, ob das als Fortschritt zählt."

Thomas konzentrierte sich so sehr auf Olafs Körpersprache, dass er beinahe von seinem Stuhl fiel, als der Mann seine Stimme erhob und rief. Einen Moment später betrat eine schlanke Gestalt den Raum. Sie erblickte Thomas und zog sich hastig den Schleier über ihr Gesicht.

„Bring uns Wasser und etwas von dem Lamm, das vom Mittag übriggeblieben ist. Und auch ein wenig von dem Brot, das du gemacht hast."

„Ich will nichts -“ Thomas begann, aber Olaf hob die Hand.

„Iss. Du kennst Lubna, oder?“ Olaf nickte der verschwindenden Figur zu. „Helena hat mir gesagt, dass du ihr einen Platz in deinem Haushalt anbieten wirst.“

„Das sagt sie mir auch, aber ich habe noch keine Entscheidung getroffen.“ Thomas wollte das Gespräch wieder in Gang bringen, aber für den Moment hatte Olaf die Richtung vorgegeben.

„Ich würde es als persönlichen Gefallen betrachten, wenn du sie aufnehmen würdest. Sie kocht besser als Helena, und sie ist eine willige Arbeitskraft. Keine Schönheit wie meine anderen Töchter, aber auch nicht unangenehm anzuschauen, oder?“

Thomas fragte sich, was genau angeboten wurde. Olaf, ein direkter Mann mit wenigen gesellschaftlichen Umgangsformen, hielt sein Angebot zweifellos für großzügig.

„Nein, sie ist nicht unangenehm anzuschauen.“ Thomas wusste, dass es falsch war, das zu sagen, wollte aber nicht riskieren, den Mann zu verärgern.

„Denk darüber nach, mein Freund. Aber vielleicht sollten wir die Angelegenheit später besprechen“, sagte Olaf, als Lubna mit Tellern und Bechern zurückkam. Sie stellte sie auf einen Beistelltisch und zog sich zurück, aber nicht, bevor sie Thomas‘ Blick traf und er dort eine Hoffnung las, die ihn beunruhigte.

Olaf nahm Brot und Fleisch und kaute. Nach einem Moment tat Thomas das Gleiche und sein Hunger fiel ihm erst auf, als er das Essen in den Mund nahm.

„Hat das deine Frau gemacht?“, fragte er.

„Sie und Lubna. Das Mädchen backt gut, findest du nicht? Und sie hat auch andere Fähigkeiten.“

„Ich werde es in Erwägung ziehen“, sagte Thomas. War die ganze Familie so hartnäckig? „Warum ist sie noch nicht woanders untergekommen?“

„Das war sie, aber Lubna ist ein Mädchen mit starken Prinzipien und wollte nicht alle Pflichten erfüllen, die von ihrem Herrn erwartet wurden."

„Ich verstehe."

Olaf nickte nur. „Was brauchst du also von mir als Gegenleistung für den Gefallen, den du meiner Familie tun willst?"

Thomas riss mehr Fleisch von dem Brocken auf seinem Teller ab und wickelte es in das noch warme Brot. Und Olaf behauptete, es fehle ihm an Feingefühl?

„Ich möchte die Erlaubnis, mit deinen Männern zu sprechen. Ich muss herausfinden, ob sich jemand in die Badekammer einer Sultana schleichen und jemanden töten könnte, um dann unbemerkt zu fliehen. Der Mann, der das getan hat, wäre mit Blut bedeckt gewesen." Thomas starrte Olaf ins Gesicht und suchte nach einem Hinweis auf das, was im Kopf des Mannes vor sich ging.

„Dasselbe gilt für die anderen Morde. Diese Angriffe waren nicht subtil."

„Du hast die ersten Leichen gesehen?"

„Ich bin der General des Sultans. Er hat mich kommen lassen, nur nicht für die schlauen Sachen."

„Sahen sie genauso aus?"

„Schnell und sauber. Ausgezeichnete Hinrichtungen." Olaf hielt inne, als er den Ausdruck auf Thomas' Gesicht sah. „Verzeih mir, aber ich bin, was ich bin. Es ist der Tod, mit dem ich zu tun habe, und diese Tode wurden mit viel Anmut und Kraft herbeigeführt."

„Also ein Soldat?" Olaf war entweder der cleverste Mann Gharnatahs oder Thomas' Verdacht, so vage er auch war, war unangebracht.

„Nur ein ausgebildeter Soldat hätte das so gut machen können."

Thomas beugte sich nach vorne. „Aber warum wurde er nicht gesehen? Das ist etwas, das ich nicht verstehe. Ein blutüberströmter Mann, der durch den Palast flieht? Jemand muss ihn gesehen haben."

Olaf nickte. „Wie geschickt der Mann auch sein mag, es wäre unmöglich, so nahe heranzukommen, dass er so töten kann, wie er es getan hat, und nicht von den Blutspritzern erwischt zu werden, nicht, wenn eine Klinge so tief schneidet. Aber er wurde nicht gesehen, und ich weiß nicht, warum nicht. Im ganzen Palast gibt es Leute, die ihn hätten sehen sollen und es nicht getan haben."

Thomas kaute einen Moment auf seinem Essen herum und beobachtete Olaf scharf, als er begann, nach den Antworten zu suchen, die er wirklich bekommen wollte. „Wir haben heute Morgen Zoraya besucht."

Olaf nickte. „Eine seltsame Frau." Keine Reaktion.

„Du bringst ihren Söhnen den Umgang mit dem Schwert bei, oder?"

Olaf lachte. „Ich bringe es ihnen schlecht bei. Sie sind schlechte Schüler. Ich hoffe nur, dass sie meine Lektionen nie im Ernstfall anwenden müssen, denn beide sind dürftige Schwertkämpfer. Ich wette, selbst du könntest sie in einem Kampf besiegen."

Thomas lächelte. „War es der Sultan, der dich gebeten hat, sie auszubilden? Ich hätte gedacht, dass sich ein so wichtiger Mann wie du nicht mit solchen Lektionen herumschlagen würde."

„Zoraya ist auf mich zugekommen", sagte Olaf. „Ich habe versucht, sie zu überreden, einen meiner Soldaten zu nehmen, aber sie bestand darauf, dass sie mich wollte."

„Du hast einen Ruf", sagte Thomas. Er leckte seine Finger sauber und stand auf. „Kann ich mit deinen Männern sprechen, fragen, ob sie etwas gehört haben?"

„Du wirst vorsichtig sein müssen, aber frag nur. Vielleicht gibt es ein Gerücht, das mir noch nicht zu Ohren gekommen ist, obwohl dein Freund Jorge für diese Art von Arbeit besser geeignet ist. Die Mädchen des Harems werden näher dran gewesen sein als meine Wächter, die nicht an allen Orten erlaubt sind."

„Wir werden auch mit ihnen reden, aber ich möchte zuerst mit deinen Männern sprechen."

„Wie du willst. Sag, dass es mit meiner Erlaubnis geschieht." Olaf stand auf. Er hatte der Befragung seiner Männer bereitwillig zugestimmt - aber wenn er die Angriffe selbst durchgeführt hätte, dann wusste er, dass Thomas nichts entdecken würde. Und es schien so, als ob es einen Preis für seine Zustimmung zu zahlen gab. „Ich werde Lubna sagen, dass sie heute Abend zu deinem Haus kommen soll, ja?"

KAPITEL ACHTZEHN

Es war dunkel, als Thomas und Jorge den kleineren Abhang von der Alkazaba hinuntergingen. Als sie sich am Tor trafen, wurde zum *Maghrib* gerufen, die Gläubigen im Palast gingen weg, um Gebete zu sprechen, und das setzte einen natürlichen Punkt hinter ihre Befragungen. Als sie das Gasthaus am al-Hattabin-Platz erreichten, kehrten die Gläubigen auf die Straße zurück, um ihr Abendessen aufzutreiben und zu essen.

Thomas wurde langsamer und suchte nach einem freien Tisch. Er sah Carlos Rodriguez in ein Gespräch vertieft, hoffte aber, dass der Mann ihn nicht gesehen hatte. Leider hatte auch Jorge den Händler gesehen.

„Glaubst du, dass meine neuen Kleider schon fertig sind?"

„Die, die du anhast, halten noch ein oder zwei Tage länger. Ich bin zu müde für Gespräche, und wenn er uns sieht, wird er Mancala spielen wollen. So wie ich mich gerade fühle, würde er vielleicht sogar gewinnen."

„Ich kann morgen nicht noch mal die gleiche Kleidung tragen." Ein entsetzter Blick zeigte sich auf Jorges Gesicht.

Thomas drehte sich weg. „Lass uns eine ruhige Ecke

finden und etwas essen, dann ist mir vielleicht eher danach, auf deinen Sinn für Mode einzugehen."

Thomas sah einen Tisch an der Wand auf der anderen Seite und ging auf ihn zu. Er nahm an, dass er Rodriguez dafür dankbar sein sollte, dass er Jorge Kleidung zur Verfügung gestellt hatte, aber der Tag war schon lang und sein Kopf quoll über vor Möglichkeiten, die ständige Sorge um Details raubte ihm die Energie.

Jorge blieb am Rand der Tische, und Thomas bemerkte, dass er nicht mehr so auffiel wie am vorherigen Abend. Er zog weiterhin die Aufmerksamkeit auf sich, aber jetzt war es wegen seiner Größe und Schönheit. Im Gegenteil, er war ohne die Kleidung des Harems sogar noch attraktiver.

Um ihn herum aßen, redeten und tranken die Menschen. Einige, wie Thomas, trugen schlichte Gewänder und Kopfbedeckung, aber es gab nur wenige mit einem vollständigen Tagelmust. Andere waren kunstvoller gekleidet, um ihren Reichtum zu zeigen. Und dann gab es noch die Überbleibsel, die in jeder Stadt zu finden sind. Die Waisen und Straßenkinder in Lumpen, Jungen und Mädchen in gleicher Anzahl, aber sauberer als an vielen Orten dank der Brunnen und Becken zum Waschen, die auf den Straßen und Plätze verstreut waren. Es gab weniger Frauen, aber mehr als man erwarten würde. Einige waren vollständig bedeckt, aber das war die Minderheit. Die meisten trugen ein einfaches Kopftuch, um ihr Haar zu verbergen, andere gingen sogar mit unbedecktem Kopf. Die Stadt Gharnatah war ein Schmelztiegel für die Kulturen des Südens und des Westens. Sie zog die Völker Afrikas, Arabiens, der Türkei, Italiens, Frankreichs und Spaniens über die Grenzen von Al-Andalus hinaus an. Trotz der mehr als drei Jahrhunderte Krieg blühte der Handel weiter, sowohl nach innen als auch nach außen. Die fruchtbare Ebene um die Stadt herum lieferte dringend benötigte Nahrungsmittel für den Rest Hispaniens. Mandel- und Olivenhaine stiegen an den Ausläufern der Sholayr auf, zusammen mit Maulbeeren, Feigen, Oliven, Granatäpfeln, Zitronen, Limetten und Orangen. Al-Andalus war immer noch die Speisekammer Spaniens. Im Gegenzug fanden andere Güter ihren Weg nach innen. Wein natürlich, obwohl er gegen das Gesetz des Islam verstößt, und andere, düsterere Waren: Waffen, Rüstungen, Rohmetall und Sklaven. Krieg war Krieg, aber Handel war Handel, und Thomas wusste, dass der Handel am Ende immer gewann.

„Thomas!" Khadar al-Abidah schlängelte sich durch die Tische, trotz seines Alters und seiner Größe immer noch wendig. „Willst du etwas trinken, essen? Wo ist dein... dein Freund?" Es gab nur ein winziges Zögern, aber nach einem Tag, an dem er sich misstrauisch hunderte Antworten angehört hatte, waren Thomas' Ohren genau auf solche Feinheiten eingestellt.

„Ja, beides. Und mein Freund ist dort drüben und versucht zu entscheiden, ob ihm Mode oder Hunger wichtiger ist." Thomas sah, wie sich Jorge zu ihm umdrehte und winkte ihm zu, damit er kommt und sich setzt.

„Gefällt ihm sein Zimmer? Ich habe jetzt andere, wenn er es wechseln will."

„Heute Morgen warst du noch voll", sagte Thomas, „und wolltest, soweit ich mich erinnere, eine zusätzliche Zahlung für das Zimmer, das du schließlich gefunden hast. Was ist in der Zwischenzeit passiert?"

Khadar ging zur Seite, damit sich Jorge setzen konnte. „Sie fürchten den Djinn! Es ist das Gerede der Stadt - ein Dämon pirscht blutrünstig durch unsere Straßen."

„Es gibt keinen Djinn", sagte Thomas, aber Khadar hatte bereits aufgehört zuzuhören, als er eine Dienerin rief, die sich zwischen den Tischen hindurchschlängelte, um Schüsseln abzuräumen.

Leider war Jorges Vorbeigehen nicht unbemerkt geblieben.

„Hast du heute Abend Zeit für ein Spiel, Thomas?" Carlos

Rodriguez näherte sich ihrem Tisch, als Khadar wegging, um das Essen zu organisieren.

„Heute Abend nicht, tut mir leid."

„Sind meine neuen Kleider fertig?", fragte Jorge.

„Sie können sie morgen früh abholen."

„Heute Abend wäre besser", sagte Jorge.

„Meine Lagerräume sind für die Nacht geschlossen."

„Aber du hast einen Schlüssel", sagte Thomas.

„Du verlangst viel von einem einfachen Händler."

Thomas lächelte. „Wenn du ein einfacher Kaufmann wärst, dann würde ich das vielleicht, aber jeder weiß, dass du mehr als das bist. Und nein, keine falsche Bescheidenheit. Ich wäre dir dankbar, wenn du Jorge heute Abend helfen könntest, wir haben morgen viel zu tun."

„Vielleicht wird das Versprechen einer Partie Mancala meine Entschlossenheit lockern, bevor wir zu dieser gottlosen Stunde aufbrechen müssen, um zu *handeln*." Er spuckte das letzte Wort aus, als wäre es verdorben.

„Dann hol später das Brett, nachdem wir gegessen haben."

Das Dienstmädchen kam an, winzig, dunkelhaarig, mit mürrischem Gesicht, aber ihr Ausdruck änderte sich, als sie Jorge sah. Sie blieb wie angewurzelt stehen, die Augen weit aufgerissen, das Tablett mit zwei Schüsseln Eintopf und einem Krug Wein begann nach vorne zu kippen. Thomas streckte die Hand aus und nahm das Tablett, bevor ihr Abendessen auf dem Boden landete.

„Buh!", sagte Jorge, seine Stimme war leise, um keine weitere Aufmerksamkeit zu erregen, laut genug, um das Mädchen zum Aufspringen zu bringen. Sie ging einen Schritt zurück, stolperte über einen herausstehenden Pflasterstein, drehte sich um und rannte davon.

„Ich dachte, ich sollte unbemerkt bleiben", sagte Jorge und schaute auf seine Kleidung.

„Das liegt daran, dass dein Kopf rasiert ist", sagte Thomas. „Und du hast eine Weichheit an dir, die sie erkennt. Ich dachte, Frauen sind dazu bestimmt, dich zu mögen.“

„Einige tun es. Manche nicht. Ich habe aufgehört, mir über letztere Gedanken zu machen, da es immer einen Überfluss an ersteren gibt.“ Jorge bediente sich an der größeren Schüssel Eintopf und trank die Hälfte seines Kruges in einem Zug aus. „Was kann ich tun? Ich kann nicht allen den Hof machen, so sehr ich es mir auch wünschen mag. Und sie war für meinen Geschmack ein wenig jung und mager. Hübsch aber, wenn sie nur aufhören würde, so finster dreinzuschauen.“

„Khadar beschäftigt nur die Hübschen, sowohl Jungen als auch Mädchen. Er sagt, das sei gut für das Geschäft.“

„Ich vermute, er hat Recht. Dieser Eintopf ist gut.“

„Besser als der, den meine... den Helena macht.“ Kürzlich musste Thomas sich davon abhalten, sie als seine Frau zu bezeichnen. Er hatte keine Ahnung, wie ihm das Konzept der Ehe immer wieder in den Sinn kam. Es war keines, das er begrüßte. Trotzdem wusste er, dass die meisten Männer auf seine Position eifersüchtig sein würden. Eine Kurtisane, selbst eine mit einem lädierten Gesicht, würde hochgeschätzt werden. Thomas fragte sich, ob er sich vor Helenas Schönheit fürchtete - eine Erinnerung an das, was er verloren hatte, an den Schmerz, den er über die Jahre in seinen Erinnerungen mit sich trug, die er sogar vor sich selbst verborgen hielt.

„Ich dachte, du hättest ein Dienstmädchen“, sagte Jorge.

„Nein, Helena hat den Eintopf gekocht.“

„Ich würde ihr gratulieren, aber sie wäre verärgert, wenn ich wüsste, dass sie gekocht hat.“

Jorge verstummte, als er sich den Bauch füllte, indem er Stückchen vom dunklen Brot abriss und in den duftenden Eintopf tauchte. Entweder Hammel oder Ziege, egal was, es schmeckte gut. Thomas löffelte die Mischung in seinen Mund, wieder hungrig. Als er fertig war, wischte er seine

Schüssel mit dem letzten Stück seines Brots aus, während Jorge mit einem Ausdruck leichten Ekels zuschaute. Er muss Hunger gekannt haben, dachte Thomas, aber vielleicht schon länger nicht mehr. Er wusste aus eigener Erfahrung, dass das nichts war, was man vergisst.

„Was hast du heute von Olaf erfahren?", fragte Jorge. „Irgendwas, was uns hilft?"

„Gleich. Ich möchte zuerst hören, was du entdeckt hast." Thomas hatte wichtige Neuigkeiten, aber eine Abgeschlagenheit, die fast zu tief saß, um sie zu ignorieren, erfüllte ihn. Er hob seinen Becher Wein und nippte, entschlossen, dass er ausreichen würde.

„Nichts. Ich habe mit jedem im Harem gesprochen, mit dem ich konnte. Mit den Kurtisanen, den Ehefrauen, den Bediensteten, sogar mit den anderen Eunuchen. Niemand gibt zu, auch nur eine einzige nützliche Information zu haben."

„Hast du sie unter Druck gesetzt?"

„So sehr ich mich getraut habe. Vergiss nicht, dass ich dorthin zurückkehren muss, wenn unsere Aufgabe beendet ist."

„Wenn das jemals passiert."

„Du hast mit Olaf gesprochen - steht er unter Verdacht oder nicht?"

„Ich bin unentschlossen. Er ist nicht die Art von Mann, die man ins Gesicht beschuldigt, nicht, wenn man lebend davonkommen will. Er scheint unschuldig genug, wenn ich ihn allerdings noch mehr unter Druck gesetzt hätte... ich weiß nicht."

„Es könnte dazu kommen. Wie würden wir mit der Situation umgehen, wenn es dazu käme?"

„Wir bräuchten eigene Männer."

Jorge beugte sich nach vorne. „Der Adlige, der uns bedroht hat - er hat uns doch bedroht, oder?"

Thomas nickte. „Ich glaube schon. Was ist mit ihm?"

„Ich mag ihn nicht. Traue ihm nicht. Noch einer für unsere Liste?“

„Noch einer für die Liste“, stimmte Thomas zu. „Zusammen mit Zoraya, ihren Söhnen und Olaf. Und...“ Thomas erinnerte sich an den Befehl des Sultans, nur ihm selbst Bericht zu erstatten. „Abu Abdullah vielleicht auch.“ Er beobachtete Jorge genau, interessiert an seiner Reaktion als er den Erben von Abu al-Hasan Ali erwähnte.

Jorge war nicht überrascht, was Thomas viel sagte. „Er ist jetzt achtzehn Jahre alt. Er ist ein erwachsener Mann und glaubt, dass er diese Stadt besser führen kann als sein Vater.“

„Nur dass Abu al-Hasan Ali noch nicht bereit ist, seinen Platz frei zu machen“, sagte Thomas.

„Und tatsächlich glaube ich, dass Abu Abdullah im Vergleich zu seinem Vater ein schwacher Mann ist. Du kennst ihn gut genug, was meinst du?“

„Er ist körperlich stark, sicherlich, aber ihm fehlt das innere Vertrauen, das nötig ist, um zu regieren, um die Menschen dazu zu bringen, ihm fraglos zu folgen.“

„Olaf würde seine Befehle nicht akzeptieren“, sagte Jorge.

„Könnten sie zusammen da drinstecken?“

„Alle drei?“ Jorge lehnte sich zurück und schaute sich um. „Gegen seinen eigenen Vater?“

„Vielleicht nicht alle drei. Ich weiß es nicht. Abu Abdullah und Olaf vielleicht?“

Jorge schüttelte den Kopf. „Ich kann es mir nicht vorstellen. Abu Abdullah und Zoraya auch nicht. Nein - wir irren uns, Abu Abdullah mag schwach sein, aber er würde keine Verschwörung anzetteln, um die Frau seines Vaters zu töten.“

„Es gibt noch andere Söhne.“ Thomas sah, wie seine Worte ein Lächeln auf Jorges Lippen zauberten. „Du hast mit Zorayas Jungen gesprochen. Sie sind fast so alt wie Abu Abdullah. Sind sie erfolgshungrig?“

„Erfolgshungrig genug, um einen Mord zu planen?“, sagte Jorge. „Vielleicht. Und sie werden zweifellos Angst davor haben, was mit ihnen passiert, wenn Abu al-Hasan Ali abgesetzt wird."

„Übe Vergeltung, bevor du angegriffen wirst. Eine gute Strategie", sagte Thomas, und etwas in seinem Tonfall brachte Jorge dazu, die Stirn zu runzeln. „Zoraya zieht sie wie spanischen Adel auf. Du weißt warum, nicht wahr?"

„Natürlich. Sie sieht, wie der Krieg verläuft. Als die Spanier untereinander gekämpft haben, haben sie uns in Ruhe gelassen. Seit Fernando Isabel geheiratet hat, haben sie ein gemeinsames Ziel und mächtige Verbündete. Ich weiß nicht, wie lange wir noch haben, bis wir besiegt sind. Ein Jahr, zehn Jahre, zwanzig? Aber die Niederlage ist unser endgültiges Schicksal, daran besteht kein Zweifel. Was gibt es Besseres, um die Macht zu sichern, als selbst Spanier zu werden?"

„Und was gibt es Besseres, um Macht zu erlangen, als seine Rivalen zu töten?"

„Abu Abdullah ist ihr Rivale, nicht Safya oder Aixa."

„Beide sind für sich genommen mächtig. Mütter von Prinzen sind das immer. Und sie würden den Sultan und seine Söhne schwach erscheinen lassen wollen. Wenn er nicht einmal die Frauen in seinem eigenen Harem beschützen kann, wie soll er dann eine Stadt und ein Land schützen?"

„Wie können wir irgendwas davon beweisen?", sagte Jorge. „Es gut genug beweisen, um eine Anklage gegen die Frau zu erheben, die der Sultan mehr als jede andere liebt? Selbst wenn wir ihr Geständnis hätten, könnte er sich dazu entscheiden, es zu ignorieren."

Thomas fühlte, wie die wenige Energie, die ihr Gespräch in ihm entfacht hatte, aus ihm herausfloss. Jorge hatte Recht. Sie hatten es hier mit weit mehr als einem einfachen Verbrechen zu tun. Es ging um Politik, und er hasste Politik.

„Wir müssen die Möglichkeit ignorieren und weitermachen, als ob wir etwas bewirken könnten. Das oder wir geben auf."

„Wir können nicht aufgeben. Wir dürfen nicht und ich will nicht." Jorge fuhr sich mit Daumen und Zeigefinger über die Wangen, auch er war müde. „Also sag mir, wenn du Olaf nicht zur Rede gestellt hast - und ich nehme es dir nicht übel, dass du das nicht getan hast - was hast du dann herausgefunden?"

Thomas wusste, dass Jorge Recht hatte. Sie mussten weitermachen. Er atmete ein und versuchte, etwas Energie aufzubringen. „Ich habe mit den Wachen gesprochen. Ich bin in die Kaserne gegangen und habe mit den Diensthabenden von gestern geredet. Es hat länger gedauert, als es sollte, weil ich mich dabei ertappt habe, wie ich ihre Hände kontrolliert habe."

Jorge lächelte. „Und hast du unseren Täter mit drei Fingern gefunden?"

Thomas schüttelte den Kopf. „Ich habe zwanzig davon gefunden. Hast du eine Ahnung, wie vielen Soldaten diese beiden Finger fehlen? Es scheint ein Berufsrisiko zu sein. Die meisten halten einen Schild in der linken Hand, was sie verwundbar macht."

„Trotzdem fehlen dem Mörder diese Finger. Es ist einer unserer wenigen Hinweise."

„Das tue ich nicht ab", sagte Thomas. „Aber wie bei dir behauptet jeder, er habe überhaupt nichts gesehen. Der Konsens ist, dass es wirklich ein Djinn war, der den Angriff durchgeführt hat. Die Wachen behaupten alle, dass es unmöglich wäre, dass jemand den Weg in den Harem findet, ohne gesehen zu werden. Besonders ein Mann, der von Kopf bis Fuß schwarz gekleidet war, wie unser Mörder."

„Wir sind also nicht weitergekommen?" Jorge leerte seinen Becher und füllte ihn wieder auf. Er hielt Thomas den Krug hin, der nickte.

Ich bin ein schwacher Mann, dachte er, *ich lasse mich von*

Helena verführen, und jetzt betrinke ich mich schon die zweite Nacht in Folge. Was kommt als nächstes?

„Nicht ganz", sagte er. „Als ich zurückgekommen bin, habe ich angehalten, um mit einer Wache zu sprechen, die ich vorher nicht gesehen hatte. Ich musste das Siegel zeigen, um wieder in den Palast zu gelangen. Ich habe es fast vergessen, ihn zu fragen, weil ich nur im Kopf hatte, dich zu finden und wegzugehen, aber irgendwas hat mich dazu gebracht, umzudrehen. Dieser schien mir intelligenter, entgegenkommender zu sein als die anderen. Er hat behauptet, dass es möglich ist, dass jemand ungesehen in den Harem eindringt, wenn er das richtige Wissen und ein wenig Hilfe hat."

„Hilfe? Suchen wir also mehr als einen Mann?"

„Oder Mann und Frau. Die nötige Unterstützung erfordert keine Kraft. Der Name der Wache war Galib ibn-Ubaid. Kennst du ihn?"

Jorge schüttelte den Kopf und lächelte. „Wachen reden nicht mit mir. Ich glaube, sie denken, ich könnte sie infizieren. In Wahrheit beunruhige ich sie. Also nein, ich würde den Mann vielleicht erkennen, wenn du ihn mir zeigst, aber der Name sagt mir nichts. Ist er ein Maure?"

„Araber, glaube ich. Groß. Stark."

„Klingt interessant."

Thomas warf Jorge einen irritierten Blick zu und war sich nie sicher, wie ernst er seine Worte nehmen sollte, wenn er so redete. „Er hat mir gesagt, dass es Wege gibt, auf denen ein Mann unentdeckt durch den Palast gehen kann, geheime Wege, um sich ungesehen von Ort zu Ort zu bewegen. Sie sind zu einem bestimmten Zweck da. Für eine Konkubine, damit sie für eine geheime Verabredung in einen Raum gelangen kann. Für einen Mann, um Zugang zum Harem zu erhalten, wenn er es nicht sollte."

„Ich habe Geschichten gehört, aber soweit ich weiß, gibt es solche Orte nicht."

„Oh, sie existieren. Galib sagt, er wird mir morgen zeigen, wie man das schaffen kann.“

„Nicht heute?“

„Dafür war keine Zeit. Er hatte Pflichten, zu denen er zurückkehren musste, und er hat gesagt, er wolle sich mit anderen beraten, um herauszufinden, wie ein Mann den Weg dorthin finden könne, wo Safya getötet wurde. Ich habe vor, gleich morgen früh zurückzukehren und es mir von ihm zeigen zu lassen. Unser Mörder hat auf seinem Weg vielleicht Spuren hinterlassen.“

„Dieser Galib ibn-Ubaid, kann man ihm vertrauen?“

„Ich kenne den Mann nicht, aber er schien loyal und ehrlich zu sein. Ich werde morgen mehr mit ihm sprechen. Vielleicht kann Olaf ihn beauftragen, uns zu helfen.“

„Auf dem Hügel sind schon seltsamere Dinge passiert. Übrigens hat dieser Händler dich die letzten fünf Minuten lang angestarrt. Wenn wir mir passendere Kleidung besorgen sollen, bist du ihm wohl sein Spiel schuldig. Wirst du ihn gewinnen lassen?“

„Das habe ich noch nie.“

„Aber heute Abend wirst du?“

„Warum sollte ich das tun?“

„Weil du eine freundliche und großzügige Seele bist, die mich nicht in Lumpen gekleidet sehen möchte.“

Thomas seufzte. „Ist dir klar, dass mein Ruf verloren gehen wird?“

Jorge zuckte die Achseln. „Du klingst, als würdest du erwarten, dass mir das wichtig ist.“

KAPITEL NEUNZEHN

In der Dunkelheit der Nacht rüttelte Helena an Thomas' Schulter. Langsam wurde er wach und Erschöpfung trübte seinen Verstand. Er sah nichts, er spürte nur eine Form, als sie sich aufrichtete und sich über ihn beugte.

„Ich bin müde", stöhnte er.

„Mein Gesicht tut weh. Die Narbe - sie brennt."

Er setzte sich auf, die letzte Spur des Schlafes verließ ihn. Er hatte einen Traum gehabt, durch Gänge gejagt zu werden, aber er verblasste sofort, als er sich Helena zuwandte und in der Dunkelheit nach ihr tastete. Sie war nicht da, wo er sie erwartete, und seine Hand griff ins Leere. Er bewegte sich nach links, stieß gegen etwas Weiches und Geschwungenes, ihre rechte Brust, und zuckte zurück. Als er sich wieder näherte, fand er ihre Schulter und verfolgte ihren Hals bis zu ihrer Kieferpartie. Zärtlich berührte er ihre Wange. Die Narbe fühlte sich unter seinen Fingern warm an, und Helena schnappte nach Luft.

„Ich brauche Licht." Er drehte sich um und fand tastend den Weg zur Tür. Draußen auf dem Flur brannte eine Öllampe, die immer an war, falls er nachts gerufen werden sollte. Als er zurückkam, saß Helena aufrecht im Bett, die

Laken an ihrer Taille gebündelt. Thomas versuchte, nicht zu starren, aber die Besorgnis setzte sich über jegliches Scham-gefühl hinweg, und er hielt die Lampe näher an ihr Gesicht.

„Ist es schlimm?", fragte sie.

„Ein bisschen entzündet, mehr nicht. Ich mache eine frische Salbe, um den Schmerz zu lindern."

„Mit etwas Mohn würde ich mich besser fühlen." Helena lehnte sich zurück, als seine Untersuchung beendet war, unternahm keine Anstrengungen, sich zu bedecken.

Thomas seufzte. „Es ist nicht klug, gewisse Medikamente zu oft zu benutzen."

„Aber es tut weh. Es tut tief in meinem Gesicht weh." Ihre Augen glitzerten im Schein der Lampe und Thomas wusste, dass er ihr nichts abschlagen konnte.

„Vielleicht ein bisschen."

„Danke." Sie lächelte, entspannte sich auf den Kissen. „Der Sultan hat große Güte gezeigt, als er mich zu dir geschickt hat."

Thomas zog sich ein Gewand über und stieg die Treppe hinunter, hielt die Lampe dabei hoch. Draußen im Hof war es sternenklar, eine blasse Wolke streifte den Himmel. Auf dem Hügel brannten Lichter in den vielen Fenstern der Al-Hamra. Die Nacht war nicht ganz still, das war sie nie, aber zu dieser Stunde war es so still, wie es in der Stadt sonst nie war. Gelegentlich bellte ein Hund, ein Mann schrie. Hier im Albayzin war das Leben gleichermaßen gut und schlecht. Die Menschen auch.

Thomas stieß die Tür zum Arbeitsraum auf und ging hinein, zündete weitere Lampen an. Der Mohn zuerst, dachte er, eine schwache Mischung, gerade genug, um Helenas Schmerz zu lindern. Er drehte sich zu seinem Arbeitstisch und ließ vor Schock beinahe die Lampe fallen, als sich eine schlanke Gestalt unter einer Decke auf der schmalen Liege bewegte, auf der er selbst so viele Nächte geschlafen hatte.

„Thomas, bist du das? Was machst du denn hier?" Lubna versuchte, sich aufzusetzen. Im Gegensatz zu ihrer Schwester hielt sie das Laken vor ihrem Körper und bedeckte sich bis zum Hals.

„Das könnte ich dich auch fragen."

„Ich…" Lubna wischte sich mit einer Hand über das Gesicht, eher schlafend als wach. „Meine Schwester hat mich abgeholt. Du hast meinem Vater gesagt, ich könne kommen, oder?"

Thomas versuchte, sich an ein Gespräch von den vielen zu erinnern, die er in den vergangenen zwei Tagen geführt hatte, und vermutete, dass sie Recht hatte, da er sich daran erinnerte, wie Olaf ihn hereingelegt hatte. Kein dummer Mann, trotz seiner Proteste. Thomas wusste, dass es schwierig werden würde, wenn sich sein Verdacht als richtig erweisen würde - wie würde er einen Mann beschuldigen, dessen Tochter mit ihm das Bett teilt? Und nun war noch eine zweite in seinem Haus.

„Also bist du gekommen. Warum schläfst du im Arbeitsraum?"

„Helena hat mir gesagt, dass dies mein Platz ist. Sollte ich woanders sein?"

Thomas schüttelte den Kopf. „Nein, im Moment nicht. Hast du vor, zu bleiben?"

„Ich kann nirgendwo anders hingehen." Lubna senkte ihren Blick. Als sie ihn anhob, enthielt er eine Frage. „Hast du das nicht so gemeint, was du zu meinem Vater gesagt hast?"

„Ich bin ein Mann, der sein Wort hält", sagte Thomas unbehaglich.

„Dann werde ich bleiben."

„Ich werde einen besseren Schlafplatz für dich finden."

„Diese Liege ist gut für mich. Ich bin klein und ich mag den Geruch hier drin. Was bringt dich mitten in der Nacht hier runter?"

„Helenas Narbe tut ihr weh. Ich muss etwas Salbe herstellen und ein bisschen Mohn mischen." Als Lubna ihre Beine auf den Steinfliesenboden schwang, wandte er sich ab, war sich der Zartheit ihrer Füße und einer unwillkommenen Emotion, die ihr Anblick in ihm auslöste, bewusst.

Er lauschte den Geräuschen, die sie beim Aufstehen machte, ein Rascheln der Kleidung.

„Du kannst dich jetzt umdrehen." In ihren Worten lag ein Hauch von Belustigung. „Kann ich dir bei der Arbeit zusehen oder würde ich dich stören?"

„Du störst mich nicht. Ich mische nur Kräuter und Öle. Ich erhitze einige Mohnköpfe, um eine Tinktur zu extrahieren. Das ist nicht aufregend."

„Es interessiert mich. Ich habe mich vorhin umgesehen, du hast so viele verschiedene Dinge hier. Einige habe ich erkannt, aber die meisten sind ein Rätsel."

„Hast du etwas angefasst? Einige dieser Flaschen enthalten Gifte." Einen Moment lang überflog er die Regale, nach etwas suchend, das nicht an seinem Platz war. So viele Flaschen, Gefäße und Phiolen, jede von ihm per Hand etikettiert, so viele von ihnen tödlich, wenn sie falsch benutzt werden; Sensel, Meterre, Gemoro, Burbira. Er hörte auf zu suchen, hatte Angst.

Lubna lächelte. „Ich habe nichts berührt. Aber ich bin interessiert."

„Wirklich?" Thomas drehte sich weg und griff nach einem Bündel von Mohnköpfen, die an einem Haken hingen. Er zog drei davon heraus und untersuchte sie auf Anzeichen von ausgeströmtem weißem Kitt. Er fand keine, also griff er nach mehr. Wenn er keine finden konnte, würde es eine Stunde dauern, um die Samen in Wasser einzuweichen. Er wusste, dass er sich die Zeit nehmen musste, um einen Vorrat der Flüssigkeit vorzubereiten - sowohl für Helena als auch für seine anderen Patienten. Aber Zeit war ein Gut, von dem er nur einen knappen Vorrat hatte.

„Wonach suchst du?" Lubna stellte sich neben ihn, ihr schlanker Körper beugte sich so weit wie möglich vornüber, ohne ihn zu berühren.

„Die Mohnköpfe - wenn sie reif genug sind, scheiden sie eine weiße Milch aus. Das ist das Opium, das den Schmerz lindert. Ich suche nach Anzeichen."

Lubna griff nach einigen weiteren Mohnköpfen, die links an einem Haken hingen, sie kam gerade so hin. Sie holte sie mit den Fingerspitzen herunter und fing den zusammengebundenen Strauß auf, bevor er auf der Bank landete. Sie beugte sich nah darüber, untersuchte jeden der Reihe nach, und Thomas lächelte über ihre Konzentration.

„Das alles interessiert dich wirklich, nicht wahr?"

„Psst...", sagte Lubna und konzentrierte sich auf ihre Aufgabe.

Thomas' Bündel von Köpfen ergab nichts, und er holte noch drei weitere und öffnete sie, so dass die kleinen dunklen Samen in einen Mörser fallen konnten. Er drehte sich um, holte trockenes Stroh und Zweige und begann, in einer in die Steinmauer eingelassenen Vertiefung ein kleines Feuer zu machen. Er ließ das Feuer anbrennen, kehrte zur Bank zurück und begann, den Samen Wasser hinzuzufügen.

„Ist es das, was du suchst?" Lubna hielt ihm zwei Köpfe hin. Jeder zeigte eine klebrige Substanz, die aus Rissen in ihren Seiten heraussickerte.

„Das ist es." Thomas nahm ihr den Mohn ab.

„Kann ich zusehen, wie es gemacht wird?"

„Wenn du willst." Mit einem kleinen Messer öffnete er die Seiten des Mohnkopfes und schabte die nun teilweise getrocknete Milch in eine kleine Schüssel. Als er die klebrige Milch von der Außenseite entfernt hatte, begann der Kopf noch mehr zu triefen und er drückte ihn aus und fügte es der ersten Milch hinzu.

„Hol mir die Flasche da drüben, das ist Rohalkohol."

Thomas sah zu, vergewisserte sich, dass sie die richtige

nahm, zufrieden, als sie nur ein wenig zögerte. Sie drehte sich um und hielt ihm die Flasche hin, ein fragender Blick im Gesicht, und er nickte. Er goss ein wenig von dem Alkohol in die Schüssel und rührte ihn um. Lubna, wieder an seiner Seite, sah fasziniert zu.

Thomas schaute nach unten, amüsiert darüber, wie sie sich nach vorne beugte, ihre Augen waren wach. Er erinnerte sich an eine andere, noch jüngere Person, die dasselbe neben einem alten Mann in einer Steinhütte hoch in den Bergen, die Frankreich von Spanien trennten, getan hatte und wie diese Faszination ein Interesse geweckt hatte, das den Jungen dorthin gebracht hat, wo er jetzt stand und eben diesen Alkohol mischte.

„Glaubst du, du kannst das?"

„Ich?"

„Verrühre den Alkohol in der Schüssel, lass die gesamte Milch darin auflösen, bis nur noch Flüssigkeit übrigbleibt." Er machte es vor.

Als Thomas die Schale auf die Bank stellte, griff Lubna zögernd danach.

„Du kannst nichts kaputt machen."

Ihre schlanken braunen Finger schlossen sich um die Schale und sie hob sie hoch. Bei ihrem ersten Versuch lief beinahe etwas Flüssigkeit über den Rand, aber sie korrigierte sich schnell, bis ihre Bewegungen bald fast genau wie die von Thomas waren.

„Gut." Er freute sich über das Lächeln, das ihre Lippen flüchtig berührte, bevor sie es unterdrückte. Er drehte sich weg, suchte die Kräuter und Mischungen für die Salbe heraus. Es war noch ein bisschen in einem Glas, aber es war immer wirksamer, wenn es frisch gemischt wurde.

Thomas stellte eine kleine Messingwaage auf die Bank und wog die Zutaten ab, fügte einige in eine Steinschale, den Rest in eine zweite. Er ertappte Lubna dabei, wie sie versuchte, ihm zuzuschauen, während sie die Opiumtinktur verrührte.

„Wie geht es voran?", fragte er, und ihre Augen wandten sich wieder der Schüssel zu. Sie brachte sie herüber, um sie ihm zu zeigen, und er nickte. „Ja, es ist fertig. Gieß etwas mehr als die Hälfte in einen Becher und füg dann Wein aus dem Fass dort drüben hinzu. Misch es gut durch und bring es hoch zu Helena."

„Ich?"

„Ja, du."

Lubna goss den Inhalt aus. Thomas sah zu, um sicherzugehen, dass sie nicht zu viel hinzufügte, und freute sich, dass sie sich Zeit ließ und nur ein wenig mehr als nötig einschenkte. Sie trug den Becher zum Fass und öffnete vorsichtig den Hahn, so dass dunkler Wein hineintropfen konnte.

„Genug?", fragte sie mit ihrem Rücken zu ihm zugewandt, aber wissend, dass er sie beobachtete.

„Noch ein bisschen mehr... ja, gut."

Lubna richtete sich auf und verließ den Arbeitsraum ohne sich umzudrehen. Thomas kehrte zur Salbe zurück. Sie war bereits halb fertig, als sie einige Minuten später zurückkam.

„Hat sie es getrunken?"

Lubna nickte.

„Alles?"

Sie nickte wieder, hatte etwas Anspannung im Gesicht, als ob sie ihre Gefühle im Zaum halten würde.

„Sie kann unhöflich sein, wenn sie Schmerzen hat", sagte Thomas. „Ich habe gelernt, sie zu ignorieren."

Lubna machte ein leises schnaubendes Geräusch. „Dann muss sie einen Großteil ihres Lebens Schmerzen gehabt haben." Sie kam näher und stellte sich wieder neben ihn, wobei ihr linker Arm seine Seite berührte. Thomas war sich ihrer Nähe bewusst, der Druck ihrer Berührung wurde mehr und weniger, während er erst eine Schüssel, dann die andere mischte.

„Ich kann dir mit einer davon helfen, wenn du willst.“

„Ich gehe davon aus, dass du das kannst. Aber das ist keine Aufgabe für eine Frau.“

Lubna stockte der Atem. „Gibt es keine Ärztinnen?“

„Die gibt es. Was ich gemeint habe, war...“ Thomas zögerte, seine Hände arbeiteten noch, dann schob er die Schüssel auf der Bank hinüber. „Es muss mit viel Kraft gearbeitet werden. Alles muss zu einer weichen Paste zerrieben werden.“

Die Sehnen in Lubnas Armen traten hervor, als sie sich beim Mischen anstrengte, und langsam wurde ihr der Atem schwerer. Thomas kehrte zur anderen Schale zurück, einer Mischung aus Samen und Beeren, und begann, sie zu einem feinen Pulver zu zermahlen. Als es fertig war, nahm er zwei Gläser herunter, von denen eines eine weiße Creme enthielt, die aus dem Fett, das Schafswolle überzieht, gewonnen wurde, und das andere ein helles, goldfarbenes Öl. Er gab von jedem ein bisschen in eine dritte Schüssel, schüttete das feine Pulver aus seiner eigenen dazu und schaute dann nach, wie Lubna vorankam.

Sie blickte ihn an, ihr Mund war vor Anstrengung zusammengepresst, dann fragte sie: „Ist es schon fertig?“

„Warte einen Moment.“ Thomas tauchte die Spitze seines Fingers in die Mischung, fuhr damit an der Seite der Schüssel entlang, wobei er nach übrig gebliebenen groben Körnern suchte, bevor er nickte. „Es ist fertig.“ Er nahm die Schüssel, kratzte den Inhalt aus und füllte ihn in die, die er bereits fertig gemacht hatte, wobei er die Mischung mit einem hölzernen Stäbchen umrührte.

Lubna stellte sich neben ihn, abermals nahe genug, um sich in seine Seite zu drücken, ihre Augen richteten sich auf seine Arbeit.

„Woher weißt du all diese Dinge?“, fragte sie.

„Bücher, gute Lehrer, eine Menge Übung. Ich habe eine Einführung auf der Schule in Malaka bekommen. Ich habe drei Jahre damit verbracht, zuzuschauen und zu lernen, und dann haben sie mir erlaubt, ein wenig zu praktizieren, und dann noch etwas mehr zu praktizieren. Aber man hört nie auf zu lernen."

„Nicht alle Ärzte sind wie du", sagte Lubna.

„Nein, nicht alle. Einige sind vom Weg abgekommen. Als wir dieses gesamte Land regiert haben, haben wir mehr gewusst als jetzt."

Ein Lächeln berührte Lubnas Lippen. „Wir, Thomas? Bist du jetzt ein Maure, wie ich?"

Er lächelte und klopfte sich mit der Handfläche auf die Brust. „Hier drin bin ich das. Und du? Du bist nicht wie deine Schwester, oder?" Schon während er sprach, wusste er, dass seine Worte falsch interpretiert werden könnten, aber Lubna schien zu akzeptieren, was er sagte.

„Nach dem Tod von Helenas Mutter hat mein Vater einige Jahre allein gelebt, bevor er sich eine Berberfrau nahm. Ich glaube, er hat gedacht, sie könnte ihm Söhne gebären, aber das hat sie nicht. Ich bin das einzige Kind, das sie haben, und ich bin sicher, dass mein Vater bei meiner Geburt den Mut verloren und die Freuden des Fleisches aufgegeben hat, aus Angst, noch mehr Frauen zur Welt zu bringen."

„Du bist nicht verbittert?"

„Warum sollte ich verbittert sein?"

Er schüttelte den Kopf. „Ich weiß nicht. Irgendwie klingt es nach einer traurigen Geschichte."

„Nicht traurig. Mein Vater ist unfähig, traurig zu sein. Schmerz und Verlust und Wut, all diese Emotionen hat er im Überfluss. Aber Traurigkeit kennt er nicht. Ich glaube, er hat einfach weitergemacht."

„Und deine Mutter?"

„Sie lebt immer noch in seinem Haus. Sie kocht seine

Mahlzeiten, wenn er zu Hause ist, was selten der Fall ist. Er lebt, um zu kämpfen, genießt es im Kampf."

„Ich mag deinen Vater", sagte Thomas, weil es die Wahrheit war - er hatte Olaf sehr gemocht und befand sich nun in einem Konflikt, da der Mann unter Verdacht stand.

„Ich auch. Ich liebe ihn. Aber ich kenne ihn als das, was er ist - ein harter Mann."

Thomas schüttelte den Kopf. „Du erweist ihm keinen guten Dienst."

„Dann kennst du ihn vielleicht besser als ich." Lubna wandte sich ab. „Bist du fertig mit deiner Salbe? Ich bin jetzt müde und würde gerne wieder ins Bett gehen."

„Ja, ich bin fertig." Thomas nahm die Schüssel und trug sie zum Eingang. Er blieb stehen, um sich zu entschuldigen, aber Lubna hatte ihm den Rücken zugewandt, zog sich ihr Gewand bereits über den Kopf und er drehte sich schnell weg.

Als er begann, die Tür zu schließen, sagte sie: „Du und der Eunuch ihr seid das Gespräch des Hügels mit dieser unfruchtbaren Aufgabe, die euch gestellt wurde."

Thomas zögerte. Lubna saß auf der Liege, die raue Decke bis zu ihrem Kinn hochgezogen.

„Warum sinnlos?"

„Niemand erwartet, dass ihr Erfolg haben werdet. Wie könntet ihr auch, wenn ihr nach einem Geist sucht?"

„Du glaubst also an den Djinn?"

Lubna schüttelte den Kopf. „Nein. Aber die meisten tun das."

„Du glaubst, wir verschwenden unsere Zeit."

„Ihr habt Besseres zu tun."

Er zögerte und wollte ihr sagen, dass sie sich irrt, aber alles, was kam war nur: „Ich habe dem Sultan mein Versprechen gegeben."

Lubna holte einen Arm unter der Decke hervor und deutete mit ihm auf die Regale, die Bücher, die Instrumente.

„Du kennst dich mit all dem aus. Ich habe gehört, dass du der beste Chirurg in Al-Andalus bist, vielleicht der beste in ganz Spanien. Du verschwendest deine Talente an diese dumme Nachforschung."

„Ich habe ein Versprechen gegeben", sagte Thomas erneut. „Und es sind Menschen gestorben."

„Und wenn jemand stirbt, weil du deine Arbeit nicht machst?"

Es war die gleiche Anschuldigung, die Helena gemacht hatte, aber von solch einem schmächtigen Mädchen saß der Schnitt tiefer. Thomas fragte sich, warum er sich so verpflichtet fühlte, die Aufgabe zu erfüllen, den Mörder und denjenigen, der ihn beauftragte, zu finden, und alles, was ihm einfiel, war die Pflicht. Dasselbe Pflichtgefühl, das ihn zu einem guten Chirurgen machte. Dasselbe Pflichtgefühl, das ihn nicht von der Aufgabe abrücken ließ, so schlecht er auch ausgerüstet sein mochte. Er glaubte, dass sie einige Fort-schritte gemacht hatten. Es gab Fäden zu entwirren und nachzuverfolgen, einen weiteren in der Morgendämmerung, die nicht weit weg war. Er entfernte sich vom Raum, ohne Lubna eine Antwort zu geben.

Der Himmel im Innenhof wurde hell, als er an der Wand vorbeiging. Von der Moschee unterhalb des Hügels aus begann der Muezzin die Gläubigen zum Gebet zu rufen.

Als er das Schlafgemach betrat, schlief Helena, das Opium brachte ihr Erleichterung. Sie war auf dem Bett ausgebreitet, und Thomas starrte sie einen Moment lang an, wie immer von ihrer Schönheit beeindruckt, fühlte aber keine anderen Emotionen. Ihre Wirkung auf ihn war rein körperlicher Natur, und sie reichte nicht mehr aus. Vielleicht hatte sie das nie getan.

Er kniete sich auf das Bett und trug die Salbe auf die rote Linie über ihrem Gesicht auf. Sie rührte sich im Schlaf, wachte aber nicht auf, und als er fertig war, zog sich Thomas an und ging in die Stadt.

KAPITEL ZWANZIG

Jorge schnarchte leise, als Thomas den Raum betrat. Anstatt ihn zu wecken, wandte er sich zu dem kleinen Tisch und nahm Platz. Lass den Mann seine Träume noch ein wenig länger genießen. Es war zu früh für den Palast, um wach zu sein, und Thomas war selbst noch müde. Er hatte kaum drei Stunden geschlafen, bevor Helena ihn geweckt hatte.

Als er den schlafenden Mann anstarrte, erweichte ein Lächeln Thomas' sonst so strengen Gesichtsausdruck. Sogar beim Schlafen unterschied sich Jorge von anderen Männern. Er lag halb auf der Seite, die Brust unbedeckt, ein Arm unter seinem Kopf, der andere über die Seite des Bettes gelegt. Ein Bein hatte sich von der rauen Decke befreit und Thomas beobachtete, wie der Fuß zuckte. Thomas richtete seine Aufmerksamkeit auf Jorges Gesicht und sah, wie sich seine Augen unter den geschlossenen Lidern bewegten. Er hatte dasselbe bei anderen Männern, Frauen und einigen Tieren beobachtet. Hunde träumten auf diese Weise, ihre Beine rannten, während sie imaginäre Hasen jagten. Er fragte sich, wovon Jorge träumte. Von den Frauen des Harems oder von etwas Düstererem? Sein Gesicht sah entspannt aus, vielleicht waren es also die Frauen.

Jorge hatte eine weiche, glatte Haut - zum Teil, wie Thomas wusste, eine Folge der Verstümmelung, die an ihm vorgenommen worden war. So wie er da lag, waren die Veränderungen noch deutlicher zu sehen. In der groben Kleidung, die Carlos Rodriguez bereitgestellt hatte, konnte Jorge als gewöhnlicher Mann durchgehen, aber selbst dann bemerkten ihn die Leute. Thomas hatte gesehen, wie sie starrten, Männer und Frauen gleichermaßen, wie sie schauten und sich wegdrehten, unsicher, was es mit dem Mann auf sich hatte, der sie anzog; vielleicht hatten sie Schuldgefühle wegen dieser Anziehungskraft. Thomas wusste, dass Jorge sich dessen bewusst war, aber er schien nie besorgt zu sein. Er fragte sich, ob es im Harem genauso war, oder ob es Jorge störte, für die Frauen dort ein hübsches Spielzeug zu sein. Es war alles nur Vermutung, Fantasie, und Thomas legte seinen Kopf auf den Tisch und schloss die Augen. Nur für einen Moment versprach er sich selbst.

***

Thomas zuckte so heftig, dass er austrat und einen Stuhl mit lautem Klappern zu Boden stieß. Er war sich des Zeitpunkts nicht bewusst, in dem er vom bewussten Zustand in den Schlummer fiel, aber aufgewacht ist er ein nur einem Augenblick. Ein tiefes Geräusch ertönte von unten, Fässer rollten in einen Keller. Das muss das gewesen sein, was ihn wachgerüttelt hatte.

Er stand auf, einen Moment lang wackelig, machte dann vier Schritte und rüttelte an Jorges Schulter, die Haut unter seiner Hand war glatt. Jorge drehte sich um und verkroch sich unter der Decke.

„Kein Schlaf für uns beide, bis das hier vorbei ist", sagte Thomas.

„Ich verspüre den Drang, jemanden zu töten", murmelte Jorge in die Bettwäsche.

„Dann nutze diesen Drang und steh auf. Khadar hat Brot, Käse und Oliven für uns hingestellt." Thomas kehrte an den kleinen Tisch zurück. „Wir haben viel zu tun heute."

„Dreh mir auf eigene Gefahr den Rücken zu." Jorge grummelte und schwang seine Beine vom Bett.

„Das höre ich oft in Bezug auf Eunuchen, aber ich tue solche Gerüchte ab."

Jorge zog die Kleidung an, die sie am Vorabend bei Carlos Rodriguez gekauft hatten. Der Händler hatte auch nach dem Sieg seiner ersten Runde Mancala gegen Thomas noch einen hohen Preis verlangt. Jorge sah zwar weniger auffällig als am Tag seiner Ankunft aus, aber dennoch war er von einer weltfernen Aura umgeben, die ihn auffallen ließ. Daran konnte man nichts ändern - das war ein Teil des Mannes selbst. Er begann, ein Stück gefärbtes Tuch um seinen Kopf zu wickeln.

„Warte", sagte Thomas und stand auf.

„Was, willst du jetzt meinen Kopf studieren?"

Thomas streckte die Hand aus und fuhr mit ihr über Jorges Schädel, wobei er die Rauheit der Stoppeln spürte. Er fuhr mit der Rückseite eines Fingers über Jorges Wange.

„Und ich liebe dich auch, mein Freund, aber vielleicht später", sagte Jorge.

„Deine Haare wachsen schnell."

„Natürlich tun sie das. Ich hatte wenig Zeit, sie zu entfernen. Ich hatte viel zu tun, oder ist dir das nicht aufgefallen?"

„Lass sie wachsen. Auch auf deinen Wangen. Das wird eine gute Verkleidung sein. Niemand glaubt, dass einem Eunuchen Haare wachsen können."

Jorge rollte mit den Augen. „Zeig mir diesen billigen Abklatsch einer Mahlzeit, Chirurg, und lass uns diesen Tag beginnen, desto eher geht er zu Ende."

<hr>

Sie gingen zuerst in die Garnisonskaserne neben dem Palast, einem großen Steingebäude mit einem roten Ziegeldach. Thomas wollte die Wache finden, mit der er am Tag zuvor gesprochen hatte, um mehr über die geheimen Wege zu erfahren, die seiner Meinung nach durch den Palast führten.

Sie fragten nach dem diensthabenden Offizier des Tages und wurden zu einem kleinen Büro an der Rückseite eines langen Gebäudes geführt. Thomas erwartete, dass er sich und ihre Absicht vorstellen musste, aber als sie eintraten, schaute ein stämmiger Mann auf und sagte: „Sie sind also die beiden, oder? Mir wurde gesagt, ich müsse alles tun, was Sie verlangen, auf Befehl des Sultans und des Wesirs." Sein Gesicht verriet, was er von solchen Befehlen hielt. „Also, was wollen Sie?"

Thomas machte keine Anstalten, das Treffen in die Länge zu ziehen. „Ich habe gestern mit einem Ihrer Wächter gesprochen, Galib ibn-Ubaid. Ich möchte noch einmal mit ihm sprechen."

Der Offizier stieß ein kurzes Bellen aus, was als Lachen interpretiert werden könnte. „Sie reden also mit den Toten, Chirurg?"

„Ich habe erst gestern mit dem Mann gesprochen."

„Vielleicht haben Sie das. Aber heute ist er tot, und derjenige, der ihn getötet hat, ist aus der Stadt geflohen."

Thomas schaute sich um, nahm einen Hocker, der an der Wand stand, und setzte sich. „Erklären Sie das."

Für einen Moment dachte er, der Offizier würde sich weigern, und er griff in sein Gewand und schloss seine Hand um das Siegel des Sultans. Etwas in seinen Augen muss seine Entschlossenheit gezeigt haben, denn der Offizier ließ jegliche Aufregung fallen und er atmete aus, als er sich in seinem Stuhl zurücklehnte.

„Es war ein Streit über – ausgerechnet - ein Würfelspiel. Galib hat drei Sechsen hintereinander geworfen. Darras hat ihn beschuldigt. Galib wurde wütend. Darras wurde noch wütender. Messer wurden gezogen. Jemand versuchte, sie aufzuhalten, und wurde verletzt. Darras hat Galib durch das Herz gestochen. Er ist auf der Stelle gestorben." Die schroffe Wiedergabe von Fakten entsetzte Thomas, aber er wusste, dass der Tod unter diesen Männern ständig präsent war - etwas, von dem sie glaubten, dass es für jeden von ihnen hinter der nächsten Ecke lauern könnte. Je weniger Aufmerksamkeit sie ihm schenkten, desto weniger Macht hatte der Tod über sie.

„Dieser Darras, wird er gesucht?"

„Er wird mittlerweile schon lange weg sein. Er hat ein Pferd gestohlen, und in der Verwirrung hat niemand gesehen, in welche Richtung er geritten ist. Er wird jetzt dreißig Meilen oder weiter weg sein."

„War es wirklich ein dummer Streit oder hat etwas anderes dahintergesteckt? Gab es vorher schon einmal Reibereien zwischen den Männern?"

Der Offizier hob seine Hände in einer Geste der Hoffnungslosigkeit. „Wie gesagt, der eine ist tot, der andere verschwunden, das ist alles, was ich weiß. Das ist alles, was ich wissen muss."

Thomas seufzte. „Und niemand hier weiß etwas, nehme ich an?"

Der Offizier lächelte. „Man hat mir gesagt, dass Sie ein kluger Mann seien."

Thomas stand auf, sein Blut kochte vor Wut. „Wer gibt Ihnen Ihre Befehle?" Seine Stimme war lauter, als er beabsichtigt hatte. „Für wen arbeiten Sie wirklich?"

Auch der Offizier erhob sich, schaute Thomas in die Augen. „Arbeiten für? Ich arbeite für den Sultan, und unter ihm den Wesir, und unter ihm Olaf Torvaldsson."

„Sie wissen, was ich meine!"

„Thomas, lass es." Jorge zog an seinem Gewand. „Wut hilft uns nicht. Lass uns woanders nach Antworten suchen, solange der Tag noch jung ist."

„Dieser Mann weiß etwas." Thomas hob die Hand und zeigte auf ihn. „Und er hält es vor uns geheim."

„Tue ich das? Ist es Verrat, was Sie mir vorwerfen?" Der Offizier begann um seinen Schreibtisch herumzugehen, seine Hand fiel auf den Griff seines Schwertes.

Jorge zerrte fester an Thomas' Gewand. „Komm mit. Es gibt andere Mittel. Komm jetzt mit, solange du noch kannst."

„Das werde ich nicht vergessen", sagte Thomas und ließ sich durch die Kaserne hinausführen.

Draußen angekommen, wandte er sich an Jorge, noch immer wütend. „Dieser Mann ist ein Teil davon. Da steckt mehr dahinter als einfacher Mord, siehst du das nicht? Und er gibt zu, dass er Befehle von Olaf entgegennimmt."

„Natürlich sehe ich das", sagte Jorge und überraschte Thomas. „Hältst du mich für blöd? Aber dir Männer wie ihn zum Feind zu machen, wird dir nicht helfen. Er ist ein Rädchen im Uhrwerk, mehr nicht. Jemand anderes zieht die Fäden. Gehen wir, du weißt schon, wer uns helfen kann."

Der Morgen dämmerte, als sie durch die Baracke gingen, die unerwartet geschäftig schien, aber als sie die Küchen erreichten, bereiteten nur einige übernächtigte Mädchen Töpfe vor und trugen Kisten mit Orangen, Limetten und Granatäpfeln. Thomas ging zu mehr als fünfzig Prozent davon aus, dass Bazzu noch in ihrem Bett liegen würde, aber sie war am selben Ort, an dem sie sie am Vortag verlassen hatten, als hätte sie sich seitdem nicht bewegt. Sie sah ausgeruht aus, die Augen leuchtend, die Haut rein, und er studierte sie einen Moment lang mit professionellem Blick und wusste, dass sie bei stabiler Gesundheit war.

„Jorge! Ich wusste, dass du meinem Charme nicht lange widerstehen könntest. Komm rein, schick diesen *Ajami* weg und gib einer alten Frau etwas, woran sie sich erinnern kann."

„Du vergisst, dass ich auch *Ajami* bin", sagte Jorge.

„Du bist ein guter Spanier, so wie ich eine gute Dienerin Allahs bin. Dieser Arzt ist von weit weg." Sie warf einen amüsierten Blick auf Thomas. „Es sei denn, er möchte sich uns anschließen? Ah, das waren doch gute Zeiten, oder nicht?"

Thomas sah Jorge an und hob eine Augenbraue. Jorge zuckte mit den Schultern.

„Ich fürchte, wir kommen wieder einmal und bitten um deine Hilfe", sagte Jorge.

Bazzu seufzte. „Nicht einmal ein schnelles Schäferstündchen, bevor wir den Tag im Palast einläuten? Du weißt, dass ich mehr als genug Frau für euch beide bin. Der Chirurg ist für meinen Geschmack etwas dünn, aber vielleicht versteckt er einen Schatz unter seinem Gewand."

„Wir müssen dich vorerst enttäuschen, mein süßes Knödelchen. Wir sind im Auftrag des Sultans unterwegs."

„Ich vergesse niemals irgendwelche Schulden, das weißt du. Und deine Schulden wachsen von Tag zu Tag."

„Ich werde sie dreifach zurückzahlen, das verspreche ich."

„Was willst du also jetzt von mir?" In Bazzus Stimme steckte mehr Belustigung als alles andere, und Thomas fragte sich, wie viel Realität hinter ihren Neckereien steckte.

„Thomas hat gestern mit einem Wächter gesprochen und hat erfahren, dass es eine Möglichkeit gibt, wie jemand heimlich seinen Weg durch den Palast finden kann. Vielleicht kennst du solche Wege nicht, aber..."

„Ich weiß, wovon du sprichst."

„Gut. Wir haben den Wächter heute Morgen gesucht, aber es scheint, dass er über Nacht nachlässig war und sich hat umbringen lassen."

Bazzus Gesicht zeigte Besorgnis. „Wie? Warst du daran beteiligt?"

„Ein Würfelspiel hat eine schlechte Wendung genommen, mehr nicht.“

„Solche Dinge passieren. Normalerweise ist es nicht mehr als Fäuste und eine gebrochene Nase, aber manchmal... Diese Männer sind darauf trainiert zu töten, es fällt ihnen schwer, sich zurückzuhalten, wenn sie vom Zorn gepackt werden.“

„Das glaube ich. Aber wir würden gerne mehr von diesen geheimen Wegen wissen. Wenn uns jemand helfen kann, dann bist du es.“

„Wie ich schon gesagt habe, ich hätte euch gerne mal durch jeden Geheimgang geführt, den ihr erkunden wollt, aber leider erlauben es mir diese Hüften nicht mehr, euch zu helfen.“

„Aber du kennst sicher jemanden, der das kann.“

Bazzu lehnte sich zurück und starrte an die niedrige Decke. Von jenseits der immer geöffneten Tür wurden die Geräusche lauter, als mehr Leute in die Küche kamen. Klappernde Töpfe, fließendes Wasser, unzählige Düfte und Geräusche drangen hinein. Thomas und Jorge warteten, Geduld wurde ihnen aufgezwungen.

Bazzu beugte sich nach vorne. „Prea!“ Ihre Stimme, die einen Moment zuvor noch so weich, so sinnlich war, wurde befehlend. „Prea – komm hierher Mädchen, jetzt!“

Das Geräusch eines Topfes, der heruntergeworfen wurde, tönte herüber und dann das Geräusch von rennenden nackten Füßen. Ein verwahrlostes Mädchen von kaum sechzehn Jahren huschte in den Raum und senkte den Kopf.

„Ja, Bazzu, wie kann ich dienen?“

„Ich habe eine Aufgabe für dich, Mädchen, eine, die sehr wichtig ist. Du sollst diesen Männern helfen. Tu, was immer sie verlangen. Verstanden?“

Prea schaute auf, dunkle Augen musterten Thomas, und da sie anscheinend nichts zu befürchten hatte, untersuchte sie Jorge und sah weniger sicher aus. Ein Runzeln berührte ihre Stirn.

„Du kennst Jorge bereits. Dieser andere ist Thomas Berrington, der Chirurg des Sultans und des Harems."

„Willkommen, meine Herren." Preas Stimme stockend, ungewohnt solchen wichtigen Persönlichkeiten zu dienen. Thomas sah das Mädchen mit Sympathie an. Sie waren nicht solch wichtige Persönlichkeiten, wie Bazzu es darzustellen versuchte, aber er sah den Sinn darin. Dieses Mädchen würde denen, die sie fürchtete, besser dienen.

Bazzu gab dem Mädchen ein Zeichen und flüsterte ihr etwas ins Ohr. Sie grinste, ihre Augen funkelten, als sie die beiden ansah. Bazzu ist ein Wunder, dachte Thomas, ein kurzes Flüstern, und das Mädchen war im Nu von Unsicherheit zu Aufregung übergegangen.

„Geh mit ihnen", sagte Bazzu. „Tu, was sie verlangen."

Das Mädchen verbeugte sich und begleitete Jorge aus dem Raum. Thomas wollte sich gerade abwenden, als Bazzus Stimme ihn aufhielt.

„Thomas, pass auf Jorge, ja? Er ist mir lieb. Und pass auch auf dich auf, obwohl ich außer vom Ruf her wenig von dir weiß. Jorge scheint dich zu mögen, also habe ich beschlossen, dass ich dich auch mag. Und wenn du etwas weißt, möchte ich, dass du zurückkommst und es mir sagst." Sie türmte ihre kurzen, plumpen Finger auf und schaute ihn an. „Sei dir dessen bewusst - ich kann dir helfen, wie auch immer du es wünschst. Ich habe viele Jahre lang als Konkubine gedient und habe seitdem dem Haushalt des Sultans treu gedient. Ich kenne jede Person und jeden Ort in diesem Palast. Diese Morde haben unseren Frieden gestört und ich möchte, dass er wiederhergestellt wird, für wie wenig Zeit uns auch immer bleibt, bevor die ungläubigen Spanier unser fruchtbares Land vergewaltigen."

Thomas fühlte eine Enge in seiner Kehle. Diese immer noch schöne Frau trug eine Liebe zu diesem Königreich in sich, die so tief wie seine eigene saß. „Natürlich werden wir zurückkehren."

„Aber vor allem musst du auf ihn aufpassen. Ich lege dir diese Verantwortung auf und werde dich daran erinnern."

Thomas nickte und eilte Jorge und dem Mädchen hinterher. Er fand sie im Gang hinter der Küche. Jorge war auf ein Knie gegangen, so dass sein Gesicht auf gleicher Höhe mit dem des Mädchens war. Er blickte auf, als Thomas näherkam.

„Ich habe ihr unsere Absicht erklärt, und Prea sagt, dass sie diese geheimen Wege gut kennt. Eine ihrer Aufgaben ist es, denjenigen im Harem und anderswo kleine Gefälligkeiten zu erweisen, ohne dass andere davon wissen. Sie erzählt mir auch, dass sie gelegentlich gebeten wurde, bestimmte Personen auszuspionieren und Bazzu über ihre Handlungen zu berichten."

Thomas lächelte. „Und ich frage mich, was sie mit solchen Informationen macht?"

„Nur das Beste für den Palast, da bin ich mir sicher. Wohin soll uns diese Streunerin denn führen?"

Thomas wandte sich an das Mädchen. Trotz ihrer Schlankheit glänzten ihre kurz geschorenen Haare, ihre Haut war rein und glatt, ihre Augen klar. Sie war zwar eine Dienerin am unteren Ende einer langen Befehlskette innerhalb des Palastes, aber es wurde sich gut um sie gekümmert.

„Wie viel weißt du über den Harem, Prea?" Thomas benutzte absichtlich ihren Namen, damit sie sich wohlfühlt.

„Ich kenne den ganzen Palast, Sir."

„Du hast von den Ereignissen der letzten zwei Tage gehört? Mit Safya und den anderen?"

Prea senkte ihren Blick, ihr Gesicht verlor etwas an Farbe. „Ich habe es gehört, Sir. Es war schrecklich."

„Weißt du, wo die Morde stattgefunden haben?"

Sie nickte.

„Gibt es Möglichkeiten, wie ein Mann unbeobachtet durch den Palast finden könnte, wenn er dorthin gelangen wollte?"

Sie nickte erneut, aber ihre dunkle Haut wurde noch blasser.

„Ich möchte, dass du mir zeigst, wie man sich diesem Ort nähern kann, ohne gesehen zu werden."

„Es gibt viele Wege, Sir, aber sie sind eng und verschlungen." Sie schaute Thomas von oben bis unten an und schätzte ihn ab. „Ich denke, Sie würden durchpassen, aber der hier?" Sie warf einen Blick auf Jorge, ihr Gesichtsausdruck machte die Bedeutung deutlich.

„Ich bin nicht für enge Räume gemacht", sagte Jorge. „Aber ich habe ein paar eigene Ideen, denen ich nachgehen kann. Geh mit dem Mädchen, Thomas. Ich werde in die Stadt gehen und dort Nachforschungen anstellen. Wir treffen uns heute Abend im Gasthaus."

Einen Moment lang wusste keiner der beiden Männer, wie sie sich verabschieden sollten, dann trat Jorge vor und umarmte Thomas, eine seltsame Geste im Korridor des Palasts. Als Jorge weg war, bemerkte Thomas, dass Prea ihn anstarrte, und er errötete aus irgendeinem Grund, den er nicht begreifen konnte.

„Dann zeig es mir. Ich möchte alle diese Wege sehen und alles hören, was du davon weißt."

„Ein Tag reicht vielleicht nicht aus, Sir", sagte Prea, als sie sich abwandte.

„Dann zeig mir das, was wichtig ist. Und du brauchst mich nicht Sir zu nennen."

„Woher soll ich wissen, was wichtig ist, Sir? Ich bin ein Dienstmädchen. Ich tue, was man mir sagt, mehr nicht."

„Du bist mehr als ein Dienstmädchen, ich sehe es in deinen Augen. Du bist intelligent und scharfsinnig. Und nenn mich Thomas."

„Natürlich, Sir, hier entlang, es gibt einen Eingang in der Nähe."

KAPITEL EINUNDZWANZIG

Prea bog in einen schmalen Korridor ein, bevor sie gegenüber von einem Bogenfenster anhielt, das einen Blick auf die Alkazaba bot. Thomas erwartete, dass sie ihn zu einem Seitengang führen würde, aber stattdessen wandte sie sich vom Sonnenlicht weg in Richtung der hinteren Wand. Ihre flinken Finger suchten unter der Schrift, die sich durch den ganzen Palast zog, und die fast überall die gleiche deutliche Botschaft enthielt: *Es gibt keinen Sieger außer Allah.*

Ihre Finger fanden eine Vertiefung. Ein leises Klicken ertönte, und ein kleiner Abschnitt der Wand öffnete sich. Prea drückte ihren Arm fast bis zur Schulter hinein, verrenkte ihn dabei. Ihr Gesicht zeigte Befriedigung, als ein lauteres Knacken eine Platte nach außen klappen ließ. Thomas sah die Öffnung mit wachsender Verwunderung und nicht wenig Unsicherheit an. Er hatte ruhige Korridore erwartet, versteckte Nischen, nicht so etwas.

Prea drehte sich zu ihm um, ein Grinsen ließ kleine weiße Zähne gegen ihr dunkles Gesicht aufleuchten.

„Das hast du gut gemacht", sagte Thomas und ein Zögern färbte seine Stimme ein.

Sie nickte, als ob ihr Lob gebührt, und drehte sich um, um

in die Dunkelheit zu schlüpfen. Thomas näherte sich der Öffnung und atmete ein. Er drehte sich zur Seite und drückte sich dagegen, wobei sein Gewand an einem Stein hängen blieb. Er wusste, dass er das Falsche getan hatte, und ließ die Luft aus seinen Lungen entweichen. Als seine Brust die Luft herausließ, verschaffte ihm das genug Platz, um sich in den Gang zu zwängen. Er war froh, als er entdeckte, dass der Tunnel selbst breiter als die Öffnung war, aber nicht viel. Prea drückte sich gegen seine Seite, als sie hinter ihn griff. Die Platte ging zu sich und schloss sie in völlige Dunkelheit ein.

„Wie finden wir unseren Weg hier durch?" Thomas blinzelte, aber die Dunkelheit blieb genauso dicht wie zuvor.

„Bleib hier und rühr dich nicht vom Fleck." Prea ging weg, und Thomas wurde allein gelassen, gefangen in den Mauern des Palastes. Die Luft war feucht, kalt an seiner Haut. Er rieb mit seiner Sandale über den Boden und stellte fest, dass er mit feinem Kies bedeckt war. Er berührte die Wand auf der einen Seite, dann auf der anderen, jeweils eine Hand auf jeder, seine Arme kaum voneinander entfernt. Er versuchte, sich zu drehen, so dass er direkt den Gang entlang blickte, aber er konnte nicht. Der einzige Weg, um voranzukommen, war, seitlich zu gehen. Panik verengte seinen Brustkorb, und es fiel ihm schwer zu atmen, als ob die Wände ihn bereits erdrücken würden. Dann erkannte Thomas eine Bewegung, eine Form vor ihm, die zu Prea wurde. Von irgendwo her drang Licht ein, das heller vor ihm war als dort, wo er stand.

Prea sprach leise, ihre Stimme war kaum ein Flüstern. „Es gibt Kanäle und Spionagelöcher, die in die Gänge eingelassen sind. Sie lassen ein wenig Licht hinein, genug, um den Weg zu finden, wenn man weiß, wo man hingeht." Prea stand direkt gegenüber im Tunnel, schlank genug, um ihn geräumig erscheinen zu lassen. Thomas konnte ihre Gesichtszüge nicht erkennen, aber ein plötzlicher Lichtstrahl brachte ihre Zähne zum Vorschein, als sie grinste. „Ist es ein bisschen zu eng für dich, Thomas?" Jetzt benutzte sie seinen Namen, hier in ihrem Bereich war er ihr ebenbürtig.

Thomas versuchte, sich Preas Lautstärke anzupassen, da er sich der Räume voller Menschen hinter den Mauern bewusst war. Er fragte sich, was passieren würde, wenn man sie beim Ausspionieren der Bewohner entdecken würde. „Wie nah sind wir an der Badekammer, in der der Angriff stattgefunden hat?"

„Es liegt noch ein bisschen Weg vor uns. Wir müssen unter dem Löwenhof hindurchgehen und dann auf die Höhe des Harems hinaufsteigen. Komm, ich zeig es dir. Und halte Schritt. Wenn du mich verlierst, wirst du den Weg hier raus nie alleine finden."

„Ich werde dich nicht verlieren", sagte Thomas und setzte sich hinter der schlanken Figur in Bewegung.

Vorwärtszukommen war anstrengend und Thomas wusste, dass Prea immer wieder auf ihn warten musste. Sie huschte voraus, fast aus dem Blickfeld verschwindend, und Panik setzte ein, dann würde sie darauf warten, von ihm eingeholt zu werden, sein Herz wurde langsamer, nur damit sie danach wieder losstürmen konnte.

In Abständen wurde das Licht heller. Sie kamen an einer kleinen Nische, einem Regal, einer Markierung vorbei, und es gab eine schmale Öffnung in der Wand. Zuerst hielt Thomas bei jedem von ihnen an, um durchzuschauen. Die meisten Räume, in die er blickte, waren leer, aber in einem sah er eine Frau in einem langen Seidengewand.

„Wie viele Menschen kennen diese Gänge?"

„Nur wenige. Diejenigen, die wie ich Schmuggelware liefern sollen, manchmal..." Sie zögerte, ihre Stimme verlor sich im Schweigen. Sie schlurfte vorwärts, ihre nackten Füße fast lautlos auf dem groben Boden. Thomas folgte ihr, seine eigenen Bewegungen geräuschvoll in seinen Ohren.

„Manchmal was?“ Er erhob seine Stimme ein wenig, jetzt, da keine Öffnung in der Nähe war.

Prea hielt an und er lief in sie hinein, wobei er sie fast umstieß. Der Gang war fast pechschwarz. Die letzte Beleuchtung lag hinter der letzten Kurve. Vor ihnen zeigte sich nichts als samtige Dunkelheit.

„Manchmal werde ich gebeten, eine Konkubine zum Vergnügen des Königshauses zu begleiten. Manchmal eine Frau von außerhalb, wenn sie besonders schön oder geschickt ist.“

„Und Männer? Führst du Männer durch diese Tunnel?“

„Die meisten Männer passen nicht hinein. Du bist dünner als die meisten Männer, die ich kennengelernt habe.“

„Du hast viele Männer kennengelernt, nicht wahr?“ Thomas grinste, amüsierte sich über ihre Frühreife, da er wusste, dass weibliche Bedienstete, selbst wenn sie jung oder jünger als Prea waren, oft die gedankenlosen Spielzeuge hochrangiger Adliger und Beamter waren.

„Ich arbeite im Palast, Sir. Ich erfülle die Aufgaben, die von mir verlangt werden.“

Thomas tat dieses schmächtige Mädchen leid, dann dachte er an Bazzu, die Glucke im Zentrum von allem. Kümmerte sie sich um die Unschuldigen und beschützt sie? Thomas war sich sicher, dass sie das tat.

„Ist es noch weit?“

„Nicht weit. Bald gehen wir ein paar Stufen hinauf, und dann sind wir fast da.“

„Es ist dunkel hier. Wird es nach vorne hin heller werden?“

„Für die nächste Zeit nicht. Hättest du gern etwas Licht?“

„Dafür kannst du sorgen?“

„Natürlich.“ Im Halbdunkeln stellte Prea einen Fuß an jede Wand, streckte die Hände aus und kletterte nach oben, als hätte sie das ihr ganzes Leben lang getan, was vielleicht auch so war. Sie verkeilte sich und griff zur Seite, zerrte an etwas und ein Lichtstrahl flutete herein, wobei die plötzliche Helligkeit Thomas für einen Moment blendete.

„Es gibt überall Beobachtungspunkte", sagte sie, ihre Stimme wieder kaum hörbar. „Viele sind verschlossen. Diejenigen, die heiklere Aussichten zeigen, erschließen sich nur jenen, die sie kennen. Möchtest du es sehen, Thomas?" Sie benutzte wieder seinen Namen, wobei Belustigung ihre Stimme färbte.

„Was sehen?"

„Klettere hoch und du wirst es selbst entdecken." Prea schlurfte davon, um Platz für ihn zu machen. Er versuchte, es ihr nachzumachen, aber seine Sandalen rutschten immer wieder auf dem rauen Stein ab, also streifte er sie ab und schaffte es, mit seinen bloßen Füßen etwas Halt zu bekommen. Sein Aufstieg kam zum Stillstand, und an einer Stelle rutschte er ganz nach unten und musste von vorn beginnen, aber schließlich kam sein Kopf auf die gleiche Höhe wie Preas. Sie hatte ihm genug Platz gelassen, damit er durch einen schmalen vertikalen Schlitz starren konnte. Thomas sah Aixa in ihrer Kammer. Sie war dabei aufzuwachen, ihr Gesicht war weich. Es erinnerte ihn daran, dass der Tag noch jung war und dass die Frauen des Sultans nicht im Morgengrauen mit dem Rest der Bevölkerung aufstehen mussten. Thomas hatte Aixa in der Vergangenheit behandelt und kannte ihren Körper gut, aber sie jetzt zu sehen, war anders. Ein voyeuristischer Nervenkitzel durchfuhr ihn, als sie sich zur Seite drehte, ohne zu wissen, dass sie jemand anstarrte. Thomas' Füße verloren den Halt, er stürzte zu Boden und landete unbeholfen. Er hatte sich so fest eingekeilt, dass er befürchtete, für immer gefangen zu sein, seine Knie waren fest gegen den Stein gepresst.

Prea schloss den Schlitz mit einem Holzklotz und rutschte hinunter, um sich neben ihn zu hocken.

„Du bist zu laut, Thomas." Sie lehnte sich nah herüber, der süße Geruch von Gewürzen in ihrem Atem. „Die Gänge verstärken jedes Geräusch, das du machst. Du musst mucks-mäuschenstill sein, noch leiser, wenn du kannst. Ich glaube nicht, dass die Sultana dich gehört hat, aber du musst vorsichtiger sein. Sie ist schön, nicht wahr?" Einmal mehr schimmerten ihre Zähne in der Dunkelheit.

„Ich habe sie in meiner Rolle als Chirurg oft genug behandelt", sagte Thomas, wobei sein Flüstern den Worten jede Autorität raubte, nach der er gesucht hatte.

„Aber sie jetzt zu beobachten, ist etwas anderes, nicht wahr?"

„Spionierst du oft Menschen aus?"

„Du nennst es Spionage? Ich nenne es meine Pflicht tun."

„Ist es immer Pflicht?"

Thomas spürte eine Bewegung in der Dunkelheit. Es war Prea, die mit den Achseln zuckte. „Pflicht - Pflicht - Pflicht. Manchmal wird ein Mensch der ständigen Pflicht müde. Ich schaue gerne schöne Dinge an."

„Und was siehst du noch?"

„Du kannst deine Fantasie benutzen, oder nicht? Komm, wir sind fast da." Prea entfernte sich.

„Prea", rief Thomas ihr nach. Sie blieb stehen und drehte sich um. „Ich glaube nicht, dass ich mich bewegen kann."

Sie kicherte und bedeckte ihren Mund mit der Hand, um das Geräusch abzuschirmen. „Vielleicht sollte ich dich genau da lassen, wo du jetzt liegst. Eine Strafe für das Bespitzeln einer Sultana."

„Hilf mir. Bitte."

Sie stützte ihre Hände in die Hüften, starrte ihn an und nickte schließlich. „Na gut, obwohl ich versucht bin, dich dort zu lassen, wo du bist, allerdings würdest du anfangen, die Tunnel stinken zu lassen und das würde ich nicht wollen." Prea kniete sich hin und neigte ihren Kopf zur Seite, um Thomas' Position zu beurteilen. Sie streckte die Hand aus und packte einen Knöchel, zerrte kräftig daran.

„Au!"

„Sei still. Das ist alles deine eigene Schuld.“

Thomas verzerrte sein Gesicht, als sie am anderen Bein zog. Sein Knie schliff an der Wand entlang und war dann frei. Er verdrehte sich, wobei er sich bewusst war, wie unelegant er aussah, aber Prea hatte sich bereits weggedreht und bewegte sich den Gang entlang. Thomas zog sich mit den Händen nach oben, hatte Schmerzen, Blut rann aus einem Knie, und er folgte ihr.

Eine Reihe von Stufen führte nach oben, sie wechselten die Richtung, wechselten dann noch einmal die Richtung, so dass Thomas, als sie eine höhere Ebene erreichten, keine Ahnung hatte, in welche Richtung sie schauten. Hier war es heller, häufige Lücken in den Wänden warfen Muster auf den grob behauenen Stein, und ihm wurde klar, dass sie zwischen zwei gemeißelten Torbögen über einem Eingang hindurchgingen.

Sie gingen eine Steintreppe hinunter, dann blieb Prea an einem besonders hellen Abschnitt stehen.

„Wir sind da.“ Sie hob ihre Hand und Thomas drehte sich um, um durch mehrere kleine in die Wand gebohrte Löcher zu schauen.

Die Badekammer war besetzt. Zwei Konkubinen, die Thomas vom Sehen, aber nicht vom Namen her kannte, lagen im Wasser, um sie herum stieg Dampf auf, während zwei Dienstmädchen ihre Körper wuschen. Ein drittes betrat den Raum mit einem Krug mit Öl und einer Klinge. Sie schlüpfte in das heiße Wasser, und jede Konkubine hob der Reihe nach ihre Arme, so dass das Mädchen alle Spuren von Haaren darunter entfernen konnte. Thomas stand verblüfft da, sowohl erregt als auch schuldbewusst. Er vergaß das schmächtige Mädchen, das neben ihm stand, bis ihn eine Bewegung ablenkte. Er schaute zur Seite. Auch Prea starrte in die Kammer, ihre Augen hell im Licht, das auf sie fiel. Auch sie schaute wie in Trance zu, ohne zu wissen, dass Thomas sie wiederum beobachtete.

„Ist das dieselbe Kammer?" fragte Thomas, und Prea zuckte zusammen, erschrak. Vielleicht errötete sie, aber ihr Gesicht war zu dunkel, um dies sehen zu lassen, falls es so war.

„Dieselbe Kammer", sagte sie. „Ich habe gehört, dass niemand sie jetzt benutzen will, aber diese beiden sind unbedeutende Konkubinen und haben keine Wahl. Sie sind wunderschön, nicht wahr?"

„Ich lebe mit einer Konkubine zusammen. Einer Ex-Konkubine."

„Wirklich?"

„Das ist eine lange Geschichte."

„Ich mag Geschichten."

„Es ist keine für jetzt. Gibt es einen Eingang in die Badekammer?"

„Ich kenne keinen, aber ich kann suchen." Prea bewegte sich entlang des Gangs weg.

„Warte. Lass sie fertig werden. Niemand darf wissen, was wir tun."

Prea tappte zurück, ein Grinsen im Gesicht. „Ein Geheimnis, Thomas? Ist das unser Geheimnis?"

„Kein Geheimnis. Eine Garantie. Ich glaube, dass jemand dort stand, wo wir jetzt stehen. Dass sie die Kammer betreten und Safya getötet haben, ihr Blut ins Wasser vergossen haben. Ich suche diesen Mann, wer auch immer er ist."

„Dann wird er so dünn sein wie du. Wie kann so jemand stark genug sein, ein Schwert zu schwingen?"

„Ich habe schon ein Schwert geschwungen", sagte Thomas.

„Im Ernstfall?" Preas Tonfall machte ihre Gefühle zu Thomas' Behauptung deutlich, als sie ihre Beobachtung der Kammer wieder aufnahm. Helle Lichtstrahlen fielen auf ihre Haut und ließen sie wie mit kaltem Feuer bemalt aussehen.

„Ich habe in der Schlacht gekämpft, als ich musste, als es

keine andere Wahl gab. Aber meine Berufung ist es, Leben zu retten, nicht Leben zu nehmen."

Thomas war nicht in der Lage zu sagen, ob sie ihm glaubte oder nicht. Höchstwahrscheinlich hielt sie ihn, wie alle anderen auch, für einen Feigling. Prea drehte sich um, um wieder in die Kammer zu schauen.

„Du solltest dir das ansehen."

Thomas saß an die Wand gelehnt, die Knie eng an die Brust gepresst. „Ich würde es vorziehen, das nicht zu tun."

„Sie benutzen die Klinge und das Wachs. Es sieht so aus, als sollte es wehtun, aber die Frauen scheinen keine Schmerzen zu haben. Gewöhnt man sich an so etwas?"

„Ihre Haut ist vom Wasser weich geworden. Und die Haare wachsen nach einiger Zeit langsamer und weniger dicht. Es wird leichter, je länger sie das machen."

„Vielleicht werde ich eines Tages, wenn ich kein Dienstmädchen mehr bin, dasselbe tun. Das ist eine interessante Idee."

„Das strebst du an?", fragte Thomas neugierig.

„Man hat mir gesagt, dass ich nicht unattraktiv bin. Ich könnte mir einen Mann, einen reichen Mann, unter den Nagel reißen und mich von ihm als eine seiner Frauen nehmen lassen. Es wäre ein besseres Leben als das, das ich hier habe."

„Wirst du misshandelt?"

„Sie schlagen mich nicht, aber für diejenigen im Palast existiere ich kaum. Ich bin einfach nur. Ich hole, ich trage, ich tue, was man mir sagt. Ich glaube, sie sehen mich nicht einmal. Ich bin wie Luft, essenziell, aber unsichtbar."

„Wurdest du in Gharnatah geboren?"

„In der Wüste. Ich wurde gefangen genommen und über die Meerenge gebracht."

„Das tut mir leid."

Prea warf ihm einen kurzen Blick zu und lenkte ihre Aufmerksamkeit schnell auf die im Bad durchgeführten

Waschungen. „Das muss es nicht. Ich weiß nichts mehr aus meinem Leben von früher, außer eine Erinnerung an Hunger und Kampf. Mein Stamm war immer im Krieg mit einem anderen. Es gab wenig Essen. Hier werde ich nicht misshandelt, und sie füllen meinen Bauch so viel ich will, sie lassen mich waschen und mich sauber halten. Mir fehlt nur die Freiheit, und Freiheit wird überbewertet.“

„Was wirst du tun, wenn die Spanier kommen?“

„Die Spanier? Warum sollten die Spanier kommen?“

Thomas wurde klar, dass das Mädchen nichts von der Welt außerhalb der Palastmauern wusste.

„Sie sind jetzt fertig, sie werden bald gehen.“ Prea kauerte an der Wand, saß in der gleichen Position wie Thomas, nur sah sie nicht aus, als wäre sie eingeklemmt worden. „Wenn sie weg sind, suche ich nach einem Eingang für dich.“

„Wie wirst du ihn finden?“

„Es gibt Markierungen. Du kannst zusehen und lernen.“ Prea neigte ihren Kopf zur Seite. „Hast du das gehört?“

„Was gehört?“

Prea sagte nichts, hielt aber einen Finger hoch. Thomas stockte den Atem und er schloss seine Augen. Kurz darauf dachte er, er hätte etwas gehört. Nicht nah, aber als es wieder kam, war er sicher, dass es die sanfte Bewegung von Füßen auf dem mit grobem Sand bedeckten Boden war. Seine Augen schnappten auf und er starrte Prea an.

„Wie viele andere benutzen diese Tunnel?“

„Ein paar. Nicht viele.“ Preas Gesicht war ernst, aber sie zeigte keine Angst.

„Könnte das einer dieser wenigen sein?“

„Ich weiß es nicht.“ Prea stand auf. „Soll ich rennen und nachsehen?“

„Nein!“ Thomas streckte die Hand aus und packte ihr Handgelenk, bevor sie weggehen konnte. „Was, wenn er es ist? Ich muss mit dir kommen.“

Prea kniete sich hin, ihr Gesicht berührte fast das von

Thomas, so dass ihre Stimme kaum die Luft zwischen ihnen in Bewegung versetzte. „Wenn es derselbe Mann ist, dann wird er dich hören. Du machst zu viel Lärm, Thomas. Lass mich gehen. Ich bin still wie die Nacht, und meine Haut ist zu dunkel, um so aufzufallen wie deine.“

Thomas hielt weiterhin ihr Handgelenk fest, war sich bewusst, wie klein sie war, wie mutig... oder töricht. „Lass uns noch ein bisschen länger hinhören. Vielleicht kommt er zu uns und das hier wird noch heute beendet.“

Prea starrte ihn einen langen Moment an, dann atmete sie aus und setzte sich ihm wieder gegenüber. Thomas lauschte auf weitere Bewegung, aber wenn jemand anderes durch die Tunnel geschlichen war, war er jetzt entweder weg, oder er hatte sie gehört und wartete genauso bewegungslos wie sie es taten.

Schließlich erhob sich Thomas auf seine Füße. Er bot Prea eine Hand zur Hilfe an. Sie starrte sie an, lächelte dann und ließ sich von ihm hochhelfen. Sie wussten beide, dass das nicht nötig war.

„Ich möchte dir dafür danken, dass du mir hilfst.“

„Es ist das, was man von mir verlangt hat, und ich tue, was man mir sagt.“

„Aber du hättest nicht so eine Bereitwilligkeit zeigen müssen. Ich bin wirklich dankbar.“

„Wirst du mich also bezahlen?“ Ihre Zähne schimmerten, die Anwesenheit einer anderen Person in den Tunneln war bereits vergessen.

„Wenn du das möchtest, ja.“ Thomas suchte in seinem Gewand nach seinem Geldbeutel.

„Nicht jetzt. Danach. Wenn der Tag vorbei ist.“

„Was wirst du mit dem Geld machen?“

„Ich weiß es nicht. Ich könnte in die Stadt gehen und mir etwas Hübsches kaufen. Ich hatte noch nie Geld, also wird es ein Abenteuer sein. Brauchst du ein Dienstmädchen, Thomas?“

Die Frage überraschte ihn.

„Ich habe nur einfache Bedürfnisse. Und dem Leben eines Dienstmädchens in meinem Haus würde der Luxus des Palastes fehlen.“

„Das würde er? Ich dachte, du wärst ein wichtiger Mann.“

„Aber nicht reich.“

„In diesem Fall brauchst du mir nicht viel zu bezahlen.“ Prea stand und schaute durch das Spionageloch. „Sie sind weg. Komm, lass uns nach einem Eingang suchen.“

KAPITEL ZWEIUNDZWANZIG

Als Thomas Sultan Abu al-Hasan Ali fand, bereitete sich der Mann darauf vor, die Stadt zu verlassen. Er schlenderte über den Kasernenhof und gab Befehle, während die Soldaten rannten, um zu gehorchen. Pferde klapperten, Karren knarrten, Schwerter und Rüstungen klirrten zusammen, als sich die Männer für den Kampf bewaffneten. Die Luft stank nach Pferdeäpfeln und Schweiß. Thomas stand an der Seite und wartete auf seine Chance, unruhig, weil Olaf neben ihm stand.

„Wann geht er?", fragte Thomas. „Morgen?"

„Heute."

„Mittag ist schon vorbei. Wie weit werden sie kommen, bevor es dunkel wird?"

„Es ist Vollmond und die Männer werden bis Mitternacht reiten. Es heißt, die Spanier sind eine kleine Truppe, aber sie sind nach Süden bis Aznalloz gekommen."

„Das ist kaum einen Tag von der Stadt entfernt."

Olaf nickte den geschäftigen Soldaten zu. „Daher die Dringlichkeit."

Thomas warf einen Blick auf den General. „Du scheinst

ausreichend entspannt zu sein. Bereitet jemand dein Pferd vor?“

„Anscheinend werde ich auf dieser Expedition nicht gebraucht. Der Sultan sagte, ich würde mich hier im Falle eines Aufstands als nützlicher erweisen.“

„Aufstand? Die Stadt ist doch friedlich, oder?“

„Es gibt Gerüchte“, sagte Olaf.

„Ich habe keine gehört.“

„Meine Tochter hat mir gesagt, dass du kein Ohr für Gerüchte hast.“

Welche Tochter, fragte sich Thomas, wissend, dass es nur eine Antwort gab. „Im Moment schon.“

„Natürlich.“ Olaf nickte dem Sultan zu. „Jetzt hat er Zeit, wenn du mit ihm sprechen willst.“

Thomas warf einen letzten Blick auf Olaf, dessen Gesicht zeigte, dass er sich lieber auf ein Scharmützel vorbereiten würde, als eine Stadt zu babysitten.

Abu al-Hasan Ali sah Thomas, als er den Hof überquerte und zwei Männern eilige Anweisungen gab. Einem von ihnen fehlten zwei Finger an der linken Hand, aber Thomas hatte die gleiche Entstellung schon oft genug gesehen, um nicht misstrauisch zu sein.

„Ich habe wenig Zeit, Thomas, also sag mir, was du weißt.“ Ein weiterer Soldat näherte sich und der Sultan wies ihn ab. „Gib uns einen Moment, es wird nicht lange dauern. Schnell, Thomas.“

Er zögerte einen Moment und versuchte herauszufinden, wo er anfangen und wie viel er sagen sollte. „Wir haben einige Fortschritte gemacht, Malik. Ich habe jetzt herausgefunden, wie der Mann Zugang zu den Badekammern bekommen hat.“ Thomas nutzte die gelegen kommende Eile, um auszulassen, von den Tunneln erzählen. Aus irgendeinem Grund wollte er dem Sultan noch nicht mitteilen, dass er bei seinen Besuchen im Harem mit ziemlicher Sicherheit beobachtet worden war. „Ich habe auch den Mann herausgefunden, der die erste Recherche durchgeführt hat, und plane, morgen früh mit ihm zu sprechen."

„Das hast du gut gemacht." Der Sultan klopfte Thomas auf die Schulter. „Ich bin vielleicht mehrere Tage weg, es hängt davon ab, ob diese Bande von Ungläubigen allein ist oder Gesellschaft hat." Er starrte die Männer an, die auf dem Hof umherliefen. „In meiner Abwesenheit möchte ich, dass du Olaf Bericht erstattest. Er hat mich gefragt, ob er zurückbleiben könne und ich habe zugestimmt. Es ist eine gute Idee, die Stadt nicht ungeschützt zu lassen. Dieser Schritt könnte eine Finte sein, um uns wegzulocken. Hast du schon einen Verdächtigen?"

„Noch nicht, Malik. Vielleicht, wenn du zurückkommst." Er hielt es für unklug, zu erwähnen, dass seine Verdächtigen die Frau, die der Sultan liebte, und sein getreuer General waren.

„Es wäre gut, wenn das so wäre. Die Zeit vergeht. Und..." Er zögerte.

„Gibt es da noch mehr, Malik?"

„Die Adligen. Faris al-Rashid, diejenigen, die um ihn herumschwärmen. Ich habe gehört, dass sie den Palast besucht haben, und ich würde gerne wissen, warum. Hast du gegen einen dieser Männer ermittelt?"

„Ich habe mit einigen gesprochen", sagte Thomas, „aber sie nicht befragt. Glaubst du, dass sie etwas wissen?"

Der Sultan schaute sich in dem organisierten Chaos um. „Sie stehen meinem Sohn nahe." Er brauchte nicht zu erwähnen, welchem. „Es könnte deine Zeit wert sein, ihre Angelegenheiten zu untersuchen. Oder ich sehe vielleicht nur Verschwörungen, wo keine existieren."

„Ich werde tun, was Sie von mir verlangen, Malik. Ich glaube, sie wurden zum Jagen eingeladen."

„Nicht von mir. Von Abu Abdullah vielleicht. Ich will diese Angelegenheit geklärt haben, bevor ich zurückkehre."

„Es ist vielleicht nicht..."

„Abgemacht, Thomas. Die anderen haben zu lange gebraucht - ich erwarte mehr von dir. Tu, was du tun musst, und finde mir den Mörder." Seine Stimme war kalt, und Thomas fragte sich, was passieren würde, wenn er bei seiner Aufgabe versagen würde.

Der Sultan drehte sich weg, ließ Thomas allein stehen, während sich um ihn herum die Soldaten beeilten, ihre Vorbereitungen zu treffen. Der Sultan hob seinen Arm und führte sie durch das Tor, wandte sich nach Osten zu den aufsteigenden Ausläufern der Sholayr.

Eine Bewegung veranlasste Thomas, seinen Kopf zu drehen, um zu sehen, wie Olaf in seine Richtung ging, um sich zu ihm zu gesellen.

„Der Sultan glaubt, dass dies eine Falle sein könnte, um ihn von der Stadt wegzulocken."

„Wenn er das glaubt, dann hätte er bleiben und stattdessen mich schicken sollen. Ich kann mit einer Bande von Spaniern genauso gut umgehen wie er."

Wahrscheinlich besser, dachte Thomas, verwirrt über die Widersprüche in ihren Geschichten. „Er hat gesagt, ich solle dir Bericht erstatten, nicht dem Wesir oder Abu Abdullah."

Olaf drehte sich um und starrte ihn an. „Warum mir?"

„Ich denke..." Thomas schüttelte den Kopf. „Nein, ich weiß nicht, was ich denke."

„Wenn du mir nichts Positives zu sagen hast, dann mach dir nicht die Mühe, zu mir zu kommen. Mir wäre es lieber, du würdest deine Energie darauf richten, diesen Mörder zu finden, als mit mir zu reden. Machst du überhaupt Fortschritte?"

Die Frage klang unschuldig genug, aber Thomas erzählte Olaf nur das Gleiche wie dem Sultan, wobei er einmal mehr die Entdeckung der Tunnel ausließ.

„Ist Jorge nützlich für dich? Helena hat keine Zeit für ihn, aber..." Er zuckte die Achseln und ließ den Satz unvollendet.

„Er kann besser mit Menschen umgehen als ich. Sie mögen ihn und ich vertraue seinem Urteilsvermögen.“

„Er ist aber kein Mann der Tat, oder?“

Thomas lächelte. „Ich auch nicht.“

„Vielleicht sind es nicht Männer der Tat, die wir für diese Aufgabe brauchen. Hör nicht auf mich, Thomas, ich weiß nur, wie man kämpft. Es tut mir leid, ich muss gehen. Die jungen Prinzen brauchen meine Aufmerksamkeit.“ Er machte sich auf den Weg zu seiner Unterkunft.

„Zorayas Söhne?“, rief Thomas ihm nach.

Olaf blieb stehen, sein Gesicht überrascht, als er sich umdrehte. „Ja, die jungen Prinzen. Wie du weißt, unterrichte ich sie im Schwertkampf, obwohl sie mehr begeistert als geschickt sind. Ein Junge muss wissen, wie man ein Schwert führt, aber ich hoffe, dass sie es nie im Ernstfall benutzen müssen.“

„Kann ich mich dir anschließen?“, fragte Thomas.

„Hast du keine wichtigeren Dinge zu erledigen?“

„Wird Zoraya dort sein?“

Olafs Stirnrunzeln wurde ausgeprägter. „Sie kommt manchmal, um zuzuschauen, aber nicht immer. Warum?“

„Ich habe gestern mit ihr gesprochen und würde gerne noch einmal mit ihr sprechen. Sie ist vielleicht entspannter, wenn ich nicht allein mit ihr bin.“

„Wenn du glaubst, dass es etwas bringt. Komm mit, wenn du willst, aber wenn ich du wäre, würde ich die Befehle des Sultans befolgen und nach diesem Mörder suchen.“

Ja, dachte Thomas, *das ist genau das, was ich tue.*

Thomas saß auf einer im Schatten stehenden Steinbank, mit dem Rücken zur Wand. Der kleine Innenhof war aufgeräumt, die Mitte war von allen Pflanzen und Möbeln befreit.

Er sah, dass Olaf mit den Fähigkeiten der Prinzen Recht hatte. Die beiden Jungen waren bis zur Taille unbekleidet, der Schweiß lief ihnen über die Brust, während sie den Anweisungen des Generals folgten, aber dort hörte die Begeisterung auf. Thomas' professionelles Auge studierte sie. Schlank, aber nicht muskulös, hellhäutig, gesund. Er verglich sie mit seiner Erinnerung an sich selbst in ihrem Alter. Er war jung, aber kräftig in Frankreich angekommen, jahrelange Arbeit auf dem Bauernhof seines Vaters hatte schlanke Muskeln aufgebaut. Er war auch schnell und natürlich begabt, wie die einheimischen Jungen in Lemster entdeckten. Später, als er allein durch das französische Hinterland wanderte, waren es diese Fähigkeiten, die ihn am Leben hielten. Er hatte sie auf dem Feld verfeinert, bis er sich für unverwundbar hielt. Das war schon lange her, und er besaß diese Gewissheit nicht mehr.

Nasir und Said machten eine Pause, beide atmeten schwer. Sie tranken Wasser aus einem Krug, den ihnen ein Diener brachte. Thomas wartete auf Zoraya, aber er war schon eine halbe Stunde hier und sie hatte sich nicht gezeigt. Er stand auf und ging zu der kleinen Gruppe, die sich in der Sonne versammelt hatte, um sich zu entschuldigen und zu gehen. Olaf versuchte, den Jungen eine Bewegung zu erklären. Sie hörten aufmerksam zu, aber es war offensichtlich, dass sie nicht verstanden, was er ihnen beibringen wollte.

„Thomas, komm her und zeig ihnen, was ich meine."

„Ich?"

„Du warst doch auf dem Schlachtfeld, nicht wahr? Tu nicht so, als seist du ahnungslos in Bezug auf den Krieg. Sie müssen sich mehr darüber bewusst sein, was hinter ihnen geschieht."

„Wie können wir das tun?" Es war Nasir, der Älteste, der sprach. Zweifellos hielt er sich für den Anführer. „Wir haben keine Augen im Hinterkopf."

„Aber ihr habt andere Sinne", sagte Olaf. „Vor allem eure Ohren. Und eure Körper, eure Nasen - sie alle sagen euch, was um euch herum geschieht. Ihr müsst lernen, sie zu benutzen, wenn ihr überleben wollt."

„Glauben Sie, dass wir jemals kämpfen müssen?", fragte Said. Er war etwas jünger als Yusuf, der jüngste Sohn des Sultans von Aixa, und schlanker. Er hatte das Gesicht eines Gelehrten, nicht das eines Kriegers.

„Die Spanier kommen."

„Mutter glaubt, dass die Spanier uns retten werden", sagte Nasir.

„Die Menschen respektieren Stärke", sagte Olaf. „Wenn ihr kämpfen *könnt, müsst* ihr nicht kämpfen. Wenn ihr nicht kämpfen könnt, wird man das ausnutzen." Olaf streckte schnell die Hand aus und nahm Nasir das Schwert aus der Hand, schnappte es weg, bevor der Junge reagieren konnte. Er schwang es durch die Luft und warf es Thomas zu.

Ohne nachzudenken, die Klinge drehte sich, als sie auf ihn zukam, hob er seine rechte Hand und schnappte es in der Luft.

„Siehst du?", sagte Olaf. „Thomas kennt den Krieg. Er war vorbereitet. Nehmt Platz, Jungs, und seht, wie Männer kämpfen."

„Ich will nicht gegen dich kämpfen", sagte Thomas.

Olaf lächelte. „Dann wirst du zeigen, wie die Schwachen abgeschlachtet werden. Das ist eine wertvolle Lektion, die sie auch lernen müssen. Zieh dein Gewand aus."

Thomas schüttelte den Kopf.

Olaf bewegte sich nach vorne, sein Schwert kam schnell nach unten. Thomas hob den Arm und blockierte die Bewegung, der Instinkt übernahm die Führung.

„Zieh dein Gewand aus. Ich werde dir den Rücken zuwenden. Komm auf mich zu, als ob du es ernst meinen würdest." Olaf kam näher und sprach leiser. „Ich weiß, dass du das kannst. Helena hat mir gesagt, sie hat deine Narben gesehen. Ein Mann bekommt keine solchen Narben, indem er als Chirurg arbeitet."

Thomas ging rückwärts. Er hatte Helena nichts davon erzählt, wer er einmal war. Aber es stimmte, dass sie die Narben auf seinem Körper mit ihren Fingerspitzen nachgezeichnet hatte und er hatte die Neugierde in ihren Augen gesehen. Zweifellos hatte sie sich Geschichten für ihren Vater ausgedacht und eine heroische Vergangenheit erfunden, die sie in ein besseres Licht rücken würden - Konkubine für einen Helden statt für einen Arzt. Ihr Vater hätte ihr Respekt vor jenen mit Kraft statt mit Wissen eingeflößt.

Thomas lockerte sein Gewand und seinen Tagelmust und warf beides weg, spürte Nasirs Blick auf ihm. Jetzt offen fiel sein braunes Haar in Locken auf seine Schultern. Die Sonne erwärmte seine Haut, und er machte sanfte Schritte, als Olaf ihm den Rücken zudrehte, seine eigenen Ehrenabzeichen waren kreuz und quer auf seiner Haut verteilt.

Die Schwerter waren absichtlich abgestumpft, aber sie hatten immer noch Gewicht und konnten in den richtigen Händen Schaden anrichten - und Olafs waren die richtigen Hände. Thomas bewegte sich schnell und setzte zum Schlag auf seine breiten Schultern an.

Olaf drehte sich um, schneller als es möglich schien, und ihre Klingen krachten zusammen. Der General grinste, ein leidenschaftliches Leuchten in seinen Augen. Dafür lebte er, auch wenn sein Gegner ein armseliger Herausforderer war.

„Siehst du", sagte er, „Ich habe gehört, wie Thomas näherkam. Füße auf Sand. Ich habe seinen Schatten aus meinen Augenwinkeln gesehen."

„Ein Schlachtfeld ist ein lauter Ort", sagte Nasir. „Du würdest ihn mit dem Kampflärm um dich herum nicht hören."

„Dann komm und mach Lärm", befahl Olaf. „Nasir, hol eine andere Waffe und kämpfe gegen mich, mal sehen, ob Thomas mich dann kriegt."

Nasir lächelte, genoss das Spiel. Das war viel interessanter als das Training. Er holte ein weiteres Schwert und er und Said rannten auf Olaf zu, wobei sie lauthals schrien. Olaf wehrte ihre Schläge leicht ab, er war viel bessere Gegner gewöhnt. Thomas sah genau zu, suchte sich einen Moment aus, dann griff er an, war sich sicher, dass Olaf abgelenkt war, aber der Mann schwang seine Klinge hinter sich und machte sich nicht einmal die Mühe, sich umzudrehen, und Thomas' eigenes Schwert schepperte und wurde zur Seite geschlagen. Die Jungen, im Glauben, sie hätten einen Vorteil, gingen heftiger auf Olaf los, aber er schrie nur und zwang sie zurück, bis Said stolperte und hinfiel. Dann drehte er sich um und ging mit kaltem Gesicht auf Thomas los.

Thomas hob seine Klinge und wehrte einen Ansturm von Schlägen ab. Als sie aufhörten, atmete er schwer, seine eigene Brust schweißüberströmt. Er nahm eine Bewegung am Rand seines Blickfeldes wahr. Zoraya war herausgekommen und blieb stehen, um die Szene zu beobachten. Sie rief nach ihren Söhnen, die über den Hof liefen. Es wurden Worte ausgetauscht, die zu leise waren, um herübergetragen zu werden.

„Sollen wir ihnen zeigen, wie Männer wirklich kämpfen, Thomas?", sagte Olaf.

„Das wäre eine schlechte Vorstellung."

„Wäre es das?" Olafs Blick schweifte über die Narben auf Thomas' Brust, seinen Schultern und seinem Bauch. Nichts im Vergleich zu seinen, aber es waren nicht die Narben, die ein Gelehrter besitzen sollte. „Ich bin neugierig auf die Geschichten, die meine Tochter erzählt. Bist du wirklich der Krieger, von dem sie erzählt hat?"

Was hatte Helena dem Mann erzählt? „Sie weiß nichts von mir", sagte Thomas.

„Meine Tochter kennt die Männer", erinnerte ihn Olaf. „Sie ist geschickt, so wurde mir gesagt. Komm, Chirurg, zeig dieser Familie, was in dir steckt." Ohne zu zögern ging Olaf wieder auf ihn los, seine Klinge blitzte in der Sonne, seine Schläge ein konstanter Schwall gegen Thomas' Schwert.

Thomas wich zurück und wehrte Schlag für Schlag ab. Sie kamen schneller und er schoss zur Seite und konterte, wobei er fast – zumindest mit einem geschärften Schwert - einen tödlichen Schlag erzielte, aber Olafs Schwert wehrte ihn gerade noch rechtzeitig ab.

„Gut, das ist es, was sie sehen müssen. Zwei erwachsene Männer, die um ihr Leben kämpfen." Olafs Blick bewegte sich für einen Augenblick zu einer Seite und entdeckte Zoraya, und Thomas glaubte für einen Moment, etwas in den Augen des anderen zu sehen, und griff schnell an.

Olaf hatte die Bewegung erwartet und wehrte sie ab. Thomas kam wieder, drehte und wendete sich, seine Klinge warf Splitter des reflektierten Sonnenlichts an die schattige Wand.

„Ja, Thomas - komm her, zeig ihnen, was echte Männer tun!" Olaf griff erneut an. Thomas wehrte ab. Olaf steigerte seine Schläge und Thomas stolperte. Der General grinste und hob sein Schwert für einen Schlag, der tödlich sein könnte. Ein Schlag auf den Kopf oder Hals würde sich als tödlich erweisen, mit oder ohne abgestumpfte Klinge.

Thomas ließ sich fallen, als Olafs Klinge durch die Stelle fegte, an der sein Kopf eine Sekunde zuvor gewesen war. Er schlug auf den Boden auf und rollte sich ab, kam sofort wieder auf die Beine, um einen neuen Angriff zu starten. Olaf wehrte ab, wich zurück. Nun war Thomas an der Reihe, den Druck zu erhöhen, es folgte Schlag auf Schlag und die Klingen prallten aufeinander. Thomas fühlte, wie sein rationaler Verstand verblasste, ersetzt durch ein kaltes Feuer, das er nicht mehr erlebt hatte, seit er in diese Stadt gekommen war. Er ließ zu, dass es ihn erfüllte, während er noch härter kämpfte. Es war, als ob die Welt stillstand, das Bewusstsein wurde enger, bis es nur noch die beiden gab, die sich schnell in der Sonne bewegten.

Olaf konterte und Thomas lenkte die Schläge leicht ab, das begrabene Muskelgedächtnis kehrte zu ihm zurück, als ob es nie verschwunden wären. Er hatte keine Ahnung, wie lange sie kämpften, aber nach und nach wusste er, dass er die Oberhand gewann. Er war jünger als Olaf, und, wie ihm bewusst wurde, ein instinktiverer Kämpfer.

Thomas stellte eine schnelle Reihe von Schlägen zusammen, ein gewolltes Ablenkungsmanöver. Er sah die Anordnung, die Bewegungen, die Ausführung, genau so, wie er die Züge bis zum Ende einer Partie Mancala sah.

Thomas' Klinge stürzte schwer auf Olafs entblößten Hals.

Thomas führte den Schlag fast vollständig aus, aber im letzten Moment hielt er sich zurück und legte die abgestumpfte Klinge auf Olafs Haut. Eine scharfe Klinge, vollständig ausgeführt, hätte seinen Kopf abgeschlagen. Selbst mit dieser wäre es ein tödlicher Schlag gewesen, wenn er genug Kraft hineingesteckt hätte. In diesem Moment spürte Thomas einen Druck gegen seine Rippen und sah nach unten, um die Spitze von Olafs Schwert zu sehen, die gegen seine Brust drückte.

„Ich glaube, wir können das als Unentschieden bezeichnen", sagte Olaf und grinste. Er ließ seine Klinge sinken und klopfte Thomas auf die Schulter, zog ihn an sich, seine schweißgetränkte Haut war rutschig. „Ich dachte immer, dass Helena deine Vergangenheit übertrieben hat, aber ich glaube, sie hat dich vielleicht unterschätzt. Wo hast du gelernt, so zu kämpfen?"

Thomas ging einen Schritt weg, schüttelte den Kopf und gab keine Antwort. Da kamen Nasir und Said, die ihre Chance witterten, von hinten auf ihn zu.

Thomas drehte sich ruckartig um, sein Körper pulsierte noch immer mit einer erinnerten Fähigkeit. Saids Klinge flog in die eine Richtung, Nasirs in die andere.

„Stopp! Hört sofort auf damit!" Zoraya machte große Schritte, um sich zwischen Thomas und ihre Söhne zu stellen. Sie atmete schwer, ihr Gesicht wurde rot, und Thomas merkte, dass es sie erregt hatte, ihn und Olaf kämpfen zu sehen. Er schüttelte den Kopf und warf seine eigene Klinge zu Boden, angewidert von sich selbst.

„Es tut mir leid, meine Herrin, wir haben uns im Moment verloren. Ich wollte Euren Kindern kein Leid zufügen."

„Und du, Olaf, was hast du dir dabei gedacht?"

„Wir haben Ihren Söhnen eine wertvolle Lektion erteilt."

„Ihr habt angegeben, das ist es, was ihr gemacht habt."

Thomas analysierte die Interaktion zwischen ihnen. Olaf war entspannt - obwohl Olaf in fast allen Situationen entspannt war, sich seines Status und seiner Macht bewusst - aber Zoraya zeigte einige verborgene Emotionen. Könnten sie ein Liebespaar sein? War das die Macht, die sie über Olaf hatte? War er deshalb in die Verschwörung verwickelt? Thomas wusste, dass er sie nicht einfach beschuldigen konnte, vor allem nicht hier. Er war sich nicht einmal sicher, ob er dem Sultan seinen Verdacht mitteilen konnte, denn der Mann liebte diese Frau. Er ging weg und holte sein Gewand.

„Wie hast du gelernt, so zu kämpfen?" Nasir kam, um in der Nähe zu stehen, aber nicht zu nahe.

„Ich habe versucht, es zu vergessen", sagte Thomas.

„Wenn ich so kämpfen könnte, würde ich es nie vergessen wollen."

Thomas zerzauste das Haar des Jungen, als er die Geste machte, erkannte er bereits, wie unangebracht sie war, aber es schien, als ob seine Demonstration ihm die Erlaubnis dazu gegeben hatte. „Wenn du älter bist und mehr von der Welt gesehen hast, wirst du es verstehen."

„Ich bin jetzt alt genug", sagte Nasir. „Und ich habe viel von der Welt gesehen. Ich bin gereist. Und..." Er zögerte, seine Augen musterten Thomas' Gesicht, und ein verschmitztes Lächeln erschien auf seinen Lippen. „Und ich habe Frauen kennengelernt. Ich bin ein Mann. Mutter sagt, ich bin ein Mann, und dass ein Mann alles wissen muss, was es zu wissen gibt."

„Und Bücher?", sagte Thomas, diesen stolzierenden Hahn eines Prinzen satthabend. „Hast du dir das Wissen angeeignet, das aus Büchern stammt?"

Nasir schaute finster drein. „Prinzen haben andere, die das für sie tun."

„Natürlich." Thomas verspürte den Drang zu argumentieren, zu versuchen, ihn davon zu überzeugen, dass es im Leben mehr gibt als Position und Prestige, aber er wusste, dass es eine aussichtslose Aufgabe war. Nasir hatte ohnehin Recht - Prinzen mussten sich nur mit klugen Männern umgeben, sie mussten nicht selbst klug sein.

„Jungs, kommt rein und badet, ihr stinkt wie das gemeine Volk." Zoraya klatschte in die Hände und ihre Söhne rannten, um zu gehorchen.

„Ich würde gerne noch einmal mit Ihnen sprechen", sagte Thomas.

„In welcher Angelegenheit?"

„Der gleichen wie zuvor."

„Ich habe Ihnen beim letzten Mal alles gesagt, was ich weiß. Mehr habe ich nicht zu sagen."

„Ich würde trotzdem gern mit Ihnen sprechen. Der Sultan befiehlt mir, mit allen zu sprechen."

„Er meint nicht mich, das wissen Sie doch?"

Thomas beobachtete wie Olaf sich anzog und die stumpfen Waffen aufsammelte. Der Mann schien nicht an ihrem Gespräch interessiert zu sein, aber es könnte auch nur gespielt sein.

„Ich nehme seine Anweisungen ernst, meine Herrin, und das sollten auch Sie tun. Eine Sultana ist bereits getötet worden. Wo eine angegriffen wird, könnte auch eine andere angegriffen werden. Haben Sie bedacht, dass auch Sie in Gefahr sein könnten?" Er achtete aufmerksam auf eine Reaktion, aber ihr Gesicht blieb so kalt wie während des gesamten Gesprächs. Wenn sie hinter der Verschwörung stand, dann wusste sie, dass sie sicher war. „Ich werde mit Ihnen reden, hier draußen oder in Ihren Räumen, aber wir werden reden. Und dieses Mal werden Sie mir ehrlich antworten."

KAPITEL DREIUNDZWANZIG

„Zoraya hat sich erneut von dir befragen lassen?" In Jorges Gesicht zeigten sich gleichermaßen Ungläubigkeit und Belustigung.

„Was auch immer es gebracht hat." Thomas stieß Jorges Beine zur Seite und ließ sich auf das Bett fallen. Sein Körper schmerzte vom Kampf mit Olaf, sein Geist vom verbalen Kampf mit Zoraya. Letzterer war härter gewesen als ersterer. Sie war hartnäckig gewesen, überzeugt von ihrer eigenen Unverwundbarkeit. Thomas hatte sich geweigert, locker zu lassen, selbst als sie Zuflucht in den Tränen gesucht hatte. Das hatte zu einem interessanten Treffen beigetragen.

„Erzähl mir, was sie dir gesagt hat."

„Später. Ich brauche Essen und Wein. Was hast du herausgefunden?"

Jorge lächelte. „Ich kann auch schüchtern tun, und ich bin auch hungrig und durstig. Als wir das erste Mal bei dir zu Hause waren, hast du mir gesagt, dass du keinen Wein trinkst."

„Vielleicht habe ich gelogen. Gehen wir nach unten? Wenn der Händler unten ist, weigere ich mich, mit ihm eine

Partie Mancala zu spielen. Einmal zu verlieren, war schon schlimm genug.“

„Aber er hat mir so schöne Kleider gegeben“, sagte Jorge, streckte seine Arme aus und zog eine Grimasse. „Niemand schaut mich in diesen hier an.“

„Ich glaube, das war ihr Zweck.“ Thomas drückte sich vom Bett hoch. „Komm, gehen wir nach unten und ich sage dir, was ich weiß.“

Der Eintopf war nicht von dem des Vorabends zu unterscheiden, und zweifellos würde er das auch morgen und am Tag nach morgen nicht sein. Dasselbe Mädchen brachte ihnen Schüsseln und einen Krug Wein, heute war ihr mürrischer Gesichtsausdruck sauber gewaschen. Ihr hübsches Gesicht erinnerte Thomas an Prea. Die Stadt war voll von Mädchen und Jungen wie sie, die sich so gut wie möglich durchschlugen. Er drückte diesem eine Münze in die Hand, in der Hoffnung, dass sie seine Großzügigkeit nicht falsch interpretierte.

„Sag mir, was Zoraya gesagt hat“, sagte Jorge, als er nach seinem Becher Wein griff.

„Du zuerst. Hast du etwas herausgefunden?“

„Abgesehen davon, dass die ganze Stadt das dumme Märchen von einem Djinn glaubt, weiß ich nicht mehr als heute Morgen. Und du - hast du mehr Glück gehabt?“

Wo soll ich anfangen, dachte Thomas und erzählte Jorge von seinem Treffen mit Zoraya, denn für ihn war es das wichtigste Ereignis seines Tages, sogar wichtiger als die Tunnel.

Jorge lauschte kommentarlos, nippte an seinem Wein und starrte auf die Menge.

„Hast du sie ohne Umschweife nach Olaf gefragt?“, fragte er als Thomas fertig war.

„Ich wollte meinen Verdacht nicht offen zeigen, aber sie wusste, dass die Andeutung da war, und ich habe in ihren

Augen gesehen, dass sie verstanden hat, was ich gemeint habe."

„Sie sind ein Liebespaar?"

„Ich glaube nicht. Obwohl..."

Jorge wartete einen Moment. „Obwohl was?"

„Olaf und ich haben gekämpft."

Jorge lachte. Er beugte sich über den Tisch und packte Thomas' Kinn, drehte seinen Kopf von einer Seite zur anderen. „Nein, er ist noch dran. Einen Moment lang dachte ich, du hättest gesagt, du hättest mit Olaf gekämpft."

„Als wir fertig waren, war Zoraya erregt."

Jorge grinste. „Sexuell erregt?"

„Ich glaube schon."

„Wenn ich dabei gewesen wäre, hätte ich es sicher gewusst. Sie ist also von kämpfenden Männern erregt. Aber bedeutet das, dass sie den General mit in ihr Bett nimmt?"

„Ich wünschte, ich könnte ja sagen, es würde unsere Arbeit einfacher machen. Ich habe sie unter Druck gesetzt, bin aus verschiedenen Richtungen auf sie zugegangen, und obwohl ich ein bisschen mehr entdeckt habe, ist sie stur geblieben. Aber ihre Dickköpfigkeit macht mich nur noch misstrauischer. Warum antwortet sie mir nicht offen, wenn sie nichts zu verbergen hat?"

„Du hast sie dir zum Feind gemacht?"

„Ich glaube, das war vorher schon so, aber ja, jetzt noch mehr."

„Wird sie angreifen?"

„Mich?"

„Oder jemand anderen. Jemanden, der dir nahesteht. Helena, vielleicht. Wenn sie es tut, wäre das eine Art Beweis"

„Mir wäre es lieber, Helena bliebe am Leben und ich hätte weniger Beweise."

„Sag ihr, sie soll vorsichtig sein. Zoraya wird auch von anderen wissen, die dir nahestehen."

„Wir können nicht jeden schützen."

„Das müssen wir nicht. Die meisten werden sicher sein. Menschen wie Yusuf sind immer von Wachen und Dienern umgeben. Aber sie könnte versuchen, uns direkt anzugreifen, das müssen wir bedenken."

Thomas nahm einen Schluck Wein und schluckte ihn hinunter. „Wann bist du so misstrauisch geworden?"

Jorge lächelte. „Oh, es gibt genug Verschwörungen und Intrigen im Harem, um selbst die cleversten Generäle in den Schatten zu stellen. Also - beschuldigen wir sie? Sagen es dem Sultan?"

„Abu al-Hasan Ali ist nicht in Gharnatah. Er kämpft wieder gegen Spanier. Er hat Olaf das Kommando überlassen."

„Das wird ja immer besser. Du hast nicht nur Zoraya verärgert, unser Verdächtiger führt jetzt auch noch die Stadt. Mein Leben war vor ein paar Tagen so viel einfacher, ganz zu schweigen von der Sicherheit."

Thomas schaute sich um und war dankbar, dass er den Händler Carlos Rodriguez nirgendwo zwischen den geschäftigen Tischen sehen konnte. Er wurde von dem Mädchen gesehen, das sie zuvor bedient hatte, und zeigte auf den fast leeren Weinkrug, und sie nickte.

„Ich habe es mir durch den Kopf gehen lassen, als ich den Hügel hinuntergelaufen bin, und ich bin mir nicht so sicher, ob Zoraya und Olaf wirklich hinter dieser Sache stecken. Beide haben zu viel zu verlieren und was gewinnen sie? Olaf ist bereits der General des Sultans - er hat keine anderen Ambitionen als das. Und wenn entdeckt wird, dass Zoraya verwickelt ist, ist das Mindeste, was sie erwarten kann, die Verbannung, das schlimmste die Hinrichtung."

„Vergiss nicht, dass Abu al-Hasan Ali sie mehr als alle anderen liebt. Der gesamte Palast weiß das. Sie wird sich für unbesiegbar halten."

„Olaf glaubt bereits, dass er unbesiegbar ist." Thomas leerte seinen Becher und griff nach dem Krug, aber er war leer. "Ich glaube, als wir heute gekämpft haben, wollte er mich umbringen."

Jorge beugte sich nach vorne. „Was?“, sagte er.

„Er hat Zorayas Söhne mit stumpfen Schwertern trainiert. Er hat behauptet, er wolle ihnen irgendeine Technik vorführen. Ich war töricht genug, die Herausforderung anzunehmen, aber ich dachte, ich könnte etwas lernen. Stattdessen hat er mir fast den Kopf abgeschlagen.“

„Er hat versucht, dich zu töten?“ Jorge schaute in seinen eigenen Becher. „Wo ist dieses kleine Dienstmädchen? Thomas, wenn Olaf versucht hätte, dich zu töten, wärst du tot. Keine Frage. Vorhin habe ich noch Witze gemacht, aber jetzt tue ich das nicht.“

Thomas schüttelte den Kopf, nicht, weil er nicht mit Jorge einer Meinung war, sondern eher verwundert. „Ich bin sicher, dass er mich töten wollte.“

„Warum bist du dann noch hier?“

Thomas wollte sich nicht erklären, nicht in dieser Angelegenheit. „Glück. Ah, hier ist unser Wein.“

Das Mädchen ersetzte den alten Krug durch einen neuen.

„Ich glaube, du hast eine Verehrerin“, stichelte Thomas.

Jorge lächelte, als er das schlanke Mädchen beobachtete, das sich durch die Tische schlängelte. „Zu jung für mich.“ Sein Blick kehrte zu Thomas zurück. „Ist Wein heilend? Du bist der Mann, den man fragen muss.“

„Ich glaube, dass es in dieser Angelegenheit unterschiedliche Meinungen gibt.“

„Und deine ist?“

„Maß ist der Schlüssel. Ich habe Männer mit so geschwollenen Lebern gesehen, dass ihre Bäuche aufgebläht waren, ihre Haut hatte die Farbe und Textur von Pergament, sie haben über viele Jahre hinweg zu gut und zu oft getrunken. Und ich habe andere gesehen, die entgegen aller Erwartungen noch leben und gelegentlich ein wenig Wein trinken.“

„Ich glaube, dass ich dann der Vorgehensweise der letzteren folgen werde."

„Wie bist du auf den Geschmack gekommen? Alkohol ist im Palast nicht erlaubt, oder?"

„Du wärst überrascht, was innerhalb dieser Mauern alles erlaubt ist. Aber sag mir, ich habe lange genug gewartet, wie ist es heute mit diesem schmächtigen Mädchen gelaufen? War sie nützlich oder hat sie dich auf eine andere falsche Fährte geführt?"

„Sie war nützlich."

„Es gibt also ein paar geheime Gänge im Palast?"

„Mehr als das. Der Ort ist ein Gewirr von Tunneln. Prea hat mir nur einige gezeigt, aber sie sagt, es gibt noch viele andere."

Jorge starrte einen Moment lang in die Luft. „Bin ich bespitzelt worden?"

Thomas lächelte. „Mit ziemlicher Sicherheit. Es gab viel zu sehen, und viele Überraschungen..." Thomas zögerte und erinnerte sich an sein Unbehagen, die Frauen des Harems auszuspionieren. Es würde Männer geben, die bereit wären, viel zu bezahlen, um ein solches Privileg zu erhalten.

„Bazzu war also wieder von Nutzen. Ich habe das Mädchen nicht erkannt, aber es gibt viele wie sie, zu viele, um sie alle zur Kenntnis zu nehmen."

„Prea ist anders. Sie ist scharfsinnig und aufmerksam, und sie war mehr als hilfreich. Es gibt eine Möglichkeit, wie ein Mann von einer Reihe von geheimen Eingängen aus durch diese verborgenen Gänge gehen kann. Wir haben den Weg zur Badekammer, in der der Angriff stattfand, gefunden. Sie war in Gebrauch, aber als die Frauen weggingen, hat Prea einen geheimen Eingang entdeckt, und wir konnten hineingehen. Die Öffnung ist hinter der Balustrade versteckt. Es wäre möglich, dass jemand, der diese Tunnel kennt, die Kammer unbeobachtet betreten kann."

„Ist es das, was passiert ist?"

„Ich weiß, dass es so ist, aber wir mussten schnell sein, aus Angst, entdeckt zu werden. Ich glaube, wir haben in den Tunneln auch noch jemanden gehört. Es könnte jemand auf einem harmlosen Botengang gewesen sein oder es könnte der Mann gewesen sein, den wir suchen.“

Jorge starrte Thomas an, sagte aber nichts.

„Ich will nicht, dass jemand weiß, was ich suche - noch nicht“, sagte Thomas. „Ich glaube, Galib ibn-Ubaid wurde wegen der geringen Menge an Informationen, die er mir gegeben hat, getötet. Er wusste nicht, dass er in Gefahr war, aber ich bin überzeugt, dass der Streit um ein Würfelspiel erfunden wurde und sein Mörder beauftragt wurde, ihn zu beseitigen. Ich würde nicht wollen, dass Prea in dieselbe Gefahr gebracht wird.“ Thomas lächelte. „Sie hat gefragt, ob ich eine Stelle für sie finden könnte.“

Jorge lachte. „Sie ist zu dünn für jede Stelle, die ich mir vorstellen kann.“

„Als Dienstmädchen“, sagte Thomas, aber sein Lächeln blieb. Er war von der Intelligenz des Mädchens verzaubert gewesen, wie schnell sie begriff, was er wollte. „Sie hat so getan, als würde sie baden, während ich den geheimen Eingang benutzt und mich an sie herangeschlichen habe. Es war nicht ganz realistisch, weil sie wusste, was geschah, aber wir haben geschlussfolgert, dass es möglich war, dass sich jemand dem Bad nähert und bis zum letzten Moment unentdeckt bleibt.“

„Jemand, der von Kopf bis Fuß schwarz gekleidet ist?“, fragte Jorge. Er hatte seinen Eintopf aufgegessen und die Schüssel weggeschoben, seinen Krug mit mehr Wein gefüllt.

„Jemand, der durch sein wundersames Erscheinen und Verschwinden leicht mit einem übernatürlichen Wesen verwechselt werden könnte. Nachdem wir verstanden hatten, wie die Tat ausgeführt werden konnte, habe ich den Durchgang und die Tür untersucht. Ich habe mehrere Indizien seiner Anwesenheit entdeckt.“ Thomas griff in sein

Gewand, zog ein kleines Hanfsäckchen heraus und schüttelte ein paar Stofffetzen aus.

Jorge beugte sich vor. „Darf ich sie anfassen?"

„Bedien dich."

Jorge hob einen Stoffstreifen hoch, der an einer Seite, an der er sich an etwas verfangen hatte, abgerissen war. Der Streifen war klein und schien plattgetreten zu sein, der Stoff war so stark verschmutzt, dass man seine wahre Farbe nicht erkennen konnte.

„Daran können wir nur wenig erkennen", sagte er, „außer, dass der Mann schwarz trug, was wir bereits wissen."

„Es gab noch mehr Indizien, die ich nicht mitbringen konnte. Spuren auf dem Stein im Inneren des Tunnels, wie sie ein Schwert hinterlassen könnte, das daran hängengeblieben war. Und der Boden war aufgewühlter als er das von Prea und mir allein hätte sein können. Jorge, diese Tunnel durchqueren den Palast. Mit genügend Wissen könnte ein Mann überall hingehen, wo er will, jede beliebige Handlung ausführen und sich wie in Luft auflösen."

„Ein Djinn." Jorge starrte auf den plattgetretenen Stofffetzen. „Er könnte wirklich wie ein Djinn erscheinen, nicht wahr? Aber es wäre ein großes Risiko. Wie oft werden diese Durchgänge benutzt? Was wäre, wenn ihn jemand entdeckt hätte? Du hast gesagt, du hast das fast getan. Was denkst du, war er es?"

„Es kann sein. Wir haben nach weiteren Anzeichen gesucht, aber keine gefunden. Ich musste mir von Prea versprechen lassen, dass sie die Tunnel nicht allein betritt. Ich glaube, sie will ihm eine Falle stellen, aber ich habe ihr genau erklärt, was passieren würde, wenn dieser Mann sie findet."

„Hat sie zugestimmt?"

„Sie hat gesagt, sie würde nicht ohne mich gehen, aber ich mache mir trotzdem Sorgen. Sie hat gesagt, dass die Tunnel vielleicht nur einmal im Monat benutzt werden, zu anderen

Zeiten öfter. Sie erinnert sich daran, dass sie einmal an einem Tag viermal durch sie hindurchgeschickt wurde, aber meistens ist es weniger oft."

„Trotzdem muss dieser Mann wissen, dass ihn jemand entdecken könnte?"

„Prea hat mir auch gezeigt, wie man eine Entdeckung vermeiden kann. Wie gesagt, sie ist ein scharfsinniges kleines Ding. Sie hat mich gebeten, um eine Ecke zu gehen und ihr ein paar Augenblicke Zeit zu geben, um dann schnell zurückzukehren und sie zu finden. Ich habe getan, was mir gesagt wurde. Ich sage dir, ich war weniger als eine Minute von ihr weg, aber als ich zurückkam, war sie nirgends zu finden."

„Ein weiterer Durchgang?"

Thomas lachte. „Keineswegs. Aber es würde jemanden mit Kraft und Beweglichkeit erfordern, um zu tun, was sie getan hat. Als ich dort stand und rätselte, wohin sie gegangen war, fühlte ich, wie etwas gegen meinen Kopf schlug. Als ich hochschaute, war sie wie eine Spinne an der Decke verkeilt. Hätte sie nicht einen Kieselstein auf mich fallen lassen, hätte ich sie nie gesehen."

„Wer auch immer dies getan hat, musste die Tunnel kennen. Und wie sie benutzt werden, wie häufig, die Fluchtwege. Sie müssten viele Dinge wissen."

„In der Tat, das müssten sie."

„Jemand, der den Palast gut kennt."

Thomas nickte. „Genau wie du."

„Verdächtigst du mich jetzt?"

„Natürlich nicht. Zunächst einmal würdest du nicht in die Tunnel passen. Ich habe mich irgendwann selbst eingekeilt und Prea musste mich befreien." Thomas erlebte einen inneren Schauer bei der Erinnerung daran, in den Mauern gefangen zu sein.

„Wer dann? Sicher nicht Olaf, wenn du sagst, dass du schon Schwierigkeiten hattest."

„Olaf hat tausend Männer unter seinem Kommando, von denen jeder fraglos seinen Befehl erfüllen würde." Thomas hat seinen Becher geleert und wieder aufgefüllt. „Und Zorayas Söhne sind schlank. Beide würden bequem in die Tunnel passen."

„Aber?" Thomas wusste, dass Jorge das Zögern in seiner Stimme wahrgenommen hatte.

„Die Wunden, die ich an Safyas Körper gesehen habe, stammen von einem starken Mann, der weiß, wie man ein Schwert führt." Thomas mochte die Erinnerung daran nicht, wie das Leben der Frau des Sultans genommen wurde.

„Und?"

„Die Jungen sind schlechte Krieger. Selbst du könntest sie besiegen."

„Überschätze mich nicht", sagte Jorge. „Vielleicht haben sie ihre Fähigkeiten vor dir versteckt. Sind sie verdächtig?", sagte Jorge.

„Die Jungen? Nein. Zoraya ja, aber nicht ihre Jungs."

„Du hast noch etwas anderes entdeckt, nicht wahr", sagte Jorge.

„Vielleicht. Zoraya hat viel erzählt, um mich abzulenken, glaube ich. Sie hat eine Frage nie direkt beantwortet, aber es gab Antworten, die in dem, was sie gesagt hat, versteckt waren, und noch mehr in dem, was sie nicht gesagt hat. Sie ließ durchklingen, dass der Sultan sie oft besucht, und ich weiß jetzt, dass Helena regelmäßig dorthin geht." Thomas' Ausdruck entging Jorge nicht.

„Das wusstest du bereits."

„Nicht, dass sie sie fast jeden Tag besucht. Warum habe ich das nicht früher bemerkt? Was habe ich gemacht? Oder nicht gemacht?"

„Wen besucht sie?", fragte Jorge. „Zoraya, oder..." Er brauchte die Frage nicht zu beenden.

Thomas griff nach seinem Becher und leerte ihn. Er wollte nicht daran denken, warum Helena in Zorayas Gemächer gegangen war. Da steckte mehr als nur Freundschaft dahinter.

„Kann das zu unserem Vorteil sein?", fragte Jorge.

„Was - Helena fragen, ob sie für uns spioniert?"

„Sie ist ein Geschenk an dich, Thomas, sie muss alles tun, was du von ihr verlangst."

Thomas rieb sich mit einer Hand über den Mund. „Dafür ist es zu spät, nicht nachdem, wie ich sie behandelt habe."

„Bei einer wie ihr ist es nie zu spät."

Thomas schaute Jorge an, überrascht von der Kälte in seiner Stimme. „Du hast sie nie gemocht, oder?"

Jorge zuckte die Achseln und füllte ihre Becher wieder auf. „Ich liebe viele, aber nicht alle."

Thomas brauchte Jorge nicht zu fragen, warum. Er hatte lange genug bei Helena gelebt, um zu wissen, dass ihr - trotz ihres offensichtlichen Charmes - etwas Menschlichkeit fehlte.

„Ich verstehe, warum sie und Zoraya Freunde sind."

„Und die Jungs...?", sagte Jorge, mehr brauchte er nicht zu sagen.

„Ja, die Jungs. Und dann hat sie..." Thomas konnte nicht mehr weiterreden, das Gefühl des Verrats war zu schmerzhaft. Der Gedanke an Helenas perfekten Körper, der neben einem oder beiden dieser verwöhnten Gören lag, war mehr als er ertragen konnte. Er wollte die Frau keinen Augenblick länger unter seinem Dach haben, sah aber keine einfache Möglichkeit, sie auszuquartieren. Sie war ein Geschenk des Sultans, nicht jemand, den man leicht beiseiteschieben konnte. Es schien ihm, als ob alle Geschenke des Sultans auf irgendeine Weise vergiftet waren.

Jorge beugte sich nach vorne. „Hast du etwas entdeckt, das wir gegen sie verwenden können?"

Thomas war bewusst, was sein Freund tat, und war dankbar. „Ja und nein. Zoraya hat mir wenig Neues erzählt, aber es war ihre Einstellung, die ich interessanter fand. Sie glaubt, dass sie über dem Gesetz steht. Ich habe sie stark unter Druck gesetzt, viel stärker als bei unserem ersten Besuch. Ich habe sie wissen lassen, dass ich vermute, dass sie verwickelt ist. Sie war wütend, defensiv, sogar aggressiv, aber nicht ein einziges Mal habe ich Angst wahrgenommen."

„Der Sultan bevorzugt sie vor allen anderen. Die Kinder auch."

„Es war mehr als das. Sie hat eine Gewissheit über sich selbst, ein Gefühl der Unverwundbarkeit. Ich glaube, sie hat Verbindungen zu Spanien. Sie spielt Mauren gegen Spanier aus, Spanier gegen Mauren aus. Welche Seite auch immer gewinnt, sie weiß, dass sie sicher ist."

„Warum Safya töten? Das verstehe ich nicht. Welchen Gewinn bringt es?"

„Es macht den Weg für ihren Aufstieg frei. Ohne die anderen Ehefrauen kann der Sultan ihre Söhne zu seinen Erben machen. Sie steigt mit ihnen auf. Die meisten Mütter arbeiten für ihre Kinder, nicht für sich selbst. Ich glaube, Zoraya tut beides. Ich habe noch nie ein kälteres, berechnenderes Wesen getroffen."

„Du hast andere Frauen gesagt, Thomas. Glaubst du Aixa ist das nächste Opfer?"

„Wenn ich Recht habe, dann ja, es wird weitere Morde geben, und Aixa ist sicherlich in Gefahr."

„Und ist es Olaf, der Zorayas Pläne umsetzt? Du hast gesagt, die Jungen seien nicht geschickt genug, aber dieser Mann hat Zugriff auf die besten Krieger des Königreichs. Wir müssen die beiden auffliegen lassen." Jorge schlug mit der Faust auf den Tisch, ließ den Krug klappern. „Ich will keine weiteren Todesfälle in meinem Harem haben. Nicht einen."

„Wir brauchen Beweise. Handfeste Beweise. Morgen besuchen wir diesen Bilal, der als erster mit der Untersuchung beauftragt wurde. Ich glaube, jemand hat ihn aufgehalten, bevor er herausfinden konnte, wer dahintersteckt. Zu wissen, wer das getan hat, würde uns sagen, wer einen Teil der Schuld trägt."

„Dann hol mich früh ab", sagte Jorge, „denn du machst mir mit dieser Art von Gesprächen Angst."

Es war spät bis Thomas nach Hause kam. Trotz der Schmerzen in seinen Gliedern war er voller Energie. Endlich fühlte es sich an, als ob Fortschritte gemacht wurden. Er war müde, aber er wusste, dass er nicht schlafen könnte. Der Kampf mit Olaf hatte alte Gefühle geweckt. Eine Kälte erfüllte ihn immer noch, und wenn Helena zu Hause war, wusste er, dass er sich nicht daran hindern können würde, sie mit Gewalt zu nehmen. Er wollte eine solche Tat nicht auf seinem Gewissen haben.

Das Haus war ruhig, als er eintrat, und er ging in die Küche, um einen Becher Wasser zu holen. Lubna saß am Tisch, ein geöffnetes Buch vor ihr. Sie blickte auf, als Thomas eintrat, und begann aufzustehen.

„Bist du hungrig? Ich kann dir etwas zu essen machen."

„Setz dich. Ich habe mit Jorge gegessen. Mach weiter mit dem, was du getan hast." Seine Gedanken an Helena verwandelten sich in sofortige Schuldgefühle.

Lubna blieb stehen, und Thomas zögerte, als er am Tisch vorbeiging und auf das Buch schaute. Sie hatte ein Messer hineingelegt, um die Stelle zu markieren, bis zu der sie gekommen war, und der Einband hatte sich geschlossen.

„Ist das eines meiner Bücher?" Thomas lehnte sich näher heran, um den Titel anzuschauen.

„Ich habe es nur geliehen."

Thomas hob es auf, ließ das Messer herausfallen, hielt aber seinen Daumen an die markierte Stelle. „Das ist Al-Sahwari, nicht wahr?" Er schaute Lubna an, die mit gesenktem Blick und vor ihr gefalteten Händen da stand.

„Sieh mich an, Mädchen, ich bin nicht wütend. Liest du gut genug, um etwas davon zu verstehen?"

„Ich lese so gut wie jeder andere", sagte Lubna, aber sie hob ihren Blick nicht an. „Und ich verstehe die Worte gut genug."

Thomas drehte das Buch in seinen Händen um. Er griff nach dem Messer und benutzte es wieder, um die Stelle zu markieren, legte das Buch wieder auf den Tisch.

„Bist du neugierig?"

Lubna nickte, und er fühlte eine enorme Dankbarkeit. Ihr Interesse hatte ihn von den Erinnerungen an seine Vergangenheit abgelenkt und ihn an den Mann erinnert, der er geworden war.

„Über die Kunst der Medizin oder die Welt im Allgemeinen?"

„Beides."

„Ermutigt dich dein Vater in dieser Neugierde?"

„Mein Vater hat viele großartige Eigenschaften, aber die Bewunderung für die Neugier einer Frau gehört nicht dazu. Er entmutigt mich nicht, er versteht sie schlichtweg nicht."

„Möchtest du mehr wissen?"

Lubna nickte noch einmal. Vielleicht ermutigte sie das Fehlen jeglicher Schärfe in Thomas' Stimme und sie hob ihren Blick, um ihn anzuschauen. „Ich könnte dir bei deiner Arbeit helfen, wenn ich mir ein wenig Wissen aneignen würde."

„Glaubst du, dass ich eine Assistentin brauche?"

„Würde es dir helfen, eine zu haben? Wolltest du Wasser oder Wein?" Lubna wandte sich ab.

„Wasser. Ich habe genug Wein für den Rest des Jahres getrunken. Was würde deine Schwester sagen, wenn du mir helfen würdest?"

Lubna goss kaltes Wasser aus einem Krug und brachte es zurück, übergab den Becher an Thomas.

„Sie würde es als eine Zeitverschwendung für uns beide

betrachten. Sie würde sagen, es sei keine geeignete Arbeit für eine Frau. Aber ich weiß, dass ich sowohl die Arbeit, die sie mir gibt, erledigen, als auch dir helfen kann."

„Welche Arbeit verlangt sie von dir? Ich habe gehört, dass du Gast in diesem Haus bist."

„Ein Gast, der seinen Unterhalt bezahlen muss. Ich habe ihre Kleidung gewaschen, und deine auch. Ich habe ein Essen gekocht und die Zimmer saubergemacht. Ich hätte in deinem Arbeitsraum aufgeräumt, aber ich war mir nicht sicher, was ich anfassen dürfte und was nicht."

„Du bist erst seit einem Tag hier", sagte Thomas. „Und was hat Helena mit all der Freizeit gemacht, die du ihr geschenkt hast?"

„Sie besucht Freunde."

„Freunde auf dem Hügel?" Wieder einmal durchströmte ihn ein Gefühl des Verrats.

„Ich weiß nicht. Sie hat mir nicht gesagt, wo."

Thomas setzte sich und griff nach dem Buch, suchte nach Ablenkung. „Wenn du wirklich lernen willst, werde ich etwas Besseres als das hier für dich finden. Und du kannst mir helfen, wenn du willst, oder deine Dienste einem anderen Arzt anbieten, es würde mir nichts ausmachen, wenn..."

„Ich würde für niemanden sonst arbeiten wollen."

„Und ich würde nicht wollen, dass du das willst." Thomas stand auf. „Komm in den Arbeitsraum, ich werde ein paar Texte finden, die für den Anfang besser für dich geeignet sind. Gibt es einen Bereich, der dich besonders interessiert? Kräuter? Medikamente?" Er lächelte. „Chirurgie?"

„Ich würde gerne alles wissen, was es zu wissen gibt", sagte Lubna.

Thomas lächelte. „Du bist wirklich ein seltsamer Mensch." Als er auf die Tür zuging, folgte Lubna dicht hinter ihm. So anders als ihre Schwester, erinnerte sie ihn an sich selbst vor langer Zeit.

KAPITEL VIERUNDZWANZIG

Wenn es stimmt, was der Angestellte des Wesirs vor drei Tagen gesagt hat, dann arbeitete der Mann, der die erste Untersuchung durchgeführt hat, jetzt für Hasdai ibn Shaprut. Er hatte Büros am Rande des jüdischen Viertels im Süden der Stadt, da er wusste, dass seine Kunden sich nicht bis zu seinem Privathaus im Albayzin wagen würden. Jorge klopfte an eine stabile Tür, und wenige Augenblicke später wurde sie von einem Jungen geöffnet, der kaum mehr als ein Kind war.

„Wir haben etwas mit deinem Herrn zu besprechen", sagte Thomas, und der Junge duckte den Kopf und führte sie hinein. Im Inneren befand sich ein einzelner Raum, zehn Schritte tief und fünf breit. Zu beiden Seiten arbeiteten Männer an Tischen, die Finger mit Tinte befleckt, die Köpfe über Papiere gebeugt.

Hasdai ibn Shaprut thronte an seinem eigenen, größeren Tisch am anderen Ende des Raumes über diesem Gewerbe. Thomas sah, wie er die Augen von seiner Arbeit erhob und zuschaute, wie sie sich näherten.

Er stand auf, nickte Thomas zu und beobachtete Jorge neugierig. „Sie haben etwas mit mir zu besprechen, Thomas

Berrington? Ich habe Sie seit über einem Jahr nicht mehr gesehen. Haben Sie einen neuen Vertrag, den ich für Sie aufsetzen soll? Irgendeine Bezahlung, die eingetrieben werden muss?"

„Sie wissen, dass ich keine Zahlungen eintreibe", sagte Thomas. „Ich bin im Auftrag des Sultans hier."

„Der Sultan hat seine eigenen Schreiber, nicht wahr?"

„Dies ist eine andere Art von Geschäft."

„Ich habe das Gerücht gehört, dass man Ihnen eine Aufgabe gestellt hat", sagte Hasdai. „Also ist es wahr?"

„Das hängt davon ab, was das Gerücht ist", sagte Jorge.

Hasdai schenkte ihm einen kurzen Blick. „Wir sind intelligente Männer, es gibt keinen Grund, Spielchen zu spielen. Ich glaube nicht, dass ich an etwas beteiligt bin, das Ihnen helfen könnte."

„Wir suchen jemanden, der für Sie arbeitet. Sein Name ist Bilal Abd al-Rahman."

Hasdais Augen schnellten von Thomas weg, um etwas hinter seiner rechten Schulter zu finden. „Ja, er ist vor vier Monaten zu mir gekommen. Ein guter Arbeiter." Er erhob seine Stimme. „Bilal, diese Männer würden gerne mit dir sprechen."

Thomas drehte sich um, um zu sehen, wie ein schlanker Mann auf halbem Weg im Raum saß und sich zu erheben begann. Es gab nur wenig Platz, und er musste von hinter dem Tisch kommen, bewegte sich schneller als nötig. Ein zweiter Angestellter versperrte ihm den Weg und hinderte Bilal daran, den zentralen Gang zu erreichen, und plötzlich stieß er gegen den Tisch und kippte ihn um. Papiere wurden verstreut, ein Tintenfass und eine Öllampe zerbrachen auf den Fliesen, und dann rannte Bilal auf die Tür zu.

Thomas blieb, wo er war, war vor Überraschung an Ort und Stelle wie angewurzelt. Es war Jorge, der als erster reagierte und dem Mann hinterherlief. Er hätte Bilal erwischt, aber einer der anderen Angestellten kam hinter seinem eigenen Schreibtisch hervor und Jorge raste in ihn hinein, beide stürzten zu Boden. Der gestürzte Angestellte schrie vor Schmerz. Jorge schlitterte unter einen Schreibtisch und strampelte, um wieder auf die Beine zu kommen.

Bilal stürzte durch die Tür und war verschwunden.

Der Raum brach in ein Chaos aus. Zwei Angestellte trampelten auf Papieren herum, die von der zerbrochenen Lampe angezündet worden waren. Ein anderer hob diejenigen auf, die nicht auf den Fliesen plattgetreten worden waren, während ein weiterer versuchte, den umgestürzten Schreibtisch wieder aufzurichten. Die Schreiber huschten im Mittelgang umher.

„Zurück an eure Schreibtische!", rief Hasdai. „Zurück an eure Schreibtische, sofort! Ibraham – hör auf, diese Dokumente zu zerstören, das Feuer ist aus." Hasdai klatschte in die Hände und ging durch das Zentrum des Chaos, während sich die Männer hinter ihren Schreibtischen duckten und vorgaben, wieder zur Arbeit zurückzukehren.

Jorge rappelte sich auf und rieb sich an seiner Seite.

„Bist du verletzt?", fragte Thomas.

„Nichts, was deine Fähigkeiten benötigt, mein Freund. Ich hätte ihn erwischt, wenn dieser Narr mich nicht zum Stolpern gebracht hätte."

Thomas drehte sich zu dem anderen Mann um, der sich erst jetzt aufsetzte. Er hatte einen Schnitt an der Stirn, der stark blutete. Thomas kniff ihn mit den Fingern zusammen, er war zufrieden, dass er nicht genäht oder verbunden werden musste. Stattdessen griff er in seine Umhängetasche, legte etwas Leinen auf die Wunde und sagte dem Mann, er solle kräftig drücken.

„Was ist hier gerade passiert?", fragte Hasdai.

„Sie haben mir gesagt, er sei ein guter Arbeiter."

„Er ist qualifiziert, braucht keine Anweisungen für Aufgaben, die ihm gestellt werden."

„Wussten Sie, dass er für den Wesir gearbeitet hat?"

„Er hat das nicht gesagt, aber es war offensichtlich, dass er wusste, was er tat. Ich hatte keine Zweifel an seiner Arbeit, überhaupt keine. Bis zu diesem Moment auch nicht an dem Mann selbst. Ich mochte ihn."

„Wo wohnt er?"

„Im Albayzin natürlich. Wo wohnt jemand, der die eigentliche Arbeit dieser Stadt macht? Aber wo genau dort kann ich nicht sagen."

„Würde es sonst jemand wissen?"

Hasdai hob eine Schulter an, als er sich umschaute. „Ist jemand hier ein Freund von Bilal?"

Die Männer arbeiteten weiter, mit gesenktem Kopf.

„Sagen Sie ihnen, dass Sie ihnen keine Schuld geben", sagte Jorge ruhig. „Sie haben Angst, dass Sie sie für seine Taten mitverantwortlich machen. Besser noch: Gibt es einen Ort, an den Sie sich für einen Moment begeben können, während wir unsere Fragen stellen? Sie werden ehrlicher antworten, wenn Sie nicht hier sind."

Hasdai sah aus, als wolle er Einspruch erheben, nickte dann und ging zum Ende des langen Raumes. Eine kleine, in die Wand eingelassene Tür führte ihn in einen anderen Raum. Er schloss die Tür hinter sich.

„Es ist wichtig, dass wir mit Bilal sprechen", sagte Thomas und erhob seine Stimme, damit ihn alle hören konnten. Sie hatten ihre Arbeit eingestellt, nachdem ihr Herr den Raum verlassen hatte, die Aufregung des Augenblicks war noch frisch. „Wir sind im Auftrag des Sultans hier."

„Wird Bilal gesucht?", fragte der Mann drei Plätze unterhalb von Bilals Arbeitsplatz.

„Er wird gesucht, damit ihm Fragen gestellt werden können, mehr nicht. Er steht nicht unter Verdacht." Obwohl Thomas wusste, dass dies nicht mehr der Fall war. Warum sollte ein unschuldiger Mann fliehen?

„Ich würde ihn nicht als Freund bezeichnen, aber wir sind ein oder zwei Mal nach der Arbeit zusammen heimgegangen. Er wohnt in meiner Nähe, ein wenig weiter oben am Berg."

„Kennen Sie seine Unterkunft?", fragte Jorge, und Thomas trat zurück, erlaubte ihm, die Befragung fortzusetzen.

„Nicht den Eingang, nein. Er geht weiter, wenn ich durch meinen eigenen gehe. Aber er muss in der Nähe wohnen, denn das hat er eines Abends gesagt, als wir uns verabschiedet haben."

„Können Sie uns hinführen?", fragte Jorge.

Der Blick des Mannes flackerte bis zum Ende des Raumes. „Ich muss eine Arbeit fertigstellen."

„Wir werden Ihren Herren fragen", sagte Jorge. „Wenn nötig, werden wir für Ihre Zeit bezahlen. Wie weit ist Ihr Zimmer entfernt?"

„Eine halbe Meile, nicht mehr."

„Wie weit den Hang des Albayzin hinauf?"

„In der Nähe der Spitze, nahe der Stadtmauer."

Jorge nickte, als wäre das die Antwort, die er erwartete. „Thomas, geh und sprich mit Hasdai, biete ihm Geld an, wenn du musst. Ich werde mit einigen der anderen sprechen und sehen, ob sie noch etwas wissen."

Hasdai war gerne bereit gewesen, eine faire Bezahlung im Austausch für die Zeit des Mannes zu akzeptieren, und Thomas war bereit zu zahlen, als er wusste, dass es keine Erhöhung der erwarteten Gebühr gab. Jorge plauderte mit dem Mann, als sie die Hänge des Hügels gegenüber dem Palast hinaufgingen. Je höher sie kamen, desto enger wurden die Gassen, die Türen führten direkt auf die Straße. Die Steilheit des Hügels brachte mit sich, dass die Häuser keinen Hof und keine Gärten hatten. Die Gebäude waren kaum tief genug, um eine Familie unterzubringen, ganz zu schweigen vom Luxus eines Außenbereiches.

Thomas sammelte beim Anstieg ein paar Informationen über den Mann, genug, um zu wissen, dass er allein lebte und sich Zimmer mit anderen Arbeitern teilte, aber vor allem versuchte er zu ergründen, warum Bilal geflohen war. Es machte wenig Sinn, es sei denn, er war wegen etwas schuldig. Oder er hatte Angst vor etwas. Es war lange her, dass Thomas gefürchtet worden war, und er glaubte das Leben, das er einst führte, weit hinter sich gelassen zu haben, als er in dieses Land kam.

„Worüber haben Sie und Bilal auf Ihrem Heimweg gesprochen?"

Der Schreiber drehte seinen Kopf als er vorwärts ging, lief schnell, war an den Aufstieg gewöhnt. „Worüber reden alleinstehende Männer, wenn sie unter sich sind? Sie wissen, wie das ist."

Thomas erhaschte Jorges Lächeln.

„Hat er nicht über sein Leben gesprochen, bevor er für Hasdai gearbeitet hat?"

„Ich habe nie gefragt und er hat es nie angesprochen. Wir gingen ein- oder zweimal pro Woche zusammen und haben immer über unwichtige Dinge geredet. Ich weiß nicht, warum er weggerannt ist."

„Wahrscheinlich ist er mittlerweile schon gefasst", sagte Jorge.

Thomas wurde langsamer. „Gefasst? Wie?"

„Einer der Angestellten in der Nähe der Tür ist nach Bilal nach draußen gegangen. Er hat gesagt, dass er schon weg war, aber dass ihn zwei Soldaten verfolgen würden."

„Wann hast du angedacht, mir das zu sagen?"

„Ich sage es dir jetzt, damit du dich beim Aufstieg nicht überanstrengen musst. Ich nehme an, dass er jeden Moment wieder herunterkommen wird. Verhaftet."

„Vielleicht waren die Soldaten nicht hinter Bilal her", sagte Thomas.

„Und vielleicht bin ich ein ganzer Mann."

Sie erreichten die Stadtmauer und gelangten durch ein unbewachtes Tor in ein Gebiet außerhalb ihres Schutzes. Das Gelände wurde schließlich flach, grob gebaute Häuser drückten sich zu beiden Seiten dicht einander, einige verwendeten die Stadtmauer als ihre eigene. Der Schreiber hielt vor einem Durchgang an.

„Meine Räume befinden sich hier drin. Wenn wir uns trennen, geht Bilal bis zum Ende der Gasse und biegt nach rechts ab."

„Das ist alles, was Sie wissen?"

„Das ist alles, was ich weiß. Darf ich jetzt wieder an meine Arbeit gehen?"

Thomas drückte dem Mann eine kleine Münze in die Hand und beobachtete, wie er zurück den Hang hinuntertrottete.

„Er scheint Lust darauf zu haben, zu seiner Arbeit zurückzukehren", sagte Jorge.

„Manche Männer sind so."

„Dir ist klar, dass wir Bilal nicht näher sind, als wir es an seinem Arbeitsplatz waren?"

„Natürlich sind wir das. Der Mann hat gesagt, dass er in der Nähe wohnt, dass er am Ende der Gasse rechts abbiegt."

„Dann sehen wir mal nach, ja?"

Thomas schüttelte den Kopf über Jorges Uneinsichtigkeit und ging voraus. Am Ende der Gasse bogen sie nach rechts ab, entlang einer noch schmaleren Gasse, die auf einer Seite mit Unterkünften gesäumt war, die sich nicht von denen unterschieden, an denen sie bereits vorbeigegangen waren, aber auf der anderen Seite waren die Gebäude noch verstreuter und raues Gestrüpp wuchs den Hang hinauf.

„Wir haben die Zivilisation hinter uns gelassen", sagte Jorge.

„Du glaubst, die Zivilisation endet an den Palastmauern."

„Ich bin doch hier, oder nicht?"

Thomas fragte sich, ob es Jorge schwerfiel, sich an seine

veränderten Umstände anzupassen. Die ersten paar Tage hatten für eine Ablenkung von seinem gewohnten Leben gesorgt, aber jetzt könnte sein Interesse nachlassen.

„Du kannst gehen, wenn du willst“, sagte Thomas, sein Tonfall war schärfer als beabsichtigt. Bilal könnte eine echte Spur zu etwas sein, aber er war sich bewusst, dass er bei der Verfolgung eines Mannes, der nicht gefunden werden wollte, seinen Argwohn gegenüber Olaf, die einzige andere Spur die sie hatten, ignorierte.

„Ich meinte nicht, dass ich gehen wollte“, sagte Jorge. „Aber wie willst du diesen Mann finden? Er könnte in jedem dieser Räume sein. Oder sogar weiter weg.“ Jorge winkte mit der Hand in Richtung einer Gasse, die von ihnen wegführte und kaum breit genug war, um Platz für die Schultern eines Mannes zu bieten. Es war nicht die erste, an der sie vorbeigegangen waren. „Klopfen wir an jeder Tür?“

„Wenn wir müssen.“

Jorge schaute sich um. „Das ist nicht die Art von Ort, die Fremde willkommen heißt.“

„Ob es ihnen gefällt oder nicht, wir haben kaum eine Wahl, also machen wir lieber weiter.“ Thomas näherte sich der nächstbesten Tür und hämmerte gegen sie.

Es gab keine Antwort.

„Dies sind die Wohnungen von Arbeitern“, sagte Jorge. „Ihre Bewohner werden erst am Abend zurückkehren.“

„Ich habe an einem Ort wie diesem gelebt, als ich am Anfang in die Stadt gekommen bin“, sagte Thomas und machte die wenigen Schritte, die nötig waren, um an die nächste Tür zu klopfen.

„Dann tust du mir leid.“

„Es war eine Verbesserung meines bisherigen Lebens. Ich dachte, ich hätte den wunderbarsten Ort der Welt entdeckt.“

Jorge lachte und klopfte Thomas auf die Schulter. „Und was denkst du jetzt über das Leben? Mit zwei schönen

Schwestern in einem großen Haus zu leben, Freund des mächtigsten Mannes des Landes?"

Thomas schaute finster drein. „Manchmal vermisse ich die Einfachheit jener Tage." Er hämmerte an eine andere Tür. „Ist denn niemand zu Hause?"

„Wie ich schon sagte -" Jorge hielt inne, als vom Ende der Gasse Lärm aufkam. Eine Frau rannte schreiend und mit den Armen wedelnd aus einem Eingang. Ihre Worte waren spanisch, zu schnell gesprochen, als dass Thomas mehr als ein oder zwei Worte verstehen könnte, aber er brauchte nur eines zu verstehen, das aus dem Arabischen abgeleitet war. *Asesinato* - Mord.

<hr>

Die Frau war verstört und Jorge nahm sie zur Seite, seine Stimme war ruhig, eine Hand auf ihrer Schulter, die andere hielt ihre Hand. Thomas sah zu, beeindruckt und neidisch auf die Fähigkeit des Mannes, die Menschen zu beruhigen. Während Jorge ihre Geschichte herausfand, betrat Thomas den Eingang, aus dem sie herbeigeeilt war.

Darin war ein schmaler Flur mit weiteren Türen, die nach links und rechts wegführten, am Ende ein kleines Fenster ohne Glas, das auf die Stadt hinausblickte, die Minarette der vielen Moscheen erhoben sich über die ockerfarbenen Dachziegel. In jedem anderen Haus wäre es eine Aussicht gewesen, die geschätzt worden wäre, hier war es nicht mehr als eine Methode, um ein wenig Licht hineinzulassen.

Eine Tür drei Zimmer weiter stand offen, und Thomas ging dorthin, um zu entdecken, was die Frau erschreckt hatte. Er wusste schon anhand des Geruchs, was er vorfinden würde, noch bevor er Bilals Leiche über eine schmale Liege geworfen sah. Papiere lagen auf dem Boden verstreut, einige waren zerrissen, andere mit Blut befleckt, das sich auf der Bettwäsche und den Fliesen sammelte. Bilal lag auf der Seite, ein so tiefer Schnitt an seinem Hals, dass sein Kopf in einem unnatürlichen Winkel abstand. Trotzdem kniete sich Thomas hin, vorsichtig, um dem Blut auszuweichen, und fühlte nach einem Puls, nicht überrascht, als er keinen fand. Der Körper war immer noch so warm wie der eines lebenden Menschen, aber alles Leben war entwichen.

Thomas stand auf und begutachtete den Raum.

Der Raum war winzig, ein schmales Bett, das den halben Boden einnahm, und ein kleiner Schreibtisch, der eng an die gegenüberliegende Wand gerückt war. Es gab keinen Stuhl, und Thomas stellte sich vor, dass der Mann auf dem Bett saß, um zu arbeiten und in seiner freien Zeit Verträge zu schreiben. Das war eine Erklärung für die verstreuten Papiere. Thomas ging in die Knie, nahm einige davon und drehte sie um. Die meisten waren in Arabisch geschrieben, aber hier und da fand er auch einige in Latein, Griechisch und Spanisch. Bilal war ein bewanderter Angestellter gewesen, einer, der eindeutig private Arbeit zusätzlich zu der, die ihm von Hasdai gegebenen wurde, übernahm. Hätte der alte Jude dies entdeckt, wäre Bilal sofort entlassen worden.

Thomas drehte sich um, als Jorge den Raum betrat.

„Sie sammelt Wäsche aus diesen Räumen und anderen in der Gasse. Sie sagt, dass sie die Räume selbst nicht betritt. Jeder Mann lässt einen Sack vor der Tür stehen. Der von Bilal ist immer noch da. Sie hat gesagt, die Tür sei offen gewesen, als sie dort ankam, und sie hat hineingeschaut und ihn so gesehen, wie er jetzt ist." Jorge studierte den Körper einen Moment lang mit kühlem Blick, bevor er den Kopf schüttelte. „Wir sehen in letzter Zeit zu viel Tod."

„Hat sie noch jemanden gesehen?"

„Keine Menschenseele, als sie ankam. Sie hat mir gesagt, dass dieses Gebäude tagsüber leer ist. Nachts ist es voller alleinstehender Männer." Jorge schaute sich um. „Es ist ein deprimierendes Leben, nicht wahr?"

„Ich habe es nie so empfunden", sagte Thomas.

Jorge lächelte. „Warum überrascht mich das nicht? Du bist anders als andere Männer, das ist sicher. Jedenfalls hat sie gesagt, sie habe hier niemanden gesehen, aber auf ihrem Hinweg hätten zwei Männer sie fast umgeschmissen, weil sie so schnell gerannt seien."

„In welche Richtung?"

„Sie kam vom anderen Ende der Gasse, aus der entgegengesetzten Richtung zu uns, sonst hätten wir sie auch gesehen."

„Konnte sie sie beschreiben?"

„Es ging zu schnell, aber sie hat gesagt, sie dachte, es seien irgendwelche Soldaten."

„In welchen Farben?"

Jorge schüttelte den Kopf. „Das konnte sie nicht sagen. Ich habe sie ein bisschen unter Druck gesetzt, so sehr ich mich getraut habe, ohne sie einzuschüchtern. Sie hat heute schon genug Schrecken erlebt, aber mehr wusste sie nicht, da bin ich sicher."

„Du hast gesagt, ein Angestellter hat zwei Soldaten hinter Bilal herlaufen sehen, als er aus dem Büro geflohen ist."

„Es ist ein zu großer Zufall, dass jemand anderes zur gleichen Zeit gekommen ist, um den Mann zu töten, findest du nicht?"

„Es ist ein zu großer Zufall, dass sie genau zur selben Zeit dort waren wie wir", sagte Thomas und schüttelte den Kopf. Er kniete sich hin und begann, die verstreuten Papiere aufzulesen. „Hilf mir, die hier einzusammeln. Ist die Frau noch draußen?"

„Ich habe sie weggeschickt, um eine Wache zu finden. Jemand muss von dem Tod erfahren."

„Ich würde es vorziehen, wenn wir nicht mehr hier wären, wenn sie ankommen", sagte Thomas. „Ist sein Wäschesack noch draußen?"

„Das war er, als ich reinkam."

„Hol ihn, ich brauche etwas, in das ich diese Papiere stecken kann."

Jorge richtete sich auf. „Du brauchst nicht aufzuräumen, er ist zu tot, als dass es ihm etwas ausmachen würde."

„Ich glaube, die Papiere sind wichtig. Sie könnten der Grund sein, warum er getötet wurde."

„Hätten sie nicht schon alle bedeutenden Dinge mitgenommen?"

„Soldaten? Wie viele Soldaten kennst du, die lesen können? Vielleicht haben sie etwas mitgenommen, aber sie wüssten nicht, was wichtig ist und was nicht. Geh und hol den Sack."

Jorge seufzte und zog den Kopf ein, um durch die Tür zu gehen, kehrte mit einem kleinen Leinensack zurück. Er leerte den Inhalt auf den Boden und hielt den Sack auf, während Thomas Dokumente hineinstopfte.

Er zögerte, sah sich ein letztes Mal im Raum um, suchte nach einem Ort, an dem Bilal noch etwas anderes versteckt haben könnte. Diese Papiere waren offen sichtbar gewesen, aber wenn der Mann etwas Geheimes besaß, würde es woanders sein. Thomas hob das Bett an. Nichts war darunter. Er zog den kleinen Schreibtisch von der Wand weg und kippte ihn um, untersuchte ihn auf ein verstecktes Fach. Wieder nichts. Er begann die Wände abzuklopfen.

„Suchst du nach weiteren Tunneln?", fragte Jorge.

Thomas gab auf. Der Raum war zu klein, die Wände zu dünn für ein Versteck. Er nickte und schob Jorge zur Tür.

„Wir sind fertig, hier gibt es nichts mehr für uns."

Draußen in der Gasse war es so ruhig wie bei ihrer Ankunft. So hoch oben im Albayzin waren die Straßen bei Tageslicht menschenleer, der Trubel der Stadt lag weit unterhalb. Thomas führte den Weg an, den er für den schnellsten zu seinem Haus hielt, obwohl er die Gegend nicht gut kannte und ihr Durchgang mehrmals blockiert war. Schließlich erreichte er einen Ort, den er erkannte, und sie kamen schneller voran.

„Diese Frau wird den Wachen sagen, dass wir dort waren“, sagte Jorge.

„Das spielt keine Rolle. Ich habe das Siegel des Sultans, und es scheint, dass die ganze Stadt von unserer Suche weiß. Ich mache mir mehr Sorgen um die Soldaten, die Bilal gejagt haben. Ich glaube nicht, dass sie auf ihn gewartet haben.“

„Glaubst du, dass sie uns gefolgt sind?“, sagte Jorge, und wieder einmal wusste Thomas, dass er den Mann unterschätzt hatte.

„Ich habe Zoraya gestern zu schroff behandelt. Ich wäre nicht überrascht, wenn sie Olaf davon erzählt und er jemanden geschickt hat, um uns zu verfolgen. Das bedeutet, dass wir der Sache näherkommen.“

„Das bedeutet, dass wir in größerer Gefahr sind“, sagte Jorge. „Was, wenn sie uns folgen, bis wir an einen ruhigen Ort kommen und uns dann angreifen?“

„Wenn das der Plan gewesen wäre, hätten sie Bilal nicht verfolgt. Wer auch immer dahinter steckt, ist uns einen Schritt voraus. Sie wissen, wo die Bedrohungen sind und schalten sie aus, eine nach der anderen. Die Soldaten sind Bilal gefolgt und haben ihn getötet, weil sie wussten, dass er eine Gefahr für denjenigen war, der ihnen Befehle gegeben hat. Und wer könnte den Soldaten besser einen Befehl geben als der General des Sultans?“

„Es ist ein gefährliches Spiel, das sie spielen“, sagte Jorge. „Wenn Abu al-Hasan Ali davon erfährt, wird Olaf seinen Kopf los sein. Seine Töchter werden ebenfalls in Gefahr sein. Ein Komplott gegen einen Sultan ist keine Kleinigkeit. Du hast gesehen, wie er diejenigen behandelt, die ihm missfallen.“

„Was ist mit Faris al-Rashid? Er hat uns sogar im Palast selbst angesprochen, bedroht besser gesagt, und er kennt sich aus. Ob er wohl Olafs Herr sein könnte, frage ich mich. Als

Olaf uns mit ihm in diesem Zimmer gefunden hat, wusste er da schon, dass wir dort waren?“

„Er würde auch Zoraya kennen. Ich mochte den Neapolitaner nicht, aber er ist genau die Art von Mann, die Zoraya gefallen würde. Neapel und Griechenland sind sich sowohl geistig als auch geografisch sehr nahe. Würde Faris befehlen, einen Mann töten zu lassen?“

Thomas hat sich nicht die Mühe gemacht, die Frage zu beantworten, die Antwort war selbstverständlich. „Faris liebt seinen Kopf allerdings und ist sich der Gefahren noch mehr bewusst als Olaf.“

„Er ist an Verschwörungen und Intrigen gewöhnt und ein weitaus glaubwürdigerer Verdächtiger als Olaf, jetzt wo ich darüber nachdenke. Er ist auch nützlicher für den Sultan. Sein Geld und das seiner Freunde stützen die Herrschaft des Sultans. Und er hat seine eigenen Männer. Fremde in der Stadt, was ein Vorteil wäre.“

„Wir haben zu viele Verdächtige“, sagte Thomas, als sie in die Gasse zu seinem Haus einbogen. „Warum hat Faris uns eingeladen, uns ihm anzuschließen? Hier geht mehr vor sich, als wir wissen. Gab es Gerüchte über einen Aufstand?“

Jorge lachte als sie Thomas‘ Haus betraten. „Gerüchte über einen Aufstand? Du überschätzt mich. Ich bin nur ein Eunuch, der sich nicht mit solchen Dingen beschäftigt.“

„Dein ganzes Leben ist Verschwörung und Intrige.“

„Ah, aber von einer anderen Art, und alles wegen des Strebens nach Liebe, nicht nach dem Tod. Was Faris betrifft, der will, dass wir uns ihm anschließen, sagt man da nicht, dass man seine Feinde in der Nähe behalten soll?“ Jorge hielt inne, als Lubna aus dem Arbeitsraum kam.

„Ihr seid früh dran“, sagte sie. „Meine Schwester ist nicht zu Hause, und ich habe noch nicht mit dem Abendessen begonnen. Wenn ihr hungrig seid, kann ich wahrscheinlich etwas finden.“

„Wir sind nicht hungrig, aber ich brauche deine Hilfe. Jorge bleibt nicht hier."

„Tue ich das nicht?"

Thomas hob den Sack mit den Papieren hoch. Er raschelte. „Kannst du Arabisch lesen? Oder Latein? Sogar Spanisch?"

„Du weißt, dass ich nichts lese."

„Dann habe ich eine nützlichere Arbeit für dich. Geh in die Kaserne, finde Olaf und erzähle ihm von Bilals Tod. Schau, ob du das irgendwie ins Gespräch einfließen lassen kannst und frag ihn, ob er jemanden geschickt hat, um uns zu folgen. Du kannst zu unserem Schutz sagen, wenn es besser klingt."

„Und natürlich wird er mir das alles sagen."

„Danke ihm für die Lektion, die er mir gestern erteilt hat. Seine Antwort wird sich, so oder so, als aufschlussreich erweisen."

Jorge nickte, nahm seine Aufgabe an. Als er weg war, nahm Thomas den Sack mit in den Hof und leerte den Inhalt auf den Tisch, auf dem er, Jorge und Helena gegessen hatten.

Lubna kam, um sich neben ihn zu stellen.

„Ich möchte, dass du mir hilfst, diese zu lesen, so schnell wir können."

„Einige der Seiten sind mit Blut befleckt", sagte Lubna.

Thomas schaute sie an, sah aber keine Anzeichen von Abscheu. Sie stellte lediglich das Offensichtliche fest.

„Ich nehme diese", sagte er. „Liest du Latein oder Griechisch?"

„Nur Arabisch."

„Dann fang mit denen dort an. Ich lese den Rest."

„Was suchen wir?"

Thomas zog einen Stuhl an den Tisch und griff nach einem Dokument, sah es an, bevor er es an Lubna weitergab. „Ich weiß es nicht, bis wir es gefunden haben, oder ob es überhaupt etwas zu finden gibt. Aber der Mann, der diese

Dokumente besessen hat, ist tot, und der Grund dafür wird irgendwo hier versteckt sein. Wenn du etwas Wichtiges findest, sag es mir sofort.“

Lubna warf ihm einen Blick zu, der ein ganzes Gespräch beinhaltete, und entschied sich dann, sich im Schneidersitz auf die Steinplatten zu setzen, bevor sie mit dem Lesen begann.

KAPITEL FÜNFUNDZWANZIG

Thomas beendete das letzte der in Spanisch verfassten Dokumente und gab auf, verdrehte sich, um die Schmerzen in seinem Rücken zu lindern. Er stand steif auf, während Lubna sich von den Dokumenten, die sie in der Hand hielt, abwandte und zu ihm aufblickte. Für einen Moment erhaschte er eine flüchtige Emotion in ihren Augen, die er nicht deuten konnte, und fragte sich, wie sich die Welt verändern würde, wenn er Helena hinauswerfen würde.

Eine Brise war aufgekommen, zupfte an den losen Papieren. Thomas ging an den Rand des Hofes und holte vier runde Steine, die als Dekoration dienten, trug sie zurück und legte sie auf die Seiten.

„Ich muss einen Moment lang herumlaufen. Du solltest auch eine Pause machen."

Lubna legte sofort das Papier, das sie in der Hand hielt, weg und stand auf, als hätte sie nicht seit über einer Stunde auf den Fliesen gesessen.

„Möchtest du Wasser?"

„Ich kann es holen", sagte Thomas.

Lubna schaute in den Himmel, studierte die Schatten im Hof, bevor sie sich abwandte.

„Um wie viel Uhr ist Helena gegangen?", fragte Thomas und folgte ihr in die Küche.

„Früh, zumindest für Helena. Sie hat nicht gesagt, wohin sie gehen würde."

„Freunde auf dem Hügel."

„Sie vermisst ihr altes Leben."

„Hmm."

Lubna goss für beide kaltes Wasser ein und leerte ihren halben Becher in drei schnellen Schlucken. „Das Leben, das sie geführt hat, war nicht echt, oder? Was du tust, ist echt. Was mein Vater tut, selbst was der Sultan tut, ist echt." Sie hielt mit einem Gesichtsausdruck inne, als hätte sie vielleicht zu viel gesagt.

Thomas bemerkte keinen Anflug von Eifersucht, sondern nur eine Note von Missbilligung in ihrer Stimme. Er ignorierte, was auch immer sich dort verbarg. „Hast du etwas gefunden?"

Lubna trank wieder, und als sie das Glas leerte, schüttelte sie den Kopf. Dabei lief ihr Wasser über das Kinn und tropfte auf ihr Gewand. „Nichts, weshalb man einen Mann töten würde. Kaufurkunden, Verträge für Land, eine Bitte um die Finanzierung einer Forschungsexpedition. All das könnte etwas bedeuten, aber ohne mehr Hintergrundinformationen kann ich es nicht sagen."

„Gibt es etwas, auf dem der Name Faris al-Rashid steht? Oder Valentin al-Kamul, Antonio Galbretti, Domingo Alkhabaz?" Thomas hat die Namen der Männer, die zwei Tage zuvor im Zimmer des Palasts waren, wiedergegeben. Er verdächtigte sie nicht mehr der direkten Beteiligung, aber ihr Interesse verwirrte ihn immer noch.

Lubna hielt eine Hand hoch und schüttelte den Kopf. „Stopp, stopp, zu viele Namen. Sag sie noch einmal langsamer."

Thomas wiederholte die Liste. Als er fertig war, schüttelte Lubna erneut den Kopf. „Vielleicht. Ich weiß es nicht. Ich habe nicht nach einem bestimmten Namen gesucht. Das hättest du mir vorher sagen sollen. Jetzt muss ich die Papiere noch einmal durchgehen.“

„Du hast Recht, ich war zu ungeduldig. Mach mit den anderen weiter und ich werde die Seiten, die du bereits gelesen hast, überprüfen.“

„Nein - arbeite an denen weiter, die ich nicht lesen kann, es wird nicht lange dauern, sie nach Namen zu durchforsten.“ Sie schaute hinter in den Innenhof. „Ich sollte eine Mahlzeit vorbereiten. Helena wird bei ihrer Rückkehr essen wollen.“

„Mach dir meinetwegen keine Gedanken“, sagte Thomas, „ich kann später mit Jorge essen.“

„Und trinken, ohne Zweifel.“ Ein Lächeln zuckte über ihre Lippen.

„Du hast Recht, er ist kein guter Moslem, aber ich bin es auch nicht.“

„Ich wollte euch nicht kritisieren.“ Lubna nahm ihren Blick von seinem und war damit beschäftigt, ihre Becher wieder aufzufüllen. „Ich meinte nur, dass ich ihn in seiner Begeisterung für Wein amüsant fand.“

„Ja, ich glaube, Frauen finden ihn amüsant. Wenn die Zeit drängt, sollten wir lieber wieder an die Arbeit gehen.“ Thomas nahm ihr den Becher ab und wandte sich ab.

Es war Lubna, die das erste Dokument fand. Es war von Valentin al-Kamul unterzeichnet, der Name war sauber gedruckt, was ein Glücksfall war, denn seine Unterschrift war so verschnörkelt, dass sie unlesbar war. Wie der Mann selbst, dachte Thomas.

Er lehnte sich zu Lubna, als sie beide das Dokument lasen.

Sie legte einen Finger auf das Papier. „Warum sollte er einen Anteil an einer Mine kaufen?"

„Warum sollte das irgendjemand? Aus Profitgründen nehme ich an. Ich bezweifle sehr, dass er überhaupt weiß, wo sie liegt."

Lubna drehte das Blatt um, und Thomas versuchte, seinen Ärger nicht zu zeigen. Er wusste, dass ihm diese Frage hätte einfallen sollen.

„Qasada", sagte sie. „Die Mine liegt außerhalb von Qasada." Sie runzelte die Stirn. „Wo ist das?"

„Ein Tagesritt nach Osten. Es ist eine kleine Stadt in den Ausläufern des Sholayr-Gebirges."

„Ein Tag in Richtung Osten? Ist das unser Gebiet oder spanisches?"

„Zuletzt habe ich gehört, dass es uns gehört, gerade noch. Es wechselt immer wieder von einer Seite zur anderen, aber im Moment ist es maurisch."

„Ein gefährlicher Ort, um Geschäfte zu machen", sagte Lubna.

„Handel ist Handel, und dieser Mann ist genauso wenig Maure wie ich. Er wird mit jedem handeln können, der Anspruch auf das Gebiet erhebt. Wie groß ist sein Anteil an dieser Mine?" Thomas versuchte, Lubna das Papier wegzunehmen, aber sie hielt es fest und beugte sich nah heran, um den Text zu analysieren.

„Ein Viertel, so steht es hier." Sie blickte auf. „Er hat eine Menge Geld dafür bezahlt."

„Wie viel?"

Als sie es ihm sagte, schüttelte Thomas den Kopf. „Valentin ist ein reicher Mann, das ist keine große Summe für jemanden wie ihn."

„Mit einem solchen Betrag könnte ich mein ganzes Leben in Luxus verbringen."

„Er lebt bereits im Luxus und seine Investition wird ihm nur noch mehr bringen. Wissen wir, wer die anderen Anteilhaber sind? Steht das im Dokument?" Er griff erneut nach dem Papier. Einmal mehr hielt Lubna es fest.

Thomas wartete - halb amüsiert, halb verärgert.

Lubna schüttelte den Kopf. „Das tut es nicht. Es gibt eine weitere Unterschrift, aber ich kann sie nicht entziffern, und die Ecke des Papiers, auf der der Name steht, ist mit Blut befleckt und das Siegel verschmiert."

„Leg es beiseite, wir können später darauf zurückkommen. Es könnte von Bedeutung sein. Das hast du gut gemacht."

Lubna fand drei weitere Dokumente mit Namen, nach denen sie suchte, Thomas nur eines. Er begann mit der Auswertung der arabischen Dokumente und stieß dabei auf etwas, das sein Interesse weckte, obwohl es nichts mit der vorliegenden Aufgabe zu tun hatte. Eine Handelsrechnung für eine Stoffrolle, die auf den Namen des Sohns des Sultans Abu Abdullah ausgestellt war. Er hätte sie ganz und gar übersehen, wenn der Name des Händlers nicht Carlos Rodriguez gewesen wäre.

Thomas las die Warenrechnung und warf das Papier dann auf den bereits gelesenen Stapel. Interessant, aber irrelevant.

Der Schatten, den die Hofmauer warf, berührte sie. Der Wind nahm zu und schnappte nach den Papieren, die auseinandergestoben wären, wenn sie nicht mit Steinen beschwert gewesen wären. Lubna schaute auf und streckte sich.

„Ich sollte das Essen für Helenas Rückkehr vorbereiten."

„Du wurdest nicht hergebracht, um ein Dienstmädchen zu sein."

„Sag das Helena, nicht mir. Das macht mir nichts aus. Ich bin nicht wie sie, ich muss beschäftigt werden." Lubna stand, so geschmeidig wie zuvor, und tappte barfuß ins Haus.

Thomas beobachtete, wie sie davonging und starrte noch lange nach ihrem Verschwinden auf die leere Tür.

Schließlich kehrte er zu dem kleinen Stapel von Dokumenten zurück, den sie beiseite gelegt hatten, hob ihn auf und ging in seine Werkstatt. Er breitete die fünf Dokumente auf dem Tisch aus und beugte sich vor, um sie der Reihe nach zu studieren, wobei er nach etwas suchte, von dem er sich nicht sicher war, ob er es erkennen würde, selbst wenn er es finden würde.

„Olaf hat geschworen, dass er keinen seiner Männer geschickt hat, um uns zu folgen", sagte Jorge als Antwort auf Thomas' Frage. Sie waren in dem Raum über dem Gasthaus, draußen vor dem Fenster wurde der Tag zur Nacht.

„Hast du ihm geglaubt? Diese Männer waren Soldaten."

„Nicht alle Soldaten gehören zu Olaf. Als ich mit ihm gesprochen habe, hatte ich einen anderen Eindruck als du. Ich glaube nicht mehr, dass er mit der Sache zu tun hat."

„Die Soldaten in dieser Stadt stehen unter seinem Kommando. Wer auch immer sie waren, sie verstanden es, uns zu folgen, und sie wussten, wer Bilal war. Oder glaubst du, dass Bilal die ganze Zeit schon ihr Gejagter war? Und warum hat Olaf versucht, mich zu töten?"

Jorge lachte. „Olaf kennt weder seine eigene Stärke noch seine Geschwindigkeit. Du hast ihn überrascht, du warst etwas besser als erwartet, hat er gesagt. Ich glaube, er hat nur reagiert, mehr nicht."

Thomas schüttelte den Kopf und wollte Olaf als Verdächtigen noch nicht loslassen. „Wer auch immer dahintersteckt, warum bis jetzt warten, um Bilal zu töten?"

„Weil er keine Bedrohung war, bis wir nach ihm gesucht haben. Es ist sicherer, ihn in Ruhe zu lassen und keinen Verdacht zu erregen. Bilal war ein Angestellter von Tahir - Geheimhaltung und Vertraulichkeit wurden ihm bis auf die Knochen eingebrannt. Ich bezweifle, dass er uns etwas gesagt hätte."

„Ich bin mir nicht so sicher." Thomas schritt durch das

Zimmer, während Jorge auf dem Bett saß. Auf dem Platz brannten Lampen und der Geruch von Essen und das Gemurmel von Gesprächen drang durch das offene Fenster. „Stell dir vor, wie er sich fühlen muss, aus seiner Position entlassen, gezwungen, in einem Ausbeuterbetrieb in einer Seitenstraße zu arbeiten. Du hast gesehen, wie viele Ange- stellte in diesem Raum zusammengepfercht waren. Wie würdest du dich fühlen, wenn man dich aus dem Harem hinauswerfen würde und du als eine Art Vorzimmer-Eunuch in einem Bordell existieren müsstest?"

„Ein Mann macht aus dem Leben, was er kann, sowohl aus den Höhen als auch aus den Tiefen. Aber du hast Recht, vielleicht hätte er mit uns gesprochen."

Thomas hob den kleinen Stapel von Dokumenten auf, den er und Lubna als interessant identifiziert hatten. „Ich verstehe nicht, warum wir nichts anderes gefunden haben."

„Zum Beispiel?"

„Du weißt, was. Bilal hat die erste Untersuchung durch- geführt. Ich glaube nicht, dass er seine Ergebnisse zerstört hätte. Wenn er diese Papiere hat, hätte er auch die Notizen, die er gemacht hat, aufbewahrt. Aber sie sind verschwunden."

„Ist es das, wonach sie gesucht haben?", sagte Jorge. „Sol- daten, die doch lesen können - was ist nur aus dieser Welt geworden?"

„Und diese hier?" Thomas winkte mit den Papieren in der Hand. „Weiß noch jemand von ihrer Existenz? Sicherlich sind auch diese eine Bedrohung."

„Vielleicht, vielleicht auch nicht. Aber sie sind alles, was wir haben. Sag mir, was darinsteht und mal sehen, ob ich dasselbe Muster sehe wie du."

Thomas zog einen Stuhl heraus und setzte sich an den kleinen Tisch. Er breitete die Papiere auf der Tischplatte aus. „Das ist mein Punkt, es gibt kein Muster, das ich sehen kann.

Das Einzige, was sie verbindet, sind die Namen der Männer, die wir mit Faris gesehen haben."

„Ist Faris selbst auf einem von ihnen aufgeführt?" Jorge machte keine Anstalten aufzustehen und herüberzukommen.

„Nicht direkt. Aber schau, Valentin al-Kamul ist auf diesem und diesem." Thomas schob zwei Papiere zur Seite. „Galbretti auf diesen drei. Alle drei sind miteinander verbunden."

„Aber inwiefern?", sagte Jorge. „Sag mir, um was es dort geht."

Thomas schüttelte den Kopf. „Das macht für mich keinen Sinn. Hier hat Valentin einen Viertelanteil an einer Mine gekauft – Eisenerz, wie es scheint. Das andere mit seinem Namen ist für Ackerland. Armes Ackerland noch dazu. Das ergibt keinen Sinn."

„Ist das Land in der Nähe der Mine?"

Thomas schaute die Papiere noch einmal durch, obwohl er die Antwort kannte, hatte er die Seiten schließlich noch lange, nachdem sie keinen Sinn mehr ergaben, studiert. „Vielleicht einen halben Tagesritt auseinander. Beide liegen in den Ausläufern des Sholayr-Gebirges."

„Könnte es sein, dass unter dem Ackerland noch mehr Eisen ist?"

„Das würde Sinn machen, aber es wird hier nicht erwähnt."

„Das würde es auch nicht sein, sonst wäre der Preis wesentlich höher. Valentin weiß vielleicht mehr, als aus diesen Seiten hervorgeht. Gibt es einen Vorteil, wenn wir bei ihnen mitspielen, damit wir die Möglichkeit haben, sie zu befragen, ohne uns verdächtig zu machen?"

„Diese anderen.", sagte Thomas, ignorierte die Frage, während er die Papiere wahllos herumschob. „Ein weiteres Stück Ackerland, diesmal einen Tag von der Mine in die andere Richtung entfernt, neben Al-Wādi Al-Kabīr. Dieses Land könnte sich inzwischen in spanischer Hand befinden.

Und hier hat Galbretti Landgüter in Sizilien verkauft und lässt sich den Gewinn hierher schicken."

„Und Don Domingo?"

„Eigentumsrecht an einem Haus in Qurtuba - welche Verbindung besteht da? Keine, die ich sehen kann."

„Don Domingo ist kein Narr, obwohl er mit diesen Männern verkehrt. Er sieht, wie der Krieg verläuft, und sein Blut ist spanisch, nicht maurisch. Wenn dieser Krieg endet - und er kann nur auf eine Art enden - wird er seinen Platz gesichert haben." Jorge lehnte sich nach vorne, sein Gesicht im Schatten, aber seine Augen leuchteten. „Denkst du dasselbe wie ich, Thomas?"

„Ich weiß es nicht. Was denkst du?"

Jorge lehnte sich zurück und lächelte. „Es gibt hier zwei Möglichkeiten." Er hielt eine geschlossene Faust hoch, bevor er einen Finger hob. „Erstens - diese Papiere bedeuten nichts. Sie sind die willkürlichen Geschäfte wohlhabender Männer, und wir sollten sie genau so behandeln. Er streckte einen zweiten Finger aus. „Oder zweitens, diese Männer planen etwas und stehen in Verbindung mit den Morden. Ob sie direkt hinter ihnen stehen oder nicht, habe ich noch nicht entschieden, aber sie planen sicher irgendeinen Unfug. Sie sind auf irgendeine Weise darin verwickelt."

Thomas starrte Jorge lange Zeit an, bevor er nickte. „Und Zoraya? Ist sie beteiligt oder nicht?"

„Wer sagt, dass sie nicht alle zusammen beteiligt sind?"

„Wir müssen mehr über diese Landerwerbe erfahren. Gibt es hier etwas, das wir noch nicht sehen? Es handelt sich alles um Grenzland. Es wird das erste sein, das verschwindet, wenn der Krieg letztendlich kommt. Aber wenn sie gemeinsam beteiligt sind, warum wurde Bilal getötet?"

„Für etwas, das er wusste und das nicht aufgeschrieben wurde? Er war ein Mann der Schriften, der sich der Macht der Worte ebenso bewusst war wie du. Er würde etwas so wichtiges niemals Tinte und Papier anvertrauen."

Thomas schaute durch das Fenster weg. „Also ist alles Wissen, das er besessen haben könnte, weg." Er drehte sich wieder in Richtung Jorge. „Meinst du, er hat sie herausgefunden? Die Antwort, nach der wir suchen?"

„Er war ein gelehrter Mann und kein Narr. Ja, ich glaube, er wusste, wer dahintersteckt. Wahrscheinlich nicht wer der Mörder selbst war, denn dieser Mann ist lediglich das Bauernopfer. Wir suchen seinen Herrn, der die Rage dieses Mörders lenkt."

Thomas sagte nichts, sein Geist war genauso erschöpft wie sein Körper. Diese Aufgabe war schwerer als alles, was er je erlebt hatte. Zu viele Verdächtige, nicht genug Beweise.

„Aber du bist auch nicht dumm, Thomas", sagte Jorge. „Wenn Bilal herausfinden konnte, wer hinter den Morden steckt, dann kannst du das auch."

Thomas schüttelte den Kopf. „Dein Vertrauen schätzt meine Fähigkeiten leider falsch ein. Ich glaube, ich habe jetzt weniger Ahnung als am Anfang."

Jorge lächelte. „Wenn wir für den Moment annehmen, dass Olaf und Zoraya nicht hinter der Verschwörung stecken - und wir können immer wieder auf sie zurückkommen - wer dann? Du musst einen Verdacht gehabt haben, als wir angefangen haben."

Thomas erwiderte das Lächeln. „Ich habe natürlich gedacht, dass Faris dahintersteckt. Und du?"

„Zu einfach, zu offensichtlich", sagte Jorge.

„Wie mir schnell klar wurde. Also, was denkst du?"

„Was ist mit Abu Abdullah?"

Thomas nickte. „An ihn habe ich auch gedacht. Denn wir suchen nach denen, die etwas zu gewinnen haben. Nicht von den Toten, sondern von denen, die durch sie geschädigt werden."

„Das wäre der Sultan", sagte Jorge. „Abu Abdullah will die Position seines Vaters."

Thomas nickte erneut. „Das ist die einzige Schlussfolgerung, zu der ich auch noch kommen kann. Nicht wer gewinnt, sondern wer verliert. Aber es ist auch nicht Abu Abdullah. Er würde genauso in Mitleidenschaft gezogen wie der Sultan."

„Erkläre mir den Verlust", sagte Jorge und beugte sich nach vorne.

„Das brauche ich nicht, du verstehst das besser als ich. Du lebst unter diesen Menschen, kennst ihre Gepflogenheiten besser als jeder andere. Das Einzige, was den Sultan an der Macht hält, ist Stärke, sei sie nun real oder eingebildet. Er gilt als starker Führer, als Krieger, und dieses Land braucht im Moment einen Krieger mehr als einen Herrscher. Wenn er geht, ist sein Sohn genauso behaftet wie er und wird nie an Macht gewinnen."

„Wenn der Sultan nicht verhindern kann, dass Menschen innerhalb der Mauern seines eigenen Palastes sterben, wird er nicht mehr als stark, sondern als schwach angesehen. Die Wölfe schleichen sich heran und spüren diese Schwäche."

„Sind wir dann wieder bei Faris?", sagte Thomas.

„Faris würde nicht von den Menschen akzeptiert werden."

„Dann plant Faris eine Verschwörung im Namen einer anderen Person?"

„Was uns einmal mehr zu demjenigen bringt, der am meisten von der Absetzung des Sultans profitiert."

„Seine Söhne."

„Welche Söhne - Aixas oder Zorayas?"

Thomas stöhnte und legte seinen Kopf in seine Hände. „Ich kann heute Abend nicht mehr darüber nachdenken. Meine Gedanken sind so zerrüttet wie zerbrochenes Glas. Ich brauche Schlaf, ich muss die Verschwörungen bis zum Morgen vergessen."

Jorge erhob sich vom Bett. „Dann lass uns essen gehen und dann eine Weile durch die Straßen laufen. Vielleicht sogar das Badehaus besuchen und uns etwas entspannen." Er

durchquerte den Raum und legte eine Hand auf Thomas'
Schultern, hob sein Kinn an, damit er ihm in die Augen
schauen konnte. Es war eine unangenehm intime Geste.
„Manchmal lässt man solche Dinge am besten in der Dunkel-
heit reifen. Schalte deinen Verstand ab und denke an gutes
Essen, guten Wein und, wenn du willst, an eine gute Frau."

„Ich habe eine Frau."

„Dann iss und trink und geh nach Hause und mach Liebe
mit ihr. Aber schalte den hier aus." Er klopfte Thomas mit
seinen Knöcheln auf die Schädeldecke.

Thomas machte sich auf den Weg zur Tür. „Ich werde es
versuchen, aber es ist nicht leicht. Ich will einfach nur eine
Idee, wo ich suchen soll. Ich hätte nie gedacht, dass wir am
Ende zu viele Verdächtige haben würden."

„Vergiss es", sagte Jorge. „Morgen früh wird dir vielleicht
eine vollständig ausgeführte Idee kommen."

„Morgen früh könnten wir beide tot sein."

„In diesem Fall lass uns das Leben so lange wie möglich
genießen."

KAPITEL SECHSUNDZWANZIG

Als er die dunklen Gassen des Albayzin hinaufstieg, wurde Thomas klar, dass er nicht an Helena, sondern an ihre Schwester dachte. Ein Bild von Lubna vom Anfang des Tages schoss ihm in den Kopf. Mit leuchtenden Augen, fasziniert, als sie Kräuter und Puder und Öle mischte. Ihr Unterschied zu Helena war offensichtlich und verblüffend. Jedes Mal, wenn er sich bemühte, den Gedanken zu vertreiben, war er einen Augenblick später wieder da. Eine Sehnsucht nach etwas, das er nicht ausdrücken konnte. Thomas hielt sich für willensschwach, weil er das Durcheinander der Bilder nicht loswerden konnte, aber zumindest hatte der Wein seine Gedanken gelockert und ließ zu, dass ihn kurzzeitig etwas anderes beschäftigte. Jorge hatte Recht damit gehabt.

Schmale Stufen brachten ihn auf eine ebene, mit glatten Steinen gepflasterte Straße. Thomas blieb stehen, um Luft zu holen, und blickte auf den Palast Al-Hamra, der über die ganze Stadt emporragte. Wie es vorgesehen war.

Er hatte etwas übersehen und endlich herausgefunden, was es war. Die Dokumente aus Bilals Zimmer waren nebensächlicher Lärm, mehr nicht. Es musste noch andere geben.

Irgendetwas machte ein Geräusch, unten auf den gewundenen Stufen, die er gerade hinaufgegangen war. Ein Fuß, der gegen einen Stein trat. In der Stille der Nacht klackerte er davon. Thomas ging zurück zum oberen Ende der Treppe und schaute nach unten. Nur Dunkelheit. Hundert Mann könnten sich dort verstecken, und er dachte an die Schritte, die er und Prea in den Tunneln gehört hatten. Er wartete, wachsam, aber es kam nichts mehr. Irgendeine Kreatur - ein Hund, eine Katze, eine Ratte? Es hätte alles Mögliche sein können. Er eilte weiter, die Nacht war noch nicht vorbei.

Das Haus war ruhig und er bewegte sich vorsichtig, wollte Helena nicht wecken, wusste, dass er Lubna stören würde, es sei denn, sie hatte einen anderen Ort zum Schlafen gefunden.

Sie lag zusammengerollt auf der Liege, eine schwächelnde Kerze flackerte auf dem Boden neben ihr. Thomas bewegte sich vorsichtig durch den dunklen Raum, kannte seinen Weg genau. Er fasste die Holzbank an und zog an einer Schublade, öffnete sie vorsichtig. Seine Hand suchte in ihrem Inneren, fand, worauf sie aus war.

„Thomas?“

„Schlaf weiter. Ich gehe wieder raus.“

Sie setzte sich auf und packte die Decke, als diese drohte, den Blick auf sie freizugeben. „Es ist mitten in der Nacht.“

„Noch nicht. Geh schlafen.“ Er entfernte sich von der Bank und schob das, was er geholt hatte, unter sein Gewand.

„Was versteckst du?“

„Nichts.“

Lubna lachte auf, ohne jeglichen Humor. „Ich habe gesehen, dass du etwas versteckst. Oder war es nur ein Vorwand, um mich zu wecken? Begehrst du meinen Körper so sehr wie den meiner Schwester?“

Thomas blickte zu ihr hinunter. So verletzlich. So selbstbewusst.

„Ich habe das Bedürfnis nach etwas Schutz verspürt.“ Er zog das Messer hervor, das er genommen hatte.

Lubna schwang ihre Füße auf die Steinfliesen und stand auf. „Was hast du vor?"

Thomas seufzte. Er bewunderte Lubnas scharfen Verstand, hätte es aber ausnahmsweise lieber gehabt, wenn sie nicht so viele Fragen stellen würde.

„Die Dokumente, die wir gelesen haben, sind nicht die, die ich suche. Bilal muss andere haben, die ich nicht gefunden habe."

„Du hast gesagt, die Soldaten hätten sie mitgenommen."

„Das glaube ich nicht, nicht mehr. Ich glaube, sie sind noch in seinem Zimmer. Wir haben es durchsucht, aber nicht gründlich oder lange genug. Ich gehe jetzt dorthin und komme nicht zurück, bis ich sie gefunden habe."

„Wenn sie existieren."

„Wenn sie existieren, werde ich sie finden."

Lubna schüttelte den Kopf. „Dann warte, ich werde mit dir gehen."

„Bleib hier."

Lubna runzelte die Stirn über die Rauheit in seiner Stimme.

Thomas schloss die Lücke, die zwischen ihnen war, und legte seine Hände auf ihre Schultern, bemerkte erst dann, dass er immer noch das Messer in der Hand hielt, aber Lubna wich nicht zurück.

„Warum, glaubst du, bin ich zurückgekommen, um die Klinge zu holen?", fragte er.

„Ich kann Wache halten, während du suchst."

„Wenn ich Hilfe gewollt hätte, hätte ich Jorge gefragt." Lubna sollte nicht wissen, dass ihm diese Idee gerade erst gekommen war. „Um diese Uhrzeit wird sich niemand dort herumtreiben. Schlaf weiter, wir sehen uns morgen früh." Er drehte sich um und ging schnell weg, bevor sie etwas sagen konnte.

Der Albayzin sah im Dunkeln anders aus, und Thomas hatte sich mehr als einmal verlaufen. Irgendwann hatte er Angst, Bilals Zimmer nie wieder zu finden, dann stieß er unerwartet auf die Stadtmauer und folgte ihr, da er wusste, dass die Unterkunft direkt vor ihrem Tor lag.

Als er den Ort fand schließlich, stellte er fest, dass das Zimmer in Windeseile wieder vermietet worden war. Der äußere Eingang zur Straße war offen, und er zählte fünf Türen ab. Er erwartete, dass sein Stoß die Tür öffnen würde, aber stattdessen fand er sie verschlossen vor. Er klopfte, dann nochmal, lauter. Von innen gab es keine Reaktion, aber er hörte Stimmen hinter anderen Türen. Thomas klopfte erneut an und wurde schließlich mit dem Öffnen eines Türriegels belohnt.

Ein kleiner Mann schaute heraus, seine Augen waren kaum geöffnet. „Was wollen Sie um diese Uhrzeit?"

„Ich muss Ihr Zimmer durchsuchen."

„Ich bin ein Steinmetz, Sir, ich besitze nichts wertvolles."

Thomas griff in sein Gewand, zog einen goldenen Maravedi hervor und drückte ihn dem Mann in die Hand. „Jetzt tun Sie es." Die Münze war mehr, als der Mann in drei Monaten verdienen konnte. „Ich brauche eine Stunde allein in Ihrem Zimmer."

Der Mann schüttelte seinen Kopf und schaute hinaus, suchte nach einer Frau.

„Ich bin erst heute Abend eingezogen, ich verstehe nicht, was -"

„Wollen Sie die Münze oder nicht?"

Der Mann schaute auf seine Hand herunter und nickte.

„Dann suchen Sie sich einen anderen Ort. Setzen Sie sich auf den Hang und genießen Sie die Sterne."

Der Mann ging zurück in den Raum und begann, sich einfache Kleidung anzuziehen. Thomas trat hinter ihm ein und sah sich bereits um. Das kleine Fenster ließ etwas Mondlicht herein, aber nicht genug für seine Aufgabe. Auf einem Steinregal lagen eine Öllampe und ein Feuerstein und Thomas zündete sie an. Nachdem er den Hügel durch die Nacht heraufgestiegen war, blendete ihn das wenige Licht, das sie spendete.

„Eine Stunde?", fragte der Mann, der in der Tür stand.

„Nicht mehr. Ich rufe dich, wenn ich fertig bin." Einen Moment lang dachte Thomas, dass eine zweite Münze nötig wäre, aber der Mann nickte und verschwand.

Thomas hielt die Lampe hoch und sah sich um. Ein Fleck markierte noch immer die Stelle am Boden, an der Bilal gestorben war. Nur die Bettwäsche war gewechselt worden, alles andere ist gleichgeblieben. Nächste Woche würde es dieser neue Bewohner sein, der seine schmutzige Kleidung in einem Leinensack vor die Tür stellt. Das Leben geht weiter, gemessen an solch kleinen Ereignissen. Einen Moment lang fragte sich Thomas, ob der Mann etwas von Bilals Sachen weggeworfen hatte, aber er bezweifelte es. Was immer zurückgelassen wurde, würde eher Glück als Pech bedeuten: neue Kleidung, vielleicht sogar etwas Geld.

Er hatte bereits den kleinen Schreibtisch durchsucht, tat es aber noch einmal und stellte die Lampe so hoch, wie er konnte, damit ihr Leuchten den Raum erfüllte. Ihre Helligkeit wurde weniger, als sich seine Augen an das Licht gewöhnt hatten.

Im Schreibtisch befanden sich drei Schubladen, flach, aber tief. Thomas zog sie vollständig heraus und legte sie auf das Bett. Sie enthielten unbeschriftetes Papier, einige Schreibfedern und ein kleines Fläschchen mit Tinte sowie die Zutaten für mehr. Auf dem Boden einer von ihnen lagen einige kleine Münzen verstreut. Thomas kippte den Inhalt auf das Bett und drehte jede Schublade um, aber sie waren nicht mehr als das, was sie zu sein schienen. Er richtete seine Aufmerksamkeit auf den Schreibtisch selbst, kippte ihn um und ging auf die Knie, tastete seine Unterseite ab und ruckelte an den Verbindungsstücken. Auch dort - nichts.

Er stand auf und betrachtete den Raum. Das einzige andere Möbelstück war das Bett.

Thomas legte die Gegenstände wieder in die Schubladen und schob sie zurück in den Schreibtisch. Er zog die dünne Matratze vom Bett und lehnte sie an die Wand. Er drehte das Bett um, wie er es mit dem Schreibtisch getan hatte, und arbeitete sich Zentimeter für Zentimeter voran, mit dem gleichen Ergebnis. Er versuchte es mit der Matratze, prüfte mit den Fingern ihren dürftigen Komfort und benutzte sogar sein Messer, um einige Nähte aufzutrennen, damit er sie auch innen abtasten konnte. Frustriert trat er gegen das Bett. Es blieben nur noch die Wände übrig, und er dachte an die Tunnel, die durch den Palast führen. Vielleicht.

Er begann neben der Tür. Der Raum war nicht hoch, und Thomas konnte die Decke erreichen, ohne sich zu strecken. Er drückte gegen jeden Stein, benutzte das Messer zwischen den Reihen, aber alles blieb stabil. Er verfluchte die Bauherren, weil die Struktur solide war, nicht ein einziger loser Stein, der zum Verbergen geheimer Dokumente verwendet werden könnte. Thomas zog das Bett in die Mitte des Zimmers und untersuchte die Wand am Fenster. Er war besonders vorsichtig um die schmale Öffnung herum, aber wieder einmal hatten die Maurer gute Arbeit geleistet.

Er murmelte vor sich hin und ging einen Schritt zurück, geschlagen.

Etwas bewegte sich unter seiner Ferse und er verlor fast das Gleichgewicht.

Er ging zur Seite und auf die Knie. Seine Finger spreizten sich über eine raue Platte, und er schob und wackelte leicht an ihr. Thomas nahm das Messer und drückte es in einen Riss. Die Mörtelfuge war locker und er hebelte die Platte ein wenig an, um sie anzuheben. Er drückte seine Fingerspitzen unter eine Kante, benutzte erneut das Messer und die Platte löste sich. Thomas legte sie auf eine Seite. Darunter war eine kleine Kammer ausgehöhlt worden. Bilal muss eine Woche gebraucht haben, um dieses Versteck zu machen, es sei denn, es war bereits da gewesen und er hatte es erst entdeckt, so wie Thomas es getan hatte. Darin lag etwas, das in ein geöltes Tuch gewickelt war.

Thomas nahm das Paket heraus und wickelte es so weit auf, dass man sehen konnte, was darin lag. Dokumente. Er legte sie auf die Seite und setzte die Steinplatte wieder an ihren Platz, zog das Bett zurück und machte es neu. Er sah sich ein letztes Mal um. Hier gab es nichts mehr für ihn. Er hatte das Geheimnis, nach dem er gesucht hatte, gelüftet.

Noch hundert Schritte und Thomas würde vor seiner Tür stehen. Helena würde in seinem Bett schlafen, aber er wusste, dass er es nicht mit ihr teilen wollte. Er schüttelte den Kopf. Welcher andere Mann würde einer solchen Frau den Rücken zukehren, selbst wenn sie ihn betrogen hätte? Helena war dazu erzogen worden, Lust zu befriedigen. Andere Männer würden sie benutzen - und missbrauchen -, aber Thomas wusste, dass er nicht zu diesen Männern gehörte. In seinem Kopf drehte sich alles vor Müdigkeit, aber er wusste, dass er nicht schlafen konnte, bis er die unter seinem Gewand verborgenen Dokumente untersucht hatte.

Er drehte sich zur Seite und blieb bei einem Geräusch stehen, das von hinten kam, von den Stufen, die er vor kurzem hinabgestiegen war. Thomas blieb stehen und lauschte in dieser Nacht zum zweiten Mal. Eine Zeit lang nichts, und dann, kaum hörbar, vernahm er ein Schlurfen, kurz darauf ein zweites. Jemand kam fast lautlos die Stufen hinunter. Thomas machte ein Dutzend Schritte, bevor er in eine schmale Türöffnung schlüpfte, die gerade tief genug war, um ihn von der Straße zu verbergen. Er zog seinen dunklen Umhang um sich, lockerte seine Kopfbedeckung und bedeckte sein Gesicht, wartend.

Er begann gerade zu glauben, dass er übervorsichtig gewesen war, als eine Gestalt mit wallendem Gewand am Eingang des Torbogens vorbeiging. Thomas hörte zu, als sich die Schritte entfernten... sich verlangsamten... aufhörten. Er vernahm ein schlurfendes Geräusch, und dann begannen sie zurückzukehren, jetzt langsamer.

Thomas tastete unter seinem Gewand, seine Hand suchte und schloss sich um den Griff des Messers. Er zog die Klinge, bereitete sich vor, hatte Angst ein armer Soldat im Vergleich zu dem zu sein, der hinter ihm her war. Ein Schauer lief über seinen Körper, als Stimmen zu hören waren. Sie waren zu zweit.

Einer muss weiter weg, in der Nähe seines Hauses, gewartet haben, für den Fall, dass der Verfolger ihn verloren hätte. Zwei Männer. Zwei Männer, die ihn verfolgten. Genau wie zwei Männer Bilal verfolgt hatten. Es gab keinen anderen Grund für sie, hier zu sein, sich so zu verhalten. Thomas drückte sich eng in den kleinen Schutz des Torbogens und versuchte abzuschätzen, ob er dort sicherer wäre oder unter freiem Himmel, wo er mehr Bewegungsfreiheit hätte. Als die Schritte näherkamen, wurden die flüsternden Stimmen immer lauter. Er versuchte zu verstehen, was sie sagten, aber nichts machte Sinn, und Thomas fiel auf, dass sie eine Sprache sprachen, die er nicht verstand. Ab und an blieb ein Wort in seinem Gedächtnis haften, und er versuchte, es einzuordnen.

Ihn überkam ein Schauer.

Sie redeten in der Sprache, die Helena mit ihrem Vater benutzte, Olaf fühlte sich immer noch unwohl in der Sprache seiner Wahlheimat und war dankbar für jeden, der ihn mit Worten beruhigen konnte, die er leicht verstand.

Zwei Nordmänner.

War das von Bedeutung? Das musste es. Der Zufall hat seine Grenzen. Aber wenn es eine Bedeutung gab, welcher Art war sie dann?

Dann kamen sie auf ihn zu, Thomas war immer noch in der Unentschlossenheit gefangen. Er schloss seine Augen, wollte seinen eigenen Tod nicht kommen sehen. Die Stimmen wurden lauter, erreichten ihren Höhepunkt und wurden leiser. Sie waren direkt an seinem Versteck vorbeigegangen. Thomas ließ die Luft raus, die er angehalten hatte, öffnete die Augen und spähte um den Rand des Torbogens, glaubte nicht, dass sie an ihm vorbeigegangen sein konnten, ohne ihn zu sehen.

Die Männer bewegten sich durch die Gasse, näherten sich dem Fuß der Treppe, die Thomas nur wenige Augenblicke zuvor hinuntergegangen war. Sie trugen schwarze Gewänder, schwarze Beinlinge, aber ihre Köpfe waren unbedeckt. Das Haar des einen sah im Sternenlicht dunkel aus, das des anderen fast weiß. Thomas überlegte, aus seinem Versteck zu schlüpfen und nach Hause zu stürzen. Die Tür wäre unverschlossen, und wenn er erst einmal drin war, konnte er sie von innen verriegeln. Es gab einen zweiten Eingang an der Seite, der direkt in seinen Arbeitsraum führte, aber der war immer verschlossen.

Die Männer blieben stehen und unterhielten sich. Einer drehte sich um und Thomas duckte sich in den Schutz der Tür, aber er war zu spät. Ein gedämpfter Schrei ertönte, gefolgt von rennenden Füßen, und er sprintete in die Gasse, rannte so schnell er konnte nach Hause, wusste nicht einmal sicher, ob diese Männer ihm etwas Böses wollten, war in seinem Herzen aber überzeugt davon, dass sie es taten.

Er wusste, dass sie ihn zehn Schritte vor der Sicherheit erwischt hatten, als etwas an seinem wehenden Gewand zerrte. Das Abbremsen brachte seine Füße, die in Sandalen steckten, zum Rutschen. Er stolperte, fand seinen Halt und drehte sich um, das Messer vor sich haltend.

Die Männer blieben stehen, Grinsen erhellten ihre Gesichter in der Dunkelheit.

„Wovor rennst du weg, Chirurg?"

„Warum verfolgt ihr mich?"

„Wir sind zwei Soldaten auf dem Heimweg vom Bordell. Warum sollten wir dir folgen wollen? Oder hast du Frauen, die wir uns teilen könnten? Vielleicht eine schöne Konkubine mit einer Haut so bleich wie Milch und Haaren wie Schnee?"

„Wer hat euch geschickt - war es Olaf?"

„Olaf?" Der dunkelhaarige Mann lachte. „Olaf ist der Mann des Sultans." Der Akzent des Soldaten war stark, sein Begleiter hatte noch nichts gesagt, aber Thomas wusste aus vergangenen Kämpfen, dass man immer die Stillen beobachten musste. Während der Mann sprach, bewegten sich beide langsam auseinander und gaben sich Raum für einen Angriff. Thomas' dummes Messer fühlte sich in seiner Hand winzig klein an. Noch winziger, als der blonde Mann einen Krummsäbel zog.

Thomas hörte den flüsternden Stahl des anderen, drehte seinen Kopf aber nicht, die Augen auf die des schweigenden Angreifers gerichtet.

„Komm schon, töte mich, wenn du kannst." Thomas täuschte eine Bewegung nach vorn an, erfreut und überrascht, dass der Mann einen Schritt zurückwich. Das war der Moment, anzugreifen, sich schnell und sicher zu bewegen und ihn zu erledigen. Thomas hatte es oft genug im Kampf gesehen. Manche Männer prahlten, zogen eine gute Show ab, aber wenn es darum ging, zu töten, zögerten sie. Er hatte auch diejenigen gesehen, die lebend davongekommen waren, und sie waren diejenigen, die nicht zögerten. Es waren keine bösen Männer, aber er hatte gesehen, wie sich etwas in ihren Augen abschaltete, kurz bevor sie sich in die Schlacht stürzten. Dasselbe, das er aus seinem Körper weichen fühlte, wenn er es ihnen gleichtat. Er hielt seinen Schwung aufrecht und schlug auf den blonden Mann ein, seine Klinge blitzte im Sternenlicht, die Welt dunkel und in Wirrwarr gehüllt.

Thomas sah nicht, sondern spürte wie sich der zweite

Mann einschaltete, zu langsam, zu vorsichtig, und Thomas war erfüllt von Jubelgeschrei, von Blutgier. Er schlug zu, drehte sich, das Messer schnellte hervor. Es blieb an etwas hängen, und der dunkelhaarige Mann taumelte zurück, fluchte in seiner Sprache und rief seinen Begleiter.

Der Mann machte zu viel Lärm. Der andere war zumindest klug genug, still zu sein.

„Hilfe!", brüllte Thomas laut. „Mord! Helft mir!"

Er drehte sich wieder um, ignorierte den lauten Angreifer und stürzte sich schnell auf den schweigenden. Der Mann war wieder bei Sinnen und wich diesmal nicht zurück. Er zuckte zu einer Seite, wich Thomas' Klinge knapp aus, schlug dann zurück, sein Schwert von der Seite kommend. Thomas schnellte davon und die Klinge zischte durch die Luft, wobei sie eine Falte seines Schals erwischte und ihn sauber durchschlitzte. Thomas schreckte nicht zurück, sondern trat wieder nach vorne, in den Angriff, und der zweite Schlag enthielt weit weniger Kraft als der erste. Er hob seinen linken Arm und fing die Klinge mit seinem Gewand auf, die dicken Falten federten den Schlag ab. Er stieß sein Messer nach vorne, zufrieden, als es auf Widerstand traf. Er drehte sich und die Klinge verfing sich, wurde von seiner Hand gezerrt. Der Mann keuchte, fiel nach hinten, sein Schwert glitt an der Falte von Thomas' Gewand entlang. Die Bewegung des rasiermesserscharfen Stahls tat das, was der Schlag nicht geschafft hatte, sie schnitt durch Leinen, schnitt durch Fleisch, bis sie auf Knochen traf. In Thomas' Arm loderte ein brennender Schmerz auf, und er stolperte davon, das Schwert blieb einen Moment lang hängen, bevor es herausrutschte. Er taumelte, umklammerte seinen Arm, Blut pulsierte schon aus der Wunde. Er war am Ende.

KAPITEL SIEBENUNDZWANZIG

„Thomas!" Es war eine Frauenstimme. Nicht Helena, sondern ihre Schwester. Eine Welle von Übelkeit und Schwindelgefühl durchflutete ihn, die Welt schwamm davon.

Etwas rüttelte an seiner Seite. So endet es also, nach all der Zeit, all den Meilen, die ich zurückgelegt habe, all den Dingen, die ich gesehen und getan habe, endet es hier in einer Gasse in der Dunkelheit.

Er blickte auf, wollte ein letztes Mal die Sterne sehen und wartete auf den Stoß, der sein Leben beenden würde. Aber seine Angreifer zogen sich zurück. Einer von ihnen umklammerte seine Brust auf der linken Seite. Der andere hielt eine Hand an seine Taille. Sie bewegten sich schneller, als Fenster aufgeworfen und Türen weit aufgestoßen wurden. Auf einmal waren Menschen um ihn herum, helfende Hände, und Thomas fand Lubna an seiner Seite, deren winziger Körper versuchte, sein Gewicht zu tragen, und es gelang ihr halb, bevor ihr andere Hände zu Hilfe eilten, um Thomas ins Haus zu bringen.

„Bringt ihn durch den Hof in den Arbeitsraum. Ich werde ein Licht holen."

Männer trugen ihn in den überfüllten Raum, den er mehr als jeden anderen auf der Welt liebte. Ein passender Ort zum Sterben, dachte er, die Welt kippte noch einmal, als er seinen Arm anschaute. Das Blut pulsierte weiterhin aus der Wunde, ein dunkler Fleck breitete sich über sein Gewand aus.

Etwas berührte seine Kniekehlen und er saß schwer, war auf der schmalen Liege, deren Matratze von Lubnas Schlaf noch warm war. Drei Männer standen um ihn herum, in einer zerlumpten Mischung aus Hemden und Gewändern gekleidet, einer mit einem groben, um die Taille gewickelten Stofffetzen.

„Vielen Danke, meine Herren."

„Danke deinem Dienstmädchen. Sie war es, die dich gerettet hat."

Er kannte jeden dieser Männer, betrachtete sie gewissermaßen als Freunde.

„Wo ist sie hingegangen?"

„Sie holt gerade eine Lampe." Derjenige, der gesprochen hatte, schaute auf Thomas' Arm, drehte sich schnell weg.

„Hol mir eine Klinge. Sie sind auf der Bank. Schnell."

Einen Moment lang bewegte sich keiner von ihnen, dann kam das Tappen der Schritte näher, ein schwankendes Licht, und als Lubna den Raum betrat und eine Laterne hochhielt, machte sich ein Mann auf die Suche, kam mit einem scharfen Messer zurück. Thomas nahm es und schlitzte die Überreste seines Gewandes auf einer Seite auf, ließ es fallen und eröffnete den Blick auf eine tiefe Wunde an der äußeren Seite seines Arms, auf der Hälfte zwischen Ellbogen und Handgelenk. Thomas atmete erleichtert aus. Der Schnitt lag auf der Außenseite und der Knochen hatte die Klinge gestoppt. Das Blut floss weiter, aber Thomas wusste, dass es ihn nicht töten würde, wenn es nicht unbehandelt bliebe, und wer könnte ihn besser behandeln als der beste Chirurg in Gharnatah?

„Ich kann mich jetzt um ihn kümmern, meine Herren. Ich danke Ihnen für Ihre Hilfe." Lubna begann, sie hinaus zu treiben. Die Desorientierung des Angriffs und der schnellen Flucht ins Haus verließ Thomas jetzt, eine tiefere Übelkeit ersetzte sie, als er erkannte, wie nahe er dem Tod gekommen war.

Lubna kehrte einen Moment später zurück und kniete sich vor die Liege, starrte auf die Hand, die die Wunde an seinem Arm bedeckte. Auf ihrem Gesicht zeigte sich keine Angst oder Abscheu. Sogar durch seine Schmerzen hindurch bemerkte Thomas, dass sie nur ein dünnes Baumwollhemd trug, das die Form ihres Körpers darunter offenbarte.

„Sag mir, was ich tun muss."

„Seide und eine Nadel. Du findest beides in der mittleren Schublade der Bank. Und dort ist ein Instrument. Es sieht aus wie eine Schere, hat aber stumpfe Klingen. Hol das auch."

Lubna rannte quer durch den Raum. Sie stöberte in der Schublade, kehrte mit den Gegenständen in der Hand zurück.

„Sind es die, die du willst?"

„Fädele die Seide ein, dann hol eine Kerze und zünde sie an. Halte die Nadel mit dem Instrument fest und halte die Nadelspitze in die Flamme, bis sie glüht. Dann gib sie mir."

Lubna brachte eine Kerze, zündete sie an und tat, was er verlangte. Thomas sah, wie sich ihr Mund zu einer schmalen Linie zog, als die Spitze der Nadel rot und dann kurzzeitig weiß glühte. Sie fasste die Seide an und ließ die Nadel los, so dass sie lose herunterhing. Thomas nahm sie, verbrannte sich die Finger. Er knirschte mit den Zähnen und stach die Nadel in sein Fleisch. Seine Augen tränten, der Schmerz war enorm, aber er arbeitete weiter, schob die Nadel hinein und auf der anderen Seite heraus.

„Es tut mir leid, ich kann den nächsten Teil nicht mit einer Hand machen. Zieh die Seide durch, bis auf jeder Seite der Wunde zwei Zentimeter sind. Dann schneide sie ab und binde sie fest, um die Ränder der Wunde zusammenzuziehen.

Lubna nickte, zog am Faden, eine winzige Qual, als er durch sein Fleisch gezogen wurde. Sie schnitt ihn durch und sah sich nach einem Platz um, wo sie die Nadel ablegen konnte.

„Leg sie nicht weg. Hier, gib sie mir zurück."

Sie reichte Thomas die Nadel, kehrte zu seinem Arm zurück, straffte den Faden und zog daran. Das Fleisch zog sich zusammen und sie hob ihren Blick zu ihm.

„Fester. So fest, wie es geht, aber Vorsicht, dass die Haut nicht reißt."

Sie befolgte seine Anweisungen, wand sich, als ob auch sie seinen Schmerz spürte. „Genug?"

„Gut."

„Gib mir die Nadel", sagte sie, „ich kann den Rest erledigen."

„Du weißt nicht, wie." Sein Kopf begann wieder zu verschwimmen. Mehr vor Schock als vor Blutverlust, aber auch davon hatte es etwas gegeben.

„Ich bin eine gute Näherin. Es scheint mir viel einfacher zu sein, als ein Knopfloch in ein Damenkleid zu nähen." Sie nahm die Nadel aus seinen schlaffen Fingern, und Thomas sackte in die Liege, spürte kaum etwas, als Lubna die Nadel in seinen Arm und auf der anderen Seite der Wunde wieder herausschob.

„Wenn ich ohnmächtig werde, gieß Rohalkohol in die Wunde, wenn du fertig bist. Und reinige sie mit einem darin getränkten Tuch. Da sind frische Verbände in einer der Schubladen in... ich weiß nicht genau wo, aber in einer davon. Verbinde meinen Arm fest. Dann mach einen Auszug aus Mohn, ich könnte ihn brauchen, wenn ich vor Schmerzen aufwache."

Thomas schloss seine Augen und ließ sich treiben. Er fühlte den Zug in seinem Fleisch, als Lubna weitere Stiche hinzufügte, aber der Schmerz war weit weg, nicht mehr als jemand, der in seine Haut kneift.

Als er das nächste Mal die Augen öffnete, stand sie auf der anderen Seite des Raums und rollte den Verband ab, und Thomas fragte sich, wie viel Zeit verstrichen war.

„Wo ist Helena?"

Lubna lachte kurz auf. „Sie schläft natürlich."

„Ich nehme an, sie wusste, dass sie nicht helfen konnte."

„Sie ist nicht einmal aufgewacht." Lubna drehte sich um und kam mit dem Verband in der Hand zur Liege. „Sie hat mich wieder um Mohn gebeten."

„Du hättest ihr keinen geben sollen. Sie findet zu viel Gefallen daran."

„Ich habe es ihr verweigert."

„Wirklich?" Thomas hob seinen Arm, schaute auf Lubnas Arbeit hinunter. Die Nähte waren überaus fein und er lächelte, fragte sich, ob es möglich wäre, einen Knopf in die wunden Zwischenräume einzusetzen, und zweifelte daran. Sie hatte mindestens dreimal mehr Stiche gemacht als er gemacht hätte. Es würde schmerzhaft sein, sie zu entfernen, aber er musste zugeben, dass die Narbe kleiner sein würde.

„Ich weiß genau, was Opium bei Menschen bewirkt", sagte sie. „Ich habe es in den Häusern, in denen ich gearbeitet habe, gesehen. Das würde ich meiner Schwester nicht antun, aber sie ist raus gegangen, und als sie zurückgekommen ist, hatte sie ein wenig von jemand anderem bekommen."

„Von einem meiner so genannten Kollegen, nehme ich an."

Lubna warf Thomas einen Blick zu. „Meine Schwester hat es immer geschafft, von Männern zu bekommen, was sie wollte."

„Ich werde den Mohn doch nicht brauchen. Du hast gute Arbeit an meinem Arm geleistet. Ich werde ohne Hilfe schlafen können." Er begann, sich aufzusetzen, und Lubna legte eine Hand an seine Brust und drückte ihn nach unten.

„Ich werde trotzdem ein bisschen für dich machen. Ich weiß, dass du nicht die Art von Mann bist, der abhängig wird. Du gehst nirgendwo hin. Bleib hier. Schlaf. Ich werde auf dich aufpassen."

Thomas ließ sich von ihr auf die Liege zurückdrücken. Er lag halb wach, nur das Pochen in seinem Arm hinderte ihn daran, einzuschlafen. Er sah zu, wie Lubna Mohnköpfe nahm und die klebrige Milch aus ihnen extrahierte. Dunkles Haar fiel über ihre Schultern, aber von der Seite betrachtet könnte man sie mit einem Jungen verwechseln: schmale Hüften, schlank, fest auf ihren Beinen. Thomas konnte die Reaktion, die sie bei ihm auszulösen begann, nicht ignorieren. Sie war nicht so schön wie ihre Schwester, aber ihre elfenhafte Anmut, ihr ansteckendes Lächeln deutete auf etwas Echtes hin, das Helena fehlte. Selbst als er seine Verliebtheit erkannte, unterdrückte Thomas sie, gestand der Frau, die oben schlief, eine Art von Loyalität zu, auch wenn sie ihm wiederum nur wenig davon gezeigt hatte. Was auch immer er gegenüber Lubna empfand, er schwor, selbst als er sie beobachtete, er würde niemals darauf reagieren.

Lubna kehrte zurück und kniete an seiner Seite nieder, während der Mohn in ein wenig Wein eingeweicht wurde. Sie starrte ihn lange an, ein Runzeln warf Falten auf ihre Stirn.

„Es gibt etwas, das ich nicht verstehe", sagte sie.

Thomas lächelte. „Es gibt viele Dinge, die ich nicht verstehe."

„Warum bist du noch am Leben?"

„Weil du mir zu Hilfe gekommen bist."

Lubna schüttelte den Kopf. „Nein. Die beiden, die dich angegriffen haben, waren Soldaten. Du bist ein Arzt. Sie hätten dich im Nu töten sollen. Stattdessen hast du zurückgeschlagen, du hast sie verwundet. Ich habe nichts getan. Und deine Nachbarn auch nicht. Du warst es, der sie abgewehrt hat." Ihr Stirnrunzeln wurde tiefer. „Wo hast du gelernt, so zu kämpfen?"

„Ich hatte Glück, oder sie waren leichtsinnig."

„Nein." Sie schüttelte den Kopf stärker, ihre Haare begannen zu fliegen. „Ich habe dich gesehen. Du hast gekämpft wie..." Sie setzte sich auf ihre Fersen und atmete aus. „Du hast gekämpft wie jemand, der das schon einmal getan hat."

„Dieser Mohn wird jetzt fertig sein."

„Ich habe sie gehört, als sie davongerannt sind", sagte Lubna. „Sie haben die Sprache des Nordens gesprochen. Die Sprache meines Vaters."

„Ich weiß. Ich habe die Worte nicht verstanden, aber ich habe die Laute erkannt. Es waren Nordmänner."

Lubna starrte ihn weiterhin an. „Mein Vater würde keine Männer nach dir schicken."

Thomas schloss die Augen und wartete darauf, dass sie keine Lust mehr hatte, ihn zu befragen.

„Ich habe einen Namen gehört", sagte Lubna. „Sven."

Thomas setzte sich auf. „Welcher war es?"

„Ich weiß nicht. Alles, was ich gehört habe, war der Name und was sie zueinander gesagt haben."

Lubna brachte den Mohn und half ihm, sich aufzusetzen.

Thomas tastete sein Gewand ab und suchte nach dem Dokument, von dem er vermutete, dass es die Ursache des Angriffs war. Als er es nicht finden konnte, überkam ihn Panik. Lubna versuchte, ihn dazu zu bringen, den Mohnlikör zu trinken, aber er schob den Becher weg.

„Ich hatte etwas in meinem Gewand. Ein Öltuch-Paket."

„Es gehört dir? Niemand war sich sicher. Es lag draußen auf der Straße. Einer deiner Nachbarn hat es aufgehoben. Es liegt auf deiner Bank, dort drüben."

Thomas sank nach hinten, sah, wie sich Lubnas Muskeln entlang ihres Arms verspannten, als sie versuchte, ihn aufrecht zu halten.

„Bewahre es sicher auf. Ich muss es lesen, aber nicht heute Abend. Lass mich nicht lange schlafen."

Der Mohnauszug linderte den Schmerz in seinem Arm, der Schlaf verschlang ihn wie ein plötzliches Gewitter, dunkel und schwer und laut mit Träumen, und er wälzte seinen Kopf hin und her und murmelte unverständliche Worte.

KAPITEL ACHTUNDZWANZIG

„Nun - ich denke, ich sollte meine Sachen am besten hierher bringen, damit ihr beide das Ehebett teilen könnt!"

Thomas wachte auf, als die Sonne eine Ecke des Arbeitsraums ausfüllte. Helena stand in der Türöffnung, das Licht hinter ihr zeigte ihren perfekten Körper in einem klaren Profil. Lubnas Kopf lag auf seiner Brust, ihre Beine unter ihr angezogen. Als sie eingeschlafen war, hatte sich ihr Arm über seinen Bauch gelegt. Der Klang der schroffen Stimme ihrer Schwester rüttelte sie wach, und sie setzte sich auf, rieb sich die Augen.

„Wann wollt ihr, dass ich ausziehe?", fragte Helena.

„Es ist nicht das, wonach es aussieht." Er versuchte sich aufzusetzen, sein Kopf drehte sich immer noch, aber er umfasste den Rand der Liege und atmete tief durch, bis sich die Welt stabilisiert hatte.

„Es gibt wenig Raum für Missverständnisse, abgesehen davon, dass ich euch auf frischer Tat ertappt habe." Dann sah Helena den Verband an Thomas' Arm und streckte ihre Hand aus, um sich an der Seite der Tür festzuhalten.

Thomas blickte nach unten. Blut war durch das Leinen gesickert und hatte es dunkel gefärbt. Es musste gewechselt werden, und die Wunde musste wieder gereinigt werden. Er versuchte, das Ausmaß der Schmerzen zu spüren, das von seinem Arm ausging, konnte aber nicht beurteilen, ob es besser oder schlechter war als in der Nacht.

„Was ist hier passiert?" Und dieses Mal meinte Helena nicht Lubna und ihn.

„Ich wurde auf dem Heimweg angegriffen. Deine Schwester und unsere Nachbarn kamen mir zu Hilfe."

„Bist du verletzt? Brauchst du einen Chirurgen?" Helena war sich nicht bewusst, was sie gesagt hatte.

„Lubna hat die Wunde für mich genäht. Hier geht nichts Unangebrachtes vor sich, das verspreche ich. Sie ist eine gute Näherin." Thomas lächelte und richtete seinen Blick auf Lubna, die an der Seite stand und die Arme um ihren schlanken Körper geschlungen hatte. „Ich konnte die Treppe nicht hinaufgehen. Ich konnte kaum noch sitzen. Lubna hat meine Wunde verbunden und über mich gewacht. Du solltest ihr danken."

Helenas Augen huschten durch den Raum. Sie nickte knapp. „Danke, Schwester." Sie blickte zurück zu Thomas. „Geht es dir gut?"

„Ich habe Schmerzen, ja, aber ich werde es überleben."

„Gut. Jetzt bin ich hungrig. Lubna, mach was zu essen." Helena wandte sich ab, ohne auf eine Antwort zu warten.

„Sie muss erst meine Wunde verbinden", sagte Thomas und ließ zu, dass seine Stimme ein wenig härter klang.

Helena blieb stehen, drehte sich um. Ihr Körper leuchtete im Sonnenlicht und Thomas fühlte sich in Richtungen gezogen, die er nicht einmal in Betracht ziehen wollte. Sein Leben war einfacher gewesen, bevor die Frauen dazu kamen, seine Bedürfnisse wurden von den Mädchen des Badehauses leichter gestillt.

„Natürlich, verzeih mir", sagte Helena, obwohl ihr Tonfall wenig Versöhnung erkennen ließ. „Ich werde mich anziehen und in die Stadt gehen, um etwas zu frühstücken." Sie drehte sich noch einmal um, die Füßen grazil auf den warmen Fliesen des Hofes, und Thomas seufzte, fragte sich, wohin sie wohl wirklich gehen würde. Vor zwei Tagen war er sicher gewesen, dass sie das Bett mit Zorayas Sohn teilte. Nun erschien ihm die ganze Idee absurd.

Lubna näherte sich, zögernd.

„Du hast nichts falsch gemacht", sagte Thomas, dankbar für die Ablenkung von seinen Gedanken. „Im Gegenteil, eigentlich. Ohne dich hätten mich diese Männer gestern Abend getötet."

„Du bist allein gut genug klargekommen."

„Was hat dich nach draußen gehen lassen?"

„Du hast geschrien, also bin ich sofort gekommen." Die dunkle Haut auf ihren Wangen wurde dunkler, als sie errötete. „Ich hätte mir Zeit nehmen sollen, mich richtig anzuziehen, aber du hast mir Angst gemacht. Du warst eindeutig in Gefahr. Soll ich mir deinen Arm ansehen?"

„Sobald du angezogen bist."

Lubna schaute an sich herunter, das Leinenhemd fiel nur bis zur Hälfte ihrer Oberschenkel. „Dafür ist es ein bisschen spät, meinst du nicht? Außerdem bist du der Herr in diesem Haus, und es ist dir erlaubt, mich anzuschauen. Es ist dir erlaubt, mich zu deinem Vergnügen zu benutzen, wenn du es wünschst. Ich bin nichts und du bist alles."

Thomas wandte seinen Kopf ab. „Zieh dich an, Lubna. Dieses Haus ist anders als andere, in denen du vielleicht gewesen bist. Du bist hier keine Sklavin, nicht einmal ein Dienstmädchen. Nach der letzten Nacht bist du eine Gleichgestellte." Er wartete, lauschte der Bewegung, dem Rascheln der Kleidung und wünschte sich, er würde sich weniger unwohl fühlen. „Ich weiß kaum etwas über dich. Wir hatten uns nur bei einigen wenigen Gelegenheiten getroffen, bevor du hierhergekommen bist. Du hast nur ein paar Tage unter diesem Dach gelebt, aber in dieser Zeit habe ich etwas in dir gesehen."

„Was hast du gesehen?“ Sie lächelte, als er sich umdrehte.

„Du zeigst Interesse an meiner Arbeit oder irre ich mich?“

Lubna kehrte an die Seite der Liege zurück, angemessener in ein Baumwollgewand gekleidet, das ihr bis zu den Knöcheln reichte, aber ihr Kopf blieb unbedeckt. Es war die Kleidung eines Dienstmädchens, und Thomas sah sie nicht gern so gekleidet. Ihm wurde klar, dass dies wahrscheinlich alles war, was sie besaß, und war entschlossen, etwas dagegen zu unternehmen. Er sah die Notwendigkeit eines weiteren Gesprächs mit Carlos Rodriguez, sobald sich die Vorfälle beruhigt hatten. Lubna ging zur Bank und holte eine Flasche Rohalkohol, etwas Stoff und eine Rolle Leinenverband.

„Was du tust, fasziniert mich“, sagte sie.

„Seit du hierhergekommen bist oder schon vorher?“

„Seit ich ein kleines Mädchen war. Helena ist dem Harem beigetreten, als sie noch sehr jung war, ihre Schönheit wurde früh erkannt, aber ich wurde hinter meinem Vater her geschleift, reinigte seine Rüstung, machte ihm Essen. Ich habe die Arbeit von Chirurgen auf dem Schlachtfeld gesehen. Ich habe dich zum ersten Mal getroffen, als ich zwölf Jahre alt war, aber du wirst dich nicht mehr daran erinnern.“

„Ich glaube schon. Es war bei al-Munekhar? Die Spanier griffen von Osten her an. Dein Vater hat an diesem Tag eine Reihe von Männern getötet. Du warst ein winziges Ding, voller drahtiger Kraft und Haltung, soweit ich mich erinnere. Wir haben uns bei Sonnenuntergang in seinem Zelt getroffen.“

Lubna schien erfreut über seine Erinnerung. „Vater mag nichts lieber, als Spanier zu töten.“

„Auch wenn er kein Maure ist?“ Thomas dachte zurück an die beiden Nordmänner, die ihn angegriffen haben. Würde Olaf Torvaldsson wissen, wer sie waren? Oder war Olaf derjenige, der sie geschickt hatte?

„Er ist dem Sultan gegenüber loyal. Loyaler als jeder andere

Mann in Al-Andalus." Ihre Worte, auch wenn sie wahr sind, haben wenig dazu beigetragen, die Fragen in seinem Kopf zu beantworten. „Soll ich den alten Verband aufschneiden?"

„Auf der Bank findest du ein kleines Instrument. Es sieht aus wie ein sehr kleines Messer mit einer scharfen Klinge. Schneide damit die äußere Schicht auf und wickle den Rest ab. Und bring mir dieses Paket."

Lubna brachte die Klinge mit, ließ aber die mit Ölzeug umwickelten Papiere liegen. Sie begann mit der Arbeit an dem Verband und zog das klebrige, blutgetränkte Leinen ab. Als sie der Haut näherkam, klebte es fest, und als sie daran zog, riss es die Haare auf seinem Arm heraus und Thomas zuckte zusammen. „Das tut fast mehr weh als die Wunde selbst. Ich möchte diese Papiere von Bilal lesen. Hol sie mir."

Lubna lachte. „Du würdest keine Sekunde im Harem überleben." Sie löste den letzten der schmutzigen Verbände und schaute die Wunde an, den Kopf zur Seite geneigt. „Und du kannst die Papiere lesen, wenn ich fertig bin. Ich habe es versucht, aber sie sind in dieser alten Schrift geschrieben, die ich nicht lesen kann."

„Hol sie."

„Später. Du bist wichtiger."

Thomas sah, dass sie nicht abgelenkt werden durfte, und lehnte sich mit dem Rücken an den Tisch, zwang sich, ein guter Patient zu sein. Es war eine Rolle, die ihm fremd war. „Sag mir, wie du die Wunde heute Morgen siehst."

Sie schaute ihn an. „Unterrichtest du mich, Thomas?"

„Wenn du lernen willst und Geschick zeigst, werde ich dir helfen."

„Ich bin nicht klug genug, um Chirurgin zu sein, und außerdem bin ich eine Frau. Aber ich kann Pflegerin sein, dir assistieren, wenn du mich lässt."

Thomas wollte sie schimpfen, wusste aber, dass es das Falsche sein würde. Zu viele Frauen, zu viele Forderungen.

Ihre Anwesenheit neben ihm übte eine starke Anziehungskraft aus, nicht nur, weil sie hübsch war, sondern auch wegen der Unterstützung, die sie beisteuern konnte.

„Es gibt weibliche Chirurgen“, sagte Thomas. „Unsere Kultur legt den Frauen keine Fesseln an, wie andere es tun. Seit sieben Jahrhunderten gibt es hier Aufklärung.“

„Dann bin ich nicht clever genug. Aber ich kann unterstützen.“

„Wir werden sehen, wie weit du vorankommst. Aber ja, wenn du willst, werde ich dich in allem ausbilden, was du lernen kannst. Es wäre ein Segen, jemanden zu haben, der Medikamente und Salben herstellen, Verbände anlegen und Wunden behandeln kann. Da wir gerade davon sprechen, du hast deine Diagnose noch nicht gestellt.“

Lubna richtete ihre Aufmerksamkeit wieder zurück auf seinen Arm. Sie lehnte sich eng an ihn heran. Ihre Fingerspitzen berührten seine Haut, nahe an der schmerzhaften Wunde, aber nicht zu nahe. Ihre Berührung war weich, beruhigend. Sie lehnte sich noch näher heran und roch, und Thomas war zufrieden.

„Nun?“

„Es gibt keine Infektion, aber sie muss nochmal gereinigt werden. Ich habe jetzt besseres Licht und mehr Zeit. Aber ich fürchte, ich werde dir Schmerzen bereiten.“

„Schmerz ist schnell vergessen. Verwende zuerst das Tuch und Wasser. Dann den Alkohol, denn ich glaube, er reinigt eine Wunde besser als nur Wasser.“

Lubna stand auf und füllte eine Schale mit Wasser. Sie strich mit einem nassen Tuch über seinen Arm, wischte dabei die Flocken von getrocknetem Blut ab und rieb etwas härter an dem entstandenen Schorf. Thomas biss die Zähne fest zusammen und versuchte, nicht aufzuschreien, schaute auf ihren Hinterkopf, während sie sich konzentriert beugte, wollte nicht, dass sie wusste, wie sehr sie ihm wehtat.

Schließlich war sie fertig und Thomas inspizierte die Wunde.

„Das ist gute Arbeit. Du hast Talent."

Lubna lächelte.

„Jetzt der Alkohol. Gieß ihn großzügig in die Wunde, in alle offenen Stellen, trage dann mehr auf ein Tuch auf und verbinde den Arm wieder."

„Dein Freund wird sich fragen, wo du bist", sagte Lubna, als sie klaren Alkohol in die Wunde goss und darauf achtete, jeden Teil zu behandeln.

„Er wird noch schlafen", sagte Thomas, und die Anspannung in seiner Stimme brachte Lubnas Hand zum Stillstand und sie setzte sich auf ihre Fersen und sah ihn an.

„Das tut dir weh."

„Es tut mir gut. Der Schmerz wird vergehen. Beende die Arbeit. Wenn du das wirklich tun willst, musst du lernen, dass es Zeiten gibt, in denen du den Schmerz deines Patienten ignorieren musst. Wir kennen noch immer kein verlässliches Mittel, um ihn zu stoppen. Es muss möglich sein, denn Opium dämpft den Schmerz. Es wird auch andere Medikamente geben, wenn wir lange genug suchen. Beende es. Arbeite schnell und hart und ignoriere mich."

Lubna tat, was er ihr sagte. „Ist das der Grund, warum du so genannt wirst?"

„Wie genannt werde?" Obwohl er wusste, was sie meinte.

„Metzger", sagte sie. „*Qassab.*"

„Ignoranz."

„Also ist nichts Wahres dran? Ich habe gehört, wie mein Vater dich so genannt hat."

„Ignoranz", sagte er erneut. „Es gibt Ärzte in dieser Stadt, die dafür sorgen, dass ihre Patienten sie lieben. Mir wäre es lieber, meine Patienten würden leben."

„Viele tun das nicht", sagte Lubna. In ihrer Stimme lag keine Anschuldigung. Sie legte den Verband an seinem Arm weiter an.

„Du weißt, was ich bin", sagte Thomas. „Du hast selbst gesagt, dass wir uns zum ersten Mal auf einem Schlachtfeld begegnet sind. Es gibt keine Zeit für Sanftheit, wenn Leben auf dem Spiel stehen."

„Warum tust du es?" Sie überprüfte die Festigkeit des Verbandes, stand auf und brachte die Instrumente zur Bank zurück, stand mit dem Rücken zu ihm.

„Das ist mein Job."

„Es gibt welche, die sich weigern."

„Ein Grund mehr für mich, es zu tun. Dieses Land befindet sich im Krieg. Das Gegenteil zu behaupten ist töricht. Sich abzuwenden, macht die Gefahr nicht geringer. Und ohne mich wären viele Soldaten gestorben. Wir brauchen alle Soldaten, die wir kriegen können."

„*Ajami*-Soldaten", sagte Lubna, „wie mein Vater."

Thomas wollte gerade sagen: „Er ist ein guter Mann", dann erinnerte er sich an seinen Verdacht gegenüber Olaf. Stattdessen sagte er: „So laufen die Dinge hier nun mal."

„Die Mauren müssen für sich selbst kämpfen."

„Manche tun das."

„Nicht viele."

„Der Sultan tut es, seine Söhne auch."

„Wenige andere. Ich verzweifle an meinen Landsleuten. Ist ihnen nicht klar, was verloren geht?" Ihre Schultern krümmten sich, als sie die Instrumente wusch. „Dies ist unser Land. Wir haben genauso viel Recht darauf wie die Spanier."

Thomas sagte nichts, da er wusste, dass das, was sie gesagt hat, wahr ist, aber auch er war hier ein Fremder.

Er ließ Lubna, die den Arbeitsraum aufräumte, zurück, während er in sein Schlafgemach hinaufging. Er warf das Papierbündel auf das ungemachte Bett und zog dann sein zerrissenes und fleckiges Gewand aus. Der Raum war vom Duft von Helenas Körper und ihrem Parfüm erfüllt, und er spürte sein Gemächt anschwellen, verachtete seine eigene Reaktion, auch als sie eine Erregung durch seinen Bauch schickte. Er wünschte sich, er könnte so sein wie andere Männer, die nie Schuldgefühle wegen ihrer Lüste hatten, wünschte, er müsse nicht mit sich selbst über solche Dinge diskutieren.

Er wusch sich, so gut er konnte, und zog sich frische Klamotten an. Dann setzte er sich auf das Bett und öffnete die Papiere. Es waren nur acht Blätter, die auf beiden Seiten in einer kleinen, sauberen Schrift geschrieben waren; die unverwechselbare Schrift eines Schreibers. Bilal hatte versucht, ihren Inhalt zu verbergen, indem er Griechisch schrieb, und das von Thomas war eingerostet. Er setzte sich und begann zu lesen. Als er fertig war, ging er zur ersten Seite zurück und las die Worte erneut.

***

„Ich habe deine Instrumente gereinigt“, sagte Lubna über ihre Schulter. „Ich habe sie in kochendes Wasser gelegt und mit Alkohol abgewischt. Ist das ausreichend?“

Thomas warf das Bündel Papiere auf die Bank. „Hast du gesagt, du hättest sie nicht gelesen?“

Lubna warf einen Blick auf sie. „Konnte nicht, nicht habe nicht.“

„Er beschuldigt den Sohn des Sultans.“

„Welchen und von welcher Mutter?“

„Abu Abdullah natürlich. Yusuf würde seinen Vater nie verraten.“

„War dieser Bilal ein kluger Mann?“

„Ich glaube schon.“

„So klug wie du?“

Thomas zuckte die Achseln. Er glaubte nicht an falsche

Bescheidenheit. Warum das Fehlen von etwas vortäuschen, wenn es doch selbstverständlich war? „Nicht so klug wie ich vielleicht, aber klug genug. Ich bin nicht sicher, was du sagen willst. Glaubst du seine Behauptung oder nicht?“

„Er hat im Palast gearbeitet, nicht wahr?“

„Für den Wesir, ja, und ich weiß, worauf du hinauswillst. Bilal hätte in der Tat eine größere politische Sensibilität besessen als ich.“

„Bring es zu Jorge und frag ihn, was er denkt.“

„Jorge kann kein Arabisch lesen, geschweige denn Griechisch.“

„Aber er kann zuhören, oder?“

„Wirst du mir sagen, was du denkst?“

Lubna schüttelte den Kopf. „Noch nicht. Habe ich deine Instrumente jetzt richtig gereinigt?“

Thomas fuhr sich mit den Fingern durch die Haare. Warum hat er nur merkwürdige Frauen um sich geschart? „Wann hast du das gelernt?“

„Ich habe dich beobachtet und die Bücher gelesen, die du mir gegeben hast.“ Ihre lebhaften, ungleichen Augen funkelten. „Du hast so viele Bücher.“

Thomas blickte auf die Regale, die eine Wand der Werkstatt säumten. Er hatte sich so sehr an die Bücher gewöhnt, dass er vergessen hatte, wie sie für jemand anderen aussehen könnten.

„Sie enthalten das Wissen von Jahrhunderten. Einige lassen sich bis in die Zeit der Griechen zurückverfolgen, andere sind arabisch, einige von noch weiter östlich und auch aus diesem Land, viele aus diesem Land.“ Er ging zu den Regalen, studierte die Pergamente und Einbände, ihr Duft erinnerte ihn wie immer an seine Berufung. Er streckte die Hand aus. „Das hier ist gut, wenn du mit den anderen fertig bist. Es ist alt, aber wir haben viel vergessen, seit es geschrieben wurde, und wenig Neues entdeckt. Schau es dir genau an, aber bilde dir deine eigene Meinung. Verschließe dich nicht vor neuen Erfahrungen oder dem Lernen und ich werde dich noch zu einer Chirurgin machen."

„Ich werde auch das Haus putzen. Und es gibt noch Wäsche, die gemacht werden muss. Du möchtest mir vielleicht Wissen vermitteln, aber meine Schwester betrachtet mich als ihr Dienstmädchen."

„Lass dich nicht von ihr schikanieren."

„Sie ist nicht wie du, Thomas. Für sie bin ich nicht mehr als das, was ich für sie tun kann. Und wirklich, es macht mir nichts aus. Es gibt viele Stunden zwischen Morgen- und Abenddämmerung, und ich verschlafe nicht wie viele andere die Nachmittage."

„Ich muss Jorge finden und dann in den Palast zurückkehren. Ich möchte mit deinem Vater sprechen, wenn ich kann. Die Männer, die mich angegriffen haben -"

„Sie waren Nordmänner, ich weiß. Ich habe die Haare von einem gesehen, gehört, wie sie geredet haben und einen ihrer Namen."

„Ich weiß, das hast du mir gesagt, aber hast du noch etwas anderes gehört? Hast du gehört, was gesagt wurde?"

„Alles was ich gehört habe, war, als sie gerannt sind, und das meiste davon drehte sich um ihre Überraschung, dass du überlebt hast. Sie hatten nicht erwartet, dass du so kämpfen würdest, wie du es getan hast. Haben sicherlich nicht erwartet, dass du so geschickt bist."

„Wie viel hast du genau gesehen?"

„Genug. Als sie auf der Flucht waren, habe ich einen sagen hören: ‚Er wird unzufrieden sein, dass wir versagt haben‘, und der andere hat geantwortet: ‚Er ist nur ein Chirurg, keine Bedrohung für irgendjemanden. Der Eunuch ist die Gefahr‘, und dann waren sie weg, sie haben immer noch geredet, aber ich konnte nichts mehr verstehen."

„Das war genug. Danke. Aber das hättest du mir gestern Abend sagen sollen."

„Du hast Ruhe gebraucht."

Thomas fühlte ein Aufsteigen von Dankbarkeit, einen Drang, ihren schlanken Körper in seine Arme zu ziehen und sie zu umarmen. Er unterdrückte seine Emotionen mit aller Kraft und drehte sich weg. „Du hast auf mehr Arten geholfen, als dir bewusst ist. Ich hoffe, vor der Dunkelheit zurückzukehren, aber wer weiß?"

Als er das Haus verließ, war auf der Gasse draußen kein Anzeichen der nächtlichen Störung mehr zu sehen. Thomas spürte, wie er in Fahrt kam. Seine Angreifer waren geflohen, aber er hatte den Namen von einem und ihre Nationalität. Olaf könnte mehr wissen, und wenn er es nicht wüsste, wenn er Widerwillen zeigen würde... nun, auch das wäre ein Fortschritt. Die Dokumente, die er in der Hand hielt, schienen die Unschuld von Lubnas Vater zu beweisen. Thomas wollte Jorges Meinung, hoffte aber, dass er den Ergebnissen zustimmen würde - Olaf würde einen weitaus besseren Freund als Feind abgeben.

Thomas erhöhte sein Tempo, er wollte unbedingt mit Jorge sprechen, war besorgt über Lubnas Bemerkungen, was bedeutete, dass sein Freund jetzt in Gefahr sein könnte.

KAPITEL NEUNUNDZWANZIG

„Abu Abdullah?" sagte Jorge. Er hatte auf dem Bett gelegen, während Thomas an dem kleinen Tisch saß und ihm das Dokument vorlas. Er brauchte es nur ein Mal zu hören. „Ich kann verstehen, dass er seinen Vater ersetzen will, aber warum Safya töten? Welchen Vorteil bringt das?"

„Safya ist eine neue Information, die Bilal nicht hatte, denk daran. Er konnte nicht wissen, was in der Zukunft geschehen würde, sondern nur, was in der Vergangenheit geschehen ist, und er hat seine Nachforschungen vor Monaten angestellt. Seine Logik war zu dieser Zeit fundiert. Er hat den Angriff auf Helena und Yasmina als einen irrtümlichen Versuch auf Zoraya identifiziert. Helena hat uns gesagt, dass es Yasmina war, die angegriffen wurde, aber die Erinnerung ist eine anfällige Sache, und wer weiß, was der Mörder in der Dunkelheit gesehen hat? Aber wir wissen, warum Abu Abdullah Zoraya tot sehen wollte."

„Und die Mädchen? Warum die Dienerinnen töten?"

„Übung vielleicht?", sagte Thomas.

„Du kannst manchmal kalt sein", sagte Jorge. „Das waren meine Mädchen. Sie sind alle meine Mädchen."

„Das sagst du immer wieder. Dann räche sie."

Jorge hob seinen Kopf und starrte Thomas an. „Bist du von diesen Papieren überzeugt?"

„Ich glaube, das bin ich, und wenn sie denjenigen, den ich denke, beschuldigen, dann bedeutet das, dass Olaf nicht mehr verdächtig ist. Mir wäre es lieber, wenn es so ist, er wird auf unserer Seite nützlich sein."

„Hm." Jorge setzte sich auf und schwang seine Beine auf den Boden. „Ich bin mir nicht so sicher."

„Hat Bilal dann einen Fehler gemacht?"

„Nicht zu dieser Zeit. Aber die Ereignisse haben sich weiterentwickelt. Ich kann nicht glauben, dass Abu Abdullah hinter einem Angriff auf Safya steckt. Sie war nicht seine Mutter, aber sie gehörte zum inneren Kreis im Harem und stand seiner wirklichen Mutter nahe. Er würde dort niemanden angreifen."

„Vielleicht bin ich nicht der einzige Kalte", sagte Thomas. „Wenn Abu Abdullah Zoraya erst einmal losgeworden ist, muss er auch ihre Kinder beseitigen. Sie sind die wahre Bedrohung für sein Erbe."

„Welches Erbe? Wenn der Sultan herausfinden würde, dass sein Sohn Zoraya getötet hat, würde er sofort hingerichtet werden, Prinz oder nicht. Du magst vielleicht kalt sein, aber das Herz eines Sultans ist aus Eis."

„Deshalb wurde Safya getötet. Zoraya wird die Nächste sein. Sogar seine eigene Mutter könnte in Gefahr sein. Man kann nicht eine Sultana töten, ohne alle zu töten. Abu Abdullah will die Position seines Vaters. Abu al-Hasan Ali müsste sterben, möglicherweise sogar vor seinen Frauen. Nach allem, was wir wissen, ist er bereits tot. Es wäre ein Leichtes, einen Mörder unter seine Begleiter zu schleusen."

„Nein", sagte Jorge. Er stand auf und ging im Raum auf und ab, eindeutig aufgebracht. „Vielleicht hast du Recht, aber ich brauche Beweise, bevor ich es glaube."

„Dann werden wir Beweise bekommen."

„Woher?"

„Olaf", sagte Thomas. „Die Männer, die mich angegriffen haben, wurden von jemandem geschickt - höchstwahrscheinlich von Abu Abdullah selbst. Olaf wird wissen, wer sie sind. Ich habe einen Namen, und beide Männer wurden verletzt."

„Genau wie du", sagte Jorge. „Du solltest dir ein paar Tage Zeit nehmen, um dich zu erholen."

„Mit mir ist alles in Ordnung. Außerdem können wir jetzt nicht aufhören." Thomas erhob sich und packte Jorge an den Schultern, hielt ihn vom Herumlaufen ab.

„Ich hätte bei dir sein sollen", sagte Jorge. „Diese Männer hätten nicht zwei auf einmal angegriffen."

„Wie gut bist du im Schwertkampf? Bekommt ein Eunuch aus dem Harem viel Übung im Umgang mit Waffen?"

„Du hattest Glück, nicht wahr? Außerdem, unterschätze diesen Eunuchen nicht. Manchmal wird von uns mehr erwartet, als nur die Wünsche unserer Damen zu erfüllen. Ich habe vor langer Zeit beschlossen, dass es nicht ausreicht, schön zu sein, und habe gelernt, wie man ein Schwert benutzt. Ich habe es für klug gehalten, falls meine Schützlinge angegriffen werden sollten. Aber in dem Moment, als ich gebraucht wurde, als Safya in Gefahr war, wo war ich da?"

„Der Palast sollte sicher sein, und du kannst nicht überall gleichzeitig sein."

„Ich wünschte, es wäre anders gewesen."

„Ich wollte keine Kritik üben. Wärst du dort gewesen, wärst du wahrscheinlich auch tot."

„Und Safya am Leben. Dieses Opfer würde ich gerne bringen."

„Wünsch dir, was du willst, wir müssen akzeptieren, was uns das Schicksal bringt. Aber jetzt haben wir etwas, dem wir nachgehen müssen." Thomas hatte Jorge alles gesagt, was er wusste, einschließlich dessen, was Lubna übersetzt hatte, und des immer noch geheimnisvollen Wissens, das ihn in Gefahr brachte.

„Warum bin ich eine Bedrohung?"

„Du weißt etwas, oder sie glauben zumindest, dass du etwas weißt."

Jorge schüttelte den Kopf. „Ich weiß nichts. Überhaupt nichts."

„Ich werde es aus dir herausbekommen, wenn wir Zeit haben." Thomas ließ Jorge los und ging aus dem Raum hinaus voran, lief schnell.

„Wie sicher bist du, dass man Olaf Torvaldsson vertrauen kann?", fragte Jorge. „Diese Männer sind aus seinem Land. Was ist, wenn sie zusammen da drinstecken? Du bist letzte Nacht entkommen, Thomas, aber Olaf ist ein ganz anderes Kaliber. Dieser Mann tötet aus Vergnügen, und er ist gut darin."

„Ich habe das Leuchten in seinen Augen gesehen, wenn er seine Kinder ansieht, wenn er seine Frau ansieht. Er mag grausam sein, aber nur, wenn er es muss, und in seinem Herzen liegt eine Sanftheit für die, die er liebt."

„Und er liebt dich, nicht wahr? Gestern warst du noch von seiner Schuld überzeugt."

„Er liebt seine Tochter, die sich in meiner Obhut befindet. Jetzt zwei Töchter."

„Es gibt viele, die eifersüchtig wären. Zwei Schwestern, die unter deinem Dach leben. Es wird bereits Klatsch und Tratsch geben."

Sie gingen hinaus auf den Platz, der immer belebter wurde. Menschen und Tiere und Waren bewegten sich hin und her, die Luft war voller Gespräche, Bellen und Rufe, triefte vom Geruch von Früchten und Gewürzen. Es war später, als Thomas gehofft hatte, und er wünschte sich, Lubna hätte ihn nicht so lange schlafen lassen.

„Gerede. Nichts weiter als Gerede. Lubna hat meinen Arm gut vernäht - ich denke darüber nach, sie auszubilden.

Sie würde eine gute Krankenschwester abgeben." Thomas verschwieg das Gefühlschaos, das sie in ihm auslöste, obwohl er wusste, dass Jorge genau der richtige Mann war, um darüber zu sprechen, und er war versucht, sich ihm zu öffnen.

„Wenn es Gerede gibt, bist du ein Narr, wenn du ihm keinen Wahrheitsgehalt gibst. Ich würde es tun."

„Ich bin sicher, dass du das würdest."

„Angenommen, der alte Nordmann ist bereit, uns zu helfen, vorausgesetzt, er weiß, wer diese Männer sind, oder er erkennt einen Namen. Was tun wir dann? Glaubst du, dass einer von ihnen unser Mörder ist?"

„Nein. Der Mörder ist ein besserer Krieger als die beiden. Wenn er es gewesen wäre, wäre ich tot. Aber sie wissen vielleicht, wer er ist. Sie werden sicher wissen, von wem ihre Befehle gekommen sind."

„Sie werden nicht direkt von Abu Abdullah gekommen sein, nicht, wenn er hinter dem Komplott steht."

„Das sehe ich genauso. Aber es könnte eine Spur geben, die zu ihm führt."

„Wirst du Olaf sagen, dass du Abu Abdullah verdächtigst?"

Thomas warf Jorge einen Blick zu. „Ich bin nicht so dumm."

Olaf Torvaldsson lachte. „Sven? Ist das alles, was du hast?"

„Zumindest ist es etwas. Einer von ihnen war dunkelhaarig, der andere hellhaarig, wie du."

„Weißt du, wie viele Nordmänner es in Gharnatah gibt?"

„Nicht genau, nein."

„Nun, ich tue es. Es ist mein Job, es zu wissen. Ich weiß es bis zum letzten Mann. Es sind siebenhundertdreiundvierzig. Nicht alle sind immer innerhalb der Stadtmauern, aber auf diese Zahl kann ich bei Bedarf zurückgreifen. Und weißt du, wie viele dieser Männer Sven heißen?"

Thomas schüttelte den Kopf und fühlte sich wie ein Kind, das geschimpft wird.

„Mindestens ein Achtel, vielleicht sogar mehr. Ich werde eine Liste von Svens aufstellen lassen, wenn du es wünschst, aber wirst du mit allen sprechen? Und einige werden auf Patrouille sein, andere an andere Städte ausgeliehen. Das wäre so, als würde man versuchen, hundert Katzen zu finden. Sobald du es mit einer geschafft hast, wird sich alles geändert haben."

„Sie werden nicht alle blonde Haare haben", sagte Thomas.

„Aber du weißt nicht, dass dieser Mann Sven war. Du hast gesagt, es war dunkel. Du hast einen hell- und einen dunkelhaarigen Mann gesehen. Das deckt ungefähr jeden Sven ab, den ich habe. Du musst mir mehr als nur einen Namen geben."

„Ich habe nicht mehr als einen Namen."

Olaf schüttelte den Kopf. Die drei standen in dem, was als sein Büro durchging, obwohl der Raum nicht einmal einen Schreibtisch hatte. Olaf war kein Mann, der saß, wenn er stehen konnte, und kein Mann, der stand, wenn er gehen konnte. Er ging nun auf und ab, zum Fenster, zur Tür, hinüber zur Wand, wo Regale Papiere enthielten - wahrscheinlich die Liste von Svens - zurück zum Fenster. Er blickte über einen Dreckplatz, auf dem Soldaten trainierten und übten.

Er blieb mit dem Rücken zum Fenster stehen und verschränkte die Arme.

„Erzähl mir mehr über den Angriff. Wurdest du verletzt?"

„Ein Kratzer, mehr nicht", sagte Thomas und spielte seine Verletzungen herunter.

„Zeig ihn mir", sagte Olaf.

„Warum?"

Olaf zog seine Augenbrauen zusammen, offensichtlich nicht daran gewöhnt, hinterfragt zu werden. „Weil ich es verlange. Zeig mir diesen Kratzer."

Thomas zog den Ärmel seiner Robe zurück und streckte seinen Arm aus. „Er ist verbunden. Deine Tochter hat das für mich getan."

„Helena? Helena hat dir den Arm verbunden?" Olafs Stimme triefte vor Ungläubigkeit.

„Lubna."

„Natürlich. Sie zeigte immer Interesse an Dingen, die sie nicht wissen sollte."

„Sie könnte eine gute Hilfe für mich sein."

Olaf schüttelte den Kopf. „Sie dient dir jetzt, tu, was du willst. Du bist zweifellos ihr bester Arbeitgeber bisher, also habe ich keine Befürchtungen in dieser Hinsicht. Ich kann deine so genannte Wunde mit all dem Zeug drum herum nicht sehen."

„Ich würde es vorziehen, den Verband nicht abzuwickeln."

„Eunuch, hilf ihm. Ich muss die Wunde sehen, wenn ich helfen soll."

Thomas wusste, dass er entweder den Verband öffnen oder sich zurückziehen musste, und er war nicht bereit, nachzugeben. Er hatte keine Ahnung, warum Olaf seinen Arm sehen musste, aber Olaf hatte offensichtlich einen Grund.

Thomas hob den Arm und zerrte mit den Zähnen an dem verknoteten Leinen.

„Lass mich das machen", sagte Jorge und trat auf seine Seite.

„Du siehst diese Tage nicht mehr so sehr wie ein Eunuch aus", sagte Olaf.

„Ich bin froh, das zu hören. Du siehst immer noch wie ein Soldat aus."

„Ich freue mich auch, das zu hören." Olaf lenkte seine

Aufmerksamkeit wieder auf Thomas und sah zu, wie Jorge das Leinen abwickelte. Der Verband war sauberer als der, den Lubna am Morgen abgenommen hatte, kaum blutverschmiert, aber als der Arm zum Vorschein kam, war die Wunde rot und blutunterlaufen, die Stiche nässten. Thomas nutzte die Gelegenheit, sich selbst ganz objektiv zu untersuchen. Er beschloss, dass es keinen Grund zur Sorge gab. Ein dumpfer Schmerz füllte seinen Arm bis zur Schulter, aber er wusste, dass dieser mit der Zeit vergehen würde.

Olaf lehnte sich nahe an Thomas heran, ohne ihn zu berühren, um sich das Spektakel, das ihm geboten wurde, anzuschauen.

„Es war eine scharfe Klinge", sagte er.

„Ein Krummsäbel."

„Krummsäbel? Nordmänner kämpfen nicht mit Krummsäbeln. Bist du sicher, dass du damit Recht hast, Thomas?"

„Sie hatten beide Krummsäbel."

„Und du hattest was, ein eigenes Schwert?"

„Ein Messer."

„Ein Messer? War es ein großes Messer?"

„Ein kleines Messer. Bestenfalls mittelgroß."

Olaf richtete sich auf. „Du erzählst mir, dass du im Dunkeln von zwei Nordmännern angegriffen wurdest und du sie mit einem mittelgroßen Messer vertrieben und dafür nur diesen Kratzer erhalten hast?"

„Es ist kaum nur ein Kratzer."

„Hm."

„Und ich habe sie verwundet, einen schwer, glaube ich. Mein Messer ist in seiner Seite versunken, ungefähr hier." Thomas klopfte sich selbst auf die linke Brust, tief unten, wo die Rippen endeten. „Falsche Seite für seine Leber, aber er wird nichtsdestotrotz seinen Schaden davontragen, das schwöre ich."

„Bei Gott, du bist mir ein Rätsel, Thomas Berrington. Ich habe großen Respekt vor deinem Beruf, und du scheinst meine Tochter gut zu behandeln - verdammt, meine beiden Töchter jetzt. Versuchst du, deinen eigenen Harem zu schaffen? Ignorier das. Was ich damit sagen will, ist, wenn das meine Männer waren, bist du entweder der beste Kämpfer, den ich seit langem gesehen habe, oder es waren nicht meine Männer. Hätte ich Männer geschickt, um dich zu töten, wärst du jetzt tot."

Thomas war sich nicht sicher, wie er den Ausbruch aufnehmen sollte. Hatte Olaf ihren Kampf vor Zorayas Kindern bereits vergessen?

„Gibt es noch andere Nordmänner?"

„Ein paar, da bin ich mir sicher. Der Wesir hat seine eigenen Truppen, so dass einige unter seinem Befehl stehen könnten. Und zweifellos gibt es noch andere, die gekommen sind, weil sie von den Reichtümern von Al-Andalus, seinem Luxus, seinem Gold, seinem Überfluss an Nahrung gehört haben..." Olaf lächelte. „Und selbst wenn sie die Lüge entdecken, kehren sie nicht nach Hause zurück. Was ich also sage, ist, dass die Suche unter meinen Nordmännern eine Zeitverschwendung ist. Such woanders."

„Hilf mir", sagte Thomas, aber er wandte sich an Jorge, der seinen Arm wieder verband. „Wie soll ich vorgehen? Wir sind zwei gegen wer weiß wie viele. Wo soll ich anfangen?"

Olaf schüttelte den Kopf. „Frag, aber ich habe keine Antwort. Ich bin kein kluger Mann. Ich gehorche Befehlen, ich gehe dorthin, wo man es mir sagt, und töte, wen man von mir verlangt, aber ich denke nicht darüber hinaus. Du bist derjenige, der ein Gehirn in seinem Kopf hat, statt Stroh. Diese Art von Arbeit überlasse ich dir."

Thomas wusste, dass Olaf sich selbst unterschätzte, ebenso gut wusste er, dass es unmöglich war, mit ihm zu streiten. Es war, als ob der Mann Sturheit als einen positiven Charakterzug betrachtete.

„Dann werden wir nach diesen Männern suchen. Einer von ihnen ist verletzt, ich weiß, dass -"

„So verletzt, wie du denkst?“

Thomas hörte die Ungläubigkeit in Olafs Stimme, aber er war sich sicher, was seine Sinne ihm sagten. „Ich habe gespürt, wie das Messer eingedrungen ist. Ich habe mich gedreht. Die Klinge hat sich in etwas verfangen, mit ziemlicher Sicherheit in einer Rippe, und wurde aus meinem Griff gerissen. Wir suchen also nach einem Mann, der stark geblutet hätte, im Besitz eines mittelgroßen Messers, das nicht sein eigenes ist.“

„Ich werde mich umhören. Es ist möglich, dass meine Männer etwas wissen. Sie haben Freunde, und wir aus dem Norden halten zusammen. Sogar bei dir, Thomas Berrington, könnte nördliches Blut durch deine Adern fließen. Versuche, es dort zu behalten und nicht noch mehr zu vergießen, meinen Töchtern zuliebe.“

„Schicke eine Nachricht, wenn du etwas entdeckst, egal wie unscheinbar.“

„Ich werde selbst kommen.“

„Und bleib zum Abendessen“, sagte Thomas.

Olaf runzelte die Stirn. „Wer wird kochen, Helena oder Lubna?“

„Helena scheint jede kleine Liebe zum Kochen verloren zu haben, die sie einst besessen haben könnte, seit ihre Schwester angekommen ist.“

„Dann werde ich bleiben und essen. Kehre nun zu deiner Aufgabe zurück, und ich werde in aller Stille einigen meiner vertrautesten Männern Bescheid geben. Die Nachricht von diesem Angriff sollte sich nicht verbreiten, damit die Schuldigen nicht fliehen oder zurückkehren, um dich zum Schweigen zu bringen, wie sie es vorgehabt hatten.“

KAPITEL DREISSIG

„Was jetzt?", fragte Jorge, als sie von der Kaserne durch die heiße Morgensonne gingen. Der Duft blühender Sträucher erfüllte die Luft, das Geräusch fließenden Wassers trug die Brise weiter, aber die glitzernde Schönheit des Palastes fühlte sich weit entfernt an, abgetrennt hinter einer unsichtbaren Barriere.

„Laut Olaf arbeiten auch für den Wesir Nordmänner im Palast. Wir sollten mit ihm über sie sprechen."

„Ohne einen Termin?"

„Ich habe das Siegel des Sultans, vergiss das nicht." Trotz des Angriffs war es sicher in der Tasche seines Gewands verblieben, war am Morgen in sein neues gesteckt worden.

„Genauso wie er. Er ist ein Eisklotz – vertraust du ihm?"

„Er ist sicherlich seltsam, aber er ist der Mann des Sultans. Wer auch immer dahinter steckt hat ein tieferes Motiv als einen einfachen Mord. Aber ich möchte noch jemanden sehen, bevor wir in sein Büro gehen."

„Wer könnte das sein?"

„Deine Freundin." Thomas lächelte. „Bazzu, und Prea."

Jorge lachte. „Deine kleine Freundin, meinst du. Was hast du noch alles in den Tunneln getrieben? Hat das Bespitzeln der Frauen dein Blut so heiß gemacht, dass du sie sofort an Ort und Stelle nehmen musstest?"

„Schließe nicht von dir auf alle anderen Männer", sagte Thomas. „Außerdem habe ich praktisch jede Frau des Harems nackt gesehen."

„Ah, aber das war Arbeit, nicht wahr? Es muss anders sein, wenn man sich versteckt und sie von einem geheimen Standpunkt aus ausspioniert. Wirklich ganz anders."

Er war kurz davor, Jorge unter Druck zu setzen, warum er von solchen Dingen wusste, aber sie näherten sich dem Palast und waren fast bei den Küchen. Dienstmädchen und -jungen liefen hin und her, und Thomas merkte, dass es fast Mittag war. Bald würden die Gläubigen zum Gebet gerufen werden, und bei ihrer Rückkehr würden sie essen wollen. Er erhöhte sein Tempo und wollte Bazzu finden, bevor sie weggerufen wurde.

Als sie sich den Küchen näherten, sah Thomas eine vertraute schlanke Gestalt vor sich und rief: „Prea! Warte einen Moment." Er trabte heran, als das Mädchen langsamer wurde, aber als sie sich umdrehte, war es nicht die, für die er sie gehalten hatte.

„Kann ich Ihnen helfen, Sir?"

„Es tut mir leid, ich dachte, du wärst jemand anderes." Selbst von Nahem gab es eine bemerkenswerte Ähnlichkeit. Ihre Größe, ihre Hautfarbe, ihr Haar, sogar ihre Augen und Gesichtszüge.

„Suchen Sie nach Prea?", sagte das Mädchen.

„Du kennst sie?"

Seine Frage wurde mit einem Lachen beantwortet, kurzzeitig von einer Hand verdeckt. „Wir teilen uns ein Zimmer, also kenne ich sie natürlich. Sie sind Thomas, der Chirurg. Sie hat mir alles über Sie erzählt." Sie lächelte ihn an.

Er war sich nicht sicher, was er von der Nachricht oder dem Lächeln, das nur allzu wissend war, halten sollte. „Weißt du, wo sie ist?"

„Arbeiten. Unsere Pflichten trennen uns tagsüber."

„Bazzu wird es wissen", sagte Jorge, der zu ihnen gekommen war, und das Mädchen, spürend, dass ihr Interesse an ihr ein Ende gefunden hatte, huschte zu ihrer Aufgabe zurück, bei der Thomas sie unterbrochen hatte.

Sie fanden Bazzu in ihrem üblichen Unterschlupf, in der Küche dahinter geschäftiges Treiben. Sie umarmte Thomas, gab ihm sogar einen Kuss auf die Wange, und als er darum bat, mit Prea zu sprechen, rief sie ein Dienstmädchen und schickte sie, um das Mädchen zu finden.

„Sie war dir eine Hilfe?", fragte sie, schlüpfte hinter ihren Schreibtisch, vor ihr sauber geordnete Papiere, Listen mit besonderen Anforderungen, Rezepte, Notizen über erwartete Besucher und deren Vorlieben. Thomas las ein paar Fetzen kopfüber, bemerkte einen, auf dem stand: Spanischer Priester - Brot und Wasser, und fragte sich, ob es der Wunsch des Mannes sei oder eine Strafe dafür, ein Ungläubiger zu sein.

„Eine große Hilfe. Ich vertraue darauf, dass du niemandem von unserem Vorhaben erzählt hast?"

„Nicht davon, was du mir erzählt hast, das ihr tun würdet." Kein Wunder, dass Jorge mit dieser Frau so gut auskam, sie waren aus dem gleichen Holz geschnitzt.

„Es würde niemandem - und ich meine niemandem außer uns hier - guttun, von dem zu wissen, was sie mir gezeigt hat. Der Mann, der mir zuerst von diesen Tunneln erzählt hat, ist tot. Ein weiterer Mann wurde erst gestern getötet. Ich möchte nicht, dass dir oder Prea das gleiche Schicksal widerfährt."

„Wir sind für niemanden eine Bedrohung, aber du hast Recht. Niemand wird dein Geheimnis erfahren." Ihre Augen funkelten vor Verschmitztheit und er gab nach.

Prea kam schweigend barfuß an, und Thomas ließ Jorge und Bazzu miteinander reden, während er sie zur Seite nahm. Einmal allein nahm sie seine Hand und zog daran.

„Ich muss dir etwas zeigen, Thomas. Etwas Wichtiges."

„Was auch immer es ist wird warten müssen. Du hast doch sonst niemandem von dem, was du mir gezeigt hast, erzählt, oder?"

„Nur Bazzu. Du hast mich gebeten, Stillschweigen zu bewahren, und das habe ich getan."

„Und das Geld, das ich dir gegeben habe?"

Preas Gesicht wurde hart. „Wenn es zu viel war, Sir, habe ich nicht eine einzige Münze ausgegeben. Ich werde alles zurückgeben."

„Ich will es nicht zurück. Wenn überhaupt, habe ich dir nicht genug bezahlt -"

„Ich habe noch nie in meinem Leben so viel Geld gesehen. Ich danke dir von ganzem Herzen, Thomas."

„Aber du darfst nichts davon ausgeben. Jedenfalls nicht im Moment. Kannst du dich noch etwas gedulden?"

„Ich kann warten. Es ist ein Vielfaches von dem, was ich je besessen habe. Es auszugeben wird umso süßer, je länger man wartet, wenn es das ist, wonach du fragst."

„Ich werde versuchen, so schnell wie möglich zurückzukommen."

„Ich bin Tag und Nacht für dich da, du brauchst nur zu fragen."

Als er zu Bazzus Büro zurückging, fragte sich Thomas, ob er ihr nicht tatsächlich zu viel bezahlt und ob sie seine Großzügigkeit falsch interpretiert hatte. Es war nicht unüblich für wohlhabende Männer, die Dienste von Mädchen, die so jung waren wie Prea, für ihr Vergnügen zu kaufen. Er wollte nicht, dass sie auch nur erwog, dass er solche Ideen hatte, aber er hatte keine einfache Möglichkeit, es ihr zu sagen, außer damit herauszuplatzen und er wusste, dass sie jeden Verdacht einfach abstreiten würde, wenn er das tun würde.

Jorge saß auf der Ecke von Bazzus Schreibtisch und Thomas war sich sicher, dass in dem Moment, bevor er näherkam, ihre Hand auf seinem Oberschenkel lag, beide entfernten sich voneinander, als er den Raum betrat.

„Es war ein Mann hier, der nach uns gefragt hat", sagte Jorge, stand auf und kam auf seine Seite des Schreibtisches.

„In welcher Angelegenheit?"

„Du hast gesagt, dass du den Wesir sehen wolltest - nun, es scheint, dass der Wesir uns sehen will. In diesem Augenblick."

„Das erspart uns die Mühe, einen Termin zu vereinbaren. Ich danke dir noch einmal, Bazzu, und denk an meine Worte."

Sie winkte mit der Hand. „Du zweifelst an meinem Gedächtnis, Chirurg? Nimm dir ein paar Pralinen, wenn du durch die Küche gehst. Du siehst aus, als müsstest du gefüttert werden."

Thomas und Jorge knabberten an Obststücken, die in Streifen von Lamm und Taube gewickelt waren. Sie kehrten den Weg zurück, den sie vor dem Abbiegen gekommen waren, um dem gegenüberliegenden Bergkamm zum Palast des Wesirs zu folgen. Weniger beeindruckend als die Al-Hamra, war er immer noch ein imposantes Bauwerk und war der Ort, an dem die wahre Macht Gharnatahs lag. Der Sultan war eine Galionsfigur und ein General. Es war der Wesir, der die Stadt am Laufen hielt, Steuern einnahm, Söldner bezahlte und Feinde bestach, um sie am Handeln zu hindern. Tahir al-Ifriqi war ein Berber mit einer Haut dunkel wie Teakholz, der als Junge die Meeresenge überquert hatte und durch die Ränge aufgestiegen war. Er verdankte kein Stück seine Position der Vetternwirtschaft und war deshalb vielleicht noch strenger. Er betrieb seinen eigenen parallelen Machtsitz mit Truppen, die nur ihm treu ergeben waren. Auf dem Weg zu seinen Gemächern versuchte Thomas zu entscheiden, wie viel er preisgeben könnte.

Sie wurden erwartet, eine Wache war zum Tor geschickt worden, um sie nach innen zu geleiten. Als sie den Aufenthaltsraum des Wesirs betraten, war Thomas überrascht, Gesellschaft vorzufinden, und zwar eine seltsame Gesellschaft.

Der Kleriker Abd al-Wahid al-Mursi war vielleicht halbwegs erwartet worden, wie immer in Schwarz gekleidet, aber der andere Mann war eine Anomalie und hätte nie im gleichen Raum wie der erste sein dürfen. Auch er war schwarz gekleidet, aber statt eines Turbans, der sein Haar bedeckte, trug er einen Hut mit breiter Krempe, und an seiner Brust hing ein großes silbernes Kreuz. Ein katholischer Priester, hier auf dem Gelände der Al-Hamra?

Thomas und Jorge verbeugten sich vor Tahir.

„Ich habe gehört, dass Sie verletzt wurden, Thomas Berrington", sagte Abd al-Wahid. „Ich hoffe, Ihre Wunden sind nicht schlimm."

„Ein Kratzer, nicht mehr", antwortete Thomas, sicher, dass diese drei nicht wollten, dass er den Verband abnimmt, um seine Ehrlichkeit zu überprüfen. „Wir machen Fortschritte, Euer Ehren." Er wandte sich an den Wesir. „Ich habe einige Fragen, aber ich möchte Sie nicht mit Kleinigkeiten belästigen. Wenn Sie mir gestatten, würde ich mit Ihrem Chef der Garde über die Männer sprechen, die mich angegriffen haben."

„Wenn dann noch Zeit sein sollte, aber es gibt dringendere Angelegenheiten."

„Dringender als Mord?", sagte Jorge, und Thomas warf einen scharfen Blick in seine Richtung. Sie sollten den Wesir nicht verärgern.

„Politik ist immer dringender als Mord, Eunuch." Die Verachtung, die der Wesir für Jorge empfand, war deutlich in seiner Stimme zu spüren, die weicher wurde, als er sich an Thomas wandte. „Sie kennen Qurtuba, liege ich richtig?"

„Ich war dort zu Besuch. In der Bibliothek, als ich jung war, aber die meisten Bücher waren damals schon zerstört."

„Ketzerei hat keinen Platz in einer göttlichen Stadt." Der Priester sprach in unnatürlichem Arabisch, seine sanfte Stimme täuschte über die Härte seiner Worte hinweg. Thomas blickte sich um, aber niemand sonst schien überhaupt zu hören, was gesagt wurde, also verkniff er sich die Antwort, hatte fragen wollen, welche Ketzerei im Wissen lag.

„Ich möchte, dass Sie in einer Mission für den Sultan dorthin gehen und auch diesem Herrn und seinen Vorgesetzten helfen."

„Wir befinden uns mitten in einer Verfolgung, Euer Ehren. Natürlich stehe ich Ihnen zur Verfügung, aber muss ich Sie daran erinnern, dass diese Aufgabe mir vom Sultan selbst übertragen wurde?"

„Ich habe mit ihm darüber gesprochen, und er stimmt mit mir überein, dass dies Vorrang hat. Sie können Ihrem Land einen großen Dienst erweisen. Sie auch, Eunuch."

„Danke, Sir", sagte Jorge, aber wenn der Wesir den Sarkasmus erkannte, ließ er ihn durchgehen.

„Lassen Sie mich wenigstens mit Ihrem General sprechen, Wesir, und sei es nur, um ihn zu bitten, etwas zu tun, während wir weg sind." Thomas wusste, dass es unmöglich war, sich zu weigern. Er hatte keine Ahnung, warum sie jetzt weggeschickt wurden, oder unter welchem Vorwand, er spürte nur, dass etwas in Fahrt kam, das nicht verschwendet werden durfte.

„Wir haben keine Zeit. Sagen Sie mir, was Sie wollen, und ich werde eine Nachricht weiterleiten. Zeit ist hier von entscheidender Bedeutung, und Sie müssen gehen, bevor der Tag zu Ende geht."

„Ich muss in mein Haus zurückkehren und Vorbereitungen treffen. Ich muss mich um Patienten kümmern. Habe einen Haushalt, der organisiert werden muss. Und ich muss vor Sonnenuntergang einen Bericht an den Sultan schicken.“

„Noch einmal, es wird eine Nachricht übermittelt.“

„Ich brauche Kleidung für die Reise, Euer Ehren, oder -“

„Genug! Ich dulde keine Meinungsverschiedenheiten.“ Der Wesir stand auf, zitterte. Einen Moment lang fürchtete Thomas, er würde ihn schlagen. Dann atmete der Mann tief durch und beruhigte sich. „Kommen Sie mit mir, Thomas, ich möchte mit Ihnen unter vier Augen sprechen. Dieser Mann wird Ihnen weitere Anweisungen geben, Eunuch.“

Jorge wandte sich dem katholischen Pfarrer zu, der mit versteinertem Gesicht dastand.

„Ich nehme keine Befehle von einem ungläubigen Priester an!“

„Er wird Ihnen keine Befehle gebe“, sagte der Wesir, seine Stimme kalt, „nur Informationen. Thomas wird die Botschaft, die ich an die Mächte in Qurtuba weitergeben möchte, überbringen.“

„Ihre Gnaden, der König und die Königin von Spanien, ihre Hoheiten Fernando von Aragon und Isab-“

„Ja, ja, wir wissen, wer sie sind. Thomas, kommen Sie. Eunuch, bleiben Sie hier. Versuchen Sie, unseren Freund nicht vor meiner Rückkehr zu töten.“

Thomas blickte auf einen finster schauenden Jorge und folgte dem Wesir in den Garten.

<hr>

„Warum werden wir weggeschickt?“, sagte Thomas. „Ich habe Beweise dafür, wer hinter den Morden steckt.“ Thomas hatte noch nicht die Absicht, seine Karten offenzulegen, aber er brauchte einen Weg, um zu verhindern, dass der Wesir sie wegschickt.

„Ist Ihr Beweis derselbe wie der, den der Schreiber mir gebracht hat?“

„Sein Name war Bilal abd al-Rahman.“

Der Wesir winkte ab. „Ja, irgendwie so. Er ist zu mir gekommen und hat törichte Behauptungen gemacht. Sie waren natürlich falsch. Zweifellos ist er von jemandem dazu verleitet worden. Er konnte nicht im Palast bleiben, nachdem er solche Lügen erfunden hatte.“

„Ich glaube, er war ein ehrenhafter Mann.“

Der Wesir blieb neben einem Orangenbaum stehen, streckte die Hand aus, pflückte eine weiße Blüte und hielt sie sich an die Nase. Der Duft der Blüten erfüllte den kleinen Hof, köstlich und süßlich.

„Er war ein gefährlicher Mann. Das werden Sie auch sein, wenn Sie mit falschen Anschuldigungen fortfahren. Verstehen Sie, was ich sage?“

Thomas fühlte eine Hitze in ihn aufsteigen. „Ja, ich verstehe. Aber ich bin ein Chirurg, kein Diplomat.“

„Deshalb werden mehrere Wochen außerhalb der Stadt gut für Ihre Gesundheit sein.“

„Ich werde nicht gehen“, sagte Thomas.

„Natürlich werden Sie. Der Priester kommt mit einer Bitte aus dem spanischen Königspalast, einer, die nicht leichtfertig gestellt werden konnte.“

Thomas schüttelte den Kopf. „Warum mich wählen, wo wir doch so nah dran sind -“

Ein weiteres Abwinken. „Wir sind gebeten worden, unseren besten Chirurgen nach Qurtuba zu schicken, wo ein junger Prinz verletzt liegt.“

„Die Spanier haben ihre eigenen Ärzte.“

Der Wesir machte ein Geräusch mit seiner Nase. „Wir kennen beide die Qualität der spanischen Ärzte. Es steckt mehr Aberglaube und Hoffnung in ihrer Behandlung als Wissenschaft. Es mag ihnen nicht gefallen, aber ihre Majestäten sind nicht dumm.“

„Wenn dieser Prinz verletzt ist, ist er wahrscheinlich schon tot. Wie weit ist es bis Qurtuba? Eine Woche? Mindestens eine Woche, seit sie ihren Priester geschickt haben, eine weitere Woche, bis wir da sind. Er wird tot sein, bevor wir überhaupt aufbrechen.“

„Halten Sie mich für einen Narren? Ich habe all diese Fragen gestellt. Es geht um Knochen, so scheint es, um etwas Gebrochenes, das nicht zusammenwächst. Ihre eigenen Ärzte haben es versucht und sind gescheitert, also suchen sie unsere Hilfe. Unter vier Augen, natürlich. Niemand darf das wissen.“

„Der Sultan -“

„Glauben Sie, der Sultan weiß das nicht? Es war seine Idee, Sie zu schicken. Ich muss zugeben, dass ich an jemand anderen gedacht habe, aber er hat gesagt, Sie seien der beste Chirurg in ganz Spanien. Er hat darauf bestanden.“

Thomas fragte sich, wie der Wesir mit dem Sultan sprechen konnte, während er das nicht konnte. Es hatte das Gefühl, dass ihre Nachforschung - je näher sie dem Erfolg kam - behindert wurde.

„Warum sollte der Sultan den Spaniern helfen? Und was ist mit dieser anderen Aufgabe, die er mir übertragen hat?“

„Er hat gesagt, dass Sie kaum Fortschritte machen. Er hätte Sie gar nicht erst auswählen, Sie nicht in Gefahr bringen dürfen. Er weiß, dass Sie ein Mann des Friedens sind, nicht des Krieges. Diese neue Aufgabe entspricht eher Ihren Fähigkeiten, oder etwa nicht?“

„Aber wir machen Fortschritte.“ Thomas‘ Kopf schwirrte vor zu vielen widersprüchlichen Verdächtigungen.

„Dieselben Fortschritte, von denen der Schreiber behauptet hat, er habe sie gemacht? Ich habe Ihnen bereits gesagt, dass seine Verdächtigungen jeder Grundlage entbehrt hatten. Machen Sie nicht denselben Fehler wie er. Gehen Sie nach Qurtuba. Wenn Sie zurückkehren, werden meine Männer den wahren Schuldigen gefunden haben, und Sie können zu Ihrem friedlichen Leben zurückkehren. Schicken Sie mir alle Dokumente, die Sie als Beweismittel betrachten und ich werde sie prüfen lassen."

Sie hatten das hinterste Ende des Hofes erreicht, und der Wesir blieb stehen, drehte sich um und wartete.

„Ich weigere mich", sagte Thomas.

„Sie weisen mich zurück? Weisen Ihren Sultan zurück?"

Thomas blickte zurück über den Hof. Er konnte Jorge neben dem dunkelgekleideten Priester stehen sehen, beide Männer schauten voneinander weg. Konnte er auch die Entscheidung für Jorge treffen? Gab es eine Wahl? Er atmete tief ein und füllte seine Lungen mit der süßen Luft.

„Ja. Ich lehne die Aufgabe ab. Ich habe bereits eine, die wichtiger ist. Schicken Sie den Mann, den Sie bevorzugt hätten, und lassen Sie mich beenden, was ich begonnen habe."

„Sie können sich nicht weigern." Die Stimme des Wesirs war leise. Thomas hätte Wut vorgezogen.

„Aber ich tue es."

„Sind Sie sich der Konsequenzen bewusst?"

„Nein, aber ich weigere mich trotzdem."

Das Gesicht des Wesirs spiegelte einen inneren Schmerz wider. „Dann sind Sie ausgestoßen." Er senkte den Blick und schüttelte den Kopf. „Gehen Sie. Nehmen Sie diese Kreatur mit und verlassen Sie den Palast, alle beide, und kehren Sie niemals zurück."

KAPITEL EINUNDDREISSIG

Sie konnten nirgendwo anders hingehen als nach Hause, aber zuerst mussten sie den verschlungenen Korridoren des Palastes folgen, um die Außenwelt zu erreichen.

„Musstest du die Entscheidung auch in meinem Namen treffen?", sagte Jorge.

„Sie wollten nicht dich, sondern nur mich, aber sie wissen, dass wir zusammenarbeiten, das ist alles."

„Und trotzdem hast du mich mit einbezogen?" Jorges Stimme war vor Wut verkrampft.

Wut auf mich, dachte Thomas, und fragte sich, ob er die Dinge anders hätte machen können. Er war kein Diplomat. Jorge hätte bei ihm sein sollen, er hätte vielleicht eine bessere Entscheidung treffen können.

„Ich habe dich nicht einbezogen, sie haben es getan. Du bist aufgrund unserer Zusammenarbeit belastet, und das tut mir wirklich leid. Aber du weißt, dass wir nicht nach Qurtuba gehen können, solange wir so kurz davor sind, den Schuldigen zu entlarven, oder? Wir wären mindestens zwei Wochen weg, wahrscheinlich sogar länger. Wie viele andere werden tot sein, bevor wir zurückkehren?"

„Vielleicht niemand. Es könnte das Ende sein. Hast du ihm von deinem Verdacht gegenüber Abu Abdullah erzählt?"

„Er wusste es bereits. Er hat es töricht genannt."

„Du hast uns also umsonst verbannt." Jorges Stimme wurde lauter. „Du hast mich verbannt! Dieser Ort ist mein Zuhause. Ich habe oder will kein anderes, und jetzt soll ich nie mehr zurückkehren?" Er schüttelte den Kopf, plötzliche Tränen in seinen Augen. „Was hast du getan? Kannst du auch nur ansatzweise begreifen, was du getan hast?"

„Sie werden vergessen", sagte Thomas. „Eine Woche. Ein Monat. Sie werden vergessen und verzeihen. Mir wahrscheinlich nicht, aber dir werden sie vergeben. Sie wissen, dass das mein Werk ist, nicht dein Werk."

„Wir werden wie Bilal enden. Macht schützt sich selbst. Was hast du getan, Thomas? Ich bin durch dich in Ungnade gefallen."

„Wir sind keine Schreiber. Ich bin ein angeblicher Freund des Sultans, du ein geehrter Eunuch. Kannst du dir vorstellen, dass deine Frauen es zulassen, dass du verbannt wirst?"

Jorge schnaubte. „Manchmal frage ich mich, wie du es geschafft hast, so lange zu überleben. Nun, das könnte sich bald ändern."

„Wenn wir jetzt gehen würden, wären wir Verräter. Meine Loyalität gilt dem Sultan, nicht seinem Wesir."

„Der Wesir *ist* der Sultan. Warum sonst wurde ihm eine Botschaft geschickt?" Jorge ging schneller und versuchte, sich zu entfernen.

Thomas griff nach ihm, bevor er sich entfernen konnte. Jorge drehte sich um, schubste Thomas heftig, seine Arme waren stark und Thomas immer noch schwach.

„Okay, mach nur." Thomas wappnete sich für einen Schlag. „Schlag mich, wenn du dich dadurch besser fühlst, dann geh und zeig dem Wesir mein zerschrammtes Gesicht und sag, dass du mit diesem anderen Arzt nach Qurtuba gehen wirst. Rette dich, Jorge."

„Ich bin es nicht, den sie wollen. Warum sollten sie einen Eunuchen schicken, wenn ich nicht bei dir bin? Wir sind miteinander verbunden, und ich wünschte, du wärst nie zu mir gekommen!"

Thomas senkte sein Gesicht und wartete darauf, geschlagen zu werden. Stattdessen trat Jorge nahe an ihn heran und zog ihn an seine Brust, zog ihn in eine enge Umarmung, als er zu weinen begann.

„Du bist ein verrückter Mann, Thomas Berrington, aber ich liebe dich wie einen Bruder. Ich werde dich jetzt nicht im Stich lassen."

„Auch nicht unsere Aufgabe?" Thomas' Worte wurden von der Brust des größeren Mannes gedämpft. Es war seltsam tröstlich, auf diese Weise gehalten zu werden, sogar von einem anderen Mann. Besonders von diesem Mann.

Jorges Brust zuckte. „Unsere Aufgabe ist beendet. Wir wurden in den Wind geworfen. Wir haben keinen Zugang, keine Unterstützung von irgendwelchen Seiten. Der Mörder wird frei sein, sein Herr wird unentdeckt bleiben, und wir müssen aus unserem Leben machen, was wir können."

Thomas wartete, ließ Jorge seinem Schmerz freien Lauf lassen. Als er schließlich seine Umarmung lockerte, hielt Thomas seine Arme und sah seinem Freund ins Gesicht.

„Nein - wenn du zurückgehst, wird dir vergeben werden. Sie wissen, dass diese Entscheidung allein meine ist."

„Sei nicht respektlos gegenüber mir, Thomas. Habe ich in all dem keine Rolle gespielt? Nicht wer ich bin, sondern was ich weiß verbannt mich." Jorge schüttelte den Kopf. „Sie wollten nie die Wahrheit, nur eine Vertuschung." Er machte ein Geräusch, halb lachend, halb schluchzend. „Was sind das für nutzlose Kreaturen, die erst den Schreiber und dann uns auswählen und erwarten, dass beide versagen?"

„Sie wollten, dass wir scheitern, nicht wahr? Was wirst du tun?"

„Was kann ich tun? Ich bin ein Eunuch. Alles, was ich

weiß, ist, wie ich meinen Damen Freuden bereiten kann, wie ich für sie sorgen kann.“

„Es gibt andere Harems. Du könntest nach Malaka gehen. Nach al-Muneckhar.“

„Mein Platz ist in diesem Palast. Ich werde einen Ort finden, an dem ich mich verstecken und darauf warten kann, dass die Schande vorübergeht, falls sie jemals vorübergeht. Ich bin stark genug, und ich kann subtil sein, wenn es nötig ist. Und du hast Freunde. Vielleicht hat einer von ihnen einen Platz für Leute wie mich in seinem Haushalt. Ich werde tun, was ich tun muss, und hoffe, dass ich eines Tages zurückkehren kann.“

„Ich hatte Freunde“, sagte Thomas. „Wenn es sich erst einmal herumgesprochen hat, werden sie sich auflösen wie der Morgennebel über dem Hadarro.“

Jorge schaute den Korridor entlang. „Ich denke, es ist klug, wenn wir durch einen weniger subtilen Ausgang als den Haupteingang gehen.“

„Weißt du wo?“

Jorge lächelte und wischte sich mit dem Handrücken über die Augen. „Natürlich weiß ich wo.“

***

„Was machst du zu Hause?“ Helenas Gesicht zeigte eine Kälte, die es häufig aufwies, wenn Thomas sie verärgerte.

„Ich wohne hier. Das ist mein Haus.“ Sie standen im Hauptraum, eine breite Türöffnung blickte auf den Hof, wo Lubna mit dem Wäscheaufhängen fertig geworden war und nun einen Besen herumschob, um heruntergefallenes Laub, Federn und Staub zusammenzukehren.

„Du bist vom Wesir gerufen worden.“

„Das bin ich, und jetzt bin ich zurück.“

„Aber – aber -“

„Ich gehe jetzt und begrüße Lubna", sagte Jorge, ging um Thomas herum.

„Was macht er hier?", fragte Helena.

„Du weißt genau, warum er hier ist. Wir arbeiten zusammen an Safyas Mord. Was ist los mit dir, Helena? Ich dachte, du würdest dich freuen, mich zu sehen."

„Du solltest nicht hier sein!"

„In meinem eigenen Haus? Warum nicht? Und..." Etwas, was sie gesagt hatte, fiel ihm auf. „Woher wusstest du, dass der Wesir nach mir geschickt hat?"

„Die ganze Stadt weiß es." Helena winkte mit der Hand ab, als sei Thomas ein Idiot. „Ich habe gehört, dass er dich wegschicken will. Es hat etwas mit dem spanischen König und der spanischen Königin zu tun, obwohl ich nicht weiß, warum wir ihnen helfen sollten. Wann gehst du, Thomas? Bald?"

„Willst du mich so dringend loswerden?"

Etwas änderte sich in Helenas Gesicht, eine Erkenntnis, dass sie vielleicht zu weit gegangen war. Ein durchtriebener Blick setzte sich in ihren Augen fest, einer, der Thomas in letzter Zeit öfter aufgefallen war. Er glaubte, dass sie den Blick für verführerisch hielt, aber er brachte ihn nur mit ihren Bedürfnissen in Verbindung, nicht mit seinen.

„Ich will dich in meinem Bett, Thomas, natürlich will ich das. Aber eine Vorladung des Wesirs kann nicht ignoriert werden. Er ist ein wichtiger Mann. Überleg dir, was das für deine Karriere bedeutet."

„Ich habe keine Karriere. Ich habe eine Berufung. Und ich bezweifle, dass ich eine davon noch länger haben werde."

„Wir könnten wieder auf dem Hügel leben. Vielleicht nicht im Palast, aber die Alkazaba ist hundertmal besser als... als das hier!"

„Ich mag das."

„Und ich nicht. Ich bin an Vornehmheit und Luxus und Diener gewöhnt. So kann ich nicht mehr leben."

Er starrte sie an. Wie lange hatte sie sich schon so gefühlt? Die ganze Zeit, die sie unter seinem Dach gelebt hatte?

„Dann geh doch!", blaffte Thomas. „Wenn ich dich so unglücklich mache, geh - geh deinen eigenen Weg in der Welt."

Ihr Gesicht veränderte sich im Nu, fiel in sich zusammen, als ihr Tränen in die Augen schossen. „Es tut mir leid. Ich bin zu weit gegangen und entschuldige mich dafür."

„Ich bleibe nicht."

Helena ging auf ihn zu, ihr Gesicht zur Seite geneigt, so dass ihr die Haare über die Narbe fielen. „Oh, Thomas, ich habe dich verärgert, ohne dass es erforderlich war. Natürlich werde ich dich vermissen. Sowohl hier als auch hier." Sie berührte sich mit einer Hand zwischen ihren Brüsten, über ihrem Herzen, und dann nochmal unterhalb ihres Bauches. „Du wirst also nach Qurtuba gehen? Für mich? Wann gehst du? Haben wir Zeit, ein letztes Mal nach oben zu gehen?"

Ein letztes Mal? Wollte sie das wirklich sagen?

„Jorge wartet. Und ich gehe nicht nach Qurtuba. Wir sind unserem Mörder dicht auf den Fersen. Ich kann ihn fast auf der Zunge schmecken. Jetzt ist nicht die Zeit, die Jagd aufzugeben. Ich werde nicht hierher zurückkommen, bevor ich ihn habe. Versuche, Lubna nicht zu überstrapazieren. Ich hoffe, dass diese Angelegenheit innerhalb von Tagen, höchstens einer Woche, abgeschlossen werden kann." Er beugte sich vor, um sie auf die Wange zu küssen, aber sie zog sich zurück.

Von jenseits des Hofes schwebte das Geräusch des Muezzins, der zum Nachmittagsgebet rief, durch die Luft. Helena drehte ihren Kopf beim Geräusch.

„Ich muss beten", sagte sie und bewegte sich schnell auf die Tür zu, wobei sie ihr Tuch über ihren Kopf und ihr Gesicht zog und nur stechende blaue Augen freiließ.

„Beten?"

„Ja, der Muezzin ruft die Gläubigen. Wir sehen uns bei deiner Rückkehr. Versuche, dich nicht noch schlimmer zu verletzen, als du es schon bist."

Damit war sie weg. Thomas stand in der Mitte des Raumes und rätselte über die Begegnung. Er versuchte, sich an das letzte Mal zu erinnern, als Helena das geringste Interesse am Gebet gezeigt hatte. Sie muss dies mit den anderen im Harem getan haben, aber er hatte keine Anzeichen dafür gesehen, seit sie in sein Haus gekommen war.

Er ging die Treppe hinauf. Er hatte genug Sorgen ohne die plötzliche Bekehrung von Helena in die Liste mitaufzunehmen. Er warf Kleidung in eine Tasche und kehrte dann in den Hof zurück, um Jorge und Lubna im Gespräch zu finden, Seite an Seite auf der Bank unter dem Balkon. Thomas fühlte einen kurzen Anflug von Eifersucht und tat ihn ab. Er hatte nichts, auf das er eifersüchtig sein könnte. Überhaupt nichts.

„Mach dich bereit zu gehen", sagte Thomas und Jorge nickte. Thomas ging in seinen Arbeitsraum und nahm eine Lederumhängetasche, begann, Kräuter und Tränke sowie eine Auswahl an Instrumenten einzupacken, war sich nicht sicher, was er brauchen könnte, und nicht bereit, sein Haus ohne wenigstens etwas zu verlassen.

Auf der Bank lag ein offenes Lehrbuch und er schob es zur Seite, spürte eine Anwesenheit und drehte sich um, um Lubna neben sich zu finden.

„Ich habe angefangen, das hier zu lesen", sagte sie, griff nach dem Buch. Sie markierte ihre Stelle mit einer Feder und schloss es, drückte sich dann an seine Seite, als sie hinübergriff, und blieb weiterhin an ihn gedrückt nachdem sie das Buch zurückgelegt hatte.

„Wusstest du, dass Helena in der Moschee betet?", fragte Thomas, ihr plötzlicher Aufbruch verwirrte ihn immer noch.

„Helena? Beten? Du meinst meine Schwester Helena? Sicherlich meinst du eine andere, die ich nicht kenne. Ist es schon *Asar*? Ich habe den Ruf nicht gehört."

„Es ist ein wenig später. Du hast mit Jorge gesprochen.“

„Entschuldige mich, ich bin im Hof. Wenn ich fertig bin, bevor du gehst, denk daran, dich zu verabschieden.“

Jorge war hereingekommen und saß auf der Liege, beobachtete das Gespräch ausdruckslos. Thomas schaute finster drein, brachte Jorge zum Lachen.

„Was?“, sagte Thomas. „Willst du mir sagen, dass du auch beten willst?“

„Ich habe das sicherlich manchmal getan“, sagte Jorge, „aber nur, weil meine Meister es von mir erwartet haben. Du weißt, dass ich keinen anderen Göttern folge als dem Gott der Sinnlichkeit.“

„Ah, eben diesem.“ Thomas füllte weiterhin seine Tasche, sah sich um, versuchte zu entscheiden, was noch benötigt werden könnte. Er sah eine Flasche mit Mohn-Extrakt und fügte diesen zusammen mit einem klebrigen Würfel Hanfharz hinzu. Ihm fiel nichts mehr ein, also setzte er sich auf die Liege neben Jorge.

„Gehen wir?“, fragte Jorge.

„Gleich. Ich möchte mich zuerst verabschieden.“

„Sie hat gesagt, nur wenn sie fertig ist.“

„Wir werden warten.“

Thomas kehrte zur Bank zurück und öffnete eine breite Schublade. Er stand lange Zeit dort und schaute an, was darin lag, während die beruhigende Musik von Lubnas Gebeten vom Hof hereindrang. Schließlich griff er hinein und zog das Schwert heraus, das er seit seiner Ankunft in der Stadt viele Jahre zuvor nicht mehr getragen hatte. Es war wie englische Schwerter gestaltet, lang und gerade. Es hatte einst seinem Vater gehört und würde weit besser als ein mittelgroßer Dolch dienen. Er band sich den Gürtel um die Taille und bedeckte die Waffe mit seinem Gewand.

Als er sich umdrehte, schaute Jorge zu. „Glaubst du, dass wir Waffen brauchen?“

Thomas nickte schroff. „Wir wären töricht, nicht vorbereitet zu gehen."

„Ich habe nichts", sagte Jorge.

„Ich dachte, das wäre die sicherste Option, aber du hast Recht." Thomas drehte sich um, zog ein zweites Schwert aus der Schublade, brachte es zu Jorge hinüber. Beide besaßen die gleiche lange, gerade Klinge, anders als die von den Mauren getragenen.

Jorge machte keine Anstalten, die Waffe zu nehmen.

„Willst du es haben oder nicht?"

„Was machst du mit zwei Schwertern, Thomas? Oder sogar mit einem? Diese Waffen sind nicht neu, aber du hast sie geschliffen und sauber gehalten."

„Du hast Recht, sie sind nicht neu. Es würde zu lange dauern, dir zu erklären, warum ich sie besitze, aber sie gehören mir, alle beide."

„Und sie haben schon Kämpfe gesehen?"

Thomas nickte. „Und sie haben schon Kämpfe gesehen, ja."

Schließlich nahm Jorge das angebotene Schwert und legte es über seine Knie.

Thomas setzte sich noch einmal neben ihn, die Liege knarrte, als sein Gewicht darauf sank. Die beiden waren still und lauschten dem sanften Tonfall von Lubna, die die Worte des Propheten rezitierte. Sie war gerade noch im Hof zu sehen, auf die Knie gesunken, die Beine zur Seite gespreizt, den Kopf bedeckt, als sie nach Osten blickte. Thomas beobachtete das Wippen ihres Kopfes, ihre Schultern. Sie war keine Woche zuvor in sein Haus gekommen, aber schon jetzt fühlte sich ihre Anwesenheit mehr so an, als ob sie dazugehört, als die ihrer Schwester, die dort ein halbes Jahr gelebt hatte.

Allāhu akbar

Allāhu akbar

Lā ilāha ilāha illallā

Lubna verweilte einen Moment länger mit gesenktem Kopf, dann erhob sie sich in einer einzigen geschmeidigen Bewegung und drehte sich um. Ihr Gesicht leuchtete auf, als sie die beiden noch im Arbeitsraum vorfand.

„Ich habe gedacht, ihr wärt weg. Ich habe erwartet, dass ihr weg seid.“

„Wir gehen jetzt. Jorge wollte sich erst noch verabschieden.“

„Ich-“ Jorge begann zu protestieren, hörte auf. „Ich wollte das. Natürlich wollte ich das.“ Er stand auf und ging zu der winzigen Figur und schloss sie in seine Arme, hob sie von ihren Füßen und schwang sie herum, bis sie vor freudiger Aufregung quiekte. Jorge setzte sie auf dem Fliesenboden ab und küsste sie auf den oberen Teil ihres Kopfes. „Pass auf dich auf, Kleine.“

„Du auch, Großer.“ Lubna lächelte und warf Thomas einen schüchternen Blick zu. Er wusste, was er tun wollte, was sie erwartete, aber stattdessen stand er nur da und nickte, die Tasche schon um die Schulter.

„Wir werden so schnell wie möglich zurückkehren. Kümmere dich für mich um deine Schwester.“

„Das werde ich. Vielleicht wird sie heute Abend an meiner Seite beten.“

„Vielleicht wird sie das.“

Er hatte die Tür zur Gasse erreicht, als Lubna hinter ihm herlief und abrupt anhielt.

„Pass auch auf dich auf, Thomas. Keine Kämpfe mehr. Und gib auf den hier Acht.“ Sie nickte Jorge zu. „Er sieht vielleicht gefährlich aus, aber ich spüre, dass er es nicht ist.“

Thomas lächelte. „Oh, ich weiß, dass er es nicht ist. Auf Wiedersehen, Lubna.“

Sie lief auf die Straße und winkte, als sie zu den Stufen gingen, die sie in die Stadt führen sollten. Als Thomas sich umdrehte, kurz bevor Lubna aus dem Blickfeld verschwand, winkte sie immer noch.

KAPITEL ZWEIUNDDREISSIG

Der heißeste Teil des Tages stand noch bevor, als die Stadt Gharnatah den Nachmittag verschlief. Sogar die Katzen und Hunde der Stadt hatten Schatten gesucht, wo sie komatös herumlagen. Auch Jorge lag auf dem Bett in seinem Zimmer, während Thomas am Tisch saß und durch das offene Fenster auf den Platz starrte. Vereinzelt ging eine Gestalt über den Platz, aber sie bewegten sich langsam durch Hitzewellen, die auf den Steinplatten schimmerten.

„Warum die Eile?", sagte Thomas. „Warum wollen sie, dass wir die Stadt so schnell verlassen?"

„Dieser Gedanke kam mir auch in den Sinn, und mir fällt nur ein Grund ein. Sie wollen, dass alles vertuscht wird."

„Sie können Abu Abdullahs Schuld nicht verbergen und so tun, als sei nichts passiert."

„Er ist ein Prinz. Vielleicht wird er eines Tages Sultan sein, möglicherweise früher als wir denken. Mächtige Männer arbeiten nach anderen Regeln als du oder ich. Abu Abdullah wird beiseite genommen worden sein und ihm wurde gesagt, er sei entlarvt worden, aber wenn er jetzt aufhört, wird allen vergeben werden." In Jorges Gesicht spiegelte sich sein Schmerz wider, und Thomas wusste, dass dies schwer für ihn war, denn er hatte Menschen verloren, die er liebte.

„Ich kann nicht einfach weggehen", sagte Thomas.

Jorge starrte ihn an. „Du hast schon einmal gekämpft, nicht wahr?"

Thomas sagte nichts.

„Du hast schon Mal gegen solche Widrigkeiten gekämpft. Ich sehe es in deinen Augen. Sehe es in deiner Furchtlosigkeit. Du bist nicht wie ich. Ich tue das trotz meiner Angst. Du?" Jorge schüttelte den Kopf. „Du hast keine."

„Du irrst dich. Ich habe viel Angst."

„Aber nur um andere. Sag mir, Thomas, denn ich muss es verstehen - warum glaubst du, dass wir gewinnen können? Was lässt dich glauben, dass wir nach dieser Sache noch gewinnen können?"

„Ich habe nicht immer gewonnen." Thomas lächelte. „Nein, vielleicht ist das eine Lüge. Ich dachte, ich hätte verloren, aber diese Niederlage hat mich über einen langen, umständlichen Weg hierher gebracht, also war es vielleicht auch ein Sieg, auch wenn es sich damals nicht so angefühlt hat."

„Du sprichst von dem, was dich nach Al-Andalus geführt hat, nicht wahr? Du hast hier und da eine Andeutung fallen lassen, aber nie die ganze Geschichte erzählt. War es eine Frau? Jemand, den du geliebt hast?"

„Wie lange hast du schon darüber nachgedacht?"

„Wie war ihr Name?"

„Eleanor." Thomas fragte sich, warum er überhaupt über sie sprach. Vielleicht hing immer noch etwas Mohn an ihm und zerfraß seinen Widerstand. „Und sie war keine Frau. Sie war ein Mädchen, das kurz davor war, eine Frau zu werden."

„Wie alt warst du?"

„Sechzehn. Wir waren beide sechzehn Jahre alt, aber es fühlte sich nach mehr an."

„Und du hast sie geliebt." Diesmal gab es keine Andeutung an eine Frage.

Thomas nickte, schaute Jorge nicht in die Augen, aber er wusste, dass sie auf ihn gerichtet waren. „Ja, ich habe sie geliebt."

„Und du hast seitdem nie mehr geliebt."

Thomas schüttelte den Kopf. Er spürte Gefühle in sich aufwallen und unterdrückte sie mit aller Kraft.

„Lass deine Mauern fallen", sagte Jorge, als könne er direkt in Thomas' Herz schauen. „Du hast nichts zu verlieren außer dem Schmerz, den du in dir trägst. Lass jemand anderen herein. Nicht Helena, nicht dieses Miststück. Aber Lubna. Ich kann sehen, was du für sie empfindest. Sie empfindet dasselbe für dich, das sehe ich auch. Es wäre lustig, wenn es nicht so tragisch wäre."

„Sie ist eine -"

„Ja, ja, ich weiß, das sagst du immer wieder. Sie ist eine Hilfe für dich. Hält dich das davon ab, sie zu wollen? Was ist mit dieser Eleanor passiert?"

„Ich weiß es nicht. Sie war jemand anderem versprochen, aber sie hat sich für mich entschieden. Wir wollten..." Nein, er würde es nicht ansprechen. „Wir wurden in einen Hinterhalt gelockt. So viele Männer gegen nur uns beide. Ich habe gekämpft. Sie auch." Er lächelte und wusste, dass er Tränen im Gesicht hatte. „Sie war ein wildes Geschöpf. Sie hätte dir gefallen."

„Bist du sicher? Sprich weiter."

„Zu viele Männer", sagte Thomas. „Ich wurde verletzt, dann nochmal verletzt. Sie haben sie mitgenommen, tretend und schreiend und kratzend. Ich habe auf dem Boden gelegen, mein Leben ist aus mir herausgeblutet und ich habe zugesehen, wie sie sie hinten auf einen Wagen gepackt und zu dem Mann gebracht haben, dem sie versprochen worden war. Ein Graf. Zwanzig Jahre älter als sie."

„Aber du bist nicht gestorben. Und ich kann mir auch nicht vorstellen, dass du sie im Stich lässt."

„Das wollte ich nicht. Ich bin einen Tag später am Straßenrand aufgewacht. Leute müssen vorbeigekommen sein, müssen mich gesehen haben, aber sie haben zweifellos gedacht, ich sei schon tot. Ich habe noch eine weitere Nacht dort gelegen, bevor ich mich bewegen konnte. Ein Fuchs kam vorbei und hat an mir geschnüffelt und ich habe ihn vertrieben. Dann etwas Größeres, aber ich hatte noch mein Schwert." Thomas berührte seine Seite. „Dieses Schwert. Ich habe mich ins Unterholz geschleppt und auf den Tod gewartet. Aber er ist nicht gekommen. Es hat eine Woche gedauert, bis ich mich bewegen konnte. Zwei, bevor ich laufen konnte. Bis dahin war Eleanor weg. Der Graf war mit ihr geflohen." Thomas erhob seinen Blick, traf Jorges. „Ich habe sie gesucht. Ich habe ein halbes Jahr lang gesucht. Dann haben mich seine Männer geholt. Ich muss mich bekannt gemacht haben - all die Fragen, all der Zorn. Diesmal sind sie auf Nummer sicher gegangen. Sie haben mich von einer Klippe geworfen."

Jorge saß schweigend da. Thomas sah, dass er Tränen auf den Wangen hatte, so wie er selbst. Dann lächelte Jorge.

„Ist es überhaupt möglich, dich zu töten?"

„Das nehme ich an."

„Warum bist du nicht gestorben?"

„Ich bin gegen einen Baum gestürzt, der aus der Felswand herauswuchs. So hart dagegen geschlagen, dass mein Arm und Oberschenkel gebrochen wurden. Das hätte ausreichen müssen, um mich zu erledigen, auf halbem Weg eine Klippe hinunter in einer Birke verkeilt, aber irgendwie habe ich es geschafft, herunterzuklettern, Gott weiß wie. Diesmal wusste ich, dass ich es nicht schaffen würde, also bin ich in die Berge gerobbt, um mich zu verkriechen, und ein alter Mann hat mich entdeckt und aufgenommen." Thomas stand auf und ging durch den Raum. „Mach Platz. Ich bin des Redens müde und will schlafen."

Jorge schob seine Beine zur Seite und Thomas fiel über das Bett. In dem Moment, in dem er die Augen schloss, verblasste die Welt. Er erwartete Träume, aber es kamen keine.

Als Thomas die Augen öffnete, war der Raum immer noch von Licht durchflutet, aber er fühlte sich erfrischt. Jorge rüttelte an seiner Schulter.

„Ich habe mich erinnert", sagte er.

„Gut." Thomas bedeckte seine Augen mit einem Arm. „Was ist es, an das du dich erinnert hast?"

„Warum ich als Gefahr betrachtet werde."

Thomas setzte sich auf. „Sag es mir."

„Ich weiß, wer der Mörder ist. Oder ich kann ihn zumindest identifizieren."

„Du -" Thomas schlug mit seiner Hand gegen seinen Kopf. „Du kannst den Mörder identifizieren? Warum hast du mich nicht sofort geweckt?"

„Weil es uns nichts nützt, solange wir ihn nicht finden."

„Woher kennst du ihn?"

„Seit du mir gesagt hast, dass diese Männer gesagt haben, ich sei die Gefahr, versuche ich herauszufinden, was mich auszeichnet und ich scheitere. Ich führe kein aufregendes Leben, nicht auf diese Art und Weise. Und dann habe ich zurückgedacht und mich gefragt, ob dieses Wissen vielleicht nicht neueren Datums sein könnte, und es ist mir eingefallen."

Thomas wartete und sagte nichts. Schließlich fuhr Jorge fort, starrte auf seine Hände und sprach leise.

„Es war einen Monat, vielleicht zwei, bevor Helena angegriffen wurde. Es gab neue Wachen, zwei oder drei von ihnen, glaube ich. Sie wechseln die Wachen oft genug, wollen nicht lange die gleichen Männer in der Nähe des Harems haben. Die Versuchung, weißt du." Jorge lächelte. „Da war dieser eine Mann, ein Berber, gutaussehend, schlank, freundlich. Zu freundlich, wenn ich jetzt daran zurückdenke."

Thomas beobachtete Jorge. „Zu freundlich? Meinst du, er -"

Jorge winkte ab. „Nichts dergleichen. Er hat Fragen gestellt, wie es einige Männer tun. Über das Leben im Harem. Nur dass die Fragen dieses Mannes sich auf bestimmte Dinge bezogen. Wie oft die Damen baden. Wo sie sich entspannen und unterhalten. Er hat nach der Hierarchie des Palastes gefragt, wer einen Rang hat und wer nicht."

„Du hast gesagt, viele Männer stellen Fragen, das ist verständlich. Was war an diesem anders?"

„Ich bin ein Idiot, dass ich es nicht früher gesehen habe." Jorge schaute auf, um Thomas' Augen zu treffen. „Am Tag nach dem Angriff auf Helena habe ich ihn gesehen. Er war erschüttert, bestürzt. Und ich habe gesagt: ‚Keine Sorge, sie werden dir nicht die Schuld geben.' Er hat sich fast zu Tode erschreckt und hat gefragt, was ich meine. Einen Moment lang dachte ich, er würde mich schlagen. Das war das letzte Mal, dass ich ihn gesehen habe. Am nächsten Tag war er weg."

„Wurde er für seinen Fehler bestraft, was denkst du? Wenn das der Fall ist, dann ist er zweifellos bereits tot."

„Vielleicht. Aber Geheimnisse sind schwer zu bewahren, und seine Art von Killer ist noch schwieriger zu finden. Nehmen wir an, er wurde nur für kurze Zeit zurückgezogen, hat mehr Informationen erhalten, ihm wurde gesagt, wer seine Ziele waren und er wurde dann zurückgeschickt."

„Wenn du Recht hast und er der Mörder ist, bringt uns das immer noch nicht näher an die Person, die dahintersteckt."

„Er war eine Wache. Die Wachen werden aus den Reihen der Truppen des Sultans ausgewählt. Glaubst du, dass Olaf uns erlaubt, jeden Mann zu befragen? Ich würde ihn sicher wiedererkennen." Jorge hielt seine linke Hand hoch. „Und ihm haben zwei Finger gefehlt." Er klappte die entsprechenden Finger ein. „Diese beiden. Genauso, wie du die Spuren auf Alishas Körper beschrieben hast. Ich hätte das alles früher erkennen sollen und verfluche mich dafür, dass ich es nicht getan habe."

„Wir können nicht zu Olaf gehen, nicht jetzt, wo wir verbannt sind. Wie viele Truppen sind in der Stadt, zweitausend, vier? Wie könnten wir jedem von ihnen ins Gesicht starren, bevor wir getötet werden?"

„Innerhalb der Stadtmauern leben weniger."

„Was bedeutet, dass die Wahrscheinlichkeit, dass er noch hier ist, geringer ist. Aber du hast Recht, wir müssen es versuchen. Wenn es dunkel wird, gehen wir zu Olaf und schauen, ob er bereit ist, zu helfen."

Thomas stieß sich vom Bett ab und ging zum kleinen Fenster, um etwas frische Luft zu schnappen. Der Platz war noch immer fast menschenleer, es würde noch eine Stunde dauern, bis die Menschen ihre Häuser verlassen würden. Auf der anderen Seite erschienen fünf Soldaten auf der Straße, die zur Al-Hamra führte. Thomas beobachtete die Sicherheit ihrer Bewegung, ihre Zielstrebigkeit. Sie scherten weder nach links noch nach rechts aus, sondern kamen direkt auf das Gasthaus zu.

„Runter vom Bett - wir gehen jetzt."

„Es ist noch zu früh. Wir sollten noch mindestens eine Stunde warten, am besten zwei."

„Warte, wenn du willst, aber es kommen Männer, um uns zu verhaften."

Jorge rollte sich vom Bett und kam zum Fenster. Die Soldaten waren auf halbem Weg über dem Platz.

Thomas schnappte sich seine Umhängetasche und rannte zur Tür, wobei er mit Jorge dicht hinter ihm die Treppe hinunterging. Sie gingen an Khadar al-Abidah vorbei, als sie durch die Küche rannten, wo der fette Gastwirt Lamm und Ziege für seine abendlichen Kunden zubereitete.

„Da kommen Soldaten", sagte Thomas. „Wenn sie fragen, sag ihnen, dass wir nicht hier waren. Wir sind nie hier gewesen."

„Jeder weiß, dass Sie in mein Gasthaus kommen, es wäre dumm, das Gegenteil zu behaupten."

„Dann erzählen Sie ihnen nichts von Jorge, nur dass ich abends komme, um Mancala zu spielen und Tee zu trinken."

Ohne auf eine Antwort zu warten, eilten sie weiter und tauchten in einer schattigen Gasse hinter dem Gasthaus auf. Thomas schaute nach links und rechts, unentschlossen. Links würde sie auf die breiteren Straßen bringen, die vom Platz wegführen, und von dort ins Albayzin, aber sie würden wissen, wo sein Haus ist, und würden zweifellos auch dort suchen.

„Bist du sicher, dass sie hinter uns her sind?", fragte Jorge.

„Nein. Aber willst du warten und sie fragen?" Thomas ging nach links, bog rechts ab, als er auf die Babole-Straße kam, und rannte dann schnell die breitere Straße entlang. Die Stände und Geschäfte waren noch immer für den Nachmittag geschlossen, die Fensterläden waren zugezogen, hechelnde Hunde das einzige Leben, das man sehen konnte.

Von hinten ertönte ein Schrei und das Geräusch von rennenden Füßen.

„Sie haben uns, Thomas. Lauf!", rief Jorge.

Thomas schlitterte nach rechts, stieg steil durch eine enge Gasse hinauf, schnitt links, rechts, wieder rechts. Sie kamen in eine Sackgasse, eine einzelne Eichentür, die den Eingang zu einem Badehaus markierte. Thomas bewegte die Türklinke, aber sie war verschlossen. Er hämmerte dagegen, wusste, dass die Geste nutzlos war.

„Hörst du etwas?" Er stand still und versuchte, etwas anderes als das Pochen von Blut in seinen Ohren zu hören.

Es gab entfernte Geräusche, Schreie, die vom Labyrinth der Gassen, durch die sie gelaufen waren, verdeckt wurden.

„Sie suchen nach uns." Jorge sah sich um und versuchte, eine Art Versteck zu finden.

„Ich habe mich verirrt", sagte Thomas. „Vielleicht geht es ihnen genauso und sie finden uns nicht." Aber er machte seine Worte zunichte, als er sein Schwert zog. Die Luft in der Gasse war wie ein Ofen, stickig und stinkend, und Schweiß tropfte ihm ins Gesicht. Er spürte, wie er unter seinem Gewand über die Haut rann.

„Wir werden nicht kämpfen, oder?" In Jorges Stimme lag Skepsis.

„Wenn wir müssen."

„Gegen Soldaten?"

Thomas nickte und sagte erneut: „Wenn wir müssen."

Jorge lachte. „Naja, ich habe wahrscheinlich sowieso lange genug gelebt. Von jetzt an geht es nur noch bergab, vor allem nach dem, was wir heute getan haben." Er zog sein eigenes Schwert und sie schauten in die Gasse, wartend. Die Geräusche ihrer Verfolger wurden immer lauter, verhallten, wurden wieder lauter, und Jorge sagte: „Sie werden doch nicht aufgeben, oder?"

„Sie haben ihre Befehle, genau wie wir."

„Außer, dass sie ihren gehorchen."

„Willst du nach Qurtuba gehen? An den Hof des spanischen Königs und der spanischen Königin? Wie ich höre, sind sie stolz darauf, sich nie zu waschen und haben seit Jahren nicht mehr gebadet. Sie haben alle Bäder in der Stadt zerstört und behaupten, das Baden sei das Werk des Teufels und unchristlich."

„Ich wusste immer, dass meine Leute dumm sind", sagte Jorge. „Ich bin dankbar, dass ich hierher gebracht wurde, damit du mir die Eier abnehmen konntest."

Am Ende der Gasse bewegte sich etwas und zwei Soldaten erschienen. Zuerst dachte Thomas, sie würden vorbeigehen, ohne in ihre Richtung zu schauen. Einer der Männer entfernte sich aus seinem Blickfeld, aber der andere blieb am Ende der Gasse stehen und drehte seinen Kopf. Sein Schrei kam sofort, sein Begleiter rannte zurück, um sich ihm anzuschließen. Thomas erwartete, dass sie sofort angreifen würden, aber sie standen nur da. Dann sprach der eine mit dem anderen, der in die Richtung, aus der sie gekommen waren, davonrannte. Das war ein Fehler.

Thomas grinste und rannte schreiend auf den übriggebliebenen Mann zu. Der Soldat machte mit einem Schock im Gesicht einen Schritt zurück, verteidigte sich dann, als sich Thomas auf ihn stürzte. Die Schwerter prallten aufeinander, und der Mann krachte von der Wucht von Thomas' plötzlichem Angriff gegen die gegenüberliegende Mauer.

„Auf seine Beine!", rief Thomas Jorge zu, verteidigte sich, als der Mann seine Schläge erwiderte. Aus den Augenwinkeln sah er, wie Jorge näherkam und seine Klinge schwang, auf die Kniekehlen des Mannes zielend, aber die Ledergamaschen hielten Jorges Schlägen stand. Die Gefahr sehend, setzte der Soldat seitlich zum Schlag auf Jorge an, der stolperte und bei seinem eiligen Rückzug stürzte. Der Soldat knüpfte an seine Überlegenheit an, wandte sich von Thomas ab, tat ihn als kleine Bedrohung ab. Er hob sein Schwert und schwang es herunter auf Jorge.

Thomas beurteilte seinen Platz und schob sein Schwert nach vorne. Als der Mann stürzte, hob Jorge nutzloserweise die Arme, stolperte nach hinten, Thomas schnitt sauber durch die Rückseite des rechten Knies des Angreifers und sein Bein knickte ein. Er schrie und versuchte, auf seine Beine zu kommen, aber das Bein war lahmgelegt. Er drehte sich zu Thomas um, wild um sich schlagend, konnte ihn aber nicht treffen.

„Lauf", sagte Thomas, versucht, dem Mann ins Gesicht zu treten und widerstand. Stattdessen schubste er Jorge, der einfach nur dastand und starrte.

„Du hast ihn nicht getötet."

Thomas schubste Jorge erneut, um ihn schließlich dazu zu bringen, sich zu bewegen, drängte ihn, sich zu beeilen. Das Blut hämmerte in seinen Adern und Euphorie erfüllte ihn. Er sah die Gassen nicht mehr, die sich um sie wanden und drehten. Sein Geist war in eine Zeit zurückgekehrt, von der er gehofft hatte, dass sie hinter ihm lag, aber sie war immer noch da und wartete nur geduldig darauf, dass er sie ins Leben zurückruft. Der Blutrausch. Das Eis in seinen Adern. Die Euphorie des Kampfes.

„Du hättest ihn töten sollen", sagte Jorge, sein Gesicht eine Maske des Schocks.

„Es gab eine Zeit, in der ich ohne zu zögern gehandelt hätte. Aber wir sind Menschen, Jorge, keine Tiere. Wir haben Kontrolle über uns selbst."

„Er hätte dich getötet."

„Dann bin ich nicht wie er."

Thomas packte Jorges Gewand und schleppte ihn mit, rannte so schnell er konnte. Als sie aus der Gasse flohen, hatten sie Schreie gehört, aber sie hatten ihre Verfolger verloren. Vielleicht waren die Männer nervös, ihre Beute gefährlicher, als ihnen gesagt worden war.

Jetzt waren nur noch vier Männer hinter ihnen her, und Thomas rannte mit Jorge dicht hinter ihm, schlitterte und stolperte auf dem Kopfsteinpflaster, als die Stadt langsam aus ihrem Nachmittagsschlaf erwachte.

KAPITEL DREIUNDDREISSIG

Die Gassen, durch die sie liefen, hatten keine Namen. Jeder, der an diesen Ort kam, tat dies aus einem bestimmten Grund und kannte sein Ziel bereits. Thomas' Haus stand am Osthang des Albayzins, wo die Unterkünfte größer waren und einen Blick zum Palast hinüber hatten. Hier am Westhang zerfielen die Gebäude und in den Gassen gab es kein Kopfsteinpflaster, nur blanker Sand und Erde unter den Füßen. Nackte Kinder spielten im Staub und lachten über die fremden Männer, die durch ihre Mitte rannten. Einige von ihnen rannten neben ihnen her, als ob das alles ein lustiges Spiel wäre.

Auf dem Kamm des Hügels, im Schatten hinter der großen Moschee, gingen sie in die Hocke, um wieder zu Atem zu kommen.

„Glaubst du, wir haben sie verloren?", fragte Jorge. Er hatte die ganze Zeit neben Thomas Schritt gehalten, war fitter als er aussah.

„Sie werden nicht aufhören zu suchen. Sie wollen uns tot sehen."

„Oder gefangen genommen?", sagte Jorge, ein Hauch von Hoffnung in seiner Stimme.

„Diese Männer sind nicht aus Spaß gekommen. Sie haben Befehle befolgt. Jemand hat sie geschickt."

„Abu Abdullah?"

„Wenn er der Schuldige ist. Ich muss diese Dokumente noch einmal studieren, bevor ich mich entscheide. Bis jetzt stand er noch nicht einmal unter Verdacht. Ich würde lieber meine eigenen Schlüsse ziehen, als das Urteil eines anderen Mannes blind zu akzeptieren."

„Ich kann nicht glauben, dass er uns etwas zu Leide tun würde. Du hast sowohl ihm als auch seinem Bruder das Leben gerettet. Sein Vater vertraut dir. Was mich betrifft, so bedeute ich ihm nichts, gar nichts."

„Es steht mehr auf dem Spiel als du oder ich. Und Abu Abdullah hegt mir gegenüber weder Freundschaft noch Loyalität."

„Hat er eigene Männer?", fragte Jorge. „Sind sie es, die hinter uns her waren?"

„Er hat Zugang zu Männern, da bin ich sicher, aber nicht seine eigenen. Er wird mit jemandem zusammenarbeiten müssen, der welche hat."

„Mit wem?"

„Ist das nicht offensichtlich? Alle Soldaten auf dem Hügel stehen unter Olafs Kommando. Ich habe meinen Verdacht gegen ihn zu schnell fallengelassen."

Schreie kamen von irgendwo hinten und Thomas drehte sich schnell um. Die Gasse schlängelte sich in einer Kurve nach unten und davon, aber er sah kein Anzeichen ihrer Verfolger.

„Wir müssen die Stadt verlassen", sagte Jorge. „Wir sind nicht sicher, solange wir innerhalb ihrer Mauern bleiben."

„Und wohin gehen? Nach Qurtuba, wie man von uns verlangt hat?"

„Ich vermute, dafür ist es zu spät. Vielleicht in eines der Dörfer in den Hügeln. Irgendwohin, wo sie uns nicht suchen werden."

„Wir können nicht weglaufen und uns verstecken", sagte Thomas. „Nicht jetzt, wo wir so nah dran sind, wer hinter den Morden steckt. Wenn man am meisten bedroht ist, ist es der richtige Zeitpunkt, anzugreifen."

„Oder ein Weg zu einem langsamen und schmerzhaften Tod", sagte Jorge. „Ich würde es vorziehen, wenn mein Tod langsam und am Ende eines langen Lebens wäre, und ich möchte jede Spur von Schmerz vermeiden."

„Geh, wenn du willst, unterwirf dich dem Sultan, aber ich habe vor, der Sache ein Ende zu setzen, bevor noch mehr sterben."

„Wie?"

„Ich werde Abu Abdullah zur Rede stellen und ihn beschuldigen." Noch während er die Worte aussprach, fragte sich Thomas, ob Helenas Verrat sein Misstrauen gegenüber dem Mann gefärbt hatte.

Jorge stieß ein bellendes Lachen aus, als er neben Thomas herlief. „Und wie willst du das mit einem Schwert in deinen Eingeweiden tun? Er wird dich töten. Du hast heute Mut und Geschicklichkeit bewiesen, aber Abu Abdullah ist ein Krieger wie sein Vater, und er ist nie allein."

„Er wird mich nicht töten, nicht, wenn der Wesir und der Sultan anwesend sind. Ich habe einen Plan, um ihn herauszulocken, ihn in Gegenwart der beiden zu konfrontieren und seinen Verrat aufzudecken."

„Dann wird er euch alle töten."

„Nein, er wird niemanden töten."

„Dann sollte ich besser bleiben, falls du meinen Schutz brauchst. Wo gehen wir jetzt hin?"

Thomas blickte Jorge an und lächelte. „Zurück zu meinem Haus."

„Bist du ein Narr? Sie werden Männer dorthin geschickt haben. Sie werden auf uns warten."

„Nicht jetzt. Sie glauben, dass wir uns versteckt halten, auf der Flucht sind und dass das Haus leer sein wird. Ich brauche Wechselklamotten und noch eine Tasche mit Werkzeugen. Dann setzen wir meinen Plan um.“

„Ich kann es kaum erwarten, mehr zu entdecken. Aber wenn es dir nichts ausmacht, bleibe ich draußen, falls jemand versuchen will, mich umzubringen.“

Das Haus war ruhig, wofür Thomas dankbar war. Draußen hatte niemand auf sie gewartet, drinnen auch nicht. Für einen Moment stand er im Eingang, in den Hof schauend, lauschend.

Stille. Völlige Stille.

Es war so, wie das Haus ein halbes Jahr zuvor gewesen war, als er allein lebte. Nur jetzt war die Stille anders. Es war das Echo des Fehlens von etwas, von jemandem. Das Haus hatte sich an den Klang von Stimmen, an den Geruch einer Frau gewöhnt. Das Fehlen davon hinterließ einen Widerhall, der vom Bedürfnis gefüllt zu werden flüsterte. Thomas erkannte, wie tot sein Leben vor Helenas Ankunft gewesen war, und wie befleckt die Erinnerung an sie jetzt war, da er von ihrem Verrat wusste. Sie hatte nicht die Absicht gehabt zu beten, als sie das Haus verließ. Thomas wusste, dass sie zu Abu Abdullah gegangen sein musste und ihm gesagt hat, wo er und Jorge sein würden.

Sein altes Leben fühlte sich wie ein Schattentraum an, der nie wieder eingefangen werden würde. Er kehrte auf die Straße zurück und rief Jorge herein.

„Soll ich deine Kleidung von oben holen?“, fragte Jorge.

„Ich habe meine Meinung geändert. Wir müssen mit leichtem Gepäck reisen und ich kann Kleidung kaufen, wenn ich sie brauche. Carlos wird sich über mehr Geschäfte freuen.“ Thomas ging in den Hof, wandte sich nach links in Richtung Arbeitsraum.

„Wenn er uns nicht ausliefert. Es wird inzwischen ein

Preis auf unsere Köpfe ausgesetzt sein. Die ganze Stadt wird wissen, dass wir Gesetzlose sind."

„Carlos ist ein Freund."

„Manchmal frage ich mich, wie du es geschafft hast, so lange zu überleben." Jorge schaute sich um, setzte sich auf die schmale Liege, die nun Lubna gehörte.

Thomas fing an, weitere Instrumente zusammen zu sammeln, nicht mehr seine besten, die waren jetzt im Gasthaus verloren, unwiederbringlich, bis diese Angelegenheit beendet war. Stattdessen suchte er die besten der Instrumente aus, die er am längsten besessen hatte, nicht mehr modern, aber angemessen, falls er sie brauchen sollte. Sein Vorrat an Kräutern und Tränken war knapp und er nahm, was er konnte. Er machte sich auf die Suche nach etwas, worin er sie aufbewahren konnte. Er hatte seine einzige gute Ledertasche benutzt, also kniete er sich hin und holte Kisten hervor, Säcke, die etwas enthielten, das er einst für wichtig gehalten haben muss, das aber jahrelang unter der Bank gelegen hatte. Ganz hinten fand er, was er suchte. Eine zweite Tasche, auch diese aus Leder, mit den Jahren fast schwarz gefärbt. Sie gehörte nicht Thomas, sondern war ein Geschenk des alten Mannes in den Pyrenäen, der ihm im Alter von sechzehn Jahren das Leben gerettet und ihn auf den Weg gebracht hatte, der ihn an diesen Punkt geführt hat.

„Thomas!"

Er schlug mit dem Kopf gegen die Bank, zog sich zurück, war sich des unwürdigen Anblicks bewusst, den er abgeben musste. Lubna stand in der Tür, schaute zwischen ihm und Jorge hin und her.

„Ich dachte, du wärst nicht da."

„Ich war oben, habe dein Bett gemacht, saubere Kleidung aufgehangen." Sie stand barfuß da, ein selbstgewebtes Hemd fiel bis auf ihre Knie, mit unbedecktem Kopf, weil sie drinnen und allein war, blieb jetzt unverschleiert, weil sie sich als Dienstmädchen von Thomas und als Freundin von Jorge betrachtete.

„Ist Helena zurückgekommen?"

„Sie war vorhin unten, während ich gearbeitet habe. Ist sie nicht mehr hier?" In Lubnas Augen zeigte sich etwas, ein Flackern der Enttäuschung, aber es ging so schnell vorbei, wie es gekommen war.

„Wir bleiben nicht", sagte Thomas, ignorierte dabei, was er gesehen hatte.

„Schon wieder."

„Was?"

„Das ist alles, was du zurzeit machst. Kommen und gehen. Kommen und gehen."

„Wir sind kurz davor, aufzudecken, wer hinter den Morden steckt. Wir müssen jetzt handeln, bevor sie uns aufhalten können."

Ihr Ausdruck veränderte sich. „Wer ist es, Abu Abdullah?"

Thomas hatte darüber nachgedacht, wer dem Sohn des Sultans helfen könnte, während sie sich ihren Weg durch die Nebenstraßen und Gassen gebahnt hatten. Es gab nur einen Mann, der über ausreichende Mittel verfügte, um so schnell Männer zu schicken. Aber er konnte die Anschuldigung vor Lubna nicht aussprechen, befürchtete, diese zerbrechliche Frau damit noch mehr zu verletzen.

„Abu Abdullah und andere. Ich kann nicht sagen, wer, aber du wirst es bald wissen."

„Vertraust du mir nicht?"

„Ich vertraue dir, aber ich möchte nicht, dass dich dieses Wissen in Gefahr bringt. Jorge und ich sind auf der Flucht. Wenn jemand nach uns sucht, sagt ihnen, dass du nichts weißt."

„Das wird nicht schwierig sein."

„Du bist nicht in Gefahr, aber wenn es sein muss, musst du uns verraten."

Lubna schüttelte den Kopf. „Das kann ich niemals tun."

„Vielleicht musst du das. Wenn es dazu kommt, tu es, denk nicht einmal darüber nach, tu es einfach."

„Ich bin nicht wie meine Schwester, Thomas. Ich werde dich nie verraten."

Er starrte sie an. Die intensiven Augen, ihre dunkle Haut, die im Nachmittagslicht schimmerte.

„Nein, das bist du nicht. Ich weiß, dass du das nicht bist." Er sah, wie ihr seine Worte weh taten, weil sie sie anders interpretierte, als er sie meinte, und sagte: „Du bist weit mehr, als sie jemals sein könnte." Aber es war zu spät, und er sah, dass sie ihm nicht glaubte.

„Ich muss meine Hausarbeit beenden. Wenn Helena zurückkommt, wird sie ein Essen fertig haben wollen. Sie ist genauso schlimm wie du im Moment, sie ist nie zu Hause."

Thomas schaute zu, wie sie ging, wollte ihr nachlaufen, wusste aber, dass er es nicht konnte.

„Du bist ein Narr, Thomas Berrington." Jorge hatte die ganze Zeit auf der Liege gesessen, ein stiller Beobachter.

„Ein Narr, wenn wir hier bleiben. Komm, wir haben Pläne, die wir in die Tat umsetzen müssen."

Jorge rollte mit den Augen. „Was auch immer sie sein mögen. Ich warte gespannt darauf, was mein kluger Freund hervorgezaubert hat. Dann los, wenigstens sind die Straßen jetzt kühler. Wo gehen wir hin?"

„Zu den Bädern."

„Natürlich, wie dumm von mir. Ich habe heute nicht gebadet und mein Schweiß muss deine empfindliche Nase beleidigen."

„Dort werden sie uns nicht suchen, du Dummkopf."

Sie gingen in den Innenhof und blieben dort stehen.

Drei bewaffnete Männer standen dort im Schatten. Einer von ihnen hielt Lubna fest, bemühte sich nicht, sanft zu sein. Ein Arm packte sie über ihre Brust, der andere um ihre

Taille. Sie versuchte, sich zu befreien, aber es gelang ihr nur, den Griff des Soldaten zu straffen.

Helena stand auf einer Seite, als ob sie versuchte, sich von dem Geschehen zu distanzieren.

„Du hast sie hergebracht", sagte Thomas, sprach sie an, zufrieden, als er sah, wie sich ihre Augen vor Schuldgefühlen abwandten.

„Sie sind verhaftet, Sie und diese Kreatur. Nehmt sie mit", befahl der Soldat in der Mitte.

Der Mann, der Lubna packte, ließ sie fallen, zog seinen Krummsäbel und trat nach vorne.

Thomas lehnte sich zu Jorge hinüber. „Die Hintertür", flüsterte er, zog sein Schwert und tat so, als wolle er dem herannahenden Mann gegenübertreten. Er täuschte eine Bewegung vor, als er spürte, dass Jorge sich zurückzog. Thomas beabsichtigte, ihm einen Moment Zeit zu geben, dem Mann rechts eine Fleischwunde zuzufügen und ihm dann zu folgen. Ihm kam nicht einmal der Gedanke, dass er in echter Gefahr war.

Er hörte, wie Jorge rannte, das Aufspringen eines Türriegels, und dann schmetterte die Tür auf. Thomas täuschte nach links vor, drehte sich und schwang sein Schwert auf den Arm des Mannes zu seiner Rechten, genau so, wie er es in Gedanken gesehen hatte, außer dass der Schlag von einem ledernen Armteil abgefangen wurde. Thomas drehte sich um, um davonzurennen, nur um zu sehen, wie noch mehr Männer durch die Tür strömten, die Jorge so bequem für sie geöffnet hatte. Thomas ließ sein Schwert sinken und erkannte die Hoffnungslosigkeit der Situation. Als er sich wieder zu den Männern im Hof umdrehte, versuchten sie nicht, sich anzunähern, begnügten sich damit, zu warten.

Hinter ihnen schoss Lubna zur Seite und schubste den Anführer der Wachen, was ihn aus dem Gleichgewicht brachte. Sie schnappte ein Messer aus seinem Gürtel, sprang auf den Rücken des Mannes, der sie gehalten hatte, und zog das Messer in einem weiten Bogen herum.

„Nein!", schrie Thomas, aber Lubnas Augen hatten jegliche Vernunft verloren.

Ein anderer Soldat warf sich gegen Lubna und klopfte mit seinem Schwertgriff auf ihren Schädel. Das Messer hatte genug Schwung, um den Mann, um den ihre Beine gewickelt waren, zu treffen und sein Fleisch zu zerkratzen, aber es fehlte an Kraft und fiel herunter, um auf die Fliesen zu scheppern.

„Miststück." Der Soldat drehte sich um, packte Lubna, als sie von seinem Rücken rutschte. Er hob sie an der Taille hoch, stürzte nach vorne und schmetterte sie gegen die Wand. Lubnas Kopf schlug gegen den Stein und sie wurde schlaff. Der Mann schaute zu seinem Offizier über die Schulter, bat um Erlaubnis.

Der Offizier hob eine Schulter: Tu, was du willst.

Thomas schrie, aber andere Hände kamen von hinten, um ihm sein Schwert abzunehmen, hielten ihn dort fest, wo er war.

„Was ist mit der Hure?", sagte der andere Soldat.

Der Offizier schaute Helena an, die von der Gruppe getrennt stand. Ihr anfänglicher Ausdruck von Bosheit und Triumph war verblasst. Jetzt sah sie ängstlich aus.

„Wir haben den Befehl, ihr nichts anzutun." Das Gesicht des Hauptmanns zeigte Verachtung. „Bringt die beiden und die Hure. Und Ahmed, mach schnell mit dem Mädchen."

„Das macht er immer", sagte jemand, die Worte wurden mit Lachen begrüßt.

Thomas kämpfte, versuchte sich zu befreien, aber die Männer, die ihn festhielten, waren stark und wegen seiner windenden Bewegungen packten sie ihn nur noch fester.

Der Mann, der Lubna festhielt, betatschte ihr Hemd, seine Absichten waren klar. Thomas schrie nochmal und die anderen Soldaten lachten, beobachteten ihren Begleiter belustigt.

„Sie ist zu dünn für dich, Ahmad, sie sieht aus wie ein Junge. Du könntest sie genauso gut umdrehen und so tun, als wäre sie einer."

„Ich habe gehört, dass er es so lieber mag", sagte jemand anderes.

Thomas taumelte, zog einen Arm raus, nur um sofort wieder gepackt zu werden. Er konnte sehen, wie auch Jorge versuchte, sich zu befreien, Tränen im Gesicht des großen Mannes. Jorge war kräftiger und es gelang ihm, seinen rechten Arm freizukämpfen. Er schwang ihn kräftig und schlug mit der Faust in die Seite des Kopfes des Soldaten, der ihn festhielt. Er befreite sich beinah, aber ein Mann kam von hinten und schlug ihm mit dem Knauf seines Schwertes auf den Hinterkopf und Jorges Knie sackten zusammen.

Thomas trat nach hinten aus, seine Ferse schlug gegen ein Schienbein, aber der Schlag wurde nur mit noch mehr Gelächter begrüßt.

„Der Chirurg hält sich für einen Krieger."

„Lass mich los und ich zeige dir, wer der Krieger ist, du Feigling."

Thomas fühlte, wie sich die Hände, die ihn packten, lockerten, glaubte nicht, dass diese Männer so dumm waren, sich einer solchen Herausforderung zu stellen. Hoffnung keimte in ihm auf, bevor der Hauptmann sagte: „Halt ihn fest. Du kannst gegen ihn kämpfen, wenn er sicher im Palast ist, wenn es sein muss, aber nicht hier."

Der Mann drehte sich um und ging vom Hof zum Eingang. Thomas wurde hinter ihm her geschleift. Lubna, die schlaff in Ahmads Griff hing, wachte auf, wand sich und schrie. Sie griff nach unten und packte das Messer von seiner Hüfte, und diesmal saß ihr Stoß richtig. Anstatt ihren Arm zu heben, drehte sie das Messer um und stieß es in den Bauch des Mannes, schnaubte vor Anstrengung, als sie die Klinge tief vergrub.

Ahmad begann zu wimmern, sein rechtes Bein zuckte auf und ab, als wäre er auf eine Hornisse getreten. Lubna ließ von ihm ab, ihr Bauch und ihre Oberschenkel glitschig von seinem Blut.

„Oh, Scheiße", sagte der Hauptmann, seine Stimme müde. „Jetzt müssen wir das Mädchen auch noch mitnehmen. Sie muss eine Lektion lernen." Er ging hinüber, um Lubnas Kinn festzuhalten, starrte ihr ins Gesicht. Mit der anderen Hand nahm er das Messer aus ihrem Griff und warf es zur Seite. „Du tötest nicht einen meiner Männer und bleibst ungestraft. Heute Abend wirst du erfahren, wie es ist, auf den Schwänzen eines ganzen Regiments aufgespießt zu sein."

„Es ist sicherer, sie hier zu töten", sagte jemand.

Der Hauptmann zog sein Schwert und starrte es einen Moment lang an. Thomas versuchte noch einmal, sich zu befreien, aber die Arme der Soldaten hätten genauso gut eiserne Fesseln sein können.

Der Hauptmann steckte sein Schwert zurück in die Scheide. „Nein, bringt sie mit. Aber sie gehört zuerst mir. Danach könnt ihr mit ihr machen, was ihr wollt, aber ich zuerst. Und bringt die Hure mit, wir sollen sie sicher übergeben."

„Thomas, halte sie auf!" Helena schrie, als raue Hände sie packten und ihre Brüste, ihren Bauch und ihr Geschlecht anfassten. Sie wand und drehte sich, aber die Bewegung brachte die Männer nur noch mehr zum Lachen, als ihre seidene Kleidung zerriss. „Thomas!", rief sie wieder, aber sein Herz war kalt geworden. Die Frau, mit der er ein halbes Jahr lang sein Leben geteilt hatte, hatte sie alle verraten.

„Ihr darf nichts passieren", erinnerte der Hauptmann seine Männer, aber seine Augen nahmen das ausgezeichnete Fleisch wahr, das durch die zerrissene Seide sichtbar wurde.

Die Männer, die Thomas packten, bugsierten ihn

vorwärts. Sein Fuß verfing sich in einem Terrakottatopf und er stolperte. Die Hände, die ihn festhielten, lockerten sich und er riss sich los. Er rannte über den Hof, traf den Hauptmann mit seiner Schulter, griff nach dem Schwert des Mannes. Er drehte sich, ging in die Hocke, bereit zu sterben, aber stattdessen schlug ihm etwas an die Seite des Kopfes und der helle Tag wurde schwarz.

<h1 style="text-align:center">KAPITEL VIERUNDDREISSIG</h1>

Thomas erwachte mit starken Schmerzen, einem Brummen in den Schläfen, einem Pochen im Arm und floh wieder zurück in die Bewusstlosigkeit. Beim zweiten Mal kam er wieder zu sich, aber er ignorierte den Schmerz, kitzelte einen Gedankenstrang wie einen verhedderten Faden heraus, suchte nach seinem Ursprung. Er war ihm sofort nach dem Aufwachen gekommen. Ob er ihn in einem Fiebertraum ausgearbeitet hatte oder ob sein Geist aktiv geblieben war, während sein Körper im Koma lag, die Wahrheit schien kristallklar, vollständig ausgearbeitet. Bilal hatte sich geirrt.

Er stöhnte. Kleine Hände zogen an seinem Arm. Auf der anderen Seite zog ihn jemand Stärkeres nach oben, um ihn aufrecht an eine harte Wand zu setzen, aber er sackte sofort seitlich zusammen.

Thomas zwang sich, seine Augen zu öffnen und sah sich um. Sie befanden sich in einer Zelle, die einzige Beleuchtung war ein flackerndes Leuchten vom Korridor aus, das durch eine kleine vergitterte Öffnung in der massiven Tür drang. Zu seiner Linken kniete Lubna, ihr zerrissenes Hemd um sich gewickelt. Rechts saß Jorge mit ausgestreckten Beinen, Blut in seinem Gesicht und an den Ohren.

„Ich habe mich schon gefragt, ob sie dich getötet haben“, sagte Jorge, „aber dann habe ich gedacht, nein, es war nur sein Kopf.“

„Wie lange?“

„Einige Stunden. Es wurde zum Abendgebet gerufen. Es ist wahrscheinlich dunkel draußen, aber wir haben kein Fenster, um es wissen zu können.“

„Wo?“

„Irgendwo im Palast. Kein Ort, den ich schon mal gesehen habe.“

Thomas versuchte, aufrecht zu sitzen, sein Kopf drehte sich, und wieder kam Lubna zu Hilfe. Die Erinnerung kam langsam, als er sie anstarrte, sah nicht diese Frau, sondern ihre Schwester. Seinen Blick falsch interpretierend, zog sie die zerrissenen Säume ihrer Kleidung zusammen.

„Ich hätte etwas, um das zu reparieren, in meiner Tasche gehabt“, sagte Thomas.

„Sie haben nichts mitgenommen“, sagte Jorge. „Deine Tasche ist dort drüben. Willst du sie haben?“

„Wenn du sie für mich holen würdest. Meinen Dank.“ Thomas versuchte, nicht daran zu denken, warum sie ihm seine Tasche gelassen hatten. Das war kein gutes Zeichen. Wahrscheinlich bedeutete es, dass sie nicht die Absicht hatten, sie freizulassen.

„Ohje, die haben dich ziemlich hart erwischt, oder?“

Thomas nahm die verbeulte Tasche entgegen, öffnete den Verschluss und suchte im Inneren, bis er die gesuchten Gegenstände fand. Er zog eine Nadel und Seide heraus und übergab beides an Lubna. Dann schüttelte er etwas trockene Rinde in seine Hand und steckte sie sich in den Mund, kaute auf der Grauweide, in der Hoffnung, dass sie das Pochen in seinem Kopf lindern würde.

Lubna stand auf und ging zur Tür auf der anderen Seite des Verlieses, wo genügend Licht eindrang, damit sie besser sehen konnte. Sie drehte Thomas und Jorge den Rücken zu und begann, die zerrissenen Teile ihrer Kleidung zusammenzunähen.

„Wie geht es ihr?“, flüsterte Thomas und legte seinen Kopf gegen den von Jorge, die Berührung beruhigte ihn. Er wollte seine Augen schließen und schlafen, aber er kämpfte dagegen an.

„Niedergeschlagen. Sie fragt sich, warum sie hier ist, warum die Soldaten sie nicht bei sich behalten haben.“

„Es gibt nur eine Antwort. Du weißt es und sie weiß es auch. Es sind Olafs Männer. Er will unseren Tod, aber er wird seinen Töchtern nichts tun. Du hast gehört, was sie zu Helena gesagt haben.“

„Ich habe versucht, es ihr zu sagen“, sagte Jorge, „aber ich glaube, sie hat nicht zugehört. Sie ist zu ruhig.“ Jorges Stimme war so leise wie die von Thomas, keiner von beiden wollte, dass Lubna sie hört.

„Und Helena? Was ist aus ihr geworden?“

Jorge schüttelte den Kopf. „Sie haben uns getrennt, sobald wir den Palast erreicht hatten. Sie wird jetzt bei ihm sein.“

„Warum ist Lubna also hier? Warum nicht auch sie mitnehmen?“

„Sie hat einen von ihnen getötet. Selbst Olaf muss Mord bestrafen. Aber zweifellos wird sie aus der Stadt an einen sicheren Ort gebracht werden, sobald das arrangiert werden kann.“

„Es war kein Mord“, sagte Thomas. „Es war Selbstverteidigung.“

„So werden sie das nicht sehen.“

„Zoraya und Olaf also doch zusammen“, flüsterte Thomas. „Was für eine Kombination.“

Jorge nickte, sein Blick huschte zu Lubna hinüber, aber sie hatte ihnen immer noch den Rücken zugewandt. „Dann hast du es jetzt also auch herausgefunden. Ich habe nie verstanden, warum Abu Abdullah Safya töten lassen wollte. Sie stand seiner Mutter zu nahe, war ihm wie eine Mutter. Es machte keinen Sinn. Überhaupt keinen. Aber dass Zoraya sie tot sehen wollte - das ergibt sehr viel Sinn."

„Was auch immer uns dieses Wissen jetzt nützt." Thomas lehnte sich näher heran und senkte seine Stimme noch weiter. „Sag es Lubna nicht. Sie darf nichts von der Wahrheit wissen, wenn sie sicher bleiben will."

„Ihr Vater wird sie beschützen."

„Er wird es zweifellos versuchen, aber Zoraya ist eine andere Sache. Sie ist gehässig. Olaf wird sich in Acht nehmen müssen, wenn ihr Sohn den Thron besteigt."

„Wir waren ein gutes Team, nicht wahr? Dein Verstand und meine Raffinesse?" Jorge lächelte, und Thomas war zwischen seiner Liebe und seiner Frustration über den Mann hin- und hergerissen.

„Wenigstens haben wir die Verantwortlichen für die Morde gefunden, auch wenn wir nichts gegen sie unternehmen können."

„Flüstert, so viel ihr wollt, ich kann euch beide sehr gut hören", sagte Lubna. „Ich werde nie glauben, dass mein Vater dessen, was ihr ihm vorwerft, schuldig ist."

Thomas sagte nichts. Es war Jorge, der das Bedürfnis verspürte, das Schweigen zu brechen. „Du hast, wie Thomas, einen scharfen Verstand. Du wirst die Wahrheit erkennen, wenn du gründlich darüber nachdenkst. Es ist klar, wer dahintersteckt. Und deine Schwester hat ihn die ganze Zeit mit Informationen versorgt. Kein Wunder, dass es sich angefühlt hat, als würden wir in einem Sandsturm kämpfen."

„Helena hat euch verraten, ja", fauchte Lubna. „Dich, Thomas, der sie aufgenommen hat, als es niemand sonst tat, der sie wie die Prinzessin behandelt hat, für die sie sich hält, statt wie das verlogene, bösartige Miststück, das sie ist. Aber mein Vater würde nie das tun, was ihr glaubt. Es muss jemand anders sein, der Zoraya hilft."

„Wer, wenn nicht dein Vater?"; sagte Thomas, seine Stimme sanft. Es tat ihm weh, Lubna so leiden zu sehen, aber er hatte die Wahrheit nie geleugnet und wollte jetzt nicht damit beginnen.

„Wie soll ich das wissen? Du bist der Mann mit allen Antworten. Sag mir, warum wir hier eingesperrt sind, anstatt tot zu sein? Ich verstehe nicht, warum wir nicht einfach entsorgt wurden."

„Du weißt, warum du am Leben bist", sagte Thomas.

„Sie können uns nicht töten", sagte Jorge. „Du bist der Arzt des Sultans."

„Wir werden nie gefunden werden, und denk daran, dass dieser Sultan vielleicht auch nicht mehr lange auf dieser Welt sein wird."

„Wir würden vermisst werden. Die halbe Stadt weiß, was ihr getan habt. Euer Verschwinden wird Fragen aufwerfen."

„Die vielleicht einen Tag lang anhalten und dann vergehen. Es gibt immer neuen Klatsch und Tratsch in Gharnatah."

„Dann muss der Sultan es wissen. Er war es, der euch von Anfang an mit dieser Aufgabe betraut hat."

„Es sei denn, er ist es, der hinter unserer Gefangennahme steht", sagte Lubna. Thomas warf ihr einen Blick zu und fragte sich, ob sie die gesamte Bevölkerung beschuldigen würde, bevor sie die Beteiligung ihres Vaters akzeptierte.

„Warum sollte er wollen, dass wir gefangen genommen werden? Warum schickt er mich, um einen Mörder zu finden und sperrt uns dann ein?"

„Weil er nie erwartet hat, dass du Erfolg hast. Er konnte dir nicht erlauben, Erfolg zu haben. Er hat die letzten Männer, die er mit dieser Aufgabe betraut hatte, getötet."

Thomas seufzte, seine Kopfschmerzen fingen wieder an. „Er ist es nicht, den wir beschuldigen."

„Nicht jetzt, nein. Aber wenn sich eure Anschuldigungen gegen meinen Vater als falsch erweisen, werdet ihr euch woanders umsehen, und er weiß, dass die Spur zu ihm führt."

„Jetzt beschuldigst du also den Sultan? Warum nicht auch

Jorge und mich? Es ist der Sultan, der deine Schwester in mein Haus verbannt hat, warum sollte sie sich mit ihm verschwören?“

„Weil du zu gute Arbeit geleistet hast. Sie ist wieder schön und sie war eine Favoritin im Harem. Du kennst ihre Fähigkeiten so gut wie kein anderer. Wenn sie sich einmal etwas in den Kopf gesetzt hat, kann man ihr nicht mehr widerstehen.“

Thomas mochte die Erinnerung an seine eigene Schwäche nicht. „Warum hat sie mich verraten? Bin ich nicht gut zu ihr gewesen?“

„Sie hasst dich. Sie verstreut Schmerzen wie ein Bauer den Weizen. Das ist eines ihrer Haupteigenschaften.“

„Lubna sagt die Wahrheit“, sagte Jorge. „Du weißt, dass sie es tut.“

„Das sagst du mir jetzt?“ Thomas erhob seine Stimme. „Was für ein Freund bist du, der mich nicht gewarnt hat, als sie in mein Haus gekommen ist?“

„Die Art von Freund, die sich für dich gefreut hat. Ja, sie hat ihre Probleme, aber sie ist auch schön und hoch qualifiziert. Ich dachte, ihre Ausbildung könnte dir gefallen.“

Thomas schüttelte den Kopf. „Ich habe Schmerzen, und das, was ich an Gehirn habe, ist zu stark verletzt, um zu funktionieren. Ich kann nicht mehr klar denken.“

„Du musst. Das ist es, was du gut kannst. Bei mir brauchst du nicht nach Intelligenz zu suchen, meine Fähigkeiten liegen woanders.“

Thomas lächelte fast. Die Weide hatte schließlich begonnen, in seinem Kopf zu wirken, das Pochen in seinem Arm wurde ebenfalls weniger. Er wollte den Verband abnehmen und die Stiche überprüfen, weil er überzeugt war, dass sie sich durch die Strapazen gelöst hatten.

Lubna trottete durch die Zelle und setzte sich neben ihn, wobei ihr linkes Bein sein rechtes berührte. Sie reichte ihm die Nadel und die Seide. Sie hatte die Vorderseite ihres

Hemdes grob zusammengenäht, aber es würde niemals Haute-Couture werden.

„Sag mir, was du denkst, Thomas. Jorge hat mir eine Geschichte erzählt, während du geschlafen hast, aber sie hat keinen Sinn ergeben."

„Danke", sagte Jorge.

„Es war mir ein Vergnügen. Das kann nicht das Werk meines Vaters sein. Ich weigere mich zu glauben, dass er zu einer solchen Täuschung fähig ist."

„Genau wie ich", sagte Thomas. „Aber je mehr ich hinschaue, desto mehr sehe ich keine andere Erklärung. Ich habe mit meinen eigenen Augen gesehen, wie er bei Zoraya war. Olaf ist einer der wenigen, die uns hier verhaften und einsperren lassen könnten."

„Warum sollte er Safyas Tod wollen?"

„Nicht er - Zoraya wollte das. Er kennt sie gut, wird ihr bei vielen Gelegenheiten als Wache gedient haben. Er hat mir gegenüber zugegeben, dass er ihre Gemächer besucht. Ich habe mit eigenen Augen gesehen, wie er ihre Söhne trainiert hat. Und sie ist schön, wie Helenas Mutter es war."

„Meine Mutter ist auch schön."

„Natürlich ist sie das." Thomas senkte den Blick und hob ihn dann schnell wieder an, aus Angst, Lubna könnte denken, dass seine Augen ihren Körper angestarrt haben. „Deine Mutter ist eine schöne Frau, aber diese Damen des Harems sind... sind etwas anderes." Er spürte, wie ein Moment des Schmerzes wie ein Blitz durch ihn fuhr. In einem Augenblick überfluteten tausendundeine Erinnerung seinen Geist. An die Nacht, in der Helena zum ersten Mal in sein Bett kam, ihre Haut blasses Gold, ihre Hände zart und wissend, als sie seine Kleidung lockerte. Die Geräusche, die machte, als sie sich liebten. Die Fähigkeiten, die sie gezeigt hat, Akte der Sinnlichkeit, von denen Thomas nie geträumt hatte.

„Ich werde das von meinem Vater nicht glauben", sagte Lubna. „Olaf Torvaldsson ist unverfälscht und treu. Er hat dreißig Jahre lang an der Seite des Sultans gekämpft. So etwas könnte er nicht tun."

Thomas sah einen Glanz in ihren Augen, hörte das Zittern in ihrer Stimme und wusste, dass sie versuchte, sich selbst zu überzeugen, wobei sich bereits Zweifel in ihrem Kopf festgesetzt hatten, die an der Gewissheit nagten.

„Zweifellos glaubt er das Beste für Gharnatah zu tun."

„Was - die Frauen des Sultans ermorden zu lassen?" Lubna wandte ihr Gesicht ab.

„Es würden nicht alle Ehefrauen sein. Ohne Safya oder Aixa ist Abu Abdullahs Anspruch auf den Titel schwach, Yusufs ist noch schwächer. Die Stadt wird an Nasir übergehen."

„Ich verstehe das alles. Ich bin nicht dumm, aber ich werde nie glauben, dass mein Vater an einem solchen Verrat beteiligt sein könnte. Niemals."

„Was du oder ich glauben, nützt uns heute Abend wenig." Thomas hob seinen Arm. Lubna zögerte einen Moment, dann legte sie sich an seine Seite und er zog sie an sich, tröstend und sich trösten lassend. Er starrte in die Finsternis, nur das flackernde Leuchten der Fackel hinter der Tür warf eine schwache Beleuchtung auf sie. „Ich nehme an, jemand hat überprüft, ob die Tür verschlossen ist?", sagte er.

Jorge schnaubte ein Lachen aus. „Oh, natürlich würden sie uns in einen unverschlossenen Kerker werfen."

Lubna schlüpfte unter seinem Arm heraus und ging zur Tür. Sie rüttelte am Schloss, schob und zog, aber es war so stabil wie die Wand, die es umgab. Sie kam zurück, ein schiefes Grinsen im Gesicht. „Und wenn es so gewesen wäre? Wir würden wie Idioten dastehen, oder nicht?" Sie glitt neben Thomas hinunter, schmiegte sich noch einmal eng an ihn, und er bewegte seinen Kopf ein wenig und atmete ihren Duft ein. Keiner von ihnen roch nach diesem Tag zu süß, aber ihr Duft beruhigte ihn. Er schloss seine Augen. Nur für einen Moment versprach er.

Er wachte zu einem krabbelnden Geräusch auf, das zuerst Teil seines Traums war, sich dann verfestigte.

„Ratten", sagte Jorge. „So weit unter der Erde werden sie überall sein."

„Das sind keine Ratten", sagte Lubna.

„Was sind keine Ratten?", fragte Thomas.

„Endlich bist du wach." Sie rückte von ihm weg und seine Seite, wo sie an ihm gelegen hatte, fühlte sich kalt an.

„Ich habe nicht geschlafen, ich habe mich nur ausgeruht."

„Du schnarchst laut, wenn du dich ausruhst", sagte Jorge.

„Welche Ratten?", sagte Thomas.

Es kam ein Geräusch aus dem Gang, ein Kratzen.

„Diese Ratten", sagte Jorge.

Thomas stand steif auf und ging zur Tür. Er versuchte, weit genug nach oben zu kommen, um durch die Gitterstäbe zu sehen, aber sie waren zu hoch. Er drückte sein Ohr gegen das Holz, sprang zurück, als etwas auf der anderen Seite krachte.

„Sie kommen uns holen!" Sein Bauch füllte sich mit Eis, sein Herz schlug heftig in seiner Brust.

Das krabbelnde Geräusch wurde zu einem schweren Schlüssel, der sich im Schloss drehte, und die Tür schwang nach innen.

„Hallo, Thomas."

„Prea!"

„Jetzt musst du mir noch mehr bezahlen, nicht wahr?" Ihr Gesicht zeigte eine wahnsinnige Freude.

„Wo sind die Wachen?"

Das Mädchen lachte. „Sie schlafen den Schlaf der Engel. Oder eher der Teufel. Wir haben von eurer Gefangennahme gehört, und Bazzu hat mich mit einer besonderen Mahlzeit für sie hinuntergeschickt, ein Dankeschön für die Gefangennahme der bösen Palastmörder."

„Ist es das, was uns vorgeworfen wird?“

„Jeder innerhalb dieser Mauern glaubt das.“ Sie lächelte. „Naja, fast jeder.“

„Wer hat die Nachricht zuerst verbreitet?“

Prea schüttelte den Kopf. „Woher soll ich das wissen? Als wir in der Küche davon gehört haben, war es ein auf Gerüchten aufgebautes Gerücht. Wollen wir die ganze Nacht hier herumstehen, oder wollt ihr nicht fliehen?“

„Ja, wir wollen fliehen.“ Thomas wollte sie umarmen, wusste aber, dass sie eine solche Zuneigung falsch interpretieren könnte. Ganz zu schweigen von Lubna.

„Dann folgt mir.“

Prea huschte in den Gang hinaus. Jorge drängte sich an Thomas vorbei, aber Lubna wartete neben ihm, bis er endlich einen Schritt machte, und dann blieb sie nahe bei ihm, als sie nach draußen gingen. Fackeln erhellten den Gang in Abständen. Auf der einen Seite waren weitere Zellen, die andere war aus massivem Stein. Wahrscheinlich gehörte die Mauer zu den Fundamenten des Palastes.

Als sie um eine Ecke bogen, waren drei Wachen um eine glühende Feuerschale zusammengebrochen. Thomas blieb stehen, aber Prea lachte und rannte voraus, um einem der Wachen eine Ohrfeige zu geben. Der Kopf der Wache schaukelte, aber seine Augen blieben geschlossen.

„Bazzu hat ein feines Essen für diese Leute gemacht. Sie werden bis zum Morgen schlafen.“

„Wo bringst du uns hin?“ Thomas flüsterte, immer noch aus Angst, die Wachen könnten aufwachen.

„In die Küchen. Sie sind der vorerst sicherste Ort. Bazzu weiß, dass ich nach euch geschaut habe. Sie wird euch bis zum Morgengrauen verstecken und dann werden wir euch rausschmuggeln.“

„Wann wusstet ihr, dass wir Gefangene sind?“

„Ich hab dir gesagt, es ist das Thema im Palast. Man sagt, dass ihr die Mörder seid, dass ihr den Sultan getäuscht habt, damit er euch bittet, zu ermitteln, obwohl in Wirklichkeit ihr beide hinter allem steckt. Du, Thomas, wurdest durch Helenas Flüstern in deinem Ohr verrückt, und Jorge war der, ah, der Mann im Inneren. Es heißt, ihr hättet das alles zusammen geplant."

„Ich nehme an, du hast nicht geglaubt, was erzählt wurde?"

Prea lachte, huschte voraus, der Gang breiter, der Geruch von sauberer Luft kam zu ihnen.

„Bazzu hat sich geweigert, so etwas von Jorge zu glauben. Sie hat so viel Sanftheit in ihrem Herzen für ihn."

„Ich bin auch hier", sagte Jorge.

„Und ich wusste, dass du kein Verräter bist, Thomas. Du hast einen ganzen Tag mit mir in den Gängen verbracht. Du hättest mich jederzeit töten können, um dein Geheimnis zu verbergen, aber du hast es nicht getan. Wir wussten also, dass die Gerüchte falsch waren, verbreitet von demjenigen, der wirklich dahintersteckt."

„Und wer wäre das?", fragte Jorge. „Wer hat die Gerüchte in die Welt gesetzt?"

„Ich habe euch gesagt, ich weiß es nicht, aber wer setzt ein Gerücht in Umlauf? Sie erscheinen wie durch Zauberei aus dem Nichts. Ich glaube wirklich, dass sie keine Quelle haben, sondern einfach nur da sind. Bazzu glaubt jedoch, dass dieses Gerücht wahrscheinlich in der Kaserne entstanden ist."

„Olaf Torvaldsson", murmelte Thomas.

Lubna, die mit gesenktem Kopf neben ihm ging, gab keinen Kommentar ab, aber Thomas sah ihre angespannten Schultern und wünschte sich, die Wahrheit wäre anders.

Thomas bewegte sich, so dass Lubna vorne ging, Jorge zwischen ihm und Prea. Er ließ sich zurückfallen, berührte die Schulter des Mädchens, um sie wissen zu lassen, dass sie sich auch zurückfallen lassen sollte, und als es etwas Abstand gab, flüsterte er ihr zu: „Kennst du Lubnas Schwester?"

„Die Kurtisane? Deine Frau?“

„Nicht meine Frau, aber genau die. Sie wurde zur gleichen Zeit wie wir mitgenommen, aber in die Kaserne, glaube ich. Hast du etwas von ihrem Schicksal gehört?“

Prea seufzte, was ein halb gedämpftes Lachen war. „Die hat kein Schicksal. Bazzu hat mir alles über sie erzählt. Sie ist wie die Kakerlaken - sie wird alles überleben. Ich habe gehört, sie ist bei Zoraya.“

Sie gelangten auf Grundniveau und Prea führte sie durch dunkle Höfe, nur ab und an die schwache Beleuchtung einer flackernden Lampe.

„Ich muss dir noch zeigen, was ich entdeckt habe, Thomas.“

„Das brauchen wir vielleicht nicht mehr, nicht, wenn ich Recht habe. Aber sag es mir trotzdem.“

„Ich glaube, ich habe die Kleidung des Mörders gefunden.“

Thomas wurde langsamer, hielt an und drehte sich um, um Prea anzuschauen. „Seine Kleidung?“

Sie schenkte ihm einen Blick. „Er hat sie auf einem hohen Regal in der Nähe eines Eingangs versteckt. Ich glaube, dort betritt er diese Welt. Ich habe gewartet und Ausschau gehalten, aber er ist noch nicht gekommen.“

Thomas packte Prea am Arm und drehte sie zu ihm hin. „Das darfst du nicht tun. Dieser Mann ist ein Mörder. Er wird dich ohne zu zögern niederstrecken.“

„Ich bin nicht dumm, Thomas Berrington. Er wird mich nie entdecken. Ich habe einen sicheren Ort zum Verstecken. Du weißt, wie gut ich mich verstecken kann.“

„Geh nicht ohne mich dorthin zurück.“

„Lässt du es mich dir dann zeigen?“

„Es ist zu gefährlich, wir werden alle drei gesucht. Man darf dich nicht mit uns zusammen sehen.“

Prea lachte und ging den Korridor voraus. Sie waren in der Nähe der Küchen, und selbst jetzt in den frühen

Morgenstunden erreichte sie der Duft von frischem Brot, Obst und Fleisch.

„Jetzt ist genau die richtige Zeit, wenn alle schlafen. Nur du und ich, Thomas. Wir können wie Gespenster vorbeigehen und niemand wird uns sehen."

Bazzu war wach, als sie in ihrem Zimmer ankamen, saß hinter ihrem Schreibtisch, so aufmerksam, als ob es Mittag wäre. Sie erhob sich, als sie eintraten, und ging direkt zu Jorge, zog ihn in ihre Arme. Thomas schaute weg, ließ ihnen einen Moment Zeit. Sein Blick fiel auf Lubna, die ihn wiederum anschaute, ihr Gesicht ausdruckslos.

Prea zerrte an seiner Hand und er sah, wie Lubnas Augen auf das Mädchen und zurück zu seinen wanderten.

„Wir müssen jetzt gehen", sagte Prea. „Bazzu wird sich um die beiden kümmern und wir müssen euch vor dem Morgengrauen rausschmuggeln." Sie zerrte wieder an ihm.

„Was will sie von dir?", sagte Lubna, ihre Stimme so kalt wie ihr Gesicht.

„Sie will mir etwas zeigen."

„Darauf wette ich. Dann solltest du besser gehen." Lubna drehte sich weg, lehnte sich an eine Wand und rutschte herunter, ihr Kopf senkte sich.

Thomas wollte nichts mehr, als zu ihr zu gehen, aber Prea zog immer noch an seiner Hand und er wusste, dass das, was sie gefunden hatte, wichtig sein könnte. Er ließ sich wegführen.

Als sie die Küche verlassen hatten, fragte Prea: „Ist sie auch dein Mädchen?"

„Lubna? Nein, natürlich nicht. Du weißt, mit wem ich zusammenlebe."

„Die Frau mit den weißen Haaren. Siehst du sie genauso an wie dieses Mädchen?"

Thomas wurde langsamer und warf einen Blick auf Prea. Wie alt war sie? Kaum älter als sechzehn und doch steckte so viel Weisheit in einem so kleinen Paket.

„Ich weiß, wo meine Pflichten liegen. Zeig mir jetzt diesen Ort, damit ich von hier verschwinden kann.“

Prea ging weg, murmelte, dachte zweifellos, Thomas könne sie nicht hören, aber seine Ohren waren schon immer gut gewesen.

„Ich hätte gerne, dass mich jemand so anschaut, wie du sie anschaust, aber macht euch keine Gedanken um mich, ich bin nur das Mädchen, das dir die Tunnel gezeigt hat.“

KAPITEL FÜNFUNDDREISSIG

Der Eingang, zu dem Prea Thomas führte, war keiner, den er zuvor gesehen hatte. Er lag nahe an der Außenmauer des Palastes, in der Nähe der Kaserne. Für einen Soldaten war es ein perfekter Ort, um Zugang zu bekommen - ein wenig benutzter Korridor, der die meiste Zeit über verlassen sein würde.

Prea griff in die Mauer, ihr Gesicht eine konzentrierte Grimasse. Einen Moment später grinste sie, und Thomas half ihr, eine Holzplatte aufzuklappen.

„Wie sehen wir drinnen etwas?" Der Palast um sie herum schlummerte, nur kleine Lampen oder Kerzen brannten, nicht genug, um das Innere der Tunnel zu beleuchten.

„Hier ist schon eine Lampe. Er muss in der Nacht kommen, und der Mann ist gut vorbereitet." Prea verschwand in der Dunkelheit. Einen Augenblick später hörte Thomas das Schlagen eines Feuersteins und eine schwache Beleuchtung zeigte ihm den Weg. Er zog die Tafel hinter sich zu, ließ sie aber nicht einrasten.

„Sind seine Kleider hier?" Er begutachtete den Raum. Diese Stelle schien nicht anders als jede andere zu sein. Grauer Stein umschloss einen engen Durchgang, der in die

Dunkelheit führte, und Kies knirschte unter seinen Füßen. Es war beengend.

„Es ist nicht weit."

Prea ging voraus, und Thomas spürte einen Schauer von Angst, als er sich wieder einmal vorstellte, allein in diesen Tunneln zu sein, verloren in der Dunkelheit. Was hat diese Gänge außer Männern und Frauen noch benutzt? Aber Prea hielt ihr Versprechen. Nach weniger als zwei Minuten blieb sie stehen und deutete auf ein in die Wand gehauenes Regal.

„Es wird einfacher sein, wenn du nach oben greifst. Ich müsste klettern."

Thomas streckte sich, ging auf Zehenspitzen, und kam trotzdem nur gerade so hin. Seine suchende Hand stieß auf etwas Weiches, und er zuckte zurück, bevor er merkte, dass es das war, was er suchte. Er zog und ein Kleidungsstück fiel herunter, feine Seide blähte sich auf. Prea machte einen Schritt zurück, um zu vermeiden, dass es die flackernde Lampe berührte.

„Ist da noch etwas anderes?"

„Schau nach", sagte Prea.

Thomas streckte sich wieder, seine Finger wanderten über kalten Stein. Sie fanden nichts und er zog sie zurück.

Prea seufzte. „Hier, halt das mal." Sie schob ihm die Lampe zu und kletterte die Wand hoch, bis sie auf der Kante des Regals saß. Sie griff hinein und das Licht fiel auf etwas helles. Dann reichte sie ihm ein gebogenes Schwert.

„Vorsicht", sagte sie, „es ist scharf."

Thomas wickelte die Klinge in die Seide, stellte die Lampe auf den Boden und nahm den Griff. Prea rutschte herunter und landete neben ihm.

„Wann hast du das gefunden?"

„Gestern. Ich wollte es dir direkt zeigen, aber du hast gesagt, du wärst zu beschäftigt."

„Und du hast nach ihm Ausschau gehalten?"

„Wenn ich konnte. Ich habe Pflichten, aber ich habe auch

Freunde, die für mich einspringen. Es gibt noch ein Regal ein bisschen weiter vorne - groß genug, damit ich mich darauf verstecken kann. Ich habe dort gewartet, aber er ist nicht zurückgekommen, obwohl ich ihn manchmal glaube zu hören." Sie lächelte. „Es ist fast so, als sei er ein Djinn, gehört, aber nie gesehen."

Thomas schüttelte den Kopf. „Er wird dich töten, wenn er dich erwischt. Es war dumm, das zu tun."

„Wäre es dir lieber, ich hätte das nie gefunden? Besser, ich würde dir nicht erzählen, was ich getan habe?"

„Mir wäre es lieber, du hättest mir das vorher gezeigt."

„Das habe ich versucht! Was hätte ich tun sollen, es ignorieren? Wie würdest du dich fühlen, wenn er wieder zugeschlagen und ich nichts getan hätte?"

„Was hattest du vor, ihn zu konfrontieren?"

„Ich wollte ihm folgen und herausfinden, wer er ist", sagte Prea.

Thomas wusste, dass ihre Entdeckung wichtig war. Er wäre sofort gekommen, wenn sie ihm direkt gesagt hätte, was sie gefunden hatte.

„Was wirst du damit machen?", fragte Prea.

„Wir werden es mitnehmen. Ich will es in einem besseren Licht untersuchen."

„Wenn er zurückkehrt, wird er wissen, dass er entdeckt wurde." Prea neigte ihren Kopf zu einer Seite, als beide ein Geräusch hörten. Jemand in den Tunneln hatte gegen einen Stein getreten.

Thomas starrte das Mädchen an, als Preas Augen sich weiteten. Sie legte einen Finger auf ihre Lippen, nicht dass er sie durch Sprechen verraten würde. Thomas ließ die dunkle Seide von der Klinge des Schwertes gleiten und hielt sie nach vorne, wobei er Prea hinter sich schob.

Ein weiteres Geräusch kam, näher, das einer Person, die atmete. Als Thomas zu Prea zurückblickte, nickte sie. Das war der Mann, den sie suchten, und er kam auf sie zu. Das

Atmen wurde lauter, ein darunterliegendes leises kratzendes Geräusch, und Thomas ging in Richtung der Ecke, in der er den Mann erwartete. Dabei verfing sich sein Fuß in der abgeworfenen Seide und er stolperte.

Stille.

Thomas versuchte, seinen eigenen Atem zu beruhigen. Prea machte überhaupt kein Geräusch. Und dann rannte derjenige, der hinter der Kurve war, versuchte nicht, seine Flucht zu verbergen, und Thomas begann ihn zu verfolgen.

Er erreichte die Ecke, stolperte in völlige Dunkelheit und blieb stehen, nicht bereit, ins Ungewisse zu rennen. Er konnte den Mann immer noch hören, aber jetzt entfernt, und als er dort stand, verklang das Geräusch und war verschwunden.

„Wir haben ihn verloren." Prea war dicht hinter ihm, eine Hand berührte sein Kreuz.

„Nein, ich habe ihn verloren. Ich habe uns verraten."

„Zumindest wissen wir, dass er hierherkommen wollte und noch nicht geflohen ist. Wir sollten weitergehen und sehen, ob es irgendein Zeichen gibt, wo er die Tunnel verlassen hat, das könnte uns etwas sagen."

Thomas schüttelte den Kopf. „Es gibt ein Dutzend Ausgänge, die er nehmen könnte und wir wissen nicht, welchen." Er drehte sich um und schob Prea vor sich, so dass sie zu dem Ort zurückkehren konnten, an dem der Mann seinen kleinen Vorrat an Gegenständen aufbewahrt hatte. „Lass uns von hier verschwinden und Jorge und Bazzu finden. Ich sollte auch Olaf zur Rede stellen. Ich will sein Gesicht sehen, wenn ich ihm dieses Schwert zeige."

Prea zuckte die Achseln. „Ein Schwert sieht aus wie jedes andere, oder nicht?"

In der Küche legte Thomas das Kleidungsstück über Bazzus

Tisch, und er, Bazzu und Jorge beugten sich darüber. Prea war verschwunden und Lubna schlief oder tat so.

„Das ist ungewöhnlich fein", sagte Bazzu und rieb die Seide zwischen Daumen und Zeigefinger. „Und die Farbe ist anders als alles, was ich je gesehen habe. Fast schwarz, aber dieser Goldfaden, der durch sie verläuft, verleiht ihr einen wundersamen Schimmer. Das muss wunderbar aussehen, wenn es getragen wird."

„Es ist die Tarnung des Mörders, wenn man etwas so Schönes als Tarnung betrachten kann."

Jorge nahm den Stoff und drapierte ihn über seinen Arm. Ein Stirnrunzeln trübte sein Gesicht. „Dieses Material kommt mir bekannt vor. Ich habe es schon einmal gesehen."

„Im Palast?", sagte Thomas. „Hast du jemanden gesehen, der es trägt?"

„Nicht im Palast, sondern irgendwo anders, aber ich weiß nicht mehr, wo." Jorge hob das Kleidungsstück an und ließ es locker hängen. Es bewegte sich beim geringsten Luftzug, die Farbe änderte sich dabei. „Kann ich es anziehen?"

„Jetzt? Wird es dir passen?"

„Natürlich wird es das. Wir könnten beide hineinpassen. Bist du nicht neugierig, wie es aussieht?"

„Wenn es sein muss." Thomas sah Bazzu lächeln. Ohne zu warten, zog Jorge sich aus, bis er nackt und ungeniert dastand. Bazzu bewunderte ihn unverhohlen. Sogar Thomas war beeindruckt. Jorges Brust war breit, die Muskeln unter der glatten Haut klar abgegrenzt, seine Beine lang und wohlgeformt. Ganz zu schweigen von dem Element seiner Männlichkeit, das Thomas nicht entfernt hatte.

Er streifte das Gewand über seine Nacktheit und schloss es mit zarten Bändern, bevor er die tiefe Kapuze über seinen Kopf zog, wo sie sein Gesicht fast vollständig verdeckte.

„Beweg dich", sagte Thomas, und Jorge ging zur Tür. Das Gewand folgte jeder seiner Bewegungen und akzentuierte die Figur darunter.

Jorge kehrte zurück und nahm das Schwert, das auf dem Tisch lag. Er kehrte zur Tür zurück und ging in den Korridor hinaus. Thomas sah Bazzu die Stirn runzeln.

Jorge stürze in den Raum, drehend, wendend, das Schwert hoch erhoben. Er schlug nach unten, drehte sich wieder um und schlug noch einmal zu. Irgendetwas an dem Geräusch, an seiner Bewegung, weckte Lubna, und sie schrie, als sie die wirbelnde Figur sah.

Thomas ging zu ihr und legte seine Hand auf ihre Schulter, aber Lubnas Blick war fest auf Jorge gerichtet.

„Du bist der Djinn", sagte Bazzu, ein Hauch von Ehrfurcht in ihrer Stimme.

„In der Tat, der Djinn", sagte Thomas, dann leiser zu Lubna, „Er ist nicht echt."

Als Jorge sich bewegte, wickelte sich das Gewand - so leicht, so schnell reagierend - um ihn. Seine Beine verschmolzen zu einer Einheit, seine Schultern weiteten sich. Die winzigen Goldfäden schimmerten und zeigten einen Hauch von Feuer. „Es ist leicht zu sehen, wie die Frauen getäuscht wurden. Das ist clever. Es maskiert den Mann darunter und macht es unmöglich, seine Form oder Größe zu beurteilen. Jemand hat das mit großer Präzision geplant."

„Und Geld", sagte Bazzu. „Ich habe noch nie einen so feinen Stoff gesehen."

Jorge beendete seine Show und legte das Schwert auf den Tisch zurück.

„Ich will es für immer tragen", sagte er. „Es küsst den Körper wie tausend Lippen." Er beugte sich vor und küsste Bazzu kurz.

„Du möchtest es vielleicht tragen, aber du kannst nicht", sagte Thomas, und Jorge nickte.

„Wenn ich muss, aber ich werde seine Küsse vermissen."

Thomas drehte sich um, während Jorge sich wieder entkleidete und seine eigene Kleidung anzog.

„Was machen wir jetzt damit?“

„Es verstecken“, sagte Thomas. „Bazzu, hast du einen sicheren Ort?“

„Ich weiß einen Platz.“

Thomas nickte. „Gut. Ich möchte es wieder nutzen, wenn wir den Mörder konfrontieren. Das Schwert auch. Sag Prea, dass sie es gut gemacht hat.“

„Du solltest sie belohnen“, sagte Bazzu.

Thomas warf ihr einen fragenden Blick zu. „Ich werde ihr natürlich mehr Geld geben.“

„Das habe ich nicht gemeint.“

„Dann drück dich klar aus.“ Er war nicht in der Stimmung für Subtilität.

„Sie hat mit mir über dich gesprochen – du hast wohl eine Verehrerin.“

Thomas seufzte. „Sie ist jung und beeinflussbar und -“

Bazzus Lachen unterbrach ihn und er schaute finster drein.

„Sie will nicht mit dir ins Bett, obwohl sie es zweifellos tun würde, wenn du sie darum bitten würdest. Sie ist klug und kann besseres für sich erreichen, als in den Palastküchen zu arbeiten.“

Thomas erwiderte Bazzus Blick und wartete, hatte eine Ahnung, worauf sie hinauswollte.

„Sie hat mir gesagt, du brauchst ein Dienstmädchen. Ein wichtiger Mann wie du, der nicht mindestens ein Dienstmädchen hat, läuft Gefahr, dumm dazustehen.“

„Ich brauche kein -“

Bazzu hielt eine Hand hoch und Thomas fragte sich, ob sie ihm jemals erlauben würde, einen Satz zu beenden.

„Du weißt, dass sie scharfsinnig und begierig ist, alles zu tun, was man von ihr verlangt. Hast du wirklich keinen Platz für sie?“

„Es gibt keinen Platz“, sagte Thomas.

„Dann schaff Platz. Sie verdient mehr als nur die Bezahlung für das, was sie getan hat, findest du nicht auch?"

„Sie war eine große Hilfe."

„Soll ich ihr sagen, dass du meine Bitte überdenkst?"

„Deine Bitte oder ihre?"

Bazzu studierte einen Moment lang sein Gesicht, bevor sie ihn anlächelte. „Sie kommt natürlich von mir, also ist es meine Bitte. Würdest du mich abweisen?"

Thomas wischte sich mit der Handfläche über die Stirn. Sein Kopf tat weh, sein Körper schmerzte, seine Gedanken schossen und wirbelten herum wie Schwalben im Flug, aber mit weit weniger Präzision.

„Ich werde darüber nachdenken. Doch ob ich jemals nach Hause zurückkehren kann, ist fraglich. Aber ja, wenn ich zu meiner Arbeit zurückkehren darf, werde ich deine Bitte in Betracht ziehen."

Bazzu lächelte und er wusste, dass sie gewonnen hatte, fragte sich, wie er eine weitere Frau in seinem Haushalt unterbringen würde. Natürlich war es sehr wahrscheinlich, dass Helena nicht zurückkehren würde, in welchem Fall... Nein, er schüttelte den Kopf, zu viele Gedanken, zu viele Fragen.

„In ein paar Tagen wirst du wieder in deinem Haus sein, umgeben von Frauen." Bazzu starrte ihn an, etwas in ihrem Blick löste Unbehagen in ihm aus. „Ich kenne dich erst seit kurzem, Thomas Berrington, aber selbst ich kann sehen, dass du unfähig zu dem bist, was man dir vorwirft."

„Ereignisse sind nicht immer so einfach. Es ist Politik im Spiel."

„Dann wird sich Jorge um diese kümmern." Ihre Augen wurden schmaler. „Du weißt, dass er mit solchen Dingen umgehen kann, nicht wahr?"

Thomas warf einen Blick auf seinen Freund. „Ich weiß, dass er seine Fähigkeiten gut versteckt, um den Narren zu spielen.

Ich brauche einen weiteren Gefallen von dir und Prea, wenn du sie darum bitten würdest." Er drehte den Kopf, um nach Lubna zu sehen, die scheinbar wieder in einen Halbschlaf gefallen war, bevor er seine Stimme senkte. „Ich weiß, wer hinter diesen Morden steckt und plane, eine Falle zu stellen. Ich möchte, dass ihr beide eine Rolle spielt, wenn ihr dazu bereit seid."

Bazzu nickte. Sie hatte ihre kleine Schlacht gewonnen und konnte es sich nun leisten, großmütig zu sein.

Thomas setzte sich auf einen Stuhl und sagte ihr, was er wollte.

KAPITEL SECHSUNDDREISSIG

Der Tag begann gerade erst, als sie von der Ladefläche eines Wagens rutschten, der Mehl zum Palast gebracht hatte. Standinhaber stellten Tische auf und legten Waren aus, die Märkte und Nebenstraßen voller Aktivität, bombardiert von Lärm und Gerüchen. In den Kleidern, die Bazzu für sie gefunden hatte, sahen alle drei wie arme Händler aus, jeder mit einem Tagelmust, der ihre Gesichter verdeckte.

„Wo willst du uns heute verstecken?", fragte Jorge. „Uns gehen langsam die Plätze aus, die uns aufnehmen werden."

„Wir werden uns nicht lange verstecken müssen. Das wird bald vorbei sein, so oder so."

Sie schlugen sich durch die Hintergassen von Gharnatah und kamen an den Rand des al-Hatabin-Platzes. Thomas hielt an. Er stand einen Moment lang da und schaute sich um, sah aber nichts, was Verdacht erregte. Mit etwas Glück hatte man sie noch nicht vermisst. Thomas fragte sich, wie lange sie noch im Kerker geblieben wären, wenn Prea nicht gekommen wäre. Für immer? Eingeschlossen in der Dunkelheit und zum Verhungern zurückgelassen? Wahrscheinlicher wäre es, dass heute jemand kommen würde, um nach ihnen zu sehen, wenn sie es nicht schon getan hätten. Jemand, der ihr Verschwinden plant.

Thomas, Jorge und Lubna bewegten sich am Rande des Platzes, nicht gewillt, die offene Fläche zu riskieren. Sie überquerten den Hadarro an der Spitze des Platzes und nahmen die Straße entlang seines Ufers, bis sie zu Aamirs Badehaus kamen. Hier war die Straße belebter, Leute kamen vom Albayzin herunter, um zu arbeiten, andere, um sich zu Beginn des Tages zu waschen.

Sie vermieden den belebten Haupteingang und nahmen stattdessen eine schmale Gasse, kühl, weil sie nie die Sonne sah. Thomas klopfte an eine kleine, tief in die Wand eingelassene Tür. Dampf entwich aus den in den Stein eingelassenen Gittern und stieg in die Luft. Es gab keine Antwort, also klopfte Thomas ein zweites Mal, stärker, und hörte schließlich das Geräusch von Türriegeln, die aufgeschoben wurden. Ein kleiner Junge schaute heraus, misstrauisch.

„Sie müssen die Vordertür benutzen. Diese darf nicht benutzt werden.“

„Ich bin ein Freund von Aamir, er wird mich diesen Weg nutzen lassen.“

Der Junge sah nicht überzeugt aus. „Ich muss fragen.“ Er begann, die Tür zuzudrücken, aber Jorge lehnte sich mit seinem Gewicht dagegen und der Junge hatte keine andere Wahl, als nachzugeben.

„Aamir wird verärgert sein, wenn er hört, dass mein Freund und ich abgewiesen wurden. Thomas ist ein angesehener Chirurg und diese Frau ist die Tochter von Olaf Torvaldsson.“

„Sie sind Thomas Berrington?“ Die Augen des Jungen weiteten sich und Thomas nickte. Der Widerstand des Jungen ließ nach und sie betraten die Bäder, der Geruch von Öl und Seife lag schwer in der dampfigen Luft.

Der Junge lief voraus, blieb stehen. „Ich werde meinem

Herrn sagen, dass Sie hier sind. Rühren Sie sich nicht vom Fleck, er wird Sie sehen wollen."

Thomas' Körper entspannte sich, das Loslassen der Anspannung zehrte an den wenigen Reserven, die ihm noch blieben. Jorge legte seine Handfläche an die Wand und senkte den Kopf, atmete, als wären sie den ganzen Weg gerannt. Lubna schaute sich um, mit einem Gesichtsausdruck, den Thomas dort noch nie gesehen hatte.

„Ich mag diesen Ort nicht", sagte sie.

„Die Bäder? Warum nicht?"

„Es ist ein Ort der Sünde."

Jorge kicherte, und Thomas lächelte. „Das kann er sein. Aber es ist auch ein Ort, den ich oft besuche, und zwar nicht wegen der Sünde." Er beschloss, die Zeiten in der Vergangenheit nicht zu erwähnen, in denen er genau aus diesem Grund hierhergekommen war. „Wie badest du dann?"

„Ich wasche mich mit einem Tuch und einer Schüssel Wasser, wie der Prophet es verlangt."

„Heiß oder kalt?"

„Normalerweise kalt. Ich kann nicht immer heißes Wasser bekommen."

Thomas lachte. „Ich werde Aamir bitten, dir deine eigene Kammer zur Verfügung zu stellen, damit du das ultimative Vergnügen eines heißen Bades entdecken kannst. Wenn du möchtest, auch eine Massage."

„Ich brauche weder das eine noch das andere."

Thomas beugte sich vor und schnüffelte. „Bist du sicher?"

Lubna wandte sich zur Seite und bestrafte ihn für seine Hänseleien mit einem Moment von Schmach. Am vergangenen Tag waren die Eckpfeiler ihres Lebens zusammengebrochen. Zuerst Helenas Verrat und nun die Schuld ihres Vaters. Er legte seine Hände auf ihre Schultern und drehte sie zu ihm um.

„Ich vermisse sie auch", sagte Thomas. „Ich mache mir Sorgen, was aus ihr werden könnte."

„Helena?" Lubna schüttelte den Kopf. „Sie wird einen neuen Mann finden, wie sie es immer getan hat. Du weißt, dass ich nicht an Helena denke."

„So sehr ich es mir auch wünschen würde, ich kann dich nicht vor der Wahrheit schützen."

Lubna sah aus, als würde sie ihn schlagen. Thomas würde es ihr nicht verübeln, wenn sie es täte, nahm ihre Schläge gerne an, wenn sie halfen.

„Die Dinge, die du glaubst, sind nicht wahr", sagte sie. „Du magst es vielleicht glauben, aber ich weiß hier drin, dass du dich irrst." Sie schlug sich selbst in die Mitte ihrer Brust. Einmal. Zweimal. „Ich weiß, mein Vater kann grausam sein, aber er ist nicht hinterhältig. Er würde den Sultan niemals verraten."

„Alles, was ich weiß, deutet darauf hin", sagte Thomas.

„Dann ist alles, was du weißt, falsch!" Lubna wandte sich erneut ab. Sie ließ ihre Schultern hängen und ging einige Schritte auf dem Korridor entlang. „Ich hasse diesen Ort."

Thomas folgte ihr, legte seine Hände auf ihre schmalen Schultern, aber sie schüttelte ihn ab. „Fass mich nicht an. Ich bin nicht mehr dein Dienstmädchen."

„Du warst nie mein Dienstmädchen."

„Nicht in deinem Kopf, aber alle anderen haben gesehen, was ich war."

„Ich dachte, du wolltest lernen. Ich kann dir helfen, wenn du es mir erlaubst."

„Ich kann mit dieser Sache zwischen uns nicht in deinem Haus bleiben. Du siehst eine Wahrheit und ich sehe eine andere. Ich kann nirgendwo mehr hingehen. Und jetzt bin ich wegen eines Mordes auf der Flucht! Ich werde nicht zu meinem Vater gehen und ihm von deinem Verdacht erzählen, so viel schulde ich dir. Es hat schon genug Verrat gegeben."

Thomas legte seine Hände ein drittes Mal auf ihre Schultern, und obwohl sich Lubna diesmal verkrampfte, zog sie sich nicht zurück.

„Geh zu meinem Haus. Zu deinem Haus. Dort wirst du sicher sein, und es ist in der Nähe der Moschee. Hol dir etwas zu essen. Schlaf. Wasch dich. Zieh dir etwas von Helenas Klamotten als Verkleidung an. Bleib so lange, wie du willst. Für immer, wenn du willst.“

„Und du?“

„Ich werde zurückkehren, wenn ich kann.“

„Wenn du kannst?“

„Der Weg, den ich wähle, ist nicht ungefährlich. Wenn ich überlebe, kehre ich zu dir zu-rück.“

Lubnas Schultern zitterten unter seinen Händen und daran, wie ihr Gewand fiel, erkannte er ein Beben. Er war sich nicht sicher, ob dieses schmächtige Mädchen ihren Schmerz allein bewältigen konnte, aber sie zu bitten, zu bleiben, würde den Schmerz nur noch schlimmer machen. Thomas schob sie an und ließ seinen Griff los.

„Geh. Dieser Ort ist nichts für dich.“

Lubna ging weg, ohne sich umzusehen, wickelte sich einen Schal um den Kopf.

„Sie braucht Zeit“, sagte Jorge. „Die Nachricht über ihren Vater ist ein Schock, aber sie wird lernen, die Wahrheit zu akzeptieren. Sie hat ein Gehirn und weiß es zu benutzen.“

„Ich weiß nicht, ob es mich noch interessiert. Ich habe genug von den Frauen und ihrer Art und Weise.“

Jorge lächelte und klopfte Thomas auf die Schulter. „Auch du wirst deine Meinung ändern.“

„Ich habe gehört, dass ihr zu dritt seid.“ Aamir kam ihnen eifrig entgegen. „Ist eure Begleiterin in der Nähe?“ Er ignorierte Jorge und blieb vor Thomas stehen. „Ich habe ein Privatgemach vorbereitet, falls du davon Gebrauch machen willst.“

„Sie ist nicht diese Art von Gefährtin. Außerdem ist sie nicht mehr hier.“

Aamir zuckte die Achseln. „Dann musst du dich mit dem Eunuchen begnügen.“

„Du musst mir ein paar Sachen besorgen, während ich bade. Ich kann gut bezahlen.“

„Du weißt, ich werde kein Geld von dir nehmen, Thomas.“

„Ich werde mich besser fühlen, wenn ich dafür bezahle.“

Noch einmal hob Aamir die Schulter, und als er sie in die versprochene Badekammer führte, gab Thomas ihm seine Liste mit den erforderlichen Sachen.

Sie blieben einen Moment vor der Kammer stehen, als Thomas das Gespräch mit Aamir beendete. Als er eintrat, hatte sich Jorge bereits seine schmutzige Kleidung ausgezogen und goss heißes Wasser über sich, ein zufriedenes Lächeln auf seinem Gesicht.

Thomas warf sein eigenes Gewand beiseite und trat unter das Wasser, das aus einem in der Wand eingelassenen Rohr sprudelte, sein Gewicht gegen seinen Kopf und seine Schultern schlagend. Es dauerte eine Stunde, bis sie wieder herauskamen. Aamir hatte einen kleinen Raum mit zwei Liegen, einer Mahlzeit, Wein und den Dingen, um die Thomas gebeten hatte, zur Verfügung gestellt. Es gab keine Stühle oder Tische im Raum, also saß Thomas im Schneidersitz auf dem Boden, tauchte eine Feder in dunkle Tinte und begann zu schreiben.

„Liebesbriefe?“, fragte Jorge, begann bereits mit dem Essen.

„So in der Art. Es ist jedenfalls eine Einladung. Lass mir was von dem Essen übrig.“

„Dann lass dir nicht zu lange Zeit.“

Aber Thomas ließ sich Zeit. Das Dokument musste authentisch aussehen.

Er streute feinen Sand auf das Papier und schüttelte es, kippte den Sand auf den Boden, zündete dann die Kerze an, die Aamirs Junge mitgebracht hatte. Er tastete in seinem Gewand, spürte für einen Moment Panik er hätte das Siegel verloren, aber es war da, hing in der Seite einer Tasche.

Er schmolz dunkles Wachs und ließ es auf das gefaltete Papier laufen, drückte das Siegel hinein, hielt es dort fest, während das Wachs hart wurde. Nachdem er es wieder gelöst hatte, überprüfte er es sorgfältig. Das Dokument sah authentisch aus. Nein - das Dokument war authentisch. Es hatte das Siegel des Sultans von Gharnatah. Es würde nicht in Frage gestellt werden.

Thomas legte es beiseite, nahm ein weiteres Blatt Papier und begann, eine zweite Nachricht zu schreiben. Diese — weniger formell - brauchte kein Siegel.

Lubna wusch sich nicht und besuchte auch nicht die Moschee, obwohl zum Mittagsgebet gerufen worden war. Stattdessen wusch sie das Blut von den Hoffliesen, zwang sich, Obst und Nüsse zu essen, sammelte dann die Papiere auf, die sie und Thomas studiert hatten, und legte sie auf den Tisch in seinem Arbeitsraum. Diejenigen, die in Symbolen geschrieben waren, die sie nicht verstand, wurden widerwillig beiseitegelegt. Diejenigen in arabischer Sprache legte sie separat davon ab. Als es zwei Stapel gab – der mit jenen, die sie lesen konnte, enthielt dreimal so viele wie der, mit denen, die sie nicht lesen konnte -, setzte sie sich hin und begann, sie erneut durchzuarbeiten.

Sie glaubte nicht, dass ihr Vater der Verbrechen, die Thomas ihm vorwarf, schuldig war. Diese Dokumente waren das einzige Mittel, das ihr zur Verfügung stand, um seine Unschuld zu beweisen, und wenn irgendwo auf diesen Seiten Beweise waren, dann wollte sie diese auch finden.

Lubna bemerkte das Geschnatter der Schwalben, als sie

über den Hof stürzten, oder die Bewegung der Schatten an
den Wänden im Laufe des Nachmittags kaum. Die Stadt
Gharnatah schlummerte in der Hitze, während sie immer
wieder die detaillierten Einzelheiten des Handelslebens der
Stadt las.

KAPITEL SIEBENUNDDREISSIG

Der Markt war ein wildes Durcheinander aus Geräuschen, Gerüchen und Strukturen. Männer und Frauen riefen, große Messingtöpfe kochten Essen aus einem Dutzend Ländern, Hühner, Gänse, Ziegen und Schafe liefen zwischen den Füßen umher. Jungen und Mädchen in Lumpen rannten auf Besorgungen und Unfug treibend durch das ganze hindurch. Der Lärm war überwältigend.

Thomas saß tief in der Nische eines Kaufmannshauses, versteckt hinter einem Stand, der Lampen von der anderen Seite der Meerenge, Stoffrollen aus Ägypten, dunkles Holz aus den Wäldern Afrikas und klebrige Harzkugeln aus Mohn sowie eine Menge anderer Gegenstände verkaufte. Keiner von ihnen hatte irgendwas mit dem anderen zu tun, außer dass jeder von ihnen Gewinn bringen konnte.

Thomas beobachtete die Menschenmengen, die wie die Gezeiten des großen westlichen Ozeans anschwollen und abebbten, und wartete ab. Er wusste alles, was er vom Ozean wissen wollte, von seiner Ebbe und Flut, seinen Wellen und Stürmen. Er hatte mehr als genug gesehen und wollte seine Gewässer nie wieder sehen oder überqueren. Er suchte in der Menge nach einem Zeichen. Es war noch nicht gekommen, aber er war geduldig.

Jorge verbrachte seine Zeit damit, entweder mit verstohlenem Blick in der Nähe zu stehen oder durch die Stände zu schlendern, während auch er das wimmelnde Gedränge studierte.

Es war am späten Vormittag, als Thomas sah, worauf er gewartet hatte.

Zwei Händler, die sich miteinander unterhielten, erschraken, als eine schlanke Gestalt zwischen ihnen hin und her huschte. Einer der Männer drehte sich um und schrie, hielt das Mädchen für einen Taschendieb, aber Prea war bereits in der Menge verschwunden. Thomas verlor sie für einen Moment aus den Augen, dann stand sie keine zwanzig Schritte entfernt und schaute sich um. Sie suchte nach ihm, aber seine Nische war schattig und der Platz vom Sonnenlicht durchflutet.

Thomas überflog die Menge in der Nähe und in der Ferne, dann ging er zwei Schritte nach vorne, so dass Licht auf ihn fiel. Preas Gesicht zeigte Aufregung, errötete Wangen, diese Intrige ging über ihre übliche Routine hinaus. Sie rannte zu ihm.

„Er ist auf dem Weg?", fragte Thomas, ihre Schultern greifend, um zu verhindern, dass sie ihn umarmte.

„Er wird jeden Moment hier sein." Prea drehte sich um, ging auf Zehenspitzen, während sie die Menge überblickte. „Ich sehe Bazzu, ich muss gehen. Komm später vorbei, wenn du kannst. Und danke, dass du gesagt hast, dass du mich aufnehmen wirst." Diesmal konnte er die Umarmung nicht verhindern. Thomas wusste, dass er bestimmter sein musste. Zuerst hatte Olaf ihn hineingelegt, Lubna aufzunehmen, jetzt machte Bazzu diesem Mädchen in seinem Namen Versprechungen, aber er konnte nicht unzufrieden sein. Er hoffte nur, dass er nach dem morgigen Tag noch leben würde, damit es einen Ort gab, an den sie kommen konnte.

Als sie ihn schließlich losließ, hielt er sie weiterhin fest, hinderte sie daran, wegzugehen. „Du warst noch nicht wieder in den Tunneln, oder?"

„Du hast mich gebeten, es nicht zu tun", sagte Prea. Sie zerrte wieder, diesmal befreite sie sich.

„Bitte nicht-" Aber sie war weg.

„Ich glaube, du hast noch eine Verehrerin." Jorge erschien an seiner Seite wie der Djinn, den sie verfolgten.

„Genau das, was ich brauche. Ein fünfzehnjähriges Mädchen. Wusstest du, dass Bazzu sie als Dienstmädchen zu mir schickt? Wie lange bist du schon da?"

„Lange genug." Jorge schaute Thomas von oben bis unten an. „Wie schaffst du es, all diese Frauen für dich zu gewinnen?" Jorge schüttelte den Kopf. „Es ist nicht einmal so, dass du gut aussehen würdest. Und wir beide wissen, dass fünfzehnjährige Mädchen heiraten und Kinder haben." Jorge zuckte mit den Achseln. „Oder sich vielleicht nicht einmal um den Teil mit der Heirat scheren."

„Also heirate ich sie jetzt?" Thomas erblickte Bazzu, die sich durch den hinteren Teil der Menge bewegte. Für eine füllige Frau war sie leichtfüßig, ihr Körper schlängelte sich durch Lücken, die für ihre Größe zu eng erschienen. Hinter ihr folgte eine Reihe von Jungen, keiner viel älter als Prea, und als Bazzu ihre Waren auswählte, füllten die Händler die Körbe, die sie trugen. Trotz der späten Morgenstunden war Bazzu hier eine vertraute Figur, und die Händler hoben einige ihrer besten Produkte für den Palast auf, wo der Preis keine Rolle spielte.

Der letzte Junge in der Schlange war genauso gekleidet wie die anderen, mit Ausnahme eines Tagelmust, der den größten Teil seines Gesichts verdeckte. Seine dunklen Augen suchend wie die von Prea. Thomas sah, wie sie sich dem Jungen näherte und sich zum Sprechen vorbeugte. Sie entfernten sich vom Ende der Reihe, der Junge trug immer noch seinen leeren Korb. Bazzu, die diesen Schritt erwartete, setzte ihren Einkauf fort, als sei nichts geschehen.

„Es ist Zeit, dich noch besser zu verstecken", sagte Jorge, und Thomas erhob sich und bewegte sich ohne Eile zum hinteren Teil eines Standes, der Seide und Leinen von Carlos Rodriguez verkaufte. Der spanische Händler machte sich auf den Märkten nicht mehr die eigenen Hände schmutzig, aber er hatte seinen Standinhaber informiert und Thomas mitgeteilt, dass man dem Mann vertrauen könne.

Als er näherkam, wurde das graue Baumwolltuch, das die Tischplatte bedeckte und auf allen Seiten bis zum Boden fiel, angehoben, um ihm ein Versteck zu bieten. Thomas duckte sich in das warme Halbdunkel hinein. Einen Augenblick später wurde die Tischdecke wieder angehoben und die kleine Gestalt des Sohns des Sultans, Yusuf, kroch hinein. Sein Gesicht leuchtete im gedämpften Licht.

„Thomas - diese Intrige ist viel aufregender als eine Schlacht." Yusuf klatschte Thomas auf die Schulter, was eine vertraute Geste eines älteren Mannes wäre, unpassend für so einen jungen Mann, aber Yusuf war wie ein Prinz erzogen worden und verhielt sich nicht wie ein normales Kind. Seine Begeisterung war jedoch immer noch die eines vierzehnjährigen Jungen.

„Dann hast du meine Nachricht erhalten."

„Dieses Mädchen - wie heißt sie noch mal?"

„Prea."

„Sie ist hübsch."

„Das ist sie."

„Glaubst du, dass sie, wenn ich mit ihr spreche, etwas Zeit mit mir verbringen würde?"

„Es kommt darauf an, was du im Sinn hast."

Yusufs olivfarbene Haut errötete, aber er sagte: „Ich habe genug von Prinzessinnen und den Damen des Harems. Sie sind alle so korrekt und perfekt. Ich möchte rennen und mit jemandem in meinem Alter spielen."

„Dann frag sie. Aber sei dir bewusst, dass sie zu allem, um was du sie bittest, ja sagen wird, wenn du das tust."

„Sag ihr, sie kann tun, was sie will, aber wenn sie spielen will, dann kann sie auch das tun. Sagst du es ihr, Thomas?"

Er lächelte. Yusuf war ein so süßes Kind, im Gegensatz zu seinem Bruder. Leider war es sein Bruder, mit dem Thomas fertig werden müsste.

„Ich werde es ihr sagen." Er legte eine Hand auf Yusufs Schulter, spürte das Zittern dort. „Jetzt musst du eine Nachricht für mich überbringen und sie muss an eine Person gehen, und nur genau an eine Person-"

„Mein Vater ist nicht in der Stadt."

„Diese Botschaft ist für deinen Bruder. Ich muss mit Abu Abdullah sprechen, und zwar noch heute Abend."

„Wirst du in den Palast kommen?"

„Abu Abdullah muss in Aamirs Badehaus kommen."

„Dort geht er gerne hin."

„Ich habe gehört, dass er das tut. Aber heute Abend wird es keine Frauen geben, nicht bevor er mit mir geredet hat. Ich habe etwas Wichtiges zu besprechen."

„Kann ich mitkommen?"

„Nein. Unsere Unterhaltung könnte... schwierig werden." Thomas war im Begriff gewesen, gefährlich zu sagen, fürchtete aber, dass dieses Wort Yusuf nur umso mehr anziehen würde. „Hast du eine Idee, welche Aufgabe mir und Jorge gestellt wurde?"

„Ich habe gehört, dass ihr nach dem Mann sucht, der Safya getötet hat. Hast du ihn, Thomas? Ist es das, worüber du mit Abu Abdullah sprechen willst? Im Palast wird gesagt, dass du und der Eunuch die Mörder seid, aber ich glaube das nicht. Bei meinem Bruder bin ich mir nicht sicher. Er wiederholt die Anschuldigungen gegen euch, als ob sie wahr wären."

Thomas wusste, dass er keine Zeit hatte, seinen Fall zu verteidigen. „Wir wissen, wer hinter der Verschwörung steckt. Aber ich kann dir nicht sagen, wer, nur deinem Bruder, und hoffe, dass er die Wahrheit erkennt, wenn er sie hört. Wirst du das für mich tun, Yusuf? Es ist eine gefährliche Aufgabe, um die ich dich bitte. Es wird Leute im Palast geben, die mich für das, was ich weiß, aufspüren und vernichten wollen. Sag es niemandem, absolut niemandem, außer Abu Abdullah."

„Ich verspreche es, Thomas." Das Vibrieren in Yusufs Körper schwoll an, sein kleiner Körper konnte seine Aufregung kaum noch halten. „Das ist eine echte Intrige, nicht wahr? Bazzu und Prea sind auch am Plan beteiligt, nicht wahr?"

„Du darfst keine von beiden erwähnen, sonst sind auch sie in Gefahr. Kehr zu deinem Platz zurück und dann zum Palast. Finde Abu Abdullah. Er ist im Palast, nicht wahr?"

„Er war es, als ich gegangen bin. Aber du kennst Abu Abdullah, er jagt gerne mit den Falken. Aber er zieht es vor, am späten Nachmittag rauszugehen, wenn sich der Tag abgekühlt hat. Er geht in die Hügel hinter der Al-Hamra und jagt Kaninchen und Tauben."

„Dann sag ihm, dass er heute Abend nicht jagen kann, sondern zu mir kommen muss."

„Soll ich ihm sagen, warum?"

„Dieser Brief wird ihm sagen, warum." Thomas drückte den zweiten Brief, den er geschrieben hatte, in Yusufs warme Hand. „Du musst ihm sagen, dass es wichtig ist, dass ich ihn heute sehe. Geh jetzt."

Yusuf kroch davon, hielt inne und kroch zurück. Er kletterte halb auf Thomas' Schoß und umarmte ihn, ein kleiner harter Körper drückte sich an seinen. Thomas wusste, dass er den Jungen von solchen Zuneigungsbekundungen abhalten sollte, konnte sich aber nicht dazu durchringen, dies zu tun. In Yusuf steckte immer noch eine Unschuld, die er so lange wie möglich erhalten wollte. Als jüngerer Sohn des Sultans war er verwöhnt worden, durfte länger an seiner Kindheit festhalten als sein Bruder. Bald genug würde er sich wie ein Prinz verhalten und die Gerissenheit lernen müssen, die nötig war, um in der Welt auf dem Hügel zu überleben. Thomas schob ihn weg und diesmal kehrte Yusuf nicht zurück.

Thomas kam aus seinem Versteck heraus, sein Gesicht war schweißüberströmt, und er schlenderte zu der schattigen Nische zurück. Jorge war dort geblieben, hielt Wache, für den Fall, dass irgendwelche Soldaten der Küchengruppe gefolgt waren.

Sie sahen zu, wie Yusuf seinen Korb zurückholte. Bazzu legte ein paar Gegenstände in den Korb, bevor sie sich umdrehte und durch die Menge zurückschlängelte, um in den Palast zurückzukehren.

***

Sie erreichten das Badehaus kurz vor dem Mittagsgebet, als die Straßen noch voll waren. Als Jorge auf einer Liege lag, löste Thomas mit seinen Zähnen den Knoten am Verband, der seinen Arm bedeckte. Die Wunde darunter juckte und er musste wissen, ob der Juckreiz von der Heilung oder von etwas Schlechtem herrührte.

Nachdem der fleckige Verband entfernt worden war, hielt Thomas seinen Arm und schnüffelte daran. Er erkannte keine Anzeichen einer Infektion.

„Du solltest das waschen", sagte Jorge.

Thomas lächelte. „Bist du jetzt der Arzt?"

„Ich habe genug Zeit mit dir verbracht, um zu wissen, dass du es waschen solltest."

„Das hatte ich als Nächstes vor."

„Wie geht es dem Arm?"

„Ist am Heilen", sagte Thomas.

„Soll ich ihn danach neu verbinden? Ich weiß, dass ich

nicht so geschickt bin wie Lubna, aber ich werde es versuchen, wenn du willst.“

Thomas betrachtete den Arm. „Ich denke, ich werde ihn offen an der Luft lassen. Die Stiche haben sich jetzt verbunden und die Wunde nässt nicht mehr.“

„Also wirst du überleben“, sagte Jorge.

„So Allah es will.“

„Dieses Mädchen färbt auf dich ab.“

„Es ist ein Sprichwort“, sagte Thomas. „Nichts weiter.“

„Sie ist ein hübsches Ding. Und klug.“

Thomas warf Jorge einen Blick zu und er zuckte mit den Achseln. „Ich sage nur, was ich sehe, falls es dir entgangen ist.“

KAPITEL ACHTUNDDREISSIG

Abu Abdullah kam kurz nach Sonnenuntergang. Der Rauch der vielen Lampen wand sich spiralförmig nach oben, um von der Gewölbedecke eingefangen zu werden. Thomas schaute vom Aussichtspunkt des Balkons aus zu, der um das große Bad in der Mitte des Gebäudes herumlief. Er hatte nicht erwartet, dass der Prinz allein kommen würde - kein Mitglied des königlichen Palastes ging jemals irgendwo allein hin, es sei denn, sie schlichen sich wie Yusuf weg -, aber Abu Abdullah betrat den Palast in Begleitung von nur zwei Wachen. Er stolzierte hinein. Er stolzierte immer, wobei diese Affektiertheit mit zunehmendem Alter stärker wurde.

„Du wirst ihn von seinen Wachen trennen müssen." Jorge stand neben Thomas, sein Kopf und seine Wangen voller rauer Stoppeln, seine Kleidung verknittert. Thomas wusste, dass er ebenso ungepflegt aussah. Es war fast eine Woche seit seiner letzten Rasur vergangen, die in diesem Badehaus statt-gefunden hatte. Er würde Aamir nach einem Barbier fragen, wenn ihre Aufgabe erledigt war. Wenn sein Kopf dann noch auf seinen Schultern sitzen würde.

„Sie zu trennen wird nicht leicht sein."

„Warum ihn nicht einfach darum bitten, sie wegzu-
schicken?“

„Ihn darum bitten?“

„Genau. Sag ihm, dass du nur mit ihm allein sprichst und
er sie wegschicken soll.“

Thomas lachte, hielt sich die Hand vor den Mund, um das
Geräusch zu dämpfen. „Und er wird natürlich zustimmen.“

„Das wird er, wenn ihr beide ausgezogen seid und er
sieht, dass du ihm nichts anhaben kannst. Er ist ein eitler
Mann und würde es nicht für möglich halten, dass du ihn
allein angreifst.“

„Damit hat er Recht. Abu Abdullah ist bei aller Arroganz
ein geschickter Krieger.“

„Ich habe ihn das bei vielen Gelegenheiten sagen hören.“

„Es ist wahr. Ich habe ihn kämpfen sehen und er ist ein
Derwisch.“

„Du hast dich selbst nicht so schlecht geschlagen“, betonte
Jorge. „Du hast mich überrascht, als du diese Soldaten angegriffen hast, die hinter uns her waren.“

„Habe ich? Wie?“ Thomas hörte nur halb zu und beobachtete Abu Abdullah, der mit Aamir sprach, der alte Mann
machte einen Vorschlag, auf den der Prinz scheinbar nicht
allzu viel Lust hatte.

„Zunächst einmal bist du noch am Leben. Das habe ich
nicht erwartet.“

Thomas drehte sich um und ging den Balkon entlang,
steuerte auf die Treppe am Ende zu. Jorge lief neben ihm und
er blieb stehen.

„Geh zurück ins Zimmer. Er wird mich nicht sehen
wollen, wenn du da bist.“

„Hat er so viel Angst vor mir?“

Thomas bemühte sich um keine andere Antwort als ein
Lächeln.

Auf seinem Weg durch den Korridor fragte sich Thomas, ob er einen Fehler machte. Was wäre, wenn Bilal doch Recht gehabt hätte und Abu Abdullah der Schuldige hinter allem wäre? Aber es war zu spät, die Würfel waren geworfen worden und er konnte jetzt nur noch zusehen, wie sie fielen.

Der Prinz wartete in einer kleinen, tief im hinteren Teil des Gebäudes gelegenen Badekammer, in der Nähe von der, die sich Thomas und Jorge am Vorabend geteilt hatten. Derselbe feuchte Stein bildete eine Wand, dieselben Mädchen und Jungen liefen mit Seifen und Duftölen herum, jedes und jeder von ihnen bestenfalls mit einen Stoffstreifen bekleidet.

Abu Abdullah drehte sich um, als Thomas eintrat, ein plötzliches Grinsen brach auf seinem Gesicht aus.

„Jetzt habe ich dich, Thomas Berrington. Wachen, verhaftet diesen Mann. Er wird wegen Mordes gesucht."

Thomas hielt seine Hände hoch, als die Männer sich zu beiden Seiten von ihm hinstellten. „Jetzt also Mord?"

„Und Verrat. Morgen früh wird dir der Kopf fehlen, und dafür ist es höchste Zeit."

„Dein Bruder hat dir meine Nachricht überbracht?"

Abu Abdullah schaute weg. Er winkte mit der Hand, und die beiden Wachen nahmen ihre Positionen an der Wand wieder ein. „Das hat er. Irgendwelche Dummheiten über den Mörder und eine Verschwörung gegen meinen Vater. Als ob sich jemand gegen Sultan Abu al-Hasan Ali verschwören würde."

„In der Tat. Aber er hat Ihnen die Wahrheit gesagt, zumindest so viel, wie ich ihm mitgeteilt habe. Ich würde gerne mit Ihnen sprechen, wenn ich darf. Ich verdiene es, angehört zu werden, nach dem, was ich für Ihre Familie getan habe."

„Nach dem, was Sie getan haben? Sie haben nichts getan. Mein Vater war schon viel zu gutmütig. Ich wäre nicht so nachsichtig gewesen."

„Ich weiß, dass Sie das nicht wären, aber ich habe nie auch nur eine einzige Sache von ihm verlangt. Was er mir anbietet, sind Geschenke seiner eigenen Wahl, nicht Dinge, die ich gewollt habe. Schicken Sie Ihre Wachen weg und lassen Sie uns reden, und dann, wenn Sie noch wollen, können Sie mich in den Palast bringen und mich wieder in einen Kerker werfen."

„Wieder? Warum sollte ich meine Männer wegschicken - damit Sie mich töten können, wie Sie es mit Safya getan haben?"

Also, dachte Thomas, Abu Abdullah wusste nichts von unserer Verhaftung.

„Ich habe niemanden getötet." Thomas zog an seinem Gewand, lockerte es und ließ es auf den Boden fallen. Nackt streckte er seitlich seine Arme aus. „Sie sehen, ich bin keine Bedrohung und ich bin verwundet." Er drehte seinen Arm, um die livide Narbe zu zeigen, die vom Ellenbogen bis zum Handgelenk verlief. „Sie sind doppelt so stark wie ich und ein zehnmal so guter Kämpfer. Sie brauchen diese Männer hier nicht, um mir für einen Moment ein Gespräch zu gönnen, oder?"

Abu Abdullah warf einen Blick auf die Wachen, dann wieder auf Thomas.

Thomas beobachtete die Gedankengänge, die durch ihn strömten.

„Lasst uns allein", sagte Abu Abdullah. „Dieser *Ajami* ist keine Bedrohung. Wartet draußen, aber kommt sofort, wenn ich euch rufe. Und jetzt, Thomas Berrington, erzähl mir von deinen dummen Anschuldigungen."

„Ich würde es vorziehen, wenn sie außer Hörweite wären."

„Das werden sie, solange du nicht schreist. Was soll ich sonst noch tun, *Qassab*?"

Thomas lächelte. „Nichts, mein Prinz, und ich danke Ihnen". Er trat er unter den Strahl des heißen Wassers, das aus einer in der Wand eingelassenen Röhre fiel. Darunter befand sich eine Steinbank und er setzte sich hin, die Beine ausgestreckt, legte seine Arme auf die Kanten zu beiden Seiten. Das Wasser fühlte sich gut an, seine Wärme sickerte in seine müden Glieder.

Als die Wachen gegangen waren, setzte sich Abu Abdullah auf die gegenüberliegende Bank, seine Augen prüfend. Thomas wusste, dass er die Narben auf seiner Brust verfolgte, und versuchte so zu tun, als ob er sich seiner Beobachtung nicht bewusst wäre.

„Sie schließen sich mir nicht an, Prinz?"

Abu Abdullah lachte. „Du bist ein anmaßender Mensch, nicht wahr?"

„Es war eine Frage, keine Einladung."

„Was nie passieren wird. Es sei denn, du willst dich umdrehen und dich von mir ficken lassen. Das wäre interessant."

„Es tut mir leid, Sie zu enttäuschen, Prinz, aber mein Arsch ist nicht im Angebot."

„Ich würde ihn nicht wollen, wenn er das wäre." Abu Abdullah amüsierte sich, ein Zustand, den Thomas am liebsten fortsetzen würde. Trotz seines Protests begann der Prinz, seine Kleidung abzulegen: feine Seide und Leinen, an diesem Morgen frisch gewaschen und gebügelt, vielleicht sogar ein neues Outfit, um an diesem Abend auszugehen. Er faltete nichts zusammen, ließ es liegen, wo es hinfiel. Nackt stand er vor Thomas, präsentierte sich ganz bewusst.

Der Mann - obwohl er erst achtzehn Jahre alt war, war er definitiv ein Mann - hatte breite Schultern und einen flachen Bauch. Er trug seine eigenen Narben, die sich über seine Brust und Arme zogen, drei auf einem Bein, zwei auf dem anderen. Stolz zur Schau gestellte Kampftrophäen. Thomas schaute den Prinzen an und nickte, als wäre er beeindruckt. Erst dann trat Abu Abdullah unter seinen eigenen Wasserfall.

Er starrte Thomas an, ein Ausdruck offener Verachtung auf seinem Gesicht.

„Was willst du von mir, *Ajami*? So sehr ich deine Gesellschaft auch genieße, Aamir hat mir von zwei neuen Mädchen erzählt, die kürzlich von der anderen Seite der Meerenge angekommen sind. Sie sind frisch aus Afrika. Er sagt, ihre Haut sei wie polierte Holzkohle und sie hätten Fähigkeiten, die keine maurische Frau besitzt. Sag es mir also schnell, bevor ich dieses Spiel satthabe."

Thomas sagte ihm, was er wollte.

———

Als Thomas in das Zimmer zurückkehrte, lag Jorge auf einem der Betten und starrte an die Decke.

„Also, hat er dich weggeschickt, ohne dir zuzuhören?"

„Es war verwirrend. Als ich ihm gesagt habe, dass ich Olaf verdächtige, hinter den Morden zu stecken, erschien er nicht im Geringsten überrascht. Er hat mich gefragt, warum ich ihm das erzähle, also habe ich gesagt, dass ich seine Hilfe brauche. Er hat gelacht."

„Gelacht? Ich weiß, dass es Zeiten gibt, in denen du amüsant sein kannst, vor allem, wenn du dir dessen nicht bewusst bist, aber Mord ist eine ernste Angelegenheit."

„Ich glaube, er hat es genossen, mich betteln zu sehen. Er hasst mich, das weiß ich, und er liebt es, wenn ich abhängig von ihm bin. Er nimmt Helena nur deshalb mit in sein Bett, weil sie für mich bestimmt ist."

„Aber du hast ihm gesagt, was du wolltest, oder? Trotz alledem?"

„Das habe ich. Ich habe eine Abwehrhaltung, Unglauben, erwartet, aber er war mit allem, was ich gesagt habe, einverstanden. Er hat mir gesagt, dass es viel Sinn ergibt, dass Olaf Torvaldsson zu viel Macht besitzt, und wenn jemand in dieser Stadt einen Plan zum Sturz seines Vaters schmieden würde, dann wäre er es. Mit der Palastwache hinter ihm, wer könnte ihn aufhalten?“

„Glaubst du nicht, dass wir einen Fehler machen?“, fragte Jorge und spiegelte damit Thomas‘ eigene Zweifel wider. „Wenn Abu Abdullah so einfach damit einverstanden ist, bedeutet das, dass er etwas verheimlicht?“

„Ich glaube nicht. Je mehr ich mit ihm gesprochen habe, desto mehr war ich davon überzeugt, dass nichts, was er gehört hat, neu für ihn war. Dass meine Vermutungen mit seinen eigenen übereinstimmten. Glaubst du, dass Bilals Dokument eine absichtliche Irreführung war? Er war Teil des Palastes. Die ganze Untersuchung hätte eine Show sein können, eine Ablenkung von der Wahrheit, mehr nicht.“

„Warum Olaf schützen? Der Sultan würde nicht zögern, ihn hinzurichten.“

„Sind seine Männer dem Sultan oder Olaf gegenüber loyal?“

Jorge nickte. „Ich nehme an, das werden wir herausfinden, nicht wahr? Hat Abu Abdullah zugestimmt, zu helfen?“

„Ich bin mir nicht ganz sicher, ob helfen das Wort ist, das ich verwenden würde. Er wird tun, was für Abu Abdullah am besten ist. In diesem Fall ist das, was für ihn am besten ist, auch das Beste für uns. Er hat sich bereit erklärt, meinen Brief zuzustellen und Soldaten zur Verfügung zu stellen, wenn wir Olaf konfrontieren. Wir werden sehen, was dann passiert.“

„Hast du ihm gesagt, dass es besser wäre, wenn der Sultan anwesend wäre? Wenn es zu einer Konfrontation zwischen Abu Abdullah und Olaf kommt, bin ich mir nicht sicher, wo die Loyalität der Soldaten liegen wird.“

„Ich habe versucht, das zu sagen, ohne seine Autorität zu schmälern, aber er sagt, sein Vater sei nicht in der Stadt und niemand wisse, wo er ist oder wann er zurückkehren wolle.“

„Also machen wir trotzdem weiter?“

„Ich würde es vorziehen, wenn der Sultan dabei wäre,

sollte das nicht funktionieren, glaube ich, dass Abu Abdullah die Autorität hat. Vielleicht kommt es nicht dazu, dass jemand entscheiden muss, was zu tun ist. Sobald Olaf weiß, dass sein Komplott aufgedeckt ist, unterwirft er sich womöglich."

„Und wenn er es nicht tut?"

„Dann bin ich ein toter Mann."

„Nein, wir sind beide tote Männer", sagte Jorge.

Thomas schüttelte den Kopf. „Du musst hierbleiben. Wenn ich bis morgen Abend nicht zurückgekehrt bin, finde Lubna und fliehe aus der Stadt. Bring sie in Sicherheit. Du musst Al-Andalus verlassen, innerhalb der Stadt bist du nicht mehr sicher. Qurtuba ist ein Dreitagesritt auf einem schnellen Pferd. Geht zuerst dorthin. Du bist ein Spanier, du wirst es schaffen."

„Aber Lubna ist es nicht."

„Wer ist heutzutage spanisch? Die Mauren leben hier schon so lange, dass niemand mehr reines Blut besitzt. Ich wette, dass sogar König Fernando und seine Königin ein wenig maurisches Blut in ihren Adern haben."

„Ich werde versuchen, daran zu denken, diese Tatsache nicht zu erwähnen, sollte ich jemals das Pech haben, sie zu treffen."

„Kümmere dich um sie, Jorge. Ich habe Lubna in der kurzen Zeit, die sie in meinem Haus gelebt hat, lieb-gewonnen."

„Und ihre Schwester?"

„Helena bedeutet mir nichts mehr. Abu Abdullah darf ihre Bosheit gerne haben."

„Pass auch auf dich auf, Thomas. Der Weg, den du beschreitest, ist gefährlich."

„Deshalb erinnere ich dich daran – wenn ich nicht zurückkehre, müsst ihr gehen. Bei Einbruch der Dunkelheit morgen werden wir entweder wieder zusammen sein oder ihr werdet durch das westliche Tor fliehen. In meinem Haus ist Gold, versteckt unter dem Bett. Es ist noch mehr im Arbeitsraum. Nehmt es und flieht.“

„Du führst einen hypothetischen Fall aus. Morgen um diese Zeit werden wir alle wieder in deinem Haus sein, deinen schrecklichen Wein trinken und über unsere Ängste lachen.“

„Ich bete, dass es so ist.“

„Wenn du beten würdest.“

„Dann kann Lubna für uns beten.“

„Ich bin sicher, dass sie das tun wird“, sagte Jorge. „Ob wir es verdient haben oder nicht.“

Thomas stieg mit Jorge dicht hinter ihm den Hügel hinauf. Auf dem schmalen Weg, der durch dichtes Gebüsch kaum passierbar war, gab es keinen Platz, um nebeneinander zu laufen, der weiche Boden zu ihrer Linken fiel steil zum Hadarro ab.

„Dieser Weg gefällt mir nicht", sagte Jorge.

„Ich habe dir gesagt, du sollst zurückbleiben."

„Und dich allein in die Gefahr laufen lassen?"

„Lubna braucht dich."

„Nein, Lubna braucht dich. Sie mag mich, aber sie braucht dich. Und mir gefällt dieser Weg immer noch nicht."

„Wäre es dir lieber, wenn wir an das Haupttor klopfen würden? Ich nehme an, es wartet immer noch ein Kerker auf uns."

„Warum konnten wir nicht direkt zu Abu Abdullah gehen?"

„Weil ich das Gewand brauche, das Prea gefunden hat, und auch das Schwert. Sie sind unser einziger physischer Beweis, und ich habe einen Plan für sie."

„Du und deine Pläne. Ich wünschte, ich hätte abgelehnt,

als du mich um Hilfe gebeten hast. Du hättest mir sagen sollen, dass es Gefahr geben würde."

„Du warst damals interessiert genug." Thomas wusste, dass Jorge es nicht ernst meinte - sonst wäre er nicht hier.

Der Weg wurde schmaler und er drehte sich zur Seite. Die steile Wand des Palastes in seinem Rücken fühlte sich an, als wollte sie ihn in die Schlucht stoßen.

„Bist du sicher, dass es einen Eingang gibt?", sagte Jorge, folgte Thomas' Beispiel. „Ich kenne keinen Eingang auf dieser Seite der Mauern."

„Prea hat mir davon erzählt. Die Tür ist klein und wird benutzt, um Menschen und Waren hinein- und herauszuschmuggeln."

„Ich kann mir vorstellen, was für Leute das sind. Auch die Art der Waren."

„Und du bist ein solcher Tugendbold."

Der Weg wurde ein wenig breiter und kam zu einem Ende. Thomas drehte sich mit dem Gesicht zur Wand.

„Es gibt keinen Eingang", sagte Jorge. „Du wurdest zum Narren gehalten. Das Mädchen sollte bestraft werden."

„Die Tür wird hier sein", schnauzte Thomas. „Wenn sie leicht zu finden wäre, wäre sie nicht geheim, oder?"

Thomas drängte sich am bergfeuchten Gestein entlang, das das Fundament der Palastmauer bildete, die sich weit nach oben erhob und nach außen zu lehnen schien, alles darauf abzielend, die Unvorsichtigen ins Leere zu stoßen. Er fuhr mit den Händen über den Stein. An einer Stelle hielt er inne und schob seine Finger in einen Spalt, aber dort hatte sich nur Mörtel gelöst.

„Ich sage immer noch, wir sollten zum Treffpunkt weitergehen."

„Die Tür muss - ah, ich habe sie." Thomas griff in eine weitere Spalte, sein Arm verschwand diesmal bis zur Schulter. „Prea hat mir gesagt, dass die Tür oft benutzt wird, also sollte der Mechanismus leicht funktionieren." Etwas machte ein metallisches Geräusch, gedämpft durch Stein. „Siehst du?"

Thomas holte seinen Arm zurück und zog an der Stelle, an der ein Felsabschnitt eine Lücke geschaffen hatte. „Komm und hilf mir."

Jorge begutachtete die Enge ihres Standorts, den Abgrund in ihrem Rücken und blieb, wo er war.

„Ich werde mich daran erinnern, wie hilfreich du warst", sagte Thomas, als er sich über den Abgrund hinauslehnte. Auf seine Berührung hin schwang die Tür auf und er hielt sich fest, zog sich wieder nach oben und duckte sich hinein. Die Luft war kalt und feucht, das einzige Licht kam von hinten.

„Ich -"

„Ja, ich weiß, es gefällt dir nicht. Dann bleib zurück, oder triff mich an dem Ort, den wir vereinbart haben, aber ich gehe rein. Ich möchte Bazzu und Prea sehen, bevor wir weitergehen." Thomas bewegte sich vorwärts, beugte sich fast auf die Hälfte seiner Größe in dem niedrigen Tunnel.

„Wie weit geht es so weiter?" Jorge war gekommen, um im Eingang zu stehen.

„Das hat Prea nicht gesagt, aber es kann nicht für immer sein. Ich sehe mehr Licht vor mir. Kommst du oder bleibst du da?"

„Ich komme, nehme ich an."

„Dann zieh die Tür hinter dir zu. Wir wollen nicht, dass jemand über uns stolpert."

„Als ob irgendjemand anders diesen Gang nehmen würde", sagte Jorge, aber er tat, was von ihm verlangt wurde, bevor er Thomas durch den dunklen Gang folgte.

Bald stiegen Stufen steil nach oben, machten immer wieder auf sich selbst kehrt, stiegen durch Felsschichten, Verliese, Kammern, auf, bis sie zu einer soliden Mauer kamen.

„Vollbring deine Wunder", murmelte Jorge.

Thomas suchte, fand die Nische, von der er wusste, dass sie da sein würde, und eine Holztafel öffnete sich auf seinen Befehl hin.

„Du wirst zu gut darin", sagte Jorge. „Wenn ich in den Harem zurückkehre, muss ich vorsichtiger bei meinen Anweisungen sein."

„Keine Sorge, ich habe nicht den Wunsch, diese Tunnel jemals wieder zu betreten, noch deinen Anweisungen nachzuspionieren, was auch immer sie sein mögen."

„Das ist dein Pech", sagte Jorge.

Sie fanden Bazzu in ihrem üblichen Versteck, aber es gab keine Spur von Prea.

„Hast du meine Nachricht bekommen?", fragte Thomas.

„Das habe ich. Und der Junge hat auch nach Prea gefragt."

„Er ist ein Prinz."

„Prinz hin oder her, er ist trotzdem noch ein Junge. Vielleicht hat er sie gefunden, denn ich habe sie seit gestern nicht mehr gesehen. Es gibt Arbeit zu erledigen und sie beschließt, zu verschwinden."

„Du hast das Gewand und das Schwert?"

„Natürlich, genau so, wie du es wolltest." Sie nickte in die Richtung, in der eine zusammengerollte Decke auf einem Regal lag. „Getarnt, auch wie du es verlangt hast."

Thomas wusste, dass Bazzus Knappheit durch Angst verursacht wurde - vor allem durch die Angst um Jorge. Einen Plan zu haben bedeutete nicht, dass er Erfolg haben würde, und es gab hundert Möglichkeiten, wie er schief gehen konnte.

Thomas rollte die Decke aus und überprüfte den Inhalt.

„Es ist alles da", sagte Bazzu. Sie streckte Jorge, der auf der Ecke ihres tiefen Tisches hockte, eine Hand entgegen, und er nahm sie.

„Können wir gehen?", sagte Jorge. „Ich hätte nie gedacht, dass ich das jemals sagen würde, aber ich bin jetzt innerhalb des Palasts nervös."

„Ich möchte mit Prea sprechen, bevor wir gehen. Bist du sicher, dass du keine Ahnung hast, wo sie ist, Bazzu?"

„Sie ist mit mir aus der Stadt zurückgekommen. Der Prinz hat deine Botschaft zu seinem Bruder gebracht und sie..." Bazzu runzelte die Stirn und versuchte, eine Erinnerung wachzurufen. „Sie hat gesagt, sie müsse noch eine Aufgabe für dich erledigen, hat aber nicht gesagt, welche."

„Ich habe ihr keine Aufgabe gegeben."

Bazzus Stirnrunzeln blieb. „Ich bin sicher, dass sie das gesagt hat. Eine weitere Aufgabe für Thomas."

Das Blut gefror ihm in den Adern. Es gab nur einen Ort, an den sie gegangen sein konnte. Der Ort, an den er sie gebeten hatte, nicht zu gehen. Das Mädchen dachte, sie sei zu clever für den Mörder. Thomas schnürte die Decke wieder zusammen und schubste sie zu Jorge herüber.

„Ich muss noch etwas überprüfen, bevor wir gehen. Warte hier."

„Wie lange wird es dauern?"

„Nicht lange. Überhaupt nicht lange. Aber wenn ich nicht innerhalb einer Stunde zurückkehre, führ den Plan ohne mich durch."

Jorge schaute finster drein. „Welcher Plan, Thomas? Ohne dich gibt es keinen Plan."

„Dann werde ich zurückkehren."

***

Es hätte nur wenige Augenblicke dauern sollen, um von der Küche aus den Eingang zu den Tunneln zu erreichen, aber Thomas war gezwungen, sich jedes Mal, wenn er jemanden kommen hörte, in Türöffnungen und Nischen zu verstecken. Es war mitten am Morgen, und der Palast war voller

Wachen, Beamter und Bediensteter, aber schließlich erreichte er die ruhige Seitenkammer und schob seinen Arm in die Öffnung, die er Prea hatte benutzen sehen.

Eine Tafel bewegte sich ruckartig um einen Zentimeter und er zog sie weiter auf, kletterte durch und blieb sofort stehen, ein Bein im Inneren, eines noch in der sonnendurchfluteten Kammer. Es lag ein Geruch in der Luft, einer, den er erkannte. Es war der Geruch des Schlachtfeldes, der Geruch von frisch vergossenem Blut. Er rannte dorthin, wo Prea ihm das Versteck von Gewand und Schwert gezeigt hatte, ignorierte den Schmerz in seinen Schultern, als sie an den Wänden schrammten und gegen sie schlugen.

Prea lag unnatürlich ausgestreckt in einem See von Blut, und in einem Augenblick sah Thomas, wie es passiert war. Sie hatte sich auf dem Sims versteckt, den sie ihm gezeigt hatte, so selbstzufrieden mit ihrer eigenen Cleverness. Aber etwas war schiefgegangen. Vielleicht hatte sie sich bewegt, einen Kieselstein losgetreten, oder der Mann hatte sie gespürt, sie gerochen. Das Wie war irrelevant, das Was lag zusammengefallen auf dem Boden des Tunnels. Thomas ging auf die Knie und bewegte sie sanft, ordnete ihre verworrenen Gliedmaßen neu an.

Preas Gesicht war friedlich, und er hoffte, dass der Angriff zu schnell gekommen war, um ihr große Schmerzen zu bereiten. Sie war schon einige Zeit tot, mindestens einen Tag lang. Die Starre war gekommen und gegangen, und ihre Gliedmaßen lagen schlaff in seinen Händen. Ihre einst lebhaften Augen waren stumpf, starrten ins Leere und er griff hinunter und schloss sie, die Müdigkeit durchströmte ihn, während er seine eigenen Augen schloss, tief durchatmete und versuchte, nicht daran zu denken, was er diesem Mädchen angetan hatte, das gerade erst angefangen hatte zu leben. Er blieb noch lange Minuten so, bevor er sich wachrüttelte. Jetzt schwach zu sein würde ihren Tod nur noch sinnloser machen.

Er kniete sich hin und untersuchte ihren schlanken Körper, fand Wunde um Wunde. Eine hatte ihr Herz durchbohrt, und er betete, dass dies der erste Schlag gewesen sei. Eine andere ging durch ihren Bauch und ihre Oberschenkel, eine weitere an ihrem Hals. Jeder dieser Schläge wäre tödlich gewesen, und Thomas wusste, dass die meisten überflüssig waren. Dies waren Schläge, die im Zorn entstanden waren. Der Mörder war zurückgekehrt, um seine Robe und sein Schwert zu holen, vielleicht um seine Arbeit fortzusetzen, um ein weiteres Opfer, höchstwahrscheinlich Aixa, zu holen, und Prea war im Weg gewesen. Dies war noch nicht vorbei. Wenn der Mann nicht aufgehalten werden würde, wäre Safya nicht das letzte Opfer.

Thomas hob Preas schlanke Gestalt hoch und trug sie durch den Tunnel. Er trat die Platte hinaus, es war ihm jetzt egal, wer wusste, was dahinter lag, und ging mit ihr in seinen Armen durch die Gänge. Er bemühte sich nicht, sich zu verstecken. Um ihn herum starrten die Menschen. Es gab Schreie der Angst. Einige rannten. Andere kamen auf ihn zu, nur um von der wilden Wut in seinen Augen aufgehalten zu werden.

Bazzu schrie und fiel auf die Knie, heulte, als er Prea auf den Boden legte. Jorge stand an der Seite, sein Gesicht blass.

„Wer ist noch im Palast?", sagte Thomas.

„Niemand. Sie sind alle am Berghang, wie du es geplant hast."

„Sie muss gewaschen und vorbereitet werden."

„Ich werde mich um sie kümmern." Bazzu streckte Prea eine zitternde Hand entgegen, zögerte.

„War sie religiös?"

„Ein bisschen, ja."

„Dann bereite sie in der Art und Weise des Islam vor und lass sie begraben. Scheue keine Kosten, ich werde zahlen."

Bazzu schaute zu ihm auf, Wut ersetzte die Trauer in ihren Augen. „Wie kannst du es *wagen*, dich aus dieser Schuld herauszukaufen! Das ist dein Werk, Thomas Berrington. Hast du nicht gesehen, dass das Mädchen dich angebetet hat? Sie hätte alles für dich getan, alles."

„Ich habe ihr ausdrücklich verboten, das zu tun."

„Glaubst du wirklich, dass das etwas ändern würde? Sie hat es für dich getan!"

Thomas schaute auf die Leiche hinunter. „Dann werde ich die Schuld tragen. Ich verdiene sie. Aber ein anderer Mann hat den Schlag ausgeführt, und ich habe vor, ihn zu töten. Jorge, bist du noch bei mir?"

Jorge schien nichts zu hören. Thomas stellte sich vor ihn hin.

„Bist du bei mir oder nicht?"

„Ich… Ich…"

Thomas nickte. „Natürlich, das verstehe ich. Bleib hier und hilf Bazzu." Er ging zum Tisch und nahm die Decke mit Gewand und Schwert. Er war auf halbem Weg zur Tür, als Jorges Hand ihn umdrehte. Einen Moment lang dachte Thomas, er würde ihn schlagen, aber stattdessen zog Jorge ihn in eine feste Umarmung.

„Ich bin bei dir, Thomas. Du weißt, dass ich es bin."

In den Augenblicken, bevor Jorge ihn losließ, warf er einen Blick auf Bazzu. Ihre Augen glühten weiter mit einem Hass, von dem er wusste, dass er nie verblassen würde. So soll es sein. Er verdiente ihren Hass, hieß ihn willkommen. Er zog ihn in sich hinein, wo er sein Herz zu Eis erstarren ließ. Alle Emotionen flossen aus ihm heraus. Angst. Schmerz. Trauer. Er stieß Jorge weg und verließ den Raum, legte seine Menschlichkeit ab, als er durch die Korridore des Palastes ging. Niemand forderte ihn heraus. Niemand traute sich.

KAPITEL VIERZIG

Die Sonne schien von einem mit hellen Wolken gesprenkelten Himmel. Es war einer jener Tage, an denen eine leichte Brise von den Bergen herüberwehte, um die Hitze des Tages abzukühlen. Ein gelegentlicher Aufwind wirbelte über den Boden, hob trockene Grashalme und Staub in die Luft. Bäume knarrten und zitterten einen Moment lang, bevor die Stille zurückkehrte. Einer der kleinen Stürme kam auf, als Thomas und Jorge nebeneinander auf einer Anhöhe auf dem Boden lagen und auf Abu Abdullahs Falkengruppe im flachen Tal unten blickten. Auf dem ebenen Boden war ein Zelt errichtet worden, dahinter waren Pferde angebunden.

Etwa dreißig Männer waren in zwei Gruppen angeordnet. Abu Abdullah und drei andere standen abseits vom Rest, ihre Wachen in der Nähe. Abu Abdullah hielt einen Arm ausgestreckt, ein Falke saß auf seiner behandschuhten Hand.

Ein Schrei ertönte, einer der Männer mit einem Finger zeigend, und Abu Abdullah schickte den Vogel nach oben. Er stieg mit schnellen Flügelschlägen in die Luft, schwebte. Eine weitere Gruppe von Männern tauchte von der fernen Baumgrenze her auf, trieb alles vor sich her. Vögel flogen in alle Richtungen, erblickten die Männer und schwenkten zur

Seite. Der Falke schwebte weiter, dann änderte sich seine Haltung. Das Beben seiner Flügel wurde angespannt, ein Pfeil, bereit, sich zu lösen. Der Falke stürzte nach unten, seine Beute sich der Gefahr nicht bewusst bis Klauen zuschlugen. Es gab eine geräuschlose Explosion von Federn. Der Falke sank zu Boden, sein gekrümmter Schnabel riss an Fleisch.

Das Geräusch von Gelächter stieg den Hang hinauf.

„Ich kann Olaf sehen“, sagte Jorge.

„Ich auch. In der abgesonderten Gruppe, und er hat Männer dabei.“

„Nicht so viele wie Abu Abdullah.“

„Drei zu eins. Ist das genug? Olafs Männer sind die besten, die es gibt.“

„Sie werden nichts tun. Ihre Loyalität gilt dem Sultan, und nach ihm den Söhnen des Sultans. Genau wie die von Olaf.“

„Genau wie die von Olaf“, sagte Thomas.

Der Wind kam erneut auf, flaute ab.

„Werden wir den ganzen Tag hier liegen?“, fragte Jorge.

Thomas sagte nichts, studierte die Männer, ihre Positionen, versuchte die Spannungen zwischen ihnen herauszufinden. Abu Abdullah war entspannt. Olaf beobachtete den jungen Prinzen mit einer scheinbaren Verachtung. Abu Abdullah ignorierte alles außer seine Falken.

„Bist du sicher, dass er uns erwartet?“, sagte Jorge.

„Warst du jemals mit ihm auf der Jagd?“

„Ich? Ich bin ein Geschöpf des Harems. Abu Abdullah hasst meinesgleichen. Er erkennt die Notwendigkeit für mich an, wünscht sich aber, dass es nicht so wäre.“

„Ich war ein oder zwei Mal bei der Jagd dabei, auf Wunsch des Sultans.“

„Weil er dich mag.“

„Ich wünschte, es wäre nicht so.“

„Es ist besser als die Alternative.“

„Ignoriert zu werden wäre mir sehr recht."

„Ich glaube, dieser Wunsch wird bald enden." Jorge nickte den Hang hinunter. Ein Mann beobachtete den Falken, beunruhigt von seinem Verhalten. Thomas schaute auf. Der Vogel schwebte direkt über ihnen, hing unbeweglich in einer aufsteigenden Brise, die vom Grat heraufwehte. Als er zurückblickte, zeigten Männer auf ihn. Einer schwang sich auf ein Pferd und machte sich auf den Weg den Hang hinauf.

„Halte ihn für eine kurze Weile auf, wenn du kannst." Thomas stand auf und ging zu einer Gruppe von Olivenbäumen zurück.

„Ihn aufhalten? Ich?"

Thomas ignorierte Jorge, als er sich auszog. Er bückte sich, holte das opulente Seidengewand aus dem Inneren der Decke und zog es an, wobei er der Sinnlichkeit auf seiner Haut keine Beachtung schenkte, während er versuchte, das Aufpeitschen seiner Emotionen zu ignorieren. Jetzt musste er kalt sein. Er suchte tief nach der Erinnerung daran, wie er einmal gewesen war. Er zog die Kapuze über seinen Kopf und ließ sie so weit herunterfallen, bis sie den größten Teil seines Gesichts verdeckte. Dann kniete er nieder und zog das Schwert. Er schwang es durch die Luft, als er bereitstand, die Erinnerung überströmte ihn mit einem kalten Feuer.

Der Reiter erreichte den Kamm und zügelte sein Pferd, blieb sitzen und beobachtete, wie Thomas auf ihn zuging. Unbehagen berührte sein Gesicht.

„Bleib hier", sagte Thomas, als er Jorge erreichte. „Versteck dich. Schau zu. Und denk dran, wenn mir etwas passiert, bring Lubna in Sicherheit."

„Ich wäre lieber an deiner Seite."

„Und mir wäre es lieber, wenn du in Sicherheit wärst. Es sind bereits zu viele gestorben. Kannst du ausnahmsweise einmal tun, was ich verlange?"

Er begann vorwärts zu gehen, ohne auf eine Antwort zu

warten. Der Reiter versuchte, ihn mit seinem Pferd zu blockieren.

„Wer sind Sie? Was machen Sie hier?"

„Ich bin der Tod." Thomas schob das Pferd zur Seite, wusste, dass das Tier auf seine Berührung reagieren würde.

Der Reiter versuchte, sich wieder vor ihm zu positionieren. „Du bist der Chirurg. Der *Qassab*."

„Ja, der bin ich."

„Der Prinz erwartet dich." Der Mann blickte zurück auf den Bergrücken, aber Jorge war nicht mehr zu sehen.

Das Pferd stieß erneut gegen Thomas, und er kämpfte gegen den Drang an auszuholen. Kalt. Er musste so kalt sein wie der Schnee, der die Sholayr bedeckt.

„Dann geh weiter", sagte der Reiter. „Wir haben auf dich gewartet und der Prinz wartet auf niemanden."

Thomas ließ sich Zeit, den seichten Hang hinunterzugehen, da er wusste, dass alle Augen auf ihn gerichtet waren, genau so, wie er es wollte. Aus dem Schatten seiner Kapuze heraus beobachtete er Olaf, wartete darauf, dass er erkannt wurde.

Je näher er kam, desto größer wurden seine Zweifel. Die Kohorte des alten Soldaten war ihm am nächsten, aber bisher war auf dem Gesicht des Mannes nichts zu sehen.

Thomas blieb stehen, als Olaf auf ihn zukam. Das war also der Moment. Würde Olaf zuerst zuschlagen oder versuchen, die Wahrheit zu verschleiern? Thomas fragte sich, ob er den Mann töten könnte. Er hatte sowohl größere als auch stärkere Männer getötet, Männer, die sich für große Kämpfer hielten - aber Olaf?

„Was machst du hier? Sie haben mir gesagt, du wärst der Mörder. Das ist ein gefährlicher Ort für dich." In den Augen des Generals lag keine Spur von Täuschung, und seine Besorgnis schien aufrichtig zu sein. Olaf schaute ihn von oben bis unten an. „Und warum bist du so gekleidet? Weißt du, dass wir den Sultan erwarten?"

Abu Abdullah hatte also die Botschaft überbracht. Thomas lächelte. „Der Sultan wird nicht kommen. Erkennst du dieses Gewand nicht?"

Olaf schüttelte den Kopf. „Sollte ich das?" Er kam einen Schritt näher und Thomas hielt sein Schwert noch fester. „Der Stoff ist extrem fein, aber es ist wie das Gewand eines Kämpfers geschnitten, nicht wie das eines Chirurgen. Nicht, dass du dich jemals wie ein Chirurg kleiden würdest."

„Heute bin ich ein Kämpfer."

Olaf lachte. „Du?"

„Hast du unsere Lektion vergessen? Ich habe mich an diesem Tag kaum angestrengt."

Thomas studierte das Gesicht des Generals. Seine Augen waren klar, ohne Arglist, aber er war ein ausgebildeter Kämpfer, der seine Gedanken gut zu verbergen wusste. Nur... in all der Zeit, in der Thomas Olaf kannte, hat er den Mann für unfähig gehalten, auch nur die geringsten Gefühle zu verbergen. Thomas hatte gesehen, wie er als Reaktion auf Helenas Verletzungen offen geweint hatte, geheult bei der Erinnerung an seine erste Frau.

Thomas schaute über Olaf hinaus, suchte nach einem Hinweis auf die Wahrheit. Sie muss hier irgendwo sein. An dieser Versammlung waren alle beteiligt, außer dem Sultan, und er war es gewesen, der Thomas überhaupt auf die Spur gebracht hatte. Der Mörder würde hier sein. Thomas hatte befürchtet, der Mann könnte bei Abu al-Hasan Ali sein, aber der Mord an Prea sagte ihm, dass er in der Nähe sein musste.

Abu Abdullah befand sich zu ihrer Linken, stand vor dem Zelt, sein Handschuh aus dickem Leder war nun an seiner Seite. Faris al-Rashid stand wie immer in der Nähe, ein Flüsterer in den Ohren von Männern, die Macht besaßen, ein Beschaffer von Münzen, wo Münzen gebraucht wurden, immer bereit, Gunst zu erkaufen.

Die anderen Männer von Thomas' früherer Begegnung

im Palast waren über die Gruppe verstreut. Männer mit Einfluss. Männer mit Ambitionen.

Olafs Truppen beobachteten ihren General, Spannung in ihrer Haltung.

„Was macht meine Tochter hier?", sagte Olaf, schaute hinter Thomas.

Einen Moment lang dachte Thomas, er meinte Helena, aber dann sah er, wo er hinschaute, und drehte sich um. Jorge und Lubna kamen den Abhang hinunter. Lubna rannte voraus, etwas flatterte in ihrer Hand. Sie hatte die halbe Strecke zurückgelegt, als sie abrupt anhielt, ihre Füße strauchelten im Staub.

Thomas drehte sich wieder zu einer Unruhe um, ein Raunen in den Truppen, ein Verlagern der Aufmerksamkeit von ihm weg auf eine Gruppe von Männern, die den Abhang auf der anderen Seite hinunterkamen. Ihre Pferde wirbelten Staub auf, der sie verdeckte, aber die Uniform war eindeutig, ebenso wie die Kleidung des Mannes, der sie anführte. Abu al-Hasan Ali, Sultan von Gharnatah, war von seiner Expedition zurückgekehrt.

Gerade noch rechtzeitig, dachte Thomas.

Er blickte zurück zu Abu Abdullah. Der Prinz erschien so überrascht wie jeder andere über den Neuankömmling.

„Siehst du", sagte Olaf, „der Sultan kommt. Er hat mich gebeten, hier zu sein - etwas Wichtiges, hat er gesagt."

Thomas ging auf Abu Abdullah zu. Er würde zuerst ihn, dann den Sultan und schließlich Olaf konfrontieren. Er hoffte, sie würden etwas verraten, wenn sie ihn im Gewand des Mörders sehen würden. Er war froh, dass Jorge ihm nicht gehorcht hatte und beschloss, sich ihm anzuschließen. Er hatte Fähigkeiten und Kenntnisse, die sich als unschätzbar wertvoll erweisen würden. Thomas drehte sich um, suchte ihn und fand ihn hinter Olaf stehend. Er befand sich in einer intensiven Diskussion mit Lubna. Thomas hob seine Hand, vergaß, dass es diejenige war, die das Schwert hielt. Seine

Geste wurde mit einem Klirren begrüßt, als fünfzig Männer ihre eigenen Waffen zogen.

„Jorge, komm her zu mir", rief Thomas.

Jorge sah ihn an, als wäre er verrückt.

Thomas winkte ihm erneut zu, und Jorge kam widerwillig über den Platz, der zwischen ihnen lag. Hinter ihm sah Thomas Lubna, die sich nun angeregt mit ihrem Vater unterhielt.

„Ich dachte, du wolltest, dass ich mich fernhalte." Jorge blieb neben ihm stehen.

„Ich habe meine Meinung geändert. Ich brauche deine Menschlichkeit."

„Davon hast du selbst genug. Ich denke, ich werde versuchen, Lubna wieder auf den Hügel zu schleppen. Es hat sich dort oben sicherer angefühlt. Sie sagt, sie hat etwas entdeckt, das du sehen musst."

Thomas packte Jorge am Arm. „Bleib bei mir, ich brauche dich jetzt an meiner Seite."

Etwas in seiner Stimme veranlasste Jorge aufzuhören, sich wegzuziehen.

„Wofür kannst du mich in dieser Angelegenheit brauchen?"

„Ich werde vor jedem dieser Männer hier vorbeigehen. Ich möchte, dass du sie beobachtest. Du hast gesagt, du würdest den Mann wiedererkennen, nun wollen wir herausfinden, ob das wahr ist. Ich möchte, dass du die Signale auf den Gesichtern der Männer und in ihren Körpern liest. Schau hin. Sag mir, wer der Schuldige ist."

„Du bist ein Narr, mir in dieser Sache zu vertrauen."

„Dann bin ich ein Narr." Thomas begann zu laufen, ohne abzuwarten, ob Jorge bei ihm war oder nicht. Er musste es so oder so tun.

Er konzentrierte seine Aufmerksamkeit auf die erste Gruppe. Faris al-Rashid, Valentin al-Kamul und Don Antonio Galbretti standen zusammen, eine Versammlung von Intrigen. Thomas erwartete eine Reaktion, aber obwohl die Männer ihn im Vorbeigehen anstarrten, zeigten ihre Gesichter nur Belustigung über seine seltsame Art der Kleidung.

Als er sich Abu Abdullah näherte, lenkte ihn eine Bewegung auf einer Seite ab, eine vertraute Gestalt im Schatten des Zeltes. Helenas weißblonde Haare schienen durch die Dunkelheit, leuchteten hell, als sie zum Eingang ging und im Sonnenlicht stand. Ihr Kopf war unbedeckt, eine Aussage, dass sie ihre eigene Frau war, jenseits aller Konventionen. Sie beobachtete Thomas, ihr Mundwinkel hob sich an, aber ihr Ausdruck war nicht von Zuneigung geprägt.

Hat sie mich die ganze Zeit gehasst? Hat sie mich die ganze Zeit verraten?

„Es tut mir leid, Thomas." Jorge sprach leise neben ihm. Also hatte auch er die Wahrheit gesehen.

Thomas drehte sich zu Abu Abdullah, er musterte den jungen Prinzen. Sein Gesicht zeigte die übliche Verachtung für die Welt, aber kein Wiedererkennen oder Angst.

Thomas schritt an den Männern des Sultans vorbei, ging auf die Gruppe von Soldaten zu, die unter Olafs Befehl standen.

„Halt", sagte Jorge.

Thomas drehte sich um. „Was ist los?", sagte er.

„Du hast nicht hingeschaut, aber da ist ein Mann." Jorge deutete mit einem Kopfnicken dorthin. „Dort. Der dritte rechts von Abu Abdullah. Er hat dieses Gewand wiedererkannt, ich bin mir sicher. Und..." Jorge runzelte die Stirn. „...und ich kenne ihn."

Thomas kehrte zurück, um sich vor Abu Abdullahs Truppen zu stellen. Sie waren von der Jagd mit Staub überzogen. Der Sultan spornte sein Pferd an und stellte sich zwischen Thomas und seinen Sohn.

„Warum bist du so gekleidet? Ist das die neueste Mode unter Gharnatahs Medizinern?"

„Ich bin wie ein Mörder gekleidet“, sagte Thomas, dann leise zu Jorge: „Der große Mann, dünn? Er hat dunkle Haut und einen geölten Bart?“

„Das ist dein Mann. Siehst du ihn jetzt?“

Thomas trat näher, beobachtete die Bewegung von fest zurückgehaltenen Emotionen auf dem Gesicht des Mannes. Er überprüfte seine Begleiter, sah keinen anderen, der auf dieselbe Weise reagierte. Ihre Gesichter zeigten eine Mischung aus Überraschung, Belustigung, Verachtung und Hass, aber nur ein Mann zeigte Schuldgefühle. Thomas fühlte, wie er zitterte, bekämpfte den heftigen Drang, den Mann sofort anzugreifen. Stattdessen wandte er sich an den Sultan.

„Malik, ich weiß, wer der Mörder ist.“

„Bist du dir da sicher?“

In der Stimme des Sultans lag etwas zu entspanntes.

„Ich bin mir sicher.“

Der Sultan drehte sich im Sattel. „Dann zeig ihn mir. Beschuldige den Mann und wir werden sehen, was er zu sagen hat.“

Am Rande seines Blickfelds sah Thomas, wie der Soldat von einem Fuß auf den anderen trat.

„Da - er ist es“, sagte Jorge, zog sich dann zurück, entfernte sich von der Szene.

Thomas hob sein Schwert, bereit, auf den Mann zu zeigen. Die Soldaten vor ihm, zu beiden Seiten, hoben der Reihe nach ihre Waffen.

„Thomas!“ Es war Olaf, der quer über das Gelände rannte. „Thomas, du musst Lubna zuhören.“

„Nicht jetzt!“ Thomas schrie fast. Er stieß seinen Arm nach hinten, das Schwert blitzte in der Sonne. „Das ist unser Mann. Er steht dort!“ Er schwang das Schwert herum, zeigend, die Spitze zitterte vor Wut, als er zuließ, dass der Zorn ihn erfüllte, sein ganzes Wesen erfüllte, jede letzte Spur von Menschlichkeit hinaustrieb.

Der Sultan lächelte, als er sah, auf wen Thomas zielte. „Und was sagst du, Qasim?"

„Ich sage, dieser *Ajami* wird bald sterben, und zwar unter großen Qualen, Herr."

„Leugnest du seine Anklage?"

„Ich gebe zu, dass ich ein Mörder bin. Das ist, was ich bin. Aber das ist jeder andere Mann auf diesem Feld auch. Dieser Mann..." Er spuckte. „Dieser Mann ist nichts."

„Ziehst du deine falsche Behauptung zurück, Thomas Berrington?"

„Das tue ich nicht." Sein Blick blieb auf den des Mörders gerichtet.

„Was schlägst du dann vor, wie wir die Sache regeln?"

„Kampf", sagte der Mann namens Qasim. „Ich fordere den Feigling zu einem Prozess durch Kampf heraus. Wenn er mich tötet, bin ich schuldig. Wenn ich ihn töte, lügt er."

„Was sagst du, Thomas? Bist du in deinem Glauben überzeugt genug, um es auf diese Weise zu beweisen?"

„Er ist der Mörder", sagte Thomas. „Ich nehme seine Herausforderung an."

Der Sultan lachte und klatschte in die Hände. „Gerichtskampf. So soll es sein. Räumt das Feld. Qasim, komm und zeig dich." Der Sultan drehte sich, schaute die Truppen an, die über die Senke verteilt waren. Er erhob seine Stimme. „Niemand mischt sich ein. Der Kampf findet zwischen diesen beiden Männern statt. Räumt das Feld!"

KAPITEL EINUNDVIERZIG

Qasim trat aus der Reihe hervor, riss sich seine schweren äußeren Gewänder los, warf den Turban ab, der ihn als Mitglied der Palastwache kennzeichnete. Er zog sein Schwert und löste den Gürtel, der es hielt, zog sich für den Kampf aus.

Thomas ging einen Schritt zurück. Noch einen. Er zuckte mit dem Kopf, die Kapuze des Gewands glitt herunter und enthüllte sein Gesicht. Er blieb stehen, bereit, eine längst vergessene kalte Rage stieg rasch in ihm auf.

Abu Abdullah rannte zu seinem Vater. Er griff nach der Kante seines Sattels und sagte etwas, aber Thomas hörte nicht mehr zu. Seine Augen verfolgten Qasim, als der Mann aus der Reihe der Wachen trat.

Qasim schwang sein Schwert locker an seiner Seite, eine feste Gewissheit in seinen Augen, und Thomas wusste, dass der Mann davon überzeugt war, dass er ihn töten würde. Es war schließlich das wahrscheinlichste Ergebnis.

Thomas ging rückwärts, bis er gegen jemanden stieß und stehen blieb. Qasim kam weiter auf ihn zu, verringerte den Abstand. Ohne zu schauen, wer hinter ihm stand, trat Thomas zur Seite, aber eine Hand griff nach dem fließenden

Stoff seines Gewandes, hielt ihn zurück. Als er nach unten blickte, stand Lubna da, ihr Gesicht wütend. Ihr Vater kam über das Feld auf sie zu.

„Du musst wissen, was ich gefunden habe", sagte sie.

„Nicht jetzt." Olaf zog sie weg. „Thomas hat keine Zeit dafür. Lenk ihn nicht von dem ab, was er jetzt tun muss. Komm weg, und ich werde dafür sorgen, dass er sich rächt. Hier, nimm das." Olaf drückte Thomas etwas in die Hand. Er schaute nach unten und entdeckte ein Messer, seine gefährliche Klinge rasiermesserscharf geschliffen. Er erkannte es. Es war Olafs eigenes Messer, das er in jede Schlacht mitnahm. Thomas sah Olaf dankbar in die Augen, erkannte, dass es falsch gewesen war, den Mann zu verdächtigen, wusste immer noch nicht, wen er an seiner Stelle verdächtigen sollte.

„Ich muss Thomas sagen, dass ich weiß, wer hinter allem steckt..." Aber Lubnas Stimme ebbte ab, als sie vom Kampfplatz weggezogen wurde. Thomas verschloss seine Ohren, als er sich nach innen wandte und nach lang verschütteten Emotionen suchte, von denen er gehofft hatte, sie nie wieder zu brauchen.

Wenn ich sterben soll, dann deshalb, weil ich nicht gut genug bin, nicht weil ich mich geweigert habe, es zu versuchen.

Er hätte Angst vor seinem eigenen Tod haben müssen, aber er hatte keine. Vielleicht war das, was er tat, Wahnsinn, aber das glaubte er nicht. Der grinsende Mann, der vor ihm herging, wusste nichts von Thomas' Vergangenheit. Niemand wusste von Thomas' Vergangenheit, außer Jorge, und er wusste nicht alles. Thomas hatte das Böse, das er getan hatte, tief vergraben, aber nicht so tief, dass es sich weigern würde, wieder herauszukommen, wenn es gerufen wurde.

Sein Sichtfeld wurde von Erinnerungsblitzen durchzogen. Sein erstes Schlachtfeld übersät mit Toten, sowohl Franzosen als auch Engländer. Seine Flucht und Versuche, diese Erinnerungen zu vertreiben, abgesehen davon, dass sie unmöglich zu beseitigen waren. Er tauchte tiefer ein, erinnerte sich, wie man kämpft, wie er früher unbesiegbar war. Ein Dämon mit einem seltsamen Akzent und blasser Haut. Er war damals jung gewesen und das Kämpfen kam ganz natürlich. Er hatte seit über zwanzig Jahren nicht mehr ernsthaft ein Schwert erhoben, aber das Muskelgedächtnis war geblieben. Olaf hatte ihn daran erinnert.

Er schwang sein Schwert nach rechts und links, kreiste es in einer sinnlos meisterhaften Darbietung vor sich.

Qasim lächelte, sein eigenes Schwert unbeweglich, einen Dolch in der linken Hand, der nur von seinem Daumen und zwei Fingern gehalten wurde, die anderen fehlten.

Hinter ihm stritten der Sultan und Abu Abdullah über etwas.

Faris al-Rashid stand in der Nähe der beiden, ein Lächeln auf seinem Gesicht.

Helena stand auf der Seite, zwischen Valentin al-Kamul und Antonio Galbretti. Einer von ihnen sagte etwas zu ihr, und Helena schlug ihn, ihre Ohrfeige lauter als das Gemurmel der Unterhaltung. Thomas schaute sich um und sah, wie die Männer Wetten auf den Ausgang abschlossen, und wusste, wohin das Geld gehen würde. Er erinnerte sich an das letzte Mal, als sich ein solcher Kreis gebildet hatte, als die Truppen aus Tajir zurückgekehrt waren. Die Erinnerung fühlte sich jahrealt an, aber es war erst vor gut einer Woche gewesen. Dieser Kampf hatte für beide Parteien ein schlimmes Ende genommen, und er wusste, dass das heutige Ergebnis genauso aussehen könnte.

Der Sultan wandte sich von Abu Abdullah ab und erhob sich in seinem Sattel, winkte mit der Hand. Seine Stimme war voller Autorität, als sie ertönte.

„Lasst Allah entscheiden!"

Noch bevor das letzte Wort ausgesprochen war, kam

Qasim schnell an, sein Schwert blitzte. Thomas zog sich zurück und hob sein eigenes an, um den Schlag abzuwehren. Sein Arm brannte von dessen Wucht und er zog sich weiter zurück.

Qasim grinste. „Ich mochte deine kleine Freundin, *Qassab*. Ich mochte sie so sehr, dass ich sie gefickt habe, bevor ich sie getötet habe. Sie hat gequiekt wie ein Tier, beide Male, als ich sie gestochen habe."

Die Worte waren eine Lüge, Thomas wusste es. Er ließ sie über sich ergehen wie Wasser über einen Stein. Er würde bleiben und das Wasser würde gehen, seine Angst mit sich tragen.

Er beruhigte seinen Geist, denn er wusste, dass die Rationalität ebenso ein Feind war wie der Mann vor ihm. Die Vergangenheit strömte hinein und ersetzte alle Gedanken. Er hörte auf, sich rückwärts zu bewegen und griff an, ein wirbelnder Djinn in einem Umhang aus dunklem Feuer.

Qasim war an der Reihe, sich unter dem Ansturm zurückfallen zu lassen. Er trat Staub nach Thomas, aber er ging durch ihn hindurch, die Klinge schoss hinunter. Qasim blockte ab, blockte erneut ab, täuschte vor und konterte. Für beide existierte nichts anderes. Nicht die Adligen, die Wetten auf den Ausgang abschlossen. Nicht die Soldaten, die mit leidenschaftslosem, professionellem Interesse zuschauten. Nicht die Frauen, die Thomas liebte. Er kämpfte für eine andere, die er geliebt hatte. Prea. Sein Herz - zu weich, wenn er es zuließ - hatte sich in seiner Brust in Eis verwandelt. Sie schwangen und wichen aus und knurrten. Qasim war schnell und geschickt. Thomas parierte, griff wieder an und sah, wie das Selbstvertrauen im Laufe des Kampfes aus dem Mann entwich. Für lange Minuten schmetterten sie ohne Pause aufeinander ein. Dann hörten beide auf, atmeten schwer, ihre Körper schweißüberströmt.

Thomas war erfreut zu sehen, dass dies für Qasim genauso hart war wie für ihn, fragte sich aber, wie lange er in diesem Tempo weiterkämpfen konnte. Tausend Fragen drängten sich ihm in den Kopf, und er schüttelte sie alle ab. Es war zu spät, um Antworten zu suchen, nur noch Rache.

Thomas drehte sich, sein Gewand bauschte sich um ihn herum auf. Er ließ Qasim ziellos durch das Tuch stoßen, hörte, wie das Flüstern der Seide an der Klinge durchtrennt wurde. Einen Augenblick lang brannte ein Feuer an seiner Seite, als der Stoß seine Haut küsste, dann sauste sein Schwert nach unten.

Qasim hob seinen Arm, für einen Moment verfing sich seine eigene Klinge in den wirbelnden Seidenfalten, bevor er sie befreite. Er konterte den Schlag gerade noch rechtzeitig, und Thomas nutzte den Moment, um sein Messer in die Seite des Mannes zu stoßen. Der Schlag rüttelte an seinem Arm, als die Klinge an einer Rippe hängen blieb, und er zog sich zurück, seine Hand blutüberströmt.

„Du hast mich erwischt." In Qasims Stimme lag Schock, als wäre ihm so etwas noch nie zuvor passiert.

„Dann sind wir ja quitt." Thomas öffnete die zerrissene Seide auf einer Seite, um seine eigene Wunde zu zeigen. Es war nichts Ernstes, aber das würde Qasim nicht wissen. Er würde nur das Blut an Thomas' Flanke herunterlaufen sehen, und in seinen Augen funkelte ein Schimmer von Triumph.

„Ich habe schon schlimmere Schläge eingesteckt als diesen Kratzer. Du nennst dich einen Chirurgen? Weißt du nicht, wo das Herz eines Mannes liegt?"

„Du hast kein Herz." Thomas schlug schon beim Sprechen zu. Qasim parierte, griff wieder an, und Thomas lenkte einen Sturm von Schlägen ab. Für einen Moment drang das Geräusch von Schreien zu ihm durch, und er merkte, dass dies für die meisten Zuschauer eine Unterhaltung war.

Sie fielen zurück, kreisten, beide nun vorsichtig.

„Warum hat dich Aixa dazu angestiftet?" Thomas schleuderte den Namen frei heraus, halb belohnt, als Qasim lachte.

„Du hast keine Ahnung, oder?"

„Abu Abdullah hat viel von der Entehrung des Sultans zu gewinnen. Er und Olaf könnten diese Stadt regieren. Er könnte über ganz Al-Andalus herrschen.“

Qasim spuckte, aber Thomas wusste, dass etwas von Jorges Fähigkeit mit Menschen auf ihn abgefärbt haben musste, denn für einen Moment hatte etwas auf Qasims Gesicht geflackert. Jeder andere, der nicht so genau hingeschaut hätte, hätte es übersehen.

Qasim ging erneut auf ihn los, entschlossen, den Kampf zu beenden. Sein Schwert schoss nach unten, das Messer schlitzte durch die Luft. Thomas huschte rückwärts, parierte, verdrehte sich. Er stolperte. Sein Fuß verfing sich in einem Stein und ein Bein rutschte unter ihm weg. Er hob seinen rechten Arm, als Qasims Schwert herunterkam, stolperte erneut. Er fiel, wusste dabei, dass der Kampf für ihn beendet war.

Nur schlug Qasim nicht zu.

Er stand über Thomas, mit breiten Beinen zu beiden Seiten, ein Grinsen im Gesicht. Seine linke Ferse hielt Thomas‘ Hand fest, die immer noch das Schwert hielt.

„Du glaubst, du weißt alles, nicht wahr? Kluge Männer wie du, Gelehrte, mir wird schlecht von euch. Ihr wisst nichts, keiner von euch. Überhaupt nichts. Es gibt Leben, es gibt Tod und es gibt Ehre. Nichts sonst ist wichtig. Nichts!“

„Was weißt du von Ehre?“ Unter den Falten seines Umhangs streckte Thomas seinen linken Arm aus und betete, dass die Seide die Bewegung verdecken würde.

„Ich gehorche meinem Meister. Das ist für mich Ehre genug.“

„Selbst wenn al-Rashid dich bittet, Unschuldige zu töten?“

„Es gibt keine Unschuldigen. Und mein Meister ist nicht dieser parfümierte Clown. Ich bin einer größeren Macht in diesem Land Rechenschaft schuldig.“ Qasim änderte seine Position, suchte nach dem perfekten Ort, um zuzuschlagen.

Thomas wusste, dass der Mann auf den letzten Schlag stolz sein würde. Er würde allen, die zusehen, sein Können präsentieren.

Schreie sickerten in seinen abwesenden Geist, Soldaten riefen Qasim zu, es zu beenden, Lubnas Stimme durchdrang alles, rief seinen Namen, das tiefere Bellen ihres Vaters.

Thomas trat aus, und Qasim lachte, wich seinem Fuß problemlos aus. Qasim schlug in einem Augenblick zu, die Bewegung war zu schnell, um ihr zu folgen. Thomas' Faust schnellte hoch. Die Spitze von Qasims Schwert drang durch seine Handfläche, spießte seine Hand auf dem Boden auf.

„Ich räume dir das ein, du kämpfst gut für einen *Ajami*, aber ich werde dich trotzdem töten. Ich werde dich langsam töten, so wie ich deine kleine Freundin getötet habe." Qasim kniete sich hin, seine Knie auf Thomas' Oberarmen hielten ihn am Boden fest. „Am Ende hat sie deinen Namen gerufen. Es war so süß. Wessen Namen wirst du rufen, *Qassab*?"

Thomas wand sich, aber er steckte fest. Er versuchte erneut, mit seinem Bein zu treten, aber der Schlag prallte von Qasims Rücken ab, als wäre er nichts gewesen.

„Hört mit diesem Wahnsinn auf!" Olafs Stimme dröhnte über den Kampfplatz.

Um von der des Sultans beantwortet zu werden. „Allah entscheidet. Lasst den Kampf seinen Lauf nehmen. Niemand soll sich einmischen. Hörst du mich, Olaf Torvaldsson? *Niemand* soll sich einmischen!"

Qasim legte die Spitze seines Messers auf Thomas' Wange und beugte sich so weit vor, bis sein Gesicht nur noch wenige Zentimeter entfernt war, sein Körper so nah wie der eines Liebhabers.

„Sieh mich an, Chirurg. Sieh dir dieses Gesicht genau an, denn es wird das Letzte sein, was du jemals sehen wirst. Nimm es mit in was auch immer für eine Hölle, in der dein Volk lebt. Ich werde erst dein rechtes Auge nehmen und dann das andere. Am Ende werde ich dir das Herz herausschneiden, solange es noch schlägt."

Der Mann fuhr mit der Spitze seines Messers über Thomas' Wange, öffnete sie. Seine Brust gegen die von Thomas gedrückt. Es war der Moment, auf den er gewartet hatte. Qasims Knie hielten seine Arme über den Ellbogen fest, aber Thomas glaubte, hoffte, dass er genug Bewegungsfreiheit hatte. Er hob seine nicht aufgespießte Hand unter den Seidenfalten an. Ja, dachte er, gerade genug, um das zu tun, was er wollte.

„Weißt du was? Du redest zu viel."

Thomas schob sein Messer zwischen Qasims Rippen, machte diesmal keinen Fehler, sein Ziel war kalt und kalkuliert. Er sah den überraschten Blick in den dunklen Augen des Berbers und drehte sich schnell zur Seite, als das Messer des Mannes auf seinen Augapfel herabschnellte. Er fühlte, wie es ihm wieder über seine Wange brannte. Dann entwich die Luft aus Qasims Körper. Bei einem letzten Husten sprudelte Blut aus seinem Mund und er fiel auf Thomas.

Es war Olaf, der als erster bei ihnen ankam und Qasims Leiche zur Seite warf, als ob sie nichts wiegen würde. Er kniete sich neben Thomas und tastete seinen Körper auf der Suche nach Wunden ab. Als Thomas seine Augen öffnete, setzte sich der alte Soldat auf seine Fersen zurück und gab ein Geräusch von sich, das als Erleichterung interpretiert werden könnte.

Dann war Lubna da, ihre Finger auf seinem Gesicht. „Ist es tief?"

„Sag du es mir." Thomas drehte den Kopf und schaute zu der Stelle, an der Qasims Schwert seine Hand auf den Boden gespießt hatte. „Olaf, zieh mir diese Klinge aus der Hand, ja? Und danke, dass du mir dein Messer geliehen hast."

Olaf lächelte und kam seiner Bitte nach.

Thomas verkniff sich einen Schrei, sah zu, wie Blut aus der Wunde auf die trockene Erde lief.

„Mein Gesicht wird heilen, Lubna, aber meine Hand braucht Aufmerksamkeit. Jemand hier wird Verbände haben. Hol sie und verbinde die Wunde fest." Thomas stöhnte, als Olaf ihn in eine sitzende Position brachte.

„Kannst du laufen?"

„Mit Hilfe."

„Ich werde ihm helfen." Es war Jorge, groß und stark, fast nicht wiedererkennbar als der parfümierte Eunuch der Woche zuvor. Ein Flaum dunkler Haare bedeckte nun seinen Kopf, und seine Wangen waren dunkel mit Stoppeln.

Olaf nickte und zusammen hoben sie Thomas auf seine Füße. Er schwankte, nicht von einer Verletzung, sondern von der schwindenden Kampfeslust. Er war froh, dass er spürte, wie sie wegging, froh, dass er sie lange genug in sich getragen hatte, um zu triumphieren.

Thomas hob den Kopf, sah einen Kreis von Männern um ihn herumstehen, und seine letzte Kraftreserve verließ ihn. Nehmt mich, dachte er, aber verschont die anderen.

Der Sultan saß aufrecht in seinem Sattel, die Augen kalt.

Soldaten bildeten eine feste Mauer zwischen der kleinen Gruppe in der Mitte und der Sicherheit.

Olaf zerrte Thomas nach vorne. „Er ist der Sieger, Malik. Allah hat entschieden."

„Und jetzt muss ich mich entscheiden", sagte Abu al-Hasan Ali. „War der Kampf fair? Hat Thomas Berrington durch eine List gewonnen? Wie konnte ein bescheidener Chirurg einen meiner besten Soldaten besiegen? Das ist nicht möglich." Er drehte sich im Sattel um. „Hast du ihn unter Drogen gesetzt, Thomas? Oder hast du deine Klinge vergiftet?"

„Thomas hat den Kampf fair gewonnen", sagte Olaf. Er

ließ ihn los und trat nach vorne, nahm scheinbar seine doppelte Größe an.

Der Sultan sah sich um, fällte ein Urteil.

Er wählte falsch.

„Ich erkläre den Kampf für ungültig. Thomas Berrington hat betrogen und sein Leben ist vorbei."

„Nein, ist es nicht." Abu Abdullah drängte nach vorne, um neben dem Pferd seines Vaters zu stehen. „Thomas hat gewonnen. Er muss frei sein."

„Du fechtest mein Urteil an?"

„Wenn du dich irrst."

„Olaf - verhafte meinen Sohn. Wir werden heute zwei Enthauptungen haben." Ein angespanntes Lächeln ging über die Lippen des Sultans.

Abu Abdullah bewegte sich nicht. Olaf auch nicht.

Der Sultan erhob sich in seinen Steigbügeln. „Verhaftet diese Verräter, alle. Nehmt sie sofort fest!"

Lubna trat vor, winkte mit einem Blatt Papier. „Hier gibt es nur einen Schuldigen, und das ist er!" Sie zeigte direkt auf den Sultan. Entlang der Ränder des Kreises zogen einige Männer ihre Schwerter. Andere bewegten sich rückwärts, als wollten sie weggehen.

„Seid ihr alle Feiglinge?", schrie der Sultan und zog sein eigenes Schwert. „Wenn ihr ihn nicht tötet, tu ich es." Er spornte sein Pferd an und kam direkt auf Thomas zu. Jorge trat zwischen ihn und den entgegenkommenden Derwisch, aber Olaf schob ihn wie ein Schilfrohr beiseite, nur um von der heranstürmenden Bestie umgestoßen zu werden.

Der Sultan schlug auf Thomas herunter, der zur Seite trat, die Schwertspitze pfiff an seinem Ohr vorbei, aber er wusste, dass er ihm nicht lange ausweichen konnte. Er war in einem Kreis von Männern ohne Fluchtmöglichkeit gefangen. Zu spät wusste er nun, wer hinter allem steckte.

Genau wie Abu Abdullah.

Um den Kreis herum zogen die Soldaten ihre Schwerter, um eine unüberwindbare Barriere zu bilden.

Olaf trat nahe an das Pferd des Sultans heran. Er nahm die Zügel in die eine Hand und hob die andere an, um den Schlag, der auf ihn zukam, aufzuhalten. Tausend Kämpfe hatten sein Können auf ein unübertroffenes Niveau gebracht. Er packte das Handgelenk des Sultans und verdrehte es, das Schwert schepperte von seiner Hand zu Boden.

Abu Abdullah schlenderte auf die andere Seite des Pferdes seines Vaters.

„Es ist vorbei, Vater", sagte er. „Dein Komplott wurde aufgedeckt."

KAPITEL ZWEIUNDVIERZIG

„Ich schulde dir eine Entschuldigung, dass ich dich verdächtigt habe." Thomas lehnte auf einem Stapel weicher Kissen im Zelt des Sultans. Olaf kniete dicht neben ihm, schaute zu wie Lubna Thomas' verletzte Hand verband. Die Wunde war nicht so schlimm, wie sie zuerst ausgesehen hatte, aber es quoll noch immer Blut aus der Handfläche und dem Handrücken, wo das Schwert durchgestoßen worden war.

Olaf schüttelte den Kopf. „Du schuldest mir nichts. Du hast den Mörder entlarvt. Ganz Gharnatah ist dankbar."

„Er war eine Waffe, mehr nicht. Der Mörder ist noch da." Thomas starrte den alten Soldaten an. „Ich habe eine schwere Bitte an dich, die du vielleicht ablehnen wirst."

„Frag."

„Deine Loyalität gilt dem Sultan von Gharnatah, nicht wahr?"

„Er ist mein Herr."

„Und wenn er hinter allem steckt, was dann?"

Olaf lehnte sich zurück. Hier im königlichen Zelt sah Olaf inmitten der Opulenz fehl am Platz aus.

„Wie sicher bist du? Meine Tochter behauptet das Gleiche, aber ich habe ihr irres Gerede abgetan."

„Es ist die Wahrheit", sagte Lubna, als sie den letzten Verband anlegte. Er war dunkel vom Blut, aber sie hatte ihn festgebunden und bald würde die Blutung nachlassen. „Ich habe den Beweis. Es ist das, was ich dir mitgebracht habe, was ich Thomas zeigen wollte, bevor er auf einen Kampf bestand."

„Ich hatte keine Wahl", sagte Thomas.

„Es gibt immer eine Wahl."

„Nicht immer, meine Süße", sagte Olaf zu seiner Tochter.

Sie blickte finster drein und beugte sich über Thomas. „Ich muss mir dein Gesicht ansehen." Ihre Finger berührten es, sanft, aber Thomas zuckte zusammen.

„Ich werde wohl eine Narbe haben", sagte er.

„Wie meine Schwester."

Er wollte nicht an Helena erinnert werden. „Olaf, ich möchte, dass du zu Abu Abdullah gehst und ihm sagst, was ich dir gesagt habe, sag ihm, was Lubna weiß. Nimm Jorge mit. Ich weiß, dass Abu Abdullah keine Liebe für ihn empfindet, aber ich glaube, dass er sein Wort als Wahrheit akzeptieren wird. Lubna, sag mir noch einmal, was dein Beweis ist, bevor wir dieses Risiko eingehen."

„Mir was sagen?"

Thomas drehte seinen Kopf. Abu Abdullah stand in der Tür. Zu seiner Rechten war Aixa, mit Faris al-Rashid einen Schritt hinter ihr. Helena stand auf der anderen Seite, Unsicherheit im Gesicht.

„Schicken Sie die anderen weg", sagte Thomas.

Abu Abdullah musterte die kleine Gruppe im Zelt. „Ich bin mir nicht sicher, ob ich hier sicher bin, wenn ich das tue."

Olaf stand auf. „Ihr seid sicher bei mir, Prinz, das wisst Ihr."

Ein Ausdruck der Belustigung zog sich durch Abu Abdullahs Gesicht. „Du bist der Mann meines Vaters, nicht wahr?"

„Ich bin der Mann des Sultans", sagte Olaf.

„Und wenn mein Vater nicht mehr Sultan ist?"

„Ich bin der Mann des Sultans", wiederholte Olaf.

Abu Abdullah kam weiter in das Zelt. Er winkte den anderen als Zeichen, dass sie gehen sollen. Faris al-Rashid nahm Helenas Arm und führte sie nach draußen, aber Aixa blieb an der Seite ihres Sohnes. „Dann sagt mir, welche Beweise ihr habt. Ohne Beweise kann ich nichts tun."

„Ich habe Beweise", sagte Lubna, stand auf.

Aixa sah sie mit offener Verachtung an. „Du bist ein Dienstmädchen. Niemand wird einem Dienstmädchen glauben. Wir verschwenden hier unsere Zeit."

„Warten Sie", sagte Thomas. „Lubna ist Olafs Tochter. Zählt das nichts?"

„Die Töchter von Olaf Torvaldsson sind im Moment nicht für Ehrlichkeit bekannt."

„Das ist durchaus möglich", sagte Thomas. „Aber sagen Sie mir eins: Wem hat Helena ihre Geschichten erzählt? Ihnen oder Ihrem Sohn?"

„Mir nicht."

„Zeig ihm das Dokument", sagte Thomas zu Lubna, in der Hoffnung, es sei Beweis genug.

„Vater." Lubna streckte ihre Hand aus, und Olaf griff in seine Tasche, reichte ihr ein einzelnes Blatt. Sie brachte es herüber zu Abu Abdullah und er schaute es sich an.

„Ein Kaufvertrag?" Er warf das Papier weg. Lubna bückte sich, um es aufzuheben.

„Ein Kaufvertrag für eine bestimmte Stoffrolle", sagte Lubna. „Den Stoff, den Thomas jetzt trägt."

„Lass es mich noch mal sehen."

Abu Abdullah las langsamer, hielt die Seite nah heran, um das Siegel, das unten angebracht war, genau zu betrachten.

„Diese Rechnung ist auf meinen Namen ausgestellt. Ich habe keinen solchen Stoff bei diesem... diesem Spanier bestellt."

„Und das Siegel?", sagte Lubna. Thomas war stolz auf sie. Sie zeigte keine Furcht vor dem zweitmächtigsten Mann im Königreich.

„Es ist mein Siegel, aber die Schreiber führen im Namen derer im Palast alle diese Angelegenheiten durch. Es ist bekannt, dass falsche Siegel verwendet werden, das weiß jeder."

„Ich bin zu Carlos Rodriguez gegangen und habe ihn unter Druck gesetzt", sagte Lubna. „Er wollte nicht mit einer Frau sprechen, aber er wusste, wer ich war, wusste, dass er nicht ablehnen konnte. Er hat wegen Thomas mit mir gesprochen." Sie schaute ihn an, ihr Gesicht eine Maske. „Er hat sich an diesen Kaufvertrag wegen der Sache, um die es geht, erinnert und auch daran, wie sie zu ihm gekommen ist. Er hat noch einen Teil der Seide in seiner Arbeitsstätte..."

„Ich wusste, dass ich sie irgendwo gesehen habe", sagte Jorge.

Lubna winkte ihm zu, dass er schwieg. „Er sagt, es sei der feinste Stoff, den er je gesehen habe, importiert aus dem Osten. Der Kaufvertrag läuft auf Ihren Namen, Prinz, aber es war eine Sultana, die die Bestellung aufgegeben hat. Rodriguez erinnert sich gut daran, denn es kommt nicht jeden Tag vor, dass ein Händler Gastgeber einer so hochrangigen Persönlichkeit ist."

Abu Abdullah warf einen Blick auf Aixa. Ihr Gesicht war starr, kalt.

„Nicht diese Sultana", sagte Lubna. „Rodriguez hat mir erzählt, dass die Frau, die zu ihm gekommen ist, perfekt Spanisch gesprochen hat."

Es war das letzte Teil des Puzzles, und als Thomas es hörte, spürte er beinahe eine Bewegung in seinem Kopf, als alles zusammenpasste.

„Wann war das?", fragte Abu Abdullah.

„Vor mehr als einem halben Jahr, vor der letztjährigen Ernte. Zoraya wollte ein besonderes Kostüm anfertigen lassen. Zuerst nur eines, aber es sollten weitere folgen. Carlos Rodriguez hat das Gewand angefertigt, das Thomas jetzt trägt."

„Wie ist er auf dieses Ding gestoßen?"

„In den Tunneln", sagte Thomas.

„In welchen Tunneln? Ich weiß nichts von irgendwelchen Tunneln."

„Ich werde sie Ihnen zeigen, aber vorerst müssen Sie die Geschichte von Lubna glauben. Ein Mädchen, das ich mochte, ist gestorben, um mir dieses Gewand zu bringen. Der Mann, den ich gerade getötet habe, hat es sofort erkannt, ich habe es in seinen Augen gesehen. Er ist derjenige, der diese Mädchen ermordet hat, derjenige, der Safya ermordet hat. Er hätte alle Frauen des Sultans getötet, bis auf eine, und alle anderen, die ihm in die Quere gekommen wären. Auf Zorayas Befehl hin."

Abu Abdullah schüttelte den Kopf. „Warum sollte sie so etwas tun?"

Thomas starrte den Prinzen an. „Sie wissen, warum. Der ganze Palast weiß warum. Wollt Ihr, dass die Söhne der Griechin Euren Platz einnehmen?"

Abu Abdullah winkte den Vorwurf ab. „Gerede. Nichts als Gerede."

„Dann sagen Sie mir, wie Ihr Vater Sie behandelt. Spricht er mit Ihnen, wie er es immer getan hat, oder schließt er Sie aus Gesprächen aus? Was sagt er über die Zukunft? Schließt er Sie mit ein?"

„Mein Vater ist ein vielbeschäftigter Mann. Er hat keine Zeit, mir alles zu erzählen, was er in seinen Feldzügen plant."

Thomas versuchte sich aufzusetzen und scheiterte. „Helft mir!"

Olaf streckte einen starken Arm aus.

„Hol Helena wieder rein", befahl Thomas, und Jorge verließ das Zelt. Abu Abdullah las noch einmal das einzelne

Blatt Papier, das der einzige physische Beweis war, der das Gewand des Mörders mit Zoraya in Verbindung brachte.

„Dieses Dokument war im Besitz einer der Schreiber des Palastes. Derselbe Mann, der als erster gebeten wurde, die Morde zu untersuchen." Thomas redete, als ihm die Ideen zuflogen. Wenn dies eine Partie Mancala wäre, wäre sie perfekt. „Er muss die Bedeutung dessen, was es enthielt, erkannt haben, vielleicht sogar ursprünglich selbst geschrieben haben, denn das wäre seine Arbeit gewesen. Ich weiß nicht, an wen er sich mit seinem Verdacht gewendet hat, aber es wäre nicht Zoraya selbst gewesen. Wer auch immer es war, jemand wollte sie schützen und der Mann wurde entlassen. Ich schätze ihn glücklich, dass er damals nicht getötet wurde, obwohl er am Ende gefasst wurde."

Jorge kehrte zurück und schleppte eine sich windende Helena mit sich. Ihre Fäuste schlugen gegen seine Brust und Schultern, aber sie waren nicht mehr als Regentropfen gegen eine Felswand.

„Wen hast du so heimlich besucht, meine Liebe?", fragte Thomas, Verachtung triefte aus seiner Stimme.

„Ich besuche Freunde, das weißt du doch."

„Wen?"

„Freunde im Harem."

„Hast du sie in letzter Zeit gesehen, Jorge, bevor dich diese Aufgabe von deinen Pflichten entbunden hat?"

Jorge schüttelte den Kopf.

Abu Abdullah bewegte sich plötzlich und ergriff Helenas Arm. Er zog sie zu sich heran und ein Messer erschien in seiner Hand. Er legte die Schneide gegen Helenas Wange.

„Soll ich dein Gesicht nochmal aufschneiden? Sag uns die Wahrheit."

„Du wirst mir nicht wehtun", sagte Helena. „Du liebst mich, das weiß ich."

„Verwechsle nicht Liebe mit Lust. Ich habe dich benutzt, das ist alles." Abu Abdullah ließ die Spitze der Klinge schnellen, und die Narbe, die durch Helenas Gesicht verlief, blühte rot auf, als sie sich öffnete. Sie schrie. Abu Abdullah drehte das Messer auf die andere Seite ihres Gesichts.

„Mal sehen, wie viele Männer dich wollen, wenn ich fertig bin. Sag es uns jetzt, oder ich ziehe dir die Haut ab.“

„Zoraya! Ich habe Zoraya besucht.“

„Warum?“

„Sie ist meine Freundin. Wir sind beide Fremde in diesem Land und sie sieht in mir eine Seelenverwandte. Ich mag auch ihre Kinder gern.“

Abu Abdullah schmunzelte. „Oh, ich wette, das tust du. Junge Männer spüren zum ersten Mal das Blut, das durch ihre Lenden fließt. Ich nehme an, dass du ihnen viele Lektionen beibringen kannst, die gleichen, die du auch mir beigebracht hast.“ Es war eine wilde Anschuldigung, aber Thomas sah eine Errötung an Helenas Hals aufsteigen und erkannte die Wahrheit darin. Die ganze Zeit, die sie mit ihm gelebt hatte, hatte Helena ihre Reize mit anderen geteilt. Mit wie vielen anderen, fragte er sich?

Helena zerrte, befreite sich. Sie kam bis zum Eingang des Zeltes, wo sie in eine hereinkommende Gestalt rannte.

„Oh, mein Liebster, hilf mir, diese Männer werfen mit solchen Anschuldigungen um sich!“

Abu al-Hasan Ali schob sie zur Seite. „Was geht hier vor? Welcher Komplott wird geschmiedet?“

„Ich weiß es, Vater“, sagte Abu Abdullah. „Ich weiß alles.“

Abu al-Hasan Ali warf seinem Sohn einen verachtenden Blick zu. „Du weißt nichts. Ich habe versucht, dir viel beizubringen, und du hast meine Lektionen sinnlos weggeworfen. Thomas - sag mir, worum es hier geht.“

Thomas lehnte sich an Olaf.

„Sie sind aufgeflogen, Malik.“ Thomas richtete sich zu seiner vollen Größe auf, als er den Blick des Sultans auf das Seidengewand fallen sah und nahm erneut das gleiche Aufblitzen von Wiedererkennung wahr, das er draußen auf dem Feld gesehen hatte, das gleiche Aufblitzen, das sein Blut gefrieren ließ. „Dein Mann ist tot und du bist nicht mehr Sultan von Gharnatah." Thomas warf einen Blick auf Abu Abdullah, der nickte.

„Du wendest dich gegen mich? Du, ein *Ajami*, den ich höher als alle anderen gehalten habe? Ich verlasse dich. Ich verlasse euch alle. Meinen Sohn auch. Olaf, komm, wir haben Hinrichtungen zu erledigen."

„Ich bin nicht mehr Ihr Mann", sagte Olaf. „Meine Loyalität gilt dem Sultan."

„Ich *bin* der Sultan!" Abu al-Hasan Alis Stimme war ein Schrei.

„Nicht mehr, Vater." Abu Abdullah richtete seine Schultern auf. „Du hast diese Stadt für deine eigenen Interessen verraten." Er blickte auf seine Hände hinunter, runzelte die Stirn. „Ich schwöre, dass ich niemals lieben werde, denn es schwächt einen Mann."

„Verräter, ihr seid alle Verräter!" Der Sultan drehte sich um und versuchte zu verschwinden, aber Olaf war schneller, huschte durch das Zelt, um ihn zu festzuhalten, bevor er sich den Soldaten draußen zeigen konnte.

Thomas fragte sich, was passiert wäre, wenn Abu al-Hasan Ali nicht aufgehalten worden wäre, wenn es ihm gelungen wäre, den Soldaten dahinter Befehle zu geben. Wären die Ereignisse anders verlaufen?

Thomas sah Olaf an. „Werden dir deine Männer gehorchen?"

Olaf nickte. „Genügend werden es."

„Abu Abdullah, dann gehen Sie mit Olaf an Ihrer Seite hinaus und sagen Sie ihnen, dass Ihr Vater nicht mehr Sultan ist. Olaf, gib ihm Rückendeckung. Sie werden Ihnen gehorchen oder nicht, Prinz, aber die Würfel sind gefallen und können nicht zurückgenommen werden."

Thomas stolperte zur Tür und ergriff Abu al-Hasan Alis Arm, als Olaf seinen Griff freigab. Jorge kam zu ihm und sie zogen ihn hinein. Der Mann war stark und Thomas schwach, aber Jorge war für sich genommen schon mehr als stark genug für die Aufgabe.

Hinter den Zeltwänden kam plötzlich ein Tumult auf, der Klang klirrender Schwerter, Rufe und Schreie, als einige Männer bis zum Ende loyal blieben.

Abu al-Hasan Ali lächelte. „Du wirst für diesen Verrat unter großen Schmerzen sterben, Thomas Berrington."

„Das wurde mir heute schon einmal gesagt, und der Mann, der diese Drohung ausgesprochen hat, ist selbst tot."

„Würdest du mich auch töten?"

Thomas schenkte der Frage die ihr gebührende Beachtung, bevor er seinen Kopf schüttelte. „Sie wissen, dass ich das nicht tun würde."

„Ich habe dich als Freund betrachtet."

„Die Freundschaft eines Sultans ist kein so willkommenes Geschenk, wie Sie glauben."

„Und mein anderes Geschenk?" Abu al-Hasan Ali lächelte verschmitzt.

„Ihr anderes Geschenk ist vergiftet, wie Sie wissen. Zweifellos hat sie Ihr Bett und das Ihrer Söhne geteilt. Und das wie vieler anderer, frage ich mich?"

„Sie ist geschickt, nicht wahr? Sie wird dir so süße Freuden gezeigt haben, wie es sonst niemand könnte. Es wäre eine Sünde, wenn sie solche Wunder nicht mit so vielen wie möglich teilen würde."

„So sind alle Versuchungen", sagte Thomas. „Warum mussten Sie sie töten? Ich verstehe das nicht. Sie hätten Zoraya zu Ihrer bevorzugten Frau machen können, sogar ihre Kinder zu Ihren Erben ernennen können, ohne dass Mord im Spiel gewesen wäre."

Abu al-Hasan Ali schnaubte verachtend. „Du magst der beste Chirurg in Gharnatah sein, aber du verstehst diese Welt nicht, wenn du glaubst, dass ich so etwas tun dürfte. Die Menschen glauben, dass ein Sultan sie beherrscht, aber das stimmt nicht. Wir führen den Willen des Volkes aus oder das Volk lässt uns absetzen. Eine Ausländerin, eine Griechin, würde nicht akzeptiert werden. Auch ihre Kinder nicht." Der Sultan starrte in Thomas' Augen, der dort nichts sah: keine Schuld, keine Scham, keine Trauer. „Ich hatte keine andere Wahl."

„Es gibt immer eine Wahl."

„Keine, die ich bereit war zu akzeptieren." Der Sultan kam einen Schritt näher, streckte sich auf seine volle Größe aus, aber diesmal beugte Thomas nicht sein Knie und schaute zu ihm hinunter.

„Ihr Mann war außer Kontrolle. Sie hätten ihn aufhalten sollen, ihn zügeln sollen. Unschuldige Mädchen sind gestorben."

„Meinst du deine kleine Freundin?"

Thomas hielt seine Wut in Schach, aber es war schwer. „Und andere. Es gab keine Notwendigkeit, sie zu töten."

„Es gibt immer eine Notwendigkeit. Das ist deine Schuld. Weißt du das? Wenn du getan hättest, was erwartet wurde, als ich dich gebeten habe, den Mörder zu finden, und du versagt hättest, hätte es nicht mehr Tote als nötig gegeben."

Dieses Mal war es Thomas, der einen Schritt näherkam. Sie standen da, berührten sich fast. Er konnte den Schweiß des Sultans riechen – Schweiß, wie der jedes anderen Mannes, ranzig und stechend - und den Geruch der Reise. Staub und Pferd und Leder. „Sie kennen mich wirklich überhaupt nicht, wenn Sie erwartet haben, dass ich versagen würde. Ich habe Ihnen vertraut. Ich wollte Ihnen dienen."

„Du sprichst von Vertrauen? Zu einem Sultan? Du bist zu unschuldig für diese Welt, *Ajami*."

„Oh, nicht so unschuldig", sagte Thomas. „Dort haben Sie einen Fehler gemacht, denn Sie kennen mich nicht. Sie sind erledigt."

Abu al-Hasan Ali lächelte. „Meinst du wirklich?" Er schlug aus, eine Klinge erschien in seiner Hand. Jorge versuchte, den Schlag abzublocken, wurde aber beiseite geworfen, der alte Sultan immer noch ein mächtiger Krieger. Er zog den Schlag durch, sein Messer bohrte sich in Thomas' Schulter, und Lubnas Schreie folgten ihm in die Bewusstlosigkeit.

449

KAPITEL DREIUNDVIERZIG

Thomas wachte auf und fand sich auf einem sauberen Bett in einem kühlen Raum liegen. Er lag lange Zeit da und hörte seinem eigenen Atem zu, roch den Duft von Zitrone, Limette und Lavendel in der Luft und wusste, dass er nicht zu Hause war. Unwillig zu versuchen, seine Augen zu öffnen, wartete er. Seine Brust schmerzte auf der gegenüberliegenden Seite seiner verletzten Hand, die nun nichts mehr im Vergleich dazu zu sein schien, und allmählich kehrte die Erinnerung zurück. Er zitterte, obwohl es nicht kalt war.

Er hörte eine Stimme sagen: „Er ist wach", aber sie war weit entfernt. Dann kam das Klappern von Sandalen auf gefliestem Boden und ein feuchtes Tuch berührte seine Stirn. Er wusste, dass er keine Ausreden mehr hatte und öffnete die Augen.

Lubna beugte sich über ihn, Besorgnis auf ihrem Gesicht, als sie seinen Körper musterte. Als sich ihr Blick schließlich erhob, um seinem zu begegnen, lächelte sie schüchtern, was mehr sagte als Worte jemals könnten.

„Wo bin ich?" Thomas' Stimme war kratzig. Lubna half ihm, sich aufzusetzen und bot ihm Wasser an. Er nippte, fühlte sich etwas besser.

„Im Palast. Ich wollte dich nach Hause bringen, aber der Sultan hat darauf bestanden. Das heißt, der neue Sultan. Er war vorhin hier und hat eine Stunde lang bei dir gesessen, bevor er gegangen ist. Es gibt viel für ihn zu tun, aber er hat darum gebeten, dass man ihn holen lässt, sobald du aufwachst, genauso wie Olaf. Yusuf ist immer noch hier. Er schläft fest auf einer Liege in der Ecke. Er hat sich geweigert, dich zu verlassen."

„Ist er tot?" Thomas brauchte nicht zu sagen, wer.

Lubna schüttelte den Kopf. „Verbannt. Zusammen mit dieser Frau."

„Und dein Vater?"

„Ist immer noch der General des Sultans. Er hat einfach einen neuen Sultan, den er Herr nennen kann."

„Wer hat mich behandelt?", fragte Thomas. „Du hast gute Fähigkeiten, aber meine Wunde war jenseits dessen, was ich geschafft habe, dir beizubringen."

„Wir mussten sie abweisen. Jeder Chirurg in Gharnatah wollte die Ehre haben, dich zusammen zu flicken."

Thomas lächelte. „Wer dann? Es gibt einige, die ich nicht in einer Meile Umkreis bei mir haben möchte."

Lubna erwiderte das Lächeln, ihres war angespannt. „Da'ud al-Baitar."

„Dann werde ich gesund." Er schaute Lubna an. „Ich werde gesund, nicht wahr?"

Sie nickte. „Da'ud sagt das, und er scheint zu wissen, was er tut. Er ist nicht so gut wie du, aber gut genug."

„Ja, gut genug. Du hast versucht, es mir zu sagen, nicht wahr?"

„Das spielt jetzt keine Rolle", sagte Lubna. Sie legte ihre Hand auf seine und er drehte sie herum, um die Finger seiner unverletzten Hand durch ihre zu schlingen. Sie beugte ihren schlanken Körper über seinen und tat so, als ob sie seine Verbände überprüfen würde. Ihr Haar strich über sein Gesicht, und Thomas atmete seinen Duft ein.

„Wo ist Helena?", fragte er, und Lubna zog sich schnell zurück. „Ist sie bei Abu Abdullah?"

Lubna schüttelte den Kopf, als sie sich mit sinnloser Arbeit beschäftigte, den niedrigen Tisch neben seinem Bett aufräumte. „Du musst jetzt lernen, ihn Muhammed zu nennen. Er hat sich selbst Muhammed XII, Sultan von Gharnatah und Anführer von Al-Andalus, genannt." Der Ausdruck auf ihrem hübschen Gesicht zeigte, was ihre Meinung dazu war.

Thomas griff wieder nach ihrer Hand und hielt sie an seine Brust. Langsam entspannte sie sich und gab ihm nach. Er wollte sie küssen, war aber unsicher, wie sie auf so eine Vertrautheit reagieren würde.

„Thomas!" Yusuf war aufgewacht, und was auch immer gerade passiert war, wurde zunichtegemacht, als der Junge durch den Raum rannte und Lubna fast zur Seite schlug.

Thomas lächelte, die Aufregung des jungen Prinzen war ansteckend.

„Das habe ich gut gemacht, nicht wahr? Ich habe deine Botschaft an Abu Abdullah genau so weitergegeben, wie du es wolltest. Und er kam deiner Aufforderung nach. Du hast die Morde aufgeklärt, Thomas, du und mein Bruder zusammen. Er ist dir dankbar, das hat er mir gesagt. Ich weiß, dass du ihn nicht immer gemocht hast, aber vielleicht wird sich das jetzt ändern. Er ist ein guter Bruder und ich liebe ihn sehr. Er ist weder kalt wie Vater, noch grausam. Wir drei können Freunde sein, nicht wahr? Wie war es, diesen Mann zu töten? Mein Bruder und der Wesir planen, die Tunnel zu versiegeln. Sie wussten nichts von ihrer Existenz. Abu Abdullah sagt, sie seien eine Bedrohung für die Sicherheit von..."

Lubna lächelte und erhob sich. Thomas beobachtete, wie sie durch den Raum ging, um das Tuch in einer Schüssel mit kaltem Wasser auszuwringen. Draußen vor dem Fenster ertönte das Geschnatter und Geschrei der Schwalben.

„...soll ich das jetzt tun, Thomas?“

„Es tut mir leid, mein Prinz, was tun?“

„Hast du mir nicht zugehört? Und nenn mich nicht Prinz. Du musst mich immer bei meinem Namen nennen, denn wir sind Freunde.“

„Sie sind jetzt älter, es wäre nicht mehr angemessen.“ Thomas hielt es nicht für nötig zu erwähnen, dass Yusuf nun der nächste in der Reihe war, sollte seinem Bruder ein Unfall zustoßen.

„Es ist angemessen unter Freunden. Ich habe gefragt, ob ich Abu Abdullah jetzt holen soll. Er hat darauf bestanden, dass ich ihn rufe, sobald du aufgewacht bist. Und siehst du, du bist wach!“ Der Junge grinste, stand auf, sein Körper bebte. „Soll ich?“

„Wie Sie wünschen, mein Prinz.“

Nachdem Yusuf gegangen war, rief Thomas quer durch den Raum zu Lubna. „Wo ist Jorge?“

„Ich habe ihn nicht mehr gesehen, seit er dich hierher getragen hat.“

„Jorge hat mich getragen?“

„Den ganzen Weg vom Jagdgebiet aus. Er hat darauf bestanden. Er ist stark.“

„Er wäre stärker, wenn er aufhören würde, zu viel zu essen und zu trinken.“

„Aber dann wäre er nicht Jorge.“

„Du magst ihn, nicht wahr“, sagte Thomas.

„Ja, ich mag ihn.“ Lubna schien kurz davor zu sein, ihrer Erklärung etwas hinzuzufügen, aber sie hielt zurück, was auch immer sie beabsichtigt hatte zu sagen, sollte sie das jemals vorgehabt haben und es nicht einfach nur in Thomas‘ Vorstellung existieren.

„Vielleicht ist er zu seinem früheren Leben zurückgekehrt.“

„Vielleicht. Aber wenn ja, würde es nicht lange dauern, bis er ein paar Korridore entlang geht, um dich zu besuchen.

Diese fette Köchin war hier." Lubna schaute auf ihre Hände. „Sie hat mir von deiner Freundin erzählt. Dem Mädchen, das gestorben ist."

„Prea."

„War das ihr Name?"

Thomas lächelte. „Die war schlau. Zu klug, um ein Küchenmädchen zu sein. Und jetzt ist ihr kurzes Leben weggeworfen worden. Hätte ich die Dinge früher durchschaut, wäre sie noch am Leben. Es ist meine Schuld, dass sie gestorben ist."

Lubnas Gesicht veränderte sich, der ganze Humor verflog. „Ja, das ist es. Und du hast meinen Vater falsch eingeschätzt. Daran muss ich denken. Im Moment kann ich mich nicht dazu durchringen, dir zu verzeihen."

„Ich…" Thomas begann sich zu verteidigen, hörte dann auf. Lubna hatte Recht. Er hatte Olaf falsch eingeschätzt. Und er war ein Narr gewesen, Helenas Betrug nicht früher zu erkennen. Sie hatte zweifellos gegen ihn gearbeitet, seit der Sultan sie ihm geschenkt hatte. Alle Gefühle, die er für sie gehabt haben könnte, wurden in den Wind geschlagen. Sie existierte nicht mehr für ihn. „Du hast Recht. Ich habe gedacht, ich wäre so clever. Ich habe zu sehr an meine eigene Intelligenz geglaubt und nicht die Dinge gesehen, die vor mir lagen. Ich habe auch Abu Abdullah falsch eingeschätzt."

„Er hat uns alle gerettet." Lubna kehrte ans Bett zurück, setzte sich aber nicht, versuchte nicht, seine Hand zu nehmen, und Thomas fragte sich, ob sie das jemals wieder tun würde. „Er war stark am Berghang. Ein schwächerer Mann wäre beiseite gefegt worden. Mein Vater hat mir erzählt, dass die Adligen vorhatten, einen der ihren in den Palast zu setzen. Wäre Abu Abdullah nicht so entschlossen gewesen, könnte es Faris al-Rashid sein, der jetzt das Kommando hat."

„Was macht Tahir und dieser grimmige Kleriker? Sie müssen auf irgendeine Weise involviert gewesen sein."

„Zweifellos, das sagt auch Vater. Aber sie sind Diener und befolgen die ihnen gegebenen Befehle. Sie folgen dem, der sie führt, also folgen sie vorerst Abu Abdullah. Wenn sein Bruder ihn herbringt, musst du ihm danken, Thomas.“

„Ich habe ihm sicher etwas zu sagen.“

Das Geräusch von Schritten kam aus dem Korridor, und Yusuf stolperte hinein, kaum in der Lage, aufrecht zu stehen, weil er so schnell hereinkam. Abu Abdullah kam langsamer und winkte seinen Wächtern zu, draußen zu bleiben.

„Ich würde gern mit Thomas Berrington allein sprechen“, sagte er, ein leichter Befehl in seiner Stimme. Er trug die komplette Aufmachung eines Sultans, seine Haltung war die von jemandem, der es gewohnt war, Befehle zu geben, der es gewohnt war, dass man ihm gehorchte.

„Aber ich kann bleiben?“ Yusuf trat neben Thomas‘ Bett von einem Fuß auf den anderen.

„Allein, mein Bruder. Ich werde dir später alles erzählen, aber Thomas und ich müssen noch Staatsangelegenheiten besprechen. Private Angelegenheiten.“ Abu Abdullah schnippte mit der Hand. „Hol mir einen Stuhl.“ Er sprach mit niemandem, mit allen.

Als eine Wache einen einfachen Holzstuhl mitgebracht und neben das Bett gestellt hatte, winkte Abu Abdullah alle weg und wartete, bis nur noch Thomas und er selbst im Raum waren.

Abu Abdullah sah sich um. „Ich war viele Jahre lang nicht mehr in diesem Raum, bis heute. Hier habe ich mich nach meiner Verletzung in Malaka erholt, als sie über das Meer zu uns gekommen sind.“

„Ich erinnere mich, mein Prinz.“

Abu Abdullah lächelte. „Ich vergesse nicht, dass ich in deiner Schuld stehe, Thomas Berrington, auch wenn ich das nur selten zeige. Aber jetzt scheint es so, als schulde ich dir noch mehr als mein Vater. Ich schulde dir meine Position als Sultan.“

„Sie ist rechtmäßig Ihre. Ich habe nichts getan.“

Abu Abdullah setzte sich schließlich auf den Stuhl und lehnte sich nach vorne, sein Gesicht dicht an dem von Thomas, der die feinen Öle auf dem Haar des Prinzen, das Parfüm auf seiner Haut roch. Alle falsche Freundschaft verließ Abu Abdullahs Gesicht, seine dunklen Augen waren kalt.

„Trotz alledem weißt du, dass ich dich nicht mag, aber ich werde so tun, als ob, weil es von mir erwartet wird.“

„Tun Sie das nicht in meinetwegen, Pri- Malik. Ich habe die Freundschaft Ihres Vaters nicht begrüßt und möchte jetzt nicht Ihre.“

„Oh, aber das solltest du. Mein Vater hatte viele Freunde. Jetzt weniger, da er verbannt wurde, aber zweifellos bleiben einige übrig, und ich beabsichtige, sie ausfindig zu machen. Für sie bist du ein gesuchter Mann, aber mit meiner Unterstützung wirst du beschützt werden. Also sag mir noch einmal, dass du die Freundschaft eines Sultans nicht brauchst.“

„Ich bin nur ein Chirurg, Malik, und stehe in Ihrem Dienst.“

„In der Tat, das tust du. Und Chirurgen stellen keine Prinzen in Frage, noch weniger Sultane. Es amüsiert mich, dich am Leben zu erhalten, dich und diesen dummen Eunuchen.“

„Der Sultan ist großzügig.“

„Ich glaube, das bin ich. Es dient meinem Zweck, dich an der Leine zu halten. Vergiss nur niemals, *Ajami*, dass ich dich jederzeit töten lassen kann. Wichtiger noch: Ich weiß, wer deine Freunde sind. Verärgere mich, und Olafs unattraktive Tochter wird als Erste sterben. Du wirst zusehen, wie meine Männer sie immer wieder nehmen, wie sie ihr die Haut bis zu den darunterliegenden Knochen abziehen. Und dann werden wir mit dem Eunuchen und seinen Freunden beginnen. Ich weiß alles, Thomas Berrington, alles. Du gehörst mir und du wirst tun, was ich dir befehle."

Thomas starrte in Abu Abdullahs Augen, sein Körper angespannt vor Wut.

„Geht es dir nicht gut, mein Freund?" Abu Abdullah beugte sich vor und streckte seine Hand über Thomas' Schulter aus. „Du siehst nicht gut aus." Er drückte fest zu.

Thomas biss sich auf die Lippe, weigerte sich zu schreien, obwohl er sich dem Drang dazu fast nicht mehr widersetzen konnte.

„Ich werde heilen, Prinz." Er brachte die Worte fast nicht heraus. „Ich existiere, um zu dienen."

„Das ist gut. Ich sehe, du verstehst das." Doch Abu Abdullahs Druck ließ nicht nach. Wenn überhaupt, dann wurde er stärker und der Raum begann zu grau zu werden. „Es gefällt mir nicht, diese Drohungen auszusprechen. Ich weiß, dass sie nur dem Wohle von Al-Andalus dienen. Wir beide lieben dieses Land. Wir wollen beide, dass es überlebt und gedeiht. Der Ansatz meines Vaters ist gescheitert. Eine Schlacht nach der anderen, jedes Mal wurde Land an die Ungläubigen verloren. Kastilien ist stark geworden, aber ich habe einen rationalen Ansatz, einen pragmatischen Ansatz. Und ich habe beschlossen, dass du mir helfen wirst." Schließlich lockerte er seinen Griff und lehnte sich zurück.

Der Schweiß tropfte an Thomas' Gesicht hinunter, bedeckte seine Haut unter dem Laken. Er atmete schnell, das Feuer in seiner Schulter ihn fast vollständig einnehmend.

„Sag mir, dass du einverstanden bist." Abu Abdullah lehnte sich nah heran, seine Stimme kaum mehr als ein Flüstern, der Duft von Nelken in seinem Atem.

„Ich existiere, um zu dienen, Prinz", sagte Thomas.

„Gut." Abu Abdullah lehnte sich schnell zurück, erhob sich ebenso schnell, der Stuhl kippte hinter ihm um. „Und als Belohnung habe ich beschlossen, dass Helena in dein Haus zurückkehren und ihre Arbeit wieder aufnehmen wird." Er lächelte.

„Eine Belohnung?" Der Schweiß lag kalt auf Thomas' Haut. „Das ist keine Belohnung - die Frau ist in meinem Haus nicht mehr willkommen."

„Aber dort wird sie hingehen und du wirst sie wieder mit in dein Bett nehmen. Neben der anderen Schwester, wenn du willst, es ist schließlich dein Haus. Ich sollte Helena für ihren Verrat töten lassen, aber diese Strafe ist so viel süßer. Tahir wird dich bald besuchen. Er hat den spanischen Priester zu seinen Herren zurückgeschickt, aber er wird in ein paar Monaten zurückkehren und dann wird Tahir dich bitten, nach Qurtuba zu reisen, angeblich, um der kastilischen Königin zu helfen, aber dein eigentliches Ziel ist ein anderes. Dieses Mal wirst du tun, was Tahir verlangt."

Als Abu Abdullah weg war, legte sich Thomas auf die Liege und schloss die Augen. Der alte Sultan hatte sein Vertrauen missbraucht, und nun war der neue noch schlimmer. Vielleicht war es an der Zeit, sich zu verdrücken, in das Land zurückzukehren, das er vor einer Ewigkeit verlassen hatte.

Ein vertrautes Geräusch erreichte ihn, und er hob rechtzeitig den Kopf, um zu sehen, wie ein Abschnitt der Mauer nach außen schwenkte. Jorge spähte hindurch, streckte ein Bein aus und zog eine Grimasse, als er sich durch einen Spalt zwängte, der zu eng war, um ihn durchzulassen. Als Thomas seinen Kampf beobachtete, fand er, dass er schlanker aussah als eine Woche zuvor.

„Wie hast du es geschafft, durch diese Orte zu kommen, Thomas?"

„Ich hatte Unterstützung." Er wollte nicht an Prea erinnert werden. „Was hast du da drin gemacht?"

„Zuhören. Beobachten. Ich habe alles gehört."

„Dann weißt du, dass ich keine Wahl habe."

„Du wirst nach Qurtuba gehen?" Jorge ging durch den

Raum. Er stellte den Stuhl auf und setzte sich dorthin, wo Abu Abdullah gesessen hatte. Er betrachtete Thomas, nahm den Verband an seiner Schulter wahr, der zweite bedeckte die Wunde an seiner Taille. „Glaubst du, dass du lange genug am Leben sein wirst?"

Thomas lächelte. Für taktlose Bemerkungen konnte er sich immer auf Jorge verlassen.

„Ich habe meinen freundlichen Empfang in dieser Stadt überstrapaziert. Es ist Zeit, weiterzuziehen."

„Das kannst du nicht tun." Jorges Stimme nahm einen ernsten Tonfall an. „Wenn du wegläufst, haben sie gewonnen. Alle haben gewonnen. Gharnatah braucht Männer von Ehre, Männer der Wissenschaft. Du musst bleiben."

„Mit einer Frau, die ich hasse? Zur Verfügung eines Mannes, den ich nicht respektiere?"

„Dann bleibe für mich und für Lubna. Für die guten Männer und Frauen dieser Stadt."

„Die Stadt ist verloren", sagte Thomas.

„Noch nicht. Nicht, wenn wir etwas haben, wofür es sich zu kämpfen lohnt."

Thomas schloss wieder die Augen, suchte das Vergessen. Er spürte, wie Jorge seine Hand nahm, als er sich treiben ließ. Einen Moment später schloss sich eine kleinere Hand sanft um seine auf der anderen Seite, und jemand setzte sich auf das Fußende der Liege.

„Ich fange an zu glauben, dass der Tod weniger schmerzhaft sein könnte", murmelte Thomas. Als er die Augen öffnete, sah er Lubna und Yusuf mit Jorge und wusste, dass er sie oder Gharnatah nicht im Stich lassen konnte.

HISTORISCHE ANMERKUNG

Der Rote Hügel ist der erste historische Krimi mit Thomas Berrington und dem Eunuchen Jorge. Die Serie führt den Leser vom Jahr 1482 bis zum Fall der Stadt Granada am 1. Januar 1492. Die vorliegende Ausgabe von Der Rote Hügel ist eine kleine Aktualisierung der 2014 erstmals veröffentlichten, aber im Wesentlichen die gleiche Geschichte.

Wenn Ihnen dieses Buch gefallen hat, können Sie auf meiner Website mehr über die Geschichten von Thomas und Jorge sowie eine vollständige Liste der Titel erfahren:

www.davidpenny.com

Sie können sich dort auch in meine Mailingliste eintragen und als Erste/-r von Neuerscheinungen und Aktualisierungen sowie von exklusiven Angeboten erfahren.

Wenn Ihnen dieses Buch wirklich gefallen hat, warum lassen Sie es nicht andere wissen, indem Sie eine Rezension bei Amazon oder Goodreads hinterlassen.

Ich muss einige Bemerkungen zur historischen und kulturellen Genauigkeit von Der Rote Hügel machen. Obwohl ich umfangreiche historische Recherchen durchgeführt habe - es folgt eine Liste mit einigen Referenzen -, handelt es sich im Wesentlichen um einen Roman: eine erfundene Geschichte. Deshalb habe ich die Entscheidung getroffen, dass vollständige historische Genauigkeit die notwendige Entwicklung von Charakteren und Handlung nicht überstimmen sollte. Die Daten der Herrscher und Hauptschlachten sind so genau, wie es meine Recherche erlaubt hat, aber viele Namen und Charaktere sind fiktiv. Darüber hinaus wurden einige Freiheiten bei kulturellen Fragen eingeräumt. Der Rote Hügel ist für ein Publikum des 21. Jahrhunderts geschrieben, und viele der Figuren denken aus der Perspektive des 21. Jahrhunderts. Obwohl es diesem Buch zweifellos an historischer Genauigkeit mangelt, deuten viele Quellen darauf hin, dass die maurische Kultur in Spanien eine der aufgeklärtesten und zukunftsweisendsten der damaligen Zeit war, und deshalb würde ich gerne glauben, dass sie ein wenig Sympathie für die heutige Sicht der Dinge haben würden. Sollten Sie anderer Meinung sein, bitte ich um Entschuldigung, aber wie ich bereits gesagt habe, hat die Erzählung hier Vorrang vor vollständiger historischer oder kultureller Genauigkeit.

Als ich dieses Buch geschrieben habe, war mir kein Netz von versteckten Tunneln in der Alhambra bekannt, aber ich habe später einen Artikel in einer spanischen Zeitung über die Entdeckung einiger unbekannter Gänge gefunden, die freigelegt wurden. Die in diesem Buch beschriebenen Tunnel sind eine komplett erfundene Geschichte, also versuchen Sie bitte nicht, sie zu entdecken, denn es ist unwahrscheinlich, dass sie existieren... oder doch nicht?

Ich möchte Esperanza und Richard Nother für ihre Gastfreundschaft bei meinem zweiten Besuch in Gharnatah im Jahr 2012 danken, der erste war 40 Jahre früher. Ein besonderer Dank geht an den namenlosen arabischen Führer der Al-Hamra, dessen Wissen und Hilfsbereitschaft unsere erste Tour durch den Palast immens bereichert hat.

REFERENZEN

Ich bin der John Rylands-Bibliothek in Manchester und der Freundlichkeit und Hilfsbereitschaft ihrer Mitarbeiter zu Dank verpflichtet, die mir die Mittel für meine Recherche zur Verfügung gestellt haben. Erst nach dem Studium der Originaldokumente habe ich festgestellt, dass viele von ihnen über Amazon und andere Anbieter erhältlich sind.

Meine Hauptquellen für meine Recherche sind unten aufgeführt:

History of the Moorish Empire in Europe von S.P. Scott, veröffentlicht 1904

The History of the Mohametan Empire in Spain von James Cavannah Murphy, veröffentlicht 1816

In Fair Granada (Roman) von E. Everett-Green, veröffentlicht 1902

Moorish Spain von Richard Fletcher, veröffentlicht 1992

Medieval Islamic Medicine von Peter E. Portman und Emilie Savage-Smith, veröffentlicht 2007

Sexuality in Islam von Abdelwahab Bouhdiba, aus dem Französischen übersetzt von Alan Sheridan, veröffentlicht 1925

The Alhambra von Robert Irwin, veröffentlicht 2005

The House of Wisdom von Jonathon Lyons, veröffentlicht 2009

When the Moors ruled in Europe (DVD) von Channel 4, präsentiert von Bettany Hughes. Erhältlich von Acorn Media.